CATHERINE ALLIOTT

Und tschüß, Liebling

Buch

Rosie Meadows findet den Gedanken nur allzu verführerisch – verheiratet zu sein mit Harry, der sie anbetet, genügend Geld hat und auch sonst ganz in Ordnung zu sein scheint. Rosie kuschelt sich also mit einem behaglichen Seufzer der Erleichterung in diese Ehe. Nun wird sich jemand um sie sorgen, und sie muß endlich nicht mehr ständig amüsant, geistreich und attraktiv sein. Nach all den anstrengenden Single-Jahren ist sie in einem wohligweichen Nest gelandet. Denkt sie ... Drei Jahre später beginnt sie jedoch zu begreifen, daß die »Behaglichkeit« mit Harry gewaltige Sprünge bekommen hat. Was zum Teufel hat sie beispielsweise bei diesen stinklangweiligen Bridge-Abenden verloren? Und wäre es nicht eine nette Abwechslung, hin und wieder mal begehrt zu werden? Rosie nimmt also energisch ihr Leben wieder selbst in die Hand. Ob es für Harry darin noch einen Platz gibt, ist zweifelhaft ...

Autorin

Catherine Alliott stammt aus Hertfordshire. Nach dem Abschluß des Studiums zog sie nach London und arbeitete dort als Werbetexterin. Heute lebt sie mit ihrem Mann und den drei Kindern wieder in Hertfordshire auf dem Land und schreibt an ihrem nächsten Roman, der im Frühjahr 2002 im Blanvalet Taschenbuch erscheinen wird.

Catherine
ALLIOTT

Und tschüß, Liebling

Roman

Aus dem Englischen
von Dinka Mrkowatschki

BLANVALET

Die englische Originalausgabe erschien unter dem Titel
»Rosie Meadows regrets ...«
bei Headline Book Publishing, London

Umwelthinweis:
Alle bedruckten Materialien dieses Taschenbuches
sind chlorfrei und umweltschonend.

Blanvalet Taschenbücher erscheinen
im Goldmann Verlag, einem Unternehmen
der Verlagsgruppe Random House GmbH.

Einmalige Sonderausgabe März 2002

Umschlaggestaltung: Design Team München
Umschlagfoto: Ifa-Bilderteam/DIAF-SDP
Druck: Elsnerdruck, Berlin
Verlagsnummer: 35639
LW · Herstellung: wag
Made in Germany
ISBN 3-442-35639-3
www.blanvalet-verlag.de

1 3 5 7 9 10 8 6 4 2

Für meine Eltern

1

»Wie dem auch sei, Charlie hat sich zu mir gedreht und gesagt: ›Okay, Charlotte, wenn du so eine Meisterschützin bist, wie wär's mit einer Runde Strip-Schießen draußen!‹ – in der frommen Erwartung, daß ich in Ohnmacht falle oder nach meinem Riechfläschchen greife. Statt dessen hab ich gesagt: ›Okay, du Bastard, die Wette gilt!‹«

Ich nahm zur Beruhigung einen Schluck Wein und betrachtete meine Gastgeberin über den Mahagonitisch hinweg. Ganz bestimmt würde ich nicht zu Charlies Frau Lavinia am anderen Ende der Tafel schauen.

»Also sind wir alle mit unseren Gewehren losgezogen«, fuhr Charlotte fort, »sturzhagelbetrunken – na ja, auf jeden Fall Charlie und ich – in die Koppel, und jemand hat es geschafft, sich so lange zu konzentrieren, bis die Tontauben hochgejagt wurden, und ich hab Daddys Purdey angelegt und – na ja!« Sie machte eine kleine Kunstpause, gerade lang genug, um ihren Gästen ein paar bewundernde Laute zu entlocken. »Da hab ich doch, verdammt noch mal, jede dieser Tontauben erwischt, und diese Bastarde haben nicht mal einen miesen Vogel getroffen!«

Wüstes Gelächter und Tischgetrommel quittierten das, besonders bei meinem Mann, der wohl jeden Moment die Seitenplatte durchschlagen würde. Ich beobachtete, wie er vor Lachen brüllte: Sein rundes Mondgesicht glänzte so rot wie das dandyhafte Taschentuch, das aus seiner Brusttasche spitzte, heftig schwitzende Oberlippe, lüstern glänzende Augen.

»Und, haben sie?« brüllte er. »Gestrippt?«

»Da kannst drauf wetten!« konterte die scheue Charlotte. »Pudelnackt jeder einzelne von ihnen, *und* ich hab sie ›Hab acht‹ mit aufgepflanztem Gewehr – unter anderem – stehen lassen, bevor ich die Reihen mit einer Reitpeitsche inspiziert habe – ha ha!«

»Oh, Charlotte, *hast du nicht*«, kreischte ein pferdezähniges Mädchen zu meiner Linken. »Du bist zum *Schreien!*«

Ja, wirklich zum Schreien, oder? Aber Lavinia schrie nicht unbedingt. Ich warf einen Blick auf ihr hochrotes Gesicht. Sie hatte es zumindest geschafft, ihre Zähne zu einem tapferen Lächeln zu entblößen, während sie ein Stück Brie auf ihrem Teller spazierenschob. Ich nippte an meinem Wein und schielte kurz zu Charlottes Ehemann Boffy und fragte mich, wie er das verkraftete.

Offenbar wie einen Volltreffer, gemessen daran, daß er sich vor Vergnügen krümmte und Stilton über seine roten Hosenträger prustete. Anscheinend bereitete es ihm eine diebische Freude, daß seine Frau sich so für die Anatomie anderer Männer interessierte.

Während ich die portweinkippende, blökende Versammlung betrachtete, kam mir aber doch der Gedanke, ob ich denn fair wäre. War ich nicht ein bißchen voreingenommen gegen diese Gesellschaft? Ein kleines bißchen parteiisch? Wenn das zum Beispiel eine Dinnerparty im Hause eines *meiner* Freunde gewesen wäre und zum Beispiel Kate oder Alice die Geschichte erzählt hätte, hätte ich sie da vielleicht nicht amüsant gefunden? War es nur die Tatsache, daß es Harrys Freunde waren, die alles so infantil machte?

»Rosie, setz den Portwein in Bewegung«, trötete meine schüchterne Gastgeberin. »Ich hab einen Höllendurst!«

»Oh, tut mir leid.« Ich schob pflichtschuldigst die Schiffskaraffe, die offensichtlich seit einiger Zeit vor mir festgefahren war, weiter und räusperte mich. Mein Hals war aus Mangel an Gebrauch etwas trocken.

»Ehrlich gesagt«, meinte ich tapfer und versuchte, Harrys blutunterlaufenen Blick zu erhaschen, »glaube ich, wir sollten uns bald in Bewegung setzen. Ich hab dem Babysitter gesagt, Mitternacht, und jetzt ist es schon halb eins.«

»Wirklich?« Charlotte zückte ihre Rolex. »Heiliger Strohsack. Ich hab gleich morgen früh eine Bridgestunde. Los, ihr Säcke, raus hier. Los, schleicht euch. Ich hol gleich den Staubsauger raus!«

Es folgte heftiges Gelächter und Stühlerutschen, aber nicht viele Hintern verließen so zackig die Gobelinsitzbezüge wie meiner. Zwei Sekunden später hatte ich meinen Mantel an und meine Tasche fest über der Schulter. Fünf Minuten verstrichen, und ich lächelte starr vor mich hin, während Harry seine übliche ausgedehnte Abschiedsrunde drehte, herzlich Schultern klopfte und zukünftige Einladungen einsammelte, wo immer er konnte.

»Charlie, wir haben uns eine Ewigkeit nicht gesehen, wir müssen bald mal zusammenkommen... Ach wirklich? Am Donnerstag? Nein, gar nichts, ja, wir kommen sehr gerne, nicht wahr, Darling? He, Rosie, Gesellschaftssekretärin – wach auf! Cocktails Donnerstag abend in Ordnung?«

»Charlie und Lavinia leben in Hampshire, Harry«, sagte ich ruhig.

»Na und? Das dauert doch nicht lange, das schaffen wir doch in einer Stunde, nicht wahr, Charlie? Charlie?«

Charlie unterbrach sein Gespräch mit jemand anderem. Er wandte sich zu Harry, als könnte er sich nicht direkt an ihn erinnern. »Eineinhalb Stunden von London Mitte, Alter.«

»Doch so lang, was? Versteh nicht, warum du da draußen in der Prärie lebst. Ich brauch achteinhalb Minuten zum Sloane Square!«

Charlie zog die Augenbrauen hoch. »Achteinhalb Minuten? Da bin ich noch nicht mal meine halbe Einfahrt runter.«

Das wurde mit heftigem Gepruste begrüßt, und Harry versprach trotz allem, daß wir kommen würden, »ob's stürmt oder schneit, was, Rosie?«

»In Ordnung«, sagte ich, nickte grinsend und wünschte, Harry würde das nicht machen. Wenn Charlie uns gewollt hätte, hätte er uns gleich eine Einladung geschickt. Ich rang mir ein verkniffenes kleines Lächeln ab. »Wir kommen sehr gern, Charlie.«

Schließlich erreichten wir die Tür, verteilten noch mehr Küsse, machten noch mehr falsche Versprechungen.

»Rosie, du *mußt* irgendwann zum Bridge kommen«, drängte mich Charlotte. »Ich weiß, daß du beschissen spielst, aber das macht keinem was aus, wirklich!«

»Du bist süß«, log ich. »Und ich werde dich anrufen, wirklich, das werde ich. Herzlichen Dank, Charlotte, es war ein wunderbarer Abend, köstliches Abendessen. Nacht Boffy.« Ich gab ihnen ein hastiges Küßchen.

»Bye, Darlings«, trällerte Charlotte, als wir in die Nacht verschwanden. »Und vergiß nicht anzurufen, Rosie!«

»Werd ich nicht!« Ich winkte dem Licht des Eingangs zu, mit einem krampfhaften Lächeln für die beiden Gestalten, deren Silhouetten sich darin abzeichneten. Endlich schloß sich die blaue Eingangstür, schloß uns aus, überließ uns der willkommenen kalten Nachtluft. Ich seufzte erleichtert auf, als sie uns umfing und kuschelte mich in meinen Mantel, atmete dankbar den eisigen Wind ein, während ich vorsichtig über den glitschigen Gehsteig zum Wagen ging.

Ich stieg rasch ein und wartete, Hand im Anschlag, am Zündschlüssel, bis Harry, wie üblich langsam stolpernd, auf seiner Seite angelangt war. Er fummelte mit dem Türgriff herum, rutschte ab, versuchte es noch mal, öffnete die Tür und ließ sich mit einem gigantischen Grunzer auf dem Beifahrersitz nieder. Seine Massen ergossen sich über die Handbremse, seine Knie waren irgendwo in der Nähe seiner Nase. Er ließ sich glücklich zurückfallen und seufzte.

»Aaah … gut gemacht, Darling«, er tätschelte meine Hand. »Wirklich sehr gut gemacht. Neuneinhalb würde ich sagen.«

Ich biß die Zähne zusammen und drehte den Zündschlüssel. »Gut«, murmelte ich und behielt weise meine Meinung für mich. Vorbei die Tage, an denen ich Harry wegen seiner ekelhaften Angewohnheit, jeden Abend mit Punkten von eins bis zehn zu bewerten, beschimpfte – wenn wir gerade zum Abendessen bei jemandem gewesen waren, der eine Rebhuhnjagd oder ein Lachswasser besaß oder ein Chalet in der Schweiz oder irgendwas anderes, von dem Harry ein Stück haben wollte. Nein, das letzte, was ich wollte, war ein böser Streit auf dem Heimweg, nur damit ich dann mit rasenden Kopfschmerzen ins Bett kroch und mich die ganze Nacht drehte und wendete, während Harry neben mir für England schnarchte.

Während wir behutsam durch die schmalen, laternenbeleuchteten Straßen von Fulham schnurrten, lehnte Harry seinen Kopf an die Nackenstütze und schloß die Augen.

»Nur eine Winzigkeit, Darling«, murmelte er. »Du warst heute abend ein bißchen – still. Du mußt versuchen, bei meinen Freunden lockerer zu sein, weißt du. Ich weiß, daß sie dich einschüchtern, aber sie beißen nicht.« Eine kleine Pause. »Oh, und noch etwas.« Er wandte mir den Kopf zu. »Ich hab gehört, wie du dich mit Boffy über Pferderennen unterhalten hast. Es heißt einfach Rennen, Süße. Eine Kleinigkeit, die man aber nicht vergessen sollte, was?«

Ich gab keine Antwort, knirschte nur noch ein bißchen mehr mit den Zähnen. Laß dich nicht provozieren, Rosie, laß dich einfach nicht provozieren.

»Es macht dir doch nichts aus zu fahren, mein Herz?« fuhr er schläfrig fort. »Bin mir nicht sicher, ob ich das heute abend schaffen würde. Ich fühl mich ein bißchen schläfrig.«

»Natürlich macht's mir nichts aus«, murmelte ich und fragte mich, warum er sich überhaupt die Mühe machte zu fragen. Ich fuhr immer nach Hause; um ehrlich zu sein, heutzutage war es ständig Spitz auf Knopf, ob Harry tatsächlich fähig war, *zu* einer Party zu fahren, je nachdem, wie viele Whiskys er sich vorher in der Badewanne reingeschüttet hatte. Ich seufzte und schaltete einen Gang weiter. Ach, was soll's, Rosie, laß ihn trinken, wenigstens schläfert ihn das ein, oder? Ich warf einen hoffnungsvollen Blick auf sein schlummerndes Profil, aber, hallo – die Augenlider flatterten wieder. Ihm war offensichtlich etwas Lebenswichtiges eingefallen. Er blinzelte mit seinen hellblauen Augen und grinste in die Nacht.

»Hör mal, Charlie ist wirklich eine ganz Gute, nicht?«

Eine ganz gute Was, war ich versucht zu fragen. Hexe?

Schlampe? Aber ich würde mich hüten. Ich quälte mir ein Lächeln ab. »Ja, ist sie wirklich.«

»Hören sich recht vergnüglich an, diese Bridgepartys von ihr. Warum gehst du nicht hin? Wird dir guttun.«

Ich klammerte mich ans Steuerrad und dachte, daß ich lieber durch den Nabel verbluten würde. »Sei nicht lächerlich, Harry, wie soll ich denn Bridge spielen, nachdem ich mich doch um Ivo kümmern muß. Was erwartest du von ihm, daß er auf seinem Kinderstuhl hockt und die Rubber zählt?«

»Rubber?« Er sah schockiert aus. »Sind das nicht – Kondome oder so was?«

Ich grinste. »Nein, Harry, das ist ein Bridgeausdruck, obwohl es mich wirklich nicht überraschen würde, wenn demnächst da Kondome auftauchen. Wenn Charlotte nackte Schützenpartys gibt, wird es nicht lange dauern, bis sie auch ihre Bridgenachmittage aufpeppt, sie in Ann Summers Partys oder ähnliches verwandelt.« Ich feixte in mich hinein. Insgeheim hatte ich Charlotte immer ohne C gesehen, Harlot, wie Hure.

Harry runzelte verwirrt die Stirn. »Ann Summers? Ich glaube nicht, daß wir sie kennen, oder doch? Ah ja, die hübsche kleine Rothaarige, hab sie bei den Compton-Burnetts kennengelernt – der Vater ist Bischof?«

»Also, wenn er es ist, dann wird er bitter enttäuscht sein«, murmelte ich, als ich einen gefährlichen Bogen um einen mitternächtlichen Radler mit offensichtlicher Todessehnsucht schlug. »Nein, vergiß es, Harry, du kennst sie nicht. Die Sache ist die, ich kann tagsüber nichts Gesellschaftliches machen, bis Ivo in den Kindergarten kommt, richtig? Und der Tag liegt noch in weiter Ferne.«

»Na, dann besorg dir eine Nanny, alle anderen haben auch eine«, maulte er.

Ich krallte meine Nägel heftig in die Kunstlederhülle des Steuerrads. Das war ein uralter Zankapfel.

»Jeder, den *du* kennst, hat eine, jeder, den ich kenne, kümmert sich entweder selbst um seine Kinder oder hat eine Nanny, weil sie zur Arbeit gehen. Sie tändeln nicht auf Bridgepartys und

Kaffee-Einladungen herum. Aber schau, Darling«, sagte ich hastig, als ich sah, daß er wütend wurde, »laß uns jetzt nicht mehr darüber sprechen, okay? Ich bin müde, und ich will nach Hause und ins Bett.«

»Gut«, knurrte er pampig. »Gut. Ich sage nur eins, Rosie, erwarte nicht, daß dir Einladungen zur Jagd in Northumberland in den Schoß fallen, okay? Du mußt bereit sein, ein bißchen Vorarbeit dafür zu leisten, weißt du!«

Ich lächelte. Ah, da lag der Hund begraben. Jagd in Northumberland. Na klar, nachdem ich mich letztes Jahr dort so fantastisch amüsiert hatte, würde ich zweifellos morgen früh bei Charlotte auf der Matte stehen, Männchen machen und mit dem Rest des Haufens für mein Abendessen jodeln. Ich seufzte. Letztes Jahr: Dank der Tatsache, daß einer der Ehemänner seine Finger nicht von der Köchin lassen konnte, sie jedesmal, wenn sie sich bückte, um den Schweinebraten in den Ofen zu schieben, in den Po kniff und sich dann auf ihr Bett legte, nackt bis auf einen Kochlöffel im Mund und einem strategisch plazierten Handschuh, war das Mädchen schließlich zusammengebrochen und hatte alles stehen und liegen lassen, so daß ich, der Trottel der Nation, die Scherben aufsammeln und für vierzehn Leute kochen durfte. Na ja, die Alternative wäre Verhungern gewesen.

»Woher kriegen wir eine neue?« hatten alle hysterisch gequiekt und sich im Zimmer umgesehen, als könnten sie zufällig eine versprengte Köchin hinterm Sofa finden. »Die Agentur wird uns auf die Schnelle keine schicken können!«

»Natürlich nicht«, sagte ich knapp und machte mich auf den Weg in die Küche. »Wir werden es selbst machen müssen.«

»Oh, die gute, alte Rosie«, ertönte es im Chor. »Sie wird das Ruder übernehmen. Gott sei Dank weiß wenigstens einer, wo's langgeht. Ich kann nicht mal ein Ei kochen!« Was mich darüber nachdenken ließ, als sie fröhlich die Schläger schwingend zum Tennisplatz davonschwirrten, wieso sie alle so gesund und munter aussahen. Sie müßten doch eigentlich längst verhungert sein, oder nicht?

»Ja, also, ich bin mir nicht ganz sicher, ob ich schon wieder einen Arbeitsurlaub haben will«, sagte ich so fröhlich wie möglich.

»Du hast gesagt, es macht dir nichts aus«, sagte Harry beleidigt. »Ich kann mich genau erinnern, du hast gesagt, du hättest es genossen.«

»Es hat mir nicht sonderlich viel ausgemacht«, verbesserte ich ruhig. »Ich will es nur nicht wiederholen, das ist alles.«

»Ich war sehr stolz auf dich«, schmollte er. »Wie du so eingesprungen bist.«

Ich seufzte. »Ja, ich *weiß,* daß du das warst.«

Großer Gott, ja, ich erinnere mich an sein Gesicht, als mir jeder auf die Schulter klopfte und sagte, was für ein kleiner Star ich wäre, wie er vor Stolz gestrahlt und gestrahlt hatte, bis ich glaubte, er würde explodieren. Und dann, nachdem alle zu den Tennisplätzen verschwunden waren, wie er hinter ihnen hergetrabt war, wie immer als letzter, und sich seine dicken Beine in seinen zu engen Shorts aneinanderrieben. Ich erinnere mich, wie ich ihm nachgesehen hatte, vom Küchenfenster aus, umringt von acht rohen Hummern und keinem einzigen Angebot zu helfen von irgend jemandem.

»Ich frage mich, ob du wirklich gar so stolz sein mußtest«, sagte ich leise. »Ich kam mir vor – na ja, als ob wir irgendwie unseren Aufenthalt bezahlen würden.«

»Ach mach dich doch nicht lächerlich«, schnaubte er. »Charlotte und Boffy sind meine ältesten Freunde! Ich muß nicht zahlen, um in ihr Haus zu kommen!«

Aber an ein paar Bridgepartys muß man schon teilnehmen, die richtigen Geräusche bei den richtigen gesellschaftlichen Ereignissen machen, nicht wahr? dachte ich respektlos.

Ehrlich gesagt hat mir die Kocherei an dem Wochenende wirklich nichts ausgemacht. Ich hatte eine Schürze angezogen und mir die Ärmel hochgekrempelt; jeder Grund war mir recht, solange ich dieser strammen, brüllenden Menge entkommen konnte, die nichts tat, außer zu kreischen, wie fabelhaft sie sich amüsierten, und über unkomische Witze zu blöken. Am Anfang, als Harry und ich frisch verheiratet waren, hatte ich gedacht, daß mir vielleicht etwas entginge. Sie waren schließlich und endlich gute zehn Jahre älter als ich und deshalb natürlich auch welterfahrener. Ich dachte, mit der Zeit würde ich die Witze verstehen. Aber dann wurde mir klar, daß es da nichts zu verstehen gab. Sich amüsieren war schlicht und einfach das, was sie machten, es war ihre raison d'être. Und wenn etwas nicht komisch war, brüllten sie trotzdem vor Lachen. Das waren reiche, ziellose Menschen, über Wasser gehalten von Treuhandfonds, Daddys in der City und der exklusivsten Ausbildung, die man für Geld kaufen konnte. Schon in sehr jungen Jahren hatten sie einen langen, kühlen Blick auf sich geworfen, festgestellt, daß sie makellos waren, waren dann mit dieser Überzeugung aus dem Kinderzimmer marschiert und hatten so laut wie sie nur konnten gebrüllt und gemacht, was sie, Kruzitürken noch mal, wollten. Charlotte und Boffy standen über den Ängsten und der Schüchternheit, unter denen die meisten Sterblichen litten. Sie standen über den furchterregenden Worten im Auto auf dem Heimweg von Partys: »Weißt du, als ich Amanda sagte, sie hätte abgenommen, du glaubst doch nicht, sie dachte, ich meinte, sie wäre vorher schrecklich dick gewesen, oder?« Oder: »Als ich sagte, ihr Tommy wäre ein stiller kleiner Kerl, hat das geklungen, als dächte ich, er wäre zurückgeblieben?« Nein, nein, Harrys Freunde waren alle von absolutem Selbstvertrauen durchtränkt. Es mangelte ihrem Dasein an nichts, außer an Demut.

Ich seufzte und schwang das Steuerrad in die Wandsworth Road. Ich hatte es versucht, ich hatte es wirklich versucht. Am Anfang war ich so erpicht darauf gewesen, mit Harrys Freunden auszukommen, eine Freundin zu finden, eine verwandte Seele, eine, die vielleicht nicht gar so wild und haarsträubend war wie die übrigen. Aber sie waren alle gleich. Anfangs stand ich ihnen mit Ehrfurcht gegenüber, hielt sie für einen rasanten, irre komischen Haufen. Jetzt machten sie mir einfach nur Kopfweh. Und Harry? Ich warf einen Blick auf ihn, wie er da so neben mir saß, den Kopf zurückgelehnt, Mund offen, die feisten Hände schlaff über seiner Nadelstreifenweste verschränkt, laut schnarchend. Ich lächelte betreten. Die wahre Ironie war, daß ich, als ich Harry kennengelernt hatte, dachte, er wäre anders als die übrigen. Was ich nicht gewußt hatte, war, daß er es nicht freiwillig war.

Wir hatten uns in Irland kennengelernt, auch bei einer Hausparty, aber damals war es ein sehr legitimes Arbeitswochenende für mich – als Köchin, als kleine Angestellte. Normalerweise übernahm ich solche Sachen nicht. Ich kochte meistens in London, arbeitete mit einer Freundin, die ihr eigenes Cateringgeschäft hatte. Aber diesmal hatte eine Agentur auf den letzten Drücker angerufen und mich angefleht, den Job zu machen, weil irgendein anderes Mädchen ausgefallen war und die Kunden tobten. Das an sich hätte genügen sollen, um die Alarmglocken auszulösen. Statt dessen hatte ich gesagt: »Ach, was soll's, ich mach's.« Und am folgenden Morgen brach ich über die Irische See auf, um im Alleingang Frühstück, Lunch und Dinner für fünfzehn Gewehre und ihre Ehefrauen zu kochen.

Unter gewöhnlichen Umständen wäre ich nicht so leicht rumzukriegen gewesen, aber ehrlich gesagt, ich wollte um jeden Preis raus aus London, und jede Ausrede war mir recht. Ich mußte dringendst fliehen. Sie müssen wissen, ich war gerade ans Ende einer sehr einseitigen Beziehung gekommen – sehr heavy meinerseits und federleicht auf seiner – mit einem ungeheuer attraktiven Landschaftsgärtner namens Rupert. Die letzten neun Monate war er für mich das Vergnüglichste auf dieser Welt in ausgebleichten Cordhosen gewesen. Fröhlich zwinkernde Augen, zerzauste Haare, tödliches sexy Lächeln – ein köstliches Paket, und ich war hingerissen. Natürlich konnte ich ihn nur Dienstag, Donnerstag und Sonntag abend sehen, weil er an den anderen Abenden mit dringenden baumchirurgischen Eingriffen beschäftigt war. Er war ein sehr fleißiger Mann. An Mittwochabenden fand ich es deshalb meist etwas langweilig, und wenn es nichts im Fernsehen gab, ging ich oft ein bißchen Hantelnschwingen im hiesigen Fitneßclub.

An einem gewissen Mittwoch war ich, wie immer, in meinem Club, schielte mit einem Auge nach könglichen Hoheiten und mit dem anderen auf grassierende Zellulitis, stampfte in die Pedale meines standhaften Rades, als das Mädchen auf dem Rad neben mir, mit der ich bis jetzt nur per Lächeln verkehrt hatte, plötzlich ein Gespräch anfing.

»Lust auf eine Pause?« keuchte sie. Ihr rosa Leotard war dunkel vor Schweiß.

»Oh – ja!« keuchte ich armselig zurück.

Wir brauchten keine weitere Aufforderung und schossen zusammen ins Café. Während wir da auf der Fensterbank saßen und uns in den Strahlen der verschwommenen Abendsonne aalten, fröhlich unsere kalorienreichen heißen Schokoladen schlürften, tauschten wir natürlich, wie unter Fremden üblich, die intimsten Einzelheiten aus. Fett war natürlich die Nummer eins auf unserer Tagesliste. Fett auf Schenkeln, Fett am Po, Fett am Bauch und mit spitzen Schreien wie: »Ach, sei doch nicht albern, mein Po ist *viel* größer als deiner!« wurden wir ganz kameradschaftlich. Als nächstes kam Haarentfernung – mit Wachs meinerseits, Electrokution auf ihrer, und dann, natürlich, Männer. Seltsamerweise hatte sie, wie sich herausstellte, ein ähnliches Problem. Wie sich herausstellte, war meine neue Freundin ebenfalls in einen Mann verliebt, den sie nur auf bestimmte Tage der Woche festnageln konnte, nämlich Montag, Freitag und Samstag. Zufälligerweise war dieser Mann auch Baumchirurg und komischerweise ... hieß er auch Rupert. Ich erinnere mich, wie wir uns fassungslos anstarrten, sich Haut auf unseren kaltwerdenden Schokoladen bildete, als die jeweiligen Groschen mit einem lauten Klirren fielen. Legwarmer zogen sich zusammen, Turnschuhe knarzten, Stirnbänder schrumpften vor Entsetzen, bis wir endlich unsere Sprache wiederfanden und kreischten:

»Nein!«

»Ich *glaub* es nicht!«

»Wie *konnte* er!«

»Er *kann* doch nicht!«

»Verdammt noch mal, er *hat!*«

»Dieser BASTARD!«

Es gab noch reichlich empörtes Gekreische und Geschrei, bevor wir wie ein Mann aufstanden, unsere Mäntel über unsere feuchten Leotards warfen und in die Nacht hinausschritten.

Mit verkniffenen Mündern fingen wir uns ein Taxi und tuckerten zur Draycott Terrace, wo wir ihn, nachdem Mittwoch war, natürlich vorfanden, an seinem einzigen freien Wochentag ohne Spielchen. Sein verwirrter Mitmieter ließ uns rein, und da lag Rupert, auf dem Sofa ausgestreckt. Er sah sich *Eastenders* an, aß indische Heimservice-Köstlichkeiten und bohrte stillvergnügt in der Nase. Zusammen stellten wir uns vor seine erstaunte Gestalt und sagten ihm mit grafischer Genauigkeit, wohin er sich seine Bäume schieben könnte und welche Art Chirurgie wir bei ihm für nötig hielten. Meine Leidensgefährtin ging sogar soweit, daß sie ihm sein Bier in seinen Cordsamtschritt kippte, was ich als nette Geste empfand.

Das war Mittwoch. Am Donnerstag war ich immer noch aufgebracht, aber erst am Freitag hatte das Elend so richtig schön eingesetzt. Es war das Ende von mir und Rupert, und es war auch, dazu war ich wild entschlossen, das Ende meines Flirts mit den Luxusexemplaren dieser Spezies. Sie müssen wissen, bis jetzt hatte ich diese strahlenden Glamourtypen gemieden, weil sie viel zu gefährlich für mich waren. Meine Vorliebe galt stets den Nebenrollen des Lebens. Sogar in der Schule schon gierte ich nach Ilya Kuryakin, während andere Mädchen nach Napoleon Solo gierten. Während einige nach Le Bon kreischten, hechelte ich nach Taylor, und während sich einige nach Bodey sehnten, träumte ich von Doyle. So fühlte ich mich glücklicher, das war für mich bequemer, ich fühlte mich wohler mit meiner winzig kleinen Überlegenheit, und so hätte es auch bleiben sollen. Bis Rupert kam. Die Hauptattraktion, der hinreißende Baumchirurg, der mich an den Knien gefällt hatte.

Also, nie mehr wieder, befahl ich mir streng, als ich an diesem Freitag abend in das Sofa meiner Wohnung schluchzte. Nie, nie wieder. Zurück zum Sonderangebotskeller für mich, zurück zum Bügelrutschen auf der Suche nach etwas Passenderem, etwas anderem, das vielleicht jemand abgelegt hatte. Etwas ein bißchen Glatzköpfiges, ein bißchen Fettes, ein bißchen Dünnes – etwas, mit dem ich etwas *tun* konnte. Und dabei fand ich Harry.

Die Agentur hatte angerufen, als ich meinen Entschluß justament in meine Kissen schluchzte, und ich nahm den Job aus schierer Verzweiflung an.

»Es ist aber in Irland«, warnten sie.

»Das ist mir egal!« schluchzte ich.

»Es wäre besser, wenn Sie schon heute abend losfahren.«

»Noch besser!«

»Sie werden sich die Finger wundarbeiten.«

»Das betäubt den Schmerz!«

Und so kam es, daß ich mich am nächsten Morgen an der Westküste Irlands wiederfand, an einem ausladenden Holztisch inmitten einer riesigen alten Küche. Dazu glotzten mich traurig ein Dutzend Waldschnepfen an, die alle gerupft, ausgenommen und zubereitet werden wollten, mit dem festen Versprechen, daß bald noch mehrere Dutzend folgen würden.

Eineinhalb Stunden später waren erst drei Vögel gerupft, und ich war über und über mit Federn, Eingeweiden und Blut beschmiert, mir war schlecht und ich war den Tränen nahe. Da hörte ich das Knirschen von Reifen draußen auf dem Kies. Ich hob den Kopf und sah einen dreckigen, alten Landrover, der neben dem Fenster hielt. Ich erinnere mich, wie ich – mit Entsetzen und einem gewissen Maß von Meuterei – dachte: Wenn das bedeutet, daß das andere Dutzend Vögel im Anmarsch war, würde ich entweder in Tränen ausbrechen oder die erste Fähre zurück nach Hause nehmen. Und da sprang Harry aus dem Wagen. Er trug einen recht schicken lovatgrünen Jagdanzug und trug keine sechs Paar Waldschnepfen, sondern eine Flasche Champagner in der Hand.

Er war ein riesiger, blonder Mann, mindestens eins neunzig groß und sehr breit, aber ohne das Gewicht, das er jetzt mit sich herumschleppt. Als er in die Küche trabte, mit seiner Flasche wedelnd, kam es mir vor, als würde der ganze Raum dunkel. Meine Hand erstarrte mitten im Rupfen, ich sah zu diesem Riesen hoch und wartete auf Anweisungen aus dem Olymp. Stattdessen warf er einen Blick auf mein entgleistes Gesicht, sagte mir, ich sollte gehen und mir Hände und Gesicht waschen, und er würde den Rest machen. Er hielt sein Wort, setzte sich auf einen Hocker, zog einen Eimer zwischen die Beine und machte sich daran, die muffelnden Biester zu entflauschen, während ich schniefend und gekühlten Champagner schlürfend neben ihm saß. Ich hätte ihn küssen können. Mehr hätte ich natürlich nicht tun sollen. Übertriebenerweise heiratete ich ihn. Nicht einfach so, natürlich, es dauerte noch ein paar Monate, bis ich tatsächlich Mrs. Harry Meadows wurde. Aber es war eine recht spontane Entscheidung, wenn man bedenkt, wie tiefgreifend sie war.

Blicke ich so zurück, bin ich mir nicht ganz sicher, ob mein Zustand zum Zeitpunkt unseres Treffens nicht doch eine Menge damit zu tun hatte. Ich war emotional so erschöpft und diesem riesigen, gütigen – das dachte ich zumindest – Bären von Mann so armselig dankbar, daß ich, ich glaube sofort dort, beschloß, ich wäre schon zu lange zu schäbig von zu vielen gewandten, gutaussehenden Dreckskerlen behandelt worden – ehrlich gesagt, nur von einem, aber das ganze neun Monate lang. Dieser geradlinige, fähige, anständige Mann wäre genau der Richtige für mich. Amen. Seien wir doch mal realistisch – ich hatte einen derartigen Treffer vor den Bug gekriegt, daß ich mit Lichtgeschwindigkeit dahinschoß und mich jemand einfangen mußte. Und das war zufällig Harry.

Ich redete mir ein, mir gefielen seine Augen – blau, da kann man nicht falsch liegen, Rosie – und seine beruhigend breiten Schultern. Soweit ich mich erinnern konnte, brachte er mich auch zum Lachen, was er aber seitdem nie mehr geschafft hat. Mir gefiel auch die Tatsache, daß ich besser aussah als er, was schon einiges bedeutete: Damals hatte ich gute sieben Kilo Übergewicht und hatte mir gerade einen gewagt kurzen »Elfen«-Haarschnitt verpassen lassen. Nachdem ich weder das »Elfengesicht« noch die dazugehörige Figur hatte, war das Ergebnis, daß ich aussah wie ein fetter, kleiner Troll. Aber Harry sah nichts von alldem. Ich war blond, ich hatte schöne grüne Augen – seine Worte, nicht meine –, meine Haut war wie ein Pfirsich (dito), ich war üppig (je weniger dazu, desto besser), und ich war alles, was sein Herz begehrte. Na ja. Was sollte ich sagen? Wenn er so hingerissen war, dann konnte ich das auch sein, und ich ließ mich mit einem Seufzer der Erleichterung in diese kuschelige Beziehung fallen. Ich mußte mich nicht zu sehr anstrengen, mußte nicht zu geistreich sein, nicht zu amüsant, nicht zu schön, mußte nicht mehr durch irgendwelche Reifen springen. Es war wie eine Landung auf einer Federmatratze, nach all den Jahren da draußen.

Er war älter als ich (um etwa zehn Jahre), größer als ich (etwa dreißig Zentimeter), und ja, okay, vielleicht war er ein bißchen aufgeblasen, ein bißchen selbstzufrieden und ein ganz klein wenig langweilig, besonders, wenn er zuviel getrunken hatte, was mehr als nur gelegentlich passierte. Aber, du meine Güte, wer hatte denn *keine* Fehler, und er war schließlich und endlich im Grunde genommen ein netter Mann, oder etwa nicht?

Ich biß mir auf die Lippe und schaltete wütend in den dritten herunter, als ich die Kurve am Wandsworth Kreisel zu scharf nahm. Harry schwankte verschlafen auf eine Seite, lehnte den Kopf gegen das Fenster. Sein Mund stand offen, und eine winzige Speichelspur lief aus dem Mundwinkel.

Mummy war natürlich entzückt gewesen. Sie hatte die Vordertür geöffnet, einen Blick auf den strammen Saphir auf meiner linken Hand geworfen und wäre fast auf die Knie gefallen und hätte den Saum seines Mantels geküßt, so war sie aus dem Häuschen. Von einem Ohr zum anderen strahlend hatte sie seinen Arm gepackt und war mit ihm direkt ins Wohnzimmer marschiert, um die Gästeliste für die Hochzeit aufzusetzen. Von da an war es wie eine Bobschlittenfahrt zum Altar. Mummy war am Ruder, und das Telefon gab sie nur selten aus der Hand.

»Er ist irgendwie verwandt mit Lord Soundso von Irgendwo!« hörte ich sie aufgeregt ins Telefon quieken, als sie mit ihrer Freundin Marjorie Burnett sprach. »Stell dir vor, wenn er stirbt und dann sein Cousin stirbt und dann noch jemand etwas die *Linie* runter stirbt, wird Rosie vielleicht eines Tages noch eine Lady!« Das war fast zu orgasmisch, um es in Worte zu fassen, und sie ließ den Hörer klappernd auf die Reproduktion eines Garderobentisches fallen, weil Philippas Heirat, offen gesagt, schwer zu übertreffen war.

Philippa war meine ältere Schwester. Sie war nicht nur eine schöne, gertenschlanke, schwanengleiche Kreatur, sondern auch noch zu allem Überfluß hochintelligent. Vor einigen Jahren hatte sie Urlaub von ihrem hektischen Terminkalender in einem Londoner Schulkrankenhaus genommen, wo sie als Anästhesistin arbeitete – oh, ja, ernsthaft intelligent! –, um an einer Tanzveranstaltung zu Hause teilzunehmen. Und hier hatte sie einen unglaublich reichen hiesigen Landbesitzer kennengelernt, sein Interesse geweckt und ihn anschließend geheiratet – oder »eingesackt«, wie meine Mutter es so geschmackvoll formulierte. Dieser Landbesitzer lebte laut Mummy »im einzigen Haus in Gloucestershire, das es wirklich wert ist zu besitzen, Marjorie!«

Deshalb löste Harry mit seinen Prätentionen auf die Aristokratie allen latenten suburbanen Snobismus im Herzen meiner Mutter aus, und sie schaltete auf Turbo, sobald die Verlobung bekanntgegeben war. An einem Tag wurde ich zu Peter Jones geschleift, um meine Hochzeitsliste aufzusetzen, am nächsten Tag mußte ich bei Harrod's zahllose Hochzeitskleider probieren. Sie schikanierte das Personal, bis es – und manchmal auch ich – den Tränen nahe war, zerrte mich ins Reisebüro, um die Buchungen für unsere Hochzeitsreise zu überprüfen, so daß ich einen grauenhaften Moment lang so verwirrt war, daß ich dachte, ich würde meine Mutter heiraten. Diese Begeisterung ist natürlich völlig normal bei einer Brautmutter, aber irgendwie wurde ich das Gefühl nicht los, daß sich da ein Element von »Es-war-verdammt-höchste-Zeit« eingeschlichen hatte. Sie versäumte es nie, mich daran zu erinnern, daß ich schließlich Ende Zwanzig wäre. Was die äußerste Zeitgrenze war.

Je weiter die Pläne gediehen, desto besser verstanden sich sie und Harry. Mummy sabberte in ihre Suppe, während er kleine

Brosamen über Freunde mit guten Beziehungen und Familie fallen ließ. Es spielte keine Rolle, daß Harry eigentlich keine Arbeit hatte, daß er nicht viel Geld besaß, nur ein paar kleine Häuser in Wendsworth plus einige sagenhafte Aktien und Anteile. Die Tatsache, daß er praktisch in einem Atemzug von Michael Heseltine und der Herzogin von Devonshire sprechen konnte, hätte meine Mutter fast dazu gebracht, sich in Ekstase über den Teppich zu rollen. Ich erinnere mich, wie ich eines Abends nach dem Essen mit ihr nach oben ging, nachdem uns Harry mit einer intimen Begegnung mit dem verstorbenen Laurens Van Der Post unterhalten hatte. Es war übrigens weniger anstrengend für Harry, wenn diese Freunde »verstorben« waren. Sie hatte mich tatsächlich auf dem Treppenabsatz beim Gutenachtsagen in die Taille gekniffen.

»Du hast es geschafft, Rosie«, hauchte sie. »Du hast es wirklich geschafft!«

Ich sah sie baß erstaunt an und dachte, wie seltsam. Nach all den Jahren der Mißbilligung, nach all den Jahren schäbiger Kleidung und unpassender Freunde und keinem Ehrgeiz hatte ich es mit einem Rundschlag geschafft. Ich hatte ihre Anerkennung und vielleicht sogar ihre Liebe gewonnen. Und womit? Indem ich einen total Fremden mit nach Hause gebracht hatte. Ich blinzelte sie an, aber komischerweise wich ich nicht entsetzt zurück. Ich sah nur in ihre aufgeregten, glänzenden Augen und aalte mich zufrieden in ihrem Schein. Es war so einfach, müssen Sie verstehen, und es war etwas so anderes, nicht mit ihr zu streiten, nicht der Rebell zu sein. Ich hätte nie gedacht, daß es mir etwas ausmachte, daß es mir nicht gelungen war, sie so glücklich zu machen wie Philly oder mein Bruder, Philippas Zwilling. In dieser Nacht ging ich zu Bett und fühlte mich lächerlich, manche würden sagen armselig, glücklich.

Mit meinem Vater war das natürlich eine andere Sache. Seine Liebe war immer stark, offen und bedingungslos gewesen, und als er die Neuigkeit hörte, wurde er sehr still.

»Ja, also Hauptsache, du bist glücklich, alles andere zählt nicht«, sagte er schließlich.

»Aber du magst ihn doch, nicht wahr, Daddy?« fragte ich ängstlich.

»Natürlich mag ich ihn. Natürlich.«

Wir saßen zusammen auf der alten Bank neben dem Gewächshaus, und ich erinnere mich, als ich seinen Ton spürte, wie ich mich rasch umdrehte, fast schuldbewußt, um mehr Bestätigung zu kriegen. Aber er war bereits aufgestanden. Er hatte seine Gärtnerhandschuhe und seine Gartenschere aufgesammelt, seinen verbeulten alten Hut mit Schwung auf den Kopf gesetzt und war weitergegangen, hinunter zu dem Gemüsebeet am Ende des Gartens. Seine hochgewachsene Gestalt bewegte sich so rasch und zielstrebig wie immer – aber war es meine Einbildung oder hingen seine Schultern tatsächlich ein bißchen, war sein Schritt wirklich ein kleines bißchen schleppend?

Das war meiner Erinnerung nach das erste Mal, daß mir Zweifel kamen. Das zweite Mal war, kurz bevor ich das Mittelschiff hinunterging. Als ich am Arm meines Vaters an der Tür unserer Dorfkirche stand, hatte ich plötzlich diesen überwältigenden Drang, mir den Kopfputz herunterzureißen und wie der Teufel zum nächsten Bus Nummer 9 zu rennen. Ich biß die Zähne zusammen und sagte mir, das wäre nur voreheliche Nervosität, und eine Sekunde später wurden die ersten Töne der »Königin von Saba« angestimmt, und ich rauschte das Mittelschiff hinunter. Die dritte Welle der Unsicherheit kam etwa eine Stunde später, bei unserem Hochzeitsempfang im Garten meiner Eltern. Es war eigentlich die charmelose Charlotte, die unglaublich beschwipst, mit hochrotem Kopf und einem grauenhaften rosa Hut auf mich zugeschwankt war und trötete: »Mensch, ich find's *ehrlich* wunderbar, daß du den lieben alten Humpty genommen hast, Rosie! Wie unglaublich tapfer von dir! Der Himmel *weiß*, was du dir da eingebrockt hast!«

»H-Humpty?« stotterte ich.

»Ja«, lachte sie fröhlich. »Ein altes Spiel fürs Kinderzimmer. Ich denke, du hattest auch eins, oder etwa nicht?«

Ich hatte keines gehabt, und ich war versucht zu sagen, daß ich auch kein Kinderzimmer gehabt hatte. Aber noch etwas wesentlich Bittereres traf mich mit der Wucht eines führerlosen Trucks. Gütiger Gott, ich hatte Humpty Dumpty geheiratet, ich hatte den Jasager, den fetten Jungen der Bande geheiratet und nicht nur das, ich war tapfer, selbstlos gewesen, hatte etwas getan, was kein anderer, der bei Verstand war, hatte tun wollen. Ich stand in meinem cremefarbenen Seidenkleid da und hatte Charlotte fassungslos nachgeschaut. Ich hatte mein Glas umklammert, in dem der Champagner bereits schal geworden war.

Danach verdüsterte sich meine Welt immer mehr, je offener die Wahrheit ans Licht kam. Ich hatte einen Mann geheiratet, der mit neununddreißig verzweifelt auf der Suche nach einer Frau war. Ich war die vierte Köchin in Folge, der er geholfen hatte, Schnepfen zu rupfen. Es war die vierte Flasche Champagner, die vierte »Cinderella-trockne-deine-Tränen-Nummer«. Es war ein Standardwitz, wie Humpty versuchte, sein Bein drüberzukriegen. Aber diesmal – ziehen Sie sich das rein – *dieses* Mal hatte er es nicht nur rübergekriegt, ich hatte ihn tatsächlich auch noch *geheiratet!* Stichwort: brüllendes Gelächter, johlendes Vergnügen, Hysterie und – Schnitt. Denn, Moment mal – woher sollten Sie wissen, daß ich ihn nicht liebte? Woher sollten Sie wissen, daß diese Ehe nicht im Himmel vorbestimmt war, was?

Traurigerweise tat ich es nicht, und die Ehe war nicht im Himmel vorbestimmt, also war ich der Witz. Sobald ich die Konfetti aus meinen Haaren geschüttelt hatte, wurde mir klar, daß Harry nicht der Mann war, den ich mir vorgestellt hatte. Er war nicht nur harmlos, er war ein Tölpel. Er war nicht solide, er war festgemauert – meist auf dem Sofa, mit geschlossenen Augen –, und er war nicht nur ein schwerer Trinker, er war – na ja, je weniger zu diesem Thema, desto besser. Lassen Sie uns zu den guten Nachrichten übergehen. Mein Sohn, Ivo, inzwischen genau zwei Jahre und zwei Monate alt, gezeugt auf unserer Hochzeitsreise in Indien und komischerweise genau neun Monate später geboren. Mein Herzblatt – ich lächelte liebevoll über das Steuerrad bei dem Gedanken an ihn. Mein strahlendes blondes Licht, das mich meine Tage überstehen ließ, meine Ehe.

Das Epizentrum meiner Welt. Für ihn, Harry – ich warf ihm einen scheelen Blick zu –, danke ich dir aus tiefstem Herzen. Für ihn sollte ich fähig sein, dir alles zu verzeihen.

Nachdem wir vor unserem Haus in der Meryton Road angelangt waren, blieb ich im Dunkeln sitzen, versuchte mich dazu zu bringen, etwas zu empfinden, wenn schon nicht Liebe, dann zumindest Zärtlichkeit. Ich öffnete leise meinen Sicherheitsgurt und drehte mich im Sitz zur Seite. Versuch es, Rosie, versuch etwas heraufzubeschwören. Für Ivo. Da muß doch auf jeden Fall am Anfang etwas dagewesen sein, irgendein Zauber. Ich streckte die Hand aus und streichelte seine.

»Darling?« flüsterte ich.

Nicht mal ein Zucken. Er schnarchte weiter.

»Harry, Darling, wir sind zu Hause.«

Er schmatzte, ließ seine drei Kinns wackeln und drehte sein Gesicht in die andere Richtung.

»Harry.« Ich schüttelte ihn. »Komm schon, es ist kalt hier draußen, wach auf.« Ich schüttelte ihn etwas fester. »Komm schon, mein Herz.«

»Verpiß dich«, murmelte er.

»Verpiß dich selbst, du dämlicher Fettsack!« brüllte ich.

Ich ließ mich in den Sitz zurückfallen. Ja, das brachte den Zauber wieder, oder etwa nicht? Da schwappte die Zärtlichkeit über. Ich seufzte. O Gott, wenn ich doch nur Mel Gibson geheiratet hätte. Dann hätte ich sicher solche Probleme nicht gehabt. Ich sah Harry an, nagte an meinem Daumennagel. Ich war schwer versucht, ihn einfach weiterschnarchen zu lassen. Sollte er sich doch allein um vier Uhr früh aus dem Auto kämpfen, allein den vereisten Weg hochstolpern, ohne Hoffnung nach seinem Hausschlüssel suchen, mit dem Riegel kämpfen. Aber ich wußte, daß das konterproduktiv wäre. Ich müßte nur mitten in der Nacht aus dem Bett springen, um ihn abzufangen, damit er nicht mit Getöse durch das Haus taumelte und Ivo aufweckte. Ich beugte mich über sein Ohr.

»Harry!« schrie ich, »wenn du hier bleibst, wirst du erfrieren!« Bei dieser Vorstellung leuchteten meine Augen kurz auf in ihren müden, alten Höhlen, aber ich befahl ihnen zu dimmen. Nein, nein. Nur in deinen Träumen, Rosie. Er rüsselte weiter.

»In Ordnung!« kreischte ich wichtig. »Das *reicht!*«

Ich strampelte aus dem Auto und lief zu Harrys Seite. Ich riß seine Tür mit einer eleganten Geste auf. Es war Zeit für den Letzten Versuch, eine Methode, die bis jetzt nur bei einigen wenigen Gelegenheiten zum Einsatz gekommen war aufgrund der damit verbundenen Gefahren, aber heute nacht war eine von ihnen. Ich lief zurück auf meine Seite, hockte mich auf allen vieren auf meinen Sitz und begann, Harry zur offenen Tür zu schieben. Es war, als ob man versucht, einen Berg zu bewegen. Ich stemmte meine Schulter gegen seine und schob mit all meiner Kraft, fluchend und schimpfend, hechelnd und keuchend, als ein älterer Mann mit seinem Hund in mein Blickfeld kam. Sie kamen den Gehsteig entlang, blieben stehen und beobachteten mich interessiert. Sie machten eine Pause in ihrem abendlichen Spaziergang, um Zeuge dieses Straßentheaters zu werden. Ich ignorierte sie und schob trotzdem weiter.

»Er wird auf den Gehsteig fallen und sich den Kopf aufschlagen«, bemerkte der Mann schließlich.

»Das ist Zweck dieser Übung«, murmelte ich mit zusammengebissenen Zähnen.

»Ah.« Er nickte. Dann ging er beruhigt weiter.

Interessantes Gespräch war das, dachte ich japsend. Offensichtlich war es in Ordnung, daß ich meinem Mann wissentlich körperlichen Schaden zufügen wollte, ihn hätte nur zufälliger körperlicher Schaden gestört. Schließlich gab ich ihm einen letzten, übermenschlichen Stoß, und Harry begann zu rollen und zu rollen und dann g-e-r-a-d-e als sein Kopf aufs Pflaster aufschlagen wollte, streckte er sein Bein aus und rettete sich. Ja, das *schaffte* er immer. Ich saß verwundert da und röchelte vor mich hin, als er das andere Bein herumschwang und sich irgendwie stolpernd aufrichtete, wie ein benommener Elefant, der sich von einem Betäubungspfeil erholt. Unglaublich, dachte ich, dieser angeborene Instinkt fürs Überleben. Offensichtlich würde Harry, genau wie die Armen, immer bei uns sein.

Als er sich anschickte, im Zick-Zack-Kurs den Gartenweg zur Haustür hochzuschwanken, sperrte ich den Wagen ab und huschte an ihm vorbei, um als erste an der Tür zu sein. Zu diesem Zeitpunkt war es wichtig, ihn davon abzuhalten, den Klopfer zu betätigen und »What shall we do with the drunken sailor« durch den Türschlitz zu grölen, wie er das üblicherweise tat.

»Gut gemacht«, murmelte er, als ich die Tür öffnete und ihn hineinschob. »Gut gemacht, altes Ding.« O ja, ich vergaß das zu erwähnen. Als ich heiratete, hatte ich nicht nur das Glück, meinen Nachnamen, sondern auch meinen Vornamen zu verlieren. Ich war nicht mehr Rosie Cavendish, sondern Altes Ding Meadows.

Als ich ihn völlig außer Atem ins Wohnzimmer dirigierte, stand Alison, unser Babysitter, bereits aus dem Stuhl auf, steckte ihre Illustrierten in ihre Tasche und schaltete den Fernseher aus.

»Hatten Sie einen schönen Abend?« fragte sie schüchtern.

»Wunderbar, danke, Alison, und du? War Ivo brav, war alles in Ordnung mit ihm?«

»O ja, er war ein absoluter Engel, wie immer. Er ist gegen zehn Uhr aufgewacht, also hab ich ihm was zu trinken gegeben, und dann ist er sofort wieder eingeschlafen. Ich hoffe, das war recht so?«

Das war für Alison ein ziemlich langer Satz, und sie lief ein bißchen rosa an. Sie war ein süßes, schüchternes Mädchen von etwa siebzehn, das gegenüber wohnte und Kinder über alles liebte, vor allem Ivo.

Ich lächelte. »Natürlich, genau das hätte ich auch getan. Gut gemacht.« Ich hatte schon Geld in meiner Hand bereit und steckte es rasch in ihre. »Und es tut mir leid, daß wir etwas zu spät gekommen sind.«

»Oh, nein, Sie waren doch nicht wirklich – oh! Nein, das ist viel zuviel, Rosie.« Sie sah die Scheine in ihrer Hand an.

»Nein, bitte, nimm es.«

Alison war das älteste von fünf Kindern, und Geld war auf der anderen Seite der Straße knapp. Ich wußte, daß sie sich mit diesem Job den Einkauf von ein paar netten Kleidungsstücken finanzierte. Genau gesagt, ich wußte mit Sicherheit, daß sie sich den glänzenden schwarzen Regenmantel im Stil der Sechziger, den sie mir bei ihrer Ankunft so stolz gezeigt hatte, mit ihrem Babysitterlohn erstanden hatte.

»Danke.« Sie strahlte. »Jetzt kann ich mir den Minirock im Top Shop kaufen.«

»Oh, gut«, sagte ich begeistert, und während ich ihre Freude betrachtete, kam mir der Gedanke, daß mir vielleicht genau das in meinem Leben fehlte. Ein Minirock vom Top Shop.

»Na, dann werde ich mal gehen«, sagte sie. »Nacht, Rosie, gute Nacht, ähm, Mr. Meadows.« Sie warf einen nervösen Blick auf Harry. Sie wußte nie so recht, was sie zu ihm sagen sollte. Er stand schwankend in der Tür zum Wohnzimmer, blockierte ihren Weg zum Ausgang. Sie tippelte seitwärts auf ihn zu, aber er machte keine Anstalten, sie durchzulassen. Statt dessen musterte er sie von oben bis unten, sein Blick streifte ungeniert über ihre jugendliche Figur und das knappe Lycra Oberteil.

»Ah, du willst gehen, nicht wahr, ähm –«

»Alison«, warf ich rasch ein. Er konnte sich nie an ihren Namen erinnern, obwohl sie schon seit einem Jahr unser Babysitter war.

»Ah, ja, Alison. Hat der Sohn und Erbe sich gut benommen?«

»Perfekt«, sagte sie und versuchte sich an ihm vorbeizudrücken.

»Gut, gut.« Er schloß die Augen und schwankte bedrohlich. O Gott. Er war nicht nur angesoffen, er war katastrophal besoffen.

»Tschuldigt mich kurz«, murmelte er. »Muß eine Stange Wasser abstellen.«

Er drehte sich um und stolperte aus dem Zimmer. Aber anstatt rechts zum Klo abzubiegen, wandte er sich nach links und öffnete den Schrank, in dem die Mäntel hingen. Ohne das Licht anzuknipsen und bevor ich den Mund aufmachen konnte, um etwas zu sagen, hatte er seinen Hosenstall geöffnet und begann zu pinkeln. Geräuschvoll. Lange. Gegen die Mäntel. Und während ich versteinert vor Entsetzen dastand, hörte ich das unverkennbare Geräusch von Wasser auf Plastik und wußte es einfach. Ich wußte es, weil ich ihn selbst vor ein paar Stunden dort aufgehängt hatte. Er pinkelte direkt auf Alisons glänzenden neuen Regenmantel.

Alison und ich standen Schulter an Schulter da und warteten voller Entsetzen, bis der plätschernde Sturzbach versiegt war. Eine kleine Pause. Dann ein gedämpftes, leicht verwirrtes »Verflucht«.

Eine Sekunde später stolperte er heraus.

»Also, es tut mir schrecklich leid, Abigail, altes Haus. Wie es scheint, hab ich in deine Manteltasche gepinkelt.«

Und genau in diesem Moment wußte ich es mit Bestimmtheit. Ich konnte nicht mehr länger mit diesem Mann leben. Er mußte einfach weg.

2

Falls Sie denken, ich gehöre zu der Sorte Frauen, die sich von ihrem Mann wegen einer gepinkelten Indiskretion nach einer Party scheiden läßt, möchte ich betonen, daß dem nicht so ist. Es war schlicht der letzte Strohhalm, der dem Kamel den Rücken brach und egal wie, mein Rücken hatte schon zahlreiche Höcker. Wir bewegten uns auch nicht in unbekannten Gewässern, o nein, in diesem war ich schon öfter gewesen. Harry verlassen war nichts Neues. Ich hatte schon zweimal gepackt, war zweimal bis zum Ende der Straße gekommen, ich hatte es sogar einmal – nachdem er mich mitten in der Nacht in den Rücken geschubst und gemurmelt hatte: »Los, Schweinchen, auf zum Markt« – bis zum Haus meiner Eltern geschafft, aber nie sofort. Nie »Für Immer«. Deshalb schlug ich am nächsten Morgen meine Augen etwas nervös auf und überprüfte meinen Entschluß. Zuerst untersuchte ich ihn etwas zögerlich, in Erwartung, daß er sich beim leisesten Druck verflüchtigen würde, aber zu meiner Überraschung blieb er bestehen, selbst nach sieben Stunden Schlaf. Tatsache war, daß es mich plötzlich mit solch kristallener Klarheit überfiel, daß heute der Tag war, an dem mir, Rosie Meadows, bestimmt war, ihren Mann zu verlassen, daß ich so behende aus dem Bett sprang wie seit Jahren nicht mehr.

Ich schlich auf Zehenspitzen zu meinem Toilettentischspiegel und sah mich an, hakte meine glatten, blonden Haare hinters Ohr. Sah ich anders aus? Sah ich entschlossen, entscheidungsfreudig aus, so als ob ich es ernst meinte? Ein Paar sorgenvolle grüne Augen starrten mich ängstlich an. Nun ja, nein, wahrscheinlich nicht, aber das Wichtigste war, daß ich es ernst meinte. Diesmal war ich mir sicher. Diesmal war ich weg.

Ich schlich durchs Schlafzimmer, zog mir Jeans und einen Pullover an, sehr bedacht darauf, Harry nicht zu wecken, dann stahl ich mich aus dem Zimmer, schloß sanft die Tür hinter mir.

»Ma-mi... Ma-mi... Ma... mi...«

Der stete Kanon, der mich geweckt hatte, wurde jetzt lauter, und als ich über den Treppenabsatz hastete, kam ich mir wie ein Fußballer vor, der unter dem Gebrüll seiner Fans von den Tribünen aus dem Tunnel trabte. »Ma-MI!« erreichte sein Crescendo, als ich seine Tür öffnete.

»Iv-O!« erwiderte ich begeistert, als ich in sein Bettchen griff, um ihn für unseren ersten Clinch am Tag herauszuholen. Aber keinen zu engen Clinch, beschloß ich hastig, fiel auf die Knie und rang ihn zu Boden, morgens war er immer ziemlich feucht. Ich kämpfte mit einer stinkenden Windel, einem strampelnden Kind und einer hermetisch verschlossenen Schachtel Babyreinigungstücher – ein Scherz irgendeines Herstellers –, dann packte ich Ivo in eine frische Windel – ich mußte irgendwann mal den Mut finden, ihn in Hosen zu stecken – und zog ihn eilig an. Ivos große blaue Augen musterten mich erstaunt. Normalerweise waren Pyjamas am Frühstückstisch vollkommen akzeptabel.

»Tut mir leid, Darling«, murmelte ich, steckte seine Beinchen in Hosen und hievte ihn auf meine Hüfte, »wir müssen heute morgen hier raus. Wir müssen uns weiterschlängeln, wie's so schön heißt.«

Wir gingen schnell nach unten, und Ivo beobachtete von seinem Kinderstuhl aus, wie ich durch die Küche wirbelte und unterwegs Maschinen einschaltete. Toaster, Teekessel, Mikrowelle und Waschmaschine setzten sich surrend in Bewegung, während ich Toast butterte, Milch aufwärmte, Kleider wusch und Kaffee in meinen Hals schleuderte. Ich wollte unbedingt los und Alice die Neuigkeit mitteilen, bevor Harry Gelegenheit hatte, mich abzufangen. Ich war nicht direkt darauf erpicht, daß er den ehelichen Frust entdeckte, der mir, wie ich überzeugt war, ins Gesicht geschrieben war.

Aber so ein Glück hatte ich nicht. Zehn Minuten später, als ich mit einer Hand Ivo den letzten Brei in den Mund löffelte und mit der anderen den Geschirrspüler leerte, füllte sich plötzlich der Türrahmen mit gestreiftem blauem Schlafanzug. Harry gähnte, streckte sich und kratzte sich wie ein großer Bär am Kopf.

»Oooohhhhjehh. Das Leberchen zickt heute morgen ein bißchen.« Er tätschelte vorsichtig seinen Bauch. Das war Harrys übliche Umschreibung eines gigantischen Katers. Er musterte mich von oben bis unten und runzelte die Stirn. »Du bist aber schon früh angezogen.«

»Bin ich das?« hechelte ich schuldbewußt. »Na ja, ich dachte nur – weißt du, es ist ein wunderschöner Morgen. Ich dachte, ich geh mit Ivo in den Park.«

Er grunzte ungläubig und ließ sich vorsichtig auf einen Küchenstuhl fallen. Da saß er dann und wartete darauf, bedient zu werden. Ich füllte einen Becher mit Kaffee und stellte ihn vor ihn.

»Hab das unbestimmte Gefühl, daß ich in Ungnade bin«, murmelte er, während er darin rührte. »Wie mir scheint, war ich gestern nicht so ganz auf dem Damm.«

»Nicht schlimmer als üblich«, sagte ich locker.

»Sag dem Mädchen, daß es mir leid tut, ja? Spastischer Grimmdarm.« Einen Augenblick lang dachte ich, er würde Alison erneut beleidigen, aber er fuhr fort: »Doktor sagt, es wäre ziemlich verbreitet bei Jungs in meinem Alter. Du weißt schon, bei meinem Streßlevel.«

Streß! Ich staunte wortlos in den Abwasch.

»Sagt, es würde mit meinem leicht reizbaren Darm zusammenhängen.«

»Ah, genau.« Ich persönlich verstand nicht, was sein leicht reizbarer Darm mit In-den-Schrank-Pinkeln zu tun hatte, aber ich ließ es durchgehen. »Das solltest du dann aber behandeln lassen«, schlug ich gnädig vor. »Geh zu einem Spezialisten. Ich glaube mich erinnern zu können, daß ich dir einmal einen Termin gemacht habe, bei jemandem, den Tom in der Harley Street empfohlen hat. Bist du je hingegangen?«

»Ganz bestimmt nicht«, knurrte er. »Hab keine Lust, mir von irgendeinem Kerl in den Hintern schauen zu lassen.«

»Genau gesagt war es eine Frau.«

»Großer Gott!« Harry spuckte seinen Kaffee über den Tisch. »Herrgott, was manche Weiber alles anstellen, um einen Kerl zwischen die Finger zu kriegen!«

Ich ließ mir das durch den Kopf gehen, bis zu den Ellbogen im Abwasch. »Du willst damit sagen, daß sie fünf Jahre lang Medizin studiert hat, nur in der Hoffnung, daß sie eines Tages einem Kerl in den Hintern schauen kann?«

»Mach keine Scherze, Rosie«, knurrte er. »Glaub mir, da draußen sind ein paar verzweifelte Weiber.«

Ich drehte mich zu seiner finsteren Gestalt, die mit seinen M&S XXX-Large Schlafanzug über den Kaffee gebeugt dasaß, sein blondes Haar hing über der Stirn. »Oh, das bezweifle ich nicht, Harry, und du hast recht, das ist nicht zum Scherzen. Ein Mann wie du ist heutzutage nicht mehr sicher auf den Straßen, wo überall räuberische Frauen lauern. Ich bin erstaunt, daß du dich überhaupt aus dem Haus traust.«

Harry warf mir einen kurzen, mißtrauischen Blick zu.

»Was ist denn heute morgen mit dir los?«, sagte er in scharfem Ton. »Du bist sehr keß. Sehr ... spitzbübisch.«

»Bin ich das? Tut mir leid.« Ich ließ sofort mein »spitzbübisches« Gehabe fallen, versteckte mein schuldbewußtes Gesicht im Spülstein und schrubbte heftig an einer Pfanne herum. Lieber Gott, ich durfte mich zu nichts hinreißen lassen, durfte nicht zu selbstsicher werden. Das letzte, was ich wollte, war, daß Harry Verdacht schöpfte. Es hatte keinen Sinn, das Wasser mit Streitereien und Vorwürfen zu trüben, wenn ein rascher, sauberer Bruch angesagt war. Glücklicherweise sorgte Ivo für Ablenkung.

»Er sabbert wieder«, beschwerte sich Harry plötzlich. »Schau, Rosie, es ist widerlich, sein ganzes Kinn ist verschmiert. Um Himmels willen, tu was!«

Ich nahm einen Lappen und wischte Ivos Gesicht, während Harry stumm vor Ekel dasaß. Ich hob Ivo aus seinem Kinderstuhl. »Das ist doch nur ein bißchen Milch«, murmelte ich. »Mein Gott, Harry.«

Als Ivo zur Welt kam, war Harry entzückt gewesen. Ein Sohn, ein Erbe des Harry Meadows-Throns, der Meryton Road Doppelhaushälftedynastie – was konnte ein Mann sich mehr wünschen? Er war euphorisch vor Freude gewesen, hatte auf seine Gene getrunken, seine Männlichkeit, seine wunderbare Ausrüstung. Er hatte sich gratuliert – sogar mir gratuliert, einmal –, aber als ihm die grimmige Realität des Aufziehens eines Kindes dämmerte, hatte er das Ganze gar nicht mehr so gut gefunden. Harrys Vorstellung von Elternschaft war ein sauberes, gebadetes Kind mit ordentlich gescheiteltem Haar, das ihm in einem Miniatur-Gentleman-Schlafanzug um sechs Uhr abends präsentiert wurde, damit er es ein paar Minuten auf den Knien schaukeln konnte. Manchmal trällerte er sogar: Hoppe, hoppe Reiter, aber beim ersten Anzeichen von Bäuerchen bei »Wenn er fällt dann schreit er«, reichte er ihn direkt seiner Mutter zurück.

Ironischerweise war Harrys Beziehung zu Ivo bis jetzt der Grund gewesen, warum ich nicht das Handtuch geworfen und mich wieder der freien Welt angeschlossen hatte. Sie können mich ruhig altmodisch finden, aber ich glaubte fest daran, daß ein Junge seinen Vater braucht und – egal ob gut, schlecht oder desinteressiert, vorzugsweise seinen *eigenen*. Also war ich geblieben. Aber seit kurzem hatte mich eine schleichende Erkenntnis allmählich davon überzeugt, daß es doch besser wäre, jetzt zu gehen, wenn ich doch im Grunde meines Herzens wußte, daß ich nie auf ewig durchhalten würde, bevor er sechs, zehn, vierzehn war. Dann würde es nur noch härter werden. Ich verspürte ein kurzes Kribbeln von Reue, als ich Ivos Arme in seine Cordjacke steckte, aber ich schluckte es hinunter, stählte mein Herz. Ich hievte ihn auf meine Hüfte und zeigte meinem Ehemann ein strahlendes Lächeln.

»Na, dann werde ich mal losziehen«, sagte ich, hoffentlich nicht zu bedrohlich.

»Wohin gehst du?« murmelte er durch seinen aufgestellten *Telegraph*.

»Oh, nur rüber zu Alice. Wirst du heute arbeiten?«

»Mach ich das nicht immer?«

»Ja, natürlich«, murmelte ich, obwohl man darüber hätte streiten können.

»Arbeiten« hieß bei Harry gewöhnlich ein langes, genüßliches Frühstück, sich umziehen – drei oder viermal, unser Harry legte großen Wert auf sein Äußeres –, bevor er bedächtig in den obersten Stock des Hauses walzte und beim Durchqueren der Tür des Arbeitszimmers plötzlich – Abrakadabra – Immobilienmakler wurde. Nachdem Harry genau zwei Immobilien besaß, in der einen lebten wir und die andere war vermietet, können Sie sich vorstellen, wie stressig das war. Kein Wunder, daß sein Dampfkochtopf von Job seine Eingeweide völlig durcheinanderbrachte. Kein Wunder, daß er den Streß abbauen mußte, indem er eine Reihe von morgendlichen Anrufen bei Freunden tätigte – von denen die meisten Dinger waren, die auf Bunky, Munky und Spunky hörten und ähnlich stressige Jobs hatten – und kein Wunder, daß er schließlich, wenn ihm alles zuviel wurde, bis zum Mittagessen auf dem Sofa liegen mußte. Der Rest des Tages würde ungefähr so aussehen: Um exakt zwölf Uhr reißt ihn das Telefon aus seinen Träumen, er stolpert zum Schreibtisch, und es ergibt sich folgendes Gespräch:

»Humpty?«

»Boffy!«

»Wie läuft's denn?«

»Überraschend schleppend, ehrlich gesagt«, – dieses »überraschend« liebte ich – »wie wär's mit einem kleinen Lunch?«

»Warum nicht? Wir sehen uns dort um eins.«

Und dann verschwindet er in Richtung Club, immer optimistisch mit dem Wagen, und immer kehrte er ohne ihn zurück, ziemlich unter Strom, in einem Taxi. Nach einigen Versuchen, den Schlüssel in die Tür zu kriegen, stolpert er dann wieder nach oben, kollabiert auf dem Sofa, taucht um fünf wieder auf, nimmt ein Bad, trinkt kräftig, verleibt sich Abendessen ein, trinkt noch heftiger und geht zu Bett. Oh, das ist wirklich eine anstrengende Vollzeitbeschäftigung.

Auf dem Weg zur Haustür warf ich einen Blick auf die Uhr. »Dann sehen wir uns am Ende der Vorstellung«, rief ich.

Ich blieb erschrocken stehen. *Wir sehen uns am Ende der Vorstellung*. Hatte ich das wirklich gesagt? Mein Gott, ich fang schon an wie er zu reden!

»Wohin sagst du, gehst du?« Harrys Stimme bremste mich unvermittelt. Ich drehte mich schuldbewußt um. Er stand in der Tür.

»In den Park und dann zu Alice.«

»Um diese Zeit? Leute wie die stehen doch nicht vor zehn Uhr auf. Sie schnarchen noch in ihren Pfühlen, halluzinieren in ihre Schnüffeltüten.« Er runzelte die Stirn. »Und überhaupt, ich hab dir doch gesagt, daß ich es nicht mag, wenn Ivo auf diesem Rad fährt.«

»Er hat einen Helm auf, Harry«, sagte ich, als ich Ivo in den Kindersitz meines Rades lud. »Und außerdem liebt er es, und wir fahren nur durch den Park.«

Was Harry eigentlich meinte, war, daß er es nicht ausstehen konnte, einen von uns auf dem Rad zu sehen. Image war Harrys ein und alles, und das war viel zu bohemien für ihn. Was ihm wirklich gefallen würde, wäre, wenn ich von Kopf bis Fuß in Marineblau gekleidet wäre, mit ein paar minimalistischen weißen Tupfern – Hosen und Perlen – und Ivo im Matrosenanzug. Dann würde ihm gefallen, wenn wir beide fest angeschnallt in einem dunkelgrünen Range Rover sitzen würden, Ivo mit einer Schwarzmarktausgabe von *Little Black Sambo* in der Hand. Glücklicherweise reichten die Finanzen nur für die Hosen für mich und den Matrosenanzug für Ivo. Diesen hatte ich ihm einmal tatsächlich für einen Besuch bei Alice angezogen. Sie empfing uns mit entsetztem Gesicht und quiekte: »O Gott, du hast ihm eine Uniform angezogen! Als nächstes steckst du ihm Medaillen an. Schnell, zieh ihn aus, bevor er anal verklemmt wird!«

Ich schenkte Harry ein gewinnendes Lächeln, während ich einen strahlenden Ivo zum Tor schob. »Schau, wie es ihm gefällt, schau doch.«

»Hmpf«, grunzte er. »Aber sei vorsichtig. Der Sohn und Erbe soll sich doch nicht den Hals brechen.« (Genau wie ich meinen Vornamen aufgegeben hatte, hatte es zufällig auch Ivo.)

»Keine Sorge, es wird ihm nichts passieren.«

»Und nimm keine Drogen«, warf er mir zum Abschied hinterher, als ich losfuhr.

Ich biß die Zähne zusammen, um zu verhindern, daß ich Obszönitäten zurückbrüllte, und strampelte weiter.

Alice war Künstlerin. Außerdem war sie meine liebste Freundin, und ich kannte sie seit meinem vierzehnten Lebensjahr. Meines Wissens hatte sie noch nie auch nur eine Zigarette geraucht, geschweige denn Drogen genommen. Harry wußte es natürlich besser. Die Tatsache, daß sie recht exzentrische Second-Hand-Kleidung trug und angeblich dazu neigte, sich Schals um den Kopf zu binden, während sie den Pinsel schwang, war für ihn Zeichen für alle möglichen wüsten Verfehlungen.

Als ich nun so durch die Straßen von Wandsworth radelte, in den sonnigen Park, hatte ich mit einemmal das Gefühl, ich würde Harry und all seine Vorurteile hinter mir lassen. Es war ein herrlicher Wintermorgen, ein frischer, kalter Tag, und die Vögel, die nicht die Federn gerafft und nach Süden abgezogen waren, waren hingerissen von dieser unerwarteten Freude. Sie sangen sich ihre kleinen Herzen aus dem Leib, genau wie Ivo, der hinter mir eine recht akzeptable Version von »Puff the Magic Dragon« versuchte. Ich lächelte und atmete tief durch, als ich den schmalen Pfad entlangsauste und die kalte Brise um meine Wangen und Ohren pfiff. Plötzlich fühlte ich mich leichter und glücklicher als seit Jahren.

»Wir beschuchen Alice?« krähte Ivo.

»Ja, Schatz.«

»Und Molly und Lou?«

»Natürlich.« Das waren Alices Töchter.

»Und einkaufen?« fügte er hoffnungsvoll hinzu. Einkaufen könnte Süßigkeiten bedeuten.

Ich lachte. »Vielleicht.«

»Und wasch dann?«

Ja, was dann, Rosie? Was würde als nächstes passieren? Wohin würden wir gehen? Wo würden wir wohnen? Was würden wir machen? Ich hatte seit zwei Jahren nicht gearbeitet und hatte kein Geld. Wohin gingen Frauen, die ihre Männer verließen? Gab es vielleicht ein günstig gelegenes hiesiges Heim für entlaufene Frauen, einen Platz, wo man eine Weile Zuflucht suchen und seine Gedanken sammeln konnte? Oder ging man einfach direkt nach Haus zu Mutter ohne »Geh-weiter« zu passieren oder ohne 200 Pfund zu kassieren? Ich erschauderte bei dem Gedanken. Nein, das konnte ich nicht in Betracht ziehen. Da blieb ich lieber mitten im Feuer, aber vielleicht – vielleicht könnte ich ein Zimmer mieten. Eine Wohnung teilen, so wie ich das früher hatte. Du meinst wohl, wie du das früher gemacht hast, bevor du das Kind hattest, sagte eine kleine Stimme in meinem Kopf. Wie du das hast, als du noch einen Ganztagsjob hattest und das Geld verdient, um die Miete zu bezahlen. Bevor du alleinerziehende Mutter geworden bist. Ich nagte an meiner Unterlippe. Alleinerziehende Mutter. Großer Gott, ich war im Begriff, zu einer Statistik zu werden. Eine Last für den Staat, einer dieser Leute, die Unterkunft und Aufsicht brauchten, eine der Bedürftigen. Ich schluckte schwer. Nein, das konnte ich nicht tun. Ich würde etwas finden, wo ich halbtags arbeiten könnte. Ich würde *irgendeine* Möglichkeit finden, uns durchzubringen, ohne irgend jemandem zur Last zu fallen. Irgend etwas würde sich ergeben.

Als ich um die Ecke bog, schien mir die niedrigstehende Morgensonne direkt in die Augen und blendete mich. Ich senkte meine Wimpern, filterte das Licht und genoß den verschwommenen Effekt auf meine Sinne. Ich wollte momentan keine zu tiefen Gedanken denken, mich zu sehr in der Logistik festfahren. Ich hatte die Entscheidung getroffen zu gehen, und das war die Hauptsache. Ich würde einen Platz finden und, wo immer das war, auf jeden Fall würde es besser sein als da, wo ich bis jetzt war, oder etwa nicht? Natürlich. Ein weit, weit besserer Platz. Ich lächelte zuversichtlich, als ich aus dem Park bog und das Rad den Abhang hinunter zu Alices Straße rollte.

Alices Haus stand am Ende einer finsteren Reihe viktorianischer Backsteinhäuser, aber es war vollkommen anders als alle anderen. Zum einen war es viel kleiner, fast ein Cottage – so als ob jemand hinterher noch was angeheftet hätte –, und es war blaßrosa gestrichen, mit einer dunkelblauen Eingangstür. Über die Fassade krochen alle möglichen Immergrünkletterpflanzen, die im Sommer mit Clematis und Rosen gepudert waren. Statt dem üblichen miesen Flecken staubigen Londoner Grases im Vorgarten hatte sie einen Cottagegarten angelegt, durch den sich ein Backsteinweg schlängelte. Zyniker könnten vielleicht sagen, daß eine Parodie des Landlebens mitten in Wandsworth etwas zu bizarr wäre, aber Alice absolvierte ihre Cottage-Gärtnerei und Brotbackerei mit soviel Eleganz und Geschick, daß keiner wagte, sich darüber lustig zu machen.

Ich parkte das Rad an der Wand, folgte dem Weg zur Tür und läutete. Einen Augenblick später hörte ich Singen, dann schwang die Tür auf. Alice sah mich an. Sie war barfuß, mit einem uralten seidenen Morgenmantel bekleidet, ihr rotgoldenes Haar umrahmte ihr Gesicht wie eine Löwenmähne, in der Hand hielt sie einen halbgegessenen Toast. Ihre selbstsicheren blauen Augen zwinkerten überrascht.

»Mein Gott, du bist aber früh dran! Ich dachte, wir hätten zehn Uhr gesagt?«

»Ich weiß, aber ich wollte einfach weg. Tut mir leid, steckst du bis zum Hals drin?«

»Nicht mehr als sonst. Komm rein – wenn du's an den Kinderwagen vorbeischaffst. Tut mir leid, hier drin ist's wie bei Mothercare – oh, hallo, Engelchen!« Sie blieb in dem langen schmalen Gang, der vor Babysachen überquoll und durch den sie mich führte, stehen und nahm Ivos Gesicht in die Hände. Sie gab ihm einen lauten Schmatz auf die Backe, den er mit einem seiner besten Lächeln quittierte.

»Nein, nein, zurück! Ich fürchte, ich muß zuerst durch!« Am anderen Ende des Gangs stand Alices Mann Michael. Er sah verspätet und genervt aus in seinem doppelreihigen Anzug und winkte uns mit der Aktentasche zu, während er sich auf uns zuarbeitete. »Herrgott, Alice, wir müssen etwas gegen diesen verdammten Doppelkinderwagen machen!« Er gab ihm einen Tritt. »Können sie denn nicht laufen lernen oder so was?«

»Erst wenn sie gehen gelernt haben«, sagte Alice streng. »Immer der Reihe nach, du weißt, wie erpicht ich auf talentierte Kinder bin.«

»Während ich erpicht bin auf ein Leben in Frieden weit weg von diesem Irrenhaus. Da würde ich wirklich nicht reingehen, Rosie«, sagte er und deutete mit dem Kopf in Richtung Küche. »Jemand hat vergessen, Cheerios zu kaufen, und sie inszenieren eine Rebellion. Es erinnert stark an die Boston Tea Party.«

»Danke für die Warnung«, grinste ich.

Er schickte sich an weiterzugehen, dann bremste er plötzlich, als er sich an mir vorbeizwängte. »Ich muß sagen, du siehst heute morgen wunderbar mädchenhaft aus, Rosie, du hast einen geradezu präpubertären Glanz in den Wangen und ein Licht in den Augen – hast du gerade Sex gehabt?«

»Ganz bestimmt nicht! Ich bin nur gerade Rad gefahren.«

»Ah, ja, diese wunderbar schmalen kleinen Radsättel.« Er feixte. »So, so prickelnd, gefolgt natürlich von einem engen Erlebnis mit dem Mann deiner besten Freundin im Gang – genau das richtige, um das alte Herz zum Pochen, das Blut in die Wangen schießen zu lassen, die –«

»O hör doch bitte mit diesem widerlichen Geflirte auf und geh zur Arbeit!« befahl seine Frau und schob ihn aus der Tür. »Und komm erst wieder, wenn du ein Vermögen verdient hast!«

Er grinste und zog sie an sich, als er an der Haustür angelangt war. Er küßte sie ziemlich gründlich auf den Mund, und ich bemerkte, daß sie einander in die Augen sahen. Harry sah mich nie so an. Nicht tief in mich hinein. Mir wurde mit einemmal klar, daß sie wahrscheinlich gerade *tatsächlich* miteinander geschlafen hatten.

»Sie schlägt mich, weißt du«, flüsterte er mit einem Lächeln, ohne seine Frau aus den Augen zu lassen. »Jede Nacht.«

»Das hättest du wohl gern«, erwiderte sie und gab ihm einen kleinen Schubs. »Los jetzt, raus mit dir. Nimm die Beine in die Hand!«

Er ging, und sie sah ihm nach, wie er die Straße hinunterging, am Torpfosten lehnend, die Arme verschränkt, mit einem leisen Lächeln.

Michael war leitender Buchhalter in einer Werbeagentur, und Alice hatte ihn kennengelernt, als sie in der Branche als Art Director gearbeitet hatte. Er war ein gutaussehender, welterfahrener Mann und ein überraschender Kontrast zu ihr, mit seinen gescheiten Wortplänkeleien, seiner eleganten Garderobe und seinem bewußten Charme. Wenn wir wirklich äußerst genau wären, würde ich sagen, er wäre ein bißchen zu 007 für mich, aber wie kam ausgerechnet ich dazu, eine glückliche Ehe zu kritisieren?

»Genau!« sagte Alice entschlossen und schloß die Tür hinter ihm. »Übernehmen Sie die Führung, McMeadows, gehen wir und nehmen die revoltierenden Eingeborenen an die Kandare.«

Wir gingen in die Küche, wo das Klappern von Löffeln auf Schüsseln stetig lauter wurde, begleitet von kreischendem Gelächter. Alices kleine Töchter waren in voller Fahrt, sie sangen, und Alice mußte bis in die Zehenspitzen Luft holen und den Brustkorb aufblasen, um ein durchdringendes »OKAY, DAS REICHT!« rauszubrüllen.

Sofortige Stille, dann Gekicher, dann Schmollmünder. Ich ließ mich glücklich auf die mit Kissen übersäte Fensterbank fallen und beobachtete, wie Alice ihre Brut tadelte und tröstete und ihnen Weetabix, eine sehr gesunde Körnermischung, andrehte mit der Erklärung, daß Xena, die Kriegerprinzessin, sie regelmäßig essen würde. Sie schüttelte das Zeug, begleitet von lautem Protestgeschrei, in die Schüsseln. Ich streichelte ruhig die Katze, die Ivo in meinen Schoß getrieben hatte, und sah mich in der kleinen chaotischen Küche mit ihrer Sammlung von bemalten Holzmöbeln um. Sie sah wirklich aus wie etwas aus Hänsel und Gretel. Da gab es Truhen, die bei alleiniger Berührung auseinanderfielen, wacklige Tische, unter deren Beine Zeitungsfetzen steckten, Schränke, die nicht zugingen. Nichts, was zusammenpaßte und nichts, was je für praktische Kochzwecke entworfen worden war. Aber nachdem alle Oberflächen ohnehin vor Spielzeug und Büchern und alten Illustrierten überquollen, war das auch nicht sonderlich wichtig.

Und mitten in all diesem Durcheinander auf den schlichten, weißgekalkten Wänden darüber waren Alices Bilder: Kühne, starke Pinselstriche von Gouachefarben leuchteten tapfer heraus, resolut kreativ inmitten der täglichen Tretmühle Familienleben. Der Tisch, an dem wir saßen, war nur zur Hälfte den Frühstücksflockenpackungen und dem Peter-Rabbit-Geschirr gewidmet, die andere Hälfte nahmen Alices Seidendruckvorlagen, Skizzenblöcke und Marmeladengläser voller Pinsel und Kalligrafiestiften ein. Alice hatte mit ihrem Leben einen Kompromiß geschlossen. Es war bequem, und das sah man. Zufälligerweise wußte ich auch, daß ein Großteil dieses vermeintlichen Chaos' kunstvoll arrangiert war und daß Alice unter Druck sofort einen Turnschuh, einen Autoschlüssel oder einen Reinigungszettel finden konnte, wenn auch unter irgendeiner schimmelnden Birne. Denn Alice war eine insgeheim organisierte Frau. Was wir hier sahen, war das von einem Art Director inszenierte, organisierte Chaos. Doch trotz allem halbbewußten Stil – wenn ich von hier in mein eigenes Haus zurückkam, spürte ich die Unterdrückung dort um so intensiver. Wenn ich die Meryton Road 63 betrat mit ihren entschlossen gestreiften Tapeten und Fleur-de-lys-Bordüren, ihren in Reihe und Glied aufmarschierten silbernen Fotorahmen, ihren Schnupftabakdosen, die mit blendender Symmetrie auf hochpolierten Tischen aufgereiht waren, ihren heftig gestopften Kissen auf den noch heftiger aufgepolsterten Sofas, so daß jeder, der es wagte, sich darauf zu setzen, wie eine Erbse balancierte – all das schien nach einem Morgen bei Alice wie ein Haus mit einer Gurke im Hintern, pardon Keller.

Aber genau so mochte es Harry: steif, förmlich, einschüchternd und mit Prätentionen auf Glanz und Gloria. Was er eigentlich wollte, wie mir inzwischen klargeworden war, war eine Miniversion eines herrschaftlichen Besitzes. Aber nachdem das riesige Ahnenporträt von Onkel Bertram fast die gesamte Wohnzimmerwand einnahm und der Kandelaber so schwer – und gefährlich – von der dünnen Wohnzimmerdecke baumelte, sah es für mich eher komisch als herrschaftlich aus. Bei meinem Einzug hatten wir heftige Streitereien über Neueinrichten, und ich konnte es nicht glauben, daß man mich nicht mit dem Dampfablauger auf die Menschheit loslassen würde. Aber Harry blieb hart. Ich hatte zwar Anstalten gemacht, alles ein bißchen lockerer zu gestalten, aber heutzutage beschränkte ich mich darauf, heimlich die Kissen zu verstreuen und das Schnupftabakdosenarrangement durcheinanderzubringen, wann immer ich daran vorbeiging. Doch selbst diese kleinlauten Proteste entgingen Harry nicht, er stellte rasch die Ordnung wieder her mit einem pseudo-milden Vorwurf wie: »Wie ich sehe, hielt es die gestrige Zeitung für angemessen, einen Tag länger als absolut notwendig zu bleiben, Rosie?« Oder: »Gefällt dir das, wie diese Mäntel über dem Treppengeländer hängen, ja?« Oder: »Rosie, hast du eine Ahnung, was deine besten Schuhe an der Hintertür zu suchen haben?«

Sich auf die Flucht vorbereiten kam mir in den Sinn. Aber in letzter Zeit biß ich mir einfach auf die Zunge, stellte die Schuhe ruhig in den Schrank zurück, warf die alte Zeitung weg und hängte die Mäntel auf.

Die wenigen Male, die wir bei Alice und Michael zum Essen eingeladen waren, verschlug es Harry stets die Sprache vor Entsetzen über seine Umgebung. Wenn er dann auf dem Heimweg endlich wieder reden konnte, murmelte er dauernd etwas wie: »Komisches Paar, die zwei, also wirklich. Versteh nicht, wie Leute so leben können. Was sind sie? Druiden?«

Ich griente still vor mich hin, als ich mich in die Gobelinkissen fallen ließ und geduldig auf Alices ungeteilte Aufmerksamkeit wartete. Sie kippte Orangensaft für die Kinder in Tassen und brachte uns Kaffee an den Tisch, aber dann, mit einemmal, unerklärlicherweise, setzte sie sich einfach mir gegenüber. Ich fühlte, wie mein Entschluß ins Wanken geriet. Moment mal, wie empfänglich würde wohl Alice für meinen großartigen Plan sein? Was würde sie von mir denken, wenn ich eine Ehe zerstörte, Ivo seinem Vater wegnahm, das Handtuch nach – wieviel? – kaum drei Jahren Ehe warf? Ich sah mir die gemütliche häusliche Umgebung an, das Lego auf dem Boden, die kopflosen Puppen in der Obstschale, der Wäschekorb unter dem Tisch, aus dem vorwurfsvoll einer von Michaels Hemdsärmeln hing. Alice hatte oft gesagt, sie würde mich um meinen ordentlichen Haushalt beneiden, genauso wie ich sie um ihren chaotischen. So war es allerdings auch normal im Leben, nicht wahr? Es war nicht immer vollkommen, aber das anderer Leute sah stets besser aus. Wie sollte ich ihr sagen, was ich mit meinem vorhatte? Wie könnte ich sie bitten, die Zerstörung dessen gutzuheißen, was sie, wie alle anderen Mütter, die ich kannte, in jeder wachen Minute zusammenzuhalten versuchte? Die Verpflichtungen jonglieren – die Kinder, den Mann, das Malen, die Gartenarbeit –, all diese Bälle in der Luft zu halten. Wie konnte ich ihr sagen, daß ich einfach weggehen und sie mit einem dumpfen Plumps auf den Boden fallen lassen wollte?

»Also?« fragte sie. »Was ist los?«

»Hmm?« Ich streichelte gedankenverloren die Katze, tat so, als hätte ich sie nicht gehört.

»Was ist da im Busch, warum bist du schon im Morgengrauen unterwegs?«

»Oh, eigentlich ohne Grund.« Ich schlürfte traurig meinen Kaffee. »Nur die üblichen vier Mauern und ein Baby, nehm ich an. Donnerstagmorgen-Blues, nichts Besonderes.«

»Mach mir nichts vor, du hattest eine Biene unterm Hut, als du gekommen bist, sogar Michael ist es aufgefallen. Wo ist sie hin?«

Ich zog die Schultern hoch und senkte den Blick, spürte, wie die Tränen in meinen Augen brannten. Sie ist abgehauen, dachte ich. Scheiße, Scheiße, Scheiße. Es glitt mir durch die Finger, ich spürte es. Ich zupfte gedankenverloren ein Stück getrocknetes Ei vom Tischtuch, war mir aber sehr wohl bewußt, daß sie mich beobachtete und daß sie, weil sie Alice war, sich nicht so leicht abwimmeln lassen würde. Ich seufzte.

»Oh, ich weiß nicht, es war nur etwas, was ich gestern abend beschlossen habe zu tun. Eine tapfere, spätnächtliche Entscheidung, die absolut vernünftig schien nach einer grauenhaften Dinnerparty, als der rote Wein noch heftig in meinem Blut tobte, aber die, um ehrlich zu sein, im kalten Licht eines Donnerstagmorgens hier in deiner Küche – lächerlich scheint.« Ich starrte auf den Eierfleck auf dem Tuch. »Es war Wahnsinn«, sagte ich leise. »Das sehe ich jetzt.« Ich hob den Kopf und zwang mir ein strahlendes Lächeln ab. »Vergiß es. Wie kommst du mit dem Bild voran? Hast du den Typen erwischt, der so wild darauf war, mit dir zusammen eine Ausstellung zu machen?«

Sie starrte mich über den Tisch an, die Hände, die ihre Kaffeetasse umspannten, waren völlig reglos. Mit einemmal stellte sie sie ab, griff über den Tisch und packte meine Hand.

»Tu's«, hauchte sie.

Ich blinzelte. »Was?«

»Tu's. Du wirst ihn verlassen, nicht wahr? Du hast es gestern nacht beschlossen, das seh ich. Herrgott im Himmel, *mach* es, Rosie!«

Ich starrte sie erstaunt an. Ihr Gesicht war lebendig, ihre roten Haare brannten in der Sonne, ihre Augen glänzten.

»Aber ... wie hast du gewußt, daß ich –«

»Ach, um Himmels willen, Rosie. Es war so offensichtlich. Du mußtest es früher oder später tun, es war nur die Frage, wann!«

»Nein! Wirklich?«

»Natürlich! Keine Frau, die ihre fünf Sinne beieinander hat, hätte es so lange wie du ausgehalten. Nur weil du so ein verfluchter Fußabtreter bist, hast du es so lange ausgehalten!«

Ich sah sie fassungslos an. »Du meinst ..., du findest wirklich, ich soll ihn verlassen?«

»Natürlich sollst du das!« donnerte sie. »Du hättest ihn überhaupt nicht heiraten sollen! Der Mann ist ein Trottel, und du weißt es!«

»Alice!« Ich war entsetzt.

»Na ja, es stimmt doch.«

»Aber ... du ... du hast nie etwas gesagt!«

»Natürlich hab ich nie was gesagt. Wie sollte ich denn? Ich hätte dich wohl schlecht zur Seite nehmen und dir sagen können, gratuliere, Rosie, altes Haus, du hast ein prämiertes Arschloch geheiratet, oder?!«

»Ein prämiertes ...« Mir trieb es die Augen aus den Höhlen. »Großer Gott, jetzt kommt alles an den Tag, nicht wahr?« fauchte ich. »Warum hast du das nicht gesagt, als ich noch mit ihm ausgegangen bin?«

»Wie denn, für zwei Minuten? Wenn du dich erinnerst, Rosie, hast du ihn genau einmal mitgebracht, bevor ihr geheiratet habt. Soweit ich mich erinnern kann, hat er mir den ganzen Abend Vorträge gehalten, wie ich meinen Wein dekantieren soll, wie ich meine Möbel umstellen soll, wie ich meine Kinder erziehen soll, wie man Coq au vin richtig kocht, während er gleichzeitig genau dieses Gericht aß – und zum Abschied knallte er mir noch vor den Bug, daß meine Bilder keine Gemälde wären, sondern nur ›dekorative Kunst‹. Ich hab natürlich die Tür zugedonnert und ihn als den größten Wichser, der mir seit langem begegnet ist, abgetan, aber ich dachte, nein, mach es nicht, reiß nicht dein großes Maul auf, Alice Feelburn. Wir machen alle unsere Fehler, und Rosie hat da einen riesigen gemacht, aber das soll sie ruhig selbst rausfinden, okay? Danach bin ich für ein paar Wochen ab nach Italien auf diesen Malkurs, und als ich zurückkam, haben wir uns im ›Pitcher und Piano‹ zum Lunch getroffen, und du hattest ein schwachsinniges Lächeln im Gesicht und einen Felsen, groß wie Gibraltar, an der Hand. Etwa zwei Wochen später bist du dann das Mittelschiff hinuntergeschwebt mit feuchten Augen, in einem Meer von Organdy! Ich meine, wo genau hätte ich da mein Ruder ansetzen sollen? Vor, während oder vielleicht sogar *nach* den Hochzeitsfeierlichkeiten, als du sofort schwanger mit Ivo warst vielleicht? Eventuell hätte ich es zu dem Zeitpunkt erwähnen sollen? Mit einem Paar Babyschühchen vorbeischauen und dir ins Ohr flüstern sollen, wie total grauenhaft der Vater deines ungeborenen Kindes ist?«

»Total... O Gott, die Bandagen sind jetzt wirklich ab, nicht wahr?« stammelte ich. »Halt dich ja nicht zurück, Alice!«

»Tut mir leid.« Sie schluckte, griff nach ihrem Kaffee. »Ich kann nicht anders. Ich hab mich zu lange zurückgehalten, alles in mich reingefressen, und jetzt kommt alles in einem Schwall raus wie das etwas gammelige Curry von gestern.«

»Aber du hast nie auch nur eine Andeutung gemacht!«

»Und, hättest du zugehört?« zischte sie und beugte sich über den Tisch. »Du hättest natürlich nicht. Denn, ehrlich gesagt, Rosie, Harry heiraten war so verdammt typisch für dich. Je mehr ich hinterher darüber nachgedacht habe, desto klarer wurde mir, daß du dich ganz nach deiner Tagesform verhältst. Du wehst dahin, die meiste Zeit herrlich vage, hast keine Ahnung, ob es Dienstag oder Mittwoch ist, und ab und zu schießt dir das Blut in den Kopf, und du kriegst eine fixe Idee über irgend etwas und – BUMM!« Sie knallte die Hand auf den Tisch. »Das war's, du bist wie eine ferngesteuerte Rakete, und keine noch so triftigen Argumente können dich von irgendeinem wahnsinnigen Kurs abbringen. In der Schule war es genau dasselbe. Da warst du, steuertest mit absoluter Leichtigkeit auf deine A-Levels zu, und dann plötzlich, mit lauter voraussichtlichen glatten Einsern und überwältigender Frechheit, verkündest du, daß du doch nicht nach Oxford gehst, du wirst Köchin – ein Zug, der zwar nicht direkt darauf abzielte, deine Mutter stocksauer zu machen, aber garantiert diese Wirkung haben würde. Es ist einfach so *typisch* für dich, Rosie!«

Ich glotzte sie mit offenem Mund an. »Aber ich *wollte* Köchin werden, es hatte nichts damit zu tun, daß ich Mum sauer machen wollte!«

»Gut, wunderbar, werde Köchin, heirate Harry, aber die abrupte Art und Weise ist es, die deine ganze Umgebung stets überrascht. Du denkst nichts zu Ende, Rosie. Du triffst immer spontane Entscheidungen, die für dich absolut sinnvoll sind, aber für sonst niemanden. Ein Blitz aus heiterem Himmel schlägt ein, du bist vorübergehend mit Blindheit geschlagen und – SHAZAM! – das war's, du schießt los, normalerweise vom Vollendeten zum Lächerlichen, wie das auf jeden Fall bei Rupert und Harry der Fall war.«

»Rupert hatte nichts Vollendetes«, spuckte ich giftig. »Er war eine Ratte erster Klasse.«

»Ja, also, na schön, vielleicht erwies er sich als ein bißchen nagetierhaft, aber es gab genug andere Himmlische, die dich wie die Raubtiere umkreisten, bevor *er* daherkam, obwohl du das die meiste Zeit, das muß ich dir lassen, anscheinend nicht einmal bemerkt hast. Du hast offenbar nie bemerkt, daß, wann immer du am Ende der Party deine Autoschlüssel verloren hattest und hilflos herumgestanden bist, zumindest vier Männer Sofas umgekippt und Stühle aus dem Fenster geworfen haben, um sie für dich zu finden. Das muß ich dir zugestehen, du warst vollkommen blind, was deine eigenen Verführungskünste anging. Aber laß dir das von einer sagen, die neidvoll zugeschaut hat – diese Typen waren *da,* Rosie, danach hechelnd, dich in die Finger zu kriegen.«

»Quatsch.«

»Vertrau mir als einer, die stumm gelitten hat.« Sie nahm ihre Tasse in beide Hände, kniff die Augen zu. »Aber um zu Rupert zurückzukommen, oder vielmehr zu dem, was als *nächstes* passiert ist, nach Rupert. Erinnerst du dich, Rosie?«

»Oh, verschon mich«, murmelte ich.

»Ich fürchte, das geht nicht, es ist zu entscheidend in meiner Beweisführung. Nein, nein, *nächstes* ist viel zu interessant. Als *nächstes* hast du ein klein bißchen zugenommen, Rupert entpuppt sich als Doppellover und haut dein Selbstvertrauen in die Pfanne, und mit einemmal wird die ganze Welt schwarz. Mit einemmal bist du unglaublich häßlich, und keiner wird dich je wieder haben wollen. Mit einemmal wirst du für den Rest deines Lebens allein sein. Mit einemmal ist die einzige Lösung, ein fettes Schwein wie Harry mit einem entsprechend kleinen Gehirn zu heiraten.«

»Alice!«

»Nein, nein, du hast recht, vielleicht war er nicht so dick, als du ihn geheiratet hast, das kam erst später, nicht wahr, als ihr beide zusammen schwanger wurdet... Der einzige Unterschied war, daß du deine Ladung mit neun Monaten abgelegt hast und er seine weiter stolz vor sich hingeschoben hat, mit prallen Umstandskleidern herumgerauscht ist. Aber sein Verstand war immer klein, das kannst du nicht abstreiten.«

Ich stand auf. »Alice, wie kannst du es *wagen?* Das ist empörend. Das ist mein Mann, über den du da redest.«

Es gab eine kleine Pause. Mit einemmal griff sie sich an die Stirn, wurde ein bißchen blaß. »Mein Gott, du hast recht, du hast recht«, murmelte sie. »Ich weiß nicht, was *in* mich gefahren ist.« Sie streckte die Hand aus. »Mein Gott, es tut mir so leid, Rosie. Setz dich bitte. Es tut mir leid.«

Ich blieb einen Augenblick stehen, dann setzte ich mich, leicht zitternd. Schweigen breitete sich aus.

»Ich muß irre sein«, murmelte sie schließlich. Sie legte eine Hand an den Mund, dann flog sie entsetzt an ihre Stirn, als ihr ein weiterer Gedanke kam. »O Gott, Rosie, ich muß das doch nicht alles zurücknehmen, oder? Du wirst mich nicht nächste Woche zum Abendessen einladen, und ich muß wie verrückt rückwärtstreten und sagen, wie sehr ich ihn stets bewundert habe? Wie ich kuschelige Männer anbete? Du wirst ihn doch verlassen, nicht wahr?« sagte sie zutiefst erschrocken.

Ich starrte sie ein paar Sekunden an. Dann erhob ich mich etwas wacklig und ging zum Fenster. Ich legte eine heiße Wange auf das Glas, starrte hinaus auf das stumpfe Wintergras, die Schaukeln, das Klettergestell, naß und momentan verlassen. Mein Gott, sie haßte ihn. Verachtete ihn. Meine beste Freundin, und ich hatte es nie geahnt. Mir war ein bißchen übel.

»Ich weiß es nicht«, sagte ich, ohne mich umzudrehen. »Ich wollte es, und dann wollte ich es wieder nicht. Als ich hierherkam und dich in deinem Nest sah, dachte ich, ich könnte es nicht durchziehen, aber jetzt …« O Gott, was jetzt? Warum sollte es eine Rolle spielen, was Alice dachte? Was irgend jemand dachte? Warum sollte das irgendeinen Einfluß auf irgend etwas haben?

Ich blieb noch eine Weile mit dem Gesicht gegen die Fensterscheibe gepreßt stehen. Ihre Kälte war irgendwie tröstlich. Ich konnte Molly und Lou hinter mir hören, wie sie so taten, als würden sie Ivo Kinderreime vorlesen; ihre schrillen kleinen Stimmen tönten zuversichtlich und sicher. Jetzt wurde Wee Willie Winkle heruntergeleiert, ein Typ, der mir immer schon äußerst verdächtig war. Ganz abgesehen von seinem spektakulär perversen Namen, hätte mir sein Hang dazu, im Nachthemd rumzurennen und Leute über den Aufenthalt ihrer Kinder zu befragen, schon gereicht. Ich hätte ihn wegen Belästigung angezeigt. Ivo dagegen war hingerissen. Ich drehte mich um und sah, wie er entzückt Molly anstarrte, mit bewundernd aufgerissenem Mund, während sie so tat, als würde sie aus einem auf dem Kopf stehenden Buch vorlesen und ihr rosiger kleiner Mund chefmäßig die Worte formen. Sie blätterte um und holte tief Luft.

»Humpty Dumpty –«

»Ich glaube, ich werde«, sagte ich rasch und plötzlich. »Ich meine, ja, ich werde ihn verlassen. Definitiv.«

Alice hatte mich die ganze Zeit eindringlich beobachtet. Ihr Gesicht entspannte sich auffallend. Sie ließ sich in den Stuhl zurückfallen und seufzte. Dann strahlte sie. »Gut für dich. Geh ran, Rosie. Geh ran, wie du es sonst bei deinen Fehlern machst, stur, mit Scheuklappen und wild entschlossen!« Sie hob eine geballte Faust.

Ich blinzelte. »Wow, danke«, murmelte ich. Mann-o-Mann, mit solchen Freunden... Ich schüttelte den Kopf. »Ich hatte ehrlich keine Ahnung, wie heftig du ihn ablehnst.«

»Oh, vergiß das«, bat sie hastig. »Ich hab viel zuviel gesagt und mich vom Schwung mitreißen lassen. Wahrscheinlich ist er nicht annähernd so schlimm.«

»Ist er nicht«, sagte ich ernst. »Ehrlich, er ist gar kein schlechter Mann, Alice, er ist –«

»Ja, okay, aber ein besonders guter ist er auch nicht, stimmt's?« giftete sie. Ich sah sie an. Meine Unterlippe zitterte, Tränen drohten. Ich warf den Kopf zurück, um sie in Schach zu halten.

»Und warum hab ich ihn dann geheiratet?« sprach ich zur Decke.

Sie nippte nachdenklich an ihrem Kaffee und beäugte mich über den Rand. »Na ja, ich hab da eine recht gute Vorstellung. Wie wär's mit: Du warst neunundzwanzig, leicht verzweifelt, alle deine Freundinnen waren verheiratet, und deine Mutter hat dich da reingedrängt?«

Ich machte den Mund auf, um zu protestieren, aber mit einemmal war es mir nicht mehr die Mühe wert. Ich blinzelte die Tränen weg und nippte schweigend an meinem Kaffee.

»Also«, sagte ich schließlich und rang mir ein Lächeln ab. »Sag mir, Alice, was muß ein Mädchen heutzutage unternehmen, um sich scheiden zu lassen?« Da. Es war raus. Ich hatte es gesagt. Und es war gar nicht schlimm.

»Also, das erste, was du tust«, sie stand auf und ging zum Kühlschrank, »ist, einen Drink nehmen.« Sie schwenkte eine Flasche mit Gin.

»Langsam, es ist erst halb zehn.«

»Ich weiß, aber das ist eine gewaltige Entscheidung, eine, die man nicht ohne Alkohol treffen sollte. Und überhaupt, entweder das oder einen Marsriegel oder du gehst wieder *da raus*«, sie warf einen bedeutungsschwangeren Blick auf das Fenster.

»Besser du ruinierst deine Leber als deine Schenkel. Hier.« Sie goß mir ein Glas ein. »Abgesehen von allem anderen«, fuhr sie mit etwas sanfterer Stimme fort, »sehe ich, daß du ziemlich durcheinander bist.«

»Danke.« Ich kippte den Schnaps hinunter. »Das bin ich. Heiliger Strohsack. Den hast du doch nicht etwa selbst gemacht, oder doch?«

Sie sah überrascht aus. »Doch, habe ich. Rhabarber und Holunderblüte, warum?«

»Oh, Alice, er schmeckt grauenhaft. Wirf ihn weg und gib mir was von dem Sainsbury-Supermarkt-Wein in der Pappschachtel, den ich da drin beim Nisten entdeckt habe.«

Sie kostete, mimte die Verletzte, mußte aber dabei auch die Nase rümpfen. »Pfui Teufel.« Sie kippte das Zeug in den Spülstein und goß uns zwei frische Gläser aus der Weinschachtel ein.

»Jetzt aber«, sagte sie und stellte mir das Glas hin. »Immer schön der Reihe nach. Hast du einen Anwalt?«

»Äh, nein, nicht daß ich wüßte. Harry geht zu Boffy – Edmund Boffington-Clarke –, die beiden sind beste Kumpel, ich kann unmöglich zu ihm gehen.«

»Edmund Boffington-Clarke«, murmelte sie. »Das ist kein Name, das ist ein Satz. Nein, also, wenn er ein Kumpel ist, kommt er definitiv nicht in Frage. Ich glaube, am besten fragen wir bei der Bürgerberatung, oder, nein, ich weiß, wir suchen ein paar hiesige Anwälte aus den Gelben Seiten raus, aber wenn du dort bist, vergiß um Himmels willen nicht, nach Rechtshilfe zu fragen. Ich werde mitkommen«, entschied sie rasch, als sie sah, wie ich blaß wurde.

»Aber sollte ich nicht, äh, es Harry zuerst sagen? Fragen, wie er dazu steht, halt so etwas? Sollten wir es nicht ein bißchen rauszögern, zur Beratung gehen, über unsere intimsten sexuellen Probleme mit einem völlig Fremden reden? Irgendeinem Wichtigtuer die Schulter vollheulen? Mir kommt es so hinterlistig vor, einfach loszugehen und es allein zu machen wie eine Hinterhofabtreibung oder so was. Und so endgültig. Es ist doch das Ende, nicht wahr?«

»Oder der Anfang«, sagte Alice forsch. »Ein neues Leben. Eines, das du auch willst. So solltest du es sehen, Rosie. Es hat keinen Sinn, ständig zurückzuschauen.«

Gott, diese Phrasen. Sie klangen so müde, so abgedroschen, wenn sie einem ins Gesicht starrten. Aber schließlich war es ein Fehler, der schon oft gemacht worden war, nicht wahr? Es war keine Pionierleistung, sich von einer miesen Ehe zu befreien – ergo wurden die Ratschläge unweigerlich abgedroschen. Geh vorwärts, nicht rückwärts. Schau in die Zukunft, nicht in die Vergangenheit. Ich versenkte mich in meinen Wein, und Alice stand vom Tisch auf, wohlwissend, daß ich es nötig hatte, mich in ernsthaft düstere Stimmung zu stürzen. Wohlwissend, daß ich erst mal runtermußte, bevor ich wieder hochkommen konnte. Auch das war vermutlich nichts sonderlich Revolutionäres. Ich beobachtete mürrisch, wie sie sich durch die Küche bewegte, aufräumte, Spielzeug aufhob, Lou die Nase abwischte, Biskuits verteilte, mit dem normalen Leben weitermachte. Sie begann, einen Berg dreckiger Wäsche in die Maschine zu stopfen, machte sie wie immer zu voll.

»Apropos Sainsbury's«, sagte sie, knallte die Tür zu und richtete sich auf. Sie fixierte mich mit glänzenden Augen.

»Die Weinschachtel. Ich war gestern dort im Supermarkt, und der Kerl hat wieder nach dir gefragt.«

»Welcher Kerl?«

»Dieser Schlaganfall mit den blonden Haaren und der seltsam gebildeten Sprache. Wollte wissen, ob ich dich in letzter Zeit gesehen hätte. Ist doch recht aufbauend, findest du nicht?«

Ich sah sie fassungslos an. Endlich fand ich meine Stimme wieder. »Alice, meine Ehe ist zu Ende. Ich verlasse meinen Mann, den Vater meines Kindes. Mein Leben, so wie ich es die letzten drei Jahre kannte, ist mit einem Schlag vorbei. Glaubst du wirklich, ich möchte was von einem Lustknaben von Regaleinräumer hören, der scharf auf mich ist?«

»Er ist kein Regaleinräumer, er ist ein Cambridgeabsolvent, der einen Ferienjob macht, und alles, was ich hier versuche, falls du es wissen willst, ist, dir ein bißchen Selbstvertrauen einzuflößen. Dich wissen lassen, daß dich die Leute registrieren, daß du für das andere Geschlecht nach wie vor sehr attraktiv bist!«

»O ja. Beruhig dich wieder. Jemand bei Sainsbury's steht auf mich, halleluja. Dann schaff ich mir meinen Mann doch gleich vom Hals, soll ich? Schnell, gib mir eine Scheidungsvereinbarung, und ich unterschreib sie jetzt, warum lange überlegen?«

»Okay, okay«, murmelte sie, »das war ziemlich ungeschickt, zugegeben. Ich meinte nur... also ich finde, daß jemand wie du, Rosie, die Welt zu Füßen haben sollte, aber aus irgendeinem Grund hattest du das nie. Du hast dich von einer dominierenden Mutter zu einem dominierenden Mann vorgearbeitet und –«

»...zu einer dominierenden Freundin.«

»Oh!« Sie sah überrascht aus.

»War doch nur ein Witz.« Ich lachte angesichts ihres schockierten Gesichtes, stand auf und umarmte sie.

»Ich hab zuviel gesagt«, murmelte sie unglücklich.

»Nein, hast du nicht.« Ich bückte mich und hob Ivo vom Boden auf. »Du warst brillant. Durch dich hab ich eingesehen, daß ich es tun muß. Du hast mich zur Vernunft gebracht. Komm schon, Ivo.«

»Gehst du?«

»Ich muß ihn für sein Schläfchen heimbringen. Danke, Alice, es ist mein Ernst.« Ich umarmte sie noch einmal, und sie drückte mich ganz fest.

»Diese Sachen, die ich da von mir gegeben habe«, sagte sie ängstlich, »das hab ich nur gemacht, weil du mir am Herzen liegst, das weißt du doch, nicht wahr?«

»Ich weiß.«

Wir ließen einander los, und sie begleitete mich nachdenklich zur Haustür.

»Was war es, was das Faß zum Überlaufen gebracht hat?« fragte sie, als sie die Tür öffnete.

»Was meinst du damit?«

»Was hat den Ausschlag gegeben, daß du beschlossen hast zu gehen?«

»Oh, eigentlich nichts Besonderes. Er hat nur – also, wenn du's unbedingt wissen willst, er hat in die Manteltasche des Babysitters gepinkelt.«

Ihre Augen wurden rund vor Abscheu. »Du meinst, er ist einfach dahergeschlendert, hat ihn rausgeholt und sie ange*pinkelt?*«

»O nein«, stellte ich hastig klar, »nein, sie hat ihn nicht angehabt. Glücklicherweise ist nicht mal Harry so widerwärtig. Nein, der Mantel hing in der Garderobe, und Harry ist im Dunkeln falsch abgebogen, mehr nicht.« Ich zog die Schultern hoch und setzte Ivo aufs Rad. »Solche Sachen passieren halt, denke ich«, versuchte ich voller Hoffnung.

Alice zog die Augenbrauen hoch. »Das tun sie wohl«, sagte sie langsam. »Aber meistens im Kindergarten, glaube ich.«

Ich seufzte erschöpft meine Zustimmung, als ich auf mein Rad stieg, dann machte ich mich auf den Weg die Straße entlang und winkte ihr noch einmal kurz zu.

3

Der folgende Tag war ein Freitag, was normalerweise hieß, nach dem Frühstück das Auto packen und zum Wochenende zu meinen Eltern fahren – Harry machte Freitag immer offiziell Pause, im Gegensatz zu seiner inoffiziellen Pause den Rest der Woche. Ich hatte nie in meinem Leben meine Eltern so oft gesehen wie nach meiner Heirat mit Harry. Oh, ich bin schon gelegentlich mal zum Wochenende hingefahren, meist, um ein Pläuschchen mit Dad zu halten oder um meine Schwester Philly zu besuchen, die in der Nähe wohnte. Aber seit meiner Heirat kam es mir vor, als würden wir praktisch bei ihnen leben, und das alles hatte Harry angezettelt. Seiner Meinung nach bedeutete es gesellschaftlichen Tod, am Wochenende in London gesehen zu werden, und nachdem seine Eltern tot waren und sein einziger lebender Verwandter, Onkel Bertram, meilenweit entfernt in einem riesigen Freiherrnsitz an einem gottverlassenen Platz in den Mooren von Yorkshire wohnte – ein Haus, das Harry übrigens bei Bertrams Tod erben sollte, noch ein weiterer guter Grund, um den Ehevertrag aufzulösen, was mich anging –, und nachdem wir längst nicht so oft zu Hauspartys eingeladen wurden wie Harry sich gerne einredete, fanden wir uns jeden Freitagmorgen unweigerlich auf der M40 und rauschten gen Oxford. Ein wirklich seltsamer Dreh des Schicksals, wenn man bedenkt, wie verzweifelt ich daran gearbeitet hatte, von zu Hause wegzukommen.

Aber es war nicht nur das Stigma der Wochenenden in London, die Harry auf den Weg ins weite Land drängten, es gab noch andere weit zynischere Faktoren, die da mitspielten. Geld war knapp im Meadows-Haushalt, und unser Harry hatte einen sehr teuren Geschmack. Die offensichtliche Antwort darauf war, ihn bei den Schwiegereltern zu pflegen, wo alles umsonst war. Hier floß der Wein, das Roastbeef erschien wie durch Zauberhand, und es gab eine wesentlich diensteifrigere Kellnerin, in Gestalt meiner Mutter, als die, die er von zu Hause gewohnt war (die, ganz offen gesagt, in letzter Zeit zur Meuterei tendiert hatte).

Ah, ja, Mum. Erstaunlicherweise hatten die drei Jahre, die sie in engem Kontakt mit ihrem Schwiegersohn verbracht hatte, den Schein, der aus seinem Hintern strahlte, nicht verblassen lassen. Sie war hingerissen, wenn sie ihn mit Vollpension und Übernachtung aufnehmen konnte, mit Morgenkaffee und Nachmittagstee obendrein. Das letztere dieser Rituale nahm Harry gerne im Morgenzimmer ein. Das hieß, während Dad und ich unseren Tee im Gartenschuppen oder in der Küche schlurften, wurde Harry das volle Programm mit Scones und Crumpets am offenen Feuer präsentiert. Zu dieser geheiligten Stunde hatte meine Mutter das Glück, ihr Schürzchen abbinden zu dürfen und ihm Gesellschaft zu leisten. Und *wie* die beiden das dann genossen! Sie saßen stundenlang beisammen und diskutierten über Titel, Adel, Hektare, Abstammung, sezierten fröhlich die Gesellschaftsseiten der *Times* oder des *Tatler* und wateten knietief in Namen der Adligen des Reiches. Doch schließlich war Harry erschöpft von all diesen gesellschaftlichen Kletterpartien, bei denen sie so schwindelerregende Höhen erklommen, daß sie praktisch Steigeisen und Sauerstoffmasken brauchten, und zeigte mit einem leichten Flattern der Augenlider, daß die Audienz beendet war und meine Mutter sich zurückziehen durfte. Sie schlich auf Zehenspitzen aus dem Zimmer, ein Tablett mit Teetassen und leeren Tellern balancierend, mit dem Finger auf den Lippen und flüsterte jedem, den es interessierte, zu: »Psst… Armer Schatz, laßt ihn schlafen, er ist *völlig* erschöpft. Er arbeitet während der Woche so hart, wißt ihr. Ganz erschöpft.«

Mir konnte das nur recht sein. Es amüsierte mich zwar, daß Harry darauf bestand, seine Wochenenden auf dem Land zu verbringen, aber nie auch nur die Nase zur Hintertür hinaussteckte. Doch ich war glücklich, wenn ich Ivo in meinen Rucksack stecken und mit ihm lange Spaziergänge über die Hügel machen oder Dad im Garten helfen konnte. Zusammen jäteten wir Unkraut oder pflückten Früchte, plauderten ein bißchen, aber meist schwiegen wir kameradschaftlich, Ivo auf den Fersen, mit einer Minischaufel oder einem Eimer bewaffnet. Aber heute nicht, dachte ich, als ich auf dem Küchentisch eine Tasche für Ivo packte. Heute konnten die Spaziergänge und das Jäten warten, heute hatte ich nämlich andere Pläne. Ich stopfte ein paar Lätzchen und Tüchlein in die Seite und machte die Tasche mit einer schwungvollen Geste zu.

»So.« Ich lächelte Harry, der gerade frühstückte, an. »Ivos Sachen sind bereit. Ich hab Tonnen von Windeln rein, vergiß nicht, sie zu wechseln, wenn du dort ankommst.«

Harry hob den Kopf von seinem Doppelkandelaber weichgekochter Eier, und seine blaßblauen Augen blinzelten überrascht. Er hatte in seinem Leben noch keine Windel gewechselt, und in diesem Satz schien es ein verwirrendes Manko an Plural zu geben.

»Wie meist du das, wenn ›ich‹ dort ankomme? Was machst du denn?«

»Oh, hatte ich das nicht gesagt?« sprach ich lässig. »Ich komme später, nach dem Lunch. Ich muß heute morgen unbedingt zum Einkaufen gehen. Wir brauchen Unmengen von Zeug fürs Haus, und ich muß zu John Lewis. Ich habe Mum heute morgen angerufen und es ihr gesagt.«

»Also, du hättest es mir vorher verraten können!«

»Tut mir leid, hab ich vergessen. Und es spielt ja sowieso keine Rolle, nicht wahr? Du kannst meinen Wagen mit Ivo in seinem Kindersitz nehmen, und wir sehen uns später, okay?« Ich schwang meine Handtasche über die Schulter und schenkte ihm ein strahlendes Lächeln. Mein Mut wuchs von Minute zu Minute.

»Du gehst jetzt einkaufen?«

»Warum denn nicht? Je eher ich anfange, desto früher bin ich bei euch – oh, und vergiß nicht, seinen Blinky Bill Koala mitzunehmen, ja? Ansonsten kriegen wir ihn heute abend nie zum Schlafen.«

Ich bückte mich, um meinen Sohn zu küssen, der seine Holzklötze auf dem Boden im Stich gelassen hatte und allmählich recht entsetzt aussah von der Aussicht, mit seinem Daddy allein gelassen zu werden, der genauso entsetzt aussah bei dem Gedanken, mit seinem Sohn allein gelassen zu werden. Ich mußte so schnell wie möglich raus hier, oder es würde Tränen geben.

»Also dann, tschüs!«

»Aber er ist nicht einmal angezogen! Wo sind seine Sachen?«

»In seinem Schrank natürlich.«

Ich machte einen raschen Abgang durch die Hintertür. Harry war mir auf den Fersen, aber ich hatte den Vorteil, daß ich angezogen war, während er noch seinen Schlafanzug trug.

»Was zum Teufel kann denn so dringend zum Einkaufen sein, daß es nicht bis Montag warten kann?« brüllte er mir von der Tür nach.

»Oh, du weißt schon, Geschirrtücher, ein paar neue Tassen, ein paar Strumpfhosen, solche Sachen«, antwortete ich heiter, als ich in seinen Wagen stieg. Und ein Anwalt natürlich, fügte ich im stillen hinzu, als ich lächelnd meinen Gurt zumachte. Die übliche Wochenendeinkaufsliste.

Ich hatte es gestern abend tatsächlich geschafft, schnell die Gelben Seiten durchzublättern wie es Alice vorgeschlagen hatte, aber sie hatten alle so gräßliche Namen wie Sharpe oder Dimm oder Dolally und Donothing. Außerdem war es unmöglich festzustellen, wer die Teuren waren, die wie verwundete Rhinozerosse angriffen und wer die Miesen, die aus einem Besenschrank über einer Pommesbude operierten. Ich war zu dem Schluß gekommen, das einzigie, was ich tun konnte, war, die verschiedenen Etablissements direkt in Augenschein zu nehmen und dann einen Termin zu vereinbaren. Ich hatte mir eins im Telefonbuch angestrichen, das beruhigend solide und englisch klang: Barker und Barker, 101 Wandsworth High Street, eine alteingesessene Familienfirma ohne Zweifel. Entweder das oder ein Hundepärchen.

Ich kreiste und kreiste im Einbahnsystem von Wandsworth und hielt vergeblich Ausschau nach 101, bis ich es endlich fand. In einem Besenschrank über einer Pommes-Bude. Aber es bestand kein Zweifel daran, daß es eine Familienfirma war. Nachdem ich geparkt und in die quäkende Sprechanlage gebrüllt hatte, vier schäbige Linoleumtreppen erklommen und keuchend vor Erschöpfung angekommen war, wurde ich von Mrs. Barker liebenswürdigst in einem Sari an der Tür begrüßt. Um ihre Knie schwärmten drei oder vier kleine Barkers, die alle verdächtig begeistert waren, mich zu sehen, alle meine Hände packten und mich anflehten, auf einem fettig aussehenden Sofa im ›Empfang‹ Platz zu nehmen und auf Mr. Barker zu warten. Mr. Barker, wie sich herausstellte, war im Augenblick von einem Klienten ›inkommodiert‹. Ich warf einen nervösen Blick auf das Sofa und zog es vor stehen zu bleiben; ein Fehler, wie sich herausstellte. Einen Augenblick später ertönte laut eine Toilettenspülung, und die Tür zu meiner Rechten flog auf, knallte gegen meinen Kopf und hätte mich fast k.o. geschlagen. Während ich vor Schmerz taumelte, erschien Mr. Barker auf der Bildfläche, heiter leuchtend übers ganze Gesicht. Er knöpfte sich gerade den Hosenstall zu und bot mir dann dieselbe Hand zum Gruß.

Ich starrte auf seine Hand. Sie tat mir leid, wirklich, aber nicht so leid wie ich mir. »Oh, ähm, es tut mir schrecklich leid, mir ist gerade eingefallen, daß ich – schlecht geparkt habe. Doppelte gelbe Linie.«

»Kein Problem«, strahlte er. »Meine Frau wird ihn umparken.«

»Oh, aber sie ist nicht versichert.«

»Meine Frau ist so versichert, daß sie jeden Wagen fahren kann.«

»Ah, aber dieser hat – Automatik.«

»Kein Problem.«

»Und er ist nicht versteuert.«

»Kein Prob–«

»Und keine Bremsen«, warf ich rasch ein.

»Keine Bremsen? Wie halten Sie ihn dann an?«

»Nun ja«, stimmte ich zu. »Es ist natürlich möglich – steile Hügel, Ziegelwände, so in der Art, aber es bedarf eines gewissen Geschicks.« Ich wich rückwärts zur Tür. »Tut mir leid, aber es dauert nur einen Moment.«

Das strahlende Lächeln verschwand, und er starrte mich wütend an, als ich mich umdrehte und die Linoleumtreppe hinunterraste, hinaus in den diesigen Sonnenschein.

O nein, dachte ich, als ich zu meinem Wagen floh, nein, so würde ich meine Ehe nicht beenden. Nicht in irgendeiner Hinterhofkaschemme, nicht nachdem sie so vielversprechend an einem sonnigen Nachmittag in Oxfordshire in einer Kirche voller Orangenblüten begonnen hatte. Ich mochte ja vielleicht nicht sonderlich viel Geld haben, aber ich würde betteln, borgen oder klauen, um sie auf eine würdevollere Art als so zu Ende zu bringen.

Ich steuerte den Wagen entschlossen in Richtung der teuereren Viertel der Stadt und wünschte mir inbrünstig, ich hätte das Telefonbuch mitgenommen und dachte mir, was für ein Idiot ich doch war zu glauben, daß die Anwälte auf den Hauptstraßen sprossen wie NatWest Banken oder Pizza-Lokale. Und warum in aller Welt mußten sie so diskrete winzige Schilder haben? Was war denn falsch an einer riesigen Neontafel?

Schließlich kam ich nach Knightsbridge, und mir wurde mulmig. Das war verrückt. Hier ließen sich Botschafter und Filmstars scheiden, keine Hausfrauen aus den Vororten. Was hatte ich hier verloren? Ich wendete den Wagen, knirschte die Zähne bei dem Gedanken, wieviel Zeit ich verloren hatte, und machte mich mit fliegenden Fahnen auf den Heimweg. Ich überholte einen Laster an der Albert Hall, rauschte in Sekunden an Kensington Gardens vorbei, stürzte mich in die High Street, brüllte einem besonders lästigen Fiesta »Bastard!« nach, als ich plötzlich – Moment mal, das sah ziemlich vielversprechend aus – mit quietschenden Reifen bremste. Um mich herum ertönte eine Kakophonie von Hupen, aber ich war zu beschäftigt, aus dem Fenster zu spähen, um es zu bemerken. Ein Messingschild auf einem gregorianischen Backsteinhaus verkündete »Thompson und Cartwright, Rechtsanwälte«. Es war nicht sehr pompös, aber auch nicht zu schäbig, und zu meiner Rechten befand sich praktischerweise ein Parkhaus. Ich faßte Mut, kurbelte gewagt vor dem Gegenverkehr nach rechts – weiteres Hupkonzert – und verschwand die Rampe hinunter im Dämmerlicht, um in den Eingeweiden der Erde zu parken.

Zwei Minuten später war ich wieder an der frischen Luft, optimistisch, zuversichtlich, und ging entschlossen auf Thompson und Cartwright zu. Ich blieb draußen eine Sekunde stehen und schaute mir das Backsteinhaus an. Sehr Jane Austen. Meine Hand bewegte sich zu der großen Messingklinke, aber dann zögerte ich. Moment mal, was sollte ich sagen? Oder konnte man sich einfach in die Liste einschreiben wie beim Doktor? War es denn in Ordnung, in ein solches Etablissement einfach ohne Termin hereinzuschneien? Ich räusperte mich und übte ein bißchen. Guten Morgen, sagen Sie, regeln Sie auch eheliche Dispute? Nein, Dispute war zu stark, hörte sich an, als würden bereits die Ginflaschen fliegen. Guten Morgen, ich hätte gerne einen Termin mit einem Anwalt in einer sehr delikaten –

»Hören Sie, gehen Sie jetzt rein oder nicht?« maulte eine verärgerte Stimme hinter mir.

Ich drehte mich um und sah einen hinreißend attraktiven Mann mit dicken, dunkelblonden Haaren, den Resten von Sonnenbräune und goldenen Augen passend zur Mähne hinter mir stehen. Ich sah voller Ehrfurcht nach oben. Recht weit nach oben. Etwa einen Meter neunzig.

»Ähm, ich gehe rein, glaube ich.«

»Wunderbar, ich auch, also bringen wir die Show in Gang, ja?« Er hatte einen unverkennbaren transatlantischen Akzent. »Ich steppe nur schon seit einiger Zeit wie Fred Astaire hinter Ihnen auf und ab. Sind Sie mit dem Hin- und Hergehopse fertig?«

»Oh! Tut mir leid.« Ich trat beiseite, um ihn vorbeizulassen, aber er hielt mir die Tür auf und wartete.

»Rein?«

»Oh, ja, rein.« Ich huschte in das Marmorfoyer, dann blieb ich stehen und umklammerte meine Handtasche.

»Sie sehen immer noch nicht sehr überzeugt aus«, sagte er nun lächelnd.

»Na ja, es ist nur... Ich konnte mich nicht entscheiden, ob ich die Zeit habe oder nicht.«

»Oh, ja, die geflügelte Kalesche. Fliegt mit einem davon, wenn man nicht aufpaßt, stimmt's? Aber keine Sorge, Sie werden nicht lange hiersein.« Er grinste. »Wenn Sie es sind, werden Sie, eh Sie sich's versehen, vor dem Konkursgericht stehen.«

Meine Augen blitzten wohl vor Angst, weil er mich jetzt etwas freundlicher ansah.

»He, das ist schon okay, hier ist niemand, der Ihnen angst machen kann. Marcia wird sich um Sie kümmern.« Er zeigte auf die eisigkühle Blondine an dem eisigkühlen Empfangstresen in der Mitte des Foyers.

Ich konnte gerade noch ein Danke stammeln, dann eilte er an mir vorbei und sprang die geschwungene Treppe hoch, immer zwei Stufen auf einmal. Er sah aus wie ein Mann, der auf dem Weg zu einer Kampfschulung war. Ich erhaschte noch einen kurzen Blick auf sein dunkles Flanelljackett, als er oben angekommen war und dann den Korridor hinunterlief, wahrscheinlich zu seinem Büro.

In der Ferne hob Marcia den Kopf von ihrem Buch. Sie lächelte mit dem Mund, aber nicht mit den Augen. »Kann ich Ihnen helfen?« rief sie.

»O ja.« Ich bewegte mich schwerfällig zum Tresen. »Ich kam gerade hier vorbei, und ich habe mich gefragt, sind Sie möglicherweise auf Eherecht spezialisiert?«

»Sind wir. Sowie auf Geschäfts-, Eigentums- und Strafrecht, Madam.«

»Äh, könnte ich mich möglicherweise mit jemandem wegen einem ehelichen«, – sag nicht Disput –, »so einer … Geschichte besprechen?«

»Hatten Sie jemand Speziellen im Sinn? Wir haben hier dreiundzwanzig Anwälte.«

»Ach tatsächlich. Mein Gott, soviel. Äh, nein, nicht wirklich, außer – na ja, ist der amerikanische Gentleman, den ich gerade kennengelernt habe, auf diese Art Familienrecht, das ich brauche, spezialisiert?« Ich deutete mit dem Kopf in Richtung Treppe und merkte, daß ich feuerrot wurde. »Zufällig?«

Sie sah mich mitleidig an. »Dieser Gentleman ist ein Klient, Madam. Er ist kein Anwalt.«

»Ah! Ah, richtig, ja natürlich, es ist nur –« Ich spürte, wie die Röte sich über meinen Hals ausbreitete. »Na ja, er sah halt so aus, als wäre er jemand, mit dem ich reden könnte. Mehr nicht.«

Sie lächelte hinterhältig und blätterte durch ihr Telefonbuch. »Wirklich.«

Miststück. »Ja, wirklich.«

»Ja, nun, ich fürchte, wir haben niemanden, der eine so magnetische Ausstrahlung wie dieser Gentleman hat, aber Mrs. Palmer hat am nächsten Donnerstag nachmittag eine Stunde Zeit. Wie würde das passen?«

»Perfekt«, murmelte ich.

»Dann schieb ich Sie um vier Uhr ein, ja? Oh, und hier ist

eine Kopie unserer Honorare.« Sie reichte mir ein Stück Papier mit Zahlen, die so exorbitant waren, daß sich mir die Augen drehten. Aber ich nahm sie, zwang mir ein Dankeschön ab und trabte aus dem Gebäude.

Auf dem Weg zum Parkplatz warf ich einen weiteren Blick auf das Stück Papier. Mir wurde übel, ich steckte es in die Tasche und seufzte. Na ja, vielleicht würde mir Dad aushelfen oder vielleicht sogar Philly. Ja, Philly würde mir etwas Geld leihen, da war ich mir sicher, aber was für eine Verschwendung! Herrgott, wenn ich den Scheißkerl doch gar nicht erst geheiratet hätte! Das war eine meiner Lieblingsfantasien, und ich gönnte sie mir einen Moment, während ich die Treppen zum Parkhaus hinunterging und davon träumte, wieder Rosie Cavendish zu sein ohne einen Ring oder eine Heiratsurkunde. Das Problem bei diesem Szenario war, wenn ich immer noch Rosie Cavendish wäre, hätte ich Ivo nicht, und nachdem das undenkbar war, hatte ich seit kurzem eine neue Fantasiereihe gestartet, die, wie ich beschämt zugeben muß, Harrys Tod beinhaltete. Gräßlich, ich weiß, und ich habe deshalb unglaubliche Schuldgefühle, aber meine Güte, ich hatte einfach nicht widerstehen können.

Zuerst hatte ich mir die üblichen Massenkarambolagen auf der Autobahn und tödliche Krankheiten vorgenommen, aber angesichts Harrys vorsichtiger Fahrerei und seiner ausgezeichneten Gesundheit – trotz seiner Hypochondrie war er nämlich kerngesund – hatte ich vor kurzem angefangen, die Zeitungen nach angemesseneren Vernichtungsmitteln zu durchforschen. Eine hatte es mir besonders angetan: Die bizarre Geschichte eines Mannes, der einen Verkaufsautomaten gekippt hatte, um den letzten Tropfen Cola in seinen Becher zu kriegen, aber ihn soweit gekippt hatte, daß er umgekippt war und ihn zu Tode gequetscht hatte. Ich fand das absolut wunderbar, und die Gier war so zutreffend! Harry hatte schließlich Kämpfe mit Verkaufsautomaten quer durch London, die nicht bereit waren, ihre Toffee Crisps herauszurücken, und es war wohl nur eine Frage der Zeit, bis er einen Kampf auf Leben und Tod mit einem haben würde. Eine andere, ganz köstliche Story handelte von einem übergewichtigen Immobilienmakler (ja, genau), der, während er die Widerstandsfähigkeit einer Fensterscheibe eines Wolkenkratzers einem Kunden demonstrieren wollte und sich machomäßig mit der Schulter dagegengeworfen hatte, durch das Glas krachte und achtzehn Stockwerke zu Tode stürzte. Es war wieder so passend und so absolut Harry. Die Angeberei, das Getue, das überflüssige Gewicht, das ihm den nötigen Schwung verpaßte – ach ja, überlegte ich verträumt, da waren all die Zutaten, nach denen ich suchte. Natürlich war ich nach solch verbotenen Träumen immer sehr beschämt und schwor Stein und Bein, es nie wieder zu tun. Das Schlimme war nur, es war so verlockend, und meine Gedanken setzten sich bei der leisesten Provokation in Bewegung.

Ich wanderte die Reihen geparkter Autos entlang, in makabre Träume vertieft, als ich plötzlich stehenblieb und zurückschaute. Wie seltsam. Ich hätte schwören können, daß ich das Auto hier irgendwo abgestellt hatte. Ich ging wieder zurück, sah mich überall um, aber es dauerte nicht lange, bis ich dieses gräßlich flaue Gefühl im Magen bekam. Es war ganz offensichtlich nicht hier. Das verdammte Auto war verschwunden. Gütiger Gott, es war *gestohlen* worden! Ich startete eine letzte panische Suchaktion, bevor ich die zwei Treppen hochstürzte und den Mann an der Schranke suchte. Eine vergebliche Suche, wie sich herausstellte, denn nachdem ich einige Male hin und her gerannt war, wurde mir bald klar, daß der Schrankenmann aufgehört hatte zu existieren. Er war durch einen Schlitz, einen Knopf und einen Lautsprecher ersetzt worden, der meinen Ruf nicht beantwortete.

Inzwischen kochte ich vor Wut und durchsuchte noch einmal in Panik die Garage, aber das einzige menschliche Wesen, das ich fand, war ein Chauffeur, der stillvergnügt ein Fischpastensandwich hinter dem Steuer des Jaguars seines Herrn verzehrte. Ich klopfte ans Fenster.

»Könnten Sie mir bitte helfen?«

Er ließ es heruntersummen. »Was ist denn los, Mädchen?«

»Mein Auto ist gestohlen!« jammerte ich, während ich gleichzeitig ein Handy auf dem Sitz neben ihm entdeckte. »Könnte ich vielleicht Ihr Telefon borgen, um die Polizei anzurufen?«

»Klar können Sie, da.« Er reichte es mir, und ich drückte ganz wichtig und zum ersten Mal in meinem Leben 999, wo ich prompt zum hiesigen Revier durchgeschaltet wurde. Der Sergeant vom Dienst dort klang gelangweilt und lethargisch und machte mir unmißverständlich klar, daß er keine Lust hatte, eine Suchmannschaft zusammenzustellen.

»Geben Sie mir einfach die Einzelheiten, und ich geb sie in den Computer ein.«

»Ganz sicher nicht«, keifte ich. »Ich zahle meine Steuern, und ich weiß zufällig, daß die Garage direkt neben Ihrem Revier liegt. Wäre es zuviel verlangt, daß Sie hundert Meter gehen und sich den Tatort ansehen?«

Er erklärte sich widerwillig bereit, jemanden zu schicken.

»Herrgott, heutzutage machen sie sich nicht mal mehr die Mühe vorbeizuschauen!« fauchte ich, als ich meinem neuen Freund, dem Chauffeur, das Telefon zurückgab.

»Ja, wissen Sie, die haben ihn schon abgeschrieben, verstehen Sie«, informierte er mich. »Sie wissen, daß der Wagen schon auf halbem Weg nach Essex ist und es ihnen zuviel Mühe macht, sich deshalb ein Bein auszureißen.«

»Das werden wir ja sehen«, zeterte ich. »Vielen Dank. Ich muß jetzt zurück – dahin, wo ich den Wagen gelassen habe, und auf sie warten.«

»Viel Glück, Mädchen. Machen Sie denen Feuer unterm Hintern.«

Das werd ich, verdammt noch mal, dachte ich, als ich mich gegen ein Auto lehnte und darauf wartete, daß die Polizei sich herabließ zu erscheinen. Ich hatte wahrscheinlich ihre Teepause gestört. Oh, Verzeihung!

Zehn Minuten später bog ein gelangweilt aussehender Constable um die Ecke. Ich hätte einiges darauf gewettet, daß es derselbe war, mit dem ich vor einer Minute geredet hatte. Ich rutschte von der Haube.

»Wunderbar, nicht wahr?« sagte ich, als er näher kam. »Heutzutage kann man nicht einmal mehr sein Auto in einer Garage lassen, ohne daß es gestohlen wird.«

»Der dritte diese Woche«, sagte er gelangweilt, »notorisch heiße Gegend das hier.« Er sah sich um. »Oh, ja, wieder Ebene vier. Sie haben Ihre Parkkarte im Fenster gelassen, nicht wahr? So richtig praktisch.«

»Ja, ehrlich gesagt hab ich das. Und deshalb ist es wohl alles meine Schuld, was?«

Er saugte an seinen Zähnen. »Na ja, das ist schon fast eine Einladung, nicht wahr? Diese jungen Kerle lieben diese mehrstöckigen Garagen. Schön dunkel, viele andere Autos, hinter denen man sich verstecken kann, während sie ihre Diebstähle machen und *dann,* wenn Sie ihnen auch noch die Parkkarte dagelassen haben, na ja, dann haben sie einen richtigen Feiertag. Die Sache ist die: Überall steht ganz klar – nehmen Sie die Karte *mit!*« Er zeigte auf die zugegeben zahlreichen Schilder und schenkte mir einen vernichtenden Blick. Das genügte, um meinen Ärger zu einem ausgewachsenen Wutanfall anzuheizen. Ich richtete mich zu meiner vollen Größe von einem Meter sechzig auf.

»Oh, das ist doch wohl typisch! Der Verbrecher ist nie schuld, nicht wahr? Nein, nein, es ist meine Schuld, weil ich den armen Kerl in Versuchung geführt habe! Geben wir ja nicht dem Täter die Schuld, was? Geben wir den kriminellen Irren keine Schuld, sie kommen ja wahrscheinlich aus einer kaputten Familie, die armen Würmchen!«

Der Polizist holte müde sein Notizbuch heraus. »Wagentyp, Madam?«

»Volvo 405. Und ich nehme an, wenn in meinem Haus eingebrochen wäre, würden Sie mir sagen, es ist meine Schuld, weil ich keine richtigen Schlösser an den Fenstern habe, nicht wahr? Und wenn ich vergewaltigt worden wäre, wäre zweifellos mein Rock zu kurz gewesen. Herrgott, es ist kein Wunder, daß die Polizei einen so schlechten Ruf hat, wenn sie Leute so vor den Kopf stoßen!«

»Kennzeichen?«

»N128 UBY. Und wenn das hier so ein notorisch heißer Fleck ist und in dieser Woche drei Autos von Ebene vier gestohlen wurden, warum machen Sie dann nicht etwas dagegen? Warum patrouillieren Sie hier nicht mit Schäferhunden, die an der Leine zerren? Sie haben ja noch nicht einmal die Daten durchgegeben, nicht mal ein APB rausgegeben!« (Meine Zeiten als *Miami-Vice*-Zuschauer hatten ihre Spur hinterlassen.) »Sie könnten inzwischen im Blackwall Tunnel sein, und Sie haben nichts dagegen unternommen.«

»Madam, ich kann Ihnen versichern, daß alles nur Mögliche getan wird, um Ihren Wagen wiederzufinden und –«

»Ach, verschonen Sie mich doch mit so was. Ich merke doch, daß Sie ihn längst abgeschrieben haben. Sie glauben, ich hätte nicht die geringste Chance, ihn zurückzukriegen, Sie tun nur so als ob, versuchen mich abzuspeisen und –« Ich verstummte abrupt. Da war etwas in mein Blickfeld geraten. Ich erstarrte.

»Was?« Er sah sich um.

»Nichts«, keuchte ich, mein Blick flackerte zurück zu ihm. Nichts, außer, daß vier Autos von uns entfernt ein kleiner grüner Peugeot stand. Harrys kleiner grüner Peugeot. Nur vier Autos entfernt, da, wo ich ihn abgestellt hatte.

»Ob Sie's glauben oder nicht, wir haben eine sehr hohe Erfolgsrate, und ich hab das alles im Computer – sagten Sie ein 405er, Madam?«

»Ähm, ja.« Scheiße. Ich hatte nach dem falschen Auto gesucht.

»Und vorausgesetzt, er ist nicht umgespritzt worden, haben Sie eine achtzigprozentige Chance, ihn zurückzukriegen.«

»Das ist ja ... fantastisch«, hauchte ich. Mein Gott, wie *dämlich!* Ich hatte die ganze Zeit nach einem Volvo gesucht und war mit dem Peugeot hergekommen!

»Wir sind der Meinung, daß wir Fortschritte machen«, sagte er beleidigt. Er beäugte mich genau. »Geht es Ihnen gut?«

»Ja, ja, mir geht's gut und ganz herzlichen Dank auch, Officer«, flüsterte ich. »Sie waren eine große Hilfe. Eine große – Stütze.«

Er sah mich vorsichtig an, war sich nicht sicher, wie er mit dieser Kapitulation auf der ganzen Linie umgehen sollte. »Wie ich schon sagte: Wir tun unser Bestes.« Er schloß sein Notizbuch.

»Oh, das tun Sie, das tun Sie, und mehr. Sie sind ein wunderbares Vorbild für uns alle, die Jungs in Blau, die auf unseren Straßen patrouillieren. Aber jetzt darf ich Ihre kostbare Zeit nicht länger in Anspruch nehmen, Officer. Ich bin sicher, Sie müssen das alles in den Computer einloggen, nicht wahr? Ein Hurra für den Computer, was? Wo wären wir denn heute ohne ihn?« Ich sah ihn verhuscht an, mit eingefrorenem Lächeln. Hatte er einen Verdacht? Warum stand er immer noch da? Mit einemmal wurde mir klar, daß er darauf wartete, daß ich mich in Bewegung setzte. Ich hatte ja schließlich und endlich jetzt nichts mehr in der Garage zu suchen, nicht wahr?

»Oh – und ich komme mit Ihnen! Lassen Sie uns gehen!«

Ich widerstand gerade noch dem Drang, ihn am Arm zu packen und marschierte los, schloß die Augen, als ich an meinem Wagen vorbeiging, die Treppe hoch und noch ein Stückchen weiter bis ins Tageslicht. Ich konnte es ihm nicht sagen. Ich brachte es einfach nicht fertig. Ich weiß, ich hätte es tun sollen, und vorhin hätte ich es fast getan, das schwör ich, aber nicht jetzt.

»Wiedersehen! Auf zur U-Bahn!« Ich machte mich entschlossen auf den Weg die High-Street hinunter.

»Sie ist in der anderen Richtung.«

»Genau!« Ich machte kehrt und trabte in die andere Richtung, errötete, als ich an ihm vorbeiging.

Er sah mir nach, und ich konnte spüren, wie seine Augen sich mißtrauisch in meinen Rücken bohrten. Ich ging weiter und weiter, vorbei an Marks und Spencer, vorbei an der Bibliothek, sah starr vor mich hin, ging ziellos weiter, bis ich schließlich um die Ecke in einen Bücherladen stolperte und an einer praktisch plazierten Bücherwand zusammenbrach. Ich keuchte leise, als ich in die Hocke sank. O du Rindvieh, du dämliches, totales *Rindvieh!* Ein paar Leute drehten sich um und starrten die stöhnende Irre in der Ecke an. Also raffte ich mich auf und tat so, als würde ich mich im Laden umsehen. Nach einer Weile entschied ich, daß ich ihm genug Zeit gelassen hatte, um zu seinem Tee zurückzukehren. Heimlich schlich ich mich die High Street zurück, dicht an den Schaufenstern entlang und hinab in die Garage. Ich setzte meine Sonnenbrille auf und eilte hinunter zum Wagen. Sobald ich drin saß, hielt ich den Kopf gesenkt und fuhr rasch zur Schranke, steckte die Karte hinein, donnerte die Rampe hoch und rollte in Richtung Heimat. Erst am Hammersmith Kreisel atmete ich pfeifend durch und nahm die Sonnenbrille ab.

Als ich mich in den Sitz zurückfallen ließ, dachte ich an das, was Alice gestern gesagt hatte. Vielleicht hatte sie recht, vielleicht stand ich tatsächlich ein bißchen, na ja, neben mir. Und es schien schlimmer zu werden. Erst neulich war ich aus dem hiesigen Metzgerladen herausspaziert, ohne die Lammkoteletts zu bezahlen. Harry war entsetzt gewesen.

»Also, ich hoffe, du hast sie zurückgebracht!« hatte er vorwurfsvoll gesagt.

»Nein, ich hab sie gleich auf der Straße gegessen, roh. Himmel! Natürlich hab ich sie zurückgebracht, Harry. Ich bin kein Dieb. Ich bin nur ein bißchen zerstreut!«

Zerstreut genug, um ein Auto zu verlieren, ohne es wirklich zu verlieren und zerstreut genug, um in eine Berufslaufbahn oder eine Karriere zu schlittern, ohne so was auch wirklich durchzudenken. Obwohl, wegen der Berufsgeschichte würde ich Alice noch zur Rede stellen. Ich bedauerte es kein bißchen, daß ich Köchin geworden war, aber ich erinnerte mich, wie schockiert alle anderen gewesen waren. Wie viele Hände und Brauen sich entsetzt gehoben hatten.

Es war wirklich seltsam, denn wenn eine Frau kochte, war das kein geschickter Karrierezug, nur eine Verlängerung der Hausarbeit. Es war, als würde man sagen, man möchte sich auf Bügeln oder Staubwischen oder so etwas spezialisieren. Aber wenn ein Mann es machte, dann: Stillgestanden! Weil nämlich ein *Mann* am Herd nicht einfach Koch war, sondern ein kreatives Genie! Er durfte sein Personal wüst beschimpfen, seine Kunden anbrüllen, sich weigern, Salz auf die Tische zu stellen, regelmäßig Wutanfälle kriegen – oh, man mußte ihn mit äußerstem Respekt behandeln. Ich mußte grinsen. Eines Tages jedoch würde ich diesen Respekt ebenso fordern und nicht, indem ich mich aufführte und Teller in der Gegend herumwarf, sondern einfach, indem ich das fantastischste Restaurant eröffnete und die wunderbarst zubereiteten Gerichte auf eine frappierend andere Art servierte, Gerichte, die ich im Laufe der Jahre im Geiste vervollkommnet hatte, bis hin zu den kleinsten Prisen an Gewürzen für ein Gedicht von Sauce.

Ich seufzte, als ich mit dem Wagen in meine Straße einbog. Schon wieder Träume, Rosie, Träume, Träume, Träume. Ja, dessen war ich mir wohl bewußt. Außerdem war ich mir bewußt, daß ich mich in den letzten Jahren viel zu sehr in meinen Kopf zurückgezogen hatte. Und ich hatte das dumpfe Gefühl, daß das überhaupt nicht gesund war. Das wahre Leben war ein unwillkommener Eindringling geworden, drängte sich herein, wenn man es am allerwenigsten wollte. Ab jetzt nicht mehr, beschloß ich, als ich vor meinem Haus parkte. Von jetzt an würden meine Träume Realität werden und, seien wir ehrlich, ich war doch auf dem besten Weg dazu, oder etwa nicht? Ich hatte einen Termin bei einer Anwältin gebucht. Zumindest der Anfang war getan.

Ich sah hoch zum Haus. Ich sollte jetzt schnell ein paar Sachen einpacken und wieder losfahren. Andererseits, warum die Eile? Ivo war bei seinen Großeltern gut aufgehoben, und Harry würde ich bestimmt nicht fehlen. Also warum jetzt schon dahinrasen? Warum nach Oxford brettern wie an jedem verfluchten Wochenende in meinem momentanen Leben? Warum nicht zur Abwechslung etwas tun, was *ich* wollte: alleine kochen, dabei Radio hören, friedlich in meiner Küche. Ja, warum nicht? Ich war ganz wild darauf, ein Rezept für Auberginen in einer Kapern-Sesamsauce auszuprobieren, und wenn ich das machen konnte, ohne daß Harry seinen Finger hineinsteckte und sagte: »Einen Hauch mehr Salz, Altes Ding«, um so besser.

Wenn es ein Erfolg war, dachte ich voller Anstrengung, könnte ich es in mein Buch einbringen. Ah, ja, das hatte ich vergessen. Abgesehen von meinem Restaurant hatte ich ein Bestseller-Kochbuch im Kopf. Delia Meadows. Noch mehr Träume.

Als ich den Wagen zusperrte, fühlte ich dieses erregende Kribbeln wie immer, wenn ich etwas Kreatives anging, und machte mich eifrig zu Fuß auf, um einzukaufen. Einer der Vorteile – nein, eigentlich der *einzige* Vorteil des Lebens in der Meryton Road war, daß wir direkt hinter dem Supermarkt wohnten. Man konnte sich damit die Schlacht auf dem Parkplatz ersparen und buchstäblich mit dem Einkaufswagen durch den Hinterhof nach Hause zuckeln.

Nachdem Freitag war, war der Markt zum Bersten voll, aber ich wußte genau, wo ich die Sesamkörner finden würde, die Kapern und alles andere, was ich brauchte. Ich fügte noch ein paar Geschirrtücher, Strumpfhosen, Tassen und Schaumbad hinzu, nur für den Fall, daß Harry sich die Mühe machen würde, mich zu überprüfen. Dann folgte ich einem Impuls und ging in die Spirituosenabteilung. Ich hatte so ein Gefühl, daß sie Pikkolos führten oder – ja, da wären wir, ein Glas in einer Flasche, perfekt. Wenn das Rezept ein Erfolg war, dann könnte ich darauf trinken, auf den Rest meines Lebens trinken. Ich packte noch ein Paket Phileas Fogg obendrauf und steuerte fröhlich die Kasse an. Während ich verträumt dastand, wartete, bis ich dran war und gerade meine Leckereien auf das Band laden wollte, raunte eine Stimme in mein Ohr: »Wo ist die Party?«

Ich drehte mich um. Es war Alices Freund, der Tütenpacker und angeblich auch mein Freund, aber trotzdem, oder vielleicht, weil er so blond war und so gut aussah – er war sehr dekorativ, etwas, das man in Miniatur neben der Delftfigur auf den Kamin stellen wollte –, war er nicht wirklich mein Typ. Ein bißchen zu rotbäckig und pastoral für mich, obwohl ich zugeben mußte, daß das schiefe Grinsen ziemlich unwiderstehlich war.

»Die Party?«

Er beäugte gespielt entsetzt mein Minifläschchen Sekt. »Sieht aus, als wollten Sie wirklich einen draufmachen, sich so richtig gehenlassen, nicht wahr?«

Ich lachte. Normalerweise wäre ich nun rot angelaufen und wäre hastig, meine Tüten umklammernd, davongestürmt, aber mit einemmal fühlte ich mich durch meinen neuen Status ermutigt. Ja, ich war schon fast eine lustige Geschiedene. Warum um Himmels willen sollte ich dann nicht ein bißchen mit diesem attraktiven und äußerst frechen jungen Spund herumfrotzeln?

»Sie ist bei mir zu Hause«, sagte ich mit einem zuversichtlichen Lächeln, als er meine Waren am andern Ende auffing und in Tüten steckte. »Und es ist eine Privatparty für eine Person, fürchte ich.«

»Sie meinen, ich bin nicht eingeladen?«

»Ganz bestimmt nicht.«

»Ah, eine einsame Trinkerin. Ich hab von Frauen wie Ihnen gehört. Sie tanzen durchs Wohnzimmer, trinken ihr Gebräu, singen in den Staubsaugerkopf. Das ist ein gefährlicher Abhang, wissen Sie. Morgen werden Sie sich hier zwei Flaschen holen, und bevor es Ihnen bewußt wird, werden Sie das Carlsberg direkt aus der Dose auf dem Parkplatz kippen.«

Ich griente. »Danke für die Warnung. Sie sind offensichtlich ein Experte.«

»Na ja, ich hab in meinem Leben schon einige Tüten gepackt. Da kriegt man einen wunderbaren Einblick in das Leben einer mittelständischen Hausfrau. Ich habe es zu einer anthropologischen Studie erhöht, um mir die Stunden der Langeweile hier zu vertreiben.« Er hielt einen Moment inne, um mich aufzuklären. »Sie zum Beispiel haben einen sehr raffinierten Gaumen – Kapern, Kernöl, Champagner – sehr hochgestochen, und ich würde wagen zu behaupten, daß Sie sich auch in einer Küche zurechtfinden können. Aber es gibt da einige Frauen, die wie ein Modell bourgeoiser Respektabilität aussehen, nur Armani-Jacken am Leib und Gucci am Fuß, die fast ausschließlich von Fünf-Minuten-Terrinen und Cola light leben. Und dann gibt es eine Frau«, er sah sich verstohlen um, ob uns auch keiner belauschte, »die jeden Tag hierherkommt und Cadbury's Eiercrème und eine extragroße Packung Klopapier kauft!« Er riß die Augen auf. »Was für ein Problem hat die Ihrer Meinung nach?«

Ich verkniff mir ein Lächeln. »Ich habe nicht die geringste Ahnung, und ich möchte wirklich *nicht* darüber nachdenken, danke.«

Er grinste. »Ich auch nicht, also zurück zu Ihrer Party. Kann ich irgend etwas mitbringen? Knabbergebäck, Erdnüsse – wie ich sehe, haben wir keinen Mangel an Auberginen.«

Ich kicherte. »Ja, meine Auberginen und ich genügen uns.« Ich wünschte wirklich, ich hätte das nicht gesagt. Ich errötete, sobald die Worte aus meinem Mund waren. Blondies Augen strahlten vor Entzücken.

»Ah, ja, ich hätte es wissen müssen«, hauchte er. »Ich hab gesehen, wie Sie die Pfirsiche in der Gemüseabteilung drücken und wie Sie Bananen en gros kaufen. Ich bin erzdoof.«

»Idiot«, murmelte ich, zahlte die Kassiererin und versteckte meine Schamröte in meiner Handtasche, als ich das Wechselgeld nahm. »Ist er immer so?« murmelte ich, als sie mich anfeixte.

»Eigentlich nicht. Aber Sie scheinen es ihm angetan zu haben.«

»Ich kann mir nicht vorstellen warum, ich bin alt genug, seine Mutter zu sein.«

»Vielleicht ist es das«, sagte sie und zwinkerte mir zu.

Ich dankte ihr und eilte auf den Ausgang zu, merkte aber sehr wohl, daß Blondie mich immer noch beobachtete und wünschte, ich hätte soviel Selbstvertrauen, mich umzudrehen und zu sagen: »In Ordnung, junger Mann, Sie sind dran. Hosen runter, und ich werd mich in der Gefrierabteilung um Sie kümmern«, – oder etwas ähnlich Sinnvolles.

Als ich mich durch den Parkplatz zum Tor an der anderen Seite schlängelte, war ich nicht allzusehr überrascht, als ich mit einemmal das Trappeln von Turnschuhen Größe 45 hinter mir hörte.

»Kann ich Ihre Tüten tragen, Ma'am, kann ich Ihre Tüten tragen?« winselte er und machte einen Diener vor mir.

»Sollten Sie denn nicht arbeiten?«

»Oh, es gehört zur Politik von Mr. Sainsbury, gestreßte Hausfrauen zum Wagen zu begleiten. Alles im Service inbegriffen, wissen Sie.«

»Eigentlich heißt er Lord Sainsbury, und ich bin mir gar nicht sicher, daß es ihm recht ist, wenn Sie die Hausfrau nach Hause begleiten.« Ich blieb abrupt stehen und schenkte ihm ein funkelndes Lächeln. »Ich bin nämlich zu Fuß gekommen, wissen Sie.«

Er grinste, nahm mir die Tüten ab und marschierte weiter. »Aber ich kann sie trotzdem nehmen. Es ist doch nur um die Ecke, richtig?«

»Woher zum Teufel wissen Sie, wo ich wohne?«

»Ich glaube, ich habe es irgendwann gewaltsam Ihrer Freundin entlockt.« Er lächelte mich entwaffnend an.

»Alice? Wie bemerkenswert indiskret von ihr.«

»Ah, Sie können ihr keinen Vorwurf machen. Ich hab sie auf ein Eisenbahngleis gebunden und ihr eine Pistole an den Kopf gehalten.«

Ich warf ihm einen Blick zu. Warum ich, war ich versucht zu fragen. Warum ausgerechnet ich – unter all den Frauen, die bei Sainsbury einkauften?

»Ist das eine Gewohnheit von Ihnen?«

»Eigentlich nicht«, sagte er, und es klang ehrlich. »Aber ich bin ein Opfer Ihrer sanften grünen Augen und Ihres hinreißenden Lächelns und der Art, wie Sie mit Ihrem kleinen Jungen im Wagen plaudern, wenn Sie ihn herumfahren und nicht schreien: ›Verflucht noch mal, Wayne, stell's zurück oder ich vertrimm dich!‹ Und wie Sie immer Zeit haben, mit den Kassiererinnen zu plaudern und die Tatsache, daß Sie offensichtlich keine Ahnung haben, wie reizvoll Sie sind.«

Jetzt wurde ich wirklich rot. »Und die Art und Weise, wie ich die Pfirsiche drücke«, erinnerte ich ihn.

»Natürlich.«

»Und die Art und Weise, wie ich offensichtlich verheiratet bin?«

»Na, dem hab ich nichts entgegenzusetzen.«

Ich lächelte. »Nein, das können Sie auch nicht. Also, vielen Dank fürs Tütentragen. Wie Sie sicher wissen, ist das mein Haus, also übernehm ich sie jetzt.«

»Ich könnte Ihnen beim Auspacken helfen?« schlug er hoffnungsvoll vor.

»Ich schaff das schon.«

»Eine schnelle Tasse Kaffee? Bevor ich meine nächste Sechsstundenschicht am Fließband antrete?«

Ich zögerte. Er war offensichtlich ›in Ordnung‹, aber würde ich ihn in mein Haus lassen... Drinnen klingelte das Telefon.

»Ihr Telefon läutet.« Er ging über den Gartenweg zur Tür.

»Ich weiß.« Ich eilte hinter ihm her. »Hören Sie, danke für Ihre Hilfe. Wenn Sie die Tüten einfach auf die Treppe stellen, werde ich –« Ich öffnete die Haustür und angelte hinein, um den Hörer abzunehmen. »Hallo?«

»Übrigens heiße ich Tim«, sagte er, als er an mir vorbeisegelte, durch die offene Tür und die Tüten den Gang entlang zur Küche trug.

»Rosie? Alice hier, wie ist es gelaufen?« sagte eine Stimme in mein Ohr.

»W-was?« stammelte ich und beobachtete benommen, wie Tim die Tüten auf meinem Küchentisch auspackte, den Sekt in den Kühlschrank stellte, Phileas Fogg daneben.

»Der Anwalt, hast du einen gefunden?«

»Ja, hab ich... unter anderem...« Gütiger Himmel, er hatte die leere Tüte in den Abfall getan und packte jetzt die andere aus.

»Hör mal«, sagte Alice, »ich hab nachgedacht, du könntest das Cottage benutzen.«

»Welches Cottage?« Ich beobachtete erstaunt, wie er das Badedas und das Shampoo auspackte und den Gang entlang wieder auf mich zukam. Er wollte sie doch nicht wirklich –

»In Pennington, unser Wochenendhaus. Du könntest dort

eine Weile wohnen, es ist gar nicht weit von Philly, und wir benutzen sie nur am Wochenende.«

»Oh, Alice, du bist ein Engel, aber –« Ich beobachtete stumm vor Schreck, wie er mich umkurvte und dann *die Treppe hochstieg!*

»He!« rief ich ihm nach. »Kommen Sie zurück!«

»Was?« sagte mir Alice ins Ohr.

»Hör mal, Alice, kann ich dich zurückrufen? Ich hab jemanden hier.«

»Wen?«

»Diesen Typen aus dem Supermarkt, wenn du es unbedingt wissen mußt«, zischte ich. »Und er ist gerade nach oben gegangen!«

»Nein! Schnelle Arbeit, Rosie, Respekt! Wie aufregend! Ruf mich sofort zurück!«

Ich knallte den Hörer auf und rannte hinter ihm her, zwei Stufen auf einmal nehmend.

»Pardon, was zum Teufel haben Sie sich dabei gedacht?« Ich wirbelte auf dem leeren Treppenabsatz herum. Wo war er?

»Ich hab nur das Badedas in den Schrank getan. Ich nehme doch an, daß Sie es da aufbewahren?« ertönte eine Stimme.

Großer Gott, er war im Bad, was bedeutete – er war durch mein *Schlafzimmer* gegangen!

Ich lief in seine Richtung. »Jetzt hören Sie mal –«

»Komisch, ich hatte Sie mehr für ein Radox-Mädchen gehalten. Das Shampoo auch hier rein?«

Ich verschränkte die Arme, beobachtete, wie er unter Harrys Rasierzeug Platz für das Shampoo machte. »Sie haben vielleicht Nerven, was?«

Er grinste. »Das hat man mir schon öfter gesagt.«

»Im allgemeinen erlaube ich fremden Männern nicht, mein Bad zu betreten, wissen Sie.«

»Ach, kommen Sie, das glaub ich nicht. Hatten Sie noch nie einen Klempner? Mußte Ihr Rohr noch nie gewartet werden? Und wer hat all diese geblümten Laura-Ashley-Tapeten aufgehängt? Die Kacheln verlegt? Ich möchte wetten, daß alle möglichen Blaumänner geschuftet haben, um Ihr *en suite* zu gestalten, Rosie.«

»Woher wissen Sie meinen Namen?«

»Er steht auf Ihrer Kreditkarte. Strumpfhosen ins Schlafzimmer?« Er glitt an mir vorbei ins Schlafzimmer.

Mit einemmal erfaßte mich Panik. »Hören Sie«, sagte ich ruhig und stellte mich in die Tür, »danke, Sie waren eine große Hilfe, aber ich möchte jetzt wirklich, daß Sie gehen.«

»Oh, da ist ja Ihr kleiner Junge.« Er nahm das Foto von Ivo von meinem Toilettentisch. Allmählich sträubten sich meine Nackenhaare.

»Er sieht Ihrem Mann gar nicht ähnlich, stimmt's?«

»Woher wissen Sie, wie mein Mann aussieht?« hauchte ich.

»Hier ist ein Bild von ihm, an Ihrem Hochzeitstag.« Er nahm unser Hochzeitsfoto und drehte es um. »Zumindest nehme ich an, daß er das ist.«

»Ja, das ist er. Hören Sie, ich möchte *wirklich,* daß Sie jetzt gehen. Er wird sehr bald nach Hause kommen und wird nicht gerade begeistert sein, wenn er Sie hier findet.« Ich begann nervös von einem Fuß auf den anderen zu hüpfen, mit einem Auge zur Haustür und dachte, ich könnte notfalls die Treppe hinunterstürmen und laut schreiend auf die Straße laufen. Was zum Teufel hatte dieser Kerl vor?

»Ist schon okay.« Er grinste. »Ich bin nicht der wahnsinnige Axtmörder oder so was, schauen Sie nicht so besorgt. Ich war nur interessiert, mehr nicht.« Er warf noch einen Blick auf Ivo. »Ja, er kommt hundertprozentig nach Ihnen.«

»Prima, und nachdem wir jetzt die dominierenden Charakteristika aus dem Genpool festgestellt haben, frage ich mich, ob Sie die Güte hätten, das Bild zurück auf den Toilettentisch zu stellen und aus meinem Schlafzimmer zu verschwinden, bevor ich –«

»Psst...« Tim legte einen Finger auf die Lippen und ging rasch zum Fenster. Er sah hinaus.

»Was ist denn?«

»Da draußen ist jemand. Gerade angekommen.«

»Wo?« Ich eilte zum Fenster und sah hinunter.

Und tatsächlich, vor dem Haus, hinter Harrys Peugeot parkte – mein Volvo. Was wirklich seltsam war, denn Harry war damit auf dem Land. Gerade als mein Verstand diese Information assimiliert hatte, hörte ich, wie die Haustür zuknallte. Dann kamen bedächtige Schritte die Treppe hoch. Mein Herz blieb stehen.

»O mein Gott«, flüsterte ich.

»Wer ist das?« zischte Tim.

»Mein Mann!«

4

»Rosie!« rief Harry von der Treppe.

Ich schloß gelähmt die Augen und betete. Gütiger Gott, wie erklärt man einen fremden Mann im Schlafzimmer? Besonders, gütiger Gott, einen blinzelnden Regaleinräumer wie den, den ich hier hatte und ganz besonders jemanden wie Harry, der nicht einmal mit dem Proletariat redet, geschweige denn, es ins Haus läßt? Tim war sich glücklicherweise sehr wohl bewußt, wie kompromittierend die Lage war und bedeutete mit einer fragenden Kopfbewegung, ob er sich im Badezimmer verstecken sollte.

Ich nickte, starr vor Panik, gerade als die Schritte sich näherten. Eine Sekunde später, als Tim hinter der Badezimmertür verschwunden war, erschien Harry im Schlafzimmer. Es gelang mir nicht, in Ohnmacht zu fallen.

»Oh, da bist du ja. Warum hast du nicht geantwortet, als ich dich gerufen habe?«

»Tut mir leid, ich hab dich nicht gehört«, japste ich.

»Und warum zum Teufel stand die Haustür weit offen?«

»Oh, weil ich es – es sehr eilig hatte. Mußte aufs Klo. Notfall, du weißt ja, wie das ist. Ähm, wieso bist du hier, Harry?«

»Ich hab diesen verflixten Blinky Bill vergessen, das verfluchte

Kind wollte nicht aufhören zu weinen! Ich hab versucht, dich zu erreichen, um dir zu sagen, daß du ihn mitbringst, aber du warst nicht da, also dachte ich, du wärst schon unterwegs. Kannst du das fassen? Ich bin gerade fünfunddreißig Meilen über die M40 zurückgefahren, um einen Koalaplüschbären zu holen!«

»Ah, richtig.« Ich beäugte nervös die Badezimmertür. »Er ist eben ziemlich lebenswichtig, und ich hab dich auch vorhin daran erinnert.«

»Ja, und ich hab's vergessen, also komm jetzt, suchen wir das verflixte Ding und machen uns wieder auf den Weg. Ich nehme an, du bist mit deinen Schönheitsreparaturen für heute fertig. Hast du all die zweifelhaften Besorgungen erledigt, die du erfunden hast, um dich vor einem Morgen Kinderpflege zu drücken?«

»Äh, ja, aber ...«

»Dann laß uns losfahren. Deine Mutter hat einen gebratenen Fasan zum Lunch, und den will ich auf keinen Fall verpassen. Wär doch dumm, mit zwei Autos hinzufahren, oder?«

»Ähm, ja.«

»Na dann komm.«

»Ja. Richtig. Hör mal, Harry, Blinky ist wahrscheinlich in Ivos Bett. Wenn du ihn holen würdest, pack ich ein paar Sachen zusammen, die ich aus dem Bad brauche – Make-up, Kulturbeutel, so in der Art ...«

»Schön, aber beeil dich. Ich bin verdammt hungrig, und ich könnte einen Drink gebrauchen. Alles, was mir jetzt noch fehlt, ist, daß ich meinen Lunch verpasse, dann wäre der Tag wirklich im Eimer!«

Harry machte einen wütenden Abgang, und ich hastete ins Bad. Ich steckte meinen Kopf durch die Badezimmertür. Tim saß auf dem Klositz und hatte die Knie hochgezogen wie ein kleiner Gnom.

»Wir fahren«, zischte ich. »Sie werden aus dem Fenster klettern müssen oder so was. Okay? Aber machen Sie es hinter sich zu!«

Die Tatsache, daß ich einen fremden Mann allein in meinem

Haus zurückließ und daß dann ein Fenster praktischerweise für jeden anderen Fremden offenstand, war nichts, das kann ich Ihnen sagen, im Vergleich dazu, mit einem Lustknaben im *en suite* ertappt zu werden.

»Wird gemacht«, flüsterte er grinsend. »Macht richtig Spaß, was? Ich könnte mich an all diese Täuschungsmanöver gewöhnen.« Er zwinkerte. »Das macht einen richtig heiß.«

»Machen Sie sich nicht lächerlich«, stotterte ich und schloß die Tür. Harry erschien wieder im Schlafzimmer.

»Gut, du steigst in den Wagen, und ich stell die Alarmanlage an.«

Ich starrte ihn entsetzt an. »Du wirst... die Alarmanlage anstellen?«

»Ja, natürlich. Warum nicht?«

»Also, ich mach das nie!«

»Das weiß ich, Rosie, aber das ist einer dieser seltsamen Unterschiede zwischen dir und mir. Wenn ich in eine Alarmanlage investiere, sorge ich dafür, daß sie benutzt wird, im Gegensatz zu dir. Du hast dir ja nicht einmal die Mühe gemacht, rauszufinden, wie das verdammte Ding funktioniert.«

Ich schluckte entsetzt. O Gott, Tim würde das ganze Wochenende im Badezimmer festsitzen. Entweder das – oder er würde fliehen, und innerhalb von Sekunden wäre das Haus von Polizisten überschwemmt.

»Aber, Harry, das können wir nicht!« krächzte ich, nachdem ich endlich meine Stimme wiedergefunden hatte.

»Warum nicht?«

»Na, weil – weil sie kaputt ist.«

»Kaputt? Seit wann?«

»Seit – gestern. Seit ich sie kaputtgemacht habe. Versehentlich. Ich dachte, ich versuch's mal, und ich hab falsche Nummern eingegeben. Das Ding ist total ausgerastet, ist mir ins Gesicht explodiert!«

»Ach, mach dich doch nicht lächerlich, Rosie. Sie funktioniert einwandfrei. Die falschen Nummern eingeben macht keinen Unterschied. Ich werd's dir zeigen.«

Er wollte mich gerade wegführen, als plötzlich jemand zu unserer Linken begann, das Thema aus *Die Bomben von Navarone* zu pfeifen. Sehr laut und sehr falsch. Ich erstarrte. Harry sah mich fassungslos an. Das Pfeifen hörte auf. Kurzes Schweigen, dann begann es erneut. Diesmal war es *633 Squadron.*

Harry sagte sehr schleppend: »Rosie, hättest du bitte die Güte, mir zu sagen, wer in Gottes Namen Themenlieder aus dem Zweiten Weltkrieg in meinem Badezimmer pfeift?«

»Äh«, haspelte ich, »ja, also, das wird wohl, ähm, das ist…«

Ohne auf eine Erklärung zu warten, trat Harry die Badezimmertür auf, als wäre es ein Saloon im Wilden Westen. Tim wurde sichtbar, auf den Knien, die Hand bis zum Anschlag im Klo, schultertief im Wasser, hektisch pfeifend.

»So, das hätten wir, Frau«, verkündete er fröhlich und zog seinen Arm heraus. »Ich hab das Problem geortet, Ihr Knickrohr ist wieder frei!«

»Das ist der Klempner!« endete ich triumphierend. Oh, Gott segne ihn, segne ihn! Welch erstaunlicher Einfallsreichtum. King's College Cambridge, sei auf der Hut. Dieser Junge ist zu Höherem bestimmt!

Tim stand auf und grinste, trocknete sich den Arm mit einem Handtuch ab. »Jetzt funktioniert alles wieder perfekt.«

Harry sah ihn mit offenem Mund an.

»Ich hab vergessen, es dir zu sagen, Darling«, plapperte ich. »Das war der Notfall. Als ich nämlich vom Einkaufen zurückkam, war überall Wasser, das Klo oben ist übergelaufen, also hab ich den Klempnernotdienst anrufen müssen!«

»Service rund um die Uhr, und wenn wir nicht innerhalb von fünf Minuten da sind, bekommen Sie einen Jahresvorrat Klopapier umsonst. Scheißer ist der Name, Klempnerei unser Geschäft – mit dem kleinen Liebling werden Sie keine Schwierigkeiten mehr haben, Frau«, sagte Tim und nickte weise in Richtung unserer Spülung. »Ich hab den Hauptkanal so richtig freigemacht. Nichts Ernstes natürlich, nur ein bißchen Übermut mit dem gesteppten Hakle.« Er trat vor und senkte vertraulich die Stimme. »Ein kleiner Tip. Ich empfehle nur vier Blatt pro

Wischen, sehen Sie?« Er zog vier Blatt von der Rolle, zur Demonstration. »Und nur dreimal wischen. Einmal rauf, einmal runter und einmal zum Polieren. Wenn Sie mehr machen, kriegen Sie Probleme. Oh, und wenn dreimal wischen nicht genügt«, er klopfte sich auf die Nase, »dazwischen spülen, sag ich immer. Eine Spülung in der Mitte vom Schiß.«

Harry war violett, sprachlos.

»Äh, exzellent, ich danke Ihnen sehr herzlich«, stammelte ich und wünschte, er würde sich nicht gar so begeistert in die Rolle stürzen. »Ähm, das ist übrigens mein Mann«, fügte ich hinzu. Und dann erfaßte mich für einen Moment gesellschaftliche Unsicherheit. Ich fragte mich, ob man normalerweise seinen Ehemann dem Klempner vorstellte.

»Einen schönen guten Morgen, Sir. Mr. Scheißer zu Ihren Diensten!« Er machte einen kleinen Diener. Meine Güte, er spielte den unverschämten Handwerker perfekt. Jede Sekunde würde er sich in Dick van Dyke verwandeln, auf den Klositz springen und die Klempnerversion von Chim-chimeney singen. Tim spähte in Harrys fassungsloses Gesicht.

»Sind wir uns nicht schon einmal begegnet, Sir?«

Ich stöhnte innerlich. Mußte er sein Glück bis zum Anschlag ausreizen?

»Ganz sicher nicht!« stammelte Harry.

Tim legte den Kopf zur Seite. »Komisch, ich vergeß nie ein Klo, und ich vergeß nie ein Gesicht.« Er runzelte die Stirn. Dann klärte sich sein Gesicht. »Ah, ja, jetzt hab ich's. White's Club, St. James, Januar sechsundneunzig. Bißchen Ärger mit dem Überlauf im Herren dort, ein nettes weißes Viceroy Standardmodell, wie ich mich erinnere. Ich hab Sie beim Rausgehen gesehen, wie Sie auf dem Bibliothekssofa ein Nickerchen gemacht haben, ha, ha! Auf jeden Fall, muß ich jetzt los – oh, und ich würde zwei Tage keine Vorstellung drauf geben, Frau. Soll sich alles erst ein bißchen setzen, bevor Sie einen Stuhlgang haben, in Ordnung? Soll ich erst noch hier aufwischen?«

Ich sah hinunter auf die Überschwemmung, die er geistesgegenwärtig angelegt hatte. »Nein, nein, das mach ich schon.«

»In Ordnung. Schönen Tag auch noch.«

»Ich, ähm, bring Sie zur Tür.« Ich folgte ihm rasch nach unten.

Als er nach draußen ging, zwinkerte er mir noch einmal zu. »War ich nicht gut?« flüsterte er.

»Zu gut«, murmelte ich, als ich ihm die Tür ins Gesicht knallte.

Ich drehte mich um – und machte einen röchelnden Satz. Harry stand direkt hinter mir. Er sah etwas blaß aus.

»Klempner, was?«

»Äh, ja!«

»Seltsamerweise ohne Werkzeugtasche, ohne Rohrzange, einem was auch immer, oder auch nur einem Stößel.«

»Ah, er muß sie in seinem Wagen gelassen haben.«

Noch während ich redete, drehten wir uns beide um und sahen durch das Gangfenster, wie Tim fröhlich die Straße entlanghüpfte, die Hände in den Taschen, sehr zu Fuß und sehr auf dem Weg zurück zu Sainsbury's.

Harry sah mich einen Moment lang mit seltsam verzerrtem Gesicht an. Dann drehte er sich um und ging ins Wohnzimmer, direkt zum Barschrank. Er machte sich nicht einmal die Mühe, ein Glas herauszuholen, schraubte die Whiskyflasche auf, setzte sie an den Mund und schluckte heftig. Dann setzte er sie ab. Er wischte sich den Mund und drehte sich zurück zu mir, starrte mich an. Dieses eine Mal tat er mir fast leid. O Gott, er denkt, ich habe eine Affäre. Denkt, er hätte uns überrascht, ein Koitus interruptus.

Ich seufzte. »Hör mal, okay, du hast recht, Harry, er war kein Klempner, ehrlich gesagt arbeitet er bei Sainsbury's. Er hat mir die Tüten nach Hause getragen, und aus irgendeinem obskuren Grund hielt er es für angebracht, das Schaumbad nach oben ins Bad zu bringen. Ziemlich frech, zugegeben, aber er ist größer als ich, also habe ich beschlossen, ihn nicht die Treppe runterzuzerren. Als wir dich reinkommen hörten, hab ich gewußt, daß du das Schlimmste denken wirst, also hat er sich im Bad versteckt. Und als du sagtest, du würdest die Alarmanlage anstellen, hat er sich als Klempner ausgegeben. Lächerlich, ich weiß, aber mehr steckt nicht dahinter, ich schwör's.«

Seine blassen Augen bohrten sich für eine Ewigkeit in meine. »Steig in den Wagen, Rosie«, befahl er leise.

Ich sah ihn eine Sekunde lang an, und mit einemmal war es mir nicht mehr der Mühe wert zu streiten. Mein Gott, ich wollte ja sowieso gehen, warum also versuchen, ihn zu überzeugen? Was scherte es mich, wenn er glaubte, daß ich mit Jungs herummachte, die jung genug waren, meine Söhne zu sein? Was scherte es mich, wenn er glaubte, ich würde mich in außereheliche Aktivitäten stürzen? Ich ging nach oben, um mir ein paar Sachen, die ich fürs Wochenende brauchte, zu holen und ging dann stumm hinaus zum Wagen.

Die Fahrt nach Oxford war schleppend, wortlos und gespannt. Der Verkehr war sehr dicht, und ich war mir bewußt, daß Harry, der die Fahrt jetzt zum drittenmal machte und fest zwischen zwei Riesentrucks eingekeilt war, leise vor sich hin brodelte. Irgendwo bei High Wycombe kochte er schließlich über.

»Dir ist doch wohl klar, daß du uns jetzt zum Freitagnachmittag-Verkehr verdammt hast, oder nicht? Während du mit minderjährigen Gigolos herumgemacht hast, hat sich der halbe Planet entschlossen, sich auf die M40 zu stürzen!«

»Du warst derjenige, der Blinky vergessen hat«, erinnerte ich ihn milde.

»Nur weil du zu beschäftigt warst, davon zu träumen, wie du diesen Rohling zwischen deine Beine kriegst. Jetzt werden wir den ganzen Nachmittag brauchen, bis wir dort sind. Schau dir all diese gräßlichen Leute in ihren widerlichen kleinen Autos an!« Er fletschte die Zähne in Richtung eines harmlos aussehenden Ehepaars in einem Metro neben uns. Sie wandten sich erschrocken ab. »Vervierfacht den Benzinpreis, das sag ich immer wieder. Das würde diese Proleten von der Straße fernhalten! Zwanzig Pfund die Gallone, sogar dreißig. Dann würden sie es sich überlegen, ob sie mal schnell mit dem Fiesta zu Tante Marjorie fahren. Wenn ich an die Macht komme, werde ich das als dringlichste Sache durchboxen. Wir werden überlegene Kaufkraft dazu nutzen, diese Bastarde auszumanövrieren, und dann geht's zurück in die Zeit, in der nur Gentlemen auf den Autobahnen fuhren!«

»Ja, und du könntest in Toad Hall wohnen.«

»Es gibt zu viele Menschen auf dieser Insel, Rosie«, schimpfte er. »Zu viele gewöhnliche Menschen. Ich würde zu gerne neunzig Prozent von ihnen zusammentreiben und mit ihnen zu den weißen Klippen von Dover marschieren und –«

»Und sie herunterstoßen, ja, ich weiß. Du hast es mir schon öfter gesagt. Harry, ich will die Scheidung.«

Ich hatte es nicht so bald sagen wollen. Ich hatte nicht mal geplant, es ihm zu sagen, aber in diesem speziellen Moment, als er sich wieder in seine übliche Nazitirade über die ungewaschenen Massen stürzte, die ich schon so oft gehört hatte, haßte ich ihn wirklich. Wir krochen gerade auf der langsamen Spur der Autobahn entlang, was wenig Geschick vom Fahrer verlangte, also konnte er sich fast um neunzig Grad drehen, um mich anzusehen. Sein Mund blieb offen, seine blauen Augen traten aus den Höhlen, aber genau in diesem Moment jaulte abrupt hinter uns eine Polizeisirene auf. Er warf einen Blick in den Rückspiegel.

Ein Streifenwagen mit Blaulicht raste auf der Pannenspur auf uns zu. Ein paar Sekunden später bremste er auf gleicher Höhe mit uns ab. Der Fahrer lehnte sich aus dem Fenster und machte uns mit einer beredten Geste klar, sich ihm anzuschließen.

Harry griff sich an die Brust. »Ich?« sagte er ungläubig.

Beide Polizisten nickten streng.

Harry schüttelte überrascht den Kopf, bog auf die Pannenspur, schadenfroh beobachtet, wie ich hinzufügen möchte, von den Reihen der ungewaschenen Massen, einschließlich des Paares in dem Metro.

Als ich damals das Alter erreicht hatte, in dem ich mich hinter ein Steuer setzen konnte, hatte mir mein Vater eingebleut, wie wichtig es war, aus dem Wagen zu steigen, wenn man von der Polizei angehalten wurde. Es ist nicht nur höflich, hatte er betont, sondern es macht sie auch unterschwellig freundlich gesinnt. Harry wußte es natürlich besser. Er blieb felsenfest sitzen, arrogant und verärgert, während sie sich näherten. Als der Polizist sich vorbeugte, um in Harrys Fenster zu sehen, hatte ich plötzlich das mulmige Gefühl zu wissen, worum es hier ging.

»Das ist Ihr Wagen, Sir?«

»Natürlich ist es mein Wagen. Warum zum Teufel haben Sie mich angehalten?«

»Also laut unserer Aufzeichnungen wurde dieser Wagen heute morgen gestohlen. Wissen Sie zufällig etwas darüber?«

»Gestohlen! Machen Sie sich doch nicht lächerlich. Das ist mein Wagen, und ich fahre ihn. Wie kann er da gestohlen sein? Sie haben das falsche Fahrzeug, Officer.«

Meine Zunge hatte sich scheinbar in meinen Mandeln verheddert. Ich entwirrte sie und beugte mich rüber.

»Äh, nein«, stammelte ich. »Sie haben recht, Officer. Sie müssen wissen, ich hab gedacht, ich hätte ihn heute morgen in der Garage verloren und ihn als gestohlen gemeldet, aber eigentlich war er gar nicht verloren, weil mein Mann ihn gefahren hat und ich seinen. Ich fürchte, es war nur ein großes Mißverständnis und ganz allein meine Schuld.«

Harry drehte sich zu mir. Für einen Augenblick war er sprachlos. Aber nur für einen Augenblick. »Willst du damit sagen, du hast diesen Wagen als gestohlen gemeldet und es nicht einmal für wert befunden, es mir zu sagen?«

»Harry, heute morgen ist soviel passiert, und es war einfach keine Zeit dazu. Ich wollte das Polizeirevier anrufen und ihnen sagen, daß alles ein dummer Fehler war, aber ich hab es einfach vergessen, es tut mir furchtbar leid.« Diese letzte Bemerkung richtete ich an den Polizisten und lief schamrot an.

Er schob seine Mütze zurück und kratzte sich am Kopf. Er sah verwirrt aus, aber nicht mordlüstern wie Harry. »Ich verstehe. Das erklärt es wohl. Kann ich bitte die Wagenpapiere und den Führerschein sehen?«

Ich holte meine aus der Handtasche, aber Harry hatte seine nicht dabei.

»Sie sind zu Hause, in meinem Arbeitszimmer. Großer Gott, das alles tut mir so leid, Officer. Offen gesagt, ich bin *entsetzt* über das Verhalten meiner Frau. Wie kann man nur so dämlich sein. So die Zeit der Polizei verschwenden, du solltest dich was schämen, Rosie! Diese Leute haben etwas Besseres zu tun als herumzurasen und nach fiktiven Autos zu suchen!«

»Ja, ich weiß«, murmelte ich.

»Ist schon in Ordnung, Sir«, sagte der Polizist gütig. »Hat ja keinen Schaden gegeben. Wir überprüfen es nur noch kurz mit London. Welches Polizeirevier war das, Madam?«

»Kensington.«

»Kensington!« blökte Harry. »Was zum Teufel hattest du in Kensington zu suchen!«

»Shopping«, murmelte ich. »Ich hab's dir doch gesagt.«

»Ha! Den ganzen Weg nach Kensington wegen einem Schlüpfer und ein bißchen Shampoo – Frauen! Ich frage Sie, was?« Er drehte sich jovial zu den Polizisten, um Bestätigung zu finden, aber einer von ihnen sah Harry recht eindringlich an.

»Haben Sie getrunken, Sir?«

Gräßliches Schweigen breitete sich aus. Harry wurde sehr rosa. »Natürlich nicht, Officer«, stotterte er schließlich. »Ich hatte noch nicht mal einen Lunch!«

Was das miteinander zu tun hatte, konnte ich mir nicht recht zusammenreimen.

»Dann haben Sie sicher nichts dagegen, aus dem Auto zu steigen und in die Tüte zu blasen, nicht wahr? Nur eine Formalität.«

»Ich glaube, dazu besteht kein Anlaß.«

»Wahrscheinlich nicht, aber trotzdem, Sir, wir können gar nicht vorsichtig genug sein.«

Harry sah ihn streitsüchtig an, und eine Sekunde lang dachte ich, er würde sich weigern. Doch er wuchtete sich heraus und knallte die Tür hinter sich zu. Auf dem Weg zum Streifenwagen hörte ich, wie er die Polizisten beschimpfte.

»Das ist genau die Art kleines Vergehen, das Sie genießen, was, Officer? Ihr habt die Kontrolle über die Straßen verloren, ihr könnt die echten Kriminellen nicht fangen, aber ihr werdet die Mittelklasse festnageln, die ruhig ihren Geschäften nachgeht!«

Ich sank mit einem leisen Stöhnen in meinen Sitz und beobachtete mit grummelndem Magen, wie die Ausrüstung aus dem Polizeiwagen geholt wurde. O Gott, das wird ihn endgültig in die Umlaufbahn katapultieren. Vergiß die Scheidung, wenn Harry seinen Führerschein verlor, dann konnte ich genausogut auswandern. Ich sah angsterfüllt zu, wie Harry im Wind neben dem Streifenwagen stand, mit flatternden Hosenbeinen und grimmig hochstehenden Haaren und angestrengt in das Röhrchen blies. Die beiden Polizisten betrachteten stirnrunzelnd das Ergebnis. Dann näherte sich einer von ihnen wieder meinem Wagen. Er beugte sich ins Fenster.

»Ich fürchte, wir müssen Ihren Mann bitten, uns zum Revier zu begleiten. Würden Sie uns bitte folgen?«

Ich tat es. Und dann saß ich, wie mir schien, eine Ewigkeit in einem kalten, grauen Wartezimmer, voller strenger Poster mit düsteren Warnungen über die Gefahren unabgeschlossener Autos oder den Schutz des Eigentums, während Harry zu einem neuerlichen Test abgeführt wurde. Überraschung, Überraschung, auch dieser Test fiel äußerst positiv aus, zumindest nahm ich das an, als Harry schließlich mit unheilvoller Miene aus einem kleinen Hinterzimmer auftauchte.

»Sprich mich nicht an«, zischte er, als wir hinausgingen. »Wenn dir dein Leben lieb ist, mach nicht mal einen Pieps. Das ist alles deine Schuld, Rosie!«

Ich war nicht so dumm, dagegen etwas einzuwenden und stieg ins Auto.

»Rutsch rüber«, fauchte er.

»Aber Harry, ich sollte doch wohl fahren. Du kannst nicht –«

»Ich kann selbstverständlich fahren, bis mein Fall in einem Monat vor Gericht kommt, wo sie mir mit größter Wahrscheinlichkeit dank dir zumindest für ein Jahr die Fahrerlaubnis entziehen. Aber bis dahin ist es mein absolutes Recht, hinter einem Steuer zu sitzen. Jetzt RUTSCH RÜBER!«

Wär verrückt gewesen, es nicht zu tun. Ich rutschte auf den Beifahrersitz, und er raste mit Vollgas los. Die Autobahn war jetzt nicht mehr so voll, und wir rauschten in bleiernem Schweigen dahin. Die Scheidung wurde nicht erwähnt, und ich hatte fast das Gefühl, ich hätte sie überhaupt nie erwähnt. Ich fragte mich, ob das ein absichtlicher Schachzug seinerseits war, oder ob es tatsächlich, angesichts dieses massiven Schlags gegen sein Ego, einfach völlig unwichtig war. Was war schließlich und endlich die Auflösung einer Ehe angesichts dieser Einschränkung von Harrys Freiheit? Hast deine Frau und dein Kind verloren, Harry, mein Alter? So ein Pech, trink noch ein Glas Portwein. Du hast deinen *Führerschein* verloren? Gütiger Himmel! Wie in aller Welt kommst du dann nach Cheltenham? Nach Goodwood? Ich kroch mit einem Seufzer noch tiefer in meinen Sitz und fragte mich, ob ich je wieder den Nerv haben würde, es noch mal zu sagen. Oder vielleicht mußte ich es ja gar nicht, dachte ich voller Hoffnung. Ja, vielleicht spielte es keine Rolle, vielleicht sollte ich ihm einfach die entsprechenden Papiere überreichen lassen. Und wenn er sich dann überrascht zeigte, könnte ich sagen: Oh, weißt du nicht mehr, Harry? Ich hab es dir vor ein paar Freitagen gesagt, kurz bevor wir die landschaftlich reizvolle Route zu meinen Eltern übers Polizeirevier eingeschlagen haben.

Als wir an der entsprechenden Ausfahrt von der Autobahn bretterten, warf ich einen Blick auf sein wütendes, verkniffenes Gesicht. Ich kannte diesen Blick und klammerte mich fest an den Sitz, als er begann, seine Aggressionen an den schmalen Landstraßen auszulassen, die zum Haus meiner Eltern führten. Meine Knöchel waren weiß und meine Augen geschlossen, als wir mit halsbrecherischer Geschwindigkeit dahinflogen, aber ich dachte gar nicht daran, etwas zu sagen. Als wir an der Farm meiner Eltern vorbeischossen, mußten wir unmittelbar danach eine Vollbremsung machen und kamen wenige Zentimeter von einem entgegenkommenden Auto zum Stehen. Die Frau öffnete ihr Fenster.

»Schwein!« schrie sie.

Harry öffnete seins. »Kuh!« brüllte er zurück, und wir rasten wieder los. Ein Fehler, wie sich herausstellte, weil wir gleich hinter der nächsten Kurve in ein – Schwein krachten.

Wir blieben einen Moment stumm vor Schock sitzen. Die riesige Tamworth-Sau lag ohnmächtig vor uns auf der Straße. Ich drehte mich zu Harry.

»O Gott«, keuchte ich mit zuckendem Mund. »Sie meinte –«

»Ja, ich weiß, was sie meinte, danke!«

Mit einemmal fühlte ich einen Lachanfall in mir hochsteigen, fühlte mich unkontrollierbar albern. Leise glucksend stieg ich aus dem Wagen. »Glaubst du, es ist okay?«

»Vergiß das blöde Schwein. Was ist mit meinem Auto!?«

Eigentlich war es ja mein Auto, ein Hochzeitsgeschenk meiner Eltern. Während Harry ausstieg, um sich den Schaden anzusehen, kümmerte ich mich um das Schwein. Es war eine riesige gelbbraune Sau, die ich kannte. Sie gehörte dem Farmer am Ende unserer Straße. Sie blinzelte ein bißchen, aber als ich ihr einen kleinen Schubs gab, schnaubte sie und rappelte sich benommen hoch.

»Ich glaube, ihr fehlt nichts!« schrie ich begeistert. »Hol die Schokotafel aus dem Handschuhfach, Harry.«

Dieses eine Mal gehorchte Harry. Ich nahm die Schokolade, brach sie auseinander und warf sie ins Feld. Das Schwein machte kehrt, pflügte zurück durch das Loch in der Hecke, durch das es entwischt war, und machte sich über die Toblerone her. Ich rannte die Hecke entlang und fand ein paar Weidenzweige, um das Loch zu flicken.

»Wir müssen es zustopfen, sonst haut sie wieder ab!« brüllte ich und zerrte eine halbe Tonne Geäst hinter mir her, schnaubend, keuchend, schwitzend, während Harry gelangweilt wieder ins Auto stieg.

Während ich mit den Drei-Meter-Ästen kämpfte, sah ich durch die Windschutzscheibe, wie er auf die Uhr sah. Mit einemmal wurde mir klar, daß er sehnsüchtig an seinen Lunch dachte. Nach allem, was passiert war – minderjährige Gigolos, Scheidungsdrohungen, Alkoholtest, geplättete Schweine –, dachte er nach wie vor an seinen knurrenden Magen und fragte sich, ob die Cavendishes den gebratenen Fasan für ihn warm hielten. Das fand ich mehr als lächerlich, und ich konnte nicht widerstehen und ließ mir richtig schön Zeit. Ich linste immer wieder aus dem Augenwinkel zu ihm, während ich ein elaborates Gewebe von Zweigen anfertigte – eine wirklich spektakuläre Stopfarbeit – und beobachtete, wie seine Finger ungeduldig auf das Armaturenbrett klopften, er ständig auf die Uhr sah und sich fragte, wie lange es dauern würde, bis er die –

»HERRGOTT NOCH MAL! STEIG IN DAS VERDAMMTE AUTO!«

Nicht lange. Ich verkniff mir ein Grinsen, rannte zurück und sprang hinein. Sein Wort war mir Befehl. Für den Augenblick zumindest. Wir preschten vorbei an meiner frisch gewebten Hecke, und ein paar Minuten später bogen wir nach links ein, in die Privatstraße, in der meine Eltern wohnten. Wir fuhren schweigend an den Reihen makellos manikürter Rasen mit ihren putzigen kleinen Maschendrahtzäunen entlang, vorbei an identischen Pflanztrögen mit Stiefmütterchen, über die Straßen-Achsenbrecher und bogen schließlich in den elterlichen Kiesweg ein und hielten an.

Ich stieß einen Seufzer der Erleichterung aus, als ich zu dem Haus hochsah, in dem ich aufgewachsen war. Es war ein großes, aber ziemlich grausiges Backsteinhaus aus den Dreißigern mit rotem Ziegeldach, aus dem seltsame Auswüchse hie und da herausragten, mit dunklen Bleiglasfenstern. Dank meines Vaters war der Garten immer fantastisch. Selbst so spät im Jahr übertrumpfte er alle anderen Gärten der Nachbarschaft, und heute hatten zur Begrüßung die Christrosen aufgeflaggt. Ebenfalls am Empfangskomitee beteiligt war meine Mutter, die die Vordertreppe heruntergeschossen kam, prachtvoll angetan in einem grünen Seidenensemble, das wohl für eine Hochzeit besser angebracht gewesen wäre, als dazu, ihrer Familie das Sonntagsessen zu kochen. Ich kletterte mit wackligen Knien aus dem Wagen.

»Darlings, ihr seid da! Wo in aller Welt wart ihr denn? Wir haben uns solche Sorgen gemacht!«

Harry knallte die Tür zu und stapfte taktlos an ihr vorbei.

»Harry?« Sie drehte sich um und starrte ihm nach.

Ich legte eine beschwichtigende Hand auf ihren Arm. »Laß ihn, Mum. Er mußte einen Alkoholtest machen. Er war positiv.« Zumindest nahm ich an, daß dies das Problem war.

Mummy drehte sich entsetzt zu mir zurück. »Um Himmels willen, warum bist du denn nicht gefahren? Hast du nicht gewußt, daß er getrunken hat?«

Ich zog die Schultern hoch. »Harry trinkt immer was. Ich versteh gar nicht, warum er sich so aufregt. Er verbringt sein Leben damit, auf Rücksitzen von Taxis herumzulümmeln. Wofür braucht er ein Auto?«

Sie sah mich konsterniert an. »Oh, du dummes Mädchen!« Sie stürmte hinter ihm her ins Haus.

Ich stieg müde hinter ihr die Treppe hoch und traf meinen Vater im Eingang.

»Was ist passiert?«

»Harry hat beim Alkoholtest versagt.«

»Ah. Na ja. Das mußte früher oder später passieren. Wahrscheinlich besser so. Mach dir nichts draus. Komm und schau, was ich in der Garage gemacht habe.«

Er drehte sich um und führte mich streng nach draußen, weg vom Tohuwabohu. Was ihn betraf, war somit das Mitgefühl für Harry erledigt. Meine Mutter würde jetzt sicher schon am Feuer neben ihm sitzen, ihn bemitleiden, betüddeln, in einem mikrogewellten Teller gebratenen Fasan reichen, mit ihm jammern, mir die Schuld geben. Ich hatte keinen Hunger, und das letzte, was ich brauchte, war aufgewärmtes Wild und Mum. Ich drückte Dads Arm dankbar, als wir um das Haus herumgingen.

»Wo ist Ivo?«

»In seinem Bettchen. Macht ein Nickerchen«, brummte er mit seinem liebenswerten Akzent, den ihm Mutter trotz jahrelangem intensiven Druck nicht hatte austreiben können. »Er hat ein bißchen um Blinky Bill geweint, aber als wir das nächstemal reingeschaut haben, hat er geschlafen. Komm her, komm und schau dir das an.« Er öffnete die Garagentür, ging in die hintere Ecke und zog ein Laken beiseite. Ich blinzelte, versuchte meine Augen der dämmrigen Beleuchtung anzupassen. Darunter kam eine Miniversion eines Bentley Cabrios zum Vorschein, glänzend dunkelblau mit roten Lederpolstern.

Ich gaffte es mit offenem Mund an. »Oh, Dad, das ist ja wunderbar! Woher hast du es?«

»Ich hab es seit Jahren. Es hat mir gehört, als ich noch ein Junge war. Jetzt war es lange in einem furchtbaren Zustand, und ich arbeite seit Monaten dran.«

»Für wen?«

»Für Ivo natürlich.«

Ich errötete vor Freude. Meine Schwester Philly hat auch drei Kinder.

»Die anderen können es natürlich auch benutzen«, meinte er großzügig, »aber die ertrinken ja in Spielzeug. Ich dachte, Ivo würde es mehr schätzen. Im Moment ist er noch ein bißchen jung, aber in einem Jahr oder so, wenn er mit den Füßen an die Pedale kommt – schau dir das an.« Er streckte die Hand hinein, drehte den Schüssel, drückte auf die Pedale und, tatsächlich, das Ding schnurrte durch die Garage.

Ich lachte. »Du bist ein Genie. Es muß eine Ewigkeit gedauert haben, bis du den alten Motor wieder zum Laufen gebracht hast.«

Er zuckte mit den Achseln. »Ach, weißt du, ich genieß es sehr, hier herumzubasteln, wie du weißt.«

Natürlich genoß er es. Es war sein Fluchtpunkt, seine Art, meiner Mutter zu entfliehen, und das war es seit Urzeiten schon gewesen. Nicht, daß meine Eltern unglücklich waren. Die meiste Zeit kabbelten sie sich ganz freundschaftlich, solange mein Vater innerhalb seiner Grenzen blieb. Solange er all seine Aufgaben im Haus, der Domäne meiner Mutter, erledigt hatte. O ja, nachdem er das Holz geholt, die Kamine saubergemacht, die Kaminfeuer vorbereitet und einige Küchenhilfenarbeiten absolviert hatte, stand es ihm frei, in den Garten zu gehen, in den Pflanzschuppen und, wenn er sehr brav gewesen war, in die Garage. Philly und ich hatten insgeheim Angst vor Dads Pensionierung gehabt, geglaubt, er würde ihr auf die Nerven gehen und sie ihm an den Hals. Aber eigentlich funktionierte es besser als früher, wenn er erschöpft jeden Tag aus der City kam und sie ihn gnadenlos angenörgelt und schikaniert hatte, wenn er eigentlich nur kollabieren und sich die Neun-Uhr-Nachrichten ansehen wollte. Sie nörgelte und schikanierte natürlich immer noch, aber wenn er nicht müde war, machte es ihm nicht soviel aus, und wenn es ihm nicht soviel ausmachte, machte sie es nicht so oft. Komische Sache.

»Hab natürlich noch einen Haufen Arbeit damit«, erklärte er und griff nach einem Lumpen.

»Ich helf dir.«

Ich nahm einen Lappen vom Regal und fing an, die hintere Stoßstange zu polieren, während er vorne rieb. Wie er, fühlte ich mich hier sicher, und ich wollte nicht zurück ins Haus. Ich wollte keine Konfrontation. Hier drin, mit der *Armchair Symphony* aus Dads altem Roberts-Radio als heitere Hintergrundmusik und dem Geruch öliger Lappen und verschüttetem Benzin, war alles tröstlich und vertraut. Ich erinnere mich, daß ich schon als kleines Mädchen liebend gerne zugesehen hatte, wie er ein Fahrrad reparierte oder Radkappen polierte. Hier war auch für mich immer eine Zuflucht gewesen.

»Dad?« versuchte ich nach einer Weile.

»Hmmm?«

»Harry und ich. Wir... wir vertragen uns momentan nicht sehr gut.«

Er setzte sich auf seine Fersen. »Du wirst ein bißchen Metallpolitur auf dem Tuch brauchen, um das wirklich zum Glänzen zu bringen, Schatz. Dieser Rost ist hartnäckig.«

»Was?« Ich warf einen Blick auf mein Staubtuch. »Oh, richtig.« Ich trug ein bißchen Politur auf. »Um ehrlich zu sein, es funktioniert schon seit langem nicht. Genau gesagt, praktisch von Anfang an nicht.«

»Das und Muskelschmalz, natürlich. Für Muskelschmalz gibt es keinen Ersatz.«

Ich musterte ihn von der Seite, wie er mit gesenktem Kopf polierte. Er wollte nicht darüber reden. Er ignorierte mich. Einen Moment lang war ich verletzt, beleidigt, aber dann wurde mir klar, daß das gar nicht so überraschend war. Dad hatte nie mit einem seiner Kinder über Gefühle geredet. Bis jetzt hatte das allerdings keine Rolle gespielt, und ich hatte es nie gebraucht. Aber nun brauchte ich es. Ich wollte zu ihm sagen, schau Dad, zur Zeit brauch ich es, also bitte! Ich wartete. Nichts. Ich biß mir auf die Lippe und polierte weiter und das in allmählich kameradschaftlich werdendem Schweigen. Schließlich stand er auf.

»So. Das sieht wesentlich besser aus. Man kann sich fast drin spiegeln.«

Ich feixte und warf meinen Lappen zurück ins Regal. »Nur bis Ivo es in seine klebrigen kleinen Finger kriegt.«

»Ah, das gehört doch zum Spaß dazu. Komm, Schatz, wir sollten besser reingehen.«

Wir gingen hinaus in die Sonne und schlossen die Tür hinter uns. Wir wußten beide, daß unsere Zeit in dieser kleinen Zuflucht für den Augenblick vorbei war. Mum war kein Freund der Garage und würde angelaufen kommen, um uns herauszuzerren, wenn wir uns nicht bald im Haus blicken ließen. Wir nahmen aber den langen Weg, dehnten den Spaziergang aus, gingen am Gewächshaus vorbei, wo Dad seine Gartenschere einsammelte, dann an der Kräuterrabatte vorbei, um seine Wolfsmilch zu überprüfen, dann den Abhang des Rasens hoch, wo er plötzlich meinen Arm nahm. Er drückte ihn, dann ließ er los. Ich hob überrascht den Kopf. Er sah immer noch starr geradeaus. Ich lächelte. Ich wußte, daß das seine Art war. Seine Art zu sagen, hör mal Schatz, ich kann nicht drüber reden, aber es ist okay. Ich steh immer hinter dir. Du machst das richtige. Es war alles beinhaltet in dieser kleinen Geste. Mit einemmal war mir leichter ums Herz als seit langer Zeit. Ich lächelte.

Die tiefstehende Wintersonne schien uns direkt in die Augen, als wir uns dem Haus näherten, und zuerst sah ich Harry nicht. Doch er marschierte unverdrossen auf uns zu, trug seinen Bauch vor sich her wie eine riesige Einkaufstüte, die jeden Moment umkippen könnte, wie fette Männer das halt so machen. Er blieb stehen, leicht schwankend und mit einer flatternden Whiskyfahne.

»Ich möchte kurz mit meiner Frau reden, Gordon, wenn es dir nichts ausmacht.«

»Selbstverständlich, mein Junge«, murmelte Dad und verschwand leise in den Schatten.

Harry machte einen Schritt auf mich zu und verdeckte die Sonne. Er fixierte mich mit trüben, blutunterlaufenen Augen. »Die Antwort auf deine Frage, Rosie, ist nein. Absolut, unwiderruflich nein. Nein, ich will keine Scheidung, und nein, ich werde sie dir nicht geben, solltest du sie verlangen. Und du kannst versichert sein, wenn du auf diesem degoutanten Kurs weitersteuerst, werde ich dir das Leben sehr schwer machen.«

»Harry, du weißt genausogut wie ich, daß unsere Ehe am Ende ist«, sagte ich leise.

Er lächelte spöttisch. »Am Ende? Gütiger Himmel, sie hat ja nie wirklich angefangen, oder? Jeder Mann hätte die größten Schwierigkeiten, mit dir erfolgreich verheiratet zu sein, Rosie.«

Mir verschlug es den Atem. »Und was bitte soll das heißen?«

»Schlicht und einfach, daß du stinklangweilig und ein Kuli bist. Dein Lebensinhalt ist dein häusliches Territorium. Du denkst nur an dein Heim, deinen Herd und deinen Nachwuchs und nicht einmal, in all den Jahren, in denen ich dich kenne, hast du je einen auch nur entfernt interessanten Gedanken geäußert oder eine Meinung, die du dir nicht von jemand anderem geborgt hast. Offen gesagt, dein begrenzter Horizont ist mir peinlich.«

Bleib ganz ruhig, malmte ich wie ein Mantra in mir, obwohl ich spürte, wie ich innerlich kochte und ihm am liebsten in sein fettes, selbstzufriedenes Gesicht geschlagen hätte, bleib bloß ruhig. Das war alles sehr normal, sehr Harry, sehr berechnet. Er scheute sich nie, unter die Gürtellinie zu schlagen. Das war seine Art, die Schraube anzudrehen, in der Hoffnung, eine Szene zu provozieren, eine explosive Reaktion, damit er die Arme hochwerfen, weggehen und sagen könnte: Seht ihr's? Sie ist hysterisch! Ich meine was *soll* ein Mann da tun? Sie ist absolut unvernünftig.

Ich stellte mich ruhig seinem Blick. »Und woher kriegst du deine Meinungen, Harry? Indem du deinen hochgestellten Freunden an den Fersen schnupperst, ein paar Brosamen vom Tisch der Herrschaft aufleckst?«

»Vielleicht«, sagte er gelangweilt, »aber sie stammt ganz gewiß nicht aus dem Küchenspülstein. Du bist mit Häuslichkeit überflutet, Rosie. Du bist gesellschaftlich ungeschickt, du trägst nichts zu kultivierten Partys bei, außer den neuesten Berichten von den Zähnen deines Sohnes oder dein neuestes Rezept für Tiramisu. Du bist weder politisch noch gesellschaftlich gewandt, du kannst nicht debattieren, du bist ungeschickt, albern und frivol, und du bist sowohl im als auch außerhalb des Bettes fantasielos.« Er lächelte verkniffen. »Ich bin mir sehr wohl bewußt, daß du bei unseren letzten sexuellen Begegnungen ganz klar simuliert hast.«

»Oh, ich simuliere nicht, Harry. Ich schlafe wirklich.«

»Sei nicht schnippisch«, keifte er. »Das beweist nur meinen Standpunkt.«

»Und warum hast du mich dann geheiratet?«

»Weil ich eine Frau brauchte. Weil ich Kinder wollte und weil Bertram dich akzeptiert hat.«

Das mußte man Harry lassen. Nichts hier von wegen, dein Körper war ein Tempel, eine Berührung, und ich war in Ekstase. O nein. Ich sah aus wie eine gute Zuchtstute, und sein Onkel hatte mich genehmigt.

»Also«, fuhr er gnädig fort, »ich fand, du warst einigermaßen dekorativ. Du hattest ein offenes freundliches Gemüt, und ich dachte, deinen Verstand würde ich schon hinkriegen. Hab gedacht, ich könnte dich formen, aber jetzt sehe ich, wie töricht das war. Da war nicht genug Rohmaterial, mit dem man hätte arbeiten können.«

Die Frechheit dieses Menschen war phänomenal. Dieser Mann hatte keinerlei Schulabschluß. Dieser Mann hatte einen guten Oxford-Akzent, war aber lediglich als Tourist dort gewesen, und trotzdem dachte er, er könnte meinen Verstand formen. Das Ulkigste war, daß ich die ganze Zeit gedacht hatte, ich könnte *seinen* formen, was wirklich ironisch ist, wenn man drüber nachdenkt. Da waren wir nun vor drei Jahren vor den Altar getreten, hatten unsere Schwüre geleistet und hatten beide insgeheim gedacht, ihn/sie werde ich schon hinkriegen.

»Warum willst du dann mit mir verheiratet bleiben, Harry? Warum die Agonie hinauszögern?«

»Weil ich nicht an Scheidung glaube. Sie ist gewöhnlich und erniedrigend und nicht für unsereins. Das hieße, den größten, schlimmsten Fehler deines Lebens zuzugeben, und ich mache keine Fehler. Aber ich habe einen Vorschlag für dich.«

»Ich bin ganz Ohr.«

Er richtete seine Massen zu ihrer vollen Höhe auf. »Getrennte Schlafzimmer, getrennte Leben. Die Außenwelt muß jedoch glauben, wir sind noch Mann und Frau.«

Ich mußte blinzeln. Für die Außenwelt? Unsere Öffentlichkeit? Man möchte meinen, wir wären Charles und Diana und selbst sie, mit ihren weitläufigen Besitzungen, hatten es nicht geschafft, den Modus vivendi zu finden, den er vorschlug, zusammenzuleben, aber eben nicht zusammen zu leben. Wie in aller Welt glaubte er das in einer Reihenhaushälfte in Wandsworth schaffen zu können?

»Aber warum, Harry? Was soll das für einen Sinn haben?«

»Das hab ich dir gesagt«, beharrte er kühl. »Ich glaube nicht an Scheidung. Ich werde mich nicht in dein Leben einmischen, du kannst kommen und gehen wie du willst – obwohl ich natürlich nicht dulden kann, daß du diesen Klempner fickst, der war wirklich das letzte. Solche Typen können wir bei uns nicht dulden, du holst dir alle möglichen Geschlechtskrankheiten, man braucht sich nur seine Fingernägel anzusehen, um das zu wissen. Nein, er muß weg – stell dir vor, wenn einer meiner Freunde ihn sehen würde!« Mit einemmal traten seine blassen Augen aus den Höhlen. »Er hat doch keine Fragen über mich gestellt, oder? Hat nicht versucht, irgend etwas über mich herauszufinden, wo ich arbeite oder so was?«

»Harry, nicht einmal ich kenne die Antwort darauf und nein, er hat es nicht erwähnt. Warum um Himmels willen sollte er das auch? Wir haben nur ein paar Minuten geplaudert. Ich hab dir gesagt, es ist nichts passiert!«

»Na schön, aber sorg dafür, daß es auch so bleibt. Du bist immer noch meine Frau, Rosie, und ein gewisser Standard muß gewahrt werden. Du bleibst weiter bei mir, und ich sorg dafür, daß es dir gutgeht. Aber wenn du mir in die Quere kommst, wenn du die Scheidung einreichst, dann werde ich dich bis zur letzten Instanz bekämpfen. Du wirst kein Geld kriegen und keinen Anteil am Haus, dafür werde ich sorgen. Und Ivo wirst du auch nicht kriegen.«

»Das ist doch lächerlich. Natürlich krieg ich Ivo!«

»Nicht, wenn ich dem Gericht demonstriere, was für eine ungeeignete Mutter du bist.«

»Wie meinst du das?« hauchte ich.

»Nicht, wenn ich ihnen deine Grausamkeit dokumentiere. Wie du ihn vernachlässigst.«

Ich starrte ihn baß erstaunt an. »Aber das ist doch nicht wahr!«

»Na und? Ich werde lügen. Und ich werde andere dazu kriegen, auch zu lügen, mir den Rücken zu decken. Das kann ich, du weißt es, Rosie. Meine Freunde würden das für mich tun. Wir stehen uns sehr nahe, und ich kenne ein paar einflußreiche Leute.«

Offensichtlich hielt er sich jetzt für Lord Lucan. Trotzdem begann ich innerlich zu zittern. »Droh mir nicht, Harry.«

»Keine Drohungen«, meinte er fröhlich. »Nur ein paar Denkanstöße. Etwas, was du dir überlegen kannst, bevor du etwas Unüberlegtes tust.«

Ich sah ihm direkt in die Augen. »Aber das hab ich schon. Der Ball ist schon im Rollen. Ich seh dich vor Gericht, Harry.«

Er sah mich mit eisigem Blick an. »Und ich seh dich in der Hölle.«

Damit wandte er sich ab und stolzierte davon.

5

Ich setzte mich für eine lange Weile auf das untere Terrassenmäuerchen. Ich spürte, wie ich immer noch zitterte, und Harry war sicher schon fünf Minuten fort. Ich erschauderte, kuschelte mich in meinen Mantel, steckte die Hände tief in die Taschen. Zu meinen Füßen raschelten ein paar trockene Blätter auf dem feuchten, glänzenden Winterrasen. Ich beobachtete, wie sie hin und her tanzten, ganz dunkel und verschrumpelt, bis sie zu meinen Füßen zu liegen kamen. Wie seltsam, dachte ich, während ich sie betrachtete, daß man in einem solchen Moment Dinge bemerkt wie ein paar welke Blätter. Wahrscheinlich würde ich mich bis in alle Ewigkeit an sie erinnern können. Nach einer Weile stand ich auf. Ich holte tief Luft. Philly. Ja, das war's. Ich würde losgehen und Philly besuchen.

Ich ging ins Haus und schlich mich die Hintertreppe hoch in das Gästezimmer, wo Ivo schlief. Er war wach, aber nur so gerade eben. Er saß in seinem Bettchen mit zerzaustem Haar, glänzenden Augen und rotgeschlafenen Bäckchen.

»Hallo, Schatz!« flüsterte ich mit belegter Stimme.

»Raus! Raus! Nicht Bett!« forderte er, hob die Ärmchen und ballte seine molligen Fäuste.

»Nicht mehr Bett«, stimmte ich zu, hob ihn hoch und drückte ihn an mich. Er roch himmlisch. Ich kuschelte mein Gesicht in sein Haar und an seinen Hals, atmete ihn tief ein. Mein Herz schlug gegen seins. Über meine Leiche, Harry. Über meine Leiche. Ich wechselte rasch seine Windeln, dann trug ich ihn nach unten, steckte den Kopf in die Küche.

»Ich geh nur mal schnell rüber zu Philly, Mum, okay?«

Meine Mutter wandte sich vom Spülstein ab, eine Schürze schützte ihr seidenes Hemdblusenkleid, Cabochonarmbänder klimperten über ihren Gummihandschuhen. Sie hob ihre Hände wie ein Chirurg, der sich anschickte zu operieren, mit weitaufgerissenen Augen. »Aber sie kommt morgen zum Lunch, ich hab's dir gesagt. Dann wirst du sie sehen.«

Ich zog lässig die Schultern hoch. »Okay, dann seh ich sie eben jetzt und morgen.«

»Wirst du zum Abendessen zurücksein?«

»Ich denke nicht, ich werd wahrscheinlich dort übernachten.«

»Aber ich hab die Burdetts und die Palmers eingeladen! Ich dachte, wir könnten das Gurkenmousse servieren, das du so wunderbar machst, und ein bißchen gefüllten Schweinebraten.«

Meine Mutter hatte das glückliche Händchen, all ihre Freunde zum Essen einzuladen, wenn ich da war, um zu kochen.

»Ich bin mir sicher, das wird ihnen wunderbar schmecken, Mum. Meine Rezepte sind in dem blauen Ordner in der Schublade.«

»Oh, aber die Mädchen werden so enttäuscht sein.«

Die »Mädchen« – Marjorie Burdett und Yvonne Palmer waren mindestens fünfundsechzig – würden nur enttäuscht sein, weil sie die Gurke ohne das Mousse und das Schwein ohne die Füllung kriegen würden. Außer natürlich, sie stopfte die Gurke in das Schwein.

»Sag ihnen liebe Grüße«, zwitscherte ich zuckersüß. »Und sag ihnen, wie sehr ich es bedauere.«

Fast konnte ich die Zähne meiner Mutter knirschen hören, als ich zum Wagen ging, aber ein viergängiges Menü für Marjorie Burnett zu kochen war momentan nicht die Nummer eins auf meiner Liste von Prioritäten. Die einzige Priorität, die ich momentan habe, beschloß ich, als ich Ivo in seinen Sitz schnallte und innehielt, um ihn anzusehen, bist du, Kumpel.

Bei Philly vorbeizuschauen war nicht so leicht, wie ich es bewußt und locker hingestellt hatte. Sie lebte nicht gerade nebenan, sondern im nächsten County, im tiefsten ländlichen Gloucestershire, etwa fünfunddreißig Minuten Autofahrt entfernt, aber das war mir gerade recht. Ich brauchte Zeit für mich, Zeit zum Nachdenken. Ich fuhr los über die kleinen Landstraßen und dachte über mein kleines Debakel mit Harry nach. Im nachhinein war es zwar recht entnervend, aber auch äußerst einsichtsreich gewesen, besonders im Hinblick auf das, was er über Bertram gesagt hatte. Tief in meinem Innersten hatte ich wohl immer gewußt, daß das Einverständnis seines Onkels mit mir tatsächlich Harrys Leidenschaft gesteigert hatte, aber es war eine Offenbarung, es aus seinem Mund zu hören. Ich erinnerte mich daran, wie ich mich davor gefürchtet hatte, nach Yorkshire zu fahren und diese legendäre Gestalt, Harrys einzigen lebenden Verwandten, seinen Wohltäter, kennenzulernen, von dem Harry ein riesiges Erbe erwartete. Ich erinnerte mich an Harrys Nervosität, wie er mich gezwungen hatte, mich mindestens zweimal umzuziehen, bevor wir aufbrachen, und mir während der Fahrt dorthin eine ganze Liste von Instruktionen gegeben hatte, was ich zu sagen hatte und was nicht. Und ich erinnere mich, wie mir, als wir endlich die zerklüfteten Berge erreicht hatten, die zu Bertrams Besitz führten, der Atem stockte, als das kolossale gothische Monster aus grauem Stein dräuend in Sicht kam.

Als ich langsam die uralte Steintreppe hochstieg, schwang die massive Eichentür auf, und ich wappnete mich innerlich gegen einen gichtgeplagten, ginverseuchten, zänkischen alten General mit rotem Gesicht, einem Rudel stinkender Labradore und einem Monokel – nur um festzustellen, daß Bernard überhaupt nicht so war. Zu meiner Überraschung war der Mann, der uns fröhlich an der Tür begrüßte, ein extrem jugendlicher, energiegeladener kleiner Achtzigjähriger, sehr geistvoll und nach wie vor hinter der Weiblichkeit her. Ich war noch nie vorher von einem Sechsundachtzigjährigen um einen Küchentisch gejagt worden, aber es gibt für alles ein erstes Mal. Nachdem ich begriffen hatte, wie das lief, hatte ich ein paar eigene Regeln aufgestellt – wie zum Beispiel: Gesetzt den Fall, daß er mich *tatsächlich* erwischte, verpaßte ich ihm eine mächtige Tatze, wenn er meinen Po auch nur berührte – von da an beruhigte er sich und beschränkte sich darauf, mir lüsterne Blicke über den Frühstückstisch zuzuwerfen. Danach kamen er und ich, zu Harrys großer Überraschung, wunderbar miteinander aus.

Er lebte praktisch allein, abgesehen von einem ebenso alten

Angestellten namens Parkinson, ein weißhaariger, buckliger alter Kerl, der in einer Gnadenwohnung im hinteren Teil des Hauses wohnte. Parkinsons Hauptaufgabe bestand darin, durchs Haus zu schlurfen und Nippes abzustauben, die er fallen ließ. Die Scherben blieben dann tagelang liegen, während er nach draußen in den Garten tapste, um Narzissen statt Zwiebeln auszugraben. Bertram hatte anscheinend die Köchin und den Rest seines Personals vor langer Zeit gefeuert, mit der Begründung, sie hätten ihm zu lüstern nachgestellt – obwohl ich vermute, daß das Gegenteil der Fall gewesen war. Er versorgte sich selbst – was in der Realität bedeutete, daß er fast ausschließlich von Corned Beef, Gurken, Weißwein und Curly Wurlys lebte. Ich betrachtete diesen Ernährungsplan als ausgesprochen schlampig, was ich ihm laut und deutlich sagte, aber ich betrachtete das auch als Herausforderung. Ich krempelte die Ärmel hoch und versuchte, ihm beizubringen, wie man ein Omelett und einen Shepherd's Pie macht und wie man die Früchte, die so verschwenderisch in seinen Obstgärten wuchsen, dämpfte, anstatt sie einfach im Gras verfaulen zu lassen. Er versuchte tatsächlich, ein bißchen kochen zu lernen, aber ich glaube, der einzige Grund dafür war, daß er dabei so gerne ganz dicht neben mir am Ofen stand und auf meine Brüste glotzte.

Trotz seiner Anfälle von Wollust war er eigentlich sehr unterhaltsam und gescheit. Er zeigte sehr deutlich – zumindest für mich –, daß er genau wußte, wie Harrys Verstand funktionierte. Er zog ihn gnadenlos auf und brachte es beispielsweise fertig, beim Frühstück von seiner Zeitung hochzuschauen und zu sagen: »Hör mal, Harry, das hätte ich fast vergessen. Ich hatte neulich diese Jungs vom Verein für Blindenhunde hier. Sehr nette Leute, wirklich sehr nett. Wunderbare Sachen machen die. Waren aus irgendeinem Grund sehr an dem Haus interessiert, haben gesagt, es wäre ideal als Trainingszentrum. Kann mir nicht vorstellen, was sie gemeint haben.«

Während Harry violett anlief und seine Cornflakes durchs Zimmer spuckte, verschwand Bertram wieder hinter seiner Zeitung. Ein paar Sekunden später lugte er dann hinterlistig hervor und zwinkerte mir zu.

Ja, er und ich waren in vielen Dingen einer Meinung, so sehr, daß Harry, bis wir endlich abfuhren, geradezu sprachlos war. Ich glaube, vor Neid. Wenn er dann auf der Heimfahrt schließlich wieder seine Stimme fand, beugte er sich rüber, tätschelte mir die Hand und sagte unglaublicherweise: »Gut *gemacht*, meine Liebe. Wirklich sehr gut gemacht. Du hast ihm ja mit deinem Charme die Hosen ausgezogen!«

»Der Himmel bewahre«, murmelte ich.

Aber Bertram hatte tatsächlich einen Narren an mir gefressen, so sehr, daß, falls Harry und ich uns scheiden ließen... O ja, dachte ich grimmig, als ich herunterschaltete vor der scharfen Kurve bei Phillys Dorf, ja, jetzt wurde mir alles klar. Sehr klar sogar. Kein Wunder, daß Harry nichts von Scheidung hören wollte. Er wollte Bertram nicht aufregen, wollte die Erbkarre nicht aus dem Gleis bringen. Und war es nicht auch sehr verräterisch, daß Harry im letzten Stadium unseres Gespräches gesagt hatte: »Bleib für die Dauer bei mir, Rosie, und ich werde dafür sorgen, daß es nicht dein Schaden ist.« Für die Dauer wovon? Für die Dauer von Bertrams Leben, das war es. Aber darauf könnte man sein gotisches Herrenhaus verwetten, daß Harry, sobald Bertram den Löffel abgegeben hatte, mich nur allzugerne in den Wind schießen würde. Er klammerte sich an mich, weil ich die Versicherungspolice für sein Erbe war. Ohne mich, Harry, dachte ich, als ich die Allee zu Phillys Farm hochrollte, ohne mich.

Ich sah über den Flickenteppich von Feldern zu Phillys bildschönem Farmhaus, das in einer Senke neben dem Fluß kuschelte. Es war lang, niedrig und L-förmig und wie alles hier in der Gegend aus dem unverkennbaren sanftfarbenen Cotswold-Stein gebaut. Philly erwartete mich natürlich nicht und hätte ohne weiteres unterwegs sein können, aber irgendwie überraschte es mich nicht, als ich in ihr Tal einfuhr – und ich meine wirklich im Sinne von besitzen, denn ihrem Mann Miles gehörte tatsächlich das ganze Tal – und sah, wie sie sich gebückt durch ihren Gemüsegarten hinterm Haus bewegte, ihren Wintersalat pflückte und in einen Weidenkorb legte.

Philly sah immer so aus, wie es ihre Rolle erforderte, und heute war keine Ausnahme. Sie trug einen alten Filzhut von Miles, und ihr Haar hing in einem dicken, dunklen Zopf über ihrem Rücken, ihr Gesicht war von zahlreichen entwischten Strähnen umrahmt. Während sie arbeitete, hielt sie gelegentlich inne und warf ihren Zopf ungeduldig über die Schulter zurück, wenn er ihr im Weg war. Sie trug ausgebleichte Cordhosen und eine Windjacke, und obwohl das eine grobe Landkostümierung war, paßte alles wunderbar: Ihre langen Beine, die langen Haare und die zierliche Taille blieben nicht unbemerkt. Zwei ihrer Kinder, Bertie und Chloe, blond und dunkelhaarig, zwei und vier, spielten zu ihren Füßen, gruben Steine aus dem Boden und häuften sie zu einer ordentlichen kleinen Pyramide, ruhig und beflissen. Angesichts der Vollkommenheit dieses Szenarios mußte ich lächeln. Es war so sentimental wie eine Kitschpostkarte, aber so war es bei Philly immer gewesen. Man hätte in jedem Stadium ihres Lebens Schnappschüsse von ihr machen und sie nie anders als vollkommen erwischen können. Mit zwei Jahren hatte sie fröhlich in ihrem Laufstall gegluckst, mit sechs nette kleine Teepartys für ihre Puppen gegeben, mit zwölf den Preis für das gepflegteste Pony beim Lokalturnier gewonnen, mit fünfzehn brav ihre Hausaufgaben in ihrem Zimmer gemacht, mit zwanzig war sie durch einen Ballsaal in Oxford gerauscht und hatte hinreißend ausgesehen. Mit fünfundzwanzig war sie mit einem Stethoskop um den Hals durch eine Krankenhausstation gewirbelt und jetzt, mit dreiunddreißig, backte sie wundervolles Gebäck in ihrem marineblauen alten Herd in ihrer Farmhausküche für ihren grundstückschweren Mann, mit drei kleinen Kindern zu ihren Füßen. Eigentlich zum Kotzen, wenn man sie nicht liebte, was ich tat, ohne Einschränkungen. Aber in ihre Fußstapfen zu treten war ein Ding der Unmöglichkeit.

Ich hatte es natürlich versucht. Und ich will nicht sagen, daß ich nie in eins dieser Fotos gepaßt hätte, ich hätte. Ich war nie ein besonders unartiges Kind, aber wenn ich mit dieser versteckten Kamera abgelichtet worden wäre, hätte sie mich dabei erwischt, wie ich in meinen Kinderwagen kotzte, wie ich meine Zimmerwände vollkritzelte, im Wald neben der Schule rauchte, mit einem unpassenden Kerl hinterm McDonald's schmuste und immer wieder voll in den Kuhfladen stieg, wie Onkel Bertram sagen würde. Aber nicht Philly. Sie war in ihrem Leben in keinen Kuhfladen gestiegen. Wenn sie nicht so nett gewesen wäre, hätte ich sie wahrscheinlich gehaßt, aber das hatte ich nie. Sie beneidet, ja, aber nicht auf eine gefährliche, tiefsitzende, gärende Art. Ich beschränkte mich auf ein gesundes: »Herrgott, du alte Kuh, warum mußt du immer so scheiß perfekt sein«, was sie mit Anstand akzeptierte.

Jetzt drehte sie den Kopf, als sie das Auto hörte, legte eine Hand über die Augen und kniff sie gegen die Sonne zu, aber das hinderte nicht einmal einen Narren daran zu sehen, daß sie das Gesicht eines Engels hatte. Ein breites Leuchten zog sich über ihr Gesicht, als sie sah, wer es war, und ich in den Hof einfuhr.

»Ich dachte, wir sehen dich morgen!« rief sie, ließ ihre Gartenhandschuhe fallen und kam auf mich zu, um mich zu begrüßen.

»Das wirst du.« Ich stieg aus und hob Ivo aus seinem Sitz. »Aber mir war einfach danach, dich heute zu besuchen, ist das ein Problem?«

»Nicht im geringsten.« Sie nahm mich bei den Schultern. »Alles ist ein bißchen chaotisch wie immer, das Haus steht auf dem Kopf und ich hab nichts Gescheites zu essen im Haus, aber ich hol uns eine Flasche Wein und – oh, Rosie, was ist denn los?«

Ich hatte mich zusammengenommen, bis sie mich umarmte, jetzt brach ich heulend an der Schulter meiner großen Schwester zusammen.

Philly hielt mich einen Augenblick lang fest, dann wandte sie sich den gaffenden Kindern zu unseren Füßen zu.

»Bertie, bring Ivo ins Spielzimmer und zeig ihm die neue Eisenbahn, bist ein braver Junge. Und such Anna und bitte sie, euch allen Kekse zu geben. Chloe, du gehst mit.«

»Aber was hat Tante Rosie denn?« fragte Chloe, fasziniert von Erwachsenentränen, die sie zweifellos noch nie zuvor in ihrem Leben gesehen hatte. Ganz bestimmt nicht bei sich zu Hause.

»Nichts.« Philly gab ihr einen kleinen Schubs. »Los Schätzchen, ich komm gleich hinterher.«

Kaum hatte Ivo Eisenbahn und Kekse gehört, ignorierte er seine schluchzende Mutter und trabte fröhlich in Richtung Hintertür los. Sein Cousin und seine Cousine wandten sich widerwillig ab und folgten.

Philly führte mich zurück in den Gemüsegarten, wo es eine alte steinerne Bank neben den Bohnenstangen gab. Wir setzten uns, und ich hatte mich rasch wieder im Griff, putzte mir heftig die Nase mit dem Taschentuch, das sie mir gereicht hatte, wischte mir die Augen und steckte es in meinen Ärmel. Wir saßen eine Zeitlang schweigend da.

»Die sind spät dran«, sagte ich schließlich und deutete auf den Korb mit Kohlköpfen auf der Erde.

»Mm. Ich weiß. Ich glaub, das liegt an dem nassen Herbst. Da wachsen sie länger. Was ist los, Rosie?«

Ich seufzte tief. »Oh, alles. Harry. Ich. Harry und ich.«

Sie nickte, als hätte sie damit gerechnet.

Ich lächelte sarkastisch. »Natürlich ist keiner überrascht. Die meisten Leute sind entzückt.«

»Wer sind die meisten Leute?«

»Na ja, eigentlich nur Alice, aber sie hat praktisch einen Freudentanz aufgeführt. Und Dad, aber bei ihm hab ich es nur angedeutet. Wollte ihn nicht aufregen. Du weißt ja, wie er ist. Er bricht in Tränen aus, wenn man ihm sagt, daß die Cricketsaison vorbei ist.«

»Es ist also vorbei?«

»Ja, ich hasse ihn, Philly, und glücklicherweise haßt er mich auch, also ist alles wunderbar, nicht wahr?« Mein Lachen klang recht hohl. »Alle sind glücklich.«

Sie tätschelte meine Hand. »Er haßt dich natürlich nicht. Leute sagen in der Hitze des Gefechts furchtbare Sachen.«

»O nein, er tut es, er verabscheut mich, und er hat mir sehr deutlich gesagt, warum.« Ich runzelte angestrengt die Stirn, um zu überlegen. »Und das komische ist, Phil, daß die meisten Dinge, die er mir vorgeworfen hat, tatsächlich wahr sind. Ich hab sie nur nie zuvor als verabscheuungswürdige Komponenten meines Charakters gesehen.«

»Wie zum Beispiel«, fragte sie mit loyal verboster Stimme.

»Oh, er sagte, ich wäre ignorant und häuslich und hätte keine festen Ansichten über irgend etwas außerhalb der Küche. Er sagte, ich hätte keine Meinung zu irgend etwas wirklich Wichtigem, und in gewissem Maß, glaube ich, stimmt das.«

»Was hält er denn für wirklich wichtig?«

»Oh, du weißt schon, Politik, Religion, die großen Themen, nehme ich an. Und er hat recht, ich kann mich nicht aufregen über Maastricht und die globale Erwärmung oder ob die Hootsies die Tootsies in die Footsies schießen, weil für mich das alles zu weit weg und zu entfernt von meinem Leben scheint.«

»Ja, aber dir liegen andere Dinge am Herzen.«

»Wie zum Beispiel?«

»Na, das Gesundheitswesen, Erziehungswesen – Dinge, die deinem Herzen näherstehen. Wie uns allen.«

»Ja«, sagte ich zögernd, »das stimmt wohl. Ich kann mich wirklich über Klassengrößen aufregen und darüber, ob es genug Personal gibt in der Spielgruppe, in die Ivo geht, aber das ist doch bloß egoistisch, nicht wahr? Das interessiert mich nur, weil es mich betrifft.« Ich zermarterte mir den Kopf nach Dingen, die mir am Herzen lagen. »Und ich reg mich wohl auf, daß alte Leute im Winter ihre Heizung nicht anmachen aus Angst vor einer hohen Gasrechnung und daß der Grund dafür, daß so viele Kinder in der Schule sich wie die Wilden aufführen, die mangelnde Liebe von zu Hause ist. Und gelegentlich denke ich auch über unseren Planeten nach und überlege, ob ich waschbare Windeln verwenden soll, wenn ich gerade wieder einen Zentner Regenwald in den Windeleimer gestopft habe, aber das alles ist doch nur nettes Frauenzeitschriftenzeug, nicht wahr? Um ehrlich zu sein, mein politisches Interesse endet praktisch an der Hintertür.«

»Meins reicht auch nicht weiter!«

»O doch, das tut es, Phil. Du weißt sehr wohl, wenn du gerade auf deiner Schwelle Erbsen schälen würdest, mit einem Kleinkind zu deinen Füßen, und einer von den ganz schlauen politischen Kolumnisten auftauchen würde und dich nach deinen Ansichten zum Haushaltsdefizit fragen würde, hättest du eine intelligente Antwort parat. Du würdest ihn gemessen in die Schranken verweisen. Ich könnte das nicht, und deshalb bin ich ignorant.«

»Nein, das stimmt nicht, du bist nur desinteressiert. Ignorant ist Mum, die dachte, die Ozonschicht wäre in ihrer Achselhöhle und es ginge niemanden etwas an, wenn sie sie mit Deos zerstörte.«

Ich kicherte. »Okay, desinteressiert. Aber die Sache ist die: Wenn ich merke, daß Leute tatsächlich eine Ansicht zu irgend etwas erwarten, gerate ich in Panik und borg mir die Meinung von jemand anderem.«

»Realität ist doch, daß alle anderen auch nichts anderes machen. Und um ehrlich zu sein, solange es nicht die von Harry ist, ist das in Ordnung. Der Mann ist ein rasender Rassist.«

»Siehst du«, sagte ich traurig. »Du weißt das. Du hast es wahrscheinlich schon immer gewußt. Das Furchtbare ist, daß mir erst vor kurzem klargeworden ist, wie voreingenommen und arrogant er ist. Erst jetzt hab ich mich gezwungen, Abstand zu nehmen und ihn leidenschaftslos zu betrachten, als Individuum und nicht als meinen Ehemann und Vater meines Kindes. Erst jetzt seh ich ihn wirklich.«

»Natürlich«, sagte sie unerschütterlich. »Du warst von Loyalität geblendet.«

»Und weil ich wollte, daß es richtig ist. Ich brauchte seine Fehler nicht zu sehen. Hab mir vorgegaukelt, daß wir die perfekte, nuklear-glückliche Familie sind.«

»Um Himmels willen, man braucht doch keine kompatiblen

politischen Ansichten, damit eine Ehe funktioniert. Schau mich und Miles an. Der würde für einen Esel stimmen, wenn er nur ein blaues Band anhätte. Und ich bin so vergiftet liberal wie es nur geht. Na und? Was ist mit den Dingen, die wirklich wichtig sind? Was ist mit Liebe? Was ist mit Leidenschaft? Was in aller Welt ist damit passiert?«

»Ich bin mir nicht sicher, ob davon je etwas da war«, gestand ich leise.

Sie riß die Augen auf. »Rosie, willst du mir damit sagen, daß du ihn nie geliebt hast?«

Ich seufzte. »Ich dachte, ich würde ihn lieben. Ich hab's mir eingeredet. Es war gerade passend.« Ich versuchte mich krampfhaft zu erinnern, was ich empfunden hatte. »Erleichterung«, sagte ich schließlich. »Eine Menge Erleichterung. Auf beiden Seiten. Ich glaube, wir haben das beide als Liebe interpretiert. Und als Leidenschaft.« Ich schnitt eine Grimasse. »Harry war schon immer ein Lampe-aus-Nachthemd-runter-Typ.«

»Aber das sieht dir gar nicht ähnlich, entspricht gar nicht deinem Charakter! Vor ihm hast du stets der großen Leidenschaft gefrönt, all diese tollen Männer – die waren dein täglich Brot!«

»Ich weiß«, sagte ich düster, »und ich denke, ich hab's übertrieben, mich überfressen, zuviel genossen. Als ich Harry kennenlernte, war ich emotionell bulimisch, mir wurde schon übel vom Geruch von dem Zeug. Ich dachte, einen Mann gern haben wäre genau das, was ich brauche.«

Sie verzog das Gesicht. »Ich glaube, das ist der Trampolineffekt.«

»Ich glaube ja.«

Wir schwiegen einen Augenblick.

»So«, sagte sie schließlich und richtete sich auf. »Das heißt Scheidung, nicht wahr?«

»Das wäre angenehm. Traurigerweise scheint das ziemlich unwahrscheinlich.«

»Warum?«

»Harry will keine Scheidung.«

»Na und? Was kann er schon dagegen tun?«

»Mir Ivo wegnehmen.«

»Ach, mach dich doch nicht lächerlich«, spottete sie. »Wie sollte er das? Du bist die Mutter. Du wirst ganz sicher das Sorgerecht kriegen.«

»Er sagt, er würde dem Gericht sagen, was für eine unmögliche Mutter ich wäre. Meine Grausamkeiten vorbringen. Sagen, ich zwicke Ivo im Schlaf, brenne ihn mit Zigaretten, solche Sachen.«

Philly wurde blaß. »Das ist doch absurd. Keiner würde ihm je glauben.«

»Da stimme ich dir zu, das würden sie wahrscheinlich nicht, aber die Chance, daß sie es tun, besteht trotzdem, nicht wahr? Er sagt, er hätte Freunde in hohen Positionen, die das bestätigen würden, und, glaube mir, er hat einige. Harry hält sich für niederen Adel. Er glaubt, all seine Saufkumpanen würden aus ihren Löchern kriechen, um für ihn zu lügen und ihn zu unterstützen.«

»Natürlich werden sie das nicht tun. Keiner würde sich so kompromittieren, einen Meineid vor Gericht schwören. Er lebt in einer Scheinwelt!«

Ich zuckte die Schultern. »Vielleicht wird er auch hinterhältiger sein. Die Beweise fälschen, ein paar Fotos retuschieren von Ivo mit Filzstiftmalen auf den Armen. Ich weiß es nicht.«

»Hör auf!« Sie sprang von der Bank auf. »Hör auf! Ich kann das nicht ertragen!«

Sie ging rasch zu ihren Gemüsen, bückte sich, riß Kohlköpfe heraus und schleuderte sie wie besessen in den Korb. Ihre Wangen waren rosa vor Wut. Aus irgendeinem Grund erinnerte mich das an eine uralte Geschichte, als wir noch klein waren und unsere Großmutter in Cheltenham besuchten. Gegenüber von Grannys Reihenhaus war ein Frisör, den man durch das Schlafzimmerfenster beobachten konnte. Eines Morgens hatten mein Bruder Tom und ich die Nummer aus dem Schaufenster angerufen und mit verstellten Erwachsenenstimmen einen ganzen Tag mit fiktiven Terminen gebucht. Wir sahen zu, gekrümmt vor Lachen, wie die junge Empfangsdame sie geflissentlich in ihrem Buch eintrug. Als wir unser schuldvolles, albernes Geheimnis Philly anvertrauten, hielt sie sich entsetzt die Ohren zu und schrie: »Nein, nein, ich kann es nicht ertragen! Das arme Mädchen, das ist zu gemein!«

Harrys Betrug hatte natürlich einen wesentlich größeren Maßstab, aber es erinnerte mich daran, daß Philly Grausamkeit in keiner Form ertragen konnte.

»Ich übertreibe, Phil«, sagte ich sanft. »Ich bin mir sicher, er würde sich nicht so weit herablassen.«

Als sie sich umdrehte, hatte sie zwei hektische rote Flecken auf den Wangen.

»Er ist ein Schwein, nicht wahr?« flüsterte sie.

Ich lächelte. Ein härteres Wort gab es für Philly nicht.

»Oh, ja«, stimmte ich zu. »Daran besteht kein Zweifel.«

Sie nickte. Ich stand auf, und wir wanderten langsam Arm in Arm zum Haus zurück.

»Überhaupt«, sagte sie plötzlich und blieb stehen, als wir gerade den Hof durchquerten. »Er arbeitet doch den ganzen Tag. Wie will er sich da um ein Kind kümmern?«

»Hah – genau da irrst du dich. Er arbeitet nicht die Bohne. Er zieht eine große Show ab, geht nach oben in sein Büro, aber das war's dann auch schon. In Wirklichkeit macht er ein paar Anrufe, pupst ständig und schnarcht auf seinem Sofa.«

»Wodurch er völlig ungeeignet ist, einen Zweijährigen zu versorgen«, schnaubte sie verächtlich.

»Na ja, wir beide wissen das, aber irgendein gleichgesinnter Richter könnte ihn für einen prächtigen, aufrechten Kerl halten, der sowohl Zeit als auch Geld zur Verfügung hat, um für sein einziges Kind zu sorgen.«

Sie drehte sich abrupt zu mir. »Du wirst dich doch davon nicht abschrecken lassen? Du wirst die Scheidung doch sicher durchziehen?«

»Ja, das werde ich. Ich werde auf jeden Fall ausziehen. Alice sagt, ich könnte für eine Weile ihr Cottage haben, aber ich muß mit einem Anwalt sprechen, Philly, ich muß mir Rat holen.

Wenn es auch nur die geringste Chance gibt, daß ich Ivo verlieren könnte, kann ich es nicht wagen. Er ist mein ganzes Leben.« Tränen stiegen mir in den Hals, die Augen, die Nase. Ich schluckte sie mühsam hinunter.

»Das wird nicht passieren«, sagte sie im Brustton der Überzeugung. »Jeder Anwalt, der sein Geld wert ist, wird dir sagen, daß Harry nicht die geringste Chance hat.« Sie runzelte die Stirn. »Hast du gesagt Alices Cottage?«

»Ja. Es ist gar nicht weit von hier, nur über dem Berg am Ende des Tals.«

»Ja, ich weiß, ich war einmal dort.« Sie verzog das Gesicht. »Es ist ziemlich primitiv, weißt du, Rosie. Es hat nur ein Minimum an Elektrizität und fließendem Wasser. Warum bleibst du nicht hier bei uns?«

»Danke, süß von dir, aber ich bin lieber allein. Ich will dich nicht beleidigen, aber ich möchte einfach zu mir kommen. Es wird wunderbar sein, dich so nahe zu wissen, natürlich«, fügte ich hinzu, um nicht undankbar zu klingen. »Wann hast du das Cottage gesehen?«

»Oh, vor einer Ewigkeit«, sagte sie vage. »Ein paar Freunde von uns hatten es vor Alice gemietet. Es ist das alte Gärtnerhaus auf einem großen Besitz.«

»Ich weiß. Ich dachte, ich könnte morgen früh mal hinfahren und es mir ansehen. Kann ich über Nacht bleiben, Phil? Ich habe keine Lust zurückzufahren und mich Harry und meinen Eltern stellen.«

»Willst du damit sagen, er gammelt bei unseren Eltern herum? Nach allem was zwischen euch gesagt wurde?«

»Oh, natürlich. Vergiß nicht, wir sind glücklich verheiratet. Es wird kein albernes Gerede über Scheidung geben, Altes Ding.«

Sie erschauerte. »Natürlich kannst du bleiben.« Sie drückte meinen Arm, »und morgen früh komm ich mit, und wir schauen uns zusammen das Cottage an. Ich bin sicher, wir können etwas damit machen, die Wände streichen, ein paar Teppiche reinlegen …«

»Ein paar frische Blumen?« fragte ich.

Sie lachte. Die Antwort unserer Mutter auf des Lebens bunte Palette war immer: »Stell ein paar frische Blumen auf.«

»Laß sie ja nicht in die Nähe«, warnte Philly. »Sie wird angewidert die Nase rümpfen und Ratten im Speicher wittern und Feuchtigkeit in den Matratzen und Gott weiß was im Keller. Sie holt dich da schneller raus, als du denkst.«

»Ich glaube nicht, daß sie überhaupt dorthin kommen will«, sagte ich leise.

»Wie meinst du das?«

Ich zog die Schultern hoch. »Ich hab da so eine Ahnung. Wenn sie weiß, wie der Hase läuft, werden ihre Sympathien eher im Lager ihres Schwiegersohns sein, als in meinem.«

»Ach, sei doch nicht lächerlich«, widersprach sie voller Inbrunst. »Mum benimmt sich manchmal wie ein Esel, aber selbst sie weiß, daß Blut dicker als Wasser ist.«

»Kommt darauf an, welche Farbe das Blut hat«, knurrte ich. »Wie dem auch sei, die Zeit wird es an den Tag bringen.«

6

»Gratuliere!« dröhnte mir Phillys Mann Miles am folgenden Morgen über den Frühstückstisch zu. »Das ist die beste Nachricht dieses Winters!«

Ich blinzelte erstaunt. »Miles, ich glaube, du solltest eher sagen, wie leid es dir tut und daß der Zusammenbruch einer Ehe immer bedauerlich ist und, habe ich wirklich die Konsequenzen gründlich bedacht.«

»Könnte ich«, stimmte er zu und wischte mit dem Brot über seinen eiverschmierten Teller, »nur um deine Mittelstandssensibilität zu befriedigen. Aber die Tatsache bleibt, daß es die beste Entscheidung ist, die du seit Jahren gefällt hast. Und es ist gut, daß du es jetzt machst, solange du noch jung bist und eine reelle Chance hast, wieder zu heiraten und Ivo wiederum die

Chance auf einen halbwegs anständigen Vater geben kannst.« Er steckte das Stück Brot in den Mund und grinste mich entwaffnend an.

Ich mußte auch grinsen. Ich hatte Miles' Hang dazu, das auszusprechen, was alle anderen dachten, sich aber nicht zu artikulieren trauten, von Anfang an sehr erfrischend gefunden.

»Herrgott noch mal, Miles, dieses eine Mal hättest du wirklich ein bißchen Takt aufbringen können, oder etwa nicht?« ermahnte ihn Philly, die das nicht immer so erfrischend fand.

»Warum?« Miles wandte sich seiner Frau zu, die am Herd stand. »Takt könnte die Sache vernebeln, sie dazu zwingen, den Ball aus dem Auge zu lassen. Sie weiß, daß sie einen Fehler gemacht hat, und alle anderen wissen, daß sie einen Fehler gemacht hat. Der Mann ist ein fetter Tölpel, und er braucht es, daß man ihm auf die nettestmögliche Art seine Grenzen zeigt, mehr nicht.«

»Er war nicht fett, als ich ihn kennenlernte«, wandte ich trotzig ein, obwohl ich mir nicht ganz sicher war, wen ich hier verteidigte.

»Na, das hat er aber schnell aufgeholt. Das letzte Mal, als ich ihn in diesem lächerlichen Paisleymantel im Haus deiner Eltern auf mich zuwackeln sah, hab ich ernsthaft gedacht, es wäre Demis Roussos in einem Kaftan und er würde jeden Moment eine dieser griechischen Schnulzen vom Stapel lassen – ›Für immer und ewig werde ich der eiiiiinzige sein‹«, jodelte er, erhob sich aus dem Stuhl und wedelte mit den Armen wie ein Wanderprediger.

Ich kicherte, aber Philly fand das nicht komisch. Mir fiel seit einiger Zeit auf, daß sie einige seiner Posen manchmal irritierten. Sie rumste im Vorbeigehen die Geschirrspülmaschinenklappe zu.

»Miles, Rosie läßt sich nicht von Harry scheiden, weil er zu fett ist, okay? Glaub es oder nicht, aber da steckt ein bißchen mehr dahinter.«

»Oh, da bin ich mir sicher.« Er drehte den Stuhl um und hockte sich verkehrt darauf. »Trotzdem wird es eine Erleichterung sein, die Nachtschicht aufzugeben, was, Rosie?« Er zwinkerte mir zu. »Diese Rippenquetscherei, dieses keuchende Ringen nach Luft, all dieser tantrische Sex, weil man keine Wahl hat, du kannst dich einfach nicht bewegen, all diese geheimen Ängste, man könnte dabei sterben und flach wie ein Pfannkuchen von den Sanitätern gefunden werden und –«

»Miles!« Phillys Gesicht war rosa. »Warum fühlst du dich nur ständig dazu gezwungen, die Grenzen des guten Geschmacks zu überschreiten?«

»Tut mir leid, tut mir ehrlich leid.« Miles kratzte sich betreten am Kopf. »Nur ein Scherz, Darling. Rosie macht es doch nichts aus, oder?«

»Nicht im geringsten, und wenn du's wissen willst, es war eher, als würde sich ein sehr großer Schrank mit einem sehr kleinen Schlüssel auf einen legen.« Ich grinste, als Miles ein lautes Lachen vor seiner Frau erstickte. Nein, das Gefrotzel meines Schwagers machte mir nichts aus, aber mir fehlte halt eben die ausgeprägte, vornehme Ader meiner Schwester. Ich konnte über dreckige Witze und sexuelle Anspielungen vor Lachen wiehern, aber Philly hatte in der Hinsicht stets ein Problem gehabt. Es machte sie nervös, genau wie Schubladen ohne Auslegepapier und Milchflaschen auf dem Tisch. Ich will nicht behaupten, daß sie je blaues Wasser ins Klo geschüttet oder Lavendelluftverbesserer hineingetan hat, aber in vieler Hinsicht war sie sehr die Tochter unserer Mutter.

Miles war tatsächlich sehr gut für sie gewesen. Alle wurden ganz poetisch, wenn sie davon sprachen, wie glücklich er sich schätzen könnte, sie zu haben. Aber Miles' etwas erdverbundene vulgäre Ader und seine Fähigkeit, ein Vorurteil hemmungslos von sich zu geben, war genau das, was Philly brauchte, um zu verhindern, daß sie spießig und engstirnig wurde. Ich musterte die beiden jetzt: Miles, breitschultrig mit dunklen lockigen Haaren, Karohemd und abgewetzten Cordhosen, total der Gloucestershire Farmer – wie er nun aufstand, um seine hübsche schmollende Frau am Herd zu beschwichtigen, wie er völlig unbekümmert ihr Hinterteil tätschelte und wie Philly errötend seine Hand wegstieß, versuchte nicht zu lachen und dann doch lachte, weil er sie wieder in gute Laune versetzt hatte. Trotz der Unterschiede, oder vielleicht gerade deshalb, waren sie ein gutes Team, und das wußten sie auch. Und was Miles an Intelligenz fehlte, kompensierte er mit Gutmütigkeit und Offenheit, Qualitäten, die bei seiner Arbeit wesentlich wichtiger waren. Miles war am glücklichsten, wenn er sich am Tresen des Dorfpubs festhalten konnte und über Ernteerträge und Winterweizen mit den Taglöhnern oder Farmern oder mit jedem anderen, der ein Bier mit ihm trank, reden konnte. Er kaufte allen in Hörweite einen Drink und entspannte sich in seiner Rolle als Lehnsherr, der kein Problem damit hatte, mit den kleinen Leuten zu verkehren. Miles hatte von seinem Vater eine tausend Hektar große Farm geerbt – wie sein Vater vor ihm. Er kannte jeden in der Gemeinde, war sehr beliebt und wurde sehr respektiert. Er hatte sich mit angeborenem Geschick seinen Platz im Leben erobert. Sein Los war unumstößlich glücklich.

»Wunderbarer Arsch«, murmelte er, nach wie vor tätschelnd.

»Miles!«

»Oh, tut mir leid.« Er ließ den Po seiner Frau in Ruhe und umarmte sie statt dessen.

»Sie ist schrecklich prüde, weißt du«, vertraute er mir feixend an. »Zieht sich immer noch im Dunklen aus.«

»Wer hat irgendwas von Ausziehen gesagt?« Philly gab ihm einen spielerischen Schubs, doch dann erinnerte sie sich anscheinend an Harry und das Nachthemdheben und warf mir einen schuldbewußten Blick zu. Ich schickte einen beschwichtigenden zurück, aber ich war mir nicht sicher, ob sie ihn eingefangen hatte.

»Ich hab ihr neulich aus Jux zum Geburtstag einen Vibrator geschenkt«, griente Miles, »und sie packte ihn gerade aus, als deine Mutter mit Blumen und Geschenken zur Tür hereinspazierte.«

»Nein!« hechelte ich.

»O doch. Ich konnte sie nicht aufhalten. Ich schlich gerade auf Zehenspitzen aus dem Zimmer, um mir ein Loch zu graben und zu sterben, als Philly plötzlich sagte: ›Was ist das, Darling?‹ Ich drehte mich um und schaute todernst in zwei Paar weitaufgerissene, ratlose Augen und eröffnete ihnen, es wäre ein drahtloser Mixer.«

»Sag bloß, sie haben dir geglaubt!«

»Natürlich haben sie mir geglaubt. ›Oh, ist das nicht wunderbar!‹ trällerte deine Mutter, und ›Toll, wie praktisch – ohne Schnur!‹ kam von deiner Schwester, und dann huschten sie in die Küche, um damit Sahne zu schlagen.«

»Hat es funktioniert?« keuchte ich.

»Ich hab keine Ahnung, Rosie, aber ich hab jedenfalls an diesem Tag keine Sahne zu meinem Apple-pie gekriegt. Ehrlich gesagt überleg ich, ob ich deiner Mutter so einen schnurlosen Mixer zu Weihnachten schenken soll. Ich würde zu gerne sehen, wie sie ihn in ihrer Küche aufhängt, du weißt schon, auf ihrer Gerätestange, neben der Kartoffelpresse und dem Fischmesser. Einen schönen großen schwarzen hab ich mir gedacht.«

Ich prustete. »Stell dir vor, wenn das Schule machen würde!«

»Herrlich. Stell dir vor, wenn Marjorie einen kriegte und Yvonne und jede andere Hausfrau in Oxfordshire. Stell dir all die erschöpften Ehemänner vor, wie sie nach Hause kommen und von ihren Frauen über sechzig mit riesigen schwarzen Geräten in der Hand konfrontiert werden, mit denen sie wie wild ihr Eiweiß rühren und sich wundern, warum es so lange dauert, bis es steif wird.«

Wir krümmten uns vor Lachen, und Philly ließ sich hilflos giggelnd an die Schulter ihres Mannes sinken. Ich beobachtete, wie er sie umarmte, wie sie einander in die Augen lachten. Mit einemmal drohte eine riesige Welle von Selbstmitleid über mir zusammenzuschlagen. Ich stand auf, schüttelte sie heftig ab, aber meine Fröhlichkeit war verpufft.

»Also gut«, sagte ich entschlossen. »Ich werde Ivo seinen Cousins entreißen, und dann fahr ich los, mir dieses Cottage ansehen. Kommst du mit, Phil?«

»Welches Cottage?« Miles grinste mich an, seine Frau hielt er immer noch umarmt.

»Sie gehört Alice Feelburn, einer Freundin von mir – eigentlich hat sie sie gemietet. Sie leiht sie mir, drüben auf dem Basswater-Besitz.«

»Ich weiß«, nickte er. »Die Feelburns kennen wir doch, oder, Phil?«

»Ja, natürlich«, sagte Philly knapp.

Sie gab keinen weiteren Kommentar ab, aber ich erinnerte mich, daß sie und Alice nie so richtig warm geworden waren. Vor ein paar Jahren, als Alice plötzlich verkündet hatte, sie würde ein Wochenend-Cottage, das buchstäblich nur zehn Minuten von meiner Schwester entfernt war, mieten, war ich total entzückt gewesen und hatte prompt eine Dinnerparty bei Philly arrangiert, damit sie sich alle kennenlernen könnten. Es war nicht gerade ein rauschender gesellschaftlicher Erfolg gewesen. Philly und Alice hatten einander von der ersten Sekunde an irritiert. Philly hatte, wahrscheinlich aus Nervosität, noch mehr die Mrs. Perfect rausgekehrt als sonst, und Alice, die sich wehren mußte, war noch aggressiver bohemien als sonst, schwärmte von Rucksacktouren durch Istanbul und den Freuden von Orgien am Strand – obwohl ich mir sicher bin, daß sie nie an einer solchen teilgenommen hat. Philly war pflichtschuldigst entsetzt gewesen und hatte, um das Thema zu wechseln, erwähnt, daß Bertie einen Platz in einer Schule bekommen hatte, die als höchst akademisch bekannt war. Worauf Alice, die glaubte, sie würde angeben, einen Angriff auf ehrgeizige Mütter gestartet hatte. Darauf hatte Philly ein paar köstliche Profiteroles serviert, und Alice hatte bemerkt, daß Marks und Spencers auch köstliche Nachtische machen würde und ob Philly sie schon mal versucht hätte. Philly, die wirklich erstaunt war, daß jemand überhaupt auf so eine Idee kommen könnte, hatte gesagt, nein, natürlich nicht! Alice, die glaubte, man würde sie herablassend behandeln, hatte sich daraufhin wütend aufgeplustert. Während der Abend weiterhinkte, hatte Philly angefangen, von einer neuen Power-Dusche zu schwärmen, die sie hatte einbauen lassen und die so wunderbar war, daß sie sie zweimal täglich benutzte. Worauf Alice gesagt hatte, was für eine lächerliche Wasserverschwendung. Die Leute von heute würden sich viel zu oft waschen, und dreimal die Woche würde völlig genügen. Philly hatte eingewendet, oh, das wäre doch albern. Jeder, der sich nur dreimal die Woche wusch, würde anfangen zu riechen, und Alice hatte gegiftet, *sie* würde sich nur dreimal die Woche baden, und Philly hatte gespuckt, na, da hätten wir's ja. Hmm. Noch jemand ein Profiterole?

Die Männer hatten in der Zwischenzeit mitgekriegt, daß die Frauen nicht unbedingt gut miteinander auskamen und hatten begonnen, das zu kompensieren, indem sie sich stillvergnügt maßlos betrunken hatten. Miles hatte den Abend damit beendet, daß er darauf bestand, daß Philly auf einen Stuhl steigen und allen ihre Nikolausunterhosen zeigen sollte. »Komm schon, Schatz, schei kein Schpielverderber, alle wollen esch sehen! Ach komm schon, Dar-*ling!*«

Philly war schließlich heulend aus dem Zimmer gestürzt. Es war ein denkwürdiger Abend gewesen und beinhaltete eine ernüchternde Warnung: Wenn man zwei Leute sehr gerne mag, heißt das noch lange nicht, daß die beiden sich automatisch verstehen werden. Tatsächlich passiert das nur sehr selten.

Ich seufzte bei dieser Erinnerung und ging zum Telefon auf der Kommode, um Alice anzurufen. Ich mußte herausfinden, wo der Schlüssel zum Cottage war. Niemand antwortete, aber ich hinterließ eine Nachricht auf ihrem Anrufbeantworter. Ich wußte, daß sie wahrscheinlich in der Küche saß und Kaffee schlürfte, aber zuerst hören wollte, wer sie anrief.

»Du wirst doch frühstücken, bevor wir gehen, nicht wahr, Rosie!«

Ich drehte mich um und sah Philly spatelschwingend am Herd stehen. »Oh, äh, was gibt es denn?« Ich warf einen nervösen Blick auf Miles' Teller. Das komische bei Philly war, daß sie zwar ein fantastischer Koch für Dinnerpartys war, aber im täglichen Gebrauch war ihre Kocherei ein Va-banque-Spiel. Der Grund dafür war hauptsächlich, daß sie, bevor sie wieder einkaufen ging, absolut alles aus dem Kühlschrank aufbrauchen wollte. Das ist natürlich sehr lobenswert und kann ganz köstlich sein, wenn die Reste zum Beispiel aus Eiern, Sahne und Räucherlachs bestehen, aber wenn da Schellfisch, Salami, gebackene Bohnen und Joghurt lagern und Philly darauf besteht, alles in den Mixer zu werfen und daraus ein Würgesüppchen herzustellen, verzichtete ich lieber und machte mir ein Sandwich. Einmal, aus einer sehr albernen Laune heraus, hatte ich ein Stück kalte, gekochte Makkaroni mit Tesafilm auf eine Postkarte geklebt und sie ihr geschickt, mit den Worten: »Philly, was in aller Welt kann ich damit machen? Mir sind die Ideen ausgegangen.«

»Heute steht Würstchen und Zucchiniomelette auf der Speisekarte«, flüsterte Miles in dem Moment, als das Telefon läutete.

»Das wird Alice sein«, sagte ich dankbar und stürzte mich darauf.

»Vom Gong gerettet«, murmelte er ironisch.

»Der Schlüssel zum Cottage?« wiederholte Alice, als ich sie fragte. »Oh, da mußt du im Haupthaus vorbeischauen. Früher hab ich ihn unter einem Geranientopf gelassen, aber einmal hat er Beine gekriegt, also hat Joss jetzt den Reserveschlüssel.«

»Joss?«

»Jocelyn Dubarry. Du weißt schon, der Bildhauer. Er ist oft im Fernsehen, macht all diese hochgestochenen Kunstprogramme auf BBC 2, so eine Art moderner Michelangelo. Du hast doch sicher von ihm gehört?«

Hatte ich nicht, aber die Programme, die ich anschaute, waren alles andere als hochgestochen.

»Na ja, wie dem auch sei, er lebt im Herrenhaus, unser Cottage steht auf dem Besitz. Du wirst es sehen, wenn du da bist, du mußt an seinem Haus vorbei, um zu unserem zu gelangen. Laß dich nicht von ihm abschrecken, Hunde die bellen, beißen nicht, er ist eben Künstler und haßt es, wenn er gestört wird.«

»Solltest du ihn nicht besser erst anrufen und ihn vorbereiten, daß ich komme?« sagte ich nervös, auf Bellen hatte ich gar keine Lust.

»Oh, das werde ich, keine Sorge. Ich mach es gleich jetzt. Hör mal, Rosie, ähm, ich hab mit Michael über dich und das Cottage geredet.« Es hörte sich an, als wäre ihr das peinlich.

»Ah, richtig. Ist es ihm nicht recht?«

»Oh, nein, das ist es nicht. Es ist nur, statt es dir zu leihen und dann am Wochenende womöglich zu kommen, meinten wir – meinte er, ehrlich gesagt, ob du es nicht ganz übernehmen möchtest. Dann würden wir es aufgeben. Es war immer eine Extravaganz, und wir benutzen es kaum noch, und Michael sagt, wir können es uns nicht leisten, dir es, äh, umsonst zu geben…« Sie verstummte verlegen.

»Nein, nein, das ist wunderbar«, sagte ich hastig. »Ich übernehme die Miete, und ihr könnt gerne zum Wochenende kommen, wenn ihr wollt. Ich hab nicht erwartet, daß ich es umsonst kriege. Was kostet es denn?«

Sie erwähnte eine so astronomische Summe, daß mir die Augen tränten und die Knie weich wurden, aber ich brauchte dieses Haus unbedingt. Ich würde die Miete irgendwie auftreiben. Wenn ich einen Schlußstrich ziehen wollte, mußte ich raus aus London, und ein Cottage in der Nähe von Philly war perfekt.

»Das ist okay«, sagte ich mit wackeliger Stimme.

»Oh, toll!« Sie klang erleichtert. »Du weißt ja, wie Michael ist. In solchen Sachen kann ich mich nicht mit ihm anlegen.«

Das stimmte. Alice war zwar verbal eine große Verfechterin feministischer Aufklärung, aber am Ende des Tages war es der Mann mit dem schicken Nadelstreifenanzug und dem ausgeprägten Charme, der in diesem Haus die Hosen anhatte.

»Aber ich dachte, er arbeitet immer noch häufig in Cheltenham? Wird er das Cottage nicht unter der Woche brauchen?«

»Er fährt zwar einmal die Woche hin, aber dann wohnt er lieber in einem Hotel mit einem anständigen Badezimmer und einer heißen Mahlzeit im Lokal, was die Firma ohnehin zahlt. Er hat das in letzter Zeit häufig getan, denn, abgesehen von allem anderen, dauert es im Winter fast einen Tag, um das Cottage warm zu kriegen und die Betten zu lüften. Und wenn's gerade gemütlich wird, muß er wieder los.«

»Gut, sag ihm, er ist immer willkommen und hör mal, vergiß nicht, das mit dem Bildhauertypen klarzumachen, ja? Es ist ihm vielleicht nicht recht, wenn ein neuer Mieter einfach seine Zelte aufschlägt und einzieht.«

»Natürlich, ich ruf ihn gleich an, aber keine Sorge, solange ich dich empfehle, ist ihm alles recht. Joss ist der letzte, der sich über so was den Kopf zerbricht«, versprach sie. »Er ist ziemlich cool.«

Als Philly und ich eine Stunde später in Fairlings Manor eintrafen, minus der Kinder, die wir bei Miles gelassen hatten, wurde uns bald klar, daß dieser Mann alles andere als cool war. Wir standen eine Ewigkeit auf den Stufen des prachtvollen, langsam verfallenden Cotswold-Herrenhauses, bis endlich die Tür aufgerissen wurde und ein großer, gutgebauter, wütender Mann mit dunkelblonden Haaren und sündigen Augen zornig auf uns heruntersah.

»Ja?« bellte er irritiert.

Philly fiel vor Schreck fast von der Treppe.

»Oh, ähm, tut mir leid, wenn ich Sie störe«, stammelte ich. »Wir sind Freunde von Alice Feelburn.«

»Und wer zum Teufel ist Alice Feelbein?« fauchte er.

»Burn«, verbesserte ich ihn und verkniff mir ein kindisches Kichern. »Sie ist, äh, Ihre Mieterin. Im Cottage. Hat sie nicht angerufen, um zu sagen, daß wir kommen?«

»Wenn ja, ist es noch auf dem Anrufbeantworter. Ich nehm keine Anrufe an, wenn ich arbeite, soweit es geht. Und in der Regel geh ich auch nicht an die Tür.« Während er redete, sah er unverwandt Philly an, wie die meisten Leute das taten. Diese kleine Ablenkung gab mir ein bißchen Rückgrat.

»Es tut mir leid, wir haben Sie offensichtlich gestört«, sagte ich. »Fangen wir noch einmal von vorne an. Ich bin Rosie Meadows, und das ist meine Schwester Philippa Hampton.« Ich reichte ihm meine Hand mit entschlossenem Lächeln.

Sein Blick wanderte zurück zu mir. Er nahm meine Hand. »Wir sind uns schon begegnet.«

Ich blinzelte erstaunt. »Wirklich?«

»Vor einem Anwaltsbüro in Kensington. Heute sind Sie ein bißchen entschlossener, als an dem Tag, Mrs. Meadows.«

»Oh!« hauchte ich erschrocken. Aber ja, diese Augen, dieser leichte amerikanische Akzent. Mir blieb der Mund offenstehen. »Mensch, wie seltsam, daß wir beide –«

»Zu einem Scheidungsanwalt gehen? Da muß ich Ihnen recht geben, nur daß es bei mir ein rein gesellschaftlicher Besuch war. Mein Schwager leitet den Laden, und er hat einen ganz köstlichen schottischen Malt in seiner untersten Schublade. Und was haben Sie für eine Ausrede?«

»Ich – ich hab keine«, stammelte ich und spürte, wie ich errötete.

Gott, war dieser Mann taktlos. Taktlos und aufdringlich und ehrlich gesagt gar nicht so gutaussehend, wie ich ursprünglich gedacht hatte. Sein Gesicht war zwar sonnengebräunt, aber verspannt, und er war auch älter, als ich in Erinnerung hatte. Sein ausgebeulter dunkelblauer Pullover und seine Cordhose waren seltsam mit Staub überzogen, und ohne seinen Anzug aus der Savile Row hatte er diese weltmännische Eleganz verloren.

»Also, was kann ich für Sie tun?« fragte er brüsk.

Abgesehen von Uns-nicht-Hereinbitten, dachte ich. Aber ich unterdrückte meinen Ärger. Ich brauchte dieses Cottage. Ich holte tief Luft und erklärte Alices Angebot.

»Sie wollen also die Miete von ihr übernehmen, ist es das?«

»Bitte. Wenn Sie nichts dagegen haben.«

Er musterte uns wie ein paar Straßenkinder, die darum bettelten, sein Auto waschen zu dürfen oder so was.

Irgendwo im Haus läutete ein Telefon. Er warf einen Blick über die Schulter. »Ich muß rangehen. Es ist wahrscheinlich meine Frau, die aus den Staaten anruft. Kommen Sie doch kurz herein.«

Ich fragte mich, wie er zwischen den zeitverschwenderischen Anrufen, die ihn von seiner Arbeit wegholten, und den wichtigen aus Amerika unterscheiden konnte, als wir ihm in die honigfarbene Halle folgten. Zwei Wände waren von oben bis unten mit Büchern bedeckt. Unter den Füßen schluckten tiefrote

Orientteppiche die Kälte des uralten grauen Steinbodens, und ein helles Feuer brannte im Kamin, vollendete die Symphonie in Rotgold. Ich seufzte. Das war wirklich der absolute Luxus, dachte ich, ein Feuer brennen zu haben, nur damit man davor seinen Mantel ausziehen konnte. Er ging zum Telefon, das auf einem antiken Schreibtisch in einer Ecke stand.

»Hallo? Annabel? Wo zum Teufel warst du? Ich versuch schon den ganzen Morgen, dich zu erreichen... Oh, okay, wenigstens hab ich dich jetzt erwischt. Soweit ich informiert bin, kommst du Donnerstag zurück, zumindest ist das die Nachricht, die mir einer deiner Lakaien gegeben hat... Donnerstag, ich verstehe.« Er klang grimmig. »Erstaunlich, wie es sich anschleicht, nicht wahr? Bald sind wir im Millenium.«

Arme Annabel, dachte ich, und stellte mich zu Philly ans Feuer, um mir die Waden zu wärmen. Es mußte die Hölle sein, mit ihm zu leben. Ich drehte mich um, um mich von vorne zu wärmen, und schaute mir die Fotos auf dem Kaminsims an. Da war ein Familienfoto im Silberrahmen, mit ihm, seiner Frau – wahrscheinlich Annabel – und drei recht schönen Kindern, ein Junge und zwei identisch aussehende Mädchen, alle mit blonden Haaren, sahniger Haut und strahlendblauen Augen. Ich sah mir ihre Mutter an. Sie war ein absoluter Schlaganfall, aber im Gegensatz zu ihren Kindern elegant dunkelhaarig mit einem starken, intelligenten Gesicht und dunklen geschwungenen Brauen. Mit einemmal wurde mir klar, daß ich sie kannte. Natürlich, ja, das war eine dieser amerikanischen Gesundheitsfreaks. Sehr jung, ungeheuer erfolgreich, die all diese Bücher schrieben, wie man sein Leben in den Griff kriegte, seine Ernährung, seinen Liebhaber und Gott weiß was sonst noch. Natürlich, Annabel Johnson. Mein Gott, sie sah viel zu jung aus für diese strammen Kinder im Schulalter, die sie flankierten. Sie hatte sie wahrscheinlich mit etwa achtzehn geworfen, zwischen zwei Bestsellern und einigen Fernsehauftritten. Ich seufzte. Da wurde einem klar, daß einige Leute keine Zeit vergeudeten, um einen Erfolg aus ihrem Leben zu machen. Und schaut euch nur an, wie lange ich auf dem Hintern hocken mußte, um meins in den Sand zu setzen.

Ich drehte mich zurück zu Joss und beobachtete ihn, wie er das Gespräch mit seiner Frau beendete. Er sah jetzt eine Spur beschwichtigter aus, bellte nicht mehr gar so heftig und lächelte sogar gelegentlich. Sein Gesicht war etwas weicher geworden, und es zwar zweifellos sehr attraktiv, wenn auch ein bißchen zu hochmütig für meinen Geschmack. Als er sich ein Stück drehte und uns sein markantes Profil zeigte, fiel der Schein einer kunstvoll balancierenden Lampe vom Schreibtisch aus auf ihn und betonte die Falten um seine Augen und den Staub in seinen Haaren. Wahrscheinlich hatte er ziemliche Mühe, mit Annabel Schritt zu halten. Er legte den Hörer auf.

»Entschuldigen Sie bitte.« Er starrte einen Moment ratlos ins Leere, als wüßte er nicht mehr so recht, warum wir hier rumlungerten. Ich sah, wie sein Blick wieder zu Philly wanderte. »Oh, okay, das Cottage.« Er öffnete die Schreibtischschublade und holte einen Bund Schlüssel heraus. »Nun, wenn die Feelburns das Cottage an Sie weitergeben wollen, soll mir das recht sein. Sie sollten aber besser erst einmal mitkommen und es sich ansehen, bevor Sie sich zu sehr begeistern. Es ist ziemlich runtergekommen. Folgen Sie mir.«

Na, und wessen Schuld ist das, o Landlord? dachte ich, als er uns durch den antiken Aufgang führte. Er knallte die Tür hinter uns zu und stürmte im olympiareifen Tempo die kiesbedeckte Auffahrt entlang. Philly und ich trappelten hinter ihm her. Die Auffahrt gabelte sich bei ein paar Bäumen, und wir folgten dem rechten Kringel, der sich in ein Tal wand, hinter dem Haus vorbei und in Richtung Garten. Hinter dem Garten waren ein paar Koppeln, dann Wiesen, die ins Tal abfielen und von einem Fluß durchquert wurden, bevor sie auf der anderen Seite wieder einen Hügel hochwogten, bis weit in die Ferne. Mir stockte der Atem angesichts der puren Schönheit dieser Landschaft. Dann drehte ich mich um und sah zurück zum Haus, das hinter uns auf einem Hügel thronte. Es war auf jeden Fall riesig, aber sehr friedlich, und völlig im Einklang mit der umliegenden Natur und dem Bilderbuchdorf darunter. Es war fast, als hätte sich eine natürliche Eruption von Cotswold-Steinen vor Hunderten von Jahren aus der Erde erhoben, hätte sich dort niedergelassen und dann den letzten Schliff von einer freundlichen, menschlichen Hand bekommen, die ein paar gotische Fenster, ein paar Türen, ein paar Bögen eingezeichnet und einige Türmchen und Steingreife verstreute, bevor die Natur zurückgekehrt war und das ganze Bauwerk üppig mit einem Netz von Glyzinien, Weinranken und Geißblatt umsponnen und alle Kanten abgeschliffen hatte.

»Prachtvolles Haus«, murmelte ich beeindruckt.

Er warf einen Blick zurück über die Schulter. »Könnte sein, aber innen fällt es langsam auseinander. Es ist zu verdammt groß. Am liebsten würde ich die Hälfte abreißen, das würde auf jeden Fall einiges an Heizkosten sparen.«

Ich war mit meinem katastrophalen Leben an einem Punkt angelangt, an dem mich Leute, die über ihr eigenes Glück nörgelten, leicht irritierten. Wenn man sich beklagte, daß man in einem Palast wohnte, dann sollte man ihn einfach an die Landbevölkerung verschenken. Geh und leb in einem Wohnwagen.

»Sie könnten versuchen, ein paar Heizkörper abzudrehen«, schlug ich leichtfertig vor. »Das ist nicht gar so schwer.«

Er hatte den Anstand zu lächeln. Wir durchflitzten in halsbrecherischer Geschwindigkeit den Stallhof, dann drehte er sich um und sah mich fragend an.

»Sie werden allein in dem Cottage wohnen, nicht wahr?«

»Und mein kleiner Junge, Ivo. Er ist etwas über zwei.«

»Oh, okay. Und wo ist der Vater?«

»Wir leben nicht mehr zusammen.« Ich sah ihm direkt in die Augen. »Deshalb war ich gestern in dem Anwaltsbüro.«

»Ah, tut mir leid. Ich wollte nicht schnüffeln, aber ich sollte wohl wissen, wie das hier ungefähr ablaufen wird.« Es war eine echte Entschuldigung, und ich akzeptierte sie als solche.

»Das ist in Ordnung, ich verstehe. Hoppla.« Ich versuchte mein Gleichgewicht zu finden, nachdem ich über ein paar riesige Steinbrocken stolperte.

»Eine der Risiken des Lebens hier, fürchte ich«, bemerkte er. »Das ist mein Abfall aus der Werkstatt. Alle Trümmer, die ich nicht brauche, werfe ich einfach hier raus. Da arbeite ich.« Er zeigte mit dem Kopf auf eine große Scheune, deren riesige schwarze Türen verrammelt und verriegelt waren. »Hier forme und klopfe ich. Ziemlich viel davon landet bei dem Mist hier draußen.« Er trat gegen einen Felsbrocken.

Aha, da waren also seine kostbaren Skulpturen. Eine Scheune voller Bronze und Stücken alter Steine ohne Zweifel. Ich fragte mich, wie sie wohl aussahen. Alice hatte gesagt, er wäre Gastprofessor am Royal College of Art, also mußte er schon gut sein.

»Sind das auch Ihre?« fragte ich und deutete auf eine Herde zotteliger Rinder, die uns über den Zaun anschauten.

»Ja, das sind Longhorns. Ich halte nur eine sehr kleine Herde. Aber Tierskulpturen sind momentan recht beliebt, also benutz ich sie als Modelle. Ich bin aber nur an alten Rassen interessiert – Belted Galways und solche Sachen.«

»Mein Mann ist Farmer«, sagte Philly mit einem Lächeln. »Sie kennen ihn wahrscheinlich. Miles Hampton?«

Er musterte sie. »Ich glaube, nein.« Es war höflich gesagt, aber sehr kühl. Philly errötete, sie war es nicht gewöhnt, kühl behandelt zu werden.

Er blieb mit einemmal stehen, und Philly und ich, die dicht hinter ihm gingen, prallten wie zwei Cartoonfiguren gegen ihn. »Da wären wir also«, sagte er, »und behaupten Sie nicht, ich hätte Sie nicht gewarnt.«

Ich sah mich überrascht um. Wir hatten eine Reihe von Bauten passiert, die ich für landwirtschaftliche Gebäude gehalten hatte, aber jetzt sah ich, daß am Ende einer der Scheunen ein winziges steinernes Cottage klebte, fast wie ein Schuppen, ein Nachzügler.

Joss klimperte mit seinem Schlüsselbund, suchte nach dem passenden. »Annabel kümmert sich im allgemeinen um diese Dinge. Ich war seit Jahren nicht mehr hier drin – Herrgott, diese Schlüssel sehen alle gleich aus. Ah, Moment mal, das ist er.« Er trennte einen Schlüssel von den übrigen und steckte ihn ins Schloß. »Ich hab nicht die geringste Ahnung, wie es drinnen aussieht. O verflucht. Die verdammte Tür klemmt.«

Er trat zurück und warf sich mit der Schulter gegen die abblätternde blaue Farbe. Die Tür flog auf, und er flog mit ihr, verschwand im Dämmerlicht. Philly und ich folgten etwas vorsichtiger durch die niedrige Tür. Es war sehr dunkel, sehr muffig und, soweit ich sehen konnte, sehr klein.

»Ich kann überhaupt nichts sehen«, brummte Joss.

»Das kommt von den geschlossenen Fensterläden«, sagte ich hilfreich. Ich lief hin, um sie zu öffnen. Kaltes Winterlicht strömte durch die schmutzigen Fenster herein.

»Oh, schaut«, rief ich und drehte mich. »Es ist süß!«

»Es ist überhaupt nicht süß, es ist eine Schande«, knurrte er und sah sich um. Wir registrierten den fadenscheinigen grünen Teppich, das Sofa, aus dem rostige Federn explodierten, die verblaßte rosa Tapete, die sich an den Ecken, wo sie auf die niedere Decke stieß, rollte. Die Decke war übersät mit verdächtig blaßbraunen Wasserflecken, alles wirkte total verwahrlost und muffig.

»Es ist feucht«, sagte Philly und rümpfte angewidert die Nase.

»Unsinn, es muß nur mal richtig gelüftet werden. Es war lange niemand hier, das ist alles.« Ich durchquerte den Raum – mit etwa drei Schritten – und öffnete alle Läden an den Fenstern, ließ mehr Licht herein. Ich versuchte, auch das Fenster zu öffnen, aber es drohte, aus dem Scharnier zu fallen, also schloß ich es hastig wieder. Ich sah mich um, ignorierte meine mißbilligende Begleitung. Ich konnte natürlich ebenfalls die Vernachlässigung spüren, den Verfall, aber ich sah auch den ermutigend großen Kamin und ein hübsches Erkerfenster mit einer Fensterbank, durch das man die herrlichste Aussicht auf die offene Landschaft von Gloucestershire hatte. Ich schaute hinaus auf die dunkelgrünen Winterfelder, alle fein säuberlich verpackt und ordentlich verschnürt mit niedrigen grauen Steinmauern und von Schafen übersät.

»Oh, es ist himmlisch!« wisperte ich.

»Rosie, du kannst unmöglich hier wohnen«, ertönte Phillys Stimme aus einem anderen Raum. »Komm und schau dir die

Küche an. Dieses Haus sieht *viel* schlimmer aus, als ich gedacht habe.«

Ich mußte zugeben, daß die Küche einigen Humor erforderte. Da war eine Art Herd, aber definitiv Vorkriegsware, und das gesprungene Emailbecken mit Wasser zu füllen würde großen Mut erfordern. Die weiße Farbe blätterte von den Wänden, und der rote Linoleumboden hatte nicht nur Risse, er brach überall auf, wie Teenagerakne.

»Alles nur oberflächlich«, sagte ich trotzig. »Ein bißchen Farbe, ein paar Nägel in den Boden, ein paar Schilfmatten, eine Schüssel in den Spülstein, und alles ist okay. Ich kann das in kürzester Zeit herrichten.«

»Ihre Schwester hat recht«, sagte Joss, der mit angeekeltem Blick hereinkam. »Ich habe gerade die Wasserleitungen untersucht, Sie können unmöglich mit einem kleinen Kind hier wohnen. Ich weiß nicht, was Annabel sich dabei gedacht hat, diese Ruine überhaupt zu mieten. Selbst als Wochenend-Cottage ist es eine Schande.«

»Bitte«, ich legte eine Hand auf seinen Arm. »Bitte sagen Sie das nicht. Sagen Sie nicht, daß ich es nicht haben kann. Es ist wirklich in Ordnung, ich kann es mir schön machen.«

Er sah mich mit seinen Löwenaugen an. »Man muß wirklich verzweifelt sein, wenn man hier leben will.«

»Ich bin verzweifelt.«

Schweigen legte sich über den Raum.

»Sei bitte nicht albern, das bist du natürlich nicht«, sagte Philly erbost. »Du weißt sehr wohl, daß du immer bei uns wohnen kannst, Rosie!«

Ich drehte mich zu ihr. »Das weiß ich, Philly, aber das will ich nicht. Ich will …«, ich kam ins Straucheln, »ich brauche«, verbesserte ich mich, »etwas Eigenes.«

Ich hatte das panische Gefühl, wenn ich bei Miles und Philly einziehen würde, würde ich nie wieder wegkommen. Das wäre alles zu gemütlich. Ich befürchtete, Ivo und ich würden für ewig in ihren üppigen, vertüddelten Gästezimmern versinken, ein Teil des Nestes meiner großen Schwester werden, nur ein paar

Extra-Schnäbel, die gefüttert werden mußten. Ich mußte allein einen neuen Anfang wagen, mein Leben zu meinen eigenen Bedingungen regeln. Dieses baufällige alte Cottage, das genau wie ich einiger Reparaturen bedurfte, paßte genau ins Schema. Wir könnten uns gegenseitig auf die Beine helfen.

»Alles, was dieses Haus braucht«, behauptete ich und wandte mich zu Joss, »ist, von oben bis unten richtig geputzt zu werden, ein bißchen Farbe und ein paar neue Vorhänge, die ich nähen kann. So was schaff ich spielend, wirklich, ich bin nicht nur ein Dämon mit der Nadel.«

Er musterte mich eindringlich. Ich wußte, daß er meine Notlage erkannt hatte, und ich sah, wie er zögerte.

»Schauen wir mal nach oben«, wich er schließlich aus.

Im oberen Stock war es glücklicherweise etwas besser. Die Tapete klammerte sich noch an die Wände, die Teppiche waren nicht sonderlich abgetreten, und die Armaturen im Badezimmer waren zwar offensichtlich alt, aber zumindest sauber und einsatzbereit.

»Seht ihr«, sagte ich triumphierend. »Es ist perfekt!«

»Es ist geringfügig besser als unten, aber alles andere als perfekt«, stellte Joss stirnrunzelnd fest. »Die meisten Möbel sind absoluter Sperrmüll.«

Er bückte sich, um einen alten Fichtenstuhl zu überprüfen, der offensichtlich ein Bein verloren hatte und nur stehen blieb, weil man das lockere vierte druntergeklemmt hatte. Er gab ihm einen Tritt, und der Stuhl brach ordnungsgemäß zusammen.

»Warum Annabel es für nötig hält, das Haus mit solchem Schrott vollzustellen, entzieht sich meiner Kenntnis. All dieser bäuerliche Kiefersperrmüll ist vom Holzwurm schon zerfressen, wenn sie ihn kauft. Es stammt wahrscheinlich alles vom Flohmarkt.«

»Ich mag es«, sagte ich lächelnd. »Ich mag alte Sachen.«

Ich setzte mich auf das uralte Eisenbett und tätschelte glücklich die Matratze. Ja, das könnte für eine kurze Zeit wirklich ein Zuhause werden. Ich konnte uns hier leben sehen, konnte Ivo in dem süßen kleinen Zimmer nebenan sehen, wo die Dachsparren fast bis zum Boden reichten und die zwei Fenster wie kleine Knopfaugen herauslugten. Das Zimmer würde ich zuerst in Ordnung bringen, beschloß ich. Einen Tag streichen, eine Bordüre anbringen, den Teppich reinigen, Vorhänge aufhängen, all sein Spielzeug verteilen. Er würde es lieben. Ein echtes Landkind werden. Joss sah hinunter zu mir, die ich auf dem Bett saß. Er runzelte erneut die Stirn.

»Haben Sie ein Problem mit Reproduktionen?«

Ich war überrascht. »Äh, nein. Zumindest nicht bei Ivo. Um ehrlich zu sein, ich wurde sofort schwanger. Warum?« Großer Gott, was war das denn für eine Frage? War er einer von den Gutsherrn, der mit seinen Pächtern züchtet oder was? War das irgendein archaisches Zehnt oder was?

»Möbel«, erklärte er behutsam. »Wir reden hier über Möbel. Ich wollte Sie mit meiner Kundenkarte zu John Lewis schicken, das heißt, wenn Sie keine Vorbehalte gegen das Sitzen in neuen Stühlen haben. Annabel läßt sich nur dazu herab, ihren Hintern dort zu parken, wo es schon Generationen von Aristokraten getan haben.«

»Oh!« Ich wurde rot, fühlte mich dumm, aber auch höchst erleichtert. »Nein, damit hab ich überhaupt kein Problem, um ehrlich zu sein, das wäre toll!« Halleluja! Auf ein Kaufhaus losgelassen werden mit der Kreditkarte eines anderen? Meine Augen begannen zu glänzen. »Sie meinen, ich kann es haben? Kann ich? Wirklich? Oh, ich danke Ihnen so sehr!« Ich versuchte mich daran zu hindern, ihn zu küssen.

»Unter einer Bedingung.«

»Und die wäre?«

»Daß Sie jemanden kommen lassen, der die Installationen überprüft, eine halbwegs anständige Küche einbaut und Sie dann losgehen und ein paar richtige Möbel kaufen. Ich möchte nicht vor Gericht gezerrt werden, weil eine Heimatlose und ein Baby sich Diphtherie vom Wohnen in einer sanitär bedenklichen Umgebung in meinem Hinterhof geholt haben.«

»Oh, das werd ich, das werde ich alles machen – oh, Philly, ich kann es haben!« kreischte ich über das Treppengeländer zu meiner Schwester hinunter, die uns nicht nach oben gefolgt war.

Sie erschauderte und verschwand in ihrem Mantelkragen, steckte die Hände in ihre Taschen. »Du Glückliche!« knirschte sie sarkastisch.

»Sagen wir, die Miete wird halbiert, solange das Haus renoviert wird«, schlug Joss vor und bewegte sich in Richtung Treppe. »Sie würden mir einen Gefallen tun, wenn Sie hier sind und die ganzen Arbeiten beaufsichtigen.«

»Sie meinen, ich kann es für die Hälfte von dem haben, was Alice gesagt hat?«

»Für den Augenblick. Obwohl ich sagen muß, wenn Annabel zurückkommt...« Er zögerte. »Klar, ja. Für den Augenblick.«

»Oh, danke! Ich danke Ihnen so sehr!« Meine Augen füllten sich unerklärlicherweise mit Tränen.

Er bedachte mich mit einem skeptischen Blick. »Geraten Sie bei heruntergekommenen Cottages immer so aus dem Häuschen?«

Ich schüttelte blinzelnd den Kopf. »Nein, tut mir leid, ich bin heute ein bißchen emotional. Es ist nur... na ja, ich bin es nicht gewohnt, solches Glück zu haben, mehr nicht.«

»Sie haben schlimme Zeiten hinter sich«, erkannte er weise.

»Ein bißchen«, gab ich zu.

Er sah mich noch einen Moment länger an. Dann drehte er sich um. »Na, dann kommen Sie«, befahl er abrupt. »Gehen wir. Ich glaube, Ihre entsetzte Schwester möchte so schnell wie möglich raus hier.«

7

Als ich rechtzeitig zum Lunch ins Haus meiner Eltern zurückkehrte, erwartete mich meine Mutter dräuend. Sie hatte sich dramatisch aufgebaut, blaß, sehr aufrecht, mit dem Rücken zum Salonfeuer, Schauplatz vieler Duelle. Ihr Kinn war vorgeschoben, ihre Lippen waren geschürzt, zitterten aber, und sie befingerte manisch ihre Perlen. Alles schlechte Zeichen.

»Wie fühlt man sich, wenn man einen erwachsenen Mann zum Weinen bringt?« fragte sie theatralisch, als ich hereinkam. »Was ist das für ein Gefühl, hmm, Rosie? Er ist da draußen«, sie deutete mit einem bebenden Finger in Richtung Garten, »schluchzend, ja, er *schluchzt* sich die Seele aus dem Leib. Es zerreißt einem das Herz!« Ihre Stimme hob sich zu einem gequälten Schrei.

Philly und Miles, die meinem Wagen gefolgt waren, kamen jetzt hinter mir herein, ihre Kinder und Ivo im Schlepptau.

»Wißt ihr, was sie getan hat?« rief Mummy. »Hmm? Habt ihr gehört, Philly? Miles? Sie läßt sich scheiden! Verläßt ihn wegen irgendeinem gewöhnlichen kleinen Muskelprotz, den sie beim Regaleauffüllen im Supermarkt aufgerissen hat!«

»Oh, Mum, das ist absoluter Scheiß. Hat er dir das erzählt?«

»Du wirst deine schmutzige Zunge in meiner Gegenwart zügeln, junge Frau«, fuhr sie mich hysterisch an. »Und nein, so deutlich war er gnädigerweise nicht. Er sagte, er hätte euch beide unmißverständlich zusammen erwischt – genau das waren seine Worte –, im ehelichen Schlafzimmer! Und den Rest mit den degoutanten Details habe ich mir selbst zusammengereimt, herzlichen Dank!« Sie raffte ihre hellblaue Pringle-Jacke enger zusammen und schniefte. »Oh, ich bin vielleicht keine Frau von Welt«, tremolierte sie, »ich hab vielleicht kein Hasch geraucht und freie Liebe auf Wasserbetten gehabt wie eure Generation, aber eine kleine Schlampe erkenne ich, wenn ich sie sehe!«

Philly legte beschwichtigend ihre Hand auf ihren Arm. »Beruhig dich, Mum, und übrigens«, sagte sie und deutete mit dem Kopf in Richtung der vier gaffenden Kinder, *»pas devant les enfants*, okay?«

Miles scheuchte sie alle vier zur Tür hinaus. »Kommt, Kinder, laßt uns Opa im Garten suchen, ja?«

»Du wirst nichts kriegen«, flüsterte sie, »gar nichts. Kein

Geld, kein Haus, kein Stockley Hall!« Da überschlug sich ihre Stimme, und sie kramte hektisch nach einem zerknitterten Taschentuch in ihrem Ärmel und begrub dann ihre Nase darin. »Und haben will dich auch keiner mehr, das ist dir doch klar, oder? Eine Frau über dreißig mit einem Kind – du hast jetzt eine Vergangenheit, du bist gebraucht! Du wirst nie jemanden finden, der dich nimmt, und das gerade, als ich dachte, aus dir wird endlich etwas! Jetzt wird nie was aus dir werden!«

»Danke, Mum, für dieses Vertrauensvotum«, murmelte ich erschöpft. »Genau das, was ich jetzt brauche. Hör mal, ich hab einen Fehler gemacht. Ich hätte ihn nie heiraten sollen, und ich kann einfach nicht mehr mit ihm leben, mehr ist es nicht. Und ich glaube, tief in seinem Herzen weiß Harry das auch.«

»Harry weiß gar nichts!« fauchte sie und zerrte die Perlen immer enger um ihren Hals. »Der arme Mann ist völlig am Boden zerstört.«

»Ich werde zu ihm gehen.«

»O nein, es ist zu spät, er ist fort«, sagte sie und schüttelte den Kopf. Ihr unsteter Blick wanderte zur Terrassentür. »Er ist da draußen, läuft blind in der Gegend herum, ist wahrscheinlich schon Meilen gelaufen, was mich nicht wundern würde!« Sie schaute über den manikürten Rasen und die Kräuterrabatte dahinter, als wäre es ein verdammtes Hochmoor, und Heathcliff persönlich würde da draußen herumstolpern, wahnsinnig vor Kummer. In Wahrheit war Harry wahrscheinlich nur den Weg hinuntergewatschelt und hatte es gerade noch bis ins Sommerhaus geschafft, um dort ein Nickerchen zu machen.

»Gott weiß, wo er seinen Kopf schließlich zur Ruhe betten wird. Vielleicht in einem Graben. Wahrscheinlich ist er schon in einen Fluß gestürzt, aber was schert dich das!«

Meine Mutter konnte, wenn sie wollte, wundervoll tief in der Gefühlssoße herumrühren.

»Mum, das einzige Wasser hier in der Gegend ist der Swimming Pool der Turners nebenan, und ich bin mir sicher, sie hätten es gehört, wenn er hineingefallen wäre. Schau, mach dir keine Sorgen, ich werde gehen und ihn suchen.«

Sie packte meinen Arm. »Sag ihm, daß du dir's anders überlegt hast«, flehte sie. »Sag ihm, es war ein schrecklicher Fehler, sag, daß du deine Tage hast, du weißt doch, wie unvernünftig du dann immer bist!«

»Das kann ich nicht machen, Mum, das ist nicht wahr.«

Sie wandte sich ab. »Aber was werden die Leute sagen?« jammerte sie. »Die Burdetts, die Fosters – ich hab ihnen allen erzählt, du wirst Stockley Hall erben. Was soll ich ihnen jetzt sagen?«

Meine Mutter war wirklich alles andere als unaufrichtig. Ich schnauzte sie an. »Das ist das einzige, was dir Sorgen macht, nicht wahr? Scheiß auf Stockley Hall. Du hast kein Wort über Ivo verloren!«

»Weil ich es nicht ertragen kann!« flüsterte sie und schob trotzig ihr Kinn vor. »Ich kann es nicht ertragen, daran zu denken, was du dem armen Kind antust; ihm ein zerrüttetes Heim aufzwingen, ihn den Armen seines Vaters zu entreißen, der ihn liebt, der ihn *anbetet!*«

»Quatsch. Harry will nie etwas mit Ivo zu tun haben, wie du sehr wohl weißt. Außerdem kann er ihn sehen, sooft er mag. Jedes Wochenende, wenn er will, das ist wahrscheinlich öfter, als er ihn jetzt sieht.«

»Du bist grausam und herzlos«, klagte sie und begann dann, in furchtbarer Weise zu heulen. »Das warst du immer schon«, schluchzte sie. »Du denkst immer nur an dich. An mich denkst du jedenfalls nie.«

»Du lieber Himmel, Mum«, schnaubte Philly verächtlich, »der einzige Grund, warum Rosie in diesem Schlamassel ist, ist, daß sie wahrscheinlich von Anfang an viel zuviel an dich gedacht hat!«

Mit einemmal konnte ich es nicht mehr ertragen. Ich floh aus dem Zimmer, rannte nach oben, stürmte den Gang zu meinem alten Zimmer hinunter, warf mich aufs Bett und schluchzte in meine uralte, kahl werdende Candlewick-Bettdecke. Nach einer Weile wischte ich mir die Augen und drehte mich um. Ich starrte auf die Bücherregale in der Nische vor mir. Enid Blyton,

E. Nesbitt und Noel Streatfield waren nach wie vor alphabetisch geordnet. Darunter stand der kleine blaue Schreibtisch, an dem ich immer meine Hausaufgaben gemacht hatte. Ordentlich darunter gestellt war der blaue Stuhl mit seinem karierten Kissen, das ich selber genäht hatte. Als ich noch ein Kind war, mußte mein Stuhl immer so unter dem Schreibtisch stehen, durfte niemals herausgezogen sein oder schräg stehen. Alles mußte an seinem Platz sein und perfekt. Damals hatte ich die Stifte in militärischen Formationen auf dem Schreibtisch aufgereiht, neben meinem Lineal, meinem Radiergummi und meinem Gonk-Glücksbringer. Puppen aus aller Welt in ihren Nationaltrachten waren wie die Wachsoldaten auf dem jetzt leeren Sims plaziert – Serbien neben Syrien neben Thailand. Ich wußte nicht, wo diese Länder waren, aber ich wußte sehr genau, wo auf meinem Regal sie standen. Kleidung wurde damals mit geometrischer Präzision gefaltet und in ordentlichen Stapeln verstaut. Rosetten und Zertifikate marschierten stets in einer ordentlichen Reihe über das jetzt leere Korkpinbrett. Nur mir allein war es gestattet, mein Zimmer sauberzumachen, kein anderer konnte es mir recht machen, kein anderer legte den Teppich in absoluter Symmetrie zu meinem Bett. Mum hatte immer gelacht und gesagt, ich würde einen prächtigen kleinen Soldaten abgeben, wahrscheinlich bald eine Armee dirigieren. Ich biß mir auf die Lippe.

Nach einer Weile kam Philly nach oben. Sie setzte sich neben das Bett und nahm meine Hand.

»Sie meint es nicht so, weißt du. Sie ist nur durcheinander.«

»Doch, sie meint es so. Ihr wäre es lieber, wenn ich den Rest meines Lebens total unglücklich wäre, nur damit der Status quo nicht gestört wird. Ganz zu schweigen davon, daß ich Harrys verfluchtes Erbe aufgebe.«

Philly ließ sich das durch den Kopf gehen. »Du hast wahrscheinlich recht, aber sie wird darüber hinwegkommen, du wirst schon sehen. Und Daddy freut sich wie ein Schneekönig.«

»Wirklich?«

»Na ja, er hat es zwar nicht direkt gesagt, aber du solltest sehen, wie er mit Miles im Garten herumrennt und mit allen Kindern vergnügt Fußball spielt. Er ist wie ausgewechselt.«

Ich setzte mich auf. »Ivo ist okay da draußen, nicht wahr?«

»Natürlich. Er sitzt auf Dads Schultern. Sie sind die Hauptstürmer.«

Ich lächelte. »Er wird schon klarkommen, nicht wahr? Ich meine, mit Dad als Vaterfigur?«

»Natürlich wird er das«, sagte sie unerschütterlich. Sie sah mich von der Seite an. »Zumindest für eine Weile. Das war absoluter Quatsch, was Mum da unten von sich gegeben hat, das weißt du doch, nicht wahr? Du wirst jemand anderen finden.«

Ich putzte mir die Nase. »Ich bin mir nicht sicher, ob ich das will, Phil. Ich bin mit Ivo ganz glücklich, und ich kann es kaum erwarten, mit dem Cottage anzufangen. Zur Zeit bin ich lieber allein.«

Irgendwo unten begann das Telefon zu läuten. Philly seufzte und stand vom Bett auf. »Na schön, wir werden sehen. Für den Augenblick hast du wahrscheinlich recht, aber später... Hör mal, ich könnte dir Ivo ohne weiteres für ein oder zwei Wochen abnehmen, während du dieses furchtbare Cottage bewohnbar machst.«

»Danke, aber momentan möchte ich ihn in meiner Nähe haben. Ich – ich hab das Bedürfnis danach.«

»Klar.« Sie verstand sofort. »Übrigens, es gibt kein richtiges Lunch, sondern Selbstbedienung aus dem Kühlschrank – oh, verflixt, würde endlich jemand dieses verdammte Telefon abnehmen!« Sie ging nach nebenan in Mums Schlafzimmer, und ich hörte, wie sie sich meldete.

»Hallo?... O ja, sie ist hier.« Ihre Stimme wurde mit einemmal eisig. »Einen Moment bitte.« Ich wartete auf ihre Rückkehr. »Es ist für dich, Alice.«

»Oh!« Ich sprang überrascht vom Bett und ging nach nebenan. Philly verschwand nach unten.

»Alice!«

»Mein Gott, Rosie, es tut mir ja so leid, was mußt du von mir denken?«

»Was?«

»Daß ich das Cottage so hinterlassen habe, so unaufgeräumt! Mir ist plötzlich eingefallen, daß wir das letzte Mal völlig überstürzt abgefahren sind und ich gar keine Gelegenheit mehr hatte, sauberzumachen. Ich malte gerade verträumt eine Schale Orangen in der Küche, als mir plötzlich der Pinsel erstarrte und ich fast vor Scham in den Boden versunken bin, als ich daran dachte. Ist Philly dabeigewesen?« fragte sie ängstlich.

»Ist sie, aber keine Sorge, sie hat gar nichts bemerkt«, log ich.

»Gott, wie furchtbar, aber du kennst mich ja, Unordnung fällt mir überhaupt nicht auf. Michael sagt, ich wechsle die Laken nur, wenn sie anfangen auszusehen wie das Leichentuch von Turin.«

»Wir haben die Laken nicht inspiziert, und alles übrige sah gut aus«, beruhigte ich sie. »Und überhaupt ist es ein süßes kleines Haus.«

»Na ja, es ist ziemlich primitiv, aber wir haben es nur am Wochenende benutzt, und meist sind wir lediglich im Sommer hingefahren, wegen des Gartens. Wie fandest du übrigens Joss?«

»Er ist nach und nach aufgetaut, aber beim ersten Treffen ist er etwas schroff, nicht wahr?«

»Ich glaube, er meint es nicht so, obwohl er unglaublich beschäftigt ist und meist in einer total anderen Welt lebt. Er hat jetzt Tonnen von Aufträgen, die Großen und Berühmten stehen Schlange, um eins seiner Stücke zu kaufen, also schikaniert sein Galerist ihn ständig, damit er produziert. Zusätzlich jettet er dauernd nach Italien, um Marmorstücke zu inspizieren. Er muß offensichtlich das Rohmaterial selbst sehen. Und dann hat er überall Ausstellungen. Also ist er, glaube ich, ziemlich gestreßt, ob so oder so. Ich hab den Verdacht, daß er im Grunde seines Herzens ein echter Softy ist. Auf jeden Fall läßt er Annabel alles durchgehen. Hast du sie kennengelernt?«

»Nein, sie ist momentan verreist, sie hat aber aus Amerika angerufen, während wir da waren. Wie ist sie denn so?«

»Schön, erfolgreich und hinreißend charmant, aber persönlich bin ich nicht überzeugt.«

»Wie meinst du das?«

»Oh, ich weiß es nicht. Vielleicht bin ich nur giftig, weil ich selbst nicht schön, erfolgreich oder auch nur entfernt charmant bin, aber für meinen Begriff hat sie einen zu starken Hauch von Sacharin. Du weißt doch, wer sie ist, nicht wahr?«

»Ich weiß, daß sie diese ganzen Selbsthilfebücher schreibt.«

»Genau, und die lebt sie auch.«

»Wirklich? Wie denn?«

»Ich weiß ja, daß die Leute denken, ich bin ein bißchen alternativ, aber sie ist wirklich gaga. Sie ist Buddhistin, okay, also viel Gesang und Meditieren und so was, das ist ja in Ordnung. Aber ich traue ihr auch zu, daß sie nackt im Mondlicht herumtanzt, unsere Annabel. Jeder Modetrend wird ausprobiert.«

Ich kicherte. »Ich hoffe, sie tut es nicht in meinem Garten. Und wer kümmert sich dann um die Kinder? Du weißt schon, wenn sie im Ashram beim Meditieren ist und so?«

»Oh, sie haben eine Tagesmutter. Die ist absolut hoffnungslos, aber das tangiert Annabel nicht, weil es ja nicht ihre Kinder sind.«

»Wie meinst du das? Wessen sind sie denn dann?«

»Sie sind aus seiner ersten Ehe. Seine Frau ist vor etwa sechs Jahren gestorben, bei der Geburt der Zwillinge.«

»Nein! Gott, wie tragisch! Ich hab nicht geglaubt, daß heutzutage noch jemand im Kindbett stirbt.«

»Glaub das ja nicht«, trumpfte sie auf. »Ich hab bei *Woman's Hour* neulich gehört, daß immer noch jede Sekunde eine Frau daran stirbt, und du kannst drauf wetten, daß sie nicht irgendwo in der dritten Welt in den Büschen hocken, sondern sie verscheiden still in irgendeiner zweifelhaften englischen Wald- und Wiesenklinik. Die Zwillinge kamen viel zu früh, und der gesamte Stoffwechsel der armen Frau ist zusammengebrochen. Sie ist ein paar Tage nach der Geburt der Kinder gestorben. Er war völlig gebrochen.«

»Das kann ich mir vorstellen. Gott, wie furchtbar! Und wann hat er Annabel geheiratet?«

»Vor etwa zwei Jahren. Sie hat ihn bei einer seiner Ausstellungen aufs Korn genommen, ihn im Sturm erobert.«

»Warum? Ich meine, sie ist doch ein Schlaganfall, nicht wahr? Und auch noch berühmt. Sie könnte doch wahrscheinlich jeden haben. Irgendwie kommt mir ihre Wahl komisch vor, ein trauriger Mann mit drei Kindern im Schlepptau.«

»Ah, aber denk an die Vorteile, Rosie. Er wird in der Welt der Kunst verehrt. Und wenn du mich fragst, hält sie sich für seine Muse. Und dann ist da natürlich dieses riesige, schreckliche englische Herrenhaus, das er hat.«

»Ich hab's gesehen. Wirklich beeindruckend.«

»Könnte es sein, aber innen bräuchte es eine Menge Arbeit, obwohl er euch wahrscheinlich nicht reingebeten hat. Er mag Besucher nicht sonderlich gern.«

»Das haben wir mitgekriegt. Ach ja«, ich seufzte. »Im Cottage unten werde ich ohnehin nicht viel mit ihnen zu tun haben, nicht wahr?«

»Sehr wenig. Sie sind wirklich sehr gut, was Zurückhaltung betrifft, und solange du sie nicht nervst, funktioniert es für beide.«

»Das werde ich bestimmt nicht. Danke, Alice, das Cottage ist für mich wirklich ein Rettungsring.«

Ich verabschiedete mich und blieb ein paar Minuten auf Mums Bett sitzen, die Arme um meine hochgezogenen Knie geschlungen. Endlich stand ich auf und schlich mich zu ihrem Drehspiegel in der Ecke neben den Chintzvorhängen. Wie oft hatte ich mich früher in meinem Zimmer angezogen und war hierhergelaufen, um den vollen Effekt zu sehen. Der volle Effekt war damals stets derselbe gewesen: strahlend vor Gesundheit, Optimismus und glänzendem Haar, aber viel zu mollig. Ich verbrachte dann die nächsten fünf Minuten damit, den Spiegel zu drehen, als wäre das das Problem, zerrte an meinen Kleidern, um die Fettrollen zu mindern, und puderte mir die Wangen mit Talcum-Puder, um diesen blühenden Landmädchen-Effekt zu reduzieren. Von dem, was ich heute sah, war ich fast schockiert. Riesige grüne Augen starrten mich aus einem fast schmalen Gesicht an. Mein Haar war immer noch blond, aber es hatte seinen Glanz verloren, und meine Kleider schlotterten an mir.

Mein Gott, ich mußte etwa 12 Kilo in zwei Jahren abgenommen haben, ohne es zu merken. Ich seufzte und tastete mit den Fingern über meine blassen Wangen. Wie hätte ich mich vor Jahren über diesen abgehärmten Look gefreut! Blaß und interessant, mehr hatte ich mir nie gewünscht, aber jetzt, nachdem ich so aussah, deprimierte es mich. Ich schluckte. Deprimierte mich? Quatsch, Rosie, das ist der Weg nach vorn. Kopf hoch, hat keinen Sinn zurückzuschauen, wir gehen weiter und steil nach oben, weißt du noch? Ich nickte meinem Spiegelbild heftig zu. Richtig. So gefällst du mir schon besser. Und nächste Woche würde ich mir als erstes einen anständigen Haarschnitt leisten, ein paar kesse Strähnchen reinfärben und mir von Philly ein paar Jeans leihen, die mir wenigstens paßten, und schließlich hatte ich ewig schon davon geträumt, mir ihre Jeans zu borgen.

Meine nächste Begegnung mit meiner Familie hatte ich beim Dinner an diesem Abend. Philly hatte einen Lammbraten gezaubert, nachdem Mummy unfähig war, auch nur einen Kartoffelschäler zu heben. Als sie die Gemüse zur Warmhalteplatte im Speisezimmer trug, schlich ich mich hinein und setzte mich neben sie. Harry war abwesend. Ich versuchte, Mummy zu ignorieren, die sich mir gegenüber in theatralischem Geschniefe übte, sich die Nase mit dem Taschentuch tupfte und mir verletzte, rachsüchtige Blicke zuwarf. Daddy stand am Kopf der Tafel und tranchierte den Braten, und Miles, der naturgemäß keinerlei Gefühl für Atmosphäre hatte, war gerade im Banne der Erzählung einer angeblich rasend komischen Geschichte über einen seiner Freunde namens Tarquin – Miles' Freunde hatten stets so seltsame Namen wie Tarquin –, dem im Pub nach einigen Bieren schlecht geworden war und der aufs Klo gehastet war, um alles rauszukotzen.

»Unglücklicherweise«, verkündete Miles, »ist er in eine Kabine gebrettert, die schon besetzt war; irgendein Glatzkopf saß da und hat geschissen, aber, zu spät, der gute alte Tarquin kotzte trotzdem, und zwar über seinen ganzen Kopf!« Miles krümmte sich vor Lachen. Wir warteten ungeduldig, bis er sich wieder im Griff hatte, sich vom Parkettboden erhob, auf dem er vor lauter Heiterkeit gelandet war, und fortfuhr. Denn das war offensichtlich noch nicht das Ende der lustigen Geschichte.

Er kicherte in seine Petersilienwurz und holte tief Luft. »Dieser Typ, okay, der auf dem Klo, er kann es einfach nicht glauben, ja, und Tarquin sagt, daß sich sein Gesicht buchstäblich vor seinen Augen verändert hat. Zuerst ist er fassungslos, dann wütend, und schließlich sieht er mörderisch aus. Und just da hat der alte Tarquin gewittert, daß ein linker Haken in der Luft liegt. Er hat die Geistesgegenwart gehabt, ihm zuerst eine aufs Maul zu hauen, bevor er auf dem Absatz kehrtgemacht hat und die Beine in die Hand genommen hat!« Tränen stürzten über Miles' Gesicht. »Mein Gott, könnt ihr euch das vorstellen!« japste er. »Da setzt man sich mit *The Sun* auf die Schüssel und will in Ruhe einen ablassen, und das nächste, was man weiß – Kotz – Bäng!«

Mein Vater hielt beim Tranchieren inne, den Kopf nachdenklich zur Seite gelegt. Er war ehrlich bereit zu akzeptieren, daß diese Begebenheit Humor hatte, mühte sich aber vergebens.

»Aber von seinem Standpunkt aus war's nicht komisch, mein Lieber, nicht wahr? Von dem des Kahlen auf dem Thron: Kotze auf den Kopf? Ein Schlag ins Gesicht?«

Mummy lachte höflich. »Oh, ich weiß nicht.« Das stimmte tatsächlich. Sie hatte nicht die leiseste Ahnung, wovon Miles redete, wie eigentlich immer. Aber jemand, der tausend Hektar bestes Gloucestershire-Ackerland besaß, verdiente es ihrer Meinung nach, daß man über seine Witze lachte. »Wie wahnsinnig amüsant. Noch jemand Minzesauce?«

»Richtig, Gordon«, gluckste Miles, »von *seinem* Standpunkt aus vielleicht nicht komisch, aber doch sicher –«

»Ah! Liebe Freunde.« Eine Stimme unterbrach diesen Satz.

Wir drehten uns wie ein Mann um und sahen – Harry. Er stand in der offenen Tür, wie ich vermutete, schon einige Zeit, strahlte wohlwollend und schwankte bedrohlich. Ich schluckte heftig. Ich hatte angenommen, daß Harrys gequälter Zustand ihn daran hindern würde, sich uns anzuschließen, daß er irgendwo noch in einem Schuppen seinen Gram pflegte. Aber ich hatte nicht mit seinem ausgeprägten Geruchssinn und seinem ewig fordernden Magen gerechnet. Sein Haar war feucht und wie bei einem kleinen Jungen ordentlich zur Seite gekämmt. Ich bemerkte, daß er sich sogar die Mühe gemacht hatte, unter seinem Pullover eine Krawatte anzulegen, aber das konnte die Tatsache nicht verschleiern, daß seine Wangen unnatürlich rot waren und die Augen heftig glänzten. Als er gemessen um den Tisch herumging, haschte er nach der Lehne des Stuhls meines Vaters, um sich zu stützen. Er war gefährlich betrunken.

»Oder sollte ich besser sagen«, nuschelte er, »liebe Familie?« Er blieb leicht wackelnd hinter einem leeren Stuhl stehen. »Wie ich sehe, komme ich gerade rechtzeitig. Elizabeth, du gestattest?«

»Natürlich!« Sie zog ihm den Stuhl heraus. »Philly, bring ein Gedeck für Harry, rasch, und eine Serviette. Nein, nicht die, Schatz, eine rosafarbene, mit einem hübschen Spitzenrand..., in der Schublade natürlich!«

Harry ließ sich vorsichtig auf dem Stuhl nieder, während Philly mit Gabeln und Messern um ihn herumturnte.

»So.« Er strahlte in die Runde. »Wo waren wir? Ah, ja«, er hob bedächtig einen Finger, »Miles, du warst gerade in voller Fahrt und hast auf deine unnachahmliche, rauhbeinige Art eine komische Geschichte erzählt. Ich bitte dich, fahre fort, es hört sich an, als dürfe man sie auf keinen Fall verpassen. Endlich zu einer Toilette geschafft, Kotze und Schlägerei, alles in einer Geschichte, was? Gratuliere, mein Alter. Bin überrascht, daß du's nicht geschafft hast, noch ein bißchen analen Sex einzubringen.«

Betretenes Schweigen breitete sich im Raum aus. Meine Mutter räusperte sich, lächelte fröhlich. »Da wird viel zuviel Wirbel drum gemacht, wenn ihr mich fragt. Gordon und ich machen es mindestens einmal im Jahr, wenn nicht öfter, nicht wahr, Darling?«

Entsetztes Schweigen folgte dieser Enthüllung.

»Mum!« keuchte Philly, die sehr blaß geworden war.

Daddy legte sehr bedacht sein Tranchiermesser beiseite. »Ich glaube, meine Liebe, da verwechselst du etwas. Ich fürchte, was Harry da angedeutet hat, ist etwas ganz anderes.«

Miles schnaubte wie ein Neandertaler. »Nur ein bißchen! Meine Güte, Gordon, du armes Schwein – Analsex, nur einmal im Jahr! An höheren Feiertagen und in den Ferien, was? Elizabeth, du bist wirklich unbezahlbar – ha, ha! Nein, nein, *analer* Sex ist völlig anders, das ist –«

»MILES!« kreischten Philly und ich im Chor.

Miles hielt inne. »Ich wollte es ihnen nicht sagen«, behauptete er beleidigt. »Ich wollte nur erklären, daß –«

»Ja, gut, *tu es nicht, okay?*« rief Philly und erhob sich. »Wißt ihr denn nie, wann ihr aufhören müßt!« Sie drehte sich wütend zu der Warmhalteplatte hinter sich und tat so, als würde sie sich noch Gemüse auftun. Alles schwieg.

»O Gott«, sagte Harry mit leiser, aber deutlich hörbarer Stimme und zwinkerte Miles hinter Phillys steif aufgerichtetem Rücken zu, »jetzt hast du's geschafft, Alter. Sie richtig wütend gemacht.«

Als Philly sich wieder setzte, beugte Harry sich fürsorglich zu ihr. »Guten Abend, schöne Philippa. Fangen wir von vorne an. Bitte nimm meine tief empfundene Entschuldigung für all dieses obszöne und vulgäre Benehmen an. Die Schuld liegt allein bei mir. Ich bin mir ganz sicher, daß ich für uns alle spreche, wenn ich sage, daß wir von jetzt an alle versuchen werden, uns gemäß deinem eigenen heiligen Benehmenscode zu verhalten. Du bist ein so gutes Vorbild für uns alle.«

»Iß einfach, Harry, und halt verdammt noch mal die Klappe«, knirschte Philly mit zusammengebissenen Zähnen.

»Uuuuh, welch ordinäre Sprache, liebes Mädel, der polierte Heiligenschein ist da ein bißchen verrutscht, glaub ich. Muß ein bißchen gestützt werden, gewichst vielleicht. Was? Kein Lächeln, schöne Philippa? Entdecke ich etwa einen Schimmer von Frost auf dem Antlitz meiner Lieblingspfadfinderin? Ich krieg doch wohl nicht den Hintern versohlt, oder doch? Oder hebst du das für Miles auf? Glücklicher Mann!«

»Harry«, zischte ich warnend.

Er drehte sich wie ein Maschinengewehr zu mir, die Hand über dem Ohr. »Verzeihung?« Er reckte den Hals. »Hat da eine kleine Maus gequiekt? Was das mein eigenes kleines Frauchen, das ich gehört habe, das da etwas murmelte?« Er ließ die Hand fallen und riß die Augen weit auf. »Ah, ja, es ist die liebe kleine Rosie-Maus! Welche Freude. Ich hab dich gar nicht gesehen, wie du da in der Ecke rumhockst und an deinem Käse knabberst. So ein schüchternes kleines Ding normalerweise, aber momentan vielleicht nicht so schüchtern, was? Fast, man wagt es kaum auszusprechen – ja, fast kühn. Oh, übrigens«, er drehte sich zum Tisch zurück und fuhr in leisem, vertraulichem Ton fort: »Apropos, liebes kleines Frauchen, einige von euch, die hier versammelt sind, haben vielleicht den irreführenden Eindruck, daß es im Hause Meadows Ärger geben wird. Daß unsere Ehe«, er sah sich verstohlen um, als könnten noch andere mithören, »nicht mehr besteht, sozusagen verschieden ist!« Er riß entsetzt die Augen auf. Dann schüttelte er heftig den Kopf. »Dem ist nicht so, liebe Freunde, dem ist nicht so. Darf ich der erste sein, der euch beruhigt, und sagt, daß die Berichte von ihrem Tod *maßlos* übertrieben sind? Stimmt doch, gell, Rosie?«

»Harry, das ist weder die Zeit noch der –«

»Oh, ich weiß, ich weiß, das Leben mit mir ist kein Zuckerlecken, aber scheiß drauf. Mit wem ist es das schon, was, Miles? Ich wette, du hast auch schon öffentlich in der Nase gebohrt, unter der Daunendecke gefurzt und andere ruchlose, prügelwürdige Vergehen begangen und für alle zweifellos angemessene Bestrafung durch die Hände der schönen Philippa erhalten.« Er zwinkerte. »Und ich hebe meine Hand mit dir – ja, auch ich bin ein Sünder, *mea culpa!* Aber jetzt, nachdem ich *erleuchtet* bin, jetzt, wo Rosie-Mausi aus ihrem Loch gekrochen ist und mir mit ihrer kleinen Klaue gedroht hat – nun, ich bin geläutert, und ich kann euch versichern, daß von jetzt an alles gut sein wird. Ich bin erleuchtet, ich werde meine Strafe wie ein Mann ertragen, und mein liebes kleines Frauchen kann sich in Ruhe ihr Schnäuzchen putzen, nicht wahr, meine Liebe?«

»Nein, Harry, es ist nicht wahr, und ich will ganz bestimmt nicht darüber diskutieren.«

»Oh, komm schon«, bohrte er hartnäckig weiter, »wir sind doch alle Familie hier! Ein Küßchen und Versöhnung über dem Lammbraten wird niemandem peinlich sein, nicht wahr, Elizabeth?«

»Natürlich nicht, Harry«, schmachtete Mummy liebevoll, mit glänzenden Augen. »Oh, Harry, ich bin ja *so* glücklich. Ich hatte solche Angst, du und Rosie würdet getrennte Wege gehen, und wir würden dich nie wiedersehen!«

Harrys Kinnlade klappte herunter. Er ließ Messer und Gabel mit Getöse auf seinen Teller fallen. »Mich nie wiedersehen? Gütiger Himmel, was für eine Vorstellung! Wie in aller Welt könnte ich dieses glückliche Nest verlassen? Wie in aller Welt könnte ich *dich* verlassen, liebe Elizabeth? Mir würde so vieles fehlen! Glaubst du wirklich, ich könnte unsere gemütlichen kleinen Pläuschchen vor dem Kamin aufgeben?«

»Ja, nun, ich verstehe gut, daß es schwer sein würde ...« stimmte Mummy zu.

»Schwer? Es wäre unmöglich! Gütiger Himmel, liebe Lady, wenn ich nicht noch einmal hören könnte, wie Mrs. Parker-Bowles zum Krebshilfe-Bazar kam und nicht nur einen, sondern *zwei* deiner ganz eigenen Trockenblumenarrangements gekauft hat, also, ich glaube, ich würde verrückt werden! Wenn ich nicht hören könnte, wie du überlegst, wessen königliche Augen sich an genau diesen Arrangements *gelabt* haben – und ich glaube, du und ich, wir wissen beide, wen ich meine –, ich glaube, ich würde todkrank werden! Oh, nein, nein, nein, aus deinem exklusiven Salon ausgeschlossen werden, nicht mehr an deinen geistvollen, rasiermesserscharfen Kommentaren teilhaben zu können, wäre unerträglich für mich.« Er schauderte.

»Harry«, knurrte ich warnend.

»Stell dir vor«, plapperte er mit weitaufgerissenen Augen weiter, »wenn ich nicht mehr erfahren dürfte, wie Lady Fairclough mit ihrem Wagen bei Waitrose um die Ecke bog und dich in das Kitekat-Regal gestoßen hat? Darüber, wie du dir den

Knöchel verstaucht hast – weißt du noch, Elizabeth? Und wie zauberhaft sie gewesen war? Gleich am nächsten Tag hat sie Blumen mit dem Daimler gebracht und war so gnädig, einzutreten auf eine Tasse Kaffee und, jetzt kommt es, deine Trockenblumenarrangements bewundert hat! Stell dir vor, wenn ich *diese* skurrile kleine Anekdote nicht wieder hören könnte oder, wenn wir schon dabei sind, die von deinen anderen wilden gesellschaftlichen Erfolgen.« Er schüttelte betrübt den Kopf. »Und dann der Salon selbst.« Er sah sich wehmütig um, sogar liebevoll. »Ah, ja«, er seufzte, »dieses entzückende Haus und die charmante Art, in der du die Tatsache kaschiert hast, daß es nicht ganz – nun ja, es ist nicht ganz aus der Zeit, nicht wahr, Elizabeth? Eher, sollen wir sagen, *fin de siècle?* Der prachtvolle Überfluß an Onyxaschenbechern auf zierlichen Tischnestern, die Spitzendeckchen auf jedem nur erdenklichen Teller, die Art, wie du deinen hübschen hellblauen Kopf in die Spitzenkissen legst und die charmante Art, in der du deine Besucher *so* herzlich begrüßt, stets nach dem Motto, welche Freude, Sie zu sehen –«

»Harry, das reicht!« keifte ich. Philly sah ebenfalls wütend aus. Unsere Mutter mochte ja ein Witz sein, aber sie war unsere Mutter. Mummy sah natürlich hingerissen aus, zupfte verzückt ihre lavendelfarbenen Locken.

»Was?« Harry zog unschuldig die Augenbrauen hoch. »Darf ich deiner lieben Mama keine Komplimente machen?«

»Natürlich darfst du das, Harry«, schnurrte Mummy.

»Behalt deine Komplimente einfach für dich, so ist's brav.« Daddy sprach leise, aber er sah seltsam blaß aus. Für einen Mann, der, wenn er wirklich verärgert war, geradezu gütig wirkte, waren das harte Worte. Er schob seinen halbleeren Teller beiseite, stützte seinen lederbekleideten Ellbogen auf den Tisch und begann, seine Pfeife zu stopfen, wobei er den Blick unverwandt auf Harry richtete.

»Ah, Gordon.« Harry lächelte. »Zu dir wollte ich gerade kommen. Der letzte, aber bei weitem nicht der geringste. Der solide, verläßliche Gordon. In deinem Schrank lauern keine Leichen, nicht wahr, mein Alter? Sollen wir mal hineinspitzen? Nur für alle Fälle? Nein, nein, genau wie ich dachte, nur Golfschläger und die Rotary-Krawatte, sehr gut, wirklich gut. Nichts Schmuddeliges, nichts Finsteres, und gütiger Himmel, warum sollte da auch etwas sein? Du hast schließlich und endlich ein schuldloses, kreuzbraves Provinzleben geführt, nicht wahr? Du hast den Rasen gemäht, du hast das Auto gewaschen, du hast dir die kleinen Hacken abgearbeitet. Du bist Abend für Abend nach Hause gekommen und hast dir Elizabeths mädchenhafte Ergüsse angehört, dich loyal durch ihr Hühner-Cordon-bleu gepflügt – und dir vielleicht schnell einen extra Fingerhut Wein eingegossen, wenn sie in der Küche verschwand, um den Nachtisch zu holen, du gerissener alter Fuchs! Und dann wäre noch die prächtige Art, wie du dich am Wochende um deinen Enkel kümmerst. Du hast diesen kleinen Wagen toll für ihn hergerichtet.« Mit einemmal hielt er inne, runzelte die Stirn, als wäre ihm gerade etwas eingefallen.

»Er wird dir aber fehlen, Gordon, nicht wahr? Der kleine Ivo? Hat Rosie dir erzählt, daß ich, wenn sie mit diesem Unsinn weitermacht, mit ihr um das Sorgerecht kämpfen werde? Nein? O ja, ja, das werde ich.« Er nickte nüchtern. »Ich hab auch verdammt gute Chancen zu gewinnen, denke ich, wenn man bedenkt – na ja, ihr wißt schon. Oder vielleicht nicht?« Er hob die Augenbrauen. Seufzte. »Nicht, daß ich Rosie einen Vorwurf daraus mache. Ich meine, wer verliert nicht mal die Nerven, wenn er ständig einen aufsässigen Zweijährigen zwischen den Füßen hat, was? Und mir ist ganz bestimmt nicht wohl dabei, die Katze aus dem Sack zu lassen. Aber warum sollte ich das auch tun müssen? Schließlich und endlich muß es ja nicht sein, nicht wahr? Wenn du, Gordon, unser junges Mäuschen hier überreden könntest, ihre Meinung zu ändern, ihr zu sagen, was für ein prächtiger Kerl ich bin – nicht so prächtig wie *du* natürlich, ich bin nur ein Student zu deinen Füßen –, aber sag ihr, wie entschlossen ich bin, mich zu bessern. Ich glaube, dann wird sie vielleicht zuhören. Für dich hat sie sehr viel Zeit, Gordon, mein Alter.« Er sah sich in der stummen, schockierten Runde um.

Mit einemmal schlug er sich mit der Hand auf die Stirn. »Großer Gott, das Beste hätte ich fast vergessen!« Er lächelte überschwenglich. »Haltet euch fest, gute Leute, ich hab vergessen zu sagen – ich habe vor, mir einen Job zu suchen!«

»Oh, Harry!« Mummys Gesicht klärte sich, und sie klatschte entzückt in die Hände. »Was für eine wunderbare Idee!«

Er pendelte sich auf sie ein. »Nicht wahr, Elizabeth? Oder darf ich dich Lizzie nennen, wie Gordon es tut? Das wollte ich immer schon.«

»Aber natürlich!«

»Ja, einen Job. Hör mal, könntest du mir dabei vielleicht helfen, Gordon? In der City ein gutes Wort für mich einlegen? Schauen, ob ein bißchen Banking oder Makeln im Angebot ist? Nichts wirklich Ernstes. Nur den Tag über ein bißchen auf einem Computermonitor herummuckeln, hmm? Wie wär's damit, Rosie? Das würde dir doch gefallen, oder? Würdest du mich gerne jeden Morgen mit einem Nadelstreifenanzug sehen, Aktentasche in der Hand. Dann könntest du mir die Krawatte zurechtrücken, mir ein paar Flusen vom Kragen bürsten und trällern: ›Ciao, mein Schatz‹, genau wie deine liebe Mama?«

»Harry, ob du einen Job kriegst oder nicht ist mir völlig egal«, sagte ich mühsam an mich haltend.

»Ach, komm schon, ich könnte ein paar Penny verdienen und ein bißchen extra Haushaltsgeld ist nie verkehrt, nicht wahr? Du mußt dir noch ein bißchen Seidenunterwäsche besorgen für deinen jungen Freund, vergiß das nicht, und wie ich höre, ist die heutzutage nicht gerade billig, nicht wahr?«

Philly sprang auf. »Harry, das ist obszön! Wie kannst du es wagen, so mit Rosie zu reden!«

Harry duckte sich und mimte den Verängstigten. »Oh, Achtung, die schöne Phil ist auf dem Kriegspfad! Hast ja richtig Mut, kämpfst für deine kleine Schwester! Einen Punkt aufs Haus, Mädchen! Im übrigen möchte ich noch hinzufügen«, er beugte sich vor, »wie wunderbar du aussiehst, wenn du ein bißchen Feuer im Bauch hast, meine Liebe. Ich weiß, daß dein Aussehen dauernd sehr bewundert wird, aber ich persönlich fand es stets ein bißchen saftlos. Aber das hat wahrscheinlich eher mit deinem madonnengleichen Gemüt als mit deiner Physiognomie zu tun. Ja, ein bißchen rechtschaffene Empörung steht dir augezeichnet, bringt ein bißchen Farbe in deine Wangen, Feuer in deine Augen und ich möchte wetten, daß diese strammen kleinen Brüste wie wild unter deiner Spitzenunterwäsche beben, was? Wird ein bißchen heiß und eng da drinnen, nicht wahr? Weißt du was, ich hätte nichts dagegen, mich gleich hier und jetzt über den Tisch zu strecken und sie –«

Was immer Harry vorhatte, ging unter, als eine Faust aus dem Nichts geflogen kam und ihn genau aufs Kinn traf, so daß er und sein Stuhl nach hinten flogen. Er landete mit Getöse auf dem Boden. Miles stand kreischend über ihm.

»Tut mir leid, Leute, ich hätte ihn erst aufstehen lassen sollen.«

»Aber nein, mein Junge«, beruhigte ihn mein Vater. »Die Regeln des Marquis von Queensbury sind mit der Arche Noah aus der Mode gekommen. Auf jeden Fall war das hier längst überfällig. Ich war selbst fast versucht, es zu tun.«

Dad stand auf und ging um den Tisch herum. Er bückte sich, sah hinunter zu Harry, der wie ein riesiger Seestern mit ausgebreiteten Armen und Beinen dalag, die Augen fest geschlossen.

»Guter Schuß«, murmelte er zufrieden. »Sieht aus, als wär er bewußtlos. Durch den Alkohol hatte er natürlich einen guten Vorsprung. Hilf mir mal, Miles. Wir schleifen ihn nach oben, und mit ein bißchen Glück können wir unser Abendessen in Frieden beenden. Ich freu mich schon auf meinen Apple Crumble.«

»Aber sollten wir nicht den Doktor holen?« zwitscherte Mummy. Sie stand über ihm und zerknüllte aufgeregt ihr Taschentuch. »Nimm mal an, der hat eine Gehirnerschütterung.«

»Natürlich sollten wir das nicht«, keifte Daddy. »Und jetzt geh um Himmels willen beiseite, während wir dieses Trumm wegräumen, und wenn ich zurückkomme, Elizabeth, will ich mein verdammtes Dessert!«

Mummy blieb vor Schreck der Mund offenstehen. Dann

klappte er zu. Zu meinem Erstaunen drehte sie sich um und begann hastig, die Teller abzuräumen. Die Männer hoben Harry auf, plazierten seine Arme um ihre Schultern und zerrten ihn so nach oben. Ich sah zu Philly, die neben mir stand. Einen Moment lang dachte ich, sie würde in Tränen ausbrechen, aber dann sah ich, wie ihre Gesichtsmuskeln zuckten. Ich hätte so oder so mitgemacht, aber als die Lachwogen hochbrandeten, war ich machtlos. Ich packte meine Schwester und brach mit ihr gemeinsam in hilfloses, hysterisches Gekicher aus.

8

Traurigerweise dauerte Harrys Gehirnerschütterung keine Woche, sondern nur vierzehn Stunden schweren Schlafes. Gegen zehn Uhr dreißig am nächsten Morgen beglückte er uns bereits wieder mit seiner Anwesenheit. Ich war allein in der Küche und machte gerade Yorkshire Pudding zum Mittagessen, als er hereintaumelte, seinen Paisleymantel verführerisch bis zum Nabel geöffnet. Er kratzte seinen zerzausten Kopf, blinzelte sich den Schlaf aus den Augen und gähnte ausgiebig. An der Unterseite seines Kinns schimmerte ein großer blauer Fleck, den er vorsichtig berührte, als er sich mir näherte.

»Verdammt großer blauer Fleck auf meinem Kinn«, brummte er überrascht. »Weißt du was darüber, Rosie? Wir haben gestern abend nicht etwa rumgemacht, oder? Ich war doch wohl ein bißchen zu beschwipst für solche Fisimatenten.« Er runzelte die Stirn. »Du hast nicht womöglich an meinem Kinn genuckelt, oder?«

Ich biß die Zähne zusammen. »Warum in aller Welt sollte ich das tun wollen?«

»Na ja, du weißt schon, um Liebesbisse zu üben oder so was. Nachdem du jetzt mit Minderjährigen verkehrst und so.«

»Nein, Harry, ich war es nicht. Du hast dir diesen blauen Fleck nach einer Reihe von Charaktermordversuchen an verschiedenen Mitgliedern meiner Familie verdient. Miles hat dir gestern abend beim Dinner einen Kinnhaken verpaßt.«

Sein Blick klärte sich. Erinnerung brandete zurück. »Ah, ja, richtig. Jetzt weiß ich's wieder. Hatte ein paar Kaltgetränke zuviel, was? Hatte einen schlimmen Anfall von Ehrlichkeit. Bin wahrscheinlich in Ungnade. Tut mir leid.«

»Ist kein Problem, Harry, weil ich dich nämlich in exakt vierundzwanzig Stunden verlassen werde. Meine Koffer packen werde und sie, Ivo, die Hamster und das schwarz-weiße Meerschweinchen in den Volvo laden werde, sobald du in dein Montagmorgen-Taxi gefallen und zum Club zum Lunch mit Boffy abgezogen bist.«

»Es tut mir wirklich leid, Rosie-posy.«

Ich drehte mich um. Er hatte mich eine Ewigkeit nicht mehr Rosi-posy genannt. In seinen Augen bemerkte ich noch etwas, was ich schon eine Ewigkeit nicht mehr entdeckt hatte. Einen Tropfen Demut. Ein Quentchen Schuldbewußtsein. Sogar eine sehr kleine Bitte um Verzeihung. Ich schluckte.

»Ist schon okay, Harry. Aber du warst wirklich total über den Jordan, weißt du.«

»Ich weiß.«

Es gab eine Pause. Er füllte den Teekesssel und stellte ihn auf den Ofen. Der Teig war jetzt fertig, aber ich rührte emsig weiter. Ich wußte, daß er hinter mir herumschlich, spürte, daß er noch etwas zu sagen hatte. Er räusperte sich.

»Rosie?«

»Hmm?«

»Ich hab nachgedacht. Warum fahren wir nicht in Urlaub oder so was. Nur wir beide, lassen Ivo bei deinen Eltern. Wir waren seit unserer Hochzeitsreise nicht mehr zusammen weg, und es würde uns beiden sehr guttun.«

Ich seufzte schwer.

»Du sagst immer, wir sollten ohne den ganzen Anhang wegfahren, ohne Boffy und Charlotte und den Rest der Leute. Schön, warum nicht? Wir könnten nach Schottland fahren oder – nein, noch besser, zur Abwechslung irgendwohin fahren, wo es *dir* gefällt, weg von den Mücken und dem Heidekraut und der langweiligen alten Jagd, irgendwo wo es heiß ist – oh, ich weiß nicht, Spanien, Mallorca. Ein bißchen einen draufmachen. Das würde dir doch gefallen, nicht wahr?«

Ich mußte lächeln. Das war Harrys Vorstellung davon, mir eine Freude zu machen. Es war nur schon so lange her, daß er es versucht hatte, daß er nicht mehr wußte, was mir gefiel. Offensichtlich dachte er, ein neuer Hut und ein paar Kalamaris würden Wunder wirken.

»Harry, es hat keinen Sinn», sagte ich leise. »Ich hab's dir gesagt. Ich hab meine Entscheidung getroffen.«

Schweigen herrschte. Ich dachte, er würde wieder in seine übliche giftige Polemik zurückverfallen. Damit konnte ich viel leichter umgehen, als mit diesen winselnden Beschwichtigungsversuchen. Aber er tat es nicht.

»Gib mich nicht auf, Rosie.«

Mir stockte der Atem. Das war ein Amoklauf winselnder Beschwichtigungsversuche. Und ich konnte verstehen, warum. Ich meine, wenn alles gesagt und getan war und die Scheidungspapiere auf seinem Fußabstreifer lagen, wer sonst würde ihn noch wollen? Wer sonst würde sich mit ihm abgeben?

Er lachte, ein hohles Lachen. »Ich meine, sein wir doch mal ehrlich, wer sonst würde einen alten Knacker wie mich noch nehmen?«

Fast hätte ich mich umgedreht, aber ich schaffte es, mich zu bremsen. Ich wollte ihm nicht in die Augen sehen. Selbst Harry hatte die Fähigkeit, sich, wenn auch nicht liebenswert, so doch verletzlich zu geben, und das war etwas, was ich momentan nicht sehen wollte.

Er kam um die Frühstücksbar herum, zwang mich, ihn anzusehen. »Wir könnten noch mal von vorne anfangen«, drängte er, »ich könnte mich ändern, wirklich. Die Trinkerei aufgeben, dir ein richtiger Ehemann sein, und das mit dem Job war mein Ernst. Ich weiß, ich hab gestern abend eine Menge dummes Zeug geredet, aber der Job war mein Ernst. Ich werde in die City gehen, ehrliche Brötchen verdienen. Und ich bin sicher, du kannst diesen albernen Teenager ganz vergessen, nicht wahr? Vergessen, was er dir vorgegaukelt hat. Dir den Kopf mit Lügen vollgestopft. Komm schon, Rosie, laß ihn nicht zwischen uns kommen.«

Ich sah von meinem Teig hoch. »Harry, es tut mir leid, aber ich ändere meine Meinung nicht. Ich gehe. Ich verlasse dich, und das hat nicht das geringste mit jemand anderem zu tun. Ich will nur die Scheidung. Mehr nicht.« Ich sah ihm direkt in die Augen, klammerte mich aber heftig an meine gläserne Mixschüssel und merkte, wie die Blasen im Teig eine nach der anderen platzten. Sein Blick wurde hart.

»Tatsächlich, ist es das, bei Zeus?« sagte er langsam.

»Schön, schön, schön. Schau, wie roh und bestimmt du sein kannst. Ganz die kleine harte Nuß auf einmal, was?« Er lächelte düster. »Tja, das werden wir bald sehen. Wir werden sehen, wer hier die härteste Nuß ist. In der Zwischenzeit ist es wohl zuviel verlangt, dich zu bitten, mir Frühstück zu machen? Ich meine, technisch gesehen bin ich ja immer noch dein Mann, egal wie zuwider dir das sein mag.«

Ich seufzte erleichtert auf. Dem Himmel sei Dank für Harrys leeren Magen. Dem Himmel sei Dank für seine Prioritäten.

»Das ist kein Problem«, sagte ich zuckersüß und griff nach der Bratpfanne. »Ein oder zwei Eier?«

»Zwei, und nachdem ich nicht daran denke, mit leerem Magen in den Krieg zu ziehen, werde ich mich für einen Moment in den Garten zurückziehen, um ein paar Pilze zu den Eiern zu sammeln.«

»Schön zu sehen, daß du den Appetit nicht verloren hast, Harry.«

»Oh, da braucht es schon mehr als einen Schuß vor den Bug von dir, damit das passiert. Du weißt nicht, worauf du dich da eingelassen hast, Rosie.«

Und mit dieser Leg-dich-nicht-mit-mir-an-Botschaft drehte er sich um und stolzierte hinaus in Richtung Gartenende, wo Wälder auf Felder trafen und selbst zu dieser Jahreszeit wilde Champignons in Hülle und Fülle wuchsen. Ich ging zum Fenster über dem Spülstein und sah ihm nach. Er hastete über den Rasen, seine Schlappen schluckten das nasse Gras, sein Morgenmantel flatterte um seine Knie, sein Hintern schwappte hin und her, ein großer Mann in Eile. Trotz Harrys angeblicher Liebe zum Land, zeigte er nur Begeisterung, wenn er sich nach draußen begab, um Nahrung für seinen Bauch zu jagen. Sei es Moorhuhn, Lachs oder Pilze, die große Wildnis war nur ein Mittel zum großen Herd und von da in seinen Bauch.

Während er so voranhastete, kamen mein Vater und Miles den Abhang des Gartens hoch, auf ihn zu, ganz vertieft in ein Gespräch. Ich hielt den Atem an und fragte mich, wie diese kleine Begegnung verlaufen würde. Doch im Vorbeigehen begrüßten sich die beiden mit einem kurzen, aber nicht direkt feindseligen Kopfnicken. Ich drehte mich um und wandte mich wieder dem Yorkshirepudding zu, goß ihn in eine Reine. Die Vordertür klickte, als Daddy und Miles hereinkamen. Ich hörte, wie sie leise über Fruchtwechsel oder niederschlagsarme Erträge diskutierten oder irgendein anderes lebenswichtiges Thema. Durch die offene Küchentür sah ich, wie sie in den Salon gingen, wo Mummy und Philly mit den Kindern auf dem Boden knieten und ihnen zeigten, wie man aus dem Wirtschaftsteil der *Sunday Times* Püppchenketten schneiden konnte. Ich lächelte. In unserem Haus hatte schon immer eine starke sexistische Demarkationslinie bestanden, die Männer hatten sich zusammengetan, um irgend etwas Macho-Gerechtes zu machen – wie Radkappen polieren und Gullys säubern –, während die Frauen Kuchen backten. Mir kam der Gedanke, daß Harry eigentlich nie so richtig in eines dieser Lager gepaßt hatte, nachdem er zu faul war, Gullys zu säubern und auch zu faul, um Kuchen zu backen.

Er kam ein paar Minuten später zurück, heftig schnaufend von der ungewohnten Anstrengung, mit seiner Beute an den Bauch gepreßt – zwei riesige Handvoll wunderbar frischer Pilze. Gerade, als er sie auf den Küchentsich fallen ließ, kam mein Vater herein.

»Ah, Harry, du bist auf. Nichts für ungut, hoffe ich?«

»Aber nein, Gordon, nur ein angekratztes Ego und eine ernstgemeinte Entschuldigung. Weiß nicht, was in mich gefahren ist.«

»Der Großteil einer Flasche Whisky, kann ich mir vorstellen. Apropos Whisky, ich wollte mir gerade einen genehmigen.«

Ich warf einen Blick auf die Uhr. »Es ist erst Viertel vor Zwölf, Dad.«

»Na, dann bin ich eben fünfzehn Minuten zu früh dran, aber das ist mein Haus, und ich brauche einen Drink, also nehm ich einen. Wie ich sehe, willst du gerade frühstücken, Harry, also werde ich dir keinen anbieten.«

Harry sah ihm nach, hin und her gerissen zwischen zwei Leidenschaften, wie ein kleiner Junge, der den Vorspann zu seinem Lieblingsfernsehprogramm sieht, während man ihm sagt, daß ein Ausflug in den Zoo zur Wahl steht, aber nur, wenn er sofort mitgeht. Der Schnaps gewann.

»Schau bitte die Pilze für mich durch, Rosie, altes Mädchen, und dann brat sie kurz an. Wär doch unhöflich, deinen lieben alten Papa allein trinken zu lassen. Ich bin gleich wieder da.«

Er wieselte hinter Daddy her. Ich grinste. Ich wußte genau wie Harry, daß es in diesem Haus jetzt oder nie hieß. Nachdem er Harrys Vorliebe für Exzesse kannte, wachte Daddy mit strengem Auge über den Schnapstrank, und ich glaube, Harry hatte sich nie von einem Vorfall am Beginn unserer Ehe erholt. Er war zu Daddys Karaffe geschlendert, mit einem leeren Glas in der Hand und hatte lässig gesagt: »Wäre es sehr unverschämt, wenn ich mich selbst bediene, Gordon?« Worauf Daddy mit sanfter Stimme geantwortet hatte: »Ja, ich glaube, das wäre es, Harry.« Selbst Harry mit seiner Thermo-Sensibilität hatte nicht die Chuzpe gehabt, das zu ignorieren.

Ich schlug Eier in die Pfanne und stocherte lustlos mit dem Spatel darin herum. Von jetzt an würde alles unglaublich bösartig werden. Harry würde mich definitiv nicht so einfach gehen lassen. Scheiße, Scheiße, Scheiße. Ich seufzte und schaute die Pilze durch, sah mir die Lamellen an. Durch schieren Zufall wuchsen hier die sensationellsten Wildpilze, aber einige waren doch ein bißchen zu sensationell, und man mußte sie genau überprüfen. Es hatte da einen legendären Tag gegeben, als Mummy eine Suppe aus wilden Pilzen zum Abendessen gemacht hatte. Am nächsten Morgen waren wir alle baß erstaunt über die Lüsternheit unserer Träume nach unten gekommen. Am Frühstückstisch hatten wir leise, ehrfurchtsvoll Geschichten von Orgien, Eseln, Negersklaven, Satsumas ausgetauscht – oh, alles war an den Tag gekommen und endete schließlich mit großem Gekicher, besonders nachdem Mummy ständig wiederholte: »Aber was in aller Welt hab ich mit all diesen nackten Zwergen *getan?*«

Das war zwar sehr amüsant gewesen, aber es bestand dauernd die Chance, daß man etwas pflückte, was ein bißchen mehr als nur halluzinogen war. Und nachdem ich irgendwann in meiner fernen Kochvergangenheit einmal einen Kurs mit Antonio Carlucci, dem »Supremo Mykologen«, absolviert hatte, war es meine Aufgabe, dafür zu sorgen, daß sich keine lebensbedrohlichen Sporen einschlichen.

Die heutige Beute hatte leider nichts dergleichen zu bieten, und ich stocherte traurig darin herum. Lauter ganz gewöhnliche Exemplare – ein paar Steinpilze, ein paar Pfifferlinge und ein oder zwei andere Sorten, aber nichts, was dafür sorgen würde, daß Harry würgte, lila anlief, sich an den Hals faßte, »Gift!« keuchte und auf dem Boden zusammenbrach; unglücklicherweise. Ich ließ die Pfanne auf niedriger Flamme und wanderte hinaus in die Eingangshalle, wo sich der Schnapsschrank unter der Treppe befand. Nachdem mir kein Embargo auferlegt war, nahm ich mir einen kräftigen Gin Tonic. Ich setzte mich einen Moment auf die unterste Treppe und ließ das Eis kreisen, gab mich meinen Fantasien hin. Ja, wäre das nicht wundervoll, überlegte ich verträumt. Ein gefährlicher Pilz. Mit keinem bekannten Gegengift. Ein paar Tage auf der Intensivstation, ein kurzes Koma, dann – Lichter aus. Zieht den Vorhang ums Bett zu. Ich lächelte und nippte an meinem Drink. Wie herrlich das wäre. Keine Scheidung, keine Verhandlung, kein Tauziehen um Ivo. Es wäre wesentlich weniger schmutzig, unendlich endgültiger und im großen und ganzen wesentlich befriedigender.

Und wenn nicht ein Pilz, ja warum nicht etwas anderes? Wie meine dreijährigen Recherchen gezeigt hatten, existierten heutzutage etliche andere Möglichkeiten zu sterben. Ich gab mich glücklich einer meiner alten Fantasien hin – der mit dem Auto mit den fehlerhaften Bremsen, der gefährlichen Küstenstraße – AAAaargh – die See. »Er war sofort tot, Mrs. Meadows«, würde mich der Gerichtsmediziner mit mitfühlendem Blick durch seine Halbbrille beschwichtigen, während ich aschfahl, in schwarzem Kostüm im Gericht saß. »Er hat sicher überhaupt nichts gespürt.« Ich würde kummervoll nicken, Ivos winzige Hand fest in meine nehmen und mit gebeugtem Haupt durch ein Spalier mitfühlender Verwandter schreiten. Ich würde ins Auto steigen und dabei die Beileidsbezeugungen der Trauergäste entgegennehmen, langsam die Straße hinunterfahren und dann um die nächste Kurve verschwinden. JUUHUUU! Runter mit dem schwarzen Hut, das blonde Haar befreit schütteln, und dann würde ich zum Entzücken von Ivo, der aufgeregt neben mir auf und ab hopste, das Gaspedal durchtreten und – mit »Born to be wild« in voller Lautstärke aus der Autoanlage plärrend – über den Horizont davonrauschen. Ich seufzte. Himmlisch.

Ich lutschte nachdenklich an einem Eiswürfel. Das Problem mit diesem speziellen Szenario war, daß es sehr davon abhing, daß die verschiedensten Komponenten zusammentrafen, wie schlechte Bremsen und eine Klippenstraße. Und nachdem Harrys Wagen in bester Verfassung war und wir weit weg vom Meer wohnten, schien das ziemlich unwahrscheinlich. Aber es gab doch auch verschiedene Vernichtungsmethoden, die man zu Hause anwenden könnte, nicht wahr? Wie wär's denn mit einem Gasleck? In der Meryton Road? Wenn Ivo, das Meerschweinchen und ich uns sicher aus der Hintertür schleichen und Harry oben zurücklassen würden, horizontal auf seinem Sofa – auf jeden Fall schon komatös, also nur halbwegs da –, in seiner üblichen *Après-dejeuner*-Stellung? Er würde überhaupt nichts spüren, nicht wahr? Einfach sanft dahinschlafen, friedlich explodiert in die nächste Welt. Nur leider hatten wir kein Gas. Ah, ich kaute nachdenklich an einem Stück Zitrone. Verflucht, es mußte was anderes her! Wir wärs mit einem hochstehenden Pflasterstein vor seinem Club in St. James? Er kommt heraus, angetütert wie immer, stolpert über den Brocken, knallt mit den Kopf auf den Gehsteig und fällt auf der Stelle in ein unheilbares Koma? Oder, okay, angenommen da ist kein praktischerweise aufgerissener Gehsteig – wie wär's, wenn er dann einfach die Clubtreppe hinunterstürzt, sich das Knie aufschneidet, Blutvergiftung kriegt, sich das Bein abschneiden läßt, wenig später das andere, und nach und nach alle Teile, die irgendwie damit verbunden sind, bis nichts mehr zum Wegschneiden da ist? Oder wie wär's – verdammt noch mal, Rosie, was um Himmels willen hast du dir eingepfiffen? Ich blinzelte und sah meinen Drink an. Erstaunlich, was ein großzügiger Schluck Gin am späten Morgen mit der Fantasie anrichtet.

Ich runzelte die Stirn. Nein, nein, das war alles viel zu weit hergeholt. Um diesen Job richtig zu erledigen, bedurfte es etwas wesentlich Raffinierterem und Glaubhafterem. Seine Ernährung zum Beispiel. Das letzte Mal, als Harry seinen Doktor besucht hatte, hatte man ihm gesagt, wenn er weiterhin soviel essen und trinken würde wie bisher, wäre er in fünf Jahren tot. Versprechungen, nichts als leere Versprechungen, hatte ich damals verbittert gedacht. Aber was, wenn es stimmte? Und wie wäre es, wenn wir diesen Prozeß ein bißchen beschleunigen würden? Wie wäre es, wenn ich ihm nicht einfach Eier zum Frühstück geben würde, sondern Eier Benedict, mit einer Flasche Port, einer Schachtel Marlboro und einem Bananen-Karamelkuchen mit Sahne zum Nachtisch? Das müßte ihn doch innerhalb eines Jahres geschafft haben, oder? Ich zögerte. Trotz aller Versicherungen des guten Doktors würde es mehr als nur Sahnesaucen und ein paar Kippen bedürfen, um Harry zum Exitus zu verleiten. Ich sah es direkt vor mir, wie er immer kolossaler wurde, so riesig, daß er das Haus ausfüllte und Zigarettenrauch und Portdämpfe aus jeder Öffnung rülpste, ein gräßlicher Vorort-Caliban, so daß ich mir am Ende vermutlich lieber selbst die Kehle durchschneiden würde.

Also blieben nur noch die Pilze. Ich starrte in mein fast leeres Glas. Runzelte die Stirn. Was, ist das dein Ernst, Rosie? Du meinst, schnell in den Wald huschen, einen von diesen Grüngelben pflücken, die du immer schon ein bißchen verdächtig fandest, dich zurückschleichen und ihn mit in die Pfanne werfen? Na ja, warum nicht? Wer in aller Welt sollte darauf kommen? Wer in aller Welt sollte dich verdächtigen? Ich meine, Harry hatte die Dinger selbst gesammelt, nicht wahr? Damit hattest du überhaupt nichts zu tun, und nur du und er wissen, daß er dich gebeten hat, sie durchzusehen. Bei diesem Gespräch war kein anderer dabei, und nachdem er keinen Widerspruch mehr leisten kann – was in aller Welt hast du dann zu verlieren?

Mein Herz begann wild zu hämmern. Stell dir das vor, Rosie. Keine Gerichtsverhandlung. Keine Schmutzkampagne. Keine gräßlichen Angriffe auf deinen Charakter als unfähige Mutter. Kein Kummer für Ivo. Kein gräßlicher Kummer für mich. Ich starrte hinunter auf das Eis, das langsam unten in meinem Glas schmolz. Dann warf ich einen Blick nach nebenan, Mummy unterhielt sich laut und angeberisch mit jemandem am Telefon, wahrscheinlich mit Marjorie. Daddy und Miles saßen beide im Sessel, versteckt hinter Zeitungen. Philly spielte mit den Kindern auf dem Boden und zeigte ihnen, wie man runde Unterteller malt. Harry stand am Kamin. Er hatte mir den Rücken zugedreht und schluckte genüßlich seinen Whisky, nach wie vor im Morgenmantel, einen Arm ausgestreckt und auf den Kaminsims gestützt. Er glotzte versunken in die Flammen. Es wäre ein Kinderspiel, sich umbemerkt hinauszuschleichen. Ein bißchen zu ernten. Und ich wäre in Sekundenschnelle zurück, um alles zu braten. Langsam, sehr langsam. Ich stand auf. Mit einemmal wirbelte Harry herum. Er krallte sich wie Stacheldraht in meinen Blick.

»Ist mein Frühstück noch nicht fertig?«

Ich errötete, zuckte schuldbewußt zusammen und goß dabei

den Rest meines Drinks über meinen Rock. »Oh! Ja, wahrscheinlich. Tut mir leid, ich geh und schau nach.«

»Nein, laß nur, ich geh selbst.« Er stellte seinen Whisky ab und funkelte mich wütend an. »Du lieber Himmel, Rosie, es wird Zeit zum Mittagessen sein, bevor du in die Gänge kommst.«

Philly hob den Kopf und warf mir einen empörten Blick zu, aber ich war froh, daß er ging. Froh, daß er die Geschichte mit der Bratpfanne selbst regelte. Ich bürstete meinen nassen Rock und merkte, daß meine Hand zitterte. Bevor ich zu den anderen in den Salon ging, blieb ich einen Moment stehen und klammerte mich ans Treppengeländer. Mir war wirklich etwas wackelig zumute. Ich berührte meine Stirn. Sie war feucht, wahrscheinlich nicht erstaunlich, bei diesen mordlüsternen Plänen, die ich für meinen Mann hegte.

9

Natürlich brachte ich ihn nicht um. Aber am nächsten Morgen erwachte ich in London mit einer Mischung aus Erregung, Schuldgefühlen und Angst. Denn heute war der Tag für die sanftere Option. Heute war Montag, und ich würde gehen. Ich mußte nur darauf warten, daß Harry das Haus verließ, um in den Club zu gehen und dann ein paar Minuten später rasch seinem Beispiel folgen, aber in die andere Richtung. Oh, er wußte natürlich, daß ich gehen würde. Harry ist ein Narr, aber kein kompletter Narr. Was er nicht wußte, war, daß ich heute das Schiff verlassen würde.

Oder wußte er es doch? Während er morgens im Pyjama in der Küche hockte, konnte ich spüren, daß er mich dabei beobachtete, wie ich seine übliche Schweinehälfte zum Frühstück briet. Vielleicht lag es an der Art, wie meine Hand leise zitterte, als ich den Speck auf seinen Teller gleiten ließ. Was immer es war, ich spürte, daß er mißtrauisch war. Er stocherte lustlos mit der Gabel im Speck und ließ mich nicht aus den Augen.

»Ich hab keinen Hunger«, verkündete er plötzlich und schob seinen Teller mürrisch beiseite.

Das war natürlich höchst ungewöhnlich, und Harry wußte das.

»Ach, tatsächlich?«, sagte ich nervös. »Was fehlt dir denn?«

»Ich weiß es nicht, mir ist nur nicht gut heute morgen.« Er warf mir einen mitleidheischenden Blick zu. »Ehrlich gesagt, ich fühl mich wirklich elend.«

»Oh, na ja, was soll's.« Ich nahm seinen Teller, schaufelte den Speck schuldbewußt in den Abfall und drehte ihm den Rücken zu, damit er nicht sah, daß ich rot anlief. Mit einemmal hatte ich einen furchtbaren Gedanken. Ich starrte wie gebannt in den Müll.

»Glaubst du, du schaffst es heute zum Lunch in den Club?«

»Natürlich«, sagte er ärgerlich. Dann erinnerte er sich. »Also, ich denke schon. Ich werde sehen, wie ich mich fühle.«

Ich richtete mich vom Abfalleimer auf und drehte mich zu ihm. »Ich bin mir sicher, du wirst zurechtkommen, Harry«, sagte ich sanft. »Ganz bestimmt.«

Ich meinte das auch. Ich glaubte ehrlich daran, daß Harry, wenn er sich eine Haushälterin einstellte, die ich ihm schon früher so dringend nahegelegt hatte, er nicht einmal merken würde, daß ich fort war. Solange jemand da war, der seine Mahlzeiten kochte, das Haus saubermachte und seine Hemden bügelte, würde sich sein Leben, soweit ich sehen konnte, nicht ändern. Wenn sie dann auch noch alle Jubeljahre einmal geneigt wäre, eine horizontale Position einzunehmen, glaubte ich nicht, daß es ihm fehlen würde. In letzter Zeit hatten wir es ohnehin nur aus irgendeinem trostlosen Pflichtgefühl heraus getan, ein unausgesprochenes: »Oh, komm schon, je eher wir damit anfangen, desto eher ist es vorbei«, wie Dame Edna sagen würde. Nein, Harry würde mich wirklich nicht vermissen. Er war für die Ehe ungeeignet zur Welt gekommen, und das würde er in dem Moment, in dem ich weg war, erkennen. Noch dazu würde er nicht einmal wieder heiraten müssen, er hätte die Würde eines coolen Geschiedenen und wäre kein alternder Softie, der verzweifelt auf der Suche nach einer Frau herumstreifte. Er könnte sagen, er hätte all seine Pflichten erfüllt und sogar den Sohn und Erben gezeugt. Was sollte es jetzt Besseres geben, als zu seinem Junggesellenleben zurückzukehren, für das er seit seiner Geburt geeignet war? Man denke nur an all die Dinnerpartys, zu denen er als »Extra-Mann« eingeladen werden würde, man denke nur an die Eifersucht, die er in Männern mit seiner Einstellung auslösen würde, die nur zu gerne Ehehälften für Golfferien oder Jagdwochenenden loswerden würden. O ja, ich tat ihm einen riesigen Gefallen, wenn er das nur einsehen wollte.

Bis zu den Ellbogen im Abwaschwasser beobachtete ich aus dem Augenwinkel, wie er von seinem Stuhl aufstand. Er hielt sich eine Sekunde an der Stuhllehne fest, produzierte ein Stöhnen und warf mir einen herzzerreißenden Blick zu.

»Ich glaube, ich gehe mich ein bißchen hinlegen.«

Sonst noch was Neues? »Okay, Harry.«

»Ich fühl mich wirklich nicht sehr gut.« Nur für den Fall, daß ich es nicht mitgekriegt haben sollte.

»Wird schon. Soll ich dich aufwecken, wenn es Zeit ist, zum Lunch zu fahren?«

»Natürlich!« Ah, wieder zu schnell, siehst, viel zu schnell. Ich unterdrückte ein Grinsen.

»Bis später dann.«

»Okay.«

Er schlurfte tapfer los in Richtung Arbeitszimmer. Sobald er die Tür hinter sich geschlosen hatte, trat ich in Aktion. Ich riß eine Plastiktüte aus der Schublade und mopste rasch ein paar Sachen aus dem Schrank unter der Spüle – Schwammtücher, Spülmittel, Domestos und so weiter. Ich wollte Harry nicht ausräumen, aber ich wollte auch nicht ohne ein paar notwendige Dinge im Cottage ankommen. Dann schnallte ich Ivo aus seinem Kinderstuhl, wischte den Stuhl ab und klappte ihn leise zusammen, bereit, ihn heimlich zum Eingang zu bringen und von da mit dem Rest meiner Habseligkeiten in den Wagen. Ich sah mich um. Und, was jetzt noch? Komischerweise hatte ich das Bedürfnis, das Haus von oben bis unten zu schrubben. Das sagt wohl weniger etwas über mich aus als über die rituellen Ketten weiblicher Versklavung und so weiter. Aber glücklicherweise widerstand ich dieser Versuchung – schüttelte die Ketten mit einem kleinen Hüftschwung ab – und machte mich daran, Koffer und Schachteln aus dem Keller hochzuwuchten. Leise, verstohlen, füllte ich sie mit meiner und Ivos Kleidung und Bettzeug, schlich auf Zehenspitzen von Zimmer zu Zimmer, zog leise Schubladen auf und zu und stapelte dann alles im Keller bis zur Stunde X. Ich schnappte mir einen schwarzen Müllsack und stahl mich wie ein Einbrecher durchs Haus, nahm sehr wenig, aber wählte weise. Hier ein Büchsenöffner, da einen Fön, eine Uhr hier, ein Radio da, ein Päckchen Klorollen, ein Glas Marmelade. Während ich plünderte und mopste, wunderte mich, wie einfach meine Bedürfnisse geworden waren. Als ich kurz nach meiner Verlobung durch den großen Peter-Jones-Laden marschierte, mit der Hochzeitsliste in der Hand, hatte ich mit überzeugter Stimme verkündet, daß ich unmöglich ohne ein gewisses Paar dreiarmiger Porzellan-Kerzenleuchter mit Schmetterlingen bemalt *leben* könnte. Jetzt, wo ich ein neues Leben anfing, konnte ich sehen, daß ich ganz locker ohne sie leben könnte. Ich brach in ein neues Leben auf, und die Torpfosten verrutschten irgendwie. Ein bißchen Deo, das ich mir unter den Arm sprühen konnte, war wichtiger als feines Porzellan.

Möbel nahm ich keine mit, hauptsächlich, weil sie Harry gehörten, aber vor allem auch, weil ich sie von Anfang an gehaßt hatte. Die Stücke waren meist aus Eiche und besaßen gedrechselte Beine. Ein paar Hochzeitsgeschenke packte ich allerdings ein: eine hübsche Tuschezeichnung, die Philly und Miles uns geschenkt hatten, einen Patchwork Quilt, den Alice gemacht hatte, mit der Begründung, daß meine Freunde oder Familie sie geschenkt und Harry sie ohnehin nie gemocht hatte. Er hatte mit einem verächtlichen Schniefer Phillys Geschenk als »naiv« und Alices als »kunstgewerblich« abgetan. Also konnte ich nur glauben, daß ich ihm einen Gefallen tat, wenn ich sie aus seinem Sichtfeld nahm.

Schließlich wurde es halb elf, mein Müllsack war voll, und Harry schlief oben immer noch, oder tat zumindest so als ob. Wer weiß, dachte ich, als ich auf der unteren Stufe saß und nervös an meinem Daumennagel nagte, vielleicht liegt er wach da oben, hört zu, wie ich Einbrecher-Ede spiele und plant seine Rache. Ich warf eine prüfenden Blick nach oben. Ich könnte die Gelegenheit wahrnehmen, den Wagen zu beladen – den einen großen Luxusgegenstand, ohne den ich nicht gehen würde – und dabei nur hoffen, daß er nicht in letzter Sekunde brüllend herausstürmen würde mit Onkel Bertrams napoleonischem Schwert in der Hand und mich gewaltsam an den Haaren zurückschleifen, vor allen Nachbarn. Oder ich könnte, vernünftiger und stoischer, einfach abwarten, bis er sich regte. Mit einemmal hatte ich eine Idee. Ich nahm das Telefon, wählte eine Nummer, und als ich zehn Minuten später einen Wagen vorfahren hörte, preschte ich nach oben in Harrys Zimmer. Er lag laut schnarchend auf seinem Sofa.

»Harry! Harry!« Ich rüttelte sein Schulter. »Dein Taxi ist hier.«

»Hmmm? Welches Taxi?« Er schlug die Augen auf und spähte verschlafen zu mir hoch.

»Das, das ich dir bestellt habe. Ich dachte, du solltest nicht fahren, weil du dich nicht gut fühlst. Es steht draußen und wartet darauf, dich in den Club zu bringen.«

Die Erwähnung des Clubs belebte ihn ein bißchen, und als er aufstand, gelang es mir, ihn in seine Jacke und Krawatte zu gießen und ihn nach unten zu führen. Ich stützte ihn mit einer Hand, während ich die Tür mit der anderen öffnete, und flüsterte die ganze Zeit Zauberworte wie »Boffy«, »Lammkoteletts«, »großer Gin«, »noch einen großen Gin«, um ihn unterschwellig für das Taxi am Ende des Wegs zu konditionieren. Er ging brav mit, sehr benommen, immer noch halb im Schlaf, aber er ging. Ich öffnete die Taxitür, manövrierte ihn ins Taxi, gab dem Fahrer Instruktionen, schob Harrys Brieftasche in seine Tasche und winkte ihm nach wie einem kleinen Heimatvertriebenen.

Als ich dem Taxi nachsah, wie es außer Sichtweite verschwand, drohte ein breites Grinsen mein Gesicht zu spalten. Es war wirklich schwer, der Versuchung zu widerstehen, in die Luft zu boxen und »JA« zu schreien. Aber es gelang mir zu widerstehen. Statt dessen rannte ich stumm ins Haus und nahm das Telefon.

»Alice? Ich bin's. Hör mal, ich hab alles gepackt und will gleich aufbrechen!« Diesmal war es unmöglich, die Erregung in meiner Stimme zu unterdrücken.

»Brillant!« quiekte sie. »Gut für dich, Rosie, du hast es geschafft, du hast den ersten Schritt in die Freiheit getan, du hast ein Holzpferd! Gott, wie aufregend! Ich komme mir vor wie ein Mitglied des Colditz-Fluchtkomitees, so ähnlich wie dieser dubiose kleine Mann, der immer die Papiere gefälscht hat und Zivilkleidung aus alten Unterhosen gemacht hat.«

»Ja, also, vergiß die Unterhosen, wie wär's, wenn du mich mit einem Schlüssel ausstattest? Oder mußt du wieder im Haus anrufen und den reizbaren Bildhauer stören?«

»O nein, ich hab einen hier, komm vorbei und – Oh! Mist!«

»Was?«

»Gerade ist es mir wieder eingefallen. Michael hat ihn, verflucht soll er sein. Er ist heute unten in Cheltenham, und er nimmt ihn jedesmal mit, nur für den Fall, daß er kein Hotelzimmer kriegen kann. Warte, noch besser, er kann dich im Cottage treffen und dir beim Einziehen helfen.«

»Oh, nein, Alice, das kann ich unmöglich verlangen, er wird sehr beschäftigt sein. Ehrlich, ich schaff das, wenn ich ihn vielleicht in Cheltenham abholen könnte, oder –«

»Unsinn«, sagte sie forsch. »Er ist nie so beschäftigt, und du wirst zu seiner Mittagspause ankommen. Ich werd ihn gleich anrufen und ihm sagen, er soll dich – wann, halb zwei? – treffen. Wenn du jetzt losfährst.«

»Ja, ich denke schon«, sagte ich zweifelnd, »aber wird es ihm nichts ausmachen?«

»Natürlich nicht. Er geht doch nur in den Pub und überhaupt, wie willst du allein auspacken, ein Kleinkind jagen, das Wasser andrehen und alles andere?«

»Also gut. Danke, Alice.«

Ich legte auf und dachte, daß sie irgendwie recht hatte. Aber trotzdem war es mir nicht ganz wohl dabei, daß mein erster großer Ausflug in die große böse Welt ohne einen Mann an meiner Seite damit begann, daß ich die Dienste eines anderen in Anspruch nahm.

Ich kritzelte nervös auf dem Block neben dem Telefon herum. Jetzt. Einen Brief. An Harry. Fünfzig Möglichkeiten, deinen Liebhaber zu verlassen und all das. Ich lutschte am Ende meines Bleistifts. Mir fielen viele, viele Gründe ein, aber nur wenige Möglichkeiten, es auszudrücken. Lieber Harry, verzeih, aber ich konnte dich nicht mehr ertragen? Verzeih, aber ich hasse dich jetzt endgültig? Tut mir leid, daß du dich als Kreuzung zwischen Pol Pot und Schweinchen Dick erwiesen hast. Am Ende schrieb ich ihm einfach, daß ich gegangen wäre, schrieb die Adresse des Cottages auf, sagte ihm, es gäbe dort kein Telefon, aber ich würde mich bald melden und daß er mich immer über meine Eltern erreichen könnte. Alles Liebe, Rosie.

Mit zitternder Hand faltete ich den Brief, schrieb Harrys Namen darauf und legte ihn aufs Telefon. Plötzlich sah ich nach unten. »Scheiße!« Ivo hatte meine Unaufmerksamkeit genutzt und leise meine Handtasche geleert, auf meinem Führerschein gekritzelt, Paracetamol auf dem Boden verstreut und tat jetzt so, als würde er eins meiner Tampons rauchen. Ich nahm ihn hoch, machte einen kurzen Umweg durch die Speisekammer, um ein Päckchen Bonbons zu holen und lief nach draußen. Ich schnallte ihn und die Bonbonpackung fest in den Wagen, um ihn ruhig zu halten. Dann zerrte ich schnaufend und keuchend die Koffer und Kisten aus dem Keller hoch, packte den Müllsack, den Kinderstuhl und das Reisebettchen und verstaute alles im Wagen, sehr wohl merkend, daß diverse Vorhänge hektisch zuckten.

Fünf Minuten später rannte ich den Weg noch einmal hoch und schloß die Haustür zum allerletztenmal. Mein Herz hämmerte jetzt bis zum Hals, und dann hielt ich unerklärlicherweise inne. Komm schon, Rosie, dachte ich nervös, trödel nicht, vermassel es nicht. Angenommen, der Club ist wegen Renovierung oder so was geschlossen, und er kommt nach Hause! Du willst doch dann hier nicht mit runtergelassenen Hosen in der Tür stehen, oder? Trotzdem zögerte ich noch. Ich schaute hoch zum Haus. Mein Haus. Es hatte keinen Sinn, aber ich mußte sehr schnell mein Gewissen prüfen. Es würde wirklich nur einen Moment dauern. Irgendwelches Bedauern? Ich mußte es wissen. Irgendwelche Meinungsänderungen in letzter Minute? Ich wartete. Nein, dachte ich mit großer Erleichterung, kein Bedauern. Nur eine ganz leichte Wehmut über den Zusammenbruch der alten Ordnung vielleicht. Aber die hatte ich auch empfunden, als ich mein Internat verließ, das ich verabscheut hatte. Ich erinnerte mich, wie ich meinen Schiffskoffer im Schlafsaal gepackt hatte, durch die alten Klassenzimmer gewandert war, hatte einen letzten Blick auf den Turnsaal geworfen, war in die Umkleidekabine gegangen und hatte gedacht, wie seltsam es sein würde, sich nie wieder darin umzuziehen. Natürlich würde da stets ein Gefühl von Verlust sein, aber das rührte eher von einem Gefühl verlorener Zeit her, der Vergänglichkeit der Jugend, weil ich nämlich diesen verfluchten eiskalten Umkleideraum mit dem Gestank reifer Socken und den verfaulenden Fußwarzen anderer Leute haßte, genau wie ich inzwischen das Haus haßte, zu dem ich hochschaute. Ja, ich konnte fast die dreckigen Socken und die Turnschuhe wieder riechen. Ich lächelte befriedigt und ging den Weg hinunter. Ich war bereit. Ich stieg in den Wagen, drehte den Zündschlüssel und machte mich auf aufs Land.

Ich erreichte Pennington um Schlag halb zwei, und als ich langsam durchs Dorf fuhr, sah ich mich interessiert um. Das waren schließlich und endlich jetzt meine neuen Jagdgründe. Es war hübsch, aber nicht übertrieben niedlich, und es war ganz bestimmt kein Bilderbuchdorf. Eher ein ordentliches, funktionelles Dorf, in dem Menschen lebten und einkauften, als eines, in dem Touristen anhielten und glotzten und die Enten auf dem Dorfanger fütterten. Auf einer Seite der Straße war die Post, ein Metzger und ein Pub und auf der anderen ein Gemischtwarenladen, eine kleine angelsächsische Kirche und noch ein Pub. Das war's. Keine Apotheke, wie ich registrierte, und kein Feinkostgeschäft natürlich, dachte ich enttäuscht. Aber wofür in aller Welt brauchst du ein Feinkostgeschäft? Was hatte ich jetzt für einen Bedarf an sonnengetrockneten Tomaten, Graved Lachs und Balsamico? Nein, nein, von jetzt an würde mein Leben windschlüpfrig und sehr natürlich sein. Ich würde all diesen urbanen Müll ausmerzen und mich auf das gute Leben konzentrieren, das ländliche Leben. Mensch, ich könnte sogar mein eigenes Gemüse anbauen – ein paar Hühner halten, vielleicht ein Schwein – nein, kein Schwein. Ich hatte schon mal eins gehabt. Auf jeden Fall würde ich zur Scholle zurückkehren und so weiter. Wer weiß, vielleicht brauchte ich in ein paar Monaten gar keine Läden mehr!

Mit einem wachsenden Gefühl der Erregung bog ich in die kleine Straße neben der Kirche ein, dann steuerte ich um die riesigen steinernen Torpfosten herum, die zu Fairlings Manor führten. Das große Haus sah streng auf mich herab, als ich mich näherte, riesig, gutmütig und ruhig und ohne offensichtliche Lebenszeichen. Obwohl man nie genau wissen konnte, dachte ich nervös, wer einen aus diesen gotischen Fenstern oben beobachtete. Als ich langsam die Einfahrt hochknirschte, trabten drei teuer aussehende, muntere Pferde zum Zaun, um mich zu überprüfen, bogen ihre Hälse und trugen ihre Schwänze hoch wie Banner. Ich hatte sie vorher nicht bemerkt und fragte mich, wem sie gehörten. Joss schien mir irgendwie nicht der Mann, der bei Fuchsjagden mitritt, also gehörten sie vielleicht Annabel. Nicht damit zufrieden, nur schön, talentiert und erfolgreich zu sein, war sie ohne Zweifel auch eine wunderbare Reiterin. Ich fuhr ums Haus herum, hielt Ausschau nach Kindern und Hunden, wie ein kleines Schild von mir verlangte, an den Werkstätten und Scheunen vorbei und parkte vor dem kleinen Stein-Cottage. Mein Cottage, dachte ich mit einem Lächeln.

Und tatsächlich, Michaels Wagen stand gleich um die Ecke. Ich warf einen Blick über meine Schulter. Ivo schlief tief und fest, gemütlich in seinen Schneeanzug gekuschelt. Seine langen

Wimpern streiften seine Wangen, seine Lippen, kirschrot und feucht, waren offen, und eine Hand lag neben seinem Kinn, mit gestrecktem Daumen, so als hätte er daran genuckelt. Ich streichelte seine Wange, aber er regte sich nicht. Ich sah keinen Sinn darin, ihn zu wecken, also ließ ich ihn im Wagen und ging auf das Cottage zu. Michael hatte die Haustür weit offengelassen, also war er vielleicht beim Holzholen. Ich hoffte, daß er es geschafft hatte, ein Feuer zu machen oder wenigstens die Heizung aufzudrehen, falls es eine gab. Es war inzwischen recht kühl geworden.

Michael war es tatsächlich gelungen, den Fernseher in Gang zu bringen, und er lümmelte auf dem erschöpften alten Sofa und schaute Fußball, im Mantel, Fernbedienung in der Hand. Es gelang ihm aber gerade noch, sich lozureißen, als ich hereinkam, mich anzugrinsen und mir liebenswert, wie er glaubte, zuzuzwinkern.

»Das ist doch wunderbar, Rosie. Ich hab schon gedacht, ich würde das Spiel verpassen!«

»Schön, daß ich zu Diensten sein konnte«, sagte ich und sah mich um. Der Teppich war voller Blätter, die durch die offene Tür hereingeflogen waren, nachdem er es wahrscheinlich in seiner Hast, sich auf das Sofa zu werfen, nicht geschafft hatte, sie zuzumachen. Es war eisig kalt.

»Glaubst du, du hättest vielleicht die Tür zumachen können?«

»Schien mir nicht besonders sinnvoll. Hier drin ist's genauso kalt wie draußen, und natürlich gibt's keine Heizung, also – oooh! *Wie konnte er den verfehlen!*« brüllte er und hielt sich verzweifelt den Kopf, als ein Schuß meterweit über das Tor flog.

Ich seufzte und wandte mich zurück zum Auto. Michael war unbestreitbar amüsant, aber vollkommen nutzlos, und ich fragte mich manchmal, wie Alice ihn ertrug. Mir kam der Gedanke, daß es herzlich wenig Männer in meinem Bekanntenkreis – und damit meinte ich die Ehemänner meiner Freundinnen – gab, die mir überhaupt gefielen. Und ganz bestimmt war keiner darunter, den ich als Ehemann wollte. Das war irgendwie tröstlich, und ich machte mich fröhlich daran, meine Koffer und Kisten hereinzutragen und sie direkt neben die Eingangstür zu stellen. Nach einer Weile wurde es ziemlich eng, besonders, nachdem Michael genau das besetzt hielt, was ein hervorragender Ablageplatz gewesen wäre.

»Diese zwei Kisten müssen nach oben, aber ich werde sie erst einmal hierlassen, sie sind ein bißchen schwer«, sagte ich laut.

»Okay. Oh, komm *schon,* Guscott, du Riesenschwuchtel!«

Schließlich packte ich den ganzen Wagen alleine aus, glücklicherweise schlief Ivo die ganze Zeit weiter. Ich war auf halbem Weg nach oben mit einer halben Tonne Bettzeug im Arm, als der Schlußpfiff ertönte.

»Hoffnungslos, hoffnungslos«, stöhnte Michael, stand auf und schaltete den Apparat aus. »Weiß gar nicht, warum wir uns das antun.« Er drehte sich um und sah, wie ich mich die Treppe hochkämpfte. Er streckte sich und gähnte ausgiebig. »Kann ich irgend etwas tun, Rosie? Du schaust ein bißchen überladen aus.«

»Ich hab alles im Griff, Michael«, knirsche ich hinter zusammengebissenen Zähnen. »Aber wenn du nichts dagegen hast, ein paar Stöckchen aneinanderzureiben und hier ein bißchen Wärme reinzubringen, wäre ich dir ewig dankbar.«

»Schon gut, schon gut«, sagte er, nachdem er endlich den bissigen Unterton in meiner Stimme herausgefiltert hatte. »Mensch, du brauchst doch nur was zu sagen.«

»Eigentlich sollte ich das nicht brauchen«, murmelte ich, als ich die Schlafzimmertür mit der Schulter aufstieß und die Daunendecken hineinzerrte.

Die Heizung, wie Michael so fröhlich verkündet hatte, existierte nicht, aber ich hatte einen Heizer für Ivos Zimmer mitgebracht, einen Heizstrahler fürs Wohnzimmer, und dann war da natürlich noch der offene Kamin, neben den jemand, wie ich bemerkte, ein paar Scheite in den Korb gelegt hatte. Außerdem war das Haus geputzt worden, seit ich das letzte Mal hier war. War das Joss, fragte ich mich, oder hatte er jemand anderen damit beauftragt? Egal wie, es war sehr nett.

Es begann jetzt zu schneien, und ich blieb am Treppenabsatzfenster stehen und sah hinaus, wie die Flocken vorbeiwirbelten. Ich verspürte dieselbe Erregung, die ich seit meiner Kindheit nicht überwunden hatte, aber auch ein Gefühl dunkler Vorahnung. Es wäre nicht schwer, hier eingeschneit zu werden, und ich war mir sicher, es würde tagelang keiner an uns denken. Dem Himmel sei Dank, irgendwie, für Fairlings Manor. Notfalls könnte ich dorthin kriechen, mit Ivo zwischen den Zähnen.

Unten war Michaels armseliger Versuch, ein Feuer zu starten, verwelkt, und jetzt war er offensichtlich auf dem Weg nach oben, mit meinem Radio am Ohr. Er fummelte unterwegs an den Knöpfen herum und versuchte zweifellos, irgendein Sportereignis hereinzukriegen, das man nicht verpassen durfte. Ich kauerte mich vor die Feuerstelle, stocherte in den Scheiten herum, versuchte verzweifelt, einen Funken zum Leben zu erwecken und wünschte, ich hätte daran gedacht, Feueranzünder mitzubringen, als mich plötzlich eine Stimme hinter mir hochfahren ließ.

»Du mußt erst Papier zusammenschrumpeln, ansonsten geht's nicht.«

Ich stand auf, drehte mich und sah drei zauberhafte, aber schmutzige Kinder, die zu mir hochschauten. Der Junge war etwa acht, mit blonden Haaren, großen blauen Augen und einem bockigen Gesichtsausdruck, und die Sprecherin, ein Mädchen, war etwa sechs mit dunkleren blonden Locken und den gleichen strahlenden blauen Augen. Ihre Schwester, das absolute Spiegelbild, stand neben ihr und grinste übers ganze Gesicht.

»Wir haben Papier zusammengeknüllt«, informierte ich sie, »aber es ist jetzt total verbrannt, und ich hab keins mehr.«

»Ich hab eins.« Eins der Mädchen holte ein schmutziges Papiertaschentuch und ein Schokopapier aus ihrer Tasche.

Ich nahm es und ging in die Hocke. »Danke. Und wer seid ihr?«

»Ich bin Lucy, und das ist Emma. Wir sind Zwillinge.«

»Das seh ich.« Ich grinste und entdeckte eine Sommersprosse

auf Emmas Nase, aber das war auch alles, was sie unterschied. »Und wer ist das?« Ich lächelte den Jungen an.

»Das ist unser Bruder Toby. Der geht bald in die große Schule.«

Toby senkte seine schönen blauen Augen und bohrte seine Schuhspitze in den Teppich.

»Ich verstehe. Solltest du nicht jetzt auch in irgendeiner Schule sein?« fragte ich ihn behutsam.

»Mag sie nicht«, murmelte er.

»Er stellt sich krank«, flötete Emma. »Und Daddy glaubt ihm. Marfa nicht, aber sie sagt, sie hat sowieso keine Lust, ihn hinzubringen, weil sie scheißweit weg ist und sie im Morgengrauen aufstehen muß.«

Ich schluckte. »Und wer genau ist Marfa?«

»Unsere Pair. Sie ist in Ordnung, stimmt's, Tobe? Ihr ist alles recht. Wir können machen, was wir wollen, stimmt's, Tobe?«

Der schweigsame Tobe nickte, den Blick noch immer auf den Teppich gerichtet.

»Ich verstehe. Und weiß sie, daß ihr jetzt hier seid?«

Emma schüttelte den Kopf, und die Mädchen gingen los, sich im Zimmer umschauen, das Gespräch langweilte sie jetzt. Lucy steckte ihre Finger in die Nase schaute neugierig in meine Schachteln, hob meine Sachen auf und drehte sie interessiert hin und her. Dann hörte sie ein Geräusch. Sie sah nach oben.

»Ist das dein Baby da oben? Marfa hat gesagt, du hast ein Baby.«

»Nein, mein Junge schläft im Auto. Ich werde ihn bald aufwecken, und dann könnt ihr ihn sehen. Das ist ein Freund von mir, er hilft mir beim Auspacken.«

»Dein Lover?« fragte sie begierig und ging zur Treppe, gefolgt von Emma und Toby.

»Nein, er ist nicht mein Lover«, sagte ich indigniert. »Warum sagst du das?«

»Marfa hat gesagt, du hast deinen Mann verlassen, also hast du wahrscheinlich einen Lover. Hat gesagt, du bist wahrscheinlich ein bißchen ein Mymfo.«

Schau einer an. Marfa mußte ja wirklich eine Nummer sein. Es war absolut möglich, daß sie dazu bestimmt war, hier unten meine neue beste Freundin zu werden. Ich hörte, wie sie Michael fanden, den sie offensichtlich kannten, und Betten entdeckten, auf denen sie hüpfen konnten, und Steppdecken, unter denen sie sich verstecken konnten. Spitze Freudenschreie waren zu hören, als Michael so tat, als wisse er nicht, daß sie darunter waren, und sich auf sie setzte.

»Aah, gut... ein schönes bequemes Bett... «

»Nein. Hee, nein! MICHAEL GEH RUNTER!«

Nach einigem Holterdipolter und Gelächter steckte Michael seinen zerzausten Kopf über das Geländer.

»Ich habe vergessen, es dir zu sagen, aber die drei gibt's zum Cottage dazu. Das ist eine der Sonderzulagen. Sie sind völlig unbeaufsichtigt und undiszipliniert, soweit ich das beurteilen kann, und sie verbringen den größten Teil ihrer Zeit als Teil unserer erweiterten Familie, wenn wir hier sind.«

Ich ging zum Fuß der Treppe. »Aber kommt denn niemand und sucht nach ihnen?« zischte ich. »Weiß jemand, wo sie sind?«

»Oh, da gibt's eine furchtbare, fluchende, kaugummikauende Kinderfrau, die sie tun läßt, was sie wollen, solange sie ihre Ruhe hat, um rumzuliegen, Schokolade zu essen und *Neighbours* anzuschauen.«

»Aber warum in aller Welt haben sie denn so jemanden angestellt?«

»Weil sie schon bei ihnen ist, seit die Zwillinge zur Welt gekommen sind. Im übrigen redet sich Annabel gerne ein, sie wäre wahnsinnig gut drauf und fortschrittlich. Sie glaubt nicht an normale Erziehung und kann ehrgeizige Mütter mit überorganisierten Kindern, die nach der Schule zum Tennis oder Ballett traben, nicht ausstehen. Sie findet, sie sollen nackt auf Wiesen rumlaufen, Blumen pflücken und so weiter. Was sie wirklich möchte, ist eine einbeinige Lesbe mit alternativer Einstellung, aber sie muß sich mit Martha begnügen, und Martha ist nicht alternativ, sondern einfach nur stinkfaul und desinteressiert. Von ihr aus könnten sie sich die Nasen voll Koks stopfen, und das werden sie wahrscheinlich in ein paar Jahren auch tun.«

»Aber was ist mit Joss? Ist ihm das alles egal?«

»Nein, eigentlich nicht, aber was Martha angeht, ist er butterweich. Ihr Vater war vor ewigen Zeiten der Gärtner hier, aber er mußte in Pension gehen, als er krank wurde, und ich glaube, Joss empfindet immer noch eine gewisse Loyalität gegenüber der Familie. Und überhaupt organisiert Annabel alles, also sieht er nicht allzuviel, und Martha lügt wie gedruckt über das, was sie tun. Ich habe gehört, wie er fragte, wo sie wären, und sie sagte: »Oh, die klettern im Wald auf Bäume, obwohl sie vor dem Disney Kanal hockten. Die beiden Weiber führen ihn vom Feinsten an der Nase rum, und er ist zu beschäftigt, um es zu schnallen. Ich kann aber nicht behaupten, daß er mir direkt leid tut. Du hast ihn doch kennengelernt, nicht wahr?«

»Kurz.«

»Kurz genügt.«

Die Tür schwang auf, und ich wirbelte herum und sah den Mann selbst in der Tür stehen mit Ivo im Arm.

»Ich sag es dir nur ungern«, fuhr Michael fort, »aber dein Vermieter ist ein selbstzufriedener, aufgeblasener alter Furz.«

Das Wort »Furz« schwebte fröhlich in der Luft, hallte durchs Zimmer. Ich schluckte. Joss' Gesicht verwandelte sich zu Stein. Mann, er sah wirklich aus wie Charles Dance, nicht wahr? Es mußte an diesen schweren Lidern liegen.

»Ihr Baby, nehm ich an«, stellte er mit eisiger Stimme fest und reichte mir Ivo.

»Oh! Ja, danke.«

»Er weinte, und es wurde ihm ziemlich kalt im Auto.«

»Oh, ja, nun, ich habe nur versucht, das Feuer in Gang zu bringen, bevor ich ihn reinbringe. Es ist ein bißchen kühl.«

Ich wurde rot, fühlte mich wie eine schreckliche Mutter.

»Ähm, Michael, Mr. äh, Joss ist hier«, sagte ich sehr laut, bevor er noch weitere Indiskretionen die Treppe herunterbrüllen konnte. Ich war mir nicht ganz sicher, wie ich ihn nennen sollte, er war nicht der Typ Mann, den man gleich beim Vornamen nennt.

»Joss ist in Ordnung«, sagte er, als Michael die Treppe herunterkam.

»Joss! Wie geht's dir!« rief Michael jovial. Er hatte offensichtlich seine platschende Fettnäpfchennummer nicht bemerkt. »Schön, dich wiederzusehen«, fügte er hinzu. Ich wand mich.

»Ich freu mich auch, Michael«, erwiderte Joss trocken und drückte ihm kurz die Hand. »Ich wollte mal sehen, ob ich irgendwie helfen könnte, aber wie ich sehe, haben Sie alle Hilfe, die Sie brauchen.«

Mir wurde klar, warum Michael sagte, er wäre aufgeblasen, sein Bostoner Akzent klang besonders pedantisch.

»Äh, ja, ähm, ich komme wirklich gut zurecht«, murmelte ich, ziemlich unpedantisch.

»Ich halte Sie immer noch für verrückt, daß Sie mit einem Kind dieses Haus mieten«, sagte er abrupt und sah sich um. »Sie sind sich bewußt, daß es praktisch keine Heizung gibt?«

»Ja, bin ich mir, und ich habe einen Heizer für Ivos Zimmer und noch einen für hier unten mitgebracht. Wenn das Feuer erst mal brennt, sind wir gerettet«, sagte ich.

Aus dem Augenwinkel sah ich Lucys kleines Gesicht oben ums Geländer spähen. Sie legte einen Finger an die Lippen und verschwand wieder.

»Das wird nicht genügen. Sie brauchen einen für Ihr Zimmer. Ich bringe noch einen Heizer aus dem Haus, heut nacht wird es eiskalt. Warum haben Sie das Feuer nicht angezündet?«

»Na ja, ich hab's versucht, aber –«

»Hier«, er nahm mir die Streichhölzer ab, arrangierte das traurige kleine Stöckchengewirr im Kamin um und zündete es ärgerlich meisterhaft an. »Sie werden natürlich auch einen Funkenschutz brauchen«, sagte er, als Ivo, fasziniert von den Flammen, begierig auf sie zustolperte.

»Ich besorg einen«, murmelte ich und zerrte Ivo zurück. Ich fragte mich, wieso Joss mir das Gefühl gab, ich wäre eine schmuddlige Fünftklässlerin, die man mit zehn Kondomen in der Turnhose erwischt hatte. »Ich habe bereits ein paar Sachen bestellt, ich werd's auf die Liste setzen.«

»Schön, vergessen Sie's nicht. Ich möchte nicht für irgendwelche gräßlichen Unfälle verantwortlich gemacht werden.«

Wut kochte in mir hoch. Ich hätte *ihm* auch ein oder zwei Dinge über Kinderpflege sgen können, nachdem seine öbszön fluchenden, schwänzenden Kinder sogar augenblicklich im Haus waren. Aber die Erinnerung an Lucys weißes, verängstigtes Gesicht hinderte mich.

»Ansonsten ist alles okay? Der Holzstapel ist gleich hinter der Scheune, also bedienen Sie sich einfach, und nehmen Sie keinen riesigen Korb, füllen den bis zum Rand und stellen dann fest, daß Sie nicht damit zurückstolpern können. Versuchen Sie, den Vorrat nach und nach aufzustocken. Glauben Sie, Sie schaffen das?«

»Sicher«, keifte ich. Allmählich begriff ich,wieso Annabel soviel Zeit im Ausland verbrachte. Er war zum Abgewöhnen mit seinem gönnerhaften Chauvinismus, und je mehr ich darüber nachdachte, desto mehr verblaßte seine Ähnlichkeit mit Charles Dance. Na ja, so um die Augen sah er ihm vielleicht ein bißchen ähnlich, aber was den Charme anging, null Prozent. Nein, nein, da war mir Michaels gelassenes Gehabe allemal lieber. Andererseits, fragte eine lästige kleine Stimme, wer hat das Feuer in Gang gebracht? Und wer hatte den Holzkorb aufgefüllt? Nicht der charmante Michael. Ich seufzte. O Herr, gib mir einfach eine Pause von allen Männern, Punkt. Das war offensichtlich die Antwort.

»Gut, dann werd ich jetzt gehen. Sagen Sie mir Bescheid, wenn Sie sonst noch irgend etwas brauchen.« Er wandte sich zum Gehen, nickte uns kurz zu und duckte sich dann, um ohne Beule durch die niedrige Cottagetür zu gelangen. Zwei Borderterrier, die geduldig draußen gewartet hatten, gingen sofort in Habachtstellung und wedelten hocherfreut, sobald sie ihn sahen. Michael und ich sahen ihm nach, eine große, schlanke Gestalt mit leicht gebeugtem Kopf, die Hunde dicht hinter ihm.

Als er außer Sichtweite war, schlug Michael die Hacken zusammen und hob die Hand zum Nazigruß. »*Jawohl, mein Führer!*« Er ließ den Arm fallen. »Arrogantes Arschloch«, murmelte er. »Er genießt es, eine Heimatlose und ein Baby in einem seiner Cottages zu haben, gibt ihm das Gefühl, ein Feudalherr zu sein. Morgen wird er zu Pferde hier angeritten kommen, mit einem Korb voller Rüben und einem Hasen für dich zum Häuten. Dann erwartet er, daß du aus deiner Hütte rennst, barfuß mit einem Schal, das Baby an der Brust, seine juwelenbesetzte Hand greifst und sie voller Dankbarkeit küßt. Wenn du eine Jungfrau wärst, würde er dich wahrscheinlich, statt Miete zu kassieren, vögeln.«

Ich kicherte, war aber überrascht über seine Heftigkeit. Michael regte sich in der Regel über nichts auf, er war viel zu phlegmatisch. »Du magst ihn nicht besonders, stimmt's?«

»Nein. Und hoffen wir, daß du nie rausfindest, warum.«

Ich hätte ihn noch weiter ausgequetscht, aber die Kinder kamen die Treppe heruntergeschlichen.

»Ist er fort?« flüsterte die mit der Sommersprosse.

»Ja, er ist fort.«

»Gott sei Dank. Er hätte uns *umgebracht!*« Sie rollte vielsagend die Augen in Richtung ihrer Schwester und drückte ihre kleinen Hände ans Herz.

»Sicher nicht, ich meine, er muß doch wissen, daß ihr alle zu Hause seid, warum sollte es ihm dann nicht recht sein, wenn ihr hier seid?«

»Oh, na ja, vielleicht weiß er es irgendwie nicht.« Sie wandte ihren Blick diskret ab.

Großer Gott, was war das für ein Haushalt, in dem die Kinder Schule schwänzen konnten, ohne daß ihr Vater es bemerkte?

»Kommt jetzt ihr zwei, wir gehen hinten rum nach Haus.« Sie zerrte an Tobys Ärmel, und alle drei schlichen davon, drückten sich seitlich am Cottage entlang und dann durch die Bäume, im Zickzack, wie ein Indianerstamm.

Michael sah auf die Uhr. »Ich glaube, Rosie, ich sollte jetzt auch besser gehen, wenn du nichts dagegen hast. Ich hab um drei Uhr einen Termin mit den Superglue Leuten.« Er musterte mich besorgt. »Glaubst du, du schaffst es alleine?«

Ich blinzelte. Meinte er, ohne die Vorteile seiner unschätzbaren übermenschlichen Hilfe?

»O ja, Michael, ich holper mich schon durch. Aber danke, du warst ein Fels in der Brandung.«

»Es war mir eine absolute Freude.« Er strahlte gönnerhaft und beugte sich vor, um meine Wange zu küssen.

Ich merkte, daß er nach Aftershave roch. Das hatte ich noch nie sonderlich gemocht, und ich hätte nicht gedacht, daß Alice auf so etwas stand.

»Und jetzt hab Spaß, kleine Rosie.« Er tätschelte mir die Wange. »Und mach nicht zuviel Unsinn, hörst du!«

Ich fletschte meine Zähne als Parodie eines Lächelns und sah ihm nach, wie er zu seinem Auto ging. Er zwängte sich in seinen niedlichen kleinen Sportwagen, überprüfte seinen Rückspiegel – sicher nicht wegen dem Verkehr, sondern wegen seiner Frisur –, und während Ivo und ich lächelten und winkten, ließ er den Motor aufheulen. Dann kratzte er in einer Wolke von Matsch und Schlamm eine gewagte Wende. Danke, dachte ich, rümpfte meine Nase gegen die Dämpfe und wischte mich ab.

»Sei brav, ja!« war sein Abschiedsgruß aus dem Fenster.

Ich brachte es nicht fertig zu antworten, und als er viel zu schnell den Weg hochschoß, kam mir der Gedanke, wie brav Michael wohl tatsächlich war. Ach ja, dachte ich, als ich Ivo zurück ins Haus trug, glücklicherweise war das nicht mein Problem.

Der Schneefall wurde jetzt dichter und heftiger, er wirbelte vorbei an den Fenstern und blieb auf dem Gras liegen, während der Nachmittag stetig kälter wurde. Ich stockte das Feuer auf, dankbar für den riesigen Berg Scheite, und drehte den Heizer auf volle Stärke. Das Cottage war immer noch kalt, aber nachdem es so klein war, wußte ich, daß es nicht lange dauern würde, es durchzuwärmen. Als ich das Feuer so richtig in Fahrt gebracht hatte, wagte ich mich nach oben in das winzige Bad, klemmte die Tür auf und stellte meinen anderen Heizer direkt davor, um hier ebenfalls ein bißchen warm zu machen. Ich drehte das Radio an und sprang mit dem kichernden Ivo auf der Hüfte durch das Cottage – ich wagte nicht, ihn runterzulassen, wegen des Feuers –, und dann machten wir beide sein Reisebett klar, bezogen die Betten und packten die Koffer aus. Ivo empfand das Ganze offensichtlich als ein wunderbares Abenteuer und quietschte aus vollem Hals mit. Als wir dann eine gute Stunde später zusammen vor dem Feuer saßen, Baked Beans und Spiegeleier mit Toastbrot auftunkten, konnte ich nicht umhin, mich lächerlich, absurd glücklich zu fühlen. Ich wußte, daß dies erst der Anfang war und wir gerade mitten im Winter in ein eiskaltes Cottage gezogen waren. Und ich wußte, daß ich herzlich wenig Geld und keinen Job und auch keine Aussichten hatte; aber trotzdem – ich betrachtete das prasselnde Feuer, das gemütliche kleine Zimmer und den Schnee, der unablässig draußen fiel, während wir kuschelig und warm hier drinnen saßen. Gar nicht schlecht, Rosie. So weit, so gut.

Nach unserem Picknickabendessen ging ich nach oben und prüfte pessimistisch das Badwasser. Ich riß meine Hand zurück. Himmel! Es war kochend heiß. Es kam zwar nur als dünnes Rinnsal, aber mit ein bißchen kaltem gemischt dauerte es nicht lange, bis ein Bad für Ivo eingelassen war. Ich zog ihn rasch aus, damit er nicht zu lange im Kalten war, steckte ihn hinein und sah ihm zu, wie er fröhlich herumplanschte.

»Rein, rein, Mummy!« Er spritzte mich an.

»Nein, Ivo, noch nicht. Ich bade später.«

»Doch! Rein!«

Was soll's – warum nicht? Er liebte es, mit mir zu baden, und abgesehen von allem anderen war da immer die Möglichkeit, daß später kein heißes Wasser mehr da war. Ich zog mich rasch aus, setzte mich zu ihm hinein, und wir planschten ein bißchen rum.

»So, jetzt aber raus«, sagte ich streng. »Komm schon, schnell, bevor's zu kalt wird.«

Ich sah mich um. Ah, richtig. Handtücher! Verflucht, hatte

ich wirklich vergessen, Harry um ein paar Handtücher zu erleichtern? Anscheinend hatte ich. Ich improvisierte, fand Ivos Frotteebademantel, wickelte ihn ein und lief dann triefend ins Schlafzimmer und packte – was? Wunderbar, ein Extra-Bettbezug, das würde genügen. Eingewickelt in dünne Baumwolle und inzwischend vor Kälte zitternd, hob ich Ivo auf, packte seinen Schlafanzug und brachte ihn rasch runter zum Feuer. Zumindest konnten wir hier sitzen und uns aufwärmen, und dann könnte ich mir seinen Morgenmantel borgen und mich schnell trockenreiben. Als er trocken war, schüttelte ich seinen Schlafanzug aus und versuchte ihn hineinzulocken.

»Komm schon, Ivo, rasch, steck deine Füße rein.«

»Nein.« Er schüttelte den Kopf. »Hühnerding.«

»Nein, Schatz, nicht heute abend, nicht das Hühnerding. Mummy erfriert. Komm schon, zieh dich einfach an.«

»Nein, will Hühnerding.«

Was er tatsächlich meinte, war das »Funky Huhn«, ein lächerlicher, gackernder Tanz, den ich einmal aus Verzweiflung geboren hatte, um ihn aus einem Badezeitwutanfall zu holen. Ich hatte den Tanz vorsichtshalber in »Hühnerding« umgetauft, auf Grund dessen, wie Ivo »funky« aussprach, nämlich mit stummem »n«. Wir lebten schließlich und endlich in einer Reihenhaushälfte in London, mit papierdünnen Wänden. Ich legte keinen Wert darauf, das Jugendamt am Hals zu haben, das wissen wollte, welche Hühnerperversionen ich da trieb und ob das für einen Zweijährigen die geeignete Unterhaltung wäre.

»Doch, Mummy, doch!«

»Nein, Ivo, komm jetzt.« Ich zitterte heftig, beäugte die wenigen Zentimeter Handtuchstoff voller Neid.

»Doch!«

»Mein GOTT!« Ich gackerte kurz und flatterte unter meinem Laken mit den Flügeln. »Da hast du's.«

»Nein!« Seine Augen füllten sich bedrohlich. Er wußte, daß man ihn reingelegt hatte. »*NEIIIN!*« brüllte er.

Also, ich bin mir sicher, daß es da draußen Mütter gibt, die nie dazu gezwungen waren, alberne Fratzen zu schneiden, auf dem Kopf zu stehen oder gar Süßigkeiten auszugeben, um zu verhindern, daß ein Kind ausrastete. Mir ist jedes Mittel recht, und außerdem war es verdammt kalt, und es würde mich ein bißchen aufheizen. Ich schleuderte mein Laken von mir und stolzierte auf und ab, schlug mit den Flügeln und gackerte laut. Ich fragte mich, während Ivo vor Lachen brüllte, ob sich die Königin je bei Charles zu so etwas herablassen mußte. Wahrscheinlich nicht, beschloß ich, als ich Hintern raus, mit blankem Busen vor mich hinkrähte. Da hörte ich plötzlich etwas. Ich erstarrte mitten im Flügelschlag. Scheiße, da war es wieder! Ich hechtete in Panik nach meinem Laken. Ja, draußen im Schnee knirschte etwas. Da draußen war jemand!

Ich hielt den Atem an, starrte wie gebannt auf die schwarze Fensterscheibe, verfluchte mich selbst, weil ich die Vorhänge nicht zugezogen hatte, versuchte etwas zu erkennen, zu hören. Nach einer Weile kroch ich in meinem Laken über den Teppich und richtete mich unter dem Fenster auf. Ich spähte hinaus. Nichts. Nur Schwärze. Ich raffte all meinen Mut zusammen, griff nach dem Riegel und öffnete die Tür, nur einen Spalt. Überall lag dicker, weißer Schnee und darüber eine dunkle, sternenübersäte Nacht. Ich wollte gerade die Tür zumachen, als ich zu meinen Füßen etwas sah – einen Heizer und einen Funkenschirm. Langsam dämmerte es mir. Ich keuchte vor Entsetzen und knallte die Tür zu. O Gott, er mußte mich gesehen haben! Pudelnackt! Und nicht nur das, ich hatte auch noch ein lauthals gackerndes Huhn dargestellt! Er hatte sicher einen Blick durchs Fenster geworfen, gesehen, wie ich grotesk flatterte und quietschte und gedacht, auweia, sie legt Eier oder so was, nichts wie weg hier, hatte den Heizer abgestellt und war abgehauen. Er saß wahrscheinlich in der Küche, einen großen Whisky in seiner zitternden Hand und fragte sich, was für eine Irre er da in sein Cottage gelassen hatte. Ich sank stöhnend auf meinen Hintern, schlug mir die Hände vors Gesicht.

Nach einer Weile hörte ich etwas auf mich zuschlurfen. Zwei kleine Hände zogen mir die Finger vom Gesicht, und Ivos strahlend blaue Augen lächelten mich begeistert an.

»Mehr Huhn. Mummy. Mehr!«

Ich verkniff die Augen zu einem stählernen Blick, biß die Zähne zusammen und zischte ohne einen Hauch von schwankender Entschlossenheit: »NEIN!«

Zu meiner Überraschung wich er zurück. Er sah tatsächlich beeindruckt aus. Ich packte meinen Pyjama und knöpfte ihn schweigend hinein. Warum hatte ich das nicht gleich gemacht? Einfach nein sagen und entschlossen schauen? Ich hievte ihn wütend auf meine Hüfte und brachte ihn ins Bett, immer noch heiß vor Scham bei dem Gedanken an Joss' Aussicht am Fenster. Beruhig dich, befahl ich mir, als ich es Ivo in seinem Bettchen gemütlich machte, es hätte auch schlimmer sein können. Ich richtete mich auf und runzelte die Stirn. Wirklich, Rosie? Wie denn bitte? Ich drehte das Licht aus und stapfte erschöpft nach unten.

Später an diesem Abend, während Ivo tief schlief, tappte ich im Cottage herum, räumte Geschirr in die Schränke, faltete Kleider in die Schubladen, kochte mir eine Tasse Kaffee und ließ mich endlich in den Stuhl neben dem Feuer fallen. Ich seufzte glücklich, genoß die Süße der Einsamkeit, die mich langsam umfing. Das war wirklich himmlisch, und wen scherte es, wenn Joss mich für verrückt hielt. Von jetzt an würde er wahrscheinlich einen extrem weiten Bogen um mich schlagen, was mir nur recht war. Ich wollte in Ruhe gelassen werden. Wollte, daß die Welt sich entfernte. Oh, ich war nicht so naiv zu glauben, daß diese Hänsel-und-Gretel-Existenz für immer das richtige war. Freunde, ein Job, ein bißchen Lebensart, vielleicht sogar eines Tages ein neuer Mann, aber zur Zeit waren meine Bedürfnisse minimal. Ich wollte meine Welt schrumpfen, so daß ich allein und nur ich allein die Kontrolle hatte, und erst, wenn ich mich wohl fühlte, würde ich eine Expansion in Betracht ziehen. Nie wieder würde ich mich von jemandem herumkommandieren lassen, mich nie wieder auf eine Übernahme einlassen.

Ich streckte meine Beine zum Feuer, genoß die Hitze und die

tiefe ländliche Stille, wie eine Katze, die sich auf einen langen, faulen Nachmittag auf einer sonnigen Mauer einrichtet. Ein köstlicher Abend erstreckte sich vor mir, ohne dreigängiges Menü, das gekocht werden mußte, ohne Abwasch, ohne die Stimmung von jemandem einschätzen zu müssen und niemandem, dem ich es recht machen mußte, außer mir. Ich trank meinen Kaffee aus, stand auf, verschmähte den Fernseher, bei dem ich das Gefühl hatte, er könnte irgendwie meine ländliche Idylle stören, und wanderte zu den ächzenden Bücherregalen. Ich ging davor in die Hocke. Da gab es einen Haufen Klassiker: Brontës, Austen, Dickens, ziemlich viele Kinderbücher, Sportbücher und eine allgemeine Auswahl guter Ferienliteratur – Agatha Christie, Dick Francis und Ruth Rendell. Ruth Rendell lockte mich, aber als ich das Buch herauszog, entdeckte ich eine uralte Ausgabe von Elizabeth David. Ich stürzte mich begierig darauf. Für mich war das gemütlicher Lesestoff in Reinkultur. Ihre wunderschönen Beschreibungen des Mittelmeers und seiner Länder, ihre Rezepte, die einen sofort dorthin versetzten – ich würde innerhalb von Minuten im Süden Frankreichs sein. Ich tappte auf meinen dicken Socken, in Schlabberpullover und Jeans zurück zu meinem Stuhl und kuschelte mich mit meinem Fund hinein. Ich warf noch ein Scheit ins Feuer, lehnte mich zurück, las ein paar Kapitel und dann muß ich irgendwann die Augen geschlossen haben.

Ich hatte offensichtlich fest geschlafen, denn das Nächste, was ich mitkriegte, war ein heftiges Klopfen an die Tür. Ich schreckte hoch. Das Feuer war fast aus, es mußte schon sehr spät sein. Ich warf einen Blick auf meine Uhr. Viertel vor zwei. Herrgott, es war mitten in der Nacht, wer zum Teufel war da draußen? Ich ging auf die Tür zu, aber unterwegs erschien plötzlich ein Gesicht am Fenster. Mir stockte der Atem, und ich machte einen entsetzten Satz rückwärts. Dann merkte ich, daß es Joss war. Er sah sehr seltsam, sehr blaß aus. Das letzte Mal, als er mich sah, tanzte ich splitternackt durchs Zimmer, und jetzt war er wieder da, mitten in der Nacht. Was wollte er? Was in aller Welt konnte er wollen, was nicht bis morgen früh warten konnte? Mit einemmal fiel mir mein Gespräch mit Michael wieder ein. »Du magst ihn nicht besonders, stimmt's?« hatte ich gesagt. »Nein, und hoffen wir, daß du nie rausfindest warum«, war seine ominöse Warnung gewesen.

Joss beobachtete mich immer noch durchs Fenster. Ich schlich zur Haustür und starrte die weiße Wand an, in dem Bewußtsein, daß nur eine Wand uns trennte. Mein Herz hämmerte. Sei kein Narr, Rosie, sagte eine Stimme, du jagst dir nur selbst Angst ein, weil du allein bist. Typisch Frau. Du benimmst dich wie eine ganz typische Frau. Er ist vollkommen in Ordnung, er ist dein Vermieter, in Gottes Namen, und er ist ein geachteter Bildhauer. Gütiger Gott, er ist praktisch berühmt!

Ich wappnete mich, griff hoch und schob den Riegel oben an der Tür zurück, und bevor ich den Griff drehen konnte, hatte Joss selbst die Tür aufgeschoben. Er stürmte barhäuptig herein, voller Schnee und brachte einen kalten Schwall Luft mich sich. Er schloß die Tür hinter sich. Als er sich mir zuwandte, wich ich zurück, raffte instinktiv den Kragen meines Pullovers zusammen, dankbar, daß ich wenigstens noch nicht im Bett gewesen war und nicht in meinem Schlafanzug hier stand.

»Was ist denn?« flüsterte ich. »Was wollen Sie?«

Er sah von seiner lichten Höhe auf mich herunter. Er sah geschmerzt aus, als wäre er im Begriff, etwas zu tun, was ihm gar nicht behagte, etwas, das er wider besseres Wissen machte. Sein Verstand rotierte. Er hat ein Messer, dachte ich in Panik, oder eine Pistole. Oder vielleicht nimmt er einfach die bloßen Hände, groß genug sind sie ja. Mein Blick huschte zu dem Feuereisen neben dem Kamin.

»Setzen Sie sich, Rosie.«

»Nein!« quiekte ich. Ich tastete mich in Richtung Feuereisen. Wenn ich nur einen Schlag landen könnte, einen guten Schlag. Mein Herz hämmerte.

»Ich fürchte, ich habe eine sehr schlechte Nachricht. Ihre Schwester wollte sie überbringen, aber der Schnee war so schlimm, daß sie nicht durchgekommen ist.«

Noch ein Schritt, dann könnte ich die Hand ausstrecken –

mit einemmal hielt er inne. Schlechte Nachrichten? Was für eine schlechte Nachricht? Erst jetzt erkannte ich, daß sein Gesicht nicht weiß vor Wut war, sondern vor Schock. Ich sah ihn an, erstarrt von einer anderen Art von Angst.

»Was?« flüsterte ich. »Was ist los?«

»Rosie, es tut mir schrecklich leid, daß ich Ihnen das sagen muß, aber Ihr Mann ist tot.«

10

Ich starrte ihn fassungslos an. »Mein Mann?«

»Es tut mir so leid, Rosie.«

»Also, nein, nein, das ist nicht nötig. Ich meine, er kann unmöglich tot sein, Sie müssen das falsch verstanden haben. Ich habe ihn doch heute vormittag noch gesehen.«

Er führte mich zu dem Stuhl am Kamin, aus dem ich gerade aufgestanden war, und ich erinnerte mich, daß ich dachte, Gott, wie kann man so einen schrecklichen Fehler machen. So was sagen. Ich meine, man stelle sich mal vor, wenn ich ihn lieben würde oder so was?

Joss setzte mich in den Stuhl und plazierte sich selbst auf die Kante des Stuhls gegenüber. Er beugte sich vor, seine Ellbogen auf die Knie gestützt, die Hände fest verschränkt. Sein Gesicht war seltsam blaß. Schock, nehme ich an, von der Vorstellung, so eine gräßliche Nachricht überbringen zu müssen.

»Wie es aussieht, ist er in seinem Club zusammengebrochen. Er wurde direkt ins Krankenhaus gebracht, aber er ist irgendwann gegen Mitternacht gestorben. Sie konnten nichts mehr tun.«

Ich starrte ihn an. Irgendwie klang das nach Wahrheit. Was war das jetzt? Ah, ja, der Club. Aber nein. Nein, es konnte trotzdem nicht sein. Ich schüttelte den Kopf.

»Ihre Schwester Philly hat angerufen. Sie hat versucht hierherzufahren, um es Ihnen selbst beizubringen. Aber sie mußte umdrehen wegen des Schnees, und natürlich gibt's hier kein Telefon.«

Philly hat angerufen? Warum sollte Philly so etwas tun, außer – ich sah ihn an. Mit einemmal traf es mich mit der Wucht eines führerlosen Lasters. Großer Gott, es war wahr. Er war tot. Harry war *tot!*

Während ich Joss unverwandt ansah, wurde mir klar, daß mich vor allem interessierte, wie ich mich fühlte. Schockiert natürlich, aber das war eher Ungläubigkeit als irgend etwas anderes. Jetzt, nachdem ich es glaubte, fühlte ich mich sehr – ja, erwachsen. Etwas von ungeheurer Tragweite, die Art von Ereignis, die nur anderen Leuten passierte, war mir passiert, und alle würden darüber reden. Sie würden sagen: Da geht Rosie Meadows, Sie wissen natürlich, daß ihr Mann gestorben ist. Wie seltsam. Ich fühlte keine Trauer, nur – eine gewisse Betäubung. Mir war ziemlich kalt. Ich sah immer noch Joss an, aber ich sah ihn eigentlich nicht, benutzte nur sein Gesicht als Monitor, starrte hindurch, ohne mir seiner Gegenwart bewußt zu sein. Er war stumm, beobachtete mich nur schweigend.

»War es – war es sein Herz oder so was?« Meine Stimme klang seltsam. Ungeübt. Ja, es mußte sein Herz gewesen sein. Zu dick. Zuviel Druck.

»Nein, es war nicht sein Herz, es war eine Lebensmittelvergiftung.«

»Lebensmittelvergiftung! Aber – wo, im Club?«

»Das ist unwahrscheinlich. Das hätte nicht so schnell Wirkung gezeigt. Nein, sie denken, es war etwas, was er am Tag zuvor gegessen hat. Sie sind sich ziemlich sicher, daß es irgendein Pilz war.«

Mir kam es vor, als würde die Welt einen Augenblick stillstehen. Meine Arme wurden gefühllos. »Ein ... Pilz?«

»Ja. Sie wissen nicht zufällig, ob er etwas in dieser Richtung gegessen hat, oder?«

»Doch«, flüsterte ich. »Im Haus meiner Eltern. Er hat sie auf dem Feld gesammelt.«

»Oh, okay. Also anscheinend gibt es da etwas, was Pantherpilz oder -kappe heißt, und sein Gift ist tödlich. Sie glauben, er könnte ihn versehentlich gegessen haben, im Glauben, es wär ein lausiger Wiesenchampignon oder so was. Soweit ich verstanden habe, gibt es kein Gegenmittel.«

Ich erhob mich sehr schnell. Ich lief im Zimmer auf und ab, rang die Hände. Ich fühlte mich heiß, verschwitzt. Mein Verstand arbeitete fieberhaft. Der Pantherpilz. Ja, ich hatte davon gehört, rar, aber tödlich. Oh, mein Gott, der Pantherpilz!

»Aber ich hab sie überprüft«, wisperte ich. »Wirklich, das hab ich! Er hat mich drum gebeten, und ich mach es immer, nur für den Fall und – also, ich dachte, sie wären in Ordnung! Ich fand sie ganz in Ordnung, ehrlich!«

»Sicher, natürlich. Woher sollten Sie so was auch wissen? Meine Güte, ich hätte ja auch keine Ahnung!«

»Aber ich habe Ahnung. Ich bin Köchin. Ich hab einen Kurs gemacht. Ich hab –« Mit einemmal verstummte ich, zuckte herum. »Ich hab es nicht getan, Joss!« krächzte ich.

Er sah mich baß erstaunt an. »Seien Sie nicht albern, keiner behauptet das.«

»Aber sie werden es!« beharrte ich. Ich war mir bewußt, wie furchtbar und selbstsüchtig ich klang, konnte mich aber nicht bremsen. »Sie werden es sagen, nicht wahr, weil ich sie geprüft habe, ihm gesagt habe, los, iß nur! Ich sagte: ›Oh, klar, Harry, die sind alle gut, nur ein paar nette alte Pilze, da kann auch ein Herzbremser dabei sein, aber mach nur und futter sie alle, mit ein bißchen Glück wirst du am nächsten Morgen mausetot sein!‹«

Ich sank in den Stuhl zurück und schlug die Hände vors Gesicht. Ich wollte weinen, wußte, daß ich es sollte, aber ich konnte nicht. Diese Befreiung wollte nicht kommen. Ich versuchte mich zu erinnern, was genau in dieser Küche abgelaufen war. Ich erinnerte mich, wie er mit den Pilzen hereingekommen war, sie auf den Tisch geworfen hatte, wie ich mit dem Spaten darin herumgestochert hatte und dabei gedacht, ein paar Wiesenchampignons, ein paar Steinpilze, ein, zwei Pfifferlinge und – was sonst noch? Ich zermarterte mir das Gehirn, verzweifelt. Was war sonst noch in der Pfanne gewesen? Hatte ich die Pilze umgedreht? Hatte ich beide Seiten geprüft? Ich konnte mich nicht erinnern, weil ich mich zu diesem Zeitpunkt nicht konzentriert hatte. Ich hatte an etwas anderes gedacht. Hatte daran gedacht, wie sehr ich ihn haßte und wie praktisch es wäre, wenn er einfach davonschlurfen und sterben würde. Ja, das war's. Ich war so damit beschäftigt gewesen, mir zu wünschen, er wäre tot, daß ich tatsächlich nicht gemerkt hatte, daß ich dabei war, ihn zu töten.

Ich war mir bewußt, daß Joss mich immer noch beobachtete. Ich nahm die Hände vom Gesicht und stellte mich seinem Blick.

»Ist die Pantherkappe unverkennbar?« hauchte ich. »Ist sie grün oder gelblich oder so was? Hätte ich sie erkennen müssen?«

»Mein Gott, Rosie, ich hab keine Ahnung, und woher zum Teufel sollten Sie das wissen? Sie sind doch keine Mykologin, oder? Herrgott, das war einfach ein Unfall. *Er* hat sie gesammelt, und *er* hat sie gegessen, mehr ist da nicht dahinter. Hören Sie auf, sich die Schuld zu geben!«

»Aber ich gebe *doch* mir die Schuld.«

Eine Pause. »Natürlich tun Sie das.« Er nickte, und seine Stimme schien von weither zu kommen. Von einem Ort, eingeschlossen in der Erinnerung. »Und das ist ganz natürlich. Wenn jemand stirbt, denken wir sofort, okay, das ist meine Schuld, das muß es sein, weil sie tot sind und ich nicht. Ich bin noch hier. Sie fühlen sich schuldig, weil Sie am Leben sind, nicht weil Sie jemanden umgebracht haben.«

Ich ließ mir das durch den Kopf gehen, dachte aber, nein, nein, Sie irren sich. Das denke ich nicht. Das passiert, wenn man jemanden liebt. Ich denke nur, oh, verfluchte Scheiße, war es meine Schuld?

Ich ließ beschämt den Kopf hängen. »Das ist furchtbar«, murmelte ich. »Harry ist tot, liegt auf einer Bahre in einem Leichenschauhaus irgendwo, und ich kann nur daran denken, welche Auswirkungen das auf mich hat, ob man mir die Schuld geben kann. Ich denk nicht mal an Harry, ich kann nicht mal ein bißchen Trauer aufbringen. O Gott!« Ich brach in Tränen aus. Ich wußte nicht, woher die Tränen kamen und für wen sie waren, aber ich weinte sie einfach, das Gesicht in den Händen versteckt. Glücklicherweise tröstete Joss mich nicht. Ich war mir nicht sicher, ob ich das wollte oder überhaupt verdiente. Während die Tränen durch meine Finger tropften, starrte ich auf seine Stiefel mir gegenüber, große schwarze Wellingtons. Er hatte sich nicht mal die Mühe gemacht, sie auszuziehen, das Eis hing noch in Brocken daran. Ein Teil davon schmolz jetzt, tropfte auf den Teppich, versickerte. Da draußen mußte es kälter sein, als ich dachte, minus sechs oder sieben. Ich durfte nicht vergessen, nach Ivos Decken zu sehen und – Himmel noch mal – jetzt dachte ich ans *Wetter!* Wie gräßlich. Bestürzt versuchte ich mich zu konzentrieren. Ich schniefte und wischte mir die Nase mit dem Handrücken ab.

»War er – hat er viel Schmerzen gehabt?«

»Das bezweifle ich. Sobald sie ihn im Krankenhaus hatten, haben sie sicher alles getan, um ihm seinen Zustand zu erleichtern.«

Ich nickte, wohl wissend, daß er keine Ahnung hatte und wie gedruckt log, aber ich war dankbar. Armer Harry. Ah, das war besser, armer Harry. Mit einemmal fiel mir ein, daß er sich heute morgen nicht wohl gefühlt hatte. Das mußte der Anfang gewesen sein. Und ich hatte ihm nicht geglaubt. Ich hatte ihn herzlos in ein Taxi gesetzt, ihn wie eine dreckige alte Fliege weggewischt. Ich wand mich schuldbewußt, als ich mir vorstellte, wie er im Club angekommen war, hineinstolperte, um Boffy zu begrüßen, sicher etwas verwirrt, weil er sich so mies fühlte, aber überzeugt, es wäre nichts, was man nicht mit einem Steak und Kidney Pie und einer anständigen Flasche Wein hinkriegen würde. Ich sah ihn, wie er sich tapfer durch sein Lunch kämpfte, sich mit seinem Essen abmühte, nicht viel redete, während Boffy, der zur Abwechslung den Klang seiner eigenen ungestört plappernden Stimme genoß, sehr laut und klar geredet hatte, ohne irgend etwas zu merken. Inzwischen hatte Harry sicher blaß und verschwitzt ausgesehen, und vielleicht hatte der

Kellner seine Blässe bemerkt, als er die Teller abräumen wollte. Ein leises: »Geht es Ihnen gut, Sir?« und ein »Ja, ja, mir geht's blendend.« Ein tapferes Lächeln, weil es sich nicht schickte zu jammern, ganz besonders hier nicht. Vielleicht hob Boffy jetzt den Kopf, nachdem er seinen Teller geleert und seinen Freund registriert hatte, wischte sich den Mund mit der Serviette ab und runzelte die Stirn. »Harry, ist dir nicht gut? Siehst ein bißchen teigig aus.« »Wunderbar, wunderbar. Könnte nicht besser sein. Aber ich muß mal kurz bei Herren nach dem rechten schauen. Bin gleich wieder da.« Er würde aufstehen, stolpern, sich am Tisch festhalten und einen Moment schwanken. Porzellan klirrte, als er einen Teller hinunterstieß, und andere Gäste würden den Kopf heben und sehen, wie er nach vorne auf den Tisch kippte, dann seitlich herunterrollte, das Tischtuch mit sich zog, seine Massen zu Boden krachten, Porzellan und Silber mit ohrenbetäubendem Getöse in seinem Kielwasser folgten.

Schockiertes Schweigen, dann würde Boffy in Panik aufspringen, und ein Schwarm von Kellnern würde sich sammeln, sich bücken, einem an der Tür ein Zeichen machen, der das Telefon nehmen würde. Draußen, ein kalter Winternachmittag; Sirenen würden heulen und in der St. James stehenbleiben. Eine kleine sensationslüsterne Menge würde sich versammeln, und nach einer Weile würde man einen riesigen, weißgesichtigen Mann auf einer Bahre herausbringen, mit einer roten Decke zugedeckt, die Leute würden sich schubsen, um besser sehen zu können. Irgend so ein alter Sack, würden sie murmeln, der endlich einen Portwein zuviel erwischt hat. Ich sah, wie Harry eiligst ins Krankenhaus gefahren und durch einen Korridor auf einer Bahre in ein Zimmer voller Geräte geschoben wurde. Ich sah, wie Schläuche in ihn gesteckt, Drähte herausgezogen wurden, Blut pumpte, Krankenschwestern schrien durcheinander – und dann sah ich einen gutaussehenden blonden Arzt aus einer bekannten Fernsehserie, der brüllte: »Zurücktreten!«, als er zwei riesige Kopfhörer auf Harrys Brust drückte. Sein regloser Körper würde einen Satz machen und herumzucken, aber offensichtlich nicht genug, weil die Schwestern alle verkniffene Gesichter machten, und der Doktor würde sagen: »Richtig. Sind wir uns alle einig, daß es sinnlos ist?« Betretenes Nicken rundum. »Okay. Zeitpunkt des Todes…«

Ich biß mir auf die Lippe. Aller Wahrscheinlichkeit nach führten Lebensmittelvergiftungen nicht zum Herzstillstand, aber meine Erfahrungen mit Todesfällen waren begrenzt, und in meinem verwirrten Zustand war meine Fantasie krähwinklig und mittelmäßig. Ja, bis in alle Zeiten könnte ich jetzt sagen, daß in einem der entscheidendsten Momente meines Lebens meine Gedanken unweigerlich zu Fernseharztserien wanderten.

»War jemand bei ihm, als er starb?«

»Ich glaube der Typ, mit dem er zu Mittag gegessen hat. Und seine Frau.«

Einen Moment lang glaubte ich, er meine Harrys Frau, aber das war ja ich. »Charlotte?«

»Wenn das ihr Name ist.«

Ich nickte. Boffy und Charlotte. Na ja, das war doch etwas.

Schweigen legte sich über den Raum. Joss brach es.

»Haben Sie irgendwas zum Trinken im Haus?«

Ich zuckte zusammen. »Oh, nein, tut mir leid. Ich bin noch nicht so ganz organisiert. Ähm, möchten Sie einen Kaffee oder…« Ich stand höflich auf.

»Seien Sie nicht albern, ich meinte für Sie. Ich hol einen Brandy.«

»Nein, nein, wirklich. Ich brauch keinen, ich –« Aber er war schon fort, die Tür schloß sich leise hinter ihm. Ich setzte mich wieder und starrte ins Feuer auf die Scheite, die im Kamin schwelten. So. Harry war also tot. Ich hatte die Scheidung gewollt, und er war einen Schritt weiter gegangen. Manche könnten sagen, er hatte mir einen Gefallen getan, es mir leicht gemacht.

Einen Augenblick später kam Joss mit einer Flasche Brandy und einem Schwall kalter Luft zurück. Er stieß die Tür mit dem Stiefel hinter sich zu und rubbelte sich den Schnee aus dem Haar. Dann setzte er sich und goß die bernsteinfarbene Flüssigkeit ein, balancierte zwei Gläser in einer Hand.

»Hier«, er reichte mir eins.

»Danke.«

»Rauchen Sie?«

»Nein.«

»Ich auch nicht, in der Regel.«

Offensichtlich wurden heute nacht Regeln gebrochen, weil er ein Päckchen Marlboro herausholte, gegen den Boden klopfte, eine mit dem Mund herauszog, sie anzündete und bis in die Stiefel inhalierte. Er blies den Rauch in einer dünnen Säule zur Decke. Sein Gesicht war weiß, besorgt.

»Ich habe meine Frau verloren«, sagte er plötzlich, fast als wär's eine Erklärung.

Natürlich. Ja, natürlich, unmittelbar nach der Geburt der Zwillinge. Aber – o Gott, das hier war doch etwas ganz anderes, ich war nicht...

Ich bemühte mich zu erklären. »Joss, ich möchte nicht, daß Sie irgendwelche Illusionen haben. Ich bin natürlich schockiert, aber, na ja, nachdem ich ihn sowieso verlassen wollte... Das haben Sie doch gewußt, oder? Ich hab nicht – wir haben uns nicht mehr geliebt...« Ich verstummte betreten. Es klang so blöd. Mein Mann war tot, und ich versuchte zu erklären, warum ich nicht zusammengebrochen auf dem Boden lag, aber ich mußte es ihm einfach sagen.

»Ich möchte, daß Sie wissen, daß ich mir ausgemalt habe, wie es wäre, wenn mein Mann stirbt. Regelmäßig«, fügte ich mit fester Stimme hinzu.

Er lächelte.

»Warum lächeln Sie?«

»Tut mir leid. Sie klingen wie eine Anwärterin bei den Anonymen Alkoholikern. Mein Name ist Rosie Meadows, und in meinen Fanatsien stelle ich mir vor, mein Mann wäre tot.«

»Klingt das furchtbar!«

»Nein. Es klingt wie die Wahrheit.«

»Und ich fühle –« Himmel – ich konnte nicht mehr aufhören, das Ventil war gelockert, und ich war metaphorisch aufgesprungen, wollte es mit meiner Umarme-mich-umarme-dich-

Gruppe teilen, »– also, ehrlich gesagt, fühle ich mich gut. Ich meine, ich fühle mich seltsam, daß er momentan nicht in London schläft, in unserem Bett, bereit am Morgen aufzustehen, verschlafen in die Küche zu tapsen. Es ist seltsam sich vorzustellen, daß ich ihn jetzt nie wieder sehen werde oder seine Stimme oder seine Schritte hören werde oder wie er meinen Namen ruft. Aber ich empfinde nicht diesen gräßlichen, zerreißenden Schmerz, den Sie sicher – also, ich bin mir sicher, daß Sie den empfunden haben«, beendete ich lahm. Ich sah ihn an und wünschte sofort, ich hätte meine verflixte Klappe gehalten. Seine Augen verdüsterten sich in seinem blassen Gesicht. Er lehnte seinen Kopf an die Stuhllehne, hielt seinen Brandy fest.

»Ja, also, keiner verlangt, daß Sie das müssen«, sagte er leise. »Es gibt keine Formel für Trauer. Und auf jeden Fall bin ich froh, das zu hören. Diesen Scheiß wünsch ich keinem.« Er leerte rasch sein Glas.

»Sie müssen sie sehr geliebt haben.« Alberne Frage, aber ich wollte es wissen. Mit einemmal wollte ich von reiner, echter unbefleckter Trauer hören.

Eine Pause. Dann begann er mit leiser, gemessener Stimme: »Als Kitty starb, fühlte ich mich, als würde mein Lebensblut aus mir laufen. Aussickern. Ich fühlte mich schlaff. Hilflos. Ich fühlte – nicht so, als ob ein Teil von mir mit ihr gestorben war, denn das wäre irgendwie tröstlich gewesen, sondern als wäre das, was immer es war, was mir das Leben gab, meine Energie, meine Vitalität in eine tiefe unergründliche Leere gesogen worden. Meine Seele, nehm ich an.« Er starrte hinunter in sein leeres Glas. »Ich bin nicht überzeugt, daß ich sie je zurückgekriegt habe.« Sein Gesicht war für einen Moment lang schutzlos, verletzlich und unendlich traurig. Es war, als wäre für eine Sekunde ein Fenster aufgeflogen, und ich hätte einen Blick auf etwas hinter der dunklen Fassade erhascht. Es knallte zu, als er abrupt den Kopf hob.

»Aber das Leben geht weiter und all die anderen miesen Klischees, die man erwähnen möchte. Und ich hatte Toby und die Zwillinge, um die ich mir Sorgen machen konnte, also mußte es das. Aber man ist immer – beschädigt. Nie mehr derselbe.« Er lächelte sanft. »Aber das hier ist Ihre Tragödie, Rosie. Warum reden wir über mich?«

»Weil ich mich schuldig fühle, daß ich nicht so empfinde wie Sie damals, nehm ich an. So wie eine Frau sich eben fühlen sollte, wenn ihr Mann stirbt.«

»Exmann in spe.«

Ich lächelte mühsam.

»Hören Sie«, fuhr er fort, »keiner erwartet, daß Sie in tiefe Trauer verfallen, keiner erwartet Klagen und Witwenschwarz, oder daß Sie in das nächste Nonnenkloster fliehen mit dem Lied: ›The Hills are Alive‹ auf den Lippen. Aber, egal was Sie im Augenblick denken, mir können Sie es glauben, Sie stehen unter Schock, und eine Zeitlang werden Sie sich deswegen noch ziemlich wacklig fühlen.«

Ich nickte. Das konnte ich mir vorstellen. Wacklig war für mich ohnehin ziemlich normal. Ich nahm einen Schluck Brandy. Ich hatte das Zeug nie wirklich gemocht, aber seltsamerweise fand ich jetzt den starken unangenehmen Geschmack recht tröstlich. Etwas, mit dem man sich auseinandersetzen konnte. Ich sah ihn dankbar an.

»Die Leute sagen, Sie wären arrogant und brutal«, platzte es aus mir heraus. »Aber das sind Sie gar nicht. Sie sind ein wunderbarer, anständiger Mensch.«

Er warf den Kopf zurück und lächelte. Es war das erste Mal, daß ich das erlebte. »Anständig akzeptiere ich, es klingt, als hätte man mich nie wegen Schwarzseherei erwischt, oder beim Pozwicken in Aufzügen – was ich übrigens nie mache –, aber wunderbar … wenige Leute sind wunderbar.« Er sah mich an, immer noch mit einem leichten Lächeln auf den Lippen. »Werden Sie's schaffen, Rosie?«

»Ja. Ja. Mir geht's gut.«

»Ich meine, so alleine? Oder wollen Sie, daß ich bleibe?«

»O Gott, es tut mir so leid.« Ich sah mich nach einer Uhr um. »Es ist wahrscheinlich mitten in der Nacht.«

»Es ist ungefähr Viertel nach vier. Sie sollten versuchen, ein bißchen zu schlafen, wenn Sie es können.«

Ich nickte. »Das werd ich. Ich werd's versuchen.«

Er stand auf und sah hinunter zu mir. »Also, dann gute Nacht. Ich laß den Brandy da. Vielleicht wollen Sie noch einen.«

»Danke.« Ich lächelte und fühlte, wie mir seine Güte die Tränen in die Augen trieb.

Er tätschelte meine Schulter, kurz, verlegen und ging.

Nachdem er weg war, starrte ich in die sterbenden Flammen, hielt mich an meinem Brandy fest. Ich blieb einige Zeit so sitzen, dachte nach, trank ein bißchen, bis ich merkte, daß es draußen dämmerte. Es war dieses ungnädige Licht, das den Schlaflosen am Morgen so zu schaffen macht. Aber jetzt begrüßte ich es, wollte, daß die Zeit sich weiterbewegte, wollte, daß es ein anderer Tag würde. Es war Viertel nach sechs. Ich hatte praktisch die ganze Nacht hier gesessen. Ich stand auf und brachte den Brandy und die Gläser in die Küche. Es hatte keinen Sinn, jetzt noch ins Bett zu gehen. Ivo würde bald aufwachen. Ich nahm ein heißes Bad, zog mir so viele Schichten wie möglich über und brühte eine Kanne Tee. Als Ivo aufwachte, gab ich ihm ein schnelles Frühstück, packte ihn in seinen Schneeanzug, und dann ging ich, zu seiner großen Freude, mit ihm hinaus in den Schnee. Der Himmel war strahlendblau, und darunter, so weit das Auge reichte, war alles weiß und weich, als hätten sich die Wolken herabgesenkt und ruhten jetzt auf der Erde.

Ivo quietschte. Er hatte noch nie zuvor Schnee gesehen.

»Mummy, schau!«

Ich lachte. »Ich weiß.« Der Schnee war zu tief für ihn zum Gehen, also nahm ich eine Handvoll und reichte ihn ihm als Ball. »Schnee.«

»Snee!« Er beobachtete fasziniert, wie er beim Zusammendrücken in seiner Hand zu Wasser wurde.

»Weg«, sagte er überrascht.

Ich lachte. »Versuch's.«

Er leckte seinen Handschuh. »Kalt!« Noch eine Überraschung. Zwei Enthüllungen, in ebensovielen Sekunden.

Ich nahm Ivo auf den Arm, und wir zogen los, hinaus in das

weiße Licht der Felder, die sich vor uns erstreckten wie Meereswogen, einen Hauch von Blau über den kleinen Wellen. Wir folgten dem, was, wie ich wußte, ein Weg um die Felder war. Ivo zerrte an den verschneiten Ästen und kicherte, wenn der Schnee auf seinen Hut fiel. Die Stille und das Weiß umfingen uns, und ich fühlte mich, als wären wir die beiden einzigen Menschen auf dieser Welt, was in gewisser Weise, nachdem Harry tot war, auch stimmte – allein in unserer eigenen kleinen Welt. Es war aber kein ernüchternder Gedanke, im Gegenteil, er erfüllte mich mit Entschlossenheit. Und ich wäre eine Heuchlerin, wenn ich nicht zugeben würde, daß dadurch alles einfach wurde. Ich ging kilometerweit, dachte, plante, erinnerte mich ausgiebig, aber inzwischen war Ivo auf meinen Schultern, und er war kein Leichtgewicht. Ich wußte, daß wir bald nach Hause gehen mußten – oder ich würde im Schnee kollabieren. Fairlings Manor konnte ich am Horizont noch sehen, ich war bewußt in Sichtweite geblieben, aus Angst, mich zu verirren, also ging ich querfeldein darauf zu. Nachdem wir uns fast im Kreis bewegt hatten, bedeutete das, daß wir uns nun von vorne näherten. Als ich die Einfahrt hochging, bemerkte ich einen Landrover, der etwa auf halbem Weg vor dem Haus parkte. Auf der anderen Seite des Zaunes legte ein Mann mit einer dicken Wetterjacke und einer flachen Kappe einer grauen Stute ein Halfter an und führte sie zum Tor. Sie lahmte furchtbar. Er lächelte, als ich mich näherte.

»Morgen!«

»Guten Morgen. Schön heute, nicht wahr?«

Er tätschelte den Hals der Stute. »Zauberhaft, aber nicht so gut für dieses alte Mädchen, fürchte ich. Sie ist zu alt, um den Schnee aufregend zu finden, im Gegensatz zu dem kleinen Kerl auf Ihren Schultern.« Er betrachtete mich kurz. Er war groß mit welligen rötlichen Haaren, das sich unter seiner Kappe herauslockten bis auf den Kragen.

Seine Augen hatten die Farbe von Moos, und zahllose Fältchen umringten sie, als er mich anlächelte. Er zog seinen Handschuh aus und reichte mir die Hand.

»Ich bin Alex Munroe, der hiesige Veterinär. Sie müssen die neue Pächterin des Cottages sein.«

»Neuigkeiten verbreiten sich hier aber schnell. Ja, ich bin Rosie Meadows.« Ich schüttelte seine Hand und bemerkte, daß sein Grinsen ziemlich schräg und sexy war. Es könnte tödlich sein, wenn er es richtig einsetzte, dachte ich mir. Ich senkte den Blick rasch zum Fuß des Pferdes. »Was hat sie denn?«

»Oh, nur ein bißchen Arthritis, sie kriegt es jedes Jahr, wenn es so kalt wird wie jetzt. Sie wird schon wieder, aber sie muß die Beine bandagiert kriegen und ein bißchen im Stall bleiben. Ich werd sie in den gegenüber ihres Cottages bringen. Glauben Sie, Sie könnten sie für mich ein bißchen im Auge behalten?«

»Aber natürlich. Ich versteh allerdings nichts von Pferden.«

»Oh, sie ist glücklich, wenn sie ihr ab und zu eine Karotte bringen.«

»Ich glaube, das schaffe ich.«

Er führte das Pferd behutsam durch das Tor, und wir machten uns zusammen auf den Weg zurück zum Cottage. Ich sah neugierig zu ihm hoch. »Kommen Sie immer im Morgengrauen kurz vorbei für den Fall, daß irgendein Pferd hinken könnte? Das ist recht früh für Hausbesuche, oder?«

Er lachte. »Nein, ich bin nicht im Morgengrauen aufgestanden und hab gedacht ›Herrje, es schneit. Ich hoffe, die alte Sasha ist okay, aber ich werd besser hinfahren und nachschauen.‹ Nein, er hat mich angerufen. Er kümmert sich sehr um sie. Sie war Kittys Liebling.«

Er deutete mit dem Kopf in Richtung Haus, und zu meiner Überraschung bemerkte ich ein Licht in der Werkstatt. Im Fenster zeichnete sich die unverkennbare Silhouette von Joss ab. Er hatte den Kopf gebeugt, einen Meißel in der Hand und klopfte an etwas, das wie ein großer Felsblock aussah. Also war er wohl ebenfalls wach geblieben.

»Er hat mich übers Handy angerufen, um mir zu sagen, daß sie lahmte und offenbar Schmerzen hätte. Das hat sie auch, aber manchmal wünscht man sich, der Typ würde häufiger schlafen, dann würde er solche Sachen nicht bemerken. Zumindest nicht so früh. Aber nachdem ich sowieso wegen eines nächtlichen Notrufs unterwegs war, spielte es keine Rolle.«

»Schläft er tatsächlich nicht?« fragte ich und brachte das Gespräch wieder auf Joss.

Er zuckte die Schultern. »Ich denke, irgendwann muß er ja, aber wann immer ich nachts unterwegs bin und bei ihm vorbeifahre, ist er da draußen und hämmert vor sich hin.«

»Wenigstens kümmert er sich um die Pferde«, sagte ich loyal.

»Vielleicht, obwohl Gott allein weiß, warum er sie noch nicht verkauft hat, sie werden nie bewegt. Aber ich denke, weil sie Kitty gehört haben, ist er ein bißchen sentimental, was sie angeht, und natürlich schätzt Annabel sie, weil dadurch der Besitz etwas von einer hochgestochenen Pferdezucht hat, so in der Richtung jedenfalls. Sie mag es, wenn sie kostbar und arrogant zum Zaun getrabt kommen, wenn Leute vorfahren.«

»Sie kennen sie gut, nicht wahr, Joss und Annabel?«

»Ein bißchen. Aber nur beruflich. Er ist ziemlich abweisend, wenn er sich überhaupt dazu durchringt, mit einem zu reden, aber sie ist charmant. Und ein außergewöhnlicher Schlaganfall, das hilft immer.«

Er grinste mich von der Seite an, und ich fragte mich, wie bewußt er sich seiner eigenen schlitzohrigen Attraktivität war. Kann mir nicht vorstellen, daß es ihm entgangen wäre. »Sie kennen sie doch, nehm ich an?« fragte er.

»Annabel? Nein, ich bin erst gestern eingezogen.«

»Ah.« Er deponierte Sasha in ihrem Stall und drehte sie um, so daß ihr Kopf zur Tür hinausragte. Er nahm ihr das Halfter ab und sah zu, wie ich ihr die Nase streichelte. »Das mag sie.«

»Das seh ich.«

»Sie mag auch am Rücken gekrault werden.«

»Wie wir alle.« Ich wünschte wirklich, ich hätte das nicht gesagt. Er feixte, und seine Augen strahlten, als hätte er da unerwartete Möglichkeiten entdeckt.

»O ja,«, schnurrte er.

Verflucht. Ich konzentrierte mich heftig darauf, Sasha intensiv die Nase zu tätscheln, aber ich fühlte, wie ich errötete und er mich interessiert beobachtete.

»Ist noch ein bißchen früh am Morgen, um über die Felder zu traben, oder?« sagte er. »Es ist noch nicht einmal acht Uhr.«

»Ich weiß, aber Ivo ist aufgewacht, und es ist ein so schöner Morgen, daß ich dachte, warum nicht?«

»Warum nicht das greinende Bündel ein bißchen an die frische Luft bringen und der anderen Hälfte ein bißchen Ausschlafen gönnen. Wirklich nobel von Ihnen.«

»Äh, nein. Ehrlich gesagt gibt es keine andere Hälfte.«

»Ah, tut mir leid. Geschieden?«

»Nein.« Ich holte tief Luft. »Ich bin Witwe.«

»Oh, das tut mir leid.« Er sah auch so aus. »Wirklich.« Er runzelte die Stirn und drückte Ivos Bein, das über meiner Schulter hing. »Der arme kleine Kerl.«

Schweigen breitete sich aus. Ich merkte, daß er bewegt war.

»Ist es erst … kürzlich passiert?«

Ich räusperte mich. Verdammt. »Ähm, ja. Vor ganz kurzem«, sagte ich, inständig hoffend, daß er nichts Genaueres wissen wollte.

»Also hat er ihn gekannt?« Er deutete mit dem Kopf in Richtung Ivo.

»Seinen Vater? Ja. Ha, hat er.«

»Ah, na, das ist wenigstens etwas. Ein paar Erinnerungen.«

»Ja, richtig.« Ich schluckte.

Dankenswerterweise hörten wir in diesem Moment beide ein Auto. Wir drehten uns um. Das Geräusch der Reifen war vom Schnee gedämpft, aber der Motor heulte laut, und der Wagen schlitterte gefährlich um Fairlings herum und kam dann die hintere Auffahrt herauf auf uns zu. Wir beobachteten, wie er Schrittempo auf uns zuschlingerte, noch ein Land Rover, wahrscheinlich das einzige Fahrzeug, das bei solchen Bedingungen überhaupt vorwärts kam. Als er sich näherte, erkannte ich Miles am Steuer. Philly saß neben ihm, und im hinteren Teil des Wagens, der wohl eigentlich mehr für den Transport von Heuballen und Schafen vorgesehen war, rutschten meine Eltern herum. Mir fiel das Herz in die Hose. Oh, verflixt – es hatte angefangen. Das Trauerkarussell hatte begonnen. Es war Zeit für viel lautes Wehklagen und Haareraufen, mit Mutter unverrückbar am Ruder.

Als der Wagen schlitternd neben uns zum Stehen kam, fiel Mum buchstäblich aus der Hintertür, in ihrem alten Nerzmantel mit passendem Hut und schwarzen Lackpumps. Sie schaffte es nicht direkt, kopfüber in den Schnee zu fallen, aber sie taumelte gefährlich durch die tiefen Schneewehen auf mich zu, mit kummervoll verzerrtem Gesicht, die Arme ausgestreckt, Taschentuch in einer Hand, Handtasche in der anderen. Ich ging rasch auf sie zu, und sie fiel mir heftig schluchzend um den Hals.

»Oh, mein armer Schatz! Mein armer Schatz! Und Ivo, mein armer, vaterloser Junge. Was wird nur aus euch beiden werden? Was werdet ihr tun? Oh, mein armes, armes Mädchen eine Witwe!«

Aus dem Augenwinkel sah ich, wie Alex erstaunt die Augen aufriß.

»Äh, ja, komm, Mum, laß uns reingehen.«

»Witwe! Und am Sonntag hat er so *gesund* ausgesehen. Wer hätte gedacht, daß er am nächsten Tag – oooh! Und jetzt mußt du ihn begraben!« Sie stopfte sich das Taschentuch in den Mund, und halb zog ich sie, halb trug ich sie völlig aufgelöst ins Cottage. Der Rest der Familie folgte betreten. Dieses spezielle Kontingent hielt Köpfe und Augen wohlweislich gesenkt. Hände steckten tief in den Taschen, und bevor sie die Schwelle überquerten, wurde heftig Schnee von den Schuhen getrampelt. Einer nach dem anderen sah mir in die Augen, als sie eintraten, aber bei keinem war auch nur der Schimmer einer Träne zu sehen. Bevor ich die Cottage-Tür hinter uns allen schloß, erhaschte ich einen letzten Blick auf Alex' schockiertes Gesicht, das uns beobachtete. Ich krümmte mich innerlich vor Scham und drückte die Tür zu.

11

Im Cottage stolperte meine Mutter zum nächsten Sessel und brach zusammen.

»Ooooh, Harry!« stöhnte sie schmerzerfüllt.

Der Rest der Familie stand in einem ratlosen Haufen um sie herum. Dad drückte meine Schulter.

»Bist du okay, Liebes?« fragte er mit belegter Stimme.

»Ja, mir geht's gut, Dad.«

»So ein verfluchtes Pech«, bemerkte Miles betreten. »Berufsrisiko, fürchte ich. Gehört dazu. Alles ein Teil des ländlichen Lebens.«

Damit meinte er wohl, Tod durch Pilzvergiftung. Das war zumindest eine Möglichkeit, es zu sehen, dachte ich, wie Tod durch Erntemaschine, eins von diesen ländlichen Dingen.

Philly bedachte ihn mit einem bitterbösen, fassungslosen Blick, umarmte mich theatralisch und murmelte: »Rosie, es ist einfach grauenhaft.« Aber sie ließ mich ziemlich schnell wieder los, als brächte sie es nicht fertig, die Beileidsbezeugung hinauszuzögern.

Wir standen eine Weile verlegen herum, dann schlurften wir kollektiv zu den Stühlen und setzten uns, immer noch gegen die Kälte in unsere Mäntel eingemummt, wodurch das Ganze eine gewisse Aufbruchstimmung bekam. Ivo saß auf dem Boden und löste mit ernster Miene die Schuhbänder meines Vaters. Die Atmosphäre tangierte ihn überhaupt nicht. Mummy schluchzte weiter.

»Furchtbare Geschichte«, murmelte Daddy schließlich.

»Hmm«, stimmte ich zu.

»Schon mit Bertram geredet?«

»Noch nicht.«

»Dafür ist noch Zeit genug. Armer Kerl. Mit Boffy?«

»Nein, noch nicht.«

»Für ihn ist das auch schrecklich.«

Erneutes Schweigen. Keiner schien zu wissen, was er sagen

sollte. Gelegentlich reichte Philly Mummy wieder ein Taschentuch, oder ich streckte die Hand aus und tätschelte die ihre. Ehrlich gesagt fühlte ich mich durch ihren Kummer beschämt, weil ich ihn nicht einmal annähernd teilen konnte und unfähig war, Trauer vorzutäuschen. Tiefe Stille legte sich über den Raum, und abgesehen von Mummys ersticktem Schluchzen verlegten wir uns alle darauf, den Teppich anzustarren. Meine Augen wurden allmählich glasig, aber ich wagte es nicht, den Kopf zu heben. Ich war in Panik, daß ich jemandes Blick begegnen würde ohne eine entsprechend kummervolle Miene meinerseits. Ich starrte eindringlich auf das ausgefranste Ende des Teppichs. Das Gräßlichste war, je länger die Stille anhielt, desto mehr Mühe hatte ich, nicht loszukichern. Ich atmete tief ein, biß die Zähne zusammen. Eine schreckliche Spannung lag in der Luft. Mummy schniefte heftig.

»So ein braver, gütiger Mann«, murmelte sie.

Ich starrte meine Schuhe an, wunderte mich über diese himmelschreiende Unwahrheit.

»So jung«, jaulte sie, »und so tapfer!«

Ich schluckte. Man möchte meinen, er wäre ein Ritter der Tafelrunde oder derartiges gewesen.

»Dahingerafft in der Blüte seiner Jahre!«

Ich biß mir in die Backe. Ich wagte es nicht, Philly anzusehen, kämpfte mit meinen Gesichtsmuskeln, und gerade, als ich dachte, ich wäre aus dem Schneider –

»Genau wie Unser Herr«, hauchte Mummy.

Das war's. Ich huschte mit gesenktem Kopf aus dem Raum und floh in die Küche. Ich riß einen Schrank auf, versuchte verzweifelt, meine schändliche Fröhlichkeit in seinen Tiefen zu verbergen. Genau wie Unser Herr! Ich glotzte kichernd ein Glas eingelegter Zwiebeln an. Dasselbe Geschlecht vielleicht, aber da endete doch wohl die Ähnlichkeit.

Jemand kam hastig hinter mir her. Ich drehte mich schuldbewußt um und entdeckte Philly. Sie war violett vor unterdrücktem Kichern.

»Rosie, es tut mir leid«, prustete sie, »ich kann nicht anders.«

»Ich auch nicht – oh, Philly, das ist furchtbar!«

»Sch…«, keuchte sie und klammerte sich an mich. Die Tränen liefen ihr übers Gesicht. Wir blieben einen Moment so stehen, hingen kreischend vor Lachen aneinander.

»Philly, das ist wirklich das letzte!«

»Das sind die Nerven«, flüsterte sie heiser. »So was passiert nach einem Schock.«

»Bist du sicher?« Ich wischte mir die Augen. »Ich bin kein herzloses, eiskaltes Luder?«

»Nein, nein, ganz normal. Reflexe. Das ist als ob man einem Huhn den Kopf abhackt.«

Ich kämpfte mit meinem Zwerchfell und gleichzeitig mit meinen entgleisenden Gesichtszügen, nicht ganz überzeugt, daß diese Analogie eine große Hilfe wäre.

»Genau«, krächzte sie. »Ich hab gesagt, ich würde was zu trinken holen. Wie ich sehe, hast du etwas Brandy, den trägst du raus. Ich bring die Gläser.«

Wir sammelten uns und schlurften hinaus und verteilten mit versteckten Gesichtern Joss' Brandy. Daddy kippte seinen in einem Zug hinunter. Er betrachtete einen Moment lang den Boden seines Glases, dann stellte er es entschlossen beiseite. Er stand auf.

»So. Nachdem wir jetzt gesehen haben, daß du in Ordnung bist, Rosie, werden wir, glaube ich, besser aufbrechen.«

»Oh, o ja, das bin ich. Mir geht's gut.« Ich stand rasch auf.

»Ausgezeichnet.« Er rieb sich die Hände, als hätten wir gerade unsere Terminkalender verglichen und Termine für einen Bootsurlaub festgelegt. »Nun, das halte ich dann für den besten Plan. Ich möchte nur Mum heimbringen, sie mit ein paar Aspirin ins Bett stecken.« Er warf einen Blick auf seine aufgelöste Frau. »Oh, übrigens, Schatz, die Polizei war schon bei uns nur ein paar Routinefragen. Waren auch schon bei Philly und Miles, konnten aber wegen dem Schnee nicht hierher durchkommen. Sie sagten, sie würden heute nachmittag oder morgen vorbeischauen, je nach Wetterlage. Ist das okay?«

»Wunderbar.«

Er band seine Schuhbänder zu und wandte sich zu Philly und Miles. »In Ordnung, Reisegruppe?«

Die anderen standen mit unverhohlener Erleichterung auf und hievten Mum behutsam hoch. Ich half ihnen.

»Wir fahren? So schnell?« murmelte sie, als wäre sie gerade aus einem sehr privaten, tragischen Traum erwacht.

»Ich glaube, Rosie möchte allein sein«, brachte Philly die Sache auf den Punkt.

»Natürlich will sie das«, schniefte Mum, »allein mit ihrem Kummer. Mein liebes, *liebes* Kind.« Sie streckte die Hand aus und drückte mein Handgelenk. »Bist du sicher, daß du nicht mit uns zurückkommen willst?«

Ich umarmte sie. »Nein, Mummy, ehrlich. Ich bin hier gut aufgehoben, wirklich.«

Sie nickte tapfer, klemmte ihr Taschentuch erneut vor den Mund.

Philly wartete, als die anderen zum Wagen gingen. »Soll ich zurückkommen?« flüsterte sie. »Wenn wir Mum nach Hause gebracht haben?«

»Nein, nein, ich komm schon zurecht. Ich ruf dich später an, dann können wir ein bißchen reden.«

»Okay. Au ja – noch was: Mum möchte die Beerdigung organisieren. Hast du was dagegen?«

»Ganz im Gegenteil, soll sie nur tun.«

»Wir dachten, dann ist sie beschäftigt. Das lenkt sie ab.«

»Absolut.«

Als ich in der Tür stand und ihnen nachsah, stieß ich einen schuldbewußten, aber von Herzen kommenden Seufzer der Erleichterung aus. Daddy, Gott segne ihn, hatte den Besuch absichtlich so kurz wie möglich gehalten, aber selbst so hätte er nie kurz genug sein können.

Die nächsten Tage verstrichen irgendwie in einem Nebel. Ivo und ich blieben in dem fast zugeschneiten Cottage, und die Leute ließen uns in Ruhe. Meine einzigen Besucher waren zwei schrecklich nervöse junge Polizisten, die auf ihren Stuhlkanten saßen, Tee nippten und mir sehr behutsam ein paar Fragen über den Morgen von Harrys Tod stellten. Befriedigt, daß es ein echter Fehler seinerseits gewesen war, sagten sie, natürlich wäre eine gerichtsmedizinische Untersuchung der Todesursache festgesetzt worden, aber da wäre alles reine Routine, und ich würde in Kürze mehr darüber hören. Inzwischen würde der Gerichtsmediziner die Leiche zur Bestattung freigeben.

Danach rief ich Cartwright und Thompson an, um meinen Termin mit meiner Anwältin, Miss Palmer, zu stornieren. Ich erkannte die eisigkühlen Töne der Empfangsdame. »Ah, ich nehme also an, das Problem ist gelöst?«

»Äh, das könnte man so sagen«, murmelte ich und beschloß, nicht zu verraten, auf welch spektakuläre Weise sich das zugetragen hatte.

Während dieser Zeit waren die einzigen Menschen ein paar Farmarbeiter, die wir gelegentlich trafen, wenn ich über die verschneiten Felder trabte oder die Leute im Dorf, wenn ich mich mit meinem Wagen auf die vereisten Straßen traute. Ich hatte das Gefühl, sie wußten genau, wer ich bin und was passiert war. Aber obwohl sie unverhohlen gafften, schwiegen sie.

Eines Morgens holte ich die *Times*, die ich auf der Gerichts- und Gesellschaftsseite informierte, daß Harry verschieden sei und daß die Beerdigung am Donnerstag, dem 16. November, in London stattfinde. Keine Blumen bitte und nur Familie und enge Freunde, Spenden an den Poppy Day Appeal.

Ich knitterte die Zeitung zu und fühlte mich von allem sehr weit entfernt. Wie es schien, mußte ich nur meine alte schwarze Jacke ausbürsten, mir einen neuen Hut kaufen und erscheinen. Mummy und Philly hatten alles übrige gemacht. In vieler Hinsicht erinnerte es mich an meine Hochzeit.

Als der Tag der Beerdigung dämmerte, fuhr ich früh nach London, deponierte Ivo bei Alison, unserer früheren Babysitterin mit Plastikmantel, und fuhr dann weiter zu der kleinen Kapelle des West London Crematorium, wo sich zu meiner Überraschung bereits eine kleine, düstere Menge versammelt hatte. Ich erkannte niemanden. Mein Gott, da konnte man es wieder sehen, dachte ich und schluckte, bei der Art von getrennten Leben, die wir geführt hatten, kannte ich nicht mal die Leute bei der Beerdigung meines Manns. Ich parkte den Wagen und ging mit sehr trockenem Mund los, um mich zu ihnen zu gesellen. Mit einemmal wurde mir klar, daß das hier eigentlich ganz meine Show war und man erwartete, daß ich das Ruder übernahm. Ich schüttelte ein paar älteren Männern und ihren Frauen die Hand. Wie sich herausstellte, waren es Saufkumpane aus seinem Club. Ich fragte sie in angemessener Gebrochenheit, ob sie die Güte hätten, sich drinnen einen Platz zu suchen, während ich mich an der Tür postierte. Ich war mir ziemlich sicher, daß dies meine Pflicht wäre, und abgesehen von allem anderen, interessierte mich, wer noch alles auftauchen würde.

Ein oder zwei Freunde von Harry aus dem Weingeschäft folgten, ein oder zwei Schulfreunde, eine kleine Auswahl Nadelstreifen aus der City. Im Grunde war ich froh zu sehen, daß Harrys Anhang im großen und ganzen vollzählig erschienen war. Im Vorbeigehen packten die Mädels mit ihren Ray-Bans und ihren Taschentüchern alle meine Hand, boten mir ihre Wangen und murmelten passende Beileidsbezeugungen, während ich sittsame Erwiderungen von mir gab.

»Rosie, Darling, wie furchtbar. Wie *schrecklich* für dich.«

»Charlie, Lavinia. Ich danke euch, daß ihr gekommen seid.«

Und so tröpfelte endlos die Brigade dunkler Anzüge an mir vorbei. Alle möglichen Gestalten waren aus ihren finsteren Löchern gekrochen. Da war dieser ziemlich dubiose Doktorfreund von Harry beispielsweise, glänzender Schnurrbart und Fliege-Brigade, wie ein Schauspieler in einer fiesen Rolle.

»Was für eine gräßliche Geschichte, meine Liebe«, säuselte er mit einem Blitzen in den Augen, die mich von oben bis unten lüstern musterten. »Wenn Sie irgendwelche Hilfe brauchen, irgendeinen Rat –«

»Herzlichen Dank«, sagte ich rasch. »Ich werde dran denken.«

Ich erinnerte mich sehr wohl an ihn. Ich hatte ihn auf einer trunkenen Cocktailparty kennengelernt, als ich etwa im dritten Monat schwanger war. Nachdem er den Spruch von wegen Vertrauen-Sie-mir-ich-bin-Gynäkologe losgelassen hatte, hatte er begierig meinen zugegeben gut gedeihenden Busen angestarrt und versucht, den Auftrag, meine Schwangerschaft zu überwachen, an Land zu ziehen. »Und Sie brauchen keine Sorge zu haben, daß ich ein Freund von Harry bin und Ihr Wu-Wu sehe«, hatte er getrötet. »Wenn Sie erst mal so viele gesehen haben wie ich, haben Sie alle gesehen!« Ich erinnerte mich, daß ich mir ein verkniffenes Lächeln abgerungen hatte und dabei dachte, lieber würde ich mein Kind auf einer öffentlichen Toilette zur Welt bringen, als ihn in die Nähe meines »Wu-Wus« zu lassen. Er quetschte mitfühlend meine Hand, als ich ihn weiterdrängte.

»Hallo, Rosie.«

Ich drehte mich um und sah einen vage vertrauten Saufkumpan von Harry hinter mir dräuen.

»Böse Show hier. Wo ist Harry?«

»Äh ... er ist tot.«

»*Tot.* Großer Gott. Das ist ja was, ich dachte, das wäre Reggies Beerdigung.«

»Ähm, nein, ist es nicht.«

»Na, das ist eine Erleichterung. Reggie ist also noch unter uns? Okey-doke. Darf keine Zeit verlieren.«

Während ich verdutzt seinem entschwindenden Rücken nachblinzelte, kam jemand anders seitlich angeschlichen. Es war unser ehemaliger Nachbar in der Meryton Road, ein ernster junger Kirchengänger namens Adrian, der immer versucht hatte, uns über den Gartenzaun zu bekehren. Er wedelte mit evangelischen Pamphleten über die Glyzinie und informierte uns über die nächsten Bibelstunden. Er gehörte zu den wenigen Dingen, über die Harry und ich zusammen gelacht hatten.

»Adrian, wie nett von Ihnen zu kommen«, murmelte ich.

Seine Brille beschlug konsterniert, als er meine Hand nahm und ich etwas nervös feststellte, daß er in der anderen eine Gitarre und ein Gesangbuch hielt.

»Was meinen Sie?« fragte er ängstlich. »Am Ende der Messe vielleicht? Nur um die Sache ein bißchen aufzulockern und nicht allzu ökumenisch? Ich hab mir gedacht, ›Go Tell It On The Mountain‹ wär vielleicht nicht so ganz Harrys Ding.«

»Äh, nein, da haben Sie recht, wahrscheinlich nicht. Es ist wirklich sehr lieb gemeint, aber ehrlich gesagt, Adrian, war er eher ein Jerusalem-Typ, und das spielen sie auf der Orgel. Trotzdem ganz herzlichen Dank.«

Ich beobachtete benommen, wie sie alle vorbeitrabten, dieser wild gemischte Haufen, um sich zu setzen, ganz gefaßt, ohne eine Träne in Sicht. Unerklärlicherweise deprimierte mich der Mangel an Tränen allmählich. Es war ja in Ordnung, daß ich stoisch und gelassen war, aber verdammt noch mal, das waren doch seine Freunde! Ich gab mir größte Mühe, mir ein paar Tränen abzuringen – um der Form willen – und wünschte, ich hätte daran gedacht, mir eine Zwiebel in die Tasche zu stecken. Aber die Erkenntnis, daß ich es tatsächlich vortäuschte, entsetzte mich, und ich schaltete auf eine Miene erstarrter Heiterkeit um, gerade als Charlotte und Boffy zur Tür hereinsegelten.

»Sie lächelt tränenumflort«, murmelte Boffy und nahm ergriffen meine Hand zwischen seine beiden. »Harry wäre so stolz auf dich gewesen.«

»Danke, Boffy«, flüsterte ich voller Gewissensbisse. »Und ich danke euch beiden von ganzem Herzen für alles, was ihr für Harry getan habt ... am Ende.«

Charlotte packte meine Schultern und drückte mich fest an ihren sehr beachtlichen Busen. »Komm mich bald besuchen«, wisperte sie eindringlich. »Wir reden!«

»Das wäre schön«, log ich mit dem Gesicht in ihr Mammutdekolleté gequetscht. Schlimm, so viele Lügen, so viele Schuldgefühle!

Einige meiner Freunde tauchten auf, einschließlich Alice und Michael, und dann ein paar meiner Verwandten. Es amüsierte mich, wie entrüstet Harry gewesen wäre, wenn er das Kontingent aus dem Norden gesehen hätte, das er tatsächlich von unserer Hochzeit verbannt hatte mit den Worten: »Rosie, mein

Herz, wir können unmöglich diese gräßlichen Cousins von deines Vaters Seite einladen.

Gütiger Gott, einer von ihnen verpackt Truthähne für irgend so eine Geflügelfirma!« Den Truthahnpacker begleitete seine Frau Hilda, laut Harry eine verachtenswerte Kreatur, die immer zuerst die Milch statt des Tees reintat. Ich hatte Harry einmal gefragt, wie er dazu kam, Leute so einfach auf den ersten Blick zu hassen. »Spart Zeit«, hatte er geknurrt.

Dann kam meine Familie, mit leise weinender Mummy, gestützt von Daddy und Philly und Miles mit ernsten Mienen. Ich beobachtete, wie sie zum vorderen Teil der Kapelle schritten, begleitet von düsterer Orgelmusik – und dann zwickte mich jemand in den Hintern.

Ich drehte mich um. »Bertram!« keuchte ich. »Um Himmels willen!«

Er gab mir einen lauten Schmatz auf beide Backen. »Tut mir leid, meine Liebe, irgendwie war dieser kleine schwarze Rock so sexy gewölbt. Also wie findest du das? Jetzt hat der alte Sack einfach den Löffel abgegeben, was? Voller Überraschungen, nicht wahr?« Seine Augen blinkerten beängstigend.

»Ja, es ist – schrecklich traurig.«

»Natürlich ist es das, natürlich. Trotzdem wird es nicht lang dauern, bis du dich gefangen hast, was? Auf in den Kampf, ein neuer Tag wartet und so weiter. Vielleicht willst du sogar die lustige Witwe spielen? Kann's nicht erwarten. Sagen wir irgendwann nach dem Tee?« Er lächelte anzüglich, gab mir einen Stoß in die Rippen und schlurfte zu einer der Bänke im hinteren Teil der Kapelle.

Ich eilte hinter ihm her. »Bertram, nein, du solltest vorne sitzen. Für dich ist ein spezieller Platz reserviert.«

»Nein, nein, ich bin lieber hier, meine Liebe. Von hier aus kann ich mehr sehen, den Kummer beobachten. Ich war immer einer von den Knilchen in der letzten Bank.« Er setzte sich und breitete die Arme über die Lehne der Bank und sah sich um. »Kein schlechter Aufzug, wirklich. Wenn man bedenkt.«

Ich hastete zurück zur Tür, bevor er »Wenn man bedenkt«

näher erläutern konnte. Nachdem der Strom der Trauergäste anscheinend vorübergehend versiegt war, beschäftigte ich mich mit der Suche nach ein paar Liederlisten.

»Wie lange muß ich denn hier stehen, um einen Kuß zu bekommen?« fragte eine vertraute Stimme hinter mir.

Ich drehte mich um und sah in das ebenso vertraute Gesicht meines Bruders.

»Tom!« Ich warf mich ihm begeistert an den Hals. Er erwiderte meine Umarmung, dann hielt er mich ein Stück von sich weg, und wir sahen einander an. Dunkel, mit hängenden Haaren, blauen Augen, Wildlederjacke, Cowboystiefel – der absolute Inbegriff von cool. Er grinste, als er sah, wie ich das bestaunte. »Tut mir leid mit den Klamotten. Ich komme direkt vom Flughafen, und ich wollte nicht unbedingt im dunklen Anzug den Atlantik überfliegen.«

»Das spielt doch überhaupt keine Rolle, wenigstens bist du hier! Wie geht's dir?«

»Oh, mir geht's gut, aber wie geht's dir, Rosie?« Er musterte mich genau, suchte nach Anzeichen von Trauer. »Hältst du durch?«

»Ja, ehrlich gesagt, geht's mir gut. Ich...« Ich suchte verzweifelt nach Worten. »Nun ja, es ist natürlich traurig, aber mir geht's wirklich gut.«

Er nickte befriedigt. »Gut.«

»Mensch, Tom, du kommst von so weit her! Ich hab nicht mal gewußt, daß du kommst! Das hättest du wirklich nicht tun brauchen, weißt du. Ich meine, du und Harry, ihr wart nie direkt Busen –«

»Ich bin gekommen, um dich zu sehen«, unterbrach er streng.

Tom war von Anfang an ein lautstarker und unverblümter Gegner meiner Ehe gewesen. Er hielt so subtile Bezeichnungen wie »Trottel« und »geistiger Invalide« für Harry parat.

»Was immer ich von ihm gehalten habe, er war mein Schwager, vergiß das nicht. Und Ivos Vater.«

»Ja, natürlich«, sagte ich und fing mich wieder. Es war so

wunderbar, ihn zu sehen, so groß und attraktiv mit seiner L.A.-Poolbräune. Mit einemmal war ich den Tränen sehr nahe. »Oh, Tom, ich bin so froh, daß du da bist. Ich bin so durcheinander. Ich weiß nicht, was ich denken soll, weiß nicht mal, wie ich mich fühlen soll, wie reagieren, ich –«

»Schhh…« Er legte seinen Finger an die Lippen, als der Organist zu einem mächtigen, schwingenden Akkord crescendierte. Er schwang sich bedrohlich bis zur Decke. Ich drehte mich um und sah den Vikar neben mir stehen, hocherhobenen Hauptes, mit Halbbrille auf der Nase, voluminösem weißen Gewand, die Bibel an die Brust gedrückt, bereit zum gemessenen Marsch durch das Kirchenschiff.

Tom führte mich rasch zur vordersten Bank, und ich setzte mich, eingekeilt zwischen ihm und Philly. Ich schaute mich kurz um und sah Bertram in die Augen. Er zwinkerte obszön, und ich drehte mich rasch zurück.

»Liebe Gemeinde, wir sind heute hier versammelt…«

Wir waren aus den Startlöchern. Mit ziemlichem Tempo, ehrlich gesagt. Ich weiß nicht, ob der Vikar mit seinen Messen ein bißchen im Verzug war, aber wir galoppierten mit unglaublichem Zack durch die Lesungen, zwei Lieder – »Jerusalem« und »I Vow To Thee My Country« (was sonst). Dann hielt der Vikar eine kleine Predigt dazu, wie traurig es war, daß Harry uns verlassen hatte, und dann gab Boffy ein kleines Stück zum besten, von wegen was für ein guter Kerl er doch gewesen wäre und dann, gerade als ich dachte, es müßte fast vorbei sein und mich fragte, wie zum Teufel all diese Leute ins Wohnzimmer in der Meryton Road passen sollten, kam er zu uns. Ich meine Harry. Er kam den Gang entlang, im Zeitlupentempo, in seinem Sarg, und nachdem ich noch nie zuvor bei einer Beerdigung gewesen war, traf mich das völlig unvorbereitet. Mein Gott, da war er, in dieser Kiste. Es war ein ziemlicher Schock, daß sie in dieser Zeit der totalen Hygiene tatsächlich noch echte Leichen begruben, und zu meiner ungeheuren Erleichterung genügte ein Blick darauf, und ich brach in total echte Tränen aus. Das war anscheinend der Startschuß für die restliche weibliche Gemeinde. Innerhalb von Sekunden lief ein Meer von Tränen vom Stapel. Während die Sargträger sich gemessen den Gang entlangbewegten, konnte ich nicht umhin, mich ziemlich trotzig in Bertrams Richtung zu drehen. Und da sah ich, daß er auf seiner Bank stand, mit einem Videorecorder, der auf den Sarg gerichtet war.

»Er nimmt es auf Video auf!« zischte ich Tom entgeistert zu.

Tom drehte sich interessiert um. Aber Tom lebte in Amerika. Er zuckte die Schultern. »Mußte wohl passieren. Hochzeiten, Taufen, warum nicht auch Beerdigungen?«

Der Sarg kam jetzt langsam hinter dem Rednerpult zu stehen, mitten auf der Bühne sozusagen. Ich starrte ihn an. Etwa drei Meter dahinter war ein tiefroter Vorhang. Alles schwieg. Was jetzt, dachte ich und packte mein Taschentuch fester. Wohin trieb es ihn jetzt? Mit einemmal ertönte ein leises mechanisches Surren, und der Sarg begann sich zu bewegen. Anscheinend war er auf einer Art *Generation-Game*-Fließband und bewegte sich auf den Vorhang zu, hinter dem Gott weiß was wartete. Doch plötzlich wußte ich es. Die Flammen, der Brennofen, der Scheiterhaufen – o mein Gott! Ich klatschte mir die Hand vor den Mund. Harry hatte immer gesagt, er wolle begraben werden! Ich erstarrte. Natürlich! Im Friedhof in Yorkshire, neben Bertrams Haus. Er hatte sich sein Plätzchen schon ausgesucht – mein Gott, er hatte mir ihn sogar gezeigt neben irgend jemandem, wer war das noch … Oh! Seine *Eltern!*

Ich zupfte Tom am Ärmel. »Tom, ich hab's vergessen«, röchelte ich. »Er wollte begraben werden!«

Er sah mich erschrocken an. »Bißchen spät jetzt, Rosie.«

»Aber können wir es denn nicht aufhalten?« zischte ich. »Einen Knopf drücken?«

»Das ist kein Supermarkt, weißt du«, murmelte er. »Du kannst das Ding nicht aufhalten und einfach die Karotten zurückgeben. Er ist unterwegs!«

Ich verfolgte voller Entsetzen, wie die Kiste weiterwanderte. Die einzige Möglichkeit sie aufzuhalten wäre ein Hechtsprung auf den Sarg gewesen und mit ihm in die Flammen zu segeln –

was, das müssen Sie zugeben, ein ziemlich selbstloser Akt gewesen wäre –, also konnte ich nichts tun, außer mit anzusehen, wie sich der Vorhang langsam hob, um den Sarg zurückzulassen, dann wieder zufiel. Er war weg.

»Ooooooh, nein!« schluchzte ich laut.

Ein mitfühlendes Gemurmel raunte durch den Saal, und viele Hände streckten sich über Bänke, um meine zu drücken.

O Gott, dachte ich, und schluchzte voller Schuldgefühle in mein Taschentuch. Nicht einmal das hatte ich für ihn recht machen können, seine letzte Bitte! Bei all der Verwirrung und dadurch, daß Mum und Philly die ganze Sache übernommen hatten, hatte ich es komplett vergessen. Jetzt aber erinnerte ich mich, er hatte sehr strenge Vorstellungen gehabt, was sein Ableben betraf. Auf keinen Fall wollte er der medizinischen Wissenschaft überlassen werden, mit der Begründung, daß er nicht wollte, daß sein Schwanz in der Hosentasche irgendeines Medizinstudenten landete, der ihn dann im Pub als Witz herauszog – Gott sei Dank war er nicht diesen Weg gegangen. Aber er hatte auch nicht verbrannt werden wollen, weil er, verdammt noch mal, nicht über die Rosen seines skrupellosen Vikars verstreut werden wollte und die Urne mit ein bißchen alter Holzasche aufgefüllt würde. Ich schluckte reuevoll hinter meinem Taschentuch. Tom fand mein Ohr. »Du kannst die Urne begraben«, raunte er.

Ich hob erleichtert den Kopf. »Sicher?« hauchte ich.

»Absolut.«

»Also ... dann ist es ja praktisch dasselbe! Ich kann die Urne nach Yorkshire bringen und – er wird den Unterschied gar nicht merken!«

Er grinste. »Ich glaube, wir können ungestraft sagen, daß du damit durchkommen wirst.«

Das war eine Erleichterung, aber ich stand immer noch echt unter Schock, als alle aus der Kapelle stolperten. Natürlich war das eine Hilfe für mein Auftreten und löste viel Mitgefühl und Handdrücken von allen aus. Danach stand man noch eine Weile betreten herum, und dann machten sich die Autos allmählich in

Richtung Meryton Road 63 auf, während ich, wohl die Haupttrauernde, voranfuhr, mit nervösen Blicken durchs Rückfenster.

Als ich die Schlüssel in die Tür meines alten Hauses steckte, hatte ich ernste Bedenken. Die Einladung war Mum und Phillys Idee gewesen, aber ich war mir nicht ganz sicher, ob mir das gefiel. Nein, es gefiel mir überhaupt nicht, beschloß ich, als ich widerwillig den beiden Kellnerinnen zulächelte, die wie Wachtposten neben der Tür zum Salon standen. Ich nahm ein Glas Weißwein von einem angebotenen Tablett, kippte es hinunter und ging hinein. Warum hatte ich das zugelassen? Warum hatte ich nicht drum gebeten, es an irgendeinem anonymen Platz, wie zum Beispiel in einem Nebenraum eines Hotels zu machen? Ich ließ den Blick über die vertrauten schweren Eichenmöbel schweifen, die riesigen dunklen Gemälde von Harrys Vorfahren, die mich anklagend von den Wänden anstarrten. Ich erschauderte. Es war erst eine gute Woche her, daß ich hier gewohnt hatte, aber ich fühlte mich bereits wie eine Fremde. Ganz gewiß würde das nie mehr mein Zuhause werden, da war ich mir ganz sicher. Ich fühlte mich, als würde mich Harrys Geist bereits umschwirren, und es war kein sonderlich gutwilliges Gespenst.

Während ich meinen Wein nippte, beschloß ich hier und jetzt, das Haus bei erster Gelegenheit auf den Markt zu werfen, gleich morgen nämlich. Ich würde dem nächstgelegenen Immobilienmakler die Schlüssel in die Hand drücken und ihm sagen, er sollte sein verdammt Bestes tun, soviel wie möglich dafür herauszuschlagen. Ich fragte mich, während ich durchs Zimmer ging, ob ich erst noch richtig saubermachen sollte. Ich war seit über einer Woche weg, also war der Staub wahrscheinlich schon überall fingerdick. Ich streifte mit dem Finger über einen Tisch. Makellos. Ich lächelte. Philly, zweifellos. Sie hatte sich um alles gekümmert. Sie hatte sogar einen Caterer bestellt, der das ganze Essen brachte, Kellnerinnen mit Platten voller Häppchen schwirrten um die Leute.

Der Raum begann sich zu füllen. Es war heiß, drückend. Ich versuchte, mich davonzuschleichen und ein bißchen Luft im

Garten zu schnappen, wurde aber von einem alten Schulfreund Harrys in einer Ecke gestellt. Ich nickte und bedankte mich für seine Beileidsbezeugungen, ganz auf Autopilot. Ich mußte ohnehin nicht viel sagen, außer »danke« und »ja, furchtbar« und »Sie sind zu gütig«. Während ich höflich Konversation machte, sah ich mich heimlich um. Mummy hatte sich soweit erholt, daß sie sich sehr intensiv mit Bertram unterhalten konnte, der den Kopf geneigt hatte und lauschte. Daddy plauschte mit seiner Cousine Hilda, Philly erteilte Order in der Küche, und die einzigen anderen Leute, mit denen ich reden wollte, waren Tom und Alice, die drüben am Kamin standen und sich angeregt unterhielten. Ich beobachtete, wie sie plauderten. Alice sah sehr mondän aus in einem langen, marineblauen Kostüm, warf ihr Haar zurück und lachte laut über etwas, das Tom sagte, vergaß für einen Moment, daß sie nicht auf einer heiteren Cocktailparty war. Dann hielt sie sich schuldbewußt die Hand vor den Mund, sah sich um, erinnerte sich, wo sie war. Ich grinste. Sie hatten sich immer schon gut vertragen, und sie hatten sich seit Jahren nicht mehr gesehen, wahrscheinlich nicht mehr seit Alices und meiner Schulzeit. Ich versuchte, meinem ernsten Steuerberater mit der angehenden Glatze zu entfliehen, um mich zu ihnen zu gesellen, aber als ich mich gerade höflich empfehlen wollte und mich abwandte, wurde ich von Bertram in eine andere Ecke geboxt.

»Meine Liebe, ich muß bald fahren, und ich muß einfach kurz mit dir reden.«

Sein leiser, etwas nervöser Ton überraschte mich. Ich war eher darauf gefaßt, mich gegen seine ständigen Andeutungen und seine wandernden alten Hände zu wehren.

»Natürlich. Worum geht's denn?«

»Setz dich.« Er zeigte auf das unbesetzte Sofa, setzte sich und klopfte auf den Platz neben sich. Er sah müde aus. »Ich laß mir zwar nichts anmerken, Rosie, aber meine alten Beine sind nicht mehr das, was sie mal waren, und ich halte diese Rumsteherei nicht lange aus. Bei solchen Anlässen scheint das jetzt en vogue zu sein, keiner will mehr sitzen.«

Ich ließ mich gehorsam nieder.

»So, meine Liebe. Ich möchte mit dir über Stockley Hall reden. Willst du's haben?«

Ich blinzelte überrascht. »Ja, also, ich hab noch nicht wirklich darüber nachgedacht, Bertram... Oh, ich verstehe. Du meinst, jetzt, wo Harry tot ist.«

»Genau. Ich hab es ihm natürlich in meinem Testament hinterlassen, also könnte ich es, technisch gesehen, auf dich überschreiben lassen und dann auf Ivo. Aber das würde bedeuten, wenn ich in ein paar Jahren den Löffel abgebe – was offen gesagt immer wahrscheinlicher wird mit meinem stolpernden Herzen –, dann würdest du dort leben müssen.«

»Oh.«

»Genau, oh. Oder es verkaufen.«

»Ah.« Das war schon besser.

»Ah. Ja, wesentlich ansprechender, das seh ich. Aber die Sache ist die...« Er zögerte.

»Was?«

»Vielleicht hältst du mich ja für einen sentimentalen alten Narren, aber ich hab mein ganzes Leben dort gelebt, und ich bin mir nicht sicher, ob ich möchte, daß der alte Kasten verkauft wird, sobald ich ihm den Rücken gekehrt habe, sozusagen.«

»Also, nein. Das kann ich verstehen.«

»Soll ich dir sagen, was ich mir dann vorgestellt habe?«

Ich lächelte, weil ich wußte, daß er es sowieso tun würde. »Tu das.«

»Also, ich weiß, daß du es für einen Haufen bröseligen Fels und Granit hältst, der da am Ende der Welt steht, aber weißt du, etwas an dieser rauhen Schale spricht wohl eher männliche als weibliche Gefühle an. Und, wer weiß, vielleicht gefällt es Ivo ja, wenn er einmal älter ist.«

»Ja.« Ich nickte. »Du könntest recht haben. Also?«

»Also, was ich mir vorgestellt habe, wenn du das nicht als allzu ungerecht empfindest, ist, daß ich das Haus treuhänderisch verwalten lasse, bis Ivo sich seine eigene Meinung dazu bilden kann. Sagen wir, mit etwa fünfundzwanzig. Vielleicht ist er ja deiner Meinung und hält es für ein gräßliches altes Mausoleum, dann kann er es verkaufen und sich ein schickes Apartment in Mayfair kaufen samt einem Ferrari und möge damit glücklich werden. Aber andererseits entscheidet er sich vielleicht, es weiter zu unterhalten. Drin zu leben, schießen, jagen, vielleicht sogar eine Familie gründen.« Er hielt einen Augenblick inne. »Ich möchte ihm diese Option freihalten.«

Ich beobachtete sein Gesicht. Es war sanft, fast zärtlich, für einen Augenblick. Ich fühlte mit ihm. Es war alles, was ihm noch geblieben war. Ich drückte seine Hand.

»Das würde mir auch gefallen, Bertram, und ich finde es eine wunderbare Idee. Danke in Ivos Namen. Und du hast absolut recht. Ich würde nie dort leben, und ich nehme an, daß ich es in ein paar Jahren verkaufen würde. Und dann würde mir Ivo das vielleicht nie verzeihen.«

Er lächelte und tätschelte meine Hand. »Gut. Dann ist das geregelt. In der Zwischenzeit werde ich ein paar zuverlässige Treuhänder zusammentrommeln und alles hieb- und stichfest machen.« Er seufzte, lehnte seinen Kopf zurück ins Sofa. »Weißt du, es ist komisch, Rosie, ich war so entzückt, als Harry dich heiratete. Ich dachte, du wärst gut für ihn, hab mir sogar vorgestellt, daß ihr eines Tages vielleicht kommt und in Stockley lebt. Hab gedacht, ich nehm die Omawohnung im Speicher, oder vielleicht sogar eins der Cottages. Aber es hätte nicht funktioniert, nicht wahr? Ich meine, selbst wenn er nicht gestorben wäre, ich glaube nicht, daß du bei ihm geblieben wärst, nicht wahr?«

Ich schluckte. Er wußte nicht, daß ich ihn bereits verlassen hatte. Ich leckte mir die Lippen. »Bertram, ich werde es dir eines Tages erzählen. Aber – nicht hier. Nicht jetzt.«

Er nickte. »Du hast recht. Weder die Zeit noch der Ort.« Er verschränkte die Arme und setzte sich auf. »So, jetzt aber zu anderen Dingen. Wie bist du denn mit Geld gestellt? Hat er dich gut versorgt?«

»Weißt du, ich bin mir da nicht sicher. Morgen treffe ich mich mit Harrys Anwalt, um rauszufinden, wie er die Dinge hinterlassen hat, aber ich denke, ich werde gut zurechtkommen.« Ich war mir da überhaupt nicht sicher. Harrys Anwalt, alias Boffy, hatte mir nicht direkt erschöpfende Informationen über Harrys Nachlaß gegeben, nur etwas zögerlich vorgeschlagen, ich könnte »vorbeischauen«.

»Also wenn's da irgendeinen Schluckauf gibt, komm zu mir. Ich würde mich nicht wundern, wenn der alte Narr ein totales Durcheinander hinterlassen hätte. Er hatte keine Ahnung, wie man Geld macht, oder es auch nur hält. Hatte eigentlich sowieso ziemlich wenig Ahnung, generell, Gott segne ihn«, bemerkte er mit düsterer Miene. Er sah mich von der Seite an. »Kann mir sowieso nicht vorstellen, warum du ihn überhaupt geheiratet hast. Muß wohl der Sex gewesen sein, was?«

Ich seufzte. »Bertram –«

»Nein, du hast recht, weder die Zeit noch der Ort, ich weiß.« Er schürzte seine Lippen und seufzte. »Also schön, nachdem ich nicht über Sex reden darf und wir das Geld und die Besitztümer geregelt haben, sollte ich mich, glaube ich, auf den Rückweg nach Yorkshire machen.« Er wollte aufstehen, aber das Sofa war ziemlich tief. Ich half ihm auf zu seinem großen Ärger.

»Wie kommst du denn zurück?«

»Parkinson ist in der Küche. Er hat den Wagen draußen. Sobald er so viele Eiersandwiches, wie er in den Mund stopfen kann, aufgesaugt hat, werden wir aufbrechen.«

Ich grinste, als er davonhumpelte, um seinen Chauffeur einzufangen. Er brüllte laut »Parkinson«, der sich hurtig materialisierte und gehorsam hinter ihn stellte und ihm im Eingang in Hut und Mantel half. Als ich Bertrams faltige alte Wange küßte, kam mir der Gedanke, daß er gar nicht gekommen war, um Harry seinen Respekt zu erweisen. Er war hier, um seine Geschäftsangelegenheiten zu regeln. Bertram war ein äußerst raffinierter alter Mann. Ich ging mit ihm den Weg hinunter zum Auto, verschränkte die Arme gegen die Kälte, die sich durch mein dünnes schwarzes Kostüm nagte, und zitterte, als Parkinson die Autotür öffnete, um ihn reinzulassen. Sobald er es sich bequem gemacht hatte, öffnete er das Fenster und beugte sich heraus.

»Und vergiß nicht, meine Liebe, wenn du irgendwelche finanziellen Probleme hast, kommst du zu mir. Ich möchte nicht, daß du denkst, ich will dir keinen Penny hinterlassen.«

»Das werde ich tun, Bertram, danke.«

»Lüg nicht«, prustete er, als der Wagen sich in Bewegung setzte. »Du würdest lieber in einer Dachkammer verhungern, als mit dem Hut in der Hand zu mir kommen!«

Ich lachte und blieb winkend auf dem Gehsteig stehen, bis das Auto außer Sichtweite war.

Als ich mich anschickte, wieder hineinzugehen, sah ich Mummy, die mich in der offenen Tür erwartete.

»Und?« sagte sie begierig, mit funkelnden Augen.

»Und was?«

»Und, hast du's gekriegt?«

»Was gekriegt?« Ich ging auf sie zu.

»Stockley Hall natürlich. Vererbt er es dir?«

»Oh, richtig.« Ich schloß die Tür hinter mir. »Ja, also, nicht direkt. Er hat es mir irgendwie angeboten, aber er hat gemerkt, daß ich es nicht wirklich wollte, also nein. Aber er wird es Ivo hinterlassen.«

»Jetzt?«

»Nein, nicht jetzt. Es wird treuhänderisch verwaltet werden.« Ich wanderte durch die Küche und pickte gedankenverloren an einem Räucherlachsrand herum. »Ivo kann das Erbe antreten, wenn er fünfundzwanzig ist.«

»Aber es hätte in deinen Händen sein können!«

Ich runzelte die Stirn. »Was hätte ich denn damit getan, Mum? Ich will dort nicht leben. Ich hätte es nur verkauft, und das wollte Bertram nicht.«

»Aber das würde er ja nicht wissen, nicht wahr?« zischte sie. »Er wäre doch tot?«

Ich sah mir ihr verständnisloses Gesicht an. Meine Güte, dieser Besitz bedeutete ihr eine Menge. Ich fragte mich, ob sie Bertram vorhin damit in den Ohren gelegen hatte.

»Es tut mir wirklich leid, Mum, aber ich wollte es nicht, und ich hielt es für skrupellos, es zu nehmen und vorzugeben, ich würde es nicht verkaufen, obwohl ich es in Wirklichkeit wahrscheinlich tun würde, ganz besonders, nachdem er das offensichtlich nicht wollte, okay?«

»Nein, es ist nicht okay, es ist, verdammt noch mal nie okay, wenn du irgend etwas machst! O *Gott,* wann wirst du endlich etwas richtig machen?«

Ein paar Leute in unserer Nähe hatten aufgehört zu reden und drehten sich zu uns.

»Mum, hör zu –«

»Nein, *du* hörst zu! Ich habe es satt, Rosie. Das war die einzige Chance, die du hattest, etwas aus diesem furchtbaren Schlamassel herauszuholen, und du kriegst nicht mal das fertig. Du wurstelst nur weiter und überläßt es anderen Leuten, die Scherben deines Lebens einzusammeln. Du halst mir und Philly die ganze Last der Beerdigung auf, während du wie immer den Rücksitz nimmst und fünf vor zwölf auftauchst. Das ist alles so typisch! Das Problem mit dir, mein Mädchen, ist, daß du keinen Mumm hast!«

Ersticktes Kichern war in unserer Nähe zu hören, aber das tangierte Mutter nicht.

Philly schlängelte sich durch die Menschenmenge wie eine Rakete mit Infrarotzielerfassung und packte Mums Arm.

»Was ist los?« zischte sie. »Wir konnten dich bis in den Salon hören, Mummy. Warum schreist du Rosie an? Alle hören zu!«

»Weißt du, was sie getan hat?« Mummy hob trotzig die Stimme. »Hmmmmm? Sie hat sich Stockley Hall entgehen lassen. Hat gesagt, sie wollte es nicht, sagte, nein danke, sie würde lieber in einem miesen gemieteten Gärtnercottage leben. Es ist armselig, Philly!« Sie zitterte vor Wut. »Und nach all der Vorarbeit, die ich bei diesem gräßlichen alten Mann für dich geleistet habe. Ich weiß wirklich nicht, was ich bei dir falsch gemacht habe, Rosie.«

»Hör jetzt sofort damit auf«, warnte Philly wutentbrannt.

Mummy ließ sich geschlagen in einen Stuhl fallen. »Die einzige Chance, die diese Familie hatte, um endlich irgendwo irgend jemand zu sein. Die Cavendishes of Stockley Hall. Und du hast es dir einfach durch die Finger gleiten lassen.« Sie schüttelte den Kopf. »Ich glaube es nicht. Ich glaube es einfach nicht.«

Philly und ich starrten sie an. Die Cavendishes of Stockley Hall? Herrgott, auf welchem Planeten lebte sie denn? In welchem Jahrhundert? Philly schüttelte traurig den Kopf.

»Du bist einfach müde, Mum«, sagte sie leise. »Das ist alles. Das war alles zuviel für dich.«

Tom steckte den Kopf zur Tür herein. »Was ist denn los? Alle warten drauf, daß hier drin die Teller fliegen.«

»Nichts«, sagte Philly streng. »Mum ist nur ein bißchen überdreht, das ist alles. Sie hat sich übernommen. Tom, sei ein Engel und hilf ihr nach oben, wärst du so gut? Ich glaube, sie muß sich hinlegen.«

»Klar.« Er half ihr auf, und sie warf sich ihm an den Hals, umklammerte ihn wie ein Krake.

»Tom, Tom, mein lieber Junge, mein einziger Junge. Wann wirst du heiraten, Tommy, hmm? Ein paar Erben produzieren?«

»Erben!« murmelte er und rollte die Augen. »Wofür? Für meine gemietete Dynastiewohnung in Downtown L.A.?« Er warf mir einen Blick über die Schulter zu. »Und du wunderst dich, warum ich in Amerika lebe.«

Später, als alle anderen nach Hause gegangen waren, blieben Miles und Philly noch, um mir beim Aufräumen zu helfen. Ich mußte morgen früh zu Boffy und dem Immobilienmakler, also würde ich im Haus übernachten, aber im Grunde wünschte ich, ich hätte daran gedacht, bei Alice zu übernachten. Ich sah mich mißtrauisch in der Küche um, während ich aufräumte. Alles war so merkwürdig, weil Harry nicht da war. Philly wischte den Tisch ab, während ich ein paar Gläser spülte. Sie hielt einen Moment inne, mit dem Geschirrtuch in der Hand, dann sagte sie: »Weißt du, der Typ, mit dem du geredet hast, als wir zum Cottage runterkamen …?«

»Welcher?«

»Na, der draußen, als wir vorgefahren sind.«

»Oh, Alex Munroe?«

»Genau.« Sie verschränkte die Arme und strahlte übers ganze Gesicht. »Mensch, der ist so nett.«

»Ja, anscheinend.«

»Er ist der Veterinär dort.« Sie fing wieder an zu schrubben. »Miles und ich kennen ihn ganz gut, mit all unseren Tieren und so. Er schaut oft vorbei, und er war auch schon ein- oder zweimal zum Abendessen da. Er hatte jahrelang eine Freundin, ein wirklich süßes Mädchen, aber sie haben sich getrennt. Ich ahne nicht, weshalb, und jetzt ist er absolut heiß begehrt. Der heißeste Junggeselle in unserem kleinen Hinterwald. Bei uns gibt's einen Haufen gutaussehender junger Farmer.«

»Wirklich«, sagte ich sarkastisch.

»Ja. Miles war neulich bei einem Cocktail – ich konnte nicht mit, weil ich keinen Babysitter gekriegt habe –, und er sagte, es wäre wirklich erstaunlich gewesen, wie all diese blonden Tussies aus Cirencester mit ihrer Sonnenbräune aus der Tube ihn wie Piranhas umkreist haben. Hat gesagt, ihre Kehlen hätten vor Aufregung förmlich gequietscht, die Samthaarreifen gezittert – du weißt ja, wie Miles übertreibt. Aber Milly Thomas war auch da, und sie sagte, ihre jüngere Schwester – die ein absoluter Schlaganfall ist, Michele Pfeiffer in dunkel – war total aus dem Häuschen wegen ihm, hat in ihren trockenen Weißwein gesabbert und die Haare zurückgeworfen, als würde ihr Leben davon abhängen. Offensichtlich hat er was.«

»Hat er das? Ich kann mir wirklich nicht vorstellen, warum du mir das alles erzählst, Philly.«

»Na ja, ich sag's ja nur, Rosie, mehr nicht. Keine große Sache, es ist nur –«

Ich schleuderte den Schwamm ins Wasser. »Oh, du bist *genau* wie Mum, Phil! Ich weiß, ich weiß, du erwähnst es nur so nebenbei, läßt den Gedanken vorbeitreiben, wartest, ob ich den Köder annehme, schaust, ob ich interessiert bin. Aber selbst wenn ich das wäre, was übrigens nicht der Fall ist, ich habe gerade meinen Mann begraben – weißt du was, Phil? Das verdirbt es. All deine ach so beiläufigen, gutgemeinten Bemerkungen, die sind glatte Intrige, und das macht es von Anfang an kaputt.«

»Ich versteh nicht, warum.«

»Weil ich mich beobachtet fühle, darum. Ich *möchte* nicht, daß sofort, wenn du vom Einkaufen nach Hause kommst, die Telefonleitungen zwischen Mummy und dir heißlaufen, weil du gesehen hast, wie ich auf der High Street ›mit einem netten Mann geredet habe‹. Ich *möchte* keinen Druck, und ich *möchte* nicht in irgend etwas hineingedrängt werden, nie wieder!«

»Ich hab dich nicht gedrängt, Harry zu heiraten!« sagte sie wütend.

»Ich weiß, ich weiß, in dieses Schlamassel hab ich mich selbst hineingeritten, aber mir ist sehr wohl bewußt, daß ich nicht noch einmal solchen Mist bauen will. Ich will keine hilfreichen Ratschläge, herzlichen Dank, und ich will auch keine kuscheligen Dinner Partys zu viert.« Ich sah ihr streng ins Auge: »Und es tut mir leid, wenn das deine gesellschaftlichen Arrangements vereitelt und Wasser auf dein loderndes Kuppeltalent wirft, aber ich möchte schlicht und einfach nur in Ruhe gelassen werden, wenn das nicht zu undankbar klingt.«

»Tut es.«

»Na, dann tut's mir leid.«

Sie schmollte einen Moment, dann zuckte sie die Achseln und nahm erneut ihr Geschirrtuch. »Na ja«, sagte sie fröhlich und schrubbte an dem Weinflecken auf dem Tisch, »es war einen Versuch wert.«

Später an diesem Abend, nachdem ich Philly und Miles zum tausendstenmal versichert hatte, daß ich absolut wunderbar allein zurechtkommen würde, schloß ich endlich die Tür hinter ihnen und hatte das Haus für mich allein. Ein Schauder erfaßte mich in der Diele, und ich verschränkte die Arme und rieb mir die Schultern. Ich warf einen raschen Blick ins Eßzimmer. Es war so seltsam. Es war, als könnte ich ihn in jedem Raum, in jedem Stuhl noch sehen. Wie er mich beobachtete. Ich schüttelte mich im Geiste. Jetzt hör auf, Rosie, du benimmst dich einfach lächerlich, du wirst noch einen Nervenzusammenbruch kriegen, wenn du so weitermachst. Geh jetzt einfach und hol Ivo. Steck ihn ins Bett und nimm dann ein schönes heißes Bad und geh selbst zu Bett. Dann, gleich morgen früh, schaust du, daß du hier so schnell wie möglich wegkommst. Richtig. Absolut. Guter Plan. Ich zog meinen Mantel an und machte mich auf den Weg zu Alisons Haus, um Ivo zu holen.

Es war inzwischen neun Uhr, also schlief er tief und fest, als Alison nach oben lief, um ihn zu holen. Sie überreichte ihn mir an der Türschwelle in eine Decke gewickelt. Ich nahm mein Bündel, flüsterte »Dankeschön« und trug ihn nach Hause. Auf dem Weg dachte ich, wie komisch, Alison, die ich jetzt seit zwei Jahren ziemlich gut kannte, würde ich wahrscheinlich in meinem ganzen Leben nie wieder sehen. Denn trotz aller Versprechungen, in Verbindung zu bleiben – wie groß waren die Chancen, daß wir uns je wieder über den Weg laufen würden? Wie groß war die Chance, daß sie nach Gloucestershire kommen würde oder ich je wieder in diese Straße? Aber so mußte das Leben sein, nicht wahr, dachte ich, während ich weiterging, es änderte ständig die Richtung, verebbte und flutete und – hallo, da war noch jemand, von dem ich geglaubt hatte, ich würde ihn nie wieder sehen! Er kam um die Ecke, mit gesenktem Kopf, die Hände tief in den Taschen, wahrscheinlich auf dem Heimweg von einer Spätschicht im Supermarkt – Tim. Er kam direkt auf mich zu, aber es war dunkel, und er pfiff vor sich hin, offensichtlich mit den Gedanken ganz woanders. Er hatte mich nicht gesehen. Ich grinste, als er näher kam, eingedenk der lächerlichen Farce, die er im Badezimmer abgezogen hatte, seine Person als verrückter Klempner. Als er kurz vor mir war, hob er den Kopf und sah mir in die Augen. Ich blieb stehen.

»Tim? Wie geht es Ihnen? Wissen Sie, ich hab gerade daran gedacht, wie komisch es war –« Ich tappte langsam herum und starrte fassungslos seinen Rücken an, als er direkt an mir vorbeisegelte und weiterging, als hätte er mich noch nie im Leben gesehen.

12

Ich muß zugeben, daß ich trotz aller gegenteiligen Behauptungen eine ziemlich schlaflose Nacht im guten alten Ehebett zubrachte. Harrys Sachen waren so lebendig überall im Haus, aber am meisten im Schlafzimer, wo ich nicht den Nerv gehabt hatte, irgend etwas anzurühren. Sein Morgenmantel hing schlaff über der Tür, seine Haarbürste lag verlassen auf dem Toilettentisch, und seine Socken, das wußte ich, moderten im Wäschekorb. Folglich hatte ich das Gefühl, er wäre auf ewig präsent. Ich schlief schlecht, und irgendwann schlug ich die Augen auf und sah – iiih! Da war er! Er stand am Ende des Bettes! Ich schoß hoch und merkte dann, daß es nur seine Hosenpresse war, über die er eine Jacke geworfen hatte, aber das reichte mir. Ich packte die Daunendecke, donnerte nach unten und verbrachte den Rest der Nacht mit Drehen und Wenden auf dem Sofa. Am folgenden Morgen, sobald Ivo angezogen war und gefrühstückt hatte, schoß ich wie von der Tarantel gestochen aus dem Haus, radelte wie verrückt zu Alices Haus, wo ich Ivo den Tag über absetzen wollte.

»Bist du sicher, daß es dir nichts ausmacht?« fragte ich ängstlich, als sie in ihrer Arbeitskleidung zur Tür kam – weite Hose, farbenbekleckster Fischerpullover, an jedem Knöchel ein Kind hinter sich herziehend wie ein Kettensträfling.

»Natürlich nicht. Du weißt ganz genau, daß ich meine Staffelei in den Speicher hochbringe, die Tür zusperre und brülle ›Ich bin nicht da‹, wenn sie an die Tür hämmern. Er wird sich prächtig amüsieren, wenn er mit Molly und Lou ein bißchen Bleiche in der Küche trinkt, nicht wahr, Schatz. Komm her, Herzchen!« Sie breitete die Arme aus, und er sprang bereitwillig zu ihr, als neue Halskrause.

»Danke, es ist nur – na ja, offensichtlich parke ich ihn im Moment überall, und das hab ich bis jetzt nie getan.«

»Na, du mußtest schließlich zu einer Beerdigung, und jetzt mußt du zum Anwalt, und beides sind nicht gerade kindgerechte Unternehmungen. Ist schon in Ordnung. Er wird dich später nicht hassen, nur weil du ihn in der Stunde der Not bei deiner besten Freundin abgeladen hast.«

Ich biß mir auf die Lippe. »Ich werde ihn aber möglicherweise in einer Kinderkrippe unterbringen müssen, wenn ich mir einen Job suche.«

»Das ist doch in Ordnung, er ist jetzt über zwei, und du willst sicher nur ein paarmal die Woche halbtags arbeiten, nicht wahr?«

»Ich hoffe es. Kommt darauf an, wie es mit dem Geld steht. Kommt darauf an, wieviel ich brauche.«

»Was willst du denn überhaupt machen?« Sie setzte Ivo auf ihre Hüfte.

»Kochen, wenn's geht, aber wenn nicht«, ich zuckte die Schultern, »putzen nehm ich an.«

»Was? Häuser von Leuten?«

»Warum nicht«, sagte ich trotzig. »Leute machen so was, weißt du.«

»Ja, aber mein Gott, kannst du dir das Gesicht deiner Mutter vorstellen? ›Eine Putze!‹ wird sie schreien. ›Meine Tocher eine Putze!‹ Sie wird einen Anfall kriegen und auf der Stelle in Ohnmacht fallen. Gütiger Himmel, sie würde dich lieber verhungern sehen, als daß du jemandem die Böden schrubbst.«

»Das werde ich, wenn ich nicht arbeite«, sagte ich grimmig. »Wie dem auch sei, wer weiß, vielleicht bin ich eine unglaublich reiche Witwe.« Ich warf einen Blick auf meine Uhr. »Ich muß los und das rausfinden, Alice. Ich hab gesagt, ich bin um neun bei Boffy. Tschüs.« Ich küßte sie rasch und dann Ivo. »Übrigens, du bist ein absoluter Star«, warf ich ihr noch über die Schulter zu, als ich den Weg entlangeilte.

»Wirst du bis zwei wieder dasein?« rief sie. »Ich muß nämlich mit Molly zum Arzt.«

»Ich werde dasein. Was fehlt ihr denn?«

»Würmer!«

»Pfui Teufel!«

Sie grinste. »Da spricht eine Vorschulmutter. Recht verbreitet unter den Zwei- bis Fünfjährigen, weißt du, genau wie Kopfläuse und ein paar andere eklige Sachen, mit denen ich dich jetzt noch nicht schrecken werde. Hauptsache, du kriegst sie nicht selber. Ist nicht gerade förderlich für den Sexappeal.«

»Kann ich mir vorstellen«, sagte ich mit schwacher Stimme. »Danke. Ich freu mich schon drauf.« Ich winkte und trat in die Pedale.

Das Treffen mit Boffy stand von Anfang an unter keinem guten Stern. Als ich in seinem Büro eintraf, kam er heraus zum Empfang, um mich zu begrüßen. Er sah sehr rosa und nervös aus, die Farbe seines Gesichtes schlug sich furchtbar mit einem brennend fuchsienroten Hemd. Wie kam es, daß die Menschen mit dem kleinsten Verstand sich ewig bemüßigt fühlen, die grellsten Hemden zu kaufen? Boffy sah eigentlich ganz gut aus, wenn auch recht düster und stämmig, aber er hatte viele kleine Makel, die jeder für sich genommen vielleicht akzeptabel gewesen wären, aber zusammen machten sie ihn in meinen Augen körperlich abstoßend. Zum einen war er so behaart, daß seine Brusthaare sich über seinen Kragen kräuselten, und es war offensichtlich, daß er, egal wie oft er sich rasierte, immer noch eine Rasur brauchen konnte. Das ging soweit, daß ich bei einer lähmend langweiligen Dinnerparty, als er sich neben mir für England langweilte, zu der Überzeugung gekommen war, ich könnte tatsächlich seine Stoppeln wachsen sehen. Außerdem hatte er eine dieser Zungen, die zu groß waren für den jeweiligen Mund, und man sah sie ständig rosa und naß in ihrer Höhle herumlümmeln, wenn er redete. Reden war etwas, was er gerne und reichlich tat, immer sehr affektiert und theatralisch. Seine Konversation war gepfeffert mit »meine Lieben, meine Darlings«, eine seltsame Angewohnheit für einen Mann, der offensichtlich stinknormal war. Ich muß zugeben, daß ich Boffys Sinn nie begriffen hatte.

»Rosie, meine Liebe«, er packte meine beiden Hände besorgt und bückte sich mit flatterndem Doppelkinn, um mich zu küssen. Ich mußte mich mit Gewalt am Riemen reißen, um mir nicht die Wangen mit dem Handrücken abzuwischen. Er war ein bißchen verschwitzt.

»Hallo, Boffy, wie geht's dir?«

»Oh, ich gedeihe, ich gedeihe.« Er hopste idiotisch von einem Fuß auf den anderen. »Komm herein, komm herein!« Er deutete mit einer galanten Geste auf sein Büro. »Sherry?« Er zeigte auf ein Arsenal von Flaschen auf einem Servierwagen in der Ecke.

Ich blinzelte erstaunt. »Es ist Viertel nach neun, Boffy.«

»Ach was? Gütiger Himmel, tatsächlich.« Er sah überrascht auf die Uhr. »Ähm, ja dann vielleicht zwei Kaffee bitte, Karen, wenn Sie so gut wären.«

Eine wasserstoffgebleichte Blondine, die vor seiner Tür saß, nickte wortlos und, wie ich fand, etwas verächtlich und erhob sich von ihrem Stuhl. Wir gingen in das Büro, und er setzte sich mir gegenüber, plierte mich nervös hinter seinem riesigen Schreibtisch mit Lederplatte hervor an.

»Dann werden wir auf den Kaffee warten, nicht wahr, Rosie? Wir sollten uns nicht einfach so reinstürzen und dann unterbrochen werden – haha!«

Was war denn daran komisch? »Ja, gut«, erwiderte ich.

Wir saßen schweigend da, Boffy nagte an seinem Bleistift, fixierte mit gerunzelter Stirn einige Papiere auf seinem Schreibtisch, drehte sich im Stuhl hin und her. Mit einemmal tat er mir leid. Es war offensichtlich, daß er schlechte Nachrichten für mich hatte und suchte verzweifelt nach einer Möglichkeit, sie mir schonend beizubringen. Schließlich kam der Kaffee, und die Tür wurde geschlossen. Er hob den Kopf.

»Schlechte Nachrichten, fürchte ich, Rosie.«

Was hab ich euch gesagt? Ich räusperte mich. »Wie schlecht?«

»Nun ja … Harrys Angelegenheiten waren, als er starb, nicht gerade in bester Verfassung.«

»Ich verstehe.«

»Was wirklich nicht überraschend ist. Ich meine, man würde doch nicht erwarten, daß ein Mann in diesem Alter sich auf den Tod vorbereitet, nicht wahr?«

»Nein, das würde man nicht«, stimmte ich höflich zu, akzeptierte diese kleine Bitte um Milde für Harry. Schweigen. »Also, in welcher Verfassung waren sie denn, Boffy?«

»Hmm?« Er zog die Augenbrauen hoch.

»Seine Angelegenheiten«, erinnerte ich ihn mit sanfter Stimme. Herrgott, wer half hier denn wem?

»Ah, ja.« Boffy schürzte die Lippen.

»Ein Scheißdurcheinander?« bot ich ihm an, borgte mir Bertrams Terminologie.

Er sog an seinen Zähnen, überlegte. »J-a-a«, stimmte er schließlich zu und nickte. »Ja, ich denke, das wäre fair.«

Ich seufzte. Das würde ein hartes Stück Arbeit werden. Heiteres Quiz mit einem Mann, der irgendeine Art von Examen gemacht haben mußte, um Anwalt zu werden, der aber nichtsdestotrotz sich aufgrund seiner Gene und nicht seiner grauen Zellen einen Platz in Daddys Firma ergattert hatte.

»Hat er ein Testament hinterlassen?«

»Das hat er tatsächlich, aber ich glaube nicht, daß eine förmliche Verlesung notwendig sein wird. Was er hatte, hat er dir und Ivo hinterlassen, es ist nur...« Er verstummte, nagte an seinem Bleistift.

»Da war nichts zu hinterlassen«, endete ich.

»Genau.«

»Und, hatte er irgendeine Lebensversicherung?«

»Ja, ja, hatte er, aber ähm, er hat die Raten nicht bezahlt, also ist sie verfallen, fürchte ich.«

»Also hat er keinerlei Vorsorge für mich und Ivo getroffen, ist es das?«

»Nicht... direkt.«

»Und was ist mit den Häusern? Unser Haus und das, das Harry vermietet hat? Auf denen sind doch keine Hypotheken, oder?«

»Ehrlich gesagt, ziemlich beträchtliche, Rosie.«

»Aber sie waren ein Geschenk von Bertram.«

»Ja-a, richtig, aber kurz bevor die Lebensversicherung verfiel, hat er, er hat eine neue Hypothek auf sie aufgenommen.«

»Nein! Warum?«

»Um seine Schulden zu bezahlen.«

»Was für Schulden?«

»Oh, das übliche. Du weißt schon.« Er wand sich.

»Nein, weiß ich nicht.«

Er lehnte sich im Stuhl zurück. »Na ja, der Club ist natürlich furchtbar teuer.« Er lachte nervös und fuhr sich mit der Hand durchs Haar. »Mein Gott, das sollte ich am besten wissen. Ehrlich gesagt, selbst ich hab manchmal Mühe, die Rechnungen dort zu zahlen. Die verlangen ein Vermögen für einen einfachen Gin Tonic. Diese Räuber.«

»Ja und, äh, ein oder zwei Weinlieferanten. Da sammeln sich beachtliche Beträge, ohne daß man es merkt. Es ist erstaunlich, wieviel Schnaps einfach unbemerkt durch die Kehle läuft. Oh, und äh, auch die eine oder andere Spielschuld, fürchte ich.« Er studierte mit heftig gerunzelter Stirn seine Fingernägel.

»Spielschulden? Woher das denn?«

»Oh, nur ein bißchen Blackjack im Claremont Club, nichts Ernstes. Wir machen es alle, aber wenn einem das Glück mal nicht hold ist – und ehrlich gesagt, war es Harry nur selten hold – dann wird es … na ja, teuer.«

»Der Claremont Club? Ich hab nicht einmal gewußt, daß er dort Mitglied ist!«

»Nein, und ehrlich gesagt weiß Charlotte es auch nicht, also bitte an dieser Front Schweigen bewahren, ja, Rosie?« Boffy errötete angestrengt.

Der Claremont Club. Ich lehnte mich schockiert zurück. Großer Gott, ich konnte mir die beiden gut vorstellen, wie sie im Smoking am Roulettetisch saßen wie Relikte aus der Vergangenheit, sich vorstellten, sie wären von niedrigem Adel oder auch höherem, riesige Zigarren pafften und darüber diskutierten, wie viele Fasane sie auf ihren eingebildeten Jagden erlegt hatten.

»Ich verstehe«, hauchte ich. »Und sind irgendwelche Schulden noch offen?«

Er nickte mit gesenktem Blick. »Die eine oder andere, fürchte ich.«

Ich starrte ihn an. Er sollte ruhig beschämt dreinschauen. Und auf meine Diskretion sollte er auch nicht zählen. Charlotte war nie direkt mein bester Kumpel gewesen, aber selbst ich fühlte in dieser Sache eine gewisse Schwesternschaft mit ihr.

»Sag mir eins, Boffy, wenn ich beide Häuser verkaufe, wird das genug sein, um die Hypotheken und Harrys Schulden abzugelten?«

»Ah, nun, das hängt davon ab, wieviel du für die Häuser kriegst«, sagte er. »Ich weiß es wirklich nicht, Rosie. Der Häusermarkt ist momentan ein Gesetz für sich, da müßtest du einen Immobilienmakler fragen.« Allmählich bekam er wieder Oberwasser, er war offensichtlich hocherfreut, weil er den Schwarzen Peter an jemand anders weiterreichen konnte.

»Ich verstehe. Also, wieviel genau muß ich erzielen?«

Er nannte eine so astronomische Summe, daß ich für einen Augenblick dachte, er würde von Lire oder Rubel sprechen. Ich erstickte fast an meinem Kaffee, aber ich schluckte ihn unbeschadet hinunter und versuchte so auszusehen, als wäre das kein Problem, nachdem ich natürlich zwei Kaiserpaläste zu verkaufen hatte.

»Genau.« Ich stand auf und lächelte übers ganze Gesicht. Nein, ich würde vor Harrys Freunden nicht die verarmte Witwe spielen, egal wie sehr die Lage das erforderte. »Ich werde dich wissen lassen, wie der Verkauf läuft, Boffy. Die Immobilien gehen heute morgen auf den Markt, also sollte das kein Problem sein. Ich glaube, das ist alles, was wir im Augenblick besprechen müssen.«

Er hätte fast seinen Stuhl umgeworfen, so wild war er darauf, mich zu verabschieden. Sein Gesicht klärte sich vor Erleichterung, er war außer sich vor Freude, daß dieses gräßliche Gespräch zu Ende war. Aber als er mich zur Tür brachte, rührte ihn plötzlich die Sorge. »Du hast doch vermutlich etwas eigenes Geld, nicht wahr, Rosie? Ich mein, ich will ja nicht neugierig sein, aber ich bin sicher, Harry hätte seine Angelegenheiten nicht so hinterlassen, wenn du nicht über private Mittel verfügen würdest.«

Ah, so kam also Charlotte über die Runden. Hatte ihren eigenen kleinen Treuhandfonds von Daddy gebunkert, für schlechte Zeiten, wahrscheinlich in ihrer Höschenschublade.

»Klar«, versicherte ich ihm lässig. »Ich stinke vor privaten Mitteln. Mach dir keine Sorgen um mich. Schweizer Nummernkonten zum Schweinefüttern.«

»Ha, ha, ausgezeichnet! Ausgezeichnete Nachrichten.« Er lachte nervös, wußte nicht genau, was er davon zu halten hatte. Boffy war sich allerdings nie ganz sicher gewesen, was er von mir zu halten hatte, nachdem ich einmal erwähnt hatte, daß Alice und ich bei einer »Rettet-die-Regenwälder-Demo« als tropische Gummibäume aufgetreten waren. »Du machst doch sicher Scherze, meine Liebe«, hatte er baff gestottert. »Willst du den alten Boffy auf den Arm nehmen?« Er fand das unglaublicher, als sich als »Viscount Viel-Hektar« zu kostümieren und das Haushaltsgeld zu verspielen.

An der Haustür küßte ich seine feiste Backe. Er sah mich betrübt an, hopste von einem Fuß auf den anderen. »Rosie, haben wir wirklich alles abgedeckt? Hast du noch irgendwelche Fragen?«

Ja, wir hatten alles abgedeckt, dachte ich entnervt. Ich bin arm wie eine Kirchenmaus, dank dir und meinem Mann, die ihr euch wie zwei totale Trottel benommen habt und nein, ich habe keine weiteren Fragen, außer der Frage an dich, warum du ein Hemd in der Farbe des Anus eines Pavians tragen mußt.

Ich lächelte. »Nein, Boffy, du warst ein Engel, ich danke dir so sehr.«

»Keine Ursache«, strahlte er. »Bin stets gerne zu Diensten. Freut mich immer, dein hübsches Gesicht zu sehen! Das mit dem Testament und so tut mir leid, aber es könnte schlimmer sein. Einer meiner Klienten hat seiner Frau vier rote Glühbirnen und ein Nacktfoto von ihr selbst hinterlassen! Haha!«

Schwachkopf.

»Oh, ein Fahrrad!« kicherte er, als ich aufstieg. »Wie charmant!«

Ja, charmant und billig, dachte ich stocksauer, als ich ihm pflichtschuldigst zum Abschied zuwinkte. »Tschüs, Boffy.«

»Ciao, meine Liebe!« Er eilte dankbar ins Haus und schloß die Tür.

Als ich über die Battersea-Brücke zurückradelte, wurde mir schwer ums Herz. Herrgott, Harry war wirklich ein Idiot. Ich hatte das zwar schnell gelernt, aber *Glücksspiel!* Bei allem was recht ist! Umd womit? Kein Wunder, daß er mit dem Geld immer so geizig gewesen war, und kein Wunder, daß wir immer so idiotische Streitereien wegen dem Feinkostgeschäfts-Konto und den angeblichen Wucherpreisen für Dinge wie eine Le-Creuset-Bratpfanne oder einem hübschen Bettbezug hatten, während sein Geld durch die Toilette des Claremont Clubs gejagt wurde. Was für ein Dreckskerl! Denk nicht schlecht von den Toten, denk nicht schlecht von den Toten, murmelte ich beim Weiterradeln. Aber es hatte keinen Sinn, der Mann war ein Schwachkopf erster Güte, und es half tatsächlich ungeheuer, das zu wissen. Wenn er mich zu einer unermeßlich reichen Witwe gemacht hätte, wäre ich vielleicht voller Gewissensbisse, daß ich sein Geld nahm, da herausgeschlurft, ganz besonders, nachdem ich ihn verlassen wollte. Aber nachdem Ivo und ich ihm offensichtlich völlig egal gewesen waren, konnte ich so schlecht von ihm denken, wie ich wollte. Ich meine, wie viele normale, verheiratete Männer ließen ihre *Lebensversicherung* verfallen! Ich wette, selbst Boffy, ja sogar Charlie, würde das nicht tun, aber Harry schon, o ja. Essen, trinken und fröhlich sein, denn morgen könntest du sterben, dachte ich vergrämt.

An der Wandsworth Bridge Road stieg ich von meinem Rad und schob es den Gehsteig entlang, vorbei an der Parade von Geschäften, bis zum Schaufenster des Immobilienmaklers. Ich sah mir die Bilder der zum Verkauf stehenden Häuser an. Da waren jede Menge, aber auf den meisten pappte schon ein »Verkauft«-Kleber quer drauf, und anscheinend standen keine Unmengen zum Verkauf. Vielleicht wäre er froh um meinen Auftrag. Würde mir ein Vermögen dafür versprechen. Ich parkte mein Rad und – »Bing-bong« – ging hinein.

Ein Mr. Mendelson (haben Sie Geduld mit mir) war entzückt, mir zu Diensten zu sein, und bekam fast Schaum vor den Mund, als ich andeutete, daß nicht nur ein, sondern *zwei* bröckelnde kleine Reihenhaushälften, jeweils am falschen Ende von Battersea und Fulham, den Weg in seine Bücher finden würden. Das Geschäft ging offensichtlich sehr schlecht, aber Mr. Mendelson (das dauert nur einen Moment) schrieb begierig die Einzelheiten auf, murmelte »tragisch, tragisch«, als er den Grund für den Verkauf erfuhr. Dann versicherte er mir, übers ganze Gesicht strahlend, daß diese zwei Objekte genau das waren, was er brauchte, damit halb London vor seiner Tür Schlange stehen würde. Ich überließ ihn mit zwei klimpernden Schlüsselbunden seinem Schicksal und bestieg mein Rad, ungeheuer erleichtert, weil jetzt jemand anders für die Häuser verantwortlich war; und, daß, offen gesagt, das einzig »Tragische« daran sein würde, wenn er für sie nicht ein Vermögen herausholte.

Ich trat wieder in die Pedale und warf einen Blick auf die Uhr. Oh, verdammt! – Ich würde zu meiner Verabredung mit Tom zu spät kommen! Er hatte mich gestern auf einen Lunch mit ihm festgelegt, bevor er zurück nach Amerika jettete, und ich hatte exakt zehn Minuten Zeit, um zum West End zu radeln und mich mit ihm in irgendeinem edlen Freßtempel am schicken Ende der King's Road zu treffen. Ich hob mich aus dem Sattel und trat wie eine Besessene in die Pedale, wobei ich mich fragte, warum in aller Welt ich nicht fähig war, das in einem gesetzteren Tempo zu machen und zehn Minuten später zu kommen. Er hätte es gemacht, wenn er an meiner Stelle wäre. Warum war ich immer so armselig erpicht darauf, Leute nicht zu enttäuschen, nachdem sie mich doch ständig enttäuschten? Ich schüttelte verbiestert den Kopf. Da würde sich einiges ändern müssen, Rosie Meadows! Da mußte einiges ernsthaft geändert werden.

Aber jetzt noch nicht. Ich stürmte verschwitzt und fertig und wahrscheinlich nicht mehr ganz blütenfrisch unter den Achseln in das elegante, in Chrom und Leder gehaltene Lokal, aber, o Freude, ich war nur zwei Minuten zu spät.

»Hallo!« japste ich triumphierend, gab Tom einen feuchten Kuß und ließ mich neben ihn fallen.

»Ja, hallo.« Er faltete gemächlich seine *New York Times* und betrachtete mich ironisch amüsiert. »Bist du etwa hierher gejoggt oder so was?«

»Nein, geradelt.«

»Ah. Einen Drink?«

»Bitte«, schnaufte ich.

Er lehnte sich zurück, und der Kellner sah sofort, daß er gebraucht wurde, ohne daß Tom sich auf den Stuhl stellen und mit den Armen signalisieren mußte. Ich beobachtete ihn, während er darauf wartete, daß unser Mann zum Tisch kam. Sein Haar war länger als sonst und von der Sonne gebleicht, aber die modische Lässigkeit paßte zu seinem immer noch jungenhaften Gesicht, besonders mit dieser Sonnenbräune und diesen durchdringenden blauen Augen. Ich lehnte mich glücklich zurück und bewunderte ihn. Genau wie Philly schaffte er es nach wie vor, daß die Leute ihm anbetend nachschauten. Ich war nicht im geringsten neidisch, sondern freute mich darüber. Ich genoß es, gutaussehende Geschwister zu haben, weil ich wohl armseligerweise hoffte, wenn ich mich lange genug in ihrer Nähe aufhielte, würde etwas von dem Zauber auf mich abfärben. Der Kellner erschien, und Tom hob fragend die Augenbrauen.

»Bier? Wein?«

»Nein, nur ein Squash bitte. Ich muß später Ivo abholen.«

»Ein Squash.« Er grinste. »Du meinst, einen Orangensaft?«

»Ja, wunderbar.«

Der Kellner verschwand. Tom musterte mich über den Rand seines Pils'. »Freut mich zu sehen, daß meine kleine Schwester immer noch herumhopst, Orangen-Squash trinkt und radfährt. Das gibt mir fast meinen Glauben an die menschliche Natur zurück.«

Ich richtete mich erbost auf. »Wie meinst du das? Wie ein hoffnungsloser Fall in der unteren Vierten oder so was?«

Tom sah mich überrascht an. »Nein, so hab ich das nicht gemeint.«

»Und herumhopsen ist auch nicht gerade ein Kompliment, nicht wahr, Tom?«

»Ach, jetzt mach mal halblang, Rosie!«

»Tut mir leid, aber ehrlich, Philly und du, ihr seid manchmal so verdammt überheblich. Darf ich denn nicht radfahren und Limonaden trinken? Müssen es dauernd Porsches und Champagner sein?«

Er hob abwehrend die Hände. »Schon gut, schon gut. Nur eine unschuldige kleine Bemerkung über deine sehr liebenswerte Natur, aber ich nehm sie zurück, okay?«

Ich funkelte ihn immer noch wütend an, aber als er anfing, imaginäre Kugeln mit dem Arm abzuwehren, gab ich nach.

»Okay, ich hab überreagiert. Tut mir leid. Ich bin nur – also, ich bin nur im Augenblick etwas überempfindlich, mehr nicht.«

Tom senkte vorsichtig den Arm. »Das überrascht mich nicht. Man beerdigt ja nicht jeden Tag seinen Mann.« Er beobachtete mich genau, um zu sehen, wie das ankam, aber ich wechselte schnell die Richtung, bevor er mich verhören konnte.

»Und wie geht's dir, Tom? Wie kommst du in L.A. zurecht? Hängst du nach wie vor mit Sonnenbrille an Pools herum und markierst den lässigen Regisseur? Und scheffelst einen Haufen Geld? Mum erzählt allen, du bist stinkreich.«

Er schnitt eine Grimasse. »Großer Gott, das wohl kaum. Künstlerische Filme sind nicht gerade Kassenschlager, aber es spielt keine Rolle, wie oft ich das Mum erkläre, sie hört einfach nicht hin. Als ich letztes Mal da war, hat sie mich auf irgendeine grauenhafte Sherryparty mitgeschleift und mich einer blaugetönten Freundin als ›mein Sohn, der Mogul‹ vorgestellt. Daraufhin entwickelte sich ein äußerst geistreiches Gespräch. Blaulöckchen fragte mich, wie mir denn Indien gefiele und aus welcher Dynastie ich stamme, und ob ihre Currys nicht entsetzlich scharf seien und ob ich Moslem oder Jude sei. Egal wie oft ich ›Ich bin ein Scheiß-Filmregisseur‹ in ihr Ohr kreischte, sie reagierte einfach nicht.«

Ich lachte. »Da wird Mum endlich sehen, was sie von ihrer Angeberei hat. Sie hat dich zum nächsten Steven Spielberg erhoben, glaubt, es wäre nur eine Frage der Zeit, bevor sie ihren besten Fummel anziehen und dein neuestes Werk bei einer königlichen Galavorstellung sehen kann. Sie übt bereits den Hofknicks und ›Ja, *sehr* stolz‹ für den Augenblick, in dem sie ihren Diener vor Prinz Charles macht.«

Tom wurde blaß. »O Gott, danke für die Warnung. Das genügt, um mir das Filmemachen für den Rest meines Lebens zu vergällen.«

»Oh, keine Sorge, du bist noch nicht ganz die Eiscreme des Monats. Schließlich und endlich bist du ja nur Filmregisseur, nicht wahr? Du bist kein Neurochirurg oder ein Steueranwalt wie Marjorie Burdetts Junge – Marjories Junge ist übrigens zweiundfünfzig –, und natürlich wird sie dir erst ganz verfallen sein, wenn du dich mit einem netten kleinen Frauchen und zwei Kindern etablierst.«

»Glaubst du, das weiß ich nicht? Seit ich zurück bin, hat sie von nichts anderem geredet.«

»Und?« Ich grinste.

»Und nachdem du offensichtlich genauso neugierig wie sie bist, nein. Es gibt momentan niemanden in meinen Karten.«

»Warum nicht? Ich dachte, in L.A. wimmelt es vor schönen Frauen. Du bist doch nicht schwul, oder?«

Er spuckte seinen Drink über den Tisch. »Nein, ich bin nicht schwul, obwohl ich mich wesentlich besser amüsieren könnte, wenn ich es wäre. Weit mehr Auswahl.«

»Quatsch. Ich wette, da laufen Millionen von bildschönen Mädchen rum, die danach hecheln, sich eine Rolle zu ervögeln.«

»Natürlich gibt es die, aber nicht so viele, denen du am nächsten Morgen beim Frühstück gegenübersitzen möchtest.« Er zündete sich eine Gauloise an und runzelte die Stirn, blies den Rauch gedankenverloren in einer dünnen blauen Linie heraus. »Es ist schwer, das zu erklären, ohne gönnerhaft zu klingen, Rosie, aber da draußen sind nur sehr wenige richtige Menschen. Man geht zu Partys und weiß verdammt genau, daß da nur ein hinreißendes Silikonimplantat nach dem anderen sein wird.

Wenn ein Mädchen auch nur erwähnt, daß sie einen Abschluß hat oder daß sie etwas auch nur entfernt Interessantes außer ›Ich will zum Film‹ macht, kommt man nicht an sie ran vor lauter Bienen, die den Honigtopf umschwärmen. Eine intelligente Frau ist eine verdammte Rarität für Kalifornien. Das ist eins der Dinge, die mich daran deprimiert, ehrlich gesagt.«

»Also kommst du vielleicht zurück?«

Er grinste entwaffnend. »Sei nicht albern. Dazu verdiene ich viel zuviel Geld. Aber nachdem ich das gesagt habe – mein jetziger Besuch hier hat mir gezeigt, was mir dort fehlt.«

»Ah, ja, die taubenetzten englischen Rosen mit ihrem brillanten Verstand und ihren originalen Hängetitten. Sie sind nicht zu übertreffen, nicht wahr? Ich hab selbst die größte Mühe, die Bienen zu verjagen. Ich hab die Nase voll davon, so ein verfluchter Honigtopf zu sein.«

Er lachte, doch dann schwiegen wir beide. Er zog an seiner Zigarette, dann sah er mich eindringlich an.

»Und, wie geht es dir nun wirklich?« fragte er leise.

»Mir? Gut, sehr gut! Könnte nicht besser sein.« Ich strahlte ihn an, aber ich sah an seinen Augen, daß er nicht überzeugt war. Ich seufzte. »Hör mal, Tom, würde es dir sehr viel ausmachen, wenn wir nicht über Harry reden? Wenn es dir hilft, du hattest recht, was ihn angeht, und ich wollte mich scheiden lassen. Das heißt aber nicht, daß ich froh bin, daß er tot ist. Das bin ich nicht, aber ich kann nicht die von Trauer übermannte Witwe spielen.«

Er nickte. »Warum solltest du auch? Ich hatte es nicht erwartet. Ich bin nur froh, daß es dich nicht zu schwer getroffen hat.« Er hielt inne. »Ist Ivo okay?«

»Ihm geht's gut. Er ist so jung und, ehrlich gesagt, hatte Harry mit ihm nicht viel zu tun.«

»Also … dann hat sich ja alles zum Besten gewendet?«

»In gewisser Hinsicht schon«, sagte ich vorsichtig.

»Wie steht's mit Geld?«

Ich zögerte. Trotz aller Proteste war Tom ziemlich wohlhabend, und es wäre sehr leicht gewesen, Farbe zu bekennen, zuzugeben, daß ich mittellos war und einen Kredit, vielleicht sogar ein Geschenk zu akzeptieren. Aber irgendwie hatte es denselben schlechten Geruch wie ein Zimmer in Phillys Haus nehmen. Der Versager, der ständig von seinen erfolgreicheren, wohlhabenderen Geschwistern aus der Bredouille geholt wird.

»Geld ist okay. Harry hat für uns vorgesorgt.«

»Wirklich? Da schau her, hab ich ihn unterschätzt. Ich hab gedacht, er würde dir höchstens einen Berg Schulden hinterlassen.«

»Nein, nein, er hat für uns vorgesorgt.«

»Du brauchst also nicht zu arbeiten?«

»Och, vielleicht mach ich es trotzdem«, sagte ich ausweichend. »Eine Beschäftigung, weißt du.«

»Gute Idee. Ich kenne nämlich eine Produktionsgesellschaft hier in Soho, die verzweifelt eine gute Produktionsassistentin sucht. Ein Freund von mir arbeitet dort. Soll ich ihn für dich anrufen?«

»Ich bleibe nicht in London, Tom. Ich geh zurück nach Gloucestershire, und überhaupt bin ich Köchin und keine Produktionsassistentin.«

»Ah, ich verstehe.« Er lächelte. »Du gehst zurück aufs Land, um dich hinter deinen Töpfen und Pfannen zu verstecken.«

»Was bitte soll das heißen?«

Er beugte sich vor. »Komm schon, Rosie, du bist jetzt wieder frei, du mußt in London bleiben. In diesem kleinen Mauseloch in den Cotswolds wirst du nie jemanden kennenlernen.«

»Und wer klingt jetzt wie Mum?«

»Und du brauchst einen flotteren Job. Ich weiß, du kochst, aber das ist so eine Alleinkämpfertour. Du brauchst Leute um dich.«

»In Gloucestershire gibt es Leute.«

»Ja, aber –«

»Du meinst Leute, bei denen was passiert, stimmt's? Clevere junge Leute, die auf Partys gehen, die, von denen du mir gerade erzählt hast, wie hohl sie wären? So Silikonimplantierte? In den

Cotswolds gibt es jede Menge ›richtige‹ Menschen, weißt du, Tom.«

Er kniff die Augen kurz zu und sah mich fragend an. »Wovor hast du Angst, Rosie?«

»Ich habe vor gar nichts Angst!«

»Ja, du hast Angst davor, in Konkurrenz zu treten, das hattest du schon immer. Hast Angst aufzustehen und ausgezählt zu werden, für den Fall, daß du wieder umkippst. Also, dieses Risiko mußt du eingehen, Rosie, ansonsten lebst du nicht wirklich.«

»Ich hab nicht die geringste Ahnung, wovon du redest.«

»Doch, das hast du. Du bist bei weitem die Gescheiteste von uns, das warst du schon immer. Wie kommt es dann, daß Philly und ich es weiter gebracht haben? Wie kommt es, daß du kurz vor dem Abschluß die Schule geschmissen hast, obwohl du schon für Oxbridge angemeldet warst und plötzlich verkündet hast, du wolltest keine Abschlußprüfung machen, weil du stattdessen Köchin werden wolltest?«

»Ich wollte wirklich kochen!«

»Und wie kommt es, daß du Harry geheiratet hast, obwohl du einen völlig anständigen, normalen Kerl hättest haben können?«

»Hör mal, Tom. Ich habe diese Entscheidungen beide freiwillig getroffen, dahinter steckt kein subversives unterschwelliges Motiv.«

»Dem widerspreche ich. Ich glaube, du hast dich entschieden, dich auszuklinken. Ob das bewußt oder unbewußt war, darüber bin ich mir nicht sicher, aber du hast es getan.«

Schweigen folgte. Ich spielte mit dem Stiel meines Glases, versuchte nicht wütend zu werden, versuchte das, was er gesagt hatte, rational zu überdenken. Irgendwie erinnerte ich mich, daß Alice auch etwas in dieser Richtung gesagt hatte.

»Vielleicht hast du recht«, sagte ich leise. »Ich mag Konkurrenz nicht. Ich finde sie etwas degoutant, wenn du's denn wissen willst. All diese kleinen Egos, die versuchen, einander den Rang abzulaufen.«

»Wie ich und Philly.«

»Natürlich finde ich euch beide nicht abstoßend, aber ...« Ich zögerte. Ich dachte daran, wie die beiden Nacht für Nacht in ihren Zimmern gesessen hatten, überprüften, einander testeten, ganze Theaterstücke und halbe Geschichtsbücher auswendig lernten und dann zusammen im Glorienschein nach Cambridge gingen, beide mit Stipendien. Die wunderbaren Zwillinge.

»Es war die Anstrengung, die ihr unternommen habt«, sagte ich langsam. »Es war als ... als ob alles andere unwichtig wäre. Als wäre akademischer Erfolg alles.«

»Im Gegensatz zu?«

»Ich weiß es nicht. Aber ich erinnere mich, daß ich gedacht habe – na ja, ich hab eben gedacht, da müßte noch etwas anderes sein.«

Er seufzte. »Aber der springende Punkt ist, Rosie, wir *mußten* soviel Energie darauf verwenden, wohingegen du das alles, verflucht noch mal, ohne jede Mühe geschafft hättest!«

Ich zuckte die Achseln. »Vielleicht, vielleicht auch nicht. Vielleicht hätte ich im letzten Moment alles vermasselt.«

Er knallte sein Glas auf den Tisch. »*Siehst* du! Das sieht dir so *ähnlich,* Rosie! Ja, vielleicht hättest du es vermasselt, aber das muß man riskieren, die Tatsache akzeptieren, daß man durchfallen könnte. Sei kein Feigling! Steck deinen Kopf über die Balustrade, und wenn er dir abgerissen wird – na und? Dann soll es eben so sein. Wenigstens weißt du, daß du es versucht hast!«

Ich dachte zurück, erinnerte mich an die Angst. Die Angst, die mich gepackt hatte, als ich an der Reihe war, an der Reihe, all diese entscheidenden Examen zu machen, die in unserem Haushalt wichtiger als das Leben selbst waren. Wochenlang herrschte totale Stille im Haus. Mum schlich herum und lieferte Tabletts mit Essen, schloß leise die Türen, den Finger an den Lippen. Bitte Ruhe. Hier wird studiert. Und dann, nachdem alles vorbei war, hatten wir alle mit angehaltenem Atem gewartet, daß die kleinen Papierstückchen mit glatter Note A durch den Briefschlitz flatterten. Oder nicht, je nachdem. Und was, wenn ich es nicht schaffte? Was, wenn ich durchfiel? Was würde Mum sagen, was ihren Freunden erzählen? »Die arme kleine Rosie, sie gibt sich solche Mühe, der arme Schatz, aber sie hat eben nicht ganz das Kaliber von Philly und Tom.«

Ich rutschte auf meinem Sitz herum. »Und was bitte ist die Verbindung von damals zu meiner augenblicklichen Situation? Soll ich noch mal mein Examen machen, ist es das? Als reife Studentin mit Baby?«

»Nein. Ich will nur, daß du deine Chancen nützt. *Versuch es,* Rosie. Das ist nichts Beschämendes. Beschämend ist nur, wenn du dein Leben vergeudest aufgrund eines lächerlichen Schamfaktors, nämlich daß Ehrgeiz zu selbstsüchtig ist. Wenn du einen Job haben willst, dann versuch den besten, der sich bietet, zu kriegen, und schieß dich nicht schon beim ersten Gespräch in den Fuß, indem du ihnen sagst, deine Soufflés würden manchmal zusammenfallen oder deine Saucen klumpen. Pluster dich ein bißchen auf, sag ihnen, wie fantastisch deine Crèmes Brûlées sind. Sabotier nicht deine Chancen. Dasselbe gilt für Männer. Wenn da irgendein Spitzentyp in den Schatten lauert und interessiert dreinschaut, dann weich um Gottes willen nicht zurück, schlurf nicht zurück in dein Loch mit deiner ausgeleierten Strickjacke und murmle etwas von wegen du müßtest dir heute abend die Haare waschen.«

Mit einem Mal roch ich da etwas Verdächtiges. »Herumgelungert? Wo?«

»Was?«

»Du hast gesagt, wenn da irgendwo ein Mann herumlungert.«

»Das hab ich hypothetisch gemeint.«

»Nein, hast du nicht.«

Er errötete. »Hab ich, Rosie.«

»Das hast du verflixt und zugenäht nicht! Ich kenn dich, Tom, komm schon, raus damit!«

Er seufzte. »O Gott, in Ordnung. Es war nur – äh, Phil hat da etwas angedeutet. Etwas über einen Veterinär, einen feinen Pinkel, ich weiß nicht.«

Ich glotzte ihn einen Augenblick lang sprachlos an. Schließlich fand ich meine Stimme wieder. »Oh!« hauchte ich. »Oh, das *glaub* ich einfach nicht! Darum geht's hier, nicht wahr? Darauf hast du hingearbeitet! Los, geh ran, Rosie, *hol dir den sexy Tierarzt!* Sie haben dir eingetrichtert, daß du das sagen mußt, nicht wahr?«

»Sei nicht albern, ich hab doch nur –«

»Na klar, jetzt begreif ich es, diese ganze sachte-sachte Charakteranalysegeschichte, dieses ganze ›Trödel nicht, Rosie, du mußt dir mehr Mühe geben, deine Chancen ergreifen‹ – das ist alles nur Verneblungstaktik, um mich erneut mit einem Mann zu verkuppeln. Einem Mann, mit dem ich übrigens ganze fünf Minuten geredet habe. Fein, du steckst da also auch mit drin!«

»Rosie, würdest du dich bitte beruhigen. Ich stecke nirgendwo mit drin, es ist nur, daß Mum erwähnt hat –«

»Mum! Ach, *Mum* ist auch beteiligt, ja?« Inzwischen kochte ich vor Wut. »Herrgott noch mal, gerade hat sie noch untröstlich über der Asche ihres Schwiegersohns geschluchzt, und jetzt versucht sie, mir umgehend einen anderen Mann in den Hals zu stopfen!«

»Bildlich gesprochen natürlich!« murmelte er.

»NICHT UNBEDINGT!« brüllte ich. »Diese Frau schreckt vor nichts zurück.«

»Sachte, sachte, Rosie.« Er sah sich nervös um. Die Leute schauten uns stirnrunzelnd an.

»Red doch mal mit Rosie«, zischte ich, wissend nickend. »Sprich sie doch mal drauf an. Das war's doch, nicht wahr, Tom?«

»Ja, aber nur weil sie sich Sorgen um dich machen, mein Schatz, nur weil du allein bist.«

»Zehn Tage!« quiekte ich. »Zehn verfluchte Tage bin ich allei, und sie überlegen schon, ob sie eine Kontaktanzeige für mich aufgeben! Schon rotten sie sich zusammen, halten Kriegsrat, planen mein Leben, flüstern mir was ins Ohr, geben mir einen Schubs in die richtige Richtung. An alle Mitglieder meiner Familie: Hört her! Von jetzt an bedauert Rosie Meadows, daß sie *nicht* so laufen wird wie *man* es erwartet! Von jetzt an wird sie sich nicht mehr zu irgend etwas drängen oder schubsen lassen, was sie nicht will und wird ihr Glück ohne Rücksicht auf die Forderungen anderer suchen! Sie wird sich vor niemandem verantworten und schon gar nicht vor einem Mann, mit dem sie ihre Familie verkuppeln will, weil sie nämlich möglicherweise für eine beachtliche Zeit allein sein wird! Wenn nicht gar für immer! Möglicherweise wird sie nie wieder einen Mann anschauen. Soll ich dir etwas sagen, Tom?!« Ich fixierte ihn zornig über den Tisch. »So wie ich mich momentan fühle, werde ich möglicherweise NIE WIEDER SEX MIT EINEM MANN HABEN! HAB ICH MICH KLAR AUSGEDRÜCKT?«

Das, mit einer Million Dezibel herausgebrüllt, brachte das Lokal mehr oder minder zum Stillstand. Eisiges Schweigen legte sich über den Raum, und alle Köpfe drehten sich um, um mich und meinen Bruder, dessen Gesicht feuerrot glühte, anzustarren. Ein paar Kicherer durchbrachen die Stille, und am Tisch neben uns stierten ein paar Büromädchen mit offenen Mündern. Eine von ihnen hob ihr Glas.

»Hört! Hört!«

Ihre Freundin gegenüber folgte ihrem Beispiel. »Ja, verdammt noch mal, hört, hört. Darauf trinke ich!«

»Ja, bombt die Dreckskerle ins Weltall. Hört, hört!«

Die Männer schauten alle betreten in ihr Bier, lächelten ab und zu nervös in unsere Richtung, aber keiner so nervös wie Tom.

»Und?« fragte ich. Ich war noch nicht mit ihm fertig. Das Lokal wartete gebannt.

»Ja, und?« schrie einer der Gäste unternehmungslustig.

»Scheiße, ja, was?« murmelte er und sah sich verängstigt um.

»Hab ich mich klar ausgedrückt?«

»Ja, verfluchte Scheiße, ja, Rosie, kristallklar!«

»Gut.«

Das wurde mit großem Applaus und Jubel quittiert. Während noch geklatscht wurde, lächelte ich ihn über meinen

Orangensaft an, nippte daran, ohne ihn aus den Augen zu lassen. Schließlich verstummte der Lärm, und das übliche leise Gemurmel eines Lokals machte sich wieder breit.

»Herrgott noch mal, Rosie«, krächzte er und strich sich mit den Fingern durchs Haar. »Das war ein bißchen überflüssig, nicht wahr?«

»Der Meinung bin ich nicht. Ich mußte etwas klarstellen.«

»Ja, aber verflucht noch mal, ich bin doch nur am Empfangsende von einem Haufen chinesischem Geflüster. Ich mache nur, was man mir sagt. Erschieß nicht den Boten, in Ordnung?«

Ich grinste. »In Ordnung.«

»Ich meine, du brauchst *mir* nicht zu sagen, wie diese Frauen sind, ich habe mit ihnen *gelebt,* verdammt! Und wie ich dir schon vorher sagte, warum glaubst du, lebe ich in Amerika? Ich bin auf deiner Seite, Rosie, du vögelst, wen du magst, von mir aus eine Schildkröte, mir macht das nichts aus.«

Ich lachte. »Okay, okay, tut mir leid. Ich wollte nur meine Position klarstellen, und *diese* Botschaft könntest du weitergeben.«

»Was? Und von denen auch noch angeschissen werden? Nein, wirklich nicht. Ich halte mich da raus. Ich sitz in der nächsten Maschine nach Amerika.« Er kippte seinen Drink in einem Zug hinunter und sah auf die Uhr.

Ich feixte und warf einen Blick auf die meine.

»Verflixt!« Ich schoß von meinem Stuhl hoch.

»Was?«

»Ich muß sofort los! Ich hab gesagt, ich würde Ivo um zwei abholen – ach, Tom, ich hab dich nicht nur angeschrien, jetzt seh ich dich dazu eine Ewigkeit nicht, nicht wahr?« Mit einemmal hatte ich Schuldgefühle. Ich raffte meine Handtasche vom Boden hoch, fand Schlüssel und meine Geldbörse, die herausgefallen waren. »Wann fliegst du zurück?«

»Heute abend und ja, du hast mich angebrüllt, und nein, ich hab es nicht verdient, und ja, ich hoffe, daß du deswegen eine schlaflose Nacht hast, und nein, du wirst mich nie wieder sehen.« Er lächelte. »Außer ich fliege wie geplant in ein paar

Monaten wieder hierher, um einige Geschäfte in London zu erledigen. Ich könnte sogar kurz aufs Land fahren, dich besuchen.« Er machte eine Kunstpause. »Wie ich höre, wohnst du in Annabel Johnsons Cottage.«

Ich hörte auf, in meiner Handtasche zu fummeln. Starrte. »Woher zum Teufel kennst du sie?«

»Hab sie in L.A. kennengelernt, als sie heftig Promotion für ihr neues Buch machte.« Er lächelte, hob den Zeigefinger. »Da hast du eine echte Versucherin. Sie hat versucht, mich zu überreden, eines dieser grauenhaften Videos für sie zu machen, du weißt schon, eines von diesen furchtbaren, selbstherrlichen ›Ich-weiß-wie-man-glücklich-und-gesund-ist-und-du-nicht‹-Machwerken.«

»Auweia, richtig. Ich hatte keine Ahnung, daß du sie kennst. Wie ich daraus entnehme, magst du sie nicht?«

»Oh, das würde ich nicht sagen, Rosie. Sie ist wirklich erstaunlich.«

»Wirklich?«

»Nun, sie ist atemberaubend attraktiv, extrem talentiert, schrecklich charmant und unglaublich, *unglaublich* selbstzufrieden.«

»Ah.« Ich lächelte. »Eine Nervensäge.«

»Darüber freust du dich wohl?«

»Natürlich.« Ich stand auf, gab ihm einen Kuß auf die Wange und schwang meine Tasche über die Schulter, bereit zum Gehen. »Siehst du, Tom«, ich zwinkerte ihm zu, »das kommt davon, wenn man sich zuviel Mühe gibt.«

13

Ich strampelte wie besessen zu Alice, und als ich ankam, wollte sie gerade alle drei Kinder in ihren Mänteln ins Auto packen.

»Es tut mir so leid!« heuchelte ich, als ich von meinem Rad sprang und es in die Hecke schleuderte.

»Ist schon okay, ich wollte ihn mitnehmen, aber jetzt kannst du ihn wiederhaben.«

Ivo rannte über den Gehsteig auf mich zu. Ich hob ihn hoch und umarmte ihn.

»Danke, daß du auf ihn aufgepaßt hast, Alice. War er brav?«

»Er war ein Engel, wie immer«, sagte sie und verschwand im Wagen, um ihre Mädchen anzuschnallen. »Ich warte ständig darauf, daß er sich in eines dieser dämonischen kleinen Biester verwandelt, die meine in seinem Alter waren, aber er zeigt überraschenderweise keine Symptome! Ich glaube, du betäubst ihn. Also komm schon, was hat Boffy gesagt?«

»Oh, dies und das.« Ich nagte an meinem Daumennagel.

Ihr Kopf tauchte wieder auf. »Oh. Schlechte Nachrichten?«

»Also, man könnte das so ausdrücken. Ich werde keinen Privatjet chartern und all meine Freunde nächsten Sommer nach Mustique einfliegen wie Mrs. Branson.«

»Oh, Schande. Ich hab eigentlich damit gerechnet. Na ja, was soll's, wieder mal Cornwall für uns wie üblich«, sagte sie locker. Angesichts meiner Miene spürte sie, daß ich nicht darüber reden wollte. »Und wie geht's Tom so?«

Ich grinste. »Furchtbar. Reich, erfolgreich, gutaussehend, dynamisch, kurz vor dem Rückflug nach New York und dann weiter nach L.A. Er troff förmlich vor Glamour.«

»Mein Gott, der arme Teufel. Ach ja«, sie seufzte, »ich dagegen darf nur in die Sprechstunde und dann zu Sainsbury's, mein Leben ist voller Glamour. Ehrlich, Rosie, als ich mit Tom bei Harrys Beerdigung redete, mußte ich praktisch ein Leben für mich erfinden. Er sagte: ›Als ich dich das letztemal gesehen habe, hast du die Miranda in Durham gespielt‹, und ich hab ernsthaft gedacht, er verwechselt mich. Das schien mir alles so lange her, daß ich nicht glaubte, daß das wirklich ich gewesen war!«

»Ich weiß, was du meinst«, stimmte ich wehmütig zu. Ich erinnerte mich, wie ich Tom mitgenommen hatte, als Alice in ihrer Universitätsaufführung von *Der Sturm* eine sehr schöne Miranda gespielt hatte. Rote Haare, die präraphaelitisch über ihren Rücken flossen, blaue Augen, die vor Eindringlichkeit funkelten, das herzförmige Gesicht blaß und ätherisch.

»Apropos Sainsbury's«, sagte ich, als ich wieder zur Erde zurückkehrte. »Ich hab gestern Tim, den Packer, getroffen.«

»Ach ja? Ist er immer noch geil auf dich?«

»Nein, das pure Gegenteil. Er hat mich total ignoriert. Ich sagte hallo, und er hat einfach durch mich hindurchgeguckt, als hätte er mich noch nie gesehen.«

»Wie seltsam.« Sie zuckte die Achseln. »Na, vielleicht hat er dich einfach in der anderen Umgebung nicht erkannt, ich meine außerhalb des Supermarkts. So was passiert, weißt du, so als ob man den Briefträger in der U-Bahn sieht.«

»Möglich«, sagte ich zweifelnd.

Sie sprang ins Auto. »Wie dem auch sei, ich muß jetzt los, wir sind ohnehin schon spät dran. Aber ich dachte, ich komme dich nächste Woche besuchen, wenn Michael in Cheltenham ist. Hab gedacht, wir könnten alle zusammen zum Abendessen gehen.«

»O ja, das wäre wunderbar.« Meine Laune besserte sich schlagartig.

»Gut. Bis dann. Bye!« Sie winkte fröhlich aus dem Fenster. Leider war Alice eine furchtbare Fahrerin und brauchte beide Hände am Steuer. Der Wagen machte eine Reihe von heftigen Känguruhsprüngen, bevor er gefährlich um die Ecke schlingerte.

Ich brachte Ivo zurück in die Meryton Road, um unsere restlichen Sachen abzuholen, und drehte eine schnelle Runde durchs Haus – sammelte Vorhänge, Teppiche und Kissen für das Cottage ein, stopfte alles so schnell wie möglich in den Wagen und machte mich auf den Rückweg nach Gloucestershire. Mir kam die Idee, daß man Harrys Gemälde und Möbel zurück nach Yorkshire bringen könnte. Dort würden sie glücklich sein.

Meine erste Handlung, als ich in dem kleinen Dorf ankam, war ein Besuch des Gemischtwarenladens. Ich kaufte ein paar leere Postkarten, dann hastete ich zurück zum Auto. Ich balancierte eine Karte auf meinen Knien und kritzelte: »Köchin für Dinner- oder Lunchpartys verfügbar. Alles kommt in Frage.« Dann fügte ich meine Adresse hinzu. Ich wollte gerade wieder in den Laden zurückeilen, als mein Blick noch einmal auf die Karte fiel. Ich sah aus dem Fenster und nagte nachdenklich an meinem Stift. Schließlich schrieb ich:

»Qualifizierte Cordon-Bleu-Köchin (Ausbildung Pru Leith, Jean-Philippe du Fort und Albert Roux) verfügbar für Dinnerpartys, Buffets etc. Erstklassige französische Cuisine in ihrem eigenen Heim, zu erschwinglichen Preisen. Näheres im Laden.«

»Okay, Tom«, murmelte ich und hastete zurück zum Laden. Ich *werde* es versuchen. Ich werde mir wirklich Mühe geben, aber ich werde es zuerst mit dem versuchen, was ich wirklich kann, in Ordnung?

Die Frau hinter der Theke las interessiert die Karte.

»Oh, Sie sind Köchin! Und Sie haben bei diesem Albert ›Rooks‹ gelernt? Der vom Fernsehen? Oooh, ja, den mag ich, er hat doch so ein schönes Gesicht, nicht wahr? Und diesen lustigen französischen Akzent, obwohl, wenn Sie mich fragen: Er kann diesem Johnny Craddock nicht das Wasser reichen, dem Mann von der alten Fanny. Der war vielleicht einer, was? Ich werd nie den Tag vergessen, als sie gerade gebacken hatte und er sich zur Kamera drehte und sagte: ›Ich hoffe, eure Doughnuts werden auch so gut wie Fannys!‹« Sie warf den Kopf zurück und brüllte vor Lachen. »Haben wir gelacht! Auf jeden Fall«, kicherte sie und wischte sich die Augen, »genug von solch ordinären Sachen. Ich werd das für Sie ins Fenster tun, Schätzchen, und man kann nie wissen, es gibt einen Haufen vornehme Frauen in der Gegend, die in großen Häusern leben und nicht die Zeit haben und auch nicht die Lust, ihre voll ausgestatteten Küchen schmutzig zu machen. Ich kann mir vorstellen, daß sie einen ›Cordon Blair‹ wie Sie gleich einsacken. Sind zu beschäftigt damit, Unterhosen in Pyramiden zu verkaufen oder was immer sie machen, als daß sie ihr eigenes Essen kochen.« Sie schniefte.

»Genau das hab ich mir erhofft«, sagte ich erfreut, »und ich dachte mir, im Lauf der Zeit könnte ich meine eigene Catering

Firma aufbauen. Eine Art Dinnerparty auf Rädern für gestreßte feine Leute.«

»Das ist eine sehr gute Idee, mein Schatz, ich werd für Sie Reklame machen.« Sie schnalzte mitfühlend mit der Zunge und schüttelte den Kopf. »Vor allem nachdem Sie jetzt ganz allein sind mit dem Kleinen. Schockierend, wirklich schockierend. Weiß nicht, wie Sie das schaffen.«

Ah, die Buschtrommeln hatten schon funktioniert. »Also, noch mal herzlichen Dank, ich weiß es wirklich zu schätzen.«

»Das mach ich doch gerne, freu mich, wenn ich helfen kann. Ich besorg Ihnen einen Job, Sie werden schon sehen!« Sie wedelte fröhlich mit meiner Karte und wuselte davon, um sie ins Fenster zu stellen.

Siehst du, dachte ich mit wesentlich leichterem Herzen auf der Rückfahrt ins Cottage, jetzt sah alles schon etwas besser aus. Wart's nur ab, Tom. Du wirst mich nicht auslösen müssen. Die weltberühmte Catering Firma Rosie Meadows bietet vielleicht bald dir einen Kredit an!

Das Cottage war eiskalt und roch muffig, als ich die Tür aufschob. Aber wenigstens hatte ich alles ordentlich hinterlassen, und sobald ich ein Feuer angezündet und die Sachen, die ich aus London mitgebracht hatte, verteilt waren, fühlte ich mich sofort zu Hause. Die Möbel, die ich bei John Lewis bestellt hatte, waren vor kurzem angeliefert worden und vervollständigten die Einrichtung. Ich versank glücklich im Sessel, schwang meine Beine hoch, während Ivo herumtapste und offensichtlich glücklich war, wieder hier zu sein. Ach, das war einfach toll, dachte ich, und suhlte mich vergnügt in der Einsamkeit. Ich konnte Käse auf Toast vor dem Feuer essen, jede Musik, die ich wollte, hören, einen Gin Tonic in der Badewanne trinken, an meinen Füßen herumzupfen, bis Mitternacht lesen, zu Bett gehen, wann immer ich wollte und – gütiger Himmel! Ein Telefon!

Ich setzte mich auf und starrte es an. Tatsächlich, in einer Ecke des Zimmers, auf meinem neuen Tisch, stand ein Telefon. Mit einer Notiz oben drauf. Ich katapultierte mich in die Senkrechte und flitzte hin.

»Sie können unmöglich ohne irgendeine Form von Telekommunikation hier leben, also hab ich das für Sie installieren lassen. Joss.«

Ich lächelte. Pedantisch, kurz, aber sehr lieb und ja, tatsächlich, das würde einen Riesenunterschied machen. Ich gab Ivo einen Keks, um ihn ruhigzuhalten, und dann machte ich mich sofort daran, Mr. Mendelson, den Immobilienmakler, anzurufen. Er war nicht so süß. Offen gesagt war er bestenfalls kurz angebunden, und von seiner Anschleimerei heute nachmittag war keine Spur mehr übrig.

»Ich fürchte, ich habe schlechte Nachrichten, Mrs. Meadows«, zeterte er. »Ich kann nicht annähernd den Betrag erzielen, den Sie bei dem Verkauf dieser Häuser erwarten.«

Mir wurde schwer ums Herz. »Ach wirklich? Warum denn nicht?«

»Nun ja, das, in dem Sie gewohnt haben, war nicht so schlecht, obwohl ich sagen muß, daß die Wände recht feucht sind und das Dekor ziemlich schäbig –«, das taktlose Schwein, dachte ich, innerlich kochend, das ist mein Zuhause, von dem du da redest, schauen wir doch mal *deins* an, Kumpel, stochern wir hinter deinem Rücken in den Sofas rum – »aber das *andere*. Meine liebe Mrs. Meadows!«

»Was? Meine liebe Mrs. Meadows, was?«

»Ja, waren Sie denn in letzter Zeit nicht dort?«

»Ähm, nein, nicht seit – äh, ich glaube, eigentlich noch nie. Zumindest nicht im Haus. Da waren immer Mieter drin, wissen Sie.«

»Na ja, das hätte eigentlich gar nicht sein dürfen. Ich fürchte, es ist eine absolute Schande. Keine Zentralheizung, mangelhafte Installationen, das Wasser läuft die Wände herunter, und in einem Schlafzimmer ist das Dach total eingebrochen, die Mieter haben es mit Plastikplanen abgedichtet, damit es nicht durchregnet. Das ganze Haus riecht nach faulenden Teppichen, und dann gibt's da auch noch Ratten!«

»Ratten?« wiederholte ich kläglich, das Telefon rutschte mir ein Stück aus der Hand.

»Also, ich hab nicht direkt welche gesehen, aber ich kann nur annehmen, daß die Fallen in der Küche dafür waren. Es tut mir leid, aber ich muß es als Totalrenovierung anbieten.«

»Ich verstehe.«

»Sie hatten keine Ahnung?«

»Nein, ich – ich hab mich nicht sonderlich dafür interessiert«, stotterte ich. »Ich meine, mein Mann hat sich immer um diese Sachen gekümmert, wissen Sie, die Vermietung.« Mein Gott, das war gräßlich, furchtbar. Ein Trinker, ein Spieler und jetzt auch noch ein schweinischer Vermieter, der den Leuten Geld für unhygienische Wohnungen abnahm. War ich wirklich drei volle Jahre mit diesem Mann verheiratet gewesen?

»Ich glaube, ich kann wirklich nur vorschlagen, daß Sie akzeptieren, was immer ich dafür kriegen kann. Ich werde selbstverständlich mein Bestes tun, aber unter den Umständen ...«

»Natürlich, natürlich«, lenkte ich verschämt ein. »Ich danke Ihnen sehr, Mr. Mendelson, tun Sie, was immer in Ihrer Macht steht.«

Ich legte den Hörer auf. Mir war etwas übel. Ich machte ein paar Berechnungen im Kopf, dann wurde mir noch übler, und ich holte rasch Block und Bleistift. Ich setzte mich und arbeitete alles sorgfältig aus. Zuerst Harrys Schulden, dann die Miete für dieses Haus – die ersten paar Monate für den halben Preis –, dann das absolute Minimum an Lebensunterhalt, plus Gas und Stromrechnung. Ich schätzte über den Daumen gepeilt, was Mr. Mendelson für die Häuser erwartete, zog eines vom anderen ab und fand ... daß ich schwer verschuldet war. Ich fügte verzweifelt hinzu, was ich mit ein paar anständigen Kochaufträgen verdienen könnte, ein paar Tagen Putzen, Schrubben, Enthäuten, *egal* was, und stellte fest, daß ich möglicherweise meinen Kopf gerade über Wasser halten könnte, nur ... ich hatte keinen Job, und es konnte Wochen, Monate dauern, bevor ich einen bekommen würde. Ich ließ den Stift klappernd fallen, und mein Kopf sank in meine Hände. Ich starrte den Tisch an. Es gab nur eine Möglichkeit. Ich mußte dieses Haus aufgeben. Die einzige Möglichkeit, über die Runden zu kommen und Ivo richtig zu versorgen, war, bei Philly einzuziehen und einen Kredit von Tom zu akzeptieren. Die zwei Dinge auf der Welt, die ich am allerwenigsten machen wollte. Scheiße, Scheiße, Scheiße! Ich zerknüllte das Papier, warf es gegen die Wand und brach in Tränen aus. Ich heulte mich so richtig schön aus, zerfloß in Selbstmitleid. Aber nach einer Weile fühlte ich ein leichtes Zupfen an meinem Ärmel.

»Mummy traurig.« Ivos besorgtes kleines Gesicht belugte mich durch meine Armbeuge. Ich hievte ihn auf meine Knie, wischte mir das Gesicht mit dem Handrücken ab und lächelte. »Nein, nicht wirklich, Darling. Mummy ist nur albern, mehr nicht. Sie tut sich selbst viel zu leid und benimmt sich lächerlich.«

»Läckerlick«, stimmte er zu, nickte mitfühlend.

Ich putzte mir die Nase und stand auf, setzte ihn auf meine Hüfte. »Komm jetzt, das bringt nichts. Millionen von Menschen sind viel schlimmere Sachen passiert, nicht wahr?«

»Du hast Schnief auf dem Gesicht, Mummy.«

»Oh, hab ich das, Schatz? Ich danke dir sehr.« Ich griff nach einem Taschentuch und wischte mir die Nase ab. »So, siehst du, jetzt geht's mir viel besser, also komm jetzt, bringen wir's hinter uns. Du möchtest doch gerne bei deiner Tante Philly wohnen, nicht wahr?«

»Und du?«

»Natürlich wir beide zusammen«, sagte ich voller Inbrunst.

Ich packte ihn in seinen Schneeanzug und zog meinen Mantel an. Auf dem Weg zur Tür drehte ich mich noch einmal um und sah mich voller Wehmut in meinem kleinen Wohnzimmer um. Jetzt strahlte es vor Licht und Wärme, nachdem ich es endlich geschafft hatte, alles richtig zu plazieren. Zwei bunte Kelims, die ich aus London mitgebracht hatte, verdeckten den ganzen schäbigen Teppich, und ein paar Tischlampen tauchten alles in sanftes rosiges Licht anstatt der häßlich grellen Deckenlampe. Gobelinkissen lagen auf der Fensterbank verstreut, verblaßte Vorhänge mit Rosendruck, die ich mühsam per Hand genäht hatte, die Harry aber abgelehnt hatte, hingen an den

Fenstern, Aquarelle, Pastelle und Zeichnungen bedeckten die Wände. Das altersschwache Sofa mit seinen rostigen Federn war durch Alices herrlichen Patchwork-Quilt verwandelt, und zu beiden Seiten des prasselnden Feuers stöhnten die Regale in den Alkoven unter dem Gewicht meiner Bücher. Ich hatte in kürzester Zeit ganze Arbeit geleistet. All die Dinge, die ich im Lauf der Jahre angefertigt, gesammelt und geliebt hatte, waren in diesem kleinen Zimmer zusammengekommen, mit dem Erfolg, wenn ich das sagen darf, daß es hier ausah wie in einer Reportage in *Country Living* über versteckte Cottages auf dem Land.

Ich seufzte und schloß die Tür hinter mir. »Was soll's, das ist doch alles nur Ziegel und Mörtel.«

»Du hast immer noch Schnief, Mummy.«

»Danke, Schatz.« Ich schneuzte mir erneut die Nase und streckte die Hand aus. »Na, dann komm. Los geht's.«

Er nahm meine Hand, und mit Blinky Bill in seiner anderen machten wir uns ernst auf den Weg, den immer noch eisigen Hügel hoch, um unseren Vermieter von unserem unmittelbaren Auszug zu informieren. Und überhaupt, dachte ich tapfer. Was war denn so furchtbar daran, bei Philly zu wohnen? Viele alleinstehende Mütter träumten davon, eine reiche Schwester zu haben, bei der sie einziehen könnten. Ich hatte verfluchtes Glück, daß ich diese Möglichkeit hatte.

Es war ein wunderbarer frischer Nachmittag, und die kahlen, dunklen Bäume, die das sanft goldene Fairlings flankierten, zeichneten sich dramatisch vor einem matrosenblauen Himmel ab. Als wir den Hof durchquerten, fegte ein Schwarm Hühner heraus, um uns zu begrüßen, gackerten aufgeregt um unsere Füße, in der Hoffnung, wir würden ihnen ihr Nachmittagsfutter bringen. Ein frecher Bantamgockel jagte hinter mir im Zickzack seitlich ums Haus herum, bis zur Eingangstür. Da schau her, dachte ich, als ich die Hand nach der Türklingel ausstreckte. Einen Hahn hab ich schon erobert. Auf jeden Fall konnte ich bei Tom damit angeben.

Ich klingelte, und als ich den Knopf losließ, öffnete Joss sofort die Tür. Er stand in einer alten Wetterjacke und Stiefeln vor mir. Er blinzelte.

»Wer hätte das gedacht. Ich wollte Sie gerade besuchen.«

»Fein, hier bin ich.«

Er öffnete die Tür, um mich hereinzulassen, und ich trat in das sanfte, diffuse Licht der mit riesigen Steinplatten gepflasterten Eingangshalle, dem einzigen Raum, den ich je in diesem riesigen Haus gesehen hatte, und der einzige, den ich jetzt überhaupt sehen würde, wurde mir schmerzlich klar. Ein Feuer brannte im Kamin, genau wie beim letzten Mal. Ich fragte mich, ob er es jeden Tag anzündete – oder hatte er Bedienstete, die das für ihn machten, unmittelbar bevor sie seine Zeitungen bügelten und die Klositze anwärmten? Egal wie, es war ein Ausbund an Luxus, und ich machte mir eine geistige Aktennotiz, daß ich eines Tages auch, wenn mein Schiff endlich angedockt hatte – was es natürlich würde, sobald dieser kleine, kurzlebige finanzielle Engpaß überwunden war –, ein Feuer in meinem jakobinischen Entree zweiter Wahl haben würde. Vielleicht würden sogar ein paar Spürhunde davorliegen, man kann nie wissen. Er schloß die Tür hinter mir.

»Einen Drink?«

Ich sank in den Ohrensessel vor dem Feuer mit einem schläfrigen Ivo auf dem Schoß. »Ach ja, warum nicht? Danke.«

Er ging zu der Mahagoni-Anrichte in der Ecke und goß einen stattlichen Whisky aus einer Karaffe. Als er ihn mir reichte, musterte er mich neugierig.

»Sie sind heute nicht so verdruckst wie üblich. Was soll dieses plötzliche Ungebeten-in-Stühle-fallen und meinen Scotch trinken?«

Ich grinste ironisch. »Ich denke, ich hab wohl nichts mehr zu verlieren. Es spielt keine sonderliche Rolle, ob ich Sie beleidige und Sie mich rauswerfen.«

»Ah, dieses unterwürfige Gehabe zielt also nur darauf ab, Ihr fortgesetztes Überleben im Cottage zu sichern? Also, bevor Sie sich tatsächlich auf meinem Teppich erleichtern, darf ich fragen, warum das jetzt nicht mehr zutrifft?«

Ich erzählte es ihm, streifte lässig am Thema meiner gräßlichen Schulden und den Zustand des vermieteten Hauses in London vorbei, aber ich glaube, er verstand alles sehr wohl.

Er stand über mir und hörte zu, ein Ellbogen ruhte auf dem Sims über dem Feuer, mit der anderen ließ er die goldene Flüssigkeit in seinem Glas kreisen. Als ich fertig war, nickte er.

»Okay. Also, machen Sie sich darauf gefaßt, den Drink zurückzugeben, wieder auf der Kante des Stuhls zu balancieren und wieder den Mieterstatus anzunehmen. Der Grund, warum ich Sie besuchen wollte, war, daß ich eine Nachricht für Sie habe. Wie es scheint, haben Sie einen Job.«

»Was?«

»Das Pub hat hier vor zehn Minuten angerufen. Hat darum gebeten, ›die Köchin mit dem Kindchen‹ zu sprechen – ich nehme an, das sind Sie. Mein Gott, Sie sind erst einen Tag zurück, und ich nehme schon Nachrichten für Sie an. Glücklicherweise hab ich das Telefon für Sie installieren lassen, wenn das ein Anzeichen Ihrer Beliebtheit ist.«

»Oh, nein, nein, ich bin überhaupt nicht beliebt, ich meine – was haben sie denn gesagt?« fragte ich aufgeregt.

»Das Pub? Also, wie es scheint, haben Sie in Mrs. Fairfax im Dorfladen eine Freundin. Nachdem Sie ihr Ihre Anzeige gegeben haben, hat sie ihren Bruder Bob angerufen, der zufälligerweise der Wirt des ›Red Lion‹ ist – da sehen Sie mal, wie die Penningtoner Mafia funktioniert –, und wie sich herausstellte, hatte er just in dieser Sekunde seinen Koch da unten gefeuert. Hat ihn in kompromittierender Situation mit einem der Barmädchen erwischt wie mir scheint.« Er rieb sich erschöpft mit der Hand über die Augen. »Bitte verlangen Sie nicht von mir, daß ich näher darauf eingehe, Rosie. Ich kann Ihnen versichern, daß mir der empörte Wirt alles bis ins letzte lüsterne Detail geschildert hat. Ich würde gerne darauf verzichten, es mit Ihnen zu teilen, wenn es Ihnen recht ist. Wie dem auch sei, der langen Rede kurzer Sinn ist, daß Bob und der Koch sich ein paar unfeine Sachen an den Kopf geworfen haben, und jetzt möchte Bob, daß Sie als Köchin einspringen.«

»Oh! O meine Güte, wie wunderbar, was genau würde das bedeuten? Ich meine, hat er gesagt, was da alles dazugehört oder so etwas?«

»Ich fürchte nicht. Traurigerweise mußte ich die Ausführungen des brüllenden Bob jäh unterbrechen, weil mein anderes Telefon klingelte, und ich muß zugeben, ich hielt meinen Galeristen, der mich aus Köln mit Einzelheiten über meine nächste Ausstellung anrief, für wichtiger, als zu fragen, in welcher Art und Weise die im Pub ihre Speisen lieben. Aber er hat eine Nummer für Sie hinterlassen, die Sie anrufen können. Hier.« Er reichte mir einen Fetzen Papier. »Sein Name ist übrigens Bob Carter.« Er runzelte die Stirn. »Er hat aber etwas erwähnt von wegen, er bräuchte morgen abend vierzig dreigängige Menüs.«

»Großer Gott – Sie machen Scherze!«

Er grinste. »Richtig. Nein, ich schwöre, ich habe keine Ahnung, was da alles zugehört, aber eins können Sie mir glauben, was immer Sie in dieser Kaschemme servieren wird besser sein als alles, was die uns in der Vergangenheit zugemutet haben. Schäbige alte Omelettes mit Stückchen von schlabbrigem Speck und eine Suppe, bei der man sich nicht traute aufzuessen, aus Angst, was man da unten finden könnte. »O ja, Sie würden Pennington einen Riesengefallen tun, wenn Sie diesen Ofen übernehmen.«

Ich stand begeistert auf und hievte Ivo auf meine Hüfte. »Ich geh gleich und ruf ihn an. Oh, das ist wunderbar, Joss. Ich kann nicht glauben, daß das alles so schnell passiert! Ich dachte, ich wäre mittellos, hab geglaubt, mein Schicksal wäre das Armenhaus. Ich hab so viele Schulden zu bezahlen und – ja, ich muß auch Mrs. Fairfax anrufen und mich, Sie wissen schon, bedanken, und – oh«, ich drehte mich auf dem Weg zur Tür abrupt um, blieb stehen und strahlte ihn an. »Danke, daß Sie kommen und mir das sagen wollten, Joss. Und danke auch für den Drink.«

»Kein Problem. Und, wenn ich ehrlich bin, wollte ich sowieso ins Atelier. Wenn Sie es ertragen können, noch zwei Sekunden zu warten, hol ich mein Zeug und geh mit Ihnen runter.«

»Okay.«

Ich wartete, während er seinen Drink hinunterkippte und einen Stapel Zeichnungen vom Schreibtisch zusammenraffte. Er steckte sie unter den Arm, nahm ein paar Bleistifte, und dann gingen wir zusammen hinaus in die Schwärze, die sich mit einemmal draußen herabgesenkt hatte. Als wir den eisigen Hügel zu seinem Atelier und meinem Cottage hinuntergingen, breitete sich Schweigen aus. Ich schluckte. Ich fühlte mich unerklärlicherweise unfähig zu reden. Vor einer Minute noch war Reden so leicht gewesen, dort oben in der Halle, als wir über meine Kocherei geredet hatten. Warum fühlte ich mich dann jetzt neben diesem Riesen von Mann, der im Stockdunklen neben mir herging, plötzlich so schüchtern?

Als wir an der Werkstattür angelangt waren, zögerte ich. Ich wollte gerade »Gute Nacht« sagen, aber dann blieb ich doch stehen. Wenn er sagt, »Gute Nacht, Rosie«, sag ich das gleiche, dachte ich bei mir, und dann geh ich. Ich wartete. Er tat es nicht. Statt dessen kämpfte er kurz mit dem Vorhängeschloß und riß die Tür auf. Er streckte die Hand nach oben und schaltete das Licht ein. Er trat beiseite, und ich trat hinein. Meine Hand flog an den Mund. Ich keuchte, blieb einen Augenblick stehen, nahm alles auf, sah mich verwundert um.

Es war eine riesige, höhlenartige Scheune. Von den hohen Eichenbalken leuchteten Scheinwerfer und beschienen fast individuell die fantastischste Ansammlung von Skulpturen und Statuen, die ich je gesehen hatte. Auf einer Seite des Ateliers stand eine lange Werkbank und darauf Reihen eleganter dunkler Bronzen. Die meisten waren figürlich: Mädchen, Athleten, Nackte und Tiere. Panther, Gazellen und Rennpferde bäumten sich mit gebogenen Hälsen und weit offenen, starrenden Augen auf. Alle waren atemberaubend schön, und ich wollte sie instinktiv berühren, aber es waren die Stücke in der Mitte des Raumes, bei denen es mir anfänglich den Atem verschlagen hatte und die mich jetzt immer noch fesselten. Ich drehte mich um und schaute. Denn unter dem grellen Licht eines riesigen Scheinwerfers standen drei gigantische reinweiße Figuren wie

Wachtposten vor mir. Ich ging auf sie zu – Ivo schlief praktisch bereits auf meinem Arm –, wie von einer Schnur gezogen. Im völligen Gegensatz zu den Bronzen waren diese riesigen sechseinhalb Meter hohen Statuen ausschließlich aus mächtigen Blöcken weißen Carrara-Marmors geschlagen. Sie waren in ihrer Form so abstrakt, daß es fast unmöglich war zu sagen, wer oder selbst was sie waren, aber ihr Mystizismus war so unverkennbar wie ihre Kraft und ihre Schönheit.

»Oh!« Ich streckte die Hand aus und berührte andächtig eine. »Gott, sind die schön!« Ich sah sie versunken an und drehte mich dann um. »Was sind sie?«

Joss grinste und stellte sich neben mich. »Wie einige Künstler Ihnen nebulös sagen würden, sie sind, was immer Sie wollen, daß sie sind, aber um ehrlich zu sein«, er hob den Kopf und sah nach oben, »das sind meine heidnischen Götter. Das ist Apollos Hintern, den Sie da gerade streicheln.«

»Oh!« Ich riß meine Hand zurück.

»Und das ist Persephone.« Er ging weiter. »Und neben ihr ist Ikarus, dem traurigerweise momentan der Kopf fehlt.«

»Ja, ja, jetzt kann ich es sehen«, sagte ich begeistert. »Da sind seine Flügel und – oh, ich sehe, da sind Persephones Samen neben ihr! Mein Gott, sind das die Sachen, die Sie verkaufen? Die Sie in Ihre Ausstellungen bringen?« Ich wanderte bewundernd um sie herum.

»Teufel, nein, da drüben sind meine Ernährer«, er deutete mit dem Kopf in Richtung der Bronzen auf der Werkbank. »Diese Viecher mit den geblähten Nüstern und den feurigen Augen und die Mädchen mit den gebogenen Rücken, die kunstvoll ihre Zehchen berühren, das sind diejenigen, die das Schulgeld bezahlen. Diese Art von Kunst ist jetzt modern, das ist das, was jeder Conran Trendy in seinem umgebauten Dachboden in Docklands haben will. Das sind die Stücke, die die Kohle bringen, und die meisten auf dieser Bank sind Auftragsarbeiten von ziemlich reichen Individuen. Aber diese ...«, er steckte die Hände in die Taschen und sah Persephone liebevoll an, »diese sind meine Leidenschaft. Das sind die Typen, die mein Herz heftiger schlagen und mein Blut schneller durch meine Adern kreisen lassen.« Er sah sie noch einen Moment an, dann zog er philosophisch die Schultern hoch. »Aber traurigerweise sind sie nicht kommerziell, was heißt, sie sind finanziell nicht realisierbar. Ich meine, seien wir mal realistisch, wer will schon ein Riesentrumm Marmor zwischen die Couch und den Fernseher ins Wohnzimmer stellen, und natürlich bin ich noch nicht gut genug für Museen, also …«

»Noch nicht!« unterbrach ich ihn. »Aber, bei Gott, Sie werden es sein! Ich habe noch nie etwas gesehen, was auch nur annähernd so gut ist wie die, und okay, ich weiß vielleicht nicht viel über Kunst, aber wenn Sie mich fragen, diese Dinger sind vielleicht besser als alles, was man in großen Londoner Galerien sieht.«

»Oh, danke für dieses absolute Vertrauensvotum, Rosie.« Er lächelte und verbeugte sich spöttisch, aber ich sah, daß ihn meine Begeisterung freute. Er seufzte. »Wer weiß, vielleicht werde ich eines Tages einen dieser Typen hinten auf einen Lastwagen mit Ziel Tate Gallery hieven, aber im Augenblick nicht. Sie sind nicht jedermanns Geschmack und füllen ganz sicher nicht meine Taschen. Aber das ist okay, das heißt nur, daß ich bei Tageslicht die da mache«, er deutete auf die Bronzen hinter uns, »aber in meiner Freizeit arbeite ich an diesen Typen. Ich beginne meine spätnächtliche Affäre mit meinen ureigenen Göttern und Göttinnen.« Er grinste zu mir hinunter, und die Lichter von der Decke ließen seine braunen Augen funkeln. Ich vertiefte mich in sie, war für eine Sekunde fast geblendet.

Doch einen Moment später hatte er sich umgedreht und war zu seiner Werkbank gewandert. Ich beobachtete seinen Rücken, während er einen Meißel aussuchte, ihn weglegte und einen anderen nahm. Ich nahm das als mein Stichwort zu gehen und räusperte mich.

»Vielleicht sollte ich Sie jetzt besser Ihrer Liebesaffäre überlassen, während ich gehe und das Pub anrufe. Ich nehme an, es ist höchste Zeit, daß ich mich in *meine* neue Beziehung mit dem Wirt des Red Lion stürze.«

Er kam quer durch den Raum zurück, mit dem Werkzeug in der Hand. Die Augen zusammengekniffen, musterte er die Statuen und hatte mich, da war ich sicher, schon vergessen, vertieft in Persephones Reize. »Klar, machen Sie das, Rosie«, sagte er gedankenverloren. »Und lassen Sie sich nichts gefallen, stellen Sie Ihre eigenen Bedingungen.« Er begann behutsam zu klopfen.

Ich wandte mich ab, schloß die Tür hinter mir und ging den Abhang hinunter. Ivo schlief jetzt tief und fest in meinen Armen. Die kalte Nachtluft umgab mich wie ein dunkler Umhang nach der blendenden Helligkeit dieses Raumes und der Erregung, die ich bei der Aussicht auf den Job im Pub gefühlt hatte, war fast vergessen. Ich fühlte mich seltsam gerührt. Mir kam es vor, als hätten diese Figuren meine Seele aufgerüttelt, hätten irgendwie zu mir gesprochen oder war es... etwas anderes. Fast so gedankenverloren wie Joss es gewesen war, spazierte ich in mein Cottage, trat die Tür hinter mir zu und setzte mich auf die Sofakante. Mit Ivo im Schoß nahm ich das Telefon. Ich drückte die Nummer, die Joss mir gegeben hatte. Ja, dachte ich, als ich den Hörer an mein Ohr preßte, es war etwas an der Spiritualität dieser Statuen, aber auch –

»Hallo!« Eine rauhe Stimme durchbrach meine Tagträume.

Ich machte einen Satz. »Ähm, hallo, könnte ich bitte mit Bob Carter sprechen?«

Ich erklärte, wer ich war, und die Nachricht, die ich bekommen hatte.

»Ah, ja, richtig. Also hören Sie, Schätzchen, wir haben erfahren, daß Sie so 'ne Art Köchin sind, und wir ham hier ein Scheißproblem an unserer Front. Ist alles aus dem Ruder gelaufen, wir ham da sozusagen unseren Hauptspieler verloren.«

»Ja, ich hab gehört, daß Ihr Koch gegangen ist.«

»Oh, der is nich einfach gegangen, Schatz, hier geht keiner freiwillig, ich zahl zu gut. Nein, ich hab ihn gefeuert. Verdammt noch mal, ich mußte ihn feuern!« Er hob indigniert die Stimme.

»Ja, ich –«

»Hab ihn erwischt, wie er bei unserer Kylie am Kaltspeisentresen eine Inspektion machen wollte, und das läuft nicht, oder?

Na, Sie wissen das, wo Sie doch Koch sind, das ist doch unhygienisch, oder, wenn da Essen rumsteht. Hier im Lion sind wir ganz wild auf Hygiene, ganz wild.« Ich fühlte, wie er im Geiste seine Hosenträger zurechtrückte.

»Ja, da bin ich mir sicher.«

»Und meine Schwester Enid, Sie wissen schon, die vom Laden, na, die sagt, Sie machen so wunderbares französisches Zeug – nicht, daß wir was von diesem zickigen nouvellen Zeug wollen –, aber wenn Sie sich dazu durchringen könnten, so richtig englisches Futter – Lasagne, Curry, solches Zeug aufzutischen – na, dann lachen wir doch, was mich angeht. Sie haben den Job!«

Ich mußte mir ein Lächeln über seine Vorstellung von englischem Essen verkneifen. »Ja, ich bin sicher, ich könnte was Einheimisches herstellen.«

»Das muß sein«, beharrte er nervös. »Wir haben hier ganz normale Klientel, und ich hoffe, Sie sind nicht beleidigt, aber wir möchten nicht, daß Sie das Zeug direkt hier kochen, in Ordnung? Nicht direkt in unserer Küche, verstehen Sie, denn da ist's bei dem letzten Kerl falsch gelaufen. Hab ihn hier frei schalten und walten lassen, und er hat uns zum Dank in den Hintern getreten! Nein, wenn's Ihnen nix ausmacht, möchten wir, daß Sie das Zeug bei sich kochen, und dann stecken ich und die Frau es später in den Mikro, verstehen Sie? Kochendheiß machen wir's, da können Sie sich drauf verlassen, hier ham wir mit dem aufgewärmten Gelumpe nichts am Hut, wird alles frisch im Haus hergestellt.«

Ich feixte über diesen eklatanten Widerspruch, aber mein Herz machte auch einen Satz. Brillant, so konnte ich alles vom Cottage aus machen, mit Ivo am Rockzipfel, und ich müßte meinem zweijährigen Commis Hilfskoch nicht erklären, wozu ich gerade meinen ganzen Mut zusammengerafft hatte.

»Oh, das ist mir sehr recht«, hauchte ich. »Ich bin froh, wenn ich es hier machen kann. Also, das wäre dann«, ich griff nach Papier und Bleistift »Lasagne, Aufläufe – Moussaka?« schlug ich vor.

»Näh, dieses Mousse ham wir einmal probiert, das war wie kalte Kotze. Was dieser Haufen will, sind dicke Puddings, Biskuitrollen – wie sind Arme Ritter?«

»Erstklassig«, murmelte ich.

»Gut. Sie sind im Geschäft. Wir werden sagen, heute und morgen gibt's kein Essen. Aber am kommenden Mittwoch erwarte ich Sie hier mit ungefähr vierzig Portionen, okay? Sagen wir zwei Bleche Lasagne und ein paar anständige Desserts. Bringen Sie sie gegen sechs hierher und trinken Sie einen Port mit Zitrone aufs Haus.«

»Wunderbar, und ähm, wieviel würde ich kriegen?« sagte ich schnell. »Ich meine, was zahlen Sie?«

»Zweihundert Mäuse die Woche dafür, daß Sie jeden Abend Essen liefern, außer sonntags – wir wollen auch kein Mittagessen, meine Frau macht bloß Sandwiches für die, die eins wollen – und alle Zutaten bezahlt natürlich. Wie ist das?«

Ich rechnete kurz. Das war nicht schlecht. Ehrlich gesagt, wenn ich das alles von zu Hause machen konnte, war das ein verdammt guter Lohn fürs flache Land.

»Ich schlag ein«, sagte ich im Bob-Jargon. »Ich nehm an.«

»Gutes Mädchen! Hab doch gesagt, daß ich gut zahle, oder? Dieser geile Koch hat nicht gewußt, was gut für ihn ist, aber es ist sein Verlust und Ihr Gewinn. Dann sehen wir uns Mittwoch, und nicht zuviel Knoblauch oder so was, okay? Tschüs!«

Und damit war er weg. Ich legte behutsam den Hörer auf und sah das schlafende Kind in meinen Armen an. Ich war erfreut, aber auch etwas verwirrt, wie sich die Dinge schlagartig geändert hatten. Mir kam es vor, als würde mein Leben schlingern, nicht so sehr von himmlisch zu lächerlich, sondern mehr von trostlos zu nicht ganz so trostlos. Ich würde wohl kaum einen Luftsprung machen und schreien »Hurra! Ich bin Pubköchin!«, aber andererseits bedeutete es, daß meine Hände die Zügel des Lebens wieder packen würden. Es war sicher nicht mein Traumjob, aber es würde mir die Unabhängigkeit von meiner Familie geben, und daraus könnte ich etwas machen. Ja, vielleicht war es das, überlegte ich, als ich auf Ivos dunkle Wimpern hinuntersah, die seine rosigen Wangen streiften. Vielleicht war die Kapazität eines Menschen zum Glücklichsein schlicht und einfach abhängig von seiner Fähigkeit, sich wechselnden Lebensumständen anzupassen. Um das Euphorische sozusagen aus dem nicht so Trostlosen zu entwickeln. Ich lächelte Ivo an, zufrieden mit mir selbst. Er schlief immer noch tief und fest, aber mit einemmal wurde er knallrot im Gesicht, drückte heftig und – uuh – dieser ätzende, vertraute Geruch. Soso, das hielt er also von meiner handgestrickten Philosophie, was? Nun, was auch immer die Antwort war, im Moment hatte ich sowieso keinen Einfluß auf irgend etwas, und alles, worauf ich vernünftigerweise hoffen konnte, war, mich von der Strömung tragen zu lassen. Genau wie mein Sohn.

14

Zwei Tage später fuhr ich nach Cirencester und kaufte jede Zutat, die ich möglicherweise zur Erfüllung der Ansprüche des »Red Lion« brauchen könnte. Ich stolperte ins Haus, lud den halben Supermarkt auf dem Küchenboden ab und ließ im Geiste meine Muskeln spielen, als ich mich dafür rüstete, das alles in meinen winzigen Kühlschrank zu stopfen. Komischerweise ist es wirklich erstaunlich, wieviel man in sechzig mal sechzig Stauraum stopfen kann, wenn man sich voll darauf konzentriert. Glücklicherweise war es auch kalt genug, daß ich das, was ich nicht hineinzwängen konnte, einfach auf dem eiskalten Fensterbrett lagern konnte. Dann setzte ich Ivo auf den Boden, wo er glücklich die Ritzen im Linoleum mit Knete zustopfte, rollte mir die Ärmel hoch und machte mich daran, Hackfleisch in Etappen auf einer meiner winzigen Elektroplatten zu braten und viele Pfunde Kartoffeln auf der anderen zu kochen.

Nach den Restaurantküchen, die ich in London gewohnt war, war es ein bißchen wie nach Lilliput versetzt zu werden. Aber es war eine Herausforderung, es war machbar, und ich wurde bemerkenswert fröhlicher, je mehr ich arbeitete. Fröhlich summend zappte ich auf dem Radio herum, schaltete den Ofen ein, um ihn vorzuwärmen, schaltete noch mal ... und noch mal ... oh, verdammt ... sag bloß nicht ... lieber Gott *bitte* sag das ja nicht! Ich ging in die Hocke und spähte hinein, fummelte mit dem Schalter herum, zögerte die schreckliche Wahrheit, die meine verschwitzten Handflächen bereits bestätigt hatten, hinaus. Kein Licht. Scheiße. Er war kaputt. Es gab keinen Zweifel, dieser Backofen war ein echter Fall für den Abdecker und war es wahrscheinlich schon eine ganze Zeit gewesen. Ich hockte mich auf meine Fersen und starrte in das dunkle leere Loch. So. Was jetzt, Rosie – ihn richten lassen? Die Gelben Seiten durchblättern und Fingernägel kauen, bis irgendein lustloser Mechaniker auftauchte und bestätigte, daß dieses 1930er Gerät tatsächlich den Geist aufgegeben hat, und nachdem alle Teile Vorkriegsware wären, er nichts tun könnte, oder ... ja. Ja – natürlich, Joss.

Ich rannte zum Telefon. Joss hatte mich doch unterstützt, nicht wahr? Joss war begeistert gewesen und überhaupt arbeitete er doch immer, setzte wahrscheinlich nie einen Fuß in die Küche, außer um sein Werkzeug zu putzen. Er würde bestimmt sagen – um Himmels willen, Weib, hör auf rumzumachen und bring es her! Ich drückte die Nummer und wartete. Ein Mädchen antwortete.

»Hallo!«

Ah. Das mußte Martha sein. »Oh, hallo, ist Joss bitte da?«

»Näh, der ist fort.«

»Fort? Aber – oh. Ich hab ihn erst gestern gesehen, er hat nichts gesagt!«

»Warum sollte er?«

»Äh, kein besonderer Grund. Ich dachte nur –«

»Er ist für ein paar Wochen nach New York. SoHo hat er gesagt, wo ich immer gedacht hab, es wär ein Stripladen, aber er sagt, es ist Arbeit.«

»Oh! Richtig!«

»Bye.«

Sie legte auf. Ich starrte in den Hörer. Verfluchter Mist! Er war fort. Lieber Gott, was jetzt, dachte ich eine Sekunde lang, holte tief Luft, stählte mich und rief erneut an. Sie nahm sofort ab.

»Martha«, hauchte ich. »Es tut mir so leid, ich hab mich nicht richtig vorgestellt. Ich bin Rosie Meadows, und ich bin die neue Mieterin im Cottage unten. Tut mir leid, wenn ich Sie weiter belästige, aber ich hab mich gefragt, ob Sie mir möglicherweise einen *riesigen* Gefallen tun könnten. Die Sache ist nämlich die, ich soll für heute abend für das Pub vierzig Menüs kochen, und mein Backofen ist kaputt. Besteht möglicherweise die Chance, daß ich Ihren borgen könnte? Die Platten oben scheinen okay, also könnte ich die meiste Arbeit hier unten machen, aber das Backen ist das Problem.«

Ich wartete mit zugeschnürter Kehle, fühlte, wie sie zögerte.

»Ich könnte Ihnen mit den Kindern helfen«, fuhr ich rasch fort. »Sie wissen schon, während ich drauf warte, daß es gar wird. Und ich könnte auch ein bißchen was extra machen für Ihren Tee.«

Das gab den Ausschlag.

»In Ordnung«, sagte sie widerwillig. »Bringen Sie's rauf.«

»Danke«, hauchte ich. »Sie sind ein Star!«

»Ja!« zischte ich, als ich den Hörer auflegte. Ich wollte gerade »Erfolg!« schreien und einmal in die Luft boxen, aber meine Faust erstarrte in Ohrenhöhe, als mir ein ominöser Geruch in die Nase wehte. Ich übersprang die Selbstgratulationen und raste zurück in die Küche. Das Hackfleisch verbrannte fröhlich vor sich hin, und Ivo leerte gerade sorgfältig den gesamten Inhalt des Kühlschranks auf den Boden. Ich hampelte herum und versuchte Schadensbegrenzung. Gerade als ich alles halbwegs unter Kontrolle hatte und wieder am Ofen stand und rührte, ließ mich eine Stimme hinter mir vor Schreck fast aus der Haut fahren.

»Das riecht aber komisch.«

Zwei blonde Köpfe tauchten unter meinen Ellbogen auf. Ich atmete wieder. Mein Gott, diese Zwillinge waren vielleicht

Schleicher, es war, als hätte man die Apachenkrieger auf der Matte stehen. Sie hatten ihre Uniformen an, kamen gerade aus der Schule und hatten anscheinend ihren ziemlich streng riechenden Terrier auch noch dabei.

»Es ist nur ein bißchen heiß geworden, mehr nicht«, erklärte ich.

»Ich glaub, es ist verbrannt«, sagte die mit der Sommersprosse. Ah, Emma.

»Ja, ein bißchen vielleicht schon, aber ich hab's jetzt runtergedreht«, sagte ich und entfernte mit strenger Hand ihre Nasen aus der heißen Pfanne und drehte sie um. »Und ich bin mir sicher, daß ich die Sache wieder in den Griff kriege. Gütiger Himmel, was habt ihr denn da?«

Ich starrte den riesigen Weidenkorb an, den sie in mein Wohnzimmer gezerrt hatten.

»Das sind unsere Sachen!« sagte Lucy, rannte fröhlich hin und zerrte ihn her. Ihre Schwester lief ihr nach, um zu helfen. In Sekundenschnelle sah das Zimmer aus wie die Garderobe einer Flamencotänzerin, nachdem ein Rüschenkleid nach dem anderen auftauchte. Ich briet am Ofen vor mich hin und beobachtete, wie sie sich die Kleider vom Leib rissen und sich in ein Kostüm nach dem anderen schlängelten, wobei sie ununterbrochen plapperten. Ich mußte lächeln, als mir klar wurde, daß sie sich dieselbe Rolle ausgesucht hatten und statt zu streiten, sich auf den glücklichen Zufall der Anwesenheit beider geeinigt hatten.

»Komm schon, Barbie!«

»Ich komme, Barbie!«

Ich blinzelte in meine Pfanne.

»Ziehen wir um die Häuser, Barbie!«

»Ja, gehen wir.«

Und so ging es weiter. Endlos. Ohne eine einzige Atempause und mit viel Auf- und Abstolzieren mit Handtaschen und Federboas. Natürlich, argumentierte ich, während ich beobachtete, wie sie sich drehten, sie spielten nur Verkleiden wie alle anderen kleinen Mädchen, aber ich konnte nicht umhin, mich zu fragen, wieso es in dieser Designer-Kollektion kein einziges Clownskostüm oder eine Schwesterntracht gab. Als ich letzte Hand an meinen Shepherd's Pie legte, entdeckte ich Tobys roten Blazer durchs Küchenfenster. Er saß auf meiner Gartenmauer mit dem Rücken zum Cottage und warf Steine auf die andere Seite. Ich beobachtete seinen gebeugten Rücken einen Augenblick, dann wischte ich mir die Hände an einem Geschirrtuch ab und ging nach draußen.

»Hallo, Toby.«

Er drehte sich ein Stück. »Oh, hallo.«

»Was machst du da?«

Er zuckte die Schultern. »Nichts.«

»Wie war's in der Schule?«

»Okay.«

»Möchtest du reinkommen und einen Saft trinken?«

»Eigentlich nicht.«

Ich setzte mich neben ihn, mit dem Kopf in die entgegengesetzte Richtung. Nach einer Weile versuchte ich es noch mal.

»Ich hab gehört, dein Daddy ist für einige Zeit verreist. Wann kommt er denn wieder, weißt du das?«

»Weihnachtsabend hat er gesagt.«

»Oh, das ist aber schön.«

»Ja, ganz toll. Und wahrscheinlich kommt er beladen mit Geschenken wie der Scheißweihnachtsmann und erwartet, daß wir alle ›Jingle Bells‹ ums Klavier rum singen.«

Seine Bitterkeit erschreckte mich.

»Ach komm schon, sei doch nicht so. Ich bin sicher, er will gar nicht verreisen, es ist nur seine Arbeit, mehr nicht. Sei nicht traurig.«

»Wer ist traurig? Ich bin nicht traurig. Mir ist das total egal!« Er sprang wütend von der Mauer und rannte davon. Ich schaute ihm einen Moment lang nach, kniff die Augen zusammen, um zu sehen, wie er auf den gefrorenen Fluß zuflitzte, der in der klaren Wintersonne schimmerte. Ich wartete, bis er außer Sichtweite war, seufzte und ging zurück ins Haus. Ich kannte diese Kinder noch nicht lange, aber wie Michael prophezeit hatte, schauten sie ziemlich oft im Cottage vorbei, und allmählich wurde mir klar, daß diese Art von Verhalten ganz typisch war. Die Zwillinge waren übermütig und lebhaft, ziemlich selbstgenügsam, aber Toby scheute jegliche Gesellschaft und verschwand ständig ohne jede Ankündigung in Richtung Fluß. Ich konnte ihn gut verstehen. Es mußte schrecklich sein, von seinem Vater so oft allein gelassen zu werden wie es offensichtlich der Fall war. Aber andererseits waren doch viele Väter ständig geschäftlich unterwegs? Nur war da normalerweise eine Mutter da, die die Scherben aufsammelte und die Heimatfront zusammenhielt, während er fort war. Ich seufzte. Glücklicherweise war das dieses eine Mal nicht mein Problem.

»Was kriegt ihr denn normalerweise zum Tee?« fragte ich, als ich zurück in die Küche kam.

Lucy balancierte eine Tiara auf Ivos Kopf, der jede Sekunde genoß, hingerissen, weil zwei so riesige Kinder sich dazu herabließen, mit ihm zu spielen. Emma band den Terriern Kopftücher um, die beide, wie ich verblüfft feststellte, blau lackierte Krallen hatten.

»Ach, wir kramen einfach in der Speisekammer rum. Meistens gibt's da Brot und Käse, aber ich eß fast immer Coco Pops.«

»Ich verstehe.«

»Aber heute kommt Vera«, erinnerte Lucy ihre Schwester. Sie wandte sich mir zu. »Sie ist unsere Putzfrau, und sie macht manchmal eklige Fischpastebrote, aber wir geben sie halt einfach den Hunden.«

»Wirklich«, sagte ich, verwundert über dieses liberale Regime, das offensichtlich niemanden störte. Ich beobachtete, wie sich Emma in ein lächerlich enges, paillettenbesticktes Trikot zwängte.

»Glaubst du, Daddy wird uns aus Amerika Geschenke mitbringen? Glaubst du, er wird mir ein Barbie-Doll-Brautkleid kaufen?« fragte sie, während sie die Hüften im Discorhythmus schwang.

»Ich hab keine Ahnung. Wer hat euch denn das Kostüm gegeben?« fragte ich unschuldig.

»Oh, das war Marfas Schwester. Marfas Freund Gary sagt, ich seh sexy drin aus. Was ist sexy, Rosie?«

Mein Blut kochte kurz auf, aber ich reduzierte es zu einem leisen Köcheln, während ich ihre normale Kleidung ausschüttelte.

»Ich denke, das heißt nett aussehen für Jungs. Möchtest du nett aussehen für Jungs, Emma?«

Sie drehte sich entsetzt zu mir. »Iii, nein! Meinst du etwa so wie diese widerlichen Kerle, die im Dorf auf den Gehsteig spucken?«

»Genau. Hier, zieht eure Kleider wieder an, und dann kommt mit mir rauf ins Haus. Ich muß dieses Essen jetzt in den Ofen stecken, und wenn ihr wollt«, warf ich ihnen über die Schulter zu, »dann mach ich aus diesem Trikot zwei Barbie-Ballkleider für euch, sobald ich dazu komme.«

»Wirklich? Toll! O Rosie, danke!« riefen sie begeistert im Chor.

Ich grinste, als ich Lasagne, Pies und Puddings in den Kofferraum meines Volvos lud. Wenn man bedachte, daß sie sich praktisch alleine aufgezogen hatten, waren sie eigentlich sehr süß, wenn auch ein bißchen erschöpfend. Ich stieg ein, und mit Ivo neben mir in den Sitz geschnallt, fuhr ich vorsichtig zum Haus. Im Rückspiegel beobachtete ich, wie die Zwillinge langsam ihren Korb hinter mir den Hügel hochzerrten. Ich parkte vor der Küchentür, und während ich ablud, sah ich mich nach Lebenszeichen um. Nachdem keine zu sehen waren, bumperte ich gegen die Hintertür und ging dann einfach rein, blieb aber auf der Fußmatte verdutzt stehen. So eine schäbige, altmodische, unausgestattete Küche hatte ich selten gesehen. Abgesehen von einer riesigen Eichenanrichte, die eine ganze Wand bedeckte, gab es einen uralten Herd, einen Wandschrank, einen sehr großen Resopaltisch in der Mitte, und das war's dann. Die Farbe blätterte von den Wänden. Neben der Anrichte sprach ein sehr mageres Mädchen mit auberginfarbenem Haar, das senkrecht aus ihrem Kopf wuchs, ins Telefon. Sie hatte in jedem Ohr drei Ohrringe, einen Goldknopf in der Nase, einen schwarzen Pullover, der ihren Po und ihre Finger bedeckte, und Leggings mit Leopardenmuster und riesige Plateaustiefel an.

»Ja ... ja ... ich weiß ... ich weiß ... ja ...«

Ich lächelte, als ich an ihr vorbeiging, aber sie reagierte nicht. Als ich mich bückte und die Pies in den riesigen Ofen steckte, verstummte sie und legte den Hörer auf. Ich richtete mich auf und lächelte.

»Tag, ich bin Rosie, und ich danke Ihnen sehr, daß Sie mich gerettet haben.«

Ihr weißes Gesicht unter dem gefärbten Haar war schmal und verkniffen, und sie hatte riesige schwarze Ringe unter den Augen. Spätnächtliches Um-die-Häuser-Ziehen, ohne Zweifel.

»Schon okay«, war ihre feindselige Antwort. Sie beäugte mich mißtrauisch, und ich grinste zurück. Nein, ich würde mich nicht von einem zehn Jahre jüngeren Mädchen einschüchtern lassen, egal wie angsteinflößend sie aussah. Ich öffnete den Mund, um ein Gespräch einzuleiten, aber in diesem Moment platzten die Zwillinge zur Hintertür herein.

»Marfa! Das ist Rosie, sie wohnt im Cottage, und sie wird uns Ballkleider für unsere Barbies machen lassen!«

»Na, dann soll sie mal.« Sie drängte sich an mir vorbei, nahm ein Cola Light und eine *Cosmopolitan* vom Tisch und verließ den Raum.

Ich starrte ihr nach, echt überrascht von ihrer Unhöflichkeit. Obwohl ich auf einen Blick erkannt hatte, daß wir nicht unbedingt aufeinander fliegen würden, so ist doch, wie jeder, der sich um kleine Kinder kümmert, bestätigen wird, die Gesellschaft eines Erwachsenen, egal in welcher Gestalt oder Form, im allgemeinen eine Wohltat. Man mußte natürlich diesen rastlosen, nervösen Blick des Briefträgers erkennen lernen, wenn man ihn länger als die üblichen zwei Minuten aufgehalten hat, aber die Mieterin des Cottage würde ich als leichte Beute sehen. Ich hätte geglaubt, daß sie die Gelegenheit genießen würde, jemanden, der älter war als acht, kennenzulernen, der möglicherweise Mengen von Nescafé mit ihr verschlucken würde. Aber es hatte wohl nicht sein sollen.

Ich seufzte, als ich meine Sirupkuchen in den Ofen schob. Doch meine nächste Besucherin hätte gar nicht gegensätzlicher sein können. Alle neunzig Kilo von Vera Hawkins, komplett mit Haarnetz und Einkaufsnetz, rauschten zur Tür herein, gerade, als ich mich vor den Ofen hockte.

»Oooh, schau sich das einer an, ein wunderbares, klebriges Dessert! Ooh, und ich weiß, wer Sie sind, Schätzchen. Ich hab zu meinem Vic gesagt, ich hab gesagt, sie ham eine neue Köchin unten im ›Red Lion‹, und sie wohnt im Cottage vom großen Haus, also müssen Sie das sein, Schätzchen, stimmt's? Ich bin übrigens Vera.«

»Rosie«, nickte ich mit einem Lächeln, während sie auf mich herunterstrahlte, ihren faltbaren Regenmantel wie eine zweite Haut abstreifte und dann zum Schrank eilte, um ihren Kittel zu holen.

»Na, das ist ja mal was ganz Neues, wenn's da unten was Anständiges zu essen gibt, Schätzchen, das kann ich Ihnen sagen«, sagte sie, als sie sich in ihren Kittel knöpfte. »Aber wenn Sie nichts dagegen haben, werd ich Sie jetzt mit Ihrer Arbeit allein lassen. Ich hab reichlich zu tun in den paar Stunden, und dann muß ich zurück und ihm seinen Tee machen, dem anspruchsvollen alten Scheißer.«

Damit stapfte sie geschäftig davon, mit dem Staubtuch in einer Hand, Meister Proper in der anderen und einem ausladenden Hintern, der zielstrebig ihrem Kielwasser folgte. Vera hatte tatsächlich die eines Herkules würdige Aufgabe, in diesem riesigen Haus sauberzumachen.

Eingedenk meines Versprechens an Martha bot ich den Mädchen ein Puzzlebuch an, während das Essen garte, aber die schrille Antwort lautete: »Komm unser Zimmer anschauen, komm unser Zimmer anschauen.« Ehrlich gesagt, konnte ich es kaum erwarten, den Rest des Hauses zu sehen, also produzierte ich einen großen Seufzer, ließ mich aus der Küche und dann mit einem Mädchen an jedem Arm und Ivo auf den Fersen den Korridor entlang zur Treppe zerren.

Ich warf einen Blick in alle offenen Türen, während sie mich weiterzogen, und wenn man die elegante Pracht der Halle in Betracht zog, dann war das übrige eine Offenbarung. Und eine riesige Enttäuschung. Überall blätterte die Farbe von den Wänden, die Tapeten waren entweder durchgewetzt oder schäbig oder nicht existent. Die meisten Zimmer hatten nackte, unpolierte Holzböden. Die Möbel waren meist alt und gut, aber einfach kreuz und quer in die Zimmer gestopft, ohne Rücksicht auf Stil oder Bequemlichkeit. Es sah aus, als hätten die Möbelpacker alles schlicht abgestellt. Der Kontrast war schwindelerregend. Es hätte natürlich schön sein können. Das Haus war groß und weitläufig mit einem Haufen hoher, prachtvoller Räume, die teilweise ineinander übergingen mittels einer Reihe von Flügeltüren. Die Fenster hatten Bögen und Bleiglas, die Türen waren gotisch und die Kamine steinerne Kolosse, aber wie es schien, sahen Joss und Annabel nichts von alldem. Einige Fenster waren anscheinend auf Dauer mit Läden verschlossen, was die Zimmer dunkel und düster machte, und die meisten Kamine dienten nur als zusätzliche Bücherregale mit hohen Stapeln in jeder ihrer Nischen. Die einzigen Bilder, die ich sah, waren ebenfalls in Ecken gestapelt. Als ich die Mädchen fragte, warum sie nicht an den Wänden hingen, schauten sie mich überrascht an, als wären sie noch nie auf den Gedanken gekommen, daß Bilder hängen könnten. Also fragte ich nicht weiter.

Wir gingen weiter zur Halle und dann eine Treppe hoch, von denen es, wie sich herausstellte, drei gab. Diese, die Haupttreppe, war glänzend und tödlich – Vera und Meister Proper hatten offensichtlich ihren Claim abgesteckt –, und die anderen beiden waren ebenso gefährlich. Es waren Wendeltreppen, vom Holzwurm zerfressen, also mußte man aufpassen, wohin man trat, aus Angst durchzufallen. All diese Trainingspfade für Sondereinheiten waren natürlich eine Freude für Ivo, der ständig versuchte, mir zu entwischen und diese Klippen hochzusteigen wie ein Skianfänger, der darauf erpicht ist, sich am ersten Tag mehrfache Knochenbrüche auf der schwierigsten Abfahrt zu holen. Als wir es bis in die Zimmer der Mädchen geschafft hatten, sagte ich pflichtschuldigst oh und ah, als noch weitere mit rosa Pailletten bestickte Rüschen vorgeführt wurden. Als ich bemerkte, daß sie völlig vertieft waren in ihr Spiel, zog ich mich zurück und überließ sie ihrem Schicksal. Als ich zurück zur Treppe ging, fiel mir eine Tür auf, die offenstand. Ich spähte hinein und sah Marfa, die tief und fest in einem Bett schlief. Verdammt, das war doch ziemlich cool, nicht wahr? Hatte denn ihre Unverschämtheit gar keine Grenzen? Trotzdem, es stand mir nicht zu, das zu hinterfragen. Alles, was von mir verlangt wurde, war, mein Essen einzusammeln und etwas nachdenklich in die relativ gesunde Atmosphäre meines Cottages zurückzukehren.

Und damit begann eine gewisse Routine. Ich kochte jeden Tag soviel wie möglich auf meinem Ofen, dann brachte ich alles hinauf ins Haus. Wild entschlossen, mich nicht von Marfas Verdrießlichkeit einschüchtern zu lassen, rauschte ich stets mit einem »Wunderbarer Tag, Marfa!« herein. Worauf sie ihre kalten grauen Augen auf mich richtete und erwiderte: »Tatsächlich?« In der eisigen Stille, die folgte, plauderte ich munter weiter, wie sehr ich diese frischen Wintermorgen liebte, während ich am liebsten gesagt hätte: »Und, Marfa, wie würde dir ein kräftiger Tritt in den Hintern gefallen, du alberne Schlampe?«

Aber das Arrangement paßte mir gut, also biß ich mir einfach auf die Zunge und beobachtete sie mit wachsendem Erstaunen. Was sie betraf, war meine Ankunft das Zeichen für ihren Aufbruch, und in der Sekunde, in der ich den Fuß ins Haus setzte, raffte sie ihre Tasche vom Tisch, riß ihre Lederjacke von einer Stuhllehne und verschwand. Nicht nur in die Eingeweide des Hauses, auch nicht nach oben auf ein kurzes Nickerchen und ein Cola light, sondern raus in ihren Wagen und den Abhang hinunter für gute zwei Stunden. Ich beobachtete aus dem Fenster, wie sie in ihrem uralten Mini die Einfahrt hinunterratterte. Meine Herren, die hatte vielleicht Nerven. Was passierte, wenn Joss oder Annabel anriefen? Fragten, wo wie wäre? Und wo in aller Welt verschwand sie hin? Fuhr sie Gary besuchen? Auf einen Quickie?

Im Grunde war es allerdings eine Erleichterung, sie los zu sein. Die Atmosphäre entspannte sich sichtlich, wenn sie fort war, und die Zwillinge machten überraschend viel Spaß. Ich brachte ihnen ein bißchen grundlegendes Kochen bei, und sie plapperten wie Elstern um mich herum. Manchmal kam sogar Toby und setzte sich auf die Küchentischkante und beobachtete mich bei der Arbeit. Manchmal plauderte ich mit ihm über den Fluß. Ich fragte ihn, was es da unten für Tiere gäbe, ob er das Reihernest unten im Gehölz gesehen hatte. Ich versuchte behutsam, ihn mit einem Thema aus der Reserve zu locken, das er, wie ich wußte, unwiderstehlich fand. Ich bemerkte, daß sein Gesicht in letzter Zeit nicht mehr gar so abwehrend war, und ich stellte auch fest, daß ich ihn tatsächlich zum Lachen bringen konnte, wenn ich mir genug Mühe gab. Einmal, als ich zurückkam, nachdem ich etwas aus dem Cottage geholt hatte, fand ich ihn in der Küche. Er sang aus vollem Hals zu der Musik aus dem Radio, das ich mitgebracht hatte.

»Du hast eine gute Stimme, Toby«, sagte ich begeistert. »Singst du in der Schule?«

»Sei nicht albern«, keifte er und sprang vom Tisch.

»Glaubst du etwa, in diesem Haus ist noch Platz für weitere Künstlerlaunen?« Damit rumpelte er aus der Hintertür, bewaffnet mit einem Paket Jaffa-Kekse.

Ich seufzte und wandte mich wieder meinem Lamm à la Grecque zu. Ja, Lamm à la Grecque. Sie müssen wissen, daß es mir im Lauf der Wochen gelungen war, dem »Red Lion« tückisch alle möglichen Haute-cuisine-Gerichte unterzujubeln und alle unter dem Oberbegriff »Eintopf«. Ich erschien bewaffnet mit einem Coq au vin und verkündete »Hühnereintopf, Bob!« Worauf er sich erfreut die Hände rieb und sagte: »Oh, braves Mädchen, Rosie! Der gestrige Fischeintopf ging runter wie Öl!« Ich lächelte dann über seine Beschreibung meiner Bouillabaisse, aber es stimmte, es ging alles runter wie Öl, weil nämlich die hiesige Kundschaft, im Gegensatz zu dem, was Bob gesagt hatte, einen sehr guten Geschmack hatte, anständiges Essen zu schätzen wußte und alles mit Begeisterung aß. Mit Alkohol kochen war kein Problem, weil ich mir den umsonst vom Pub holte, und nachdem ich immer bei jahreszeitlichen Zutaten blieb, waren die auch nicht so teuer. All das ermöglichte mir, interessante Sachen zu kochen. Die Ortsansässigen aßen gut, und ich wurde sogar richtig gelobt. »Die neue Köchin vom ›Red Lion‹« war das Stadtgespräch von Pennington und den übrigen Dörfern. Bob war natürlich hingerissen.

»Es ist rammelvoll!« brüllte er, als ich ihn eines Abends anrief, um ihn daran zu erinnern, das Hasengericht mit Petersilie zu bestreuen. »Das einzige Mal, daß wir es hier so voll hatten, war, als wir den verrückten Barmann hatten, der an all seine Kumpel Freigetränke ausgab!«

Ich war insgeheim hingerissen. Alles was ich kochte, konnte ohne weiteres in der Mikrowelle aufgewärmt werden, und ich widerstand der Versuchung zu experimentieren. Spinat-Krebssoufflé schmeckte vielleicht herrlich frisch aus dem Ofen in Fairlings, aber bis Bob und seine Frau damit fertig wären, würde es wie ein schlapper, alter Hausschuh schmecken. Ha, es war harte Arbeit, besonders mit vier Kindern und zwei Terriern mit Halsketten und Sonnenbrillen ständig im Schlepptau, aber ich genoß es, und Ivo lernte viel durch den Umgang mit älteren Kindern. Hauptsächlich Wörter wie Scheiße. Ich konnte mir nicht vorstellen, wo sie diese Sachen aufgeschnappt hatten, aber ich nahm an, Marfa steckte dahinter, obwohl ich zugeben mußte, daß ich von ihr bis jetzt noch kein einziges Schimpfwort gehört hatte. Ich hatte sie überhaupt noch nicht sehr viel sagen hören, außer »Ja ... ich weiß ...« am Telefon. Als ich an diesem Morgen hereinkam, war sie schon wieder beim Telefonieren, wahrscheinlich mit Gary. Ich trug die Rebhühner, die ich von einem der hiesigen Förster ergattert hatte, rüber zum Tisch und fragte mich zum x-tenmal, warum in aller Welt Joss und Annabel sie überhaupt beschäftigten. Seltsamerweise schienen sie die Kinder abgöttisch zu lieben und redeten sehr liebevoll über sie, aber ich konnte nicht umhin zu denken –

»Nein! Oh, nein!« kreischte sie plötzlich ins Telefon. Ich hätte fast die Vögel fallen lassen. Ich wirbelte herum und sah, wie sie in den Hörer kollabierte. »Oh, Nan, ich kann es nicht ertragen. Nicht schon wieder!«

Ich beobachtete, wie sie inzwischen hemmungslos schluchzend das Telefon fallen ließ und sich die Hände vors Gesicht schlug. Ich zögerte einen Moment, dann eilte ich zu ihr.

»Marfa! Was in aller Welt ist passiert? Was ist los?«

Sie schluchzte herzzerreißend weiter. Ich legte zögernd meinen Arm um ihre Schultern. Ihr magerer Körper bebte, aber sie widersetzte sich nicht. Also führte ich sie behutsam zu einem Stuhl. Gary. Ja, das ist es. Es muß Gary sein.

»Es ist mein Dad«, weinte sie, und ihre Stimme überschlug sich. »Er hat Krebs. Eine Zeitlang war's gut, aber Nan sagt, jetzt ist er wieder da!«

Ich setzte mich und starrte sie entsetzt an. »O Gott, Marfa, ich hatte keine Ahnung.«

Sie weinte jetzt auf dem Tisch, den Stiftenkopf in den Armen begraben. »Er muß wieder zurück ins Hospital, das wird ihn umbringen!«

Ich nagte an meiner Unterlippe und beobachtete ihre zusammengesunkene Gestalt ein paar Sekunden. Dann eilte ich zum Kühlschrank, um eine Flasche Wein zu holen. Ich schnappte mir zwei Gläser, setzte mich und goß ein. Als ich mir sicher war, daß sie sich richtig kräftig ausgeheult hatte und in die Phase »Stockender Atem« geraten war, schob ich ihr eins hin.

»Hier«, sagte ich sanft. »Nehmen Sie einen Schluck davon, und dann erzählen Sie mir alles, ja?«

Sie hob den Kopf und blinzelte das Glas an. Ihre wäßrigen Augen flatterten hoch zu mir, dann streckte sie die Hand aus und nahm einen Schluck. Ihre Hand zitterte, als sie sich eine Zigarette anzündete. Sie trank noch einen Schluck Wein, zog an ihrer Zigarette, aber dann, allmählich stockend und mit Pausen zum Naseputzen, kam alles heraus. Wie ihre Mutter vor vier Jahren gestorben war. Wie sie diesen Job aufgrund dessen, daß ihr Vater hier Gärtner war, gekriegt hatte. Wie ihr Dad plötzlich krank geworden war und wie sie der Ernährer geworden war. Daß es zu Hause drei jüngere Kinder gab, die versorgt werden mußten und wie sie Angst hatte, daß sie alle ins Heim kommen würden, wenn sie ihren Job verlöre. Wieviel Angst sie alle um ihren Dad hatten, wie sie die Jüngeren aufrichten mußte, sie bei Laune halten, ihnen einreden mußte, er würde nicht sterben, obwohl sie längst nicht mehr daran glaubte. Gelegentlich verzog sich ihr Gesicht, und es gab Pausen, wenn ihr der Atem stockte, aber sie erzählte mir, welch furchtbare Schmerzen ihr Dad hatte. Erzählte mir, wie sie an seinem Bett saß und er ihr die Hand zerquetschte, das Gesicht vor Schmerz verzerrt. Sie sagte mir, welch furchtbare Angst er davor hatte, zurück ins Krankenhaus zu müssen, wie er sich auf sie verließ, wie sich *alle* auf sie verließen und schließlich, wie wirklich, furchtbar echt erschöpft sie von alldem war.

»Und ich weiß, daß ich hier nicht grad mein Bestes geb«, schniefte sie, »aber früher hab ich das, ich schwör's. Ich mag Kinder, und die sind in Ordnung, das sind se. Ich hab dafür gesorgt, daß es ihnen gutgeht, aber momentan bin ich einfach so fertig. Und jetzt, wo Joss weg ist und ich hier oben wohn, bin ich auch noch die ganze Nacht mit Toby auf. Er hat diese furchtbaren Alpträume, verstehen Sie, wenn sein Dad weg is. Wenn ich dann früh das Arbeiten anfang, hab ich einfach nicht die Kraft!«

Ich starrte sie an. »Also... Moment mal... wenn Sie jeden Tag verschwinden –«

»Fahr ich zurück zu Dad. Die erste Chemo hat ihn fertiggemacht, hinterher war er so schwach, also mach ich ihm Mittagessen, bereite den Tee für die Kinder vor, sorg dafür, daß unser Damien nicht die Schule schwänzt, und dann setz ich mich noch ein bißchen zu Dad. Les ihm was vor.«

»Meine Güte!« Ich rieb mir schuldbewußt das Ohr. »Und ich hab gedacht, Sie treffen sich mit Ihrem Freund!«

Sie sah mich verdattert an. »Freund?« Sie lachte hohl. »Gary hat mich vor Monaten sitzenlassen. Hat gesagt, er würde mich nie sehen, weil ich immer doch hier oben bin oder bei meim Dad. Und überhaupt geht er jetzt mit diesem Misthaufen Dawn Pentergrast. Er weiß nicht, daß ich das weiß, aber letzten Samstag bin ich an seinem Haus vorbei und hab gesehn, wie sie's hinten in seinem Mr. Whippy Van getrieben haben.«

»Oh!«

»Und jetzt würde ich sowieso nix mehr mit ihm haben wollen«, sagte sie wütend. »Nicht, nachdem ich gesehen hab, wo der sich reinsteckt. Mein Dad sagt, er würde nicht mal seinen Gehstock da reinstecken, wo der sich reinsteckt.«

»Nein, richtig. Absolut.«

Sie schniefte. »Egal, ich wollt ihn sowieso nicht mehr. Hab seine Freunde nie gemocht, diese ganzen schwarzen Lederklamotten – ich glaub, der stand auf S und M.«

»Eh, meinen Sie nicht –«

»Und mir hat auch nicht gefallen, wie er mit den Zwillingen war«, sagte sie erbost. »Ist immer hierhergekommen und hat geflucht und so, und einmal, wie sie sich verkleidet ham...«, ihr Blick glitt zur Seite, »also er hat sich daneben benommen. Mehr nicht.«

Ich starrte den dunklen Stiftenkopf an, die zitternde Hand, die die Zigarette hielt, die dunklen Ringe unter ihren Augen. Oh, Mann! Wie unrecht hatte ich diesem Mädchen getan.

»Und – wissen Joss und Annabel das alles? Darüber, was bei Ihnen zu Hause los ist?« fragte ich sanft.

»Ja, deswegen behält mich Joss. Der ist schwer in Ordnung. Total loyal, was meinen Dad angeht. Und ich bin auch nicht nutzlos«, sagte sie wütend. »Ich hab mich um die Zwillinge gekümmert, als Kitty gestorben ist, hab mich um allen Scheiß gekümmert, als Joss total zusammengebrochen ist. Der war ein Jahr lang ein totales Wrack, und ich hab sie ganz allein aufgezogen, als sie aus dieser Frühgeburtenstation im Hospital gekommen sind. Er war so fertig von Kittys Tod, daß er gar nicht mehr wußte, wo und was er war.«

»Oh, dann haben Sie also Kitty gekannt? Haben Sie damals hier gearbeitet?«

»Sie hat mich, ein paar Monate bevor sie gestorben ist, eingestellt, nicht als Kinderfrau, das wollte sie nicht, nur zum Helfen. Aber ist ja alles anders gekommen, nicht wahr. Sie war so lieb«, sagte sie leise. »Auch so lieb mit Toby. War immer auf ihrer Hüfte gehockt, genau wie der Ihre«, sie nickte Ivo liebevoll zu und lächelte. »Sie hatte ihn auf dem Arm, und mit dem anderen hat sie Wände abgelaugt und den Garten umgegraben und so weiter. Sie hat das alles allein gemacht. Der alte Joss hat damals noch nicht viel verdient, da war er noch nicht berühmt wie jetzt, also konnten sie sich keine Hilfe leisten. Sie haben diese alte Ruine übernommen als ihre Großmutter gestorben ist, weil sie sonst keiner wollte. Sie wollten es selber herrichten. Sie wissen schon, so Stück für Stück.«

»Aber...«, ich sah mich um, »das haben sie ja nicht direkt, nicht wahr?«

»Nein, weil sie gestorben ist, bevor sie mit der richtigen Verschönerung anfangen konnte. Was sie getan hat, kann man nicht sehen, wie, die Feuchtigkeit rausholen und den Wurm aus den Balken.« Sie zog an ihrer Zigarette. »Aber die Eingangshalle hat sie gemacht. Sie hat gesagt: ›Marfa, ich werd vorne anfangen und einen guten Eindruck machen, dann kann ich die Nachbarn einladen und hoffen, daß keiner nach hinten durchgehen will oder aufs Klo muß!‹« Sie lächelte. »Sie hat gerade angefangen, die Wände mit einem von diesen Dampfdingern abzulaugen – wie ein Elefant war sie mit den Zwillingen –, da hat sie die Wehen gekriegt und ist gestorben. Warum, glauben Sie, hängt da alles in Fetzen runter und der Putz schaut raus?«

»Sie meinen, als sie gestorben ist, hat er es einfach so gelassen? So wie es war?«

»Er konnte es nicht ertragen, es fertig zu machen, wenn sie es nicht sehen konnte. Es war ihr Projekt, verstehen Sie, ihr ein und alles. Sie wollte ein schönes Haus haben, einen schönen Garten, einen Haufen Kinder... aber es ist alles schiefgegangen.«

»Warum hat er dann nicht versucht, es zu verkaufen?«

»Er hat's versucht. Er hat's auf den Markt gebracht, aber keiner wollte es, weil's drinnen so schlimm ausgeschaut hat, und er hat es nicht fertiggebracht, es praktisch zu verschenken, also–«

»Also hat er einfach weiter drin gewohnt? Genauso wie sie es hinterlassen hatte?« Ich sah mich in der schäbigen Küche um, dann wieder erstaunt zurück zu ihr. »Großer Gott, er hat eine echte Miss-Havisham-Nummer abgezogen, nicht wahr?«

»Miss was?«

»Na – Sie wissen schon, alles so gelassen wie es war, als wär es nie passiert!«

»Ja, und Sie sollten oben ihr Nähzimmer sehn und das alles.« Sie wedelte in Richtung Decke. »Schönes Zimmer ist das, ganz oben im Haus durch eine Falltür. Voller Pläne und Zeichnungen, halbfertige Vorhänge und Bettdecken – da ist immer noch ein Stück Stoff in ihrer Nähmaschine, genau wie sie's hinterlassen hat. Er hat es nie angefaßt.«

»Und dort oben geht nie einer hin?«

»Oh, Toby schon. Joss weiß das nicht, aber ich hab ihn da oben erwischt. Er macht gar nichts, spielt nicht oder so was. Er sitzt einfach dort oben, auf ihrem Stuhl, an ihrer Maschine.«

»Oh!« Ich hielt mir die Hand an den Mund. »Gott, wie traurig! Erinnert er sich denn an sie?«

Sie zog die Schultern hoch. »Keine Ahnung. Sie kennen ja Toby, der sagt nicht viel. Er denkt vielleicht einfach nur dran, wie es hätte sein können. Sie wissen schon, wenn sie weitergelebt hätte und so.« Sie starrte in ihren Wein. Natürlich, sie hatte auch ihre Mutter verloren.

»Wie furchtbar«, murmelte ich. »Sie Arme! Und der arme Toby! Aber – verträgt er sich denn nicht mit seiner Stiefmutter?«

Sie sah mich ratlos an. »Annabel? Stiefmutter?« Sie schnaubte verächtlich. »Mensch, die weiß doch nicht mal, was das Wort heißt! Nein, was sie betrifft, ist sie nur die Frau ihres Dads und die Tatsache, daß er Kinder hat, ist eine verdammte Zumutung.«

»Aber – wie kann er sie dann lieben?« platzte ich heraus. »Ich meine, wenn sie so desinteressiert ist, so anders als seine erste Frau?«

Sie lächelte seltsam. »Ja, Sie haben sie ja noch nicht gesehen, stimmt's? So wie die aussieht, haut's jeden Mann aus den Latschen. Mein Gary hat sein Bier quer durchs Zimmer gespuckt, als sie reingekommen ist, und Joss hat sie total umgehauen, er ist verrückt nach ihr. Aber die hat 'ne totale Meise. Nix wie Singen und Meditieren und komisches Essen und all die ausgeflippten Bücher, die sie drüber schreibt, wie man leben soll.« Sie schnaubte verächtlich in ihren Wein. »Was die schon vom Leben weiß. Die weiß gar nix, brabbelt so'n Zeug nur, um berühmt zu werden. Das mag sie alles, wissen Sie, deswegen hat sie sich Joss geholt.« Sie seufzte. »Aber ich denk, mich würd sie gern loswerden.« Sie zupfte mürrisch an ihrem schwarzen Nagellack. »Ich bet zu Gott, daß sie Weihnachten nicht kommt. Joss sagt, sie könnte bei ihrer Mum in Boston bleiben. Ich hoff das. Sharon Fairfax unten im Spa sagt, sie hat mich auf dem Kieker. Sagt, noch ein falscher Schritt, dann flieg ich raus. Hab keine Ahnung, was ich dann machen soll.« Sie begann zu zittern. Ich legte meine Hand über die ihre auf dem Tisch.

»So, Marfa, jetzt hör mir mal zu. Du wirst nicht rausfliegen, weil ich nämlich einen Plan habe. Du hast mir mein Leben gerettet, weil ich die Küche benutzen durfte, also werd ich dir jetzt helfen. Du läßt mich alles hier oben kochen, dann spar ich mir das Rauf und Runter zum Cottage, und ich helf dir mit den Kindern, bis Joss und Annabel zurückkommen. Ich hab Ivo, also kann ich genausogut die anderen auch noch beaufsichtigen. Und ich möchte, daß du losfährst und mal richtig Zeit mit deinem Dad verbringst und dich dann ausschläfst. Ich komm gleich morgen früh hierher, damit du abdampfen kannst und so zur Teezeit wiederkommst, in Ordnung?«

Ihre rotgeränderten Augen starrten mich an. »Warum sollten Sie das für mich machen?«

»Ich hab's dir gesagt. Du hast mir geholfen, und ehrlich gesagt paßt es mir gut, wenn ich nicht in zwei Küchen arbeiten muß, also paßt es uns beiden, stimmt's?« Ich lächelte in ihr erschöpftes, dankbares Gesicht.

Schweigen breitete sich aus. Gott, sie war so jung und mußte mit all dem fertigwerden, dachte ich, während ich zusah, wie sie an ihren Nägeln puhlte. Und so zerbrechlich. Als ich den Rest der Flasche in unsere Gläser kippte, fragte sie mich, wann sie das letzte Mal richtig Spaß gehabt hatte.

»Was machen denn deine Freunde, wenn sie hier mal einen ablachen wollen, Marfa?« fragte ich schließlich.

Sie tauchte aus ihren Gedanken auf. »Was? Ach, die gehen runter in Richtung Cheltenham. Da gibt's einen neuen Club im Einkaufszentrum. Samstag abend ist Happy Hour und –«

»Genau, da gehst du hin.«

Sie lächelte. »Näh, das ist kilometerweit weg, und es wird dann spät und –«

»Quatsch, du gehst da hin. Ich paß auf die Kinder auf. Ich bleib sogar über Nacht, wenn's sein muß, aber du wirst ausgehen und einen draufmachen, okay?«

Sie starrte mich an. Schluckte. »Ich hab gedacht, Sie wärn 'ne ganz eingebildete Kuh. Hab gedacht, weil Sie ein Kind ham, sagen Sie mir, daß ich alles falsch mach. Aber nach ein paar Tagen hab ich gesehn, daß Sie nicht so sind, es war nur … da konnt ich nimmer zurück. Wenn ich erst mal unhöflich war und so, Sie wissen was ich mein?« Sie sah mich flehend an.

Ich grinste. »Schon gut, ich hab dich auch total falsch eingeschätzt, Marfa. Ich hab erst später gemerkt, wie gern dich die Kinder haben und wie gut erzogen sie waren, so daß ich gewußt hab, daß ich irgendwie falsch gepolt gewesen war. Ich hab auch ein verdammt schlechtes Gewissen, wenn du's wissen willst.«

»Also dann fangen wir noch mal von vorn an, was?«

»Ich glaube, das ist eine gute Idee.«

Wir lächelten uns über unsere Gläser an, und ich merkte, daß sie trotz violettem Haar und Körperverstümmelung wirklich ein hübsches Mädchen war.

»Ihr Mann ist gestorben, stimmt's?« fragte sie plötzlich.

»Ja, ja, das ist er.«

»Das … das tut mir leid.«

Ich lächelte. »Also, ehrlich gesagt, Marfa, waren wir nie direkt ein Herz und eine Seele.«

Sie sah mich überrascht an, dann griente sie. »Oh, dann ist's ja gut, daß er weg ist, was? Meine Tante Dolly hat auch so jemand geheiratet, und sie hat die Fahne aufgezogen an dem Tag, an dem ihm ein Dachziegel den Kopf ruiniert hat. Nur noch an einem Faden ist er gehängt. Trotzdem, hier wird schon geredet, daß Sie sowieso nicht mehr lang allein sein werden.«

»Wirklich? Warum das?«

Sie feixte. »Tun Sie doch nicht so. Sie wissen verdammt gut, daß der Tierarzt scharf auf Sie ist, findet dauernd Laminitis in den Pferdehufen oder irgendeine andere schwindlige Ausrede, um hier raufzukommen. Verdammt, ich stoß fast jedesmal, wenn ich die Einfahrt runterfahre, mit ihm zusammen.«

Ich errötete und gab damit zu, daß dahinter ein Körnchen Wahrheit steckte. Es war meiner Aufmerksamkeit nicht ganz entgangen, daß Alex Munroe in letzter Zeit ein recht übertriebenes Interesse an den Pferden gezeigt hatte. Es verging kein Tag, an dem er nicht unter irgendeinem Vorwand hier heraufkam und dann reinschaute, um über die Fesseln jener Stute oder die Kruppe dieses Wallachs zu berichten. So gut wie in den letzten paar Wochen waren die Pferde sicher noch nie betreut worden. Ich persönlich sah das mit gemischten Gefühlen. Einerseits konnte man die Tatsache nicht abstreiten – wie mir meine Familie sofort gesagt hatte –, daß er ein sehr attraktiver Mann war. Abgesehen davon – nachdem ich ihn näher kennengelernt hatte – mußte ich widerwillig zugeben, daß er schlagfertig war, sein Verhalten sehr locker und entspannt, seine Intelligenz überdurchschnittlich und, ja, daß er ein netter Kerl war, mit dem man zweifellos viel Spaß haben könnte. Obendrein war er, wenn man den Klatschmäulern glauben konnte, ziemlich angetan von mir. Mit anderen Worten, innerhalb weniger kurzer Wochen war er mir anscheinend mühelos in den Schoß gefallen. Also nimm ihn hoch und renn damit los, könnte man sagen. Außer, daß hier noch ein paar andere Dinge in Betracht zu ziehen waren. Es war schließlich erst einen Monat her, daß Harry gestorben war, und obwohl es mit der Liebe gehapert hatte, so hatte ich doch einen Ehemann verloren, und ich war mir nicht sicher, ob ich so schnell wieder Aufmerksamkeit oder den hiesigen Klatschmäulern soviel Stoff geben wollte. Nachdem das gesagt war, mußte man auch zugeben, daß das einzige, was meine Tage einsamer Kocherei erträglich gemacht hatte, das Klopfen an der Hintertür gewesen war, gefolgt von seinem zerzausten Kopf, wenn er hereinstapfte, sich den Schlamm von den Füßen klopfte, das Wetter verfluchte und gefragt hatte, ob man an diesem gottverlassenen Ort vielleicht eine Tasse Tee kriegen könnte? Dann schnupperte er, bemerkte, daß etwas gut roch und ob es einer dieser ambrosischen Aufläufe wäre, was da im Ofen köchelte und ob die Gefahr bestünde, daß ein bißchen davon in seine Richtung wanderte? Nachdem Marfa zum Mittagessen nie da war, schien es die natürlichste Sache der Welt, daß er sich einen Stuhl heranzog und mit mir und den Kindern aß.

Später, wenn die Kinder den Tisch verlassen hatten und weggetobt waren, blieb er und schaute zu, wie ich letzte Hand an meine Gerichte legte. Er tauchte seinen Finger gedankenverloren in Puddingformen und zupfte am Hackfleisch, während ich vor mich hinschnipselte, fragte mich ein bißchen über Harry aus, über mein Leben in London. Aber er bohrte nie, und deshalb war ich dankbar für die Gelegenheit zu reden. Ich erzählte ihm, wie unglücklich ich unmittelbar vor Harrys Tod gewesen war und meine gemischten Gefühle und Gewissensbisse danach. Er schien es zu verstehen, und mir kam es vor, daß er trotz seiner umgänglichen Art ein Mann war, der selbst verletzt worden war. Ich erinnerte mich, daß Philly eine Freundin erwähnt hatte, und als ich ein bißchen tiefer bohrte, entdeckte ich, daß es da jemanden gegeben hatte, jemanden, mit dem er zwei Jahre zusammengelebt hatte, aber die sich nie so richtig in ihn verliebt hatte. Jemand, von dem Alex gehofft hatte, ziemlich verzweifelt, daß er sie durch eine gemeinsame Hypothek, wenn schon nicht durch Liebe halten könnte.

»Die alberne Kuh hat zwei Jahre lang hin und her überlegt, und dann hat sie mich einfach verlassen«, berichtete er fröhlich und steckte eine Rosine in den Mund. »Sie war nicht direkt für das Landleben geschaffen. Der Dreck hat sich in ihren Fingernägeln festgesetzt, und sie hatte die Nase voll davon, die Kuhfladen von ihren Gucci-Schuhen zu kratzen.«

»Fehlt sie Ihnen denn?« fragte ich, während ich geeiste Teigblätter trennte.

Er lächelte. »Nicht so sehr, daß ich Stadttierarzt werde. Nicht genug, daß ich meine Zeit damit verbringe, mich um die Pekinesen und Chihuahuas alter Damen zu kümmern, was sie von mir wollte. Sie sah sich in einem Reihenhaus in Chelsea, mit kleinem Stall dahinter für meine Praxis und einem Fensterkasten voller Geranien. Sie hätte es gern gehabt, wenn ich jeden Mittag kurz zum Lunch nach Hause gekommen wäre und sie später zum Cocktail und ein paar Wachteleiern nach Knightsbridge ausgeführt hätte.« Er zog die Schultern hoch. »Die Wahrheit ist, wir waren in völlig verschiedenen Richtungen unterwegs, als wir uns kennenlernten, wir haben nur lächerlich lange gebraucht, uns loszulösen. Ich wünschte ehrlich, ich wäre ihr nie begegnet«, sagte er traurig.

Ich musterte ihn, während ich meinen Strudel rollte. »Sie fehlt Ihnen doch.«

Er kniff seine grünen Augen zusammen und überlegte sich das. »Mir fehlt es, jemanden um mich zu haben«, gab er schließlich zu. »Aber ich bin mir nicht sicher, ob sie mir fehlt oder die Vorstellung von ihr. Wissen Sie, was ich meine?«

Ich wußte es. Nacht für Nacht alleine zu sein, die leeren Abende, die sich endlos dahinzogen, die hallende Stille um mich herum war nicht gerade Anlaß zu Freude. Das Komische war, daß ich anfangs nicht so empfunden hatte. Damals hatte ich das Alleinsein genossen, aber ich fragte mich allmählich, ob das Alleinsein sich in Einsamkeit verwandelt hatte. Ob ich die Trennlinie überschritten hatte. Alice und Michael waren einoder zweimal hiergewesen, um mich zum Dinner auszuführen, aber irgendwie bestärkte diese Dreierkombination meinen Status noch. Als Alex mich darauf hingewiesen hatte, hatte ich nur an meiner Lippe genagt und vermieden, ihm in die Augen zu sehen, so wie ich jetzt Marfas Blick auswich.

»Ehrlich gesagt, Marfa«, sagte ich und räusperte mich, »die

Pferde waren in letzter Zeit ziemlich krank, wegen diesem ganzen Schnee. Die Kälte frißt sich in ihre Gelenke, macht sie steif, und wenn Alex dann manchmal eine Tasse Tee in der Küche trinkt, dann nur, weil er sich da draußen zu Tode gefroren hat. Mehr ist es nicht.«

»Quatsch«, widersprach sie spöttisch. Sie wartete, aber als sie merkte, daß ich mich nicht aus der Reserve locken ließ, schniefte sie. »Also, Sie könnten es schlimmer treffen, wissen Sie. Er hat ein bißchen Geld, und mit dem Kind und so sollten Sie vielleicht einem geschenkten Gaul nicht ins Maul schauen.«

Sie redete wirklich nicht um den heißen Brei herum, nicht wahr? Und ich wollte ihr das gerade sagen, als es an der Hintertür klopfte. Sie flog auf und der geschenkte Gaul steckte persönlich den Kopf zur Tür herein.

»Tag«, verkündete er fröhlich.

»Hallo, Alex.« Ich wurde rot und versenkte mich in meinem Wein.

Marfa verschränkte ihre mageren Arme und nickte triumphierend. »Wenn man vom Teufel spricht.«

»Oh, wirklich. Hätten mir denn die Ohren klingen sollen? Soll ich so tun, als ob ich wieder rausgehe und an der Tür horchen? Oh, schau einer an, eine Flasche Fusel, auch noch eine *leere* Flasche Fusel, und das kann nur eins bedeuten.« Er sah uns beide nachdenklich an, dann grinste er.

»Tauwetter bei unserem jungen Igel hier. Sehen Sie, Rosie? Ich hab Ihnen doch gesagt, daß sie früher oder später handzahm wird.«

In diesem Augenblick stolperte Vera die hintere Treppe herunter. Ihre erschöpfenden paar Stunden waren zu Ende. »Mensch, jetzt brauch ich aber eine Tasse Tee«, keuchte sie und rieb sich den Rücken. »Ooh, schau einer an, eine Party, und gütiger Himmel, da sind Sie ja schon *wieder*, Mr. Munroe!« Sie warf Marfa einen bedeutungsvollen Blick zu. »Na, denn los mit dir, Schatz, die Kinder brauchen dich oben, und diese jungen Dinger wollen allein sein!«

Marfa hüpfte die Hintertreppe, mit einem breiten Grinsen

für Vera und einem Zwinkern für mich, hoch. Herrgott, das war eine verdammte Verschwörung!

»Eine Tasse Tee, Mr. Munroe«, beschwichtigte Vera und machte sich am Teekessel zu schaffen. »Dann laß ich euch in Frieden, was?«

»Nein, danke, Vera, ich kann nicht bleiben. Ich hab nur kurz reingeschaut, um zu sagen – äh, um zu fragen, ob Sie Samstag abend was vorhaben. Da spielt nämlich eine Jazzband im Pub. Das könnte lustig werden.«

»Ich?« Ich errötete.

»Vera bestimmt nicht. Ich leg mich nicht mit dem alten Vic an.«

»Oh, richtig.« Ich errötete noch ein bißchen mehr. Du grüne neune, wie alt war ich, sechzehn? »Na ja, ich bin mir nicht sicher. Das ist der Abend vor dem Heiligen Abend, und ich hab Marfa versprochen, auf die Kinder aufzupassen.«

»Ach, kommen Sie, Vera spielt den Babysitter, nicht wahr, Big V?« Er legte einen Arm um ihre stattlichen Schultern.

»Natürlich werd ich das, sobald ich ihm seinen Tee gegeben hab.« Sie deutete mit einer ausladenden Gebärde auf den fiktiven Bauch ihres Mannes. »Himmel, da fällt mir ein«, sie hielt sich entsetzt die Hand vor den Mund. »Ich will ihm ein Stück Rindfleisch vom Metzger holen, und dann muß ich heim, um den Briefträger abzupassen.« Sie ließ den Kessel stehen und hastete zur Tür, um ihren Mantel zu holen. »Unsere Beryl schickt mir ein Strickmuster«, fuhr sie fort. »Sie hat's gestern aufgegeben, also wird's wahrscheinlich mit der zweiten Post kommen. Wenn ich mir nicht die Rollschuhe umschnalle, wird er es vollpinkeln.«

»Was denn?«

»Die Briefe, Schatz. Weicht sie so ein, daß ich sie kaum lesen kann.«

»Vic? Pinkelt auf die Post?«

»Du lieber Gott, nein, nicht Vic, obwohl der so inkontinent ist, daß es wahrscheinlich nicht mehr lang dauert, bis er bei jedem Husten einen abläßt – nein, unser Randy. Der Scheißer.«

Ich starrte sie fassungslos an. »Randy? Der Scheißer?«

»Unser alter Jack Russell«, erklärte sie geduldig. »Er braucht bloß zu hören, daß der Briefträger den Weg hochkommt und die Briefe durch den Schlitz fallen, dann pinkelt er sie aufgeregt voll. Ich muß jeden Morgen mit ihm um die Wette rennen.«

»Hast du je daran gedacht, dir einen Briefkasten anzuschaffen, Vera?« fragte Alex mit zuckenden Mundwinkeln.

»Einen was?«

»Einen Kasten«, erklärte ich, »an Ihrem Gartentor, wie sie ihn in Amerika haben.«

»Lieber Gott, nein, ich will nichts Amerikanisches. Ich bin zu alt für solchen Krampf, und mein Vic auch.« Sie seufzte und schüttelte ihren Hut aus. »Er war nie mehr derselbe, seit sie ihm die Hoden abgeschnitten haben, der arme Scheißer.«

Ich hoffte inständig, daß wir wieder bei Randy waren, Vera band ihren Regenhut fest unterm Kinn zuammen und sah mich streng an. »Also, Sie schauen, daß Sie Samstag abend in diesen Pub gehen, Sie ham viel zu schwer geabeitet. Wird Ihnen ganz guttun.«

»Natürlich wird es das«, bestätigte Alex.

Ich lächelte. »Tut mir leid«, sagte ich und raffte Ivo von seinem Kinderstuhl, »aber ich werde wirklich viel zu viel zu tun haben. Ich koche ein Weihnachtsspezial für das Pub an diesem Abend, und ich möchte nicht mit runtergelassenen Hosen erwischt werden, wo es gerade so gut läuft.«

Alex zog die Augenbrauen hoch. »Keine runtergelassenen Hosen. Nur einen ruhigen Drink.«

»Idiot«, sagte ich und wurde rot. »Aber trotzdem danke für die Einladung«, fügte ich wahrheitsgemäß hinzu und stellte mich endlich seinem Blick.

Ich wandte mich ab und ging in Richtung Hintertreppe, unter Hinterlassung von zwei enttäuschten Gesichtern.

»Sie wird schon nachgeben«, hörte ich Vera heiser flüstern, »gib ihr nur ein bißchen Zeit.«

Ich mußte darüber grinsen und trabte weiter nach oben,

überließ sie ihren Intrigen. Aber mich interessierten im Moment weder Alex noch Vera. Was mich wirklich faszinierte und was ich versuchen wollte zu finden war Kittys Zimmer.

15

Mit Ivo im Arm erklomm ich die Treppe, immer zwei Stufen auf einmal. Höher und höher, bis ich glaubte, nicht mehr weiter zu können. Das Zimmer hat eine Falltür, hatte Marfa gesagt. Ich tigerte auf dem obersten Treppenabsatz auf und ab, starrte ratlos in die Ecke. Ich wollte gerade zum Zimmer der Mädchen gehen und Marfa nach weiteren besseren Anweisungen fragen, als ich plötzlich eine kleine Tür hoch oben in der Wand entdeckte, die ich für einen Schrank oder Derartiges gehalten hatte. Ich streckte die Hand aus und zog an dem Türgriff, aber er klemmte. Verflucht, es war abgesperrt. Ich zog noch einmal wütend daran, und da schwang sie plötzlich auf. Eine Stufenleiter schoß vor mir herunter, verfehlte mich nur um wenige Zentimeter.

»Himmel!« Ich machte fast einen Salto rückwärts.

»Thtufen!« plärrte Ivo begeistert, strampelte, um runtergelassen zu werden, damit er seiner Leidenschaft fürs Bergsteigen frönen könnte.

»Stufen«, stimmte ich zu, »und recht steile dazu.«

Ich spähte blind in die Dunkelheit, tastete nach einem Lichtschalter, fand wie durch ein Wunder einen und schleppte Ivo halb im Arm halb auf dem Rücken nach oben. Ich fragte mich, wie Kitty das täglich mit einem Kleinkind im Schlepptau geschafft hatte. Wir wackelten gefährlich bis zur obersten Stufe hoch, wo ich mich nach vorn warf und ihn dankbar auf den Boden vor mich setzte.

»Da-hoppla!« Wie fielen lachend zusammen hin. Ich setzte mich auf, strich mir die Haare aus den Augen, dann sah ich mich um, und mir verging das Lachen.

»Oh«, stöhnte ich hingerissen.

Es war ein langer, luftiger Speicherraum mit einer riesigen weißen höhlenartigen Decke voller Balken und Sparren, die ebenfalls glänzendweiß gestrichen waren und sich bis zu einem riesigen runden Fenster hinzogen, das die hintere Wand beherrschte und durch das Licht hereinflutete. Der Stil war schwedisch, amerikanisches Bootshaus oder sogar wie eine Kirche aus Neu-England und voller herrlicher blasser Farben. Lackierte zitronengelbe Wände reichten bis zu den weißen Sparren, blaßgrüne Vorhänge hingen lässig, aber kunstvoll, um hölzerne Vorhangstangen. Dunkelrosa Sofas und cremefarbene Kattunkissen bildeten einen Kontrast zu verblaßten, abgelaugten Holzböden. Nach der Dunkelheit und dem Durcheinander in den Zimmern unten war es, als würde man in ein Atlantis stolpern, ein Juwel von Raum, der vor Stil troff, sowohl alt als auch neu, eine Oase der Ruhe, des Lichts und der Beschaulichkeit. Leider war jetzt alles traurig vernachlässigt und voller Staub und Spinnweben. Ich stand auf und bewegte mich wie hypnotisiert durch den Raum, berührte Dinge, strich über Stuhllehnen.

Am Ende des Raums, unter dem runden Fenster und hinter einem der riesigen, weichen rosa Sofas, stand ein langer Tisch aus Obstholz. Er war auf eine chaotisch organisierte Art und Weise übersät mit allen möglichen Papieren, Rechnungen, Stoffmustern, Tapetenstücken, Blaupausen, Farbtöpfen, Büchern und Drucken. In einem Stapel steckte ein großes Bündel Zeichnungen. Ich nahm die oberste und sah, daß es ein Plan für den Salon war. Fenster, Vorhänge, Kamin und Möbel waren alle sorgfältig eingezeichnet, in einer Ecke waren Tapetenstücke und Stoffmuster festgesteckt, und der Plan war bekritzelt mit Notizen und Diagrammen in einer sehr künstlerischen, schrägen Schrift. Ich studierte den Plan eine Minute lang, dann legte ich ihn vorsichtig zurück. Unter dem Tisch standen große, eckige Körbe. In einem stapelten sich Illustrierte – *Interiors, House and Garden* – ein anderer war voller Porzellan, Stapel von blauweißen asiatischen Fasan-Tellern, alle zweifellos für eine Anrichte bestimmt. Ein Stück weiter stand ein Korb mit weiteren Stoffen, diesmal in Rollen, und dann noch einer, ein Gewirr antiker Spitzen, Musselin mit Applikationen, bestickte Seiden und Stücke von handgeblockten Tapeten. Ich ging in die Hocke und ließ einen cremefarbenen, weichen Damast durch meine Finger gleiten. Am hinteren Ende des Tisches stand eine Nähmaschine, mit, wie Martha gesagt hatte, noch einem Stück Stoff unter der Nadel und daneben ein Berg ordentlich gestapelter Vorhänge, die aus demselben alten goldfarbenen Material genäht waren. Oben auf dem Stapel stak ein Zettel, auf dem stand: »Speisezimmer. Müssen gesäumt werden.«

Ich bewegte mich weiter um den Tisch herum zur anderen Seite, sah mir die Berge von Quittungen und Bestellformularen an, die alle ordentlich zusammengeheftet waren, und ging dann weiter zu einem bildschönen kleinen Gregorianischen Sekretär. Er stand offen, die Mahagoniklappe war unten, so daß man die kleinen Schubladen dahinter sehen konnte. Davor stand ein viktorianischer Stuhl mit einem gelben knopfgepolsterten Sitz. Ich setzte mich hin. Der Schreibtisch war vollgepackt, aber trotzdem ordentlich und organisiert. In einer Ecke lag die Korrespondenz, in einer anderen die Rechnungen, dann Schreibpapier, zwei Notizblöcke, Umschläge und einige gebündelte Briefe, die mit einem blauen Band verschnürt waren. Von Joss? fragte ich mich. Ich berührte sie kurz, dann strich ich mit der Hand über einen glatten Briefbeschwerer aus Sandstein in Form eines Herzens. War das ein Geschenk von ihm gewesen? Ein altes schwarzes Bakelittelefon stand in einer Ecke des Schreibtisches, und ich nahm den Hörer ab, fragte mich, ob es nur der Zierde diente. Aber nein, es funktionierte. Als ich den Hörer auflegte, fragte ich mich, wie oft sie hier gesessen hatte, fröhlich mit Familie, Freunden, Verwandten geplaudert, gelacht hatte. Es schnürte mir die Kehle zu. Kein Wunder, daß Joss es nicht ertragen konnte, irgend etwas mit diesem Raum zu machen, mit diesem glücklichen, schmerzvollen, arbeitsintensiven Arbeitszimmer, dessen Wehmut geradezu überwältigend war. Eine wunderschöne, lebendige Collage der früheren Besitzerin.

Mein Blick wanderte über die Papiere auf dem Sekretär und verfing sich auf einem Aktenordner mit Moirée-Bezug. Ich nahm ihn und schlug ihn auf. Er war voller Rezepte. Hunderte von ihnen, aus Illustrierten ausgeschnitten, aus Zeitungen gerissen oder in ihrer eigenen kunstvollen Schrift niedergekritzelt. Viele von ihnen kannte ich, eine Menge waren Klassiker, aber einige waren obskurer. An die Ränder hatte sie ihre eigenen Verbesserungen gekritzelt – »weniger Zucker«, »Dill dazu«. Daran war nichts besonders ungewöhnlich, außer, außer... ich schluckte. Es sah alles so vertraut aus. Ich klappte den Ordner zu und legte ihn weg.

Direkt vor mir war ihr Tagebuch, aufgeschlagen. Ich hatte gewußt, daß es da war, aber bis jetzt hatte ich vermieden, es anzusehen. Ich überflog die Eintragungen. Unter Montag war eine Liste: Für Gefrierschrank kochen. Wiege fertig dekorieren. Geschenk für Babys von Toby kaufen.« Unter Dienstag stand: »Lunch mit Molly. Hebamme anrufen.« Dann waren die Seiten leer. Ich blätterte weiter, bis ich zu einem großen roten Stern neben Freitag kam, und darunter hatte sie zwei Babygesichter mit einem Fragezeichen und einem Ausrufezeichen gemalt. Ich biß mir auf die Lippe. Das mußte das Datum gewesen sein, an dem die Geburt erwartet wurde.

Ich stand mit einem sehr seltsamen Gefühl vom Schreibtisch auf. Traurig, natürlich, aber auch sehr erschüttert. Beunruhigt. Ich sah mich erneut im Raum um, registrierte das kunstvolle Durcheinander, die Stoffhaufen, die ordentlichen Stapel, die Ordnung, die sie versucht hatte, in das häusliche Chaos zu bringen. Ich kannte dieses Mädchen. Ich erkannte sie sehr gut.

Mein Blick wanderte zum anderen Ende des Raumes, das Ende, das ich bis jetzt vermieden hatte. Ich hatte den Laufstall gesehen, als ich hereinkam, aber es schmerzte mich, ihn anzuschauen. Doch jetzt hatte Ivo ihn entdeckt, und er zog an meiner Hand, zerrte mich hinüber, und als ich nicht mitkommen wollte, wackelte er alleine los. Im Lauf der Zeit war er offensichtlich zur Spielzeugkiste geworden, und die bunte Plastikmatte war übersät mit Autos, alten Teddys, Soldaten, Holzzügen, weichen Bällen, und darüber pendelten selbstgemachte Mobiles von den Balken. Ivo schüttelte gierig die Stäbe.

»Rein!«

»Nein, Ivo.«

»Rein. REIN!« sagte er hartnäckig. Ich ignorierte ihn, während er wehmütig durch die Stangen das Spielzeug ansah, das noch genau da lag, wo man es vor Jahren hingeworfen hatte. Er hob sein Bein, versuchte hinüberzuklettern. Ich zupfte ihn von den Stangen und wollte ihn wegtragen, aber er quäkte wütend und versuchte, aus meinen Armen zurückzuhechten.

»MuMMY!«

»NEIN, Ivo.«

Er strampelte heftig, während ich mich in Richtung Treppe bewegte, dann trat er plötzlich nach mir, erwischte mein Knie.

»AU! Du kleiner –« Ich lockerte meinen Griff, und in dieser Sekunde strampelte er sich los.

»Ivo!«

Er war unterwegs, wackelte in zorniger Geschwindigkeit zum Laufstall, aber unterwegs fiel sein Blick auf etwas weit Aufregenderes zu seiner Linken. Es war ein winziger Kinderschreibtisch, mit Wachsmalstiften, Papier, Malbüchern und kleinen Töpfchen mit Farbe, alles ordentlich arrangiert, bereit zum Einsatz. Ivos Freude war vollkommen. Er sauste hin, zog den Stuhl heraus, setzte sich hin, und bevor ich es verhindern konnte, hatte er sich die Wachsmalstifte geschnappt und kritzelte wie besessen auf jungfräulich weißes Papier und zerriß es in seinem Eifer.

»Ivo, nein!« Ich warf mich auf ihn und versuchte, ihn hochzuheben. Aber er klammerte sich mit beiden Fäusten an den Tisch, entschlossen, sich nicht von diesem neuen Spielzeug zu trennen, nachdem ihm schon der Laufstall entgangen war.

»Malen!« kreischte er. »MALEN!«

»Nein, nicht malen, das gehört nicht uns. Komm, wir gehen jetzt. Ich such dir unten was.«

»MALEN! MALEN!«

»Ja, aber unten. Ich such dir ein paar Wachsmalstifte.«

»Was macht ihr denn hier?« ertönte eine schrille Stimme hinter uns.

Ich wirbelte herum und sah zu meinem Entsetzen Toby auf der obersten Treppe stehen. Sein Gesicht war verkniffen und sehr blaß.

»Toby!« keuchte ich. »Es tut mir leid, Marfa sagte – na ja, wir sind raufgekommen, wollten nur mal schauen, und dann hat Ivo das Spielzeug gesehen!«

Er sah mich an, und ich merkte, daß er zitterte.

»Das ist das Zimmer meiner Mutter.«

»Ich weiß, Schatz, und es war furchtbar von uns, einfach raufzukommen, ohne dich zuerst zu fragen. Ich schäme mich so, aber ich hatte einfach das Bedürfnis, sie besser kennenzulernen. Und jetzt tu ich das auch, nachdem ich ihr Zimmer gesehen habe, aber ich hätte dich zuerst fragen sollen. Es tut mir leid.« Ich zerrte verzweifelt an Ivo, der sich immer noch an den Stuhl klammerte.

»Er benutzt meine Wachsmalstifte. Das war mein Schreibtisch, als ich klein war.«

»Ich weiß, ich weiß – oh, KOMM jetzt, Ivo!« Ich versuchte ihn hochzuheben, aber der Stuhl kam mit, weil das verflixte Kind nicht losließ. Er strampelte wutentbrannt und stieß den Schreibtisch um. Er fiel mit mächtigem Getöse, alle Farben ergossen sich samt Wachsmalstiften und Papieren auf den Boden.

Entsetztes Schweigen. Dann warf sich Toby auf uns.

»DU dämlicher Junge!« schrie er und hämmerte mit beiden Fäusten auf uns ein. »Du dumme Frau, die sich überall einmischt mit deinem dummen kleinen Jungen!«

»Toby, hör auf!« Ich drehte mich um, um Ivo zu schützen, dann stellte ich ihn auf den Boden und wandte mich wieder um. Ich hielt Tobys wild um sich schlagende Arme fest, sein Gesicht war verzerrt vor Zorn. Er wehrte sich einen Moment gegen mich, dann wurde er auf einmal schlaff. Er brach in Tränen aus. Ich hielt ihn fest, drückte ihn an mich, ließ seine Schluchzer in mein Herz fließen, wiegte seinen Körper.

»Oh, Toby, es tut mir so leid«, wimmerte ich verzweifelt.

Er schluchzte noch lauter gegen meine Brust, sein ganzer Körper bebte.

»Toby, nicht, wir machen alles wieder so wie es war, ich versprech es!«

»Das ist es nicht«, schluchzte er abgehackt. »Es ist nicht wirklich wegen Ivo, er kann bleiben, es ist einfach *alles!*«

Ich hielt ihn fest, während er weinte und weinte.

Allmählich verebbten die Schluchzer, und dabei gelang es mir heimlich, mit einer Hand den Schreibtisch aufzustellen, dann tastete ich hinter mir nach dem Stuhl und stellte auch den auf. Ivo, fasziniert von den Tränen eines älteren Jungen, kam angewackelt, legte seine Ärmchen um ihn und tätschelte ihn mit ernster Miene.

»Armer Toby.«

Toby hob den Kopf und versuchte zu grinsen. »Danke, Ivo.«

»Wieder okay?« Ich musterte besorgt sein Gesicht.

Er wischte sich die Nase mit dem Handrücken und nickte.

»Ja. Tut mir leid. Ich wollte nicht – zuschlagen oder so was. Es ist nur dieses Zimmer. Hier sein. Manchmal macht es mich glücklich, manchmal bin ich traurig.« Er zuckte die Achseln. »Weiß eigentlich nicht warum.« Er sah sich um.

»Das kommt, weil du hier mit deiner Mutter warst. Hier ist sicher alles voller glücklicher Erinnerungen, aber auch voller trauriger, weil – Ivo, wirst du das IN RUHE LASSEN!« Ich warf mich auf die kleine Bestie, die schon wieder zielstrebig den Maltisch ansteuerte.

»Weil sie gestorben ist, ich weiß«, endete Toby. »Laß ihn, ich hab eigentlich nichts dagegen, und ich glaube, Mummy hätte auch nichts dagegen gehabt.«

Ich wand mich innerlich, als wir zusammen beobachteten, wie Ivo einen Pinsel in jeden Farbtopf steckte, alle Farben mischte und dann fröhlich übers Papier spritzte, wobei das meiste auf dem Tisch landete. Toby schien es jetzt tatsächlich zu genießen, ihm zuzuschauen.

»So muß ich auch gewesen sein«, sagte er mit einem nachdenklichen Lächeln. »Im selben Alter hab ich gemalt wie Ivo. Schau, das sind meine an der Wand.«

Ich hob den Kopf und sah direkt auf eine Sammlung von Kinderbildern, die an die Balken geheftet waren, und, wie er gesagt hatte, sie waren denen, die Ivo jetzt malte, sehr ähnlich.

»Kannst du dich an irgend etwas erinnern?« fragte ich leise, setzte mich hin und zog ihn vorsichtig auf mein Knie. Zu meiner Überraschung wehrte er sich nicht.

Er schniefte. »Nur an kleine Sachen. Wie ihr Haar, das mich gekitzelt hat, wenn sie mir einen Gutenachtkuß gegeben hat. Und ich erinnere mich – irgendwie an Gerüche. Einen weichen Pullover. Und ein paar klimpernde Armbänder. Ich wünschte, ich könnte mich an mehr erinnern, aber ich kann es nicht.« Sein Gesicht verzog sich, und eine riesige Träne tropfte seine Nase entlang. Er kämpfte heldenhaft mit seinen Gefühlen. »Ich glaube, das ist es, was mich manchmal traurig macht.«

»Natürlich ist es das«, sagte ich und küßte seinen Kopf. »Das muß es auch sein. Aber hilft dir denn dein Daddy nicht beim Erinnern? Redest du mit ihm nicht darüber?«

Er sah mich erstaunt an. »Oh, nein, das würde ihn zu sehr aufregen. Er will sich nicht erinnern, er will vergessen. Und überhaupt«, sagt er verbittert, »er hat jetzt sie. Warum sollte er sich an Mummy erinnern wollen?«

»Also nur weil er Annabel hat, heißt das noch lange nicht, daß er deine Mummy nicht mehr vermißt, und manchmal ist es einfacher, rückwärts als vorwärts zu gehen. Wenn ihr es beide ausschließt, weil es zu schmerzhaft ist, wird es trotzdem nicht verschwinden, es wird immer noch da sein.«

Ich fragte mich, warum Joss nicht mit Toby redete. Wen wollte er nicht durcheinanderbringen? Und wie sollte sich je einer von ihnen mit dem Schmerz abfinden, wenn sie beide sich hinter ihrem Schmerz verschanzten, ohne einander zu trösten?

»Es wird nie vergehen«, knirschte Toby wütend, »egal wieviel wir darüber reden. Das ist dämlich. Es wird immer da sein. Ich werd immer keine Mutter haben, und alle anderen werden eine haben, und mehr ist das nicht!« Er sprang von meinem Schoß auf und versteckte sein Gesicht, als er durch das Loch im

Boden nach unten verschwand. Ein dumpfer Plumps war zu hören, als er die letzten paar Stufen übersprang.

Ich saß da und horchte, wie er den Gang hinunterrannte. Ich seufzte. So war das immer mit Toby. Zwei Schritte vor, einen zurück. Mit einem weiteren schweren Seufzer richtete ich mich erschöpft vom Boden auf und bürstete meine Jeans ab.

Ivo war noch in seine Malerei vertieft. Ich wollte keinen weiteren Wutanfall riskieren, also ging ich zu Kittys Schreibtisch und überprüfte, ob alles so war, wie ich es vorgefunden hatte. Ich glättete die Seiten des offenen Tagebuches, und während ich das tat, merkte ich, daß Joss mich beobachtete. Aus einer winzigen, gerahmten Fotografie in der Ecke des Schreibtisches. Ich hatte es vorhin nicht bemerkt. Ich nahm sie in die Hand. Er ging über einen grasbewachsenen Abhang auf die Kamera zu, nur – er sah nicht aus wie Joss. Er sah etwa zehn Jahre jünger aus, gebräunt, vom Wind zerzaust, unglaublich attraktiv, und die Kleidung war auch ganz falsch. Ich hatte ihn bis jetzt immer nur in sehr coolen schwarzen weiten Outfits gesehen, die irgendwie zu seinen düsteren Launen paßten. Aber hier trug er ein weißes T-Shirt und Jeans, und – gütiger Himmel – er hatte einen Rucksack auf dem Rücken. Als ich näher hinsah, entdeckte ich, daß da ein winziges Baby drinsaß. Toby. Das an sich war schon überraschend genug. Er schien mir nicht der Typ, der mit seinem Nachwuchs auf dem Rücken wandern ging. Eher jemand, der im Kinderzimmer kurz Köpfe tätschelte. Aber es war nicht nur das. Es war sein Gesicht. Er lachte, und seine Augen – sie waren so heiter. Tanzten geradezu. Ich ertappte mich dabei, daß ich ihn eine Ewigkeit anstarrte. Als ich schließlich das Foto wieder in die Ecke stellte, zerfiel mir der alte Rahmen in der Hand. Scheiße. Ich versuchte ihn zu richten, und dabei merkte ich, daß dahinter noch mehr Fotos steckten. Ich zog sie voller Schuldgefühle heraus, fühlte, daß meine Finger jetzt wirklich endgültig in der Kasse steckten, aber ich war unfähig, sie zurückzuziehen. Die Bilder waren nicht ungewöhnlich, nur ein paar Familienschnappschüsse, die offensichtlich am selben Tag gemacht worden waren, und wieder sah Joss sorglos und jung aus, wieder hatte er Toby auf dem Rücken, aber diesmal waren auch welche von Kitty dabei. Ich betrachtete das strahlende, zuversichtliche Gesicht, das mich anlächelte, und mir wurde klar, daß ich bis jetzt noch keines von ihr gesehen hatte. Im Haus gab es keines. War das Joss' oder Annabels Idee, fragte ich mich. Sie hatte kurze, rötlich-blonde Haare mit einem langen Pony, der ihr in die Augen hing, ein paar Sommersprossen, strahlendblaue Augen und ein breites Lächeln mit einer kleinen Lücke in den Zähnen. Sehr hübsch, aber nicht auf die gepflegte, manikürte Art, einfach vollkommen natürlich schön, was man unmöglich ohne die richtige Knochenstruktur schaffen konnte. Ich stellte die Fotos mit Joss obenauf wieder zurück, dann stand ich vorsichtig vom Schreibtisch auf. Ich ging zu Ivo und hockte mich zu ihm, während er emsig weitermalte.

»Komm jetzt, Schatz, wir gehen.«

Dieses eine Mal spürte er, daß ich es ernst meinte und wehrte sich nicht. Er legte den Pinsel weg, nahm meine Hand, und dann manövrierten wir uns behutsam die Stufenleiter hinunter. Auf dem Rückweg über die Haupttreppe kaute ich nachdenklich an meinem Daumennagel. Er hatte sich natürlich verändert, soviel war klar. Ich hatte ihn kaum erkannt, aber Leute verändern sich doch nicht so stark, oder? Dieser sorglose junge Mann mußte doch sicher noch irgendwo in ihm stecken, unter diesem grimmigen Äußeren? Und wäre es denn nicht möglich, daß er wieder zurückkehrte, wenn da die richtigen Umstände wären? Unter den richtigen … ja nun.

Ich wanderte durch die Halle, den dunklen, mit Eiche getäfelten Korridor entlang zurück zur Küche, blieb aber vor der offenen Salontür stehen. Welch tolle Pläne sie für dieses dunkle, trübsinnige Zimmer gehabt hatte und wie wunderbar diese Vorhänge an den hohen Fenstern ausgesehen hätten. Man stelle sich vor, wie der Raum ohne diese widerliche rote Tapete aussehen würde. Aussehen könnte. Mein Herz schlug lächerlich schnell. Ivo hüpfte jetzt aufgeregt im Zimmer herum. Für ihn war das ein unerwartetes Privileg, denn normalerweise scheuchte ich ihn in die Küche oder ins Spielzimmer zurück. Leider rumpelte er in seinem Übermut gegen einen Stapel Bücher auf einem Couchtisch und stieß sie um. Während er davonrannte und ich sie aufhob, klappte eines von ihnen auf. Es war eine Sammlung von Yeats Gedichten, und innen auf dem Deckblatt stand: »Für diejenige, die fast entkommen wäre. Für diejenige, die mich zurückgebracht hat. Meine geliebte Annabel, mit all meiner Liebe und Dankbarkeit. Joss.«

Ich starrte es einen Augenblick lang an. Mir war kalt. Dann schluckte ich heftig. Natürlich. Ja, natürlich, er war verheiratet, mit ihr. Was hatte ich mir gedacht? Ich faßte mich an die Stirn. Verlor ich den Verstand? Du bist die verdammte Nachbarin, um Himmels willen, Rosie, mehr nicht. Und abgesehen von allem anderen, der Mann auf diesem Foto existierte nicht mehr. Er ist weitergezogen. Zu etwas – Exotischerem. Und für wen hältst du dich überhaupt? Die zweite Mrs. de Winter? Oder vielleicht sogar die dritte?

Ich klappte das Buch zu, warf es beiseite und marschierte auf den Korridor hinaus. Zurück zur Küche, zurück dahin – ja dahin, wo die Köchin hingehörte. Als ich dort ankam, waren alle drei Kinder am Tisch, bewaffnet mit Löffeln, und gruben sich verstohlen in eine Platte mit meinem Spezialkaramelpudding, den ich für das Pub vorbereitet hatte. Aus dem Küchenfernseher plärrte eine schwachsinnige Serie. Sie hoben schuldbewußt die Köpfe, als ich hereinkam, die Gesichter waren schokoladeverschmiert, starr vor Zerknirschung, die faulen Ausreden abfahrbereit auf ihren verlogenen Zungen. Und dann waren sie baß erstaunt, weil ich sie völlig ignorierte. Ivo, mit tellergroßen verwunderten Augen, zwängte sich zwischen Toby und Lucy und steckte gierig seine Hand in die Form, begeistert, weil er die uncharakteristische Verirrung im Verhalten seiner Mutter ausnutzen konnte. Ich ging zur Anrichte, nahm das Telefon und drückte entschlossen eine Nummer. Nach einer Weile nahm er ab.

»Hallo?«

»Hallo, Alex. Ich bin's, Rosie. Hören Sie, wollen Sie immer noch Samstag abend ins Pub gehen?... Gut, ich hab's mir nämlich anders überlegt... Ja, ich würde gerne mitkommen.«

16

Wie sich herausstellte, war der Samstagabend wesentlich amüsanter als ich erwartete hatte. Das Dorfpub quoll förmlich über vor Leuten, und man konnte den weihnachtlichen Geist geradezu riechen und sehen, wie die Wände pulsierten, als wir uns näherten. Als Alex und ich uns in die überfüllte, verräucherte Bar drängten, wurde klar, daß das gesamte Dorf da war. Die meisten von ihnen trugen alberne, mit Mistelzweigen, Flitter und Stechpalmen geschmückte Hüte, und alle, wie es schien, waren nur auf eins und wirklich nur eins erpicht: sich amüsieren, bis die Balken krachten und sich so heftig wie möglich zu betrinken. Also, normalerweise und eingedenk meiner kürzlichen Probleme und meines Gehabes sollte das eigentlich soviel Reiz haben wie eine Darmspülung, aber seltsamerweise war mein Gehabe heute anders. Heute abend war ich sozusagen reif. Scheiß drauf, dachte ich, als ich mich entschlossen durch das Gedränge quetschte. Es ist Weihnachten, es ist das erste Mal seit Wochen, daß ich ausgehe – spät abends einkaufen zählt nicht –, und ich bin zu jung, um mein Licht unter den Scheffel zu stellen. Außerdem hatte ich Aufwind durch die ziemlich sichere Erkenntnis – bestätigt durch ekstatisch gefaltete Hände und Oohs und Aahs der Zwillinge, während sie auf meinem Bett saßen und mir beim Umziehen zusahen –, daß ich das erste Mal nach sehr langer Zeit, na wenn auch nicht direkt glamourös, zumindest sauber und kreditwürdig aussah.

Ich hatte meinen üblichen verbeulten Pullover und die Leggings gegen eine kesse kleine Donna-Karan-Jacke getauscht, die ich in meinem Schrank kaum wiedererkannt hatte, so lange war es her, daß ich sie angehabt hatte. Ich hatte ein Minimum an Make-up aufgelegt – nicht die übliche Londoner Maske, ich wollte doch die Eingeborenen nicht verschrecken – und sogar mein Haar mit dem Fön getrocknet, das erste Mal, seit ich nach Gloucestershire gezogen war. Die 36er – ja *Größe* 36 – Jeans, die ich in Cirencester gekauft hatte, paßte wie ein Handschuh, und zusammen mit einem weißen Top unter der roten Jacke sah ich, auch wenn ich das selbst sage, recht passabel aus. Ich würde nicht so weit gehen zu behaupten, daß die Köpfe tatsächlich rotierten, als wir uns durch die weihnachtliche Menge schoben, aber ein gewisses Maß an Interesse gab es schon. Blicke waren definitiv in meine Richtung dirigiert – eine recht stattliche Anzahl von Blicken. Ich sah wohl besser aus, als ich dachte. Ich warf mein Haar zurück – oder, Moment mal, war es … Ah, ich verstehe, es war Alex.

Nun ja, zugegeben, ich konnte verstehen, warum. Nachdem ich ihn bis jetzt immer nur in einer Wetterjacke, Gummistiefel und einer ziemlichen Menge Schafscheiße gesehen hatte, mußte ich zugeben, daß er gewaschen richtig was hermachte. Seine beruhigend breiten Schultern umschmeichelte eine armselige braune Lederjacke, seine rostroten Locken schlängelten sich verführerisch über seinen Kragen, und diese hypnotisierenden grünen Augen, gepaart mit diesem fatalen sexy, raubtierhaften Grinsen, ließ alle Lucindas und Sophias mit ihren Haarreifen in ihre Schorles sabbern, nach ihren Marlboro Lights greifen. Sie warfen ihre Haarmähnen zurück und teilten sich wie das Rote Meer vor uns auf dem Weg zur Bar.

Zum erstenmal seit sehr langer Zeit hatte ich das Gefühl, am rechten Ort zur rechten Zeit mit der richtigen Art von Mann zu sein. Warum nicht, dachte ich, und warf meine eigenen, gerade gewaschenen blonden Tressen genauso gekonnt zurück. Ich kann das noch. O ja, ich kann noch flirten und sexy Blicke verteilen, herzlichen Dank. Ich bin nicht so alt, daß ich mich nicht erinnern kann, wie man das macht. Glaube ich. Gerade noch.

Sobald wir uns durch die ernsthaft gut Situierten gekämpft hatten, landeten wir bei den ernsthaft harten Trinkern an den Ausläufern der Bar.

»Gin Tonic?« fragte Alex.

»Bitte.«

»Etwas zu essen?« Er grinste. »Wie ich höre, ißt man hier gar nicht schlecht.«

»Nein, danke. Komischerweise kann ich nie was von meinen Sachen essen, wenn ich den ganzen Tag dran gekocht hab.«

Ich winkte Bob zu, den ich knapp noch hinter der Bar sehen konnte.

»Das gedämpfte Wild reißen sie mir aus der Hand, Rosie!« brüllte er. »Sie können gar nicht genug davon kriegen.« Ein paar Leute im Restaurantbereich drehten sich um und hoben ihre Gläser, um das zu bestätigen. »Aber einen frechen Kerl mußte ich rauswerfen«, fuhr Bob fort, während er ein Pint zapfte. »Er hat gesagt, das Essen hier wäre fast so gut wie in irgendeinem ›River Café‹, also hab ich gesagt, es sei viel besser als in seinem Scheiß Café und er könne sich 'ne andere Kneipe suchen! Aber der Ozzy Bocco geht bald aus, also mußt du das nächste Mal vielleicht doppelt soviel machen, Schatz.«

Er eilte davon, um jemanden zu bedienen. Nachdem Alex an der Bar war, stellte ich plötzlich fest, daß ich von rotgesichtigen, beschwipsten Farmern eingekreist war, die sich alle starkes dunkles Bier in ihre feisten roten Hälse kippten und Pintkrüge vor ihre riesigen Bäuche hielten. Sie dachten auch nicht daran, mich durchzulassen, damit ich Alex folgen konnte, alle musterten mich lüstern und stellten sich mir absichtlich in den Weg, damit sie mich besser anglotzen konnten. Ein rotgesichtiger Kerl mit Hosen bis zu den Achselhöhlen beugte seinen riesigen Bierkopf zu mir.

»Der junge Tierarzt macht's jetzt öffentlich, was? Da sitzt ja der Fuchs mitten im Hühnerstall. Wir ham gewußt, daß er scharf auf Sie is, aber Sie können nicht mit ihm hier reinkommen, ohne daß das halbe County sich das Maul zerreißt, wissen Sie!«

Ich lächelte höflich. »Anscheinend haben Sie recht.«

Ein anderer gab mir einen Stoß zwischen die Rippen. »Der hat ein Auge für die Ladys, der Junge, aber nur für die hübschesten! Da is er heikel!«

»Wirklich. Na ja, dann sollte ich mich wohl geschmeichelt fühlen.«

»Das sollten Sie auch. Hier gibt's genug junge Hühner, daß

ein Mann wie er den ganzen Tag nicht aus dem Bett muß. Schauen Sie sich den Haufen da drüben an, wie sie ihm Schafsaugen machen. Mensch, wenn ich noch jünger wär, würd ich mir selber noch ein paar von denen schnappen. Aber ich glaube, bei Ihnen würd ich's zuerst versuchen, Schatz. Der hat schon den richtigen Blick.«

»Halt dein ordinäres Riesenmaul, Albert Parsons!« mahnte eine rotbäckige Dame zu meiner Linken. Es war Mrs. Fairfax aus dem Laden. Sie schlug ihm auf die Schulter. »Was sollte sie denn mit einem wie dir anfangen? Aber er ist ein netter junger Kerl«, beschied sie und nickte in Richtung Alex, der dem Barmann mit einem Zehner winkte. »Aber wenn ich Ihnen einen guten Rat geben darf«, sie beugte sich vor und zischte mir ins Ohr, »herschenken sollen Sie's auch nicht. Lassen Sie ihn warten. Es gibt viel zu viele junge Mädchen heutzutage, die ihre Buxe für viel zuwenig runterlassen – unsere Sharon, die kleine Schlampe, ist auch eine von denen, und wofür? Eine halbe Schorle und ein Päckchen Chips, dafür! Zieren Sie sich noch ein bißchen, Schätzchen. Er muß erst mal ein tolles Essen im Berni Inn spendieren, und halten Sie sich ja nicht beim Schwarzwälder Kirsch und Kaffee mit Likör zurück. Ein hübsches Mädchen wie Sie kann die Jungs drauf warten lassen, und das werden sie auch.« Sie bohrte ihren Finger in meine Hüften. »Sie sitzen da auf einer verdammten Goldmine, vergessen Sie das ja nicht!«

»Vielen Dank auch«, murmelte ich mit schwacher Stimme. »Ich werd dran denken.«

Alex kam mit den Drinks zurück und hatte das Ende gehört. »Eine halbe Schorle und ein Päckchen Chips für dich, Schatz?» murmelte er, als er mich wegdirigierte. »Und dann zu mir?«

Ich kicherte. »Träum weiter, Kumpel, Schwarzwälder Kirsch oder gar nichts für mich, und ich hätte auch nichts dagegen, meine Goldmine woanders zu parken.« Ich ließ meinen Blick die Bar entlangschweifen. »Obwohl ich hier drinnen wahrscheinlich keine guten Chancen auf so was hab.«

Alex sah sich um. »Hoffnungslos bei diesen Massen, außer, moment mal, da drüben ist Platz.«

Wir begannen uns zu einem Tisch durchzudrängeln, bis Alex abrupt stehenblieb. Er drehte sich um. »Äh, nein. Planänderung. Ich glaube, wir bleiben hier stehen.«

»Warum nicht da drüben? Da ist doch ein leerer Tisch, oder?«

»Wahr, aber traurigerweise ist er neben dem von Flora, und im Moment bin ich bei der nicht direkt die Eiscreme des Monats.«

»Flora?«

»Exfreundin.«

»Oh, wirklich? Die, mit der Sie zusammengelebt haben?« Ich spähte interessiert an ihm vorbei und sah ein hübsches, ziemlich pneumatisches Mädchen mit langen blonden Haaren, die giftige Blicke in unsere Richtung schickte.

»Nein, das war Amanda. Flora kam nach ihr, und es war nie wirklich ernst. Ich bin nur ein paarmal mit ihr ausgegangen. An ihrem Geburtstag kam es dann zur Vollbremsung. Sie hat eine Dinnerparty gemacht und mittendrin eine Riesenszene geschmissen. Offensichtlich hatte ich mich schlecht benommen. Sie hat seitdem nicht mehr mit mir geredet.«

»Warum? Was haben Sie getan?«

»Sie ignoriert, wie man mir sagte, und während des Essens mit jemand anderem geredet.«

»Hört sich gar nicht so schurkisch an.«

»Oh, und ich habe auch noch vergessen, ihren Kuchen reinzubringen. Anscheinend hat sie mir dauernd bedeutungsvolle Blicke zugeworfen, die ich total ignoriert habe, also ist sie schließlich selbst in die Küche marschiert, hat die Kerzen angezündet und hat ihn selbst reingetragen.«

»Was? Um Aufmerksamkeit zu kriegen?«

»Oh, das hatte sie, weiß Gott. Sie hatte ihr Oberteil ausgezogen. Sie war pudelnackt von der Taille aufwärts.«

»Ich faß es nicht.«

»Unglücklicherweise haben ihre Haare an den Kerzen Feuer gefangen. Als wir gerade genüßlich an unseren Zwischen-den-Gängen-Zigaretten gezogen haben, erschien diese außergewöhnliche Vision in der Tür: flammendes Haar, Titten, die in die Butterglasur baumelten.

»Auweia!« keuchte ich und versuchte verzweifelt, nicht zu lachen, weil ich mir mit einemmal bewußt wurde, daß Floras Blicke uns durchbohrten, und ich wußte einfach, daß sie wußte, daß ich wußte und so weiter.

»Ich habe ihr dann ziemlich heldenhaft den Kuchen aus der Hand geschlagen und sie in einen Casa-Pupo-Läufer gewickelt und damit den Schaden ziemlich begrenzt. Aber natürlich hat sie mir nie ganz verziehen.«

»Das kann ich mir vorstellen«, gurgelte ich.

»Und seither ist sie als Flammende Flora bekannt, was auch nicht gerade geholfen hat.« Er zuckte unschuldig die Achseln, ganz der brave Junge. Aber die grünen Augen funkelten. Ich wußte es besser.

»Ich verstehe. Sie hat sich unsterblich in Sie verliebt, und Sie haben sie schäbig behandelt.«

Es riß die Augen weit auf. »Du lieber Gott, nein, das könnte der Wahrheit gar nicht ferner sein. Ich hatte keine Ahnung, daß sie es überhaupt ernst mit mir meinte, ehrlich, Rosie.«

»Entspannen Sie sich, Alex. Ich werde mich nicht spontan selbst entzünden, wenn Sie es versäumen, mit mir zu reden.«

»Ich bin entzückt, das zu hören. Und ich finde, wir sollten uns jetzt endlich duzen.«

»In Ordnung. Aber nimmt das ganze Dorf immer so regen Anteil an Ihrem Privatleben?« Ich wies zur Bar, wo Mrs. Fairfax und ihre Kumpel immer noch die Köpfe zusammensteckten, lächelten und nickten und in unsere Richtung spekulierten.

»Ach, all die alten Hexen hier kennen mich schon seit ich ein Baby war und versuchen mich seit meinem achtzehnten Lebensjahr zu verheiraten, können es gar nicht erwarten, ihre besten Fummel aus den Mottenkugeln zu holen und ihre Hüte abzustauben. Deswegen waren sie alle so aufgeregt wegen Amanda, haben gedacht, sie wär diejenige, welche. Man konnte fast ihr kollektives Stöhnen der Verzweiflung hören, als sie ihre Koffer packte und ging und ich wieder zum traurigen Single wurde.«

Ich verzog das Gesicht. »Das Gefühl kenne ich. Meine Mutter hat schon in der Sekunde, in der ich in die Pubertät kam, angefangen, die Werbetrommel für Champagner und Orangenblüten zu rühren, und sie war erst glücklich, als ich in einem Meer von Rohseide durchs Kirchenschiff schwebte. Ihr war völlig egal, an wessen Arm ich hing, es hätte auch Fred Feuerstein sein können.«

»Hast du ihn deshalb geheiratet? Fred Feuerstein? Familiärer Druck?«

Ich kicherte. »Vielleicht. Aber das ist keine Entschuldigung. Es war schlicht und einfach meine eigene Schuld. Ich hab die Ware einfach nicht gründlich genug untersucht.«

Es schaute nachdenklich in sein Bier. »Na ja... dann ist es doch irgendwie eine Erleichterung, oder?«

»Du meinst, jetzt, wo er tot ist«, sagte ich scharf.

»Och, weißt du, ich hab gedacht –«

»Ich hab nicht auf seinem Grab getanzt und dem Sherry heftig zugesetzt, wenn du das meinst.«

»Nein, das hab ich nicht gemeint. Ich hab nur gedacht – also, vielleicht ist es an der Zeit, daß du dir selbst gegenüber ehrlich bist. Darüber, was du wirklich für ihn empfunden hast. Ich glaube, das ist für dich die beste Methode, um darüber wegzukommen, Rosie.« Seine Augen waren sanft und unbeirrt.

Ich sah in sie. »Da könnte was dran sein«, gab ich bedächtig zu.

Er hob sein Glas und sah mir über den Rand tief in die Augen. »Gut. Dann laß uns drauf trinken.«

»Auf was?«

»Auf die Ehrlichkeit.«

Ich hob die Schulter. »Okay. Auf die Ehrlichkeit.«

Wir tranken, und dann tranken wir wieder, und wir tranken an diesem Abend noch eine ganze Menge mehr. Wir tanzten auch zu einer schwindelerregend grauenhaften Band im Stil von »Hi Ho Silver Lining«. Sie hatte auch in der wildesten Fantasie nichts mit Jazz zu tun. Aber die Begeisterung der schwitzenden, grölenden Menge war so groß, daß wir gar nicht anders konnten und mittobten bei »Brown Sugar« und »Nut Bush City Limits«. Der Leadsänger war eifrig, übergewichtig und etwa fünfundvierzig, mit einem Toupet, das ständig verrutschte, wenn er versuchte, Sex mit seinem Mikrofon zu haben. Alex und ich lachten uns halbtot, und ich muß sagen, ich fühlte mich wieder absurd jung. Fast sorglos. Dann kamen die Schiebernummern. »Lady in Red« wurde so grauenvoll geträllert, daß die gesamte Tanzfläche sich verpflichtet fühlte, sich dem Chor mit trunkenem Hundegejaule anzuschließen. Während wir uns aneinanderklammerten und uns schier kranklachten, war ich mir seiner Hände an meiner Taille bewußt, die meinen Rückenansatz streichelten. Es war nicht direkt unangenehm.

Schließlich spielte die Band begleitet von frenetischem Applaus ihre letzte Nummer, und wir machten uns mit dem Rest der Welt auf den Weg zur Tür. Nur schaffte es irgendwie keiner, wirklich zur Tür hinauszugehen. Mäntel blieben über Stühlen hängen, Zigaretten wurden angezündet, und eine grausige Menge von Biergläsern überschwemmte erneut die Bar, obwohl die Sperrstunde längst vorbei war. Ich überlegte ernsthaft, ob dieses Pub überhaupt je zumachte und – gütiger Himmel, war das nicht Ed Spire, der hiesige Bobby, der sich da gerade in der Ecke ein Pint hinter die Binde goß? In dem Gedränge wurden Alex und ich getrennt. Er wurde von einem bukolischen Farmer mit wichtigen Neuigkeiten vom Kalben mit Beschlag belegt und ich von einer Frau mit hochrotem Kopf und einem zerbeulten Hut, die mich wohl intim kannte und mich für den Fall, daß ich nicht informiert war, jetzt haarklein aufklärte.

»Ihre Schwester wohnt da drüben, hinter Tigg's Bottom!« verkündete sie triumphierend.

»Ja, das ist richtig.«

»Sie ist mit Miles Markham verheiratet, Bill Markhams Cousin!«

»Genau.«

»Und Sie ham dieses Cottage gemietet, oben beim großen Haus, gehört diesen Amerikanern, nicht wahr?«

»Ja, tut es.«

»Er ist ein Bildhauer, dieser Joss Dubarry. Berühmt ist er auch, war schon im Fernsehen!«

»Das ist richtig.«

»Sie ham auch ein Kind, stimmt's?«

»Das habe ich, ja.«

Und so ging's weiter, bis ich dachte, wenn ich ihr nicht einen Kristallpokal überreichte und verkündete, daß sie die Siegerin der Kategorie Spezialthema Rosie Meadown wäre, sie nie wieder aufhören würde. Ich nickte und lächelte dankbar, während sie mir noch weitere Details über mein Leben verriet, und sah mich dabei verzweifelt nach Alex um. Statt dessen entdeckte ich jemand anderen.

»Miles!«

Ich riß mich von meiner Biografin in spe los und drängte mich zu meinem Schwager durch, der an einer Wand lehnte, mit einem Bier in der Hand und mich nachdenklich mit einem kleinen Lächeln auf den Lippen beobachtete.

»Was machst du denn hier?«

»Na, das ist meine Stammkneipe, und gelegentlich krieg ich Ausgang für ein Bier, wenn ich ein braver Junge war. Besonders an Weihnachten.«

»Ist Philly hier?«

»Sei nicht albern, sie würde sich lieber Nadeln in die Augen stechen, als sich unter diese gewöhnliche, räuberische Menge zu mischen. Nein, sie hat heute abend Baumschmück- und Geschenkverpackdienst. Aber ich werde ihr sagen, daß ich dich getroffen hab.« Er warf einen vielsagenden Blick in Alex' Richtung. »Sie wird sehr interessiert sein.«

Ich stöhnte. »Oh, Miles, bitte, nein! Philly bedeutet Mum, und du weißt, was das heißt.«

Er grinste sadistisch. »Ah, ja, Mum. Adreßbuch aufgeschlagen, in der einen Hand einen süßen Sherry, das Telefon in der anderen. Bewaffnet und tödlich. Was ist es dir wert?«

»All meine irdischen Besitztümer, offen gesagt. So wie's aussieht, werden die hiesigen Paparazzi ohnehin morgen vor meiner Tür lauern. Mein Gott, wenn ich gewußt hätte, daß ich mit

Penningtons Antwort auf Liam Gallagher auf einen Drink gehe, hätte ich mich mit einer Joanna Trollope und einem Kakao vor den Kamin gelegt.«

»Ah, du mußt wissen, daß er so ungefähr der einzige unverheiratete echte Kerl in diesen Breiten ist, der nicht den ganzen Tag kleine Kreise geht und Selbstgespräche führt. Sie fühlen sich alle verpflichtet, ihm ein Weibchen zu finden.«

»Also, ich bin's nicht, okay?«

»Sicher? Mit den Blicken, die ihr beide auf der Tanzfläche getauscht habt, hätte man Eier braten können.«

»Mein Gott… verdammter Spion!« stotterte ich. »Miles, tu mir bitte einen Gefallen und behalte deine Beobachtungen für dich, ja? Ich möchte nicht, daß halb Gloucestershire spekuliert, ob –«

»Alex! Schön dich zu sehen!« Miles beugte sich an mir vorbei und schüttelte Alex, der sich von hinten genähert hatte, die Hand.

»Hallo, Miles. Ich hab dich gar nicht gesehen!«

»Er hat sich in den Ecken rumgedrückt und gelauert«, murmelte ich verbittert. Die beiden Männer machten das, was Männer eben tun, wenn zuviel Bier und zuviel Testosteron freigesetzt wird – schlugen sich auf den Rücken und schüttelten sich die Hände, bis die Zähne klapperten. Dann plauderten wir ein bißchen, schrien, wäre wohl besser ausgedrückt, um die besoffenen Weihnachtslieder zu übertönen, die jetzt in voller Lautstärke gebrüllt wurden. Aber als ›Oh Come Let Us Adore Him‹ furchterregende Höhen erreicht hatte, deutete Alex mit dem Kopf in Richtung Tür. Ich nickte dankbar, und wir drei drängten und schubsten uns die letzten drei Meter in die Freiheit. Schließlich tauchten wir in die willkommene kalte Nachtluft hinaus.

»Pfui, dem Himmel sei Dank«, stöhnte Miles. »Der Weihnachtsgeist reicht mir für den Rest meines Lebens. Nacht, Alex. Wir sehen uns am Weihnachtsmorgen, Rosie.«

»Gute Nacht!« riefen wir ihm nach, als er in Richtung Parkplatz verschwand.

Wir entfernten uns in die andere Richtung und schickten uns an, die Anhöhe nach Fairlings hochzugehen. Vera spielte den Babysitter, während Marfa ihren Mädchenabend in der Disco hatte. Aber ich hatte versprochen zu übernehmen und dort zu übernachten, wenn ich aus dem Pub zurückkam. Ich kuschelte mich in meinen Mantel, schob den Kragen gegen die Kälte hoch und genoß das Gefühl von eisiger Luft auf meinen brennenden Wangen. Wir trabten eine Weile schweigend durch den Schnee. Dann lächelte ich Alex von der Seite an.

»Du hast gewußt, daß es so wird, nicht wahr?«

»Wie denn?« fragte er mit Unschuldsmiene.

»Wie im sprichwörtlichen Goldfischglas. Ich kam mir vor, als wäre ich ausgestellt oder so was, wie eins meiner Tagesgerichte. Haben denn alle diese Leute ein besonderes Interesse an deinem Privatleben? Kriegen sie Freibier, wenn du mit jemand vom anderen Geschlecht im Pub erscheinst? Ich hab noch nie soviel Gezwinker gesehen. Ich dachte schon, manche von ihnen laufen Gefahr, sich die Augenlider zu verrenken.«

Er kicherte. »Ich hab dir gesagt, es ist nichts Persönliches, sie sind nur zu Tode gelangweilt, und wenn's so aussieht, als gäb's eine Romanze zwischen dem emotionell behinderten Tierarzt und der schönen, jungen Witwe aus London, halten sie alle den Atem an. Wie dem auch sei, sie glauben wahrscheinlich alle, daß ich aufgepäppelt werden muß und halten dich für das richtige Mädchen für diesen Job. Es ist ihre Chance, eine Seifenoper im richtigen Leben zu sehen, verstehst du?«

Ich schnaubte. »Mein Gott, die müssen ja wirklich arm dran sein, wenn sie glauben, daß mein Leben sie unterhalten wird. Es tut mir nur leid, daß ich sie enttäuschen werde.«

»Soll das heißen, daß du mich auch enttäuschen wirst?«

Ich riß den Kopf hoch. »Was meinst du damit?«

Er steckte die Hände tiefer in die Taschen und sah hinunter in den Schnee. »Nur, daß ich dich mag. Ist das erlaubt?«

»Natürlich ist das erlaubt«, sagte ich leise.

Schweigen.

»Es ist nur –«

»Nein, ich zuerst«, unterbrach er mich. »Hör mich an, bevor du anfängst, mir zu sagen, es wäre zu früh und du wärst noch nicht bereit für etwas Ernsteres und so weiter und so fort.«

Ich hob resigniert die Schultern. »Okay.«

Wir gingen ein Stück weiter. Schließlich räusperte er sich. »Die Sache ist die, Rosie. Du bist das erste Mädchen seit langer Zeit, das ich nicht, na ja, das ich nicht mit Amanda verglichen habe.«

»Ist das gut?« fragte ich vorsichtig.

»Also, ich finde schon. Ich glaube, das heißt,… daß ich über sie weg bin. Daß ich dich ganz persönlich mag. Ich vergleiche nicht ständig, ist sie genauso hübsch, oder so komisch oder so gescheit oder irgendwas sonst. Was das auch heißen mag, eins kann ich dir sagen, die letzten paar Wochen, in denen ich rauf ins Haus gekommen bin und mit dir Zeit verbracht habe, waren die glücklichsten, die ich seit langer Zeit erlebt habe.«

»Ich hab es auch genossen, Alex«, sagte ich ehrlich. »Aber das heißt nicht, daß ich mich… na ja, wieder in etwas stürzen will.«

»Warum nicht?«

»Warum nicht? Nun ja, darum, weil ich gerade meinen Mann begraben habe, darum nicht.«

Er schüttelte den Kopf. »Das zählt nicht.«

»Was soll das heißen, das zählt nicht? Natürlich zählt es!«

»Fürchte nein. Du hast ihn doch nicht geliebt, oder?«

»Am Ende nicht mehr, nein, aber –«

»Und ein oder zwei Jahre davor auch nicht. Nicht seit der Hochzeit, als der rosige Schein der Hochzeit und der Hochzeitsreise verblaßt war, hab ich recht?«

»Ähm, wir hatten vielleicht eine etwas gespannte Beziehung, aber –«

»Und dann hast du entdeckt, daß du schwanger bist, was nicht so schlimm war, denn als Ivo geboren wurde, hattest du jemanden, auf den du deine Liebe umleiten konntest.«

»Das kann ich nicht beurteilen, ich –«

»Und es passierte erst später, daß du mit einem Ruck aufgewacht bist und festgestellt hast, daß du den Kerl wirklich verabscheust und immer verabscheut hast, und dann kam das Erwachen mit Schallgeschwindigkeit.«

Ich blieb im Schnee stehen und fuhr ihn an. »Du bist dir bei all dem ganz schön sicher, nicht wahr? Ich kenne dich erst seit ein paar Wochen, was macht dich so sicher, daß du meine Lebensgeschichte kennst?«

»Das tu ich nicht, aber wie ich schon im Pub sagte, ich versuch nur, dich dazu zu bringen, ehrlich zu sein. Ich glaube, es wird dir helfen.«

»Ich brauche aber keine Hilfe, danke!« sagte ich erbost. »Ich bin nicht auf der Suche nach einer Therapie.«

»Ich meine nicht, daß du Hilfe *brauchst,* reg dich ab, aber ich habe dich in den letzten paar Wochen beobachtet, Rosie. Du trauerst nicht um diesen Mann, du bist froh, daß du ihn los bist, aber mein Gott, du hast solche Schuldgefühle deshalb, und das wird dich völlig verkorksen, wenn du nicht aufpaßt. Warum solltest du dich schuldig fühlen? Es ist nicht deine Schuld, daß er tot ist, und die Tatsache, daß er tot *ist,* macht ihn noch nicht zum Heiligen. Mann, du bist eine Scheißheilige, weil du ihn so lange ertragen hast.«

Wir hatten jetzt die Türschwelle von Fairlings erreicht. Ich drehte mich zu ihm um und sah ihn an. Seine Augen waren eindringlich, überzeugend.

»Vergiß ihn, Rosie, vergiß das Leben, das du hattest. Versuch was anderes. Versuch zur Abwechslung ein bißchen Glücklichsein.«

Ich steckte den Schlüssel ins Schloß und grinste spöttisch. »Du meinst, versuch zur Abwechslung mal mich.«

Sein Gesicht verzog sich zu einem Grinsen. »Ja, vielleicht mein ich das! Ist das so furchtbar? Ist das so ein Verbrechen? Ich mag dich, das hab ich dir gesagt, also wirst du zulassen, daß ich hier auf der Schwelle erfriere oder bittest du mich auf einen Kaffee rein?«

»Ah, Kaffee. Dieser alte Euphemismus.« Ich schob die Tür auf.

»Du bist vielleicht eine mißtrauische alte Hexe«, gluckste er und folgte mir ins Haus. »Ich hab gesagt, ich mag dich. Ich hab nicht gesagt, ich bin total geil auf dich und will dich bewußtlos vögeln auf der – oh, hallo, Vera.«

»Ah gut, Sie sind wieder da.«

Vera hatte es sich auf dem Sofa in der Halle bequem gemacht, mit der Begründung, daß es der gemütlichste Raum im Haus wäre. Glücklicherweise schien sie Alex nicht gehört zu haben. Sie begann wie besessen ihr Strickzeug einzurollen.

»Hab schon gedacht, Sie kommen überhaupt nicht mehr«, schimpfte sie, rollte ihr *Family Circle* auf und stopfte sie in ihr Netz.

»Tut mir leid, Vera. Ich glaub, wir haben das Pub gefunden, das nie zumacht.«

»Ach, das ist schon in Ordnung. Tut Ihnen gut, wenn Sie sich ab und zu amüsieren. Es ist nur, daß er sich aufregt und seine Brühe haben will, wenn ich nicht bald daheim bin.«

»Also, noch mal vielen Dank, daß Sie rübergekommen sind. Sie hatten recht. Es hat mir gutgetan, mal rauszukommen.«

Sie blieb stehen, lächelte, während sie sich bis zum Kinn in ihren Mantel knöpfte. »Sie sind in Ordnung, Schätzchen. Ich bin froh, daß Sie Spaß gehabt ham. Bis dann.«

»Ja, danke. Gute Nacht.«

Ich öffnete ihr die Tür, und sie schwirrte davon.

Mit einemmal schien die große Halle sehr ruhig, sehr still und leer. Alex warf seinen Mantel über den Stuhl und trat zum Fenster. Er stellte sich kurz mit dem Rücken zu mir, dann drehte er sich lächelnd um und sah mich an.

Ich ging zu dem Baum, den Martha und die Kinder an diesem Nachmittag geschmückt hatten. Ich berührte eine Kugel.

»Also denn, Kaffee?« sagte ich betont heiter. Aus irgendeinem Grund war ich unerklärlich nervös.

»Nicht für mich, danke. Das hält mich wach.«

»Oh. Richtig. Einen Whisky vielleicht?«

»Der schläfert mich ein.«

»Ah.«

Unsere Blicke begegneten sich mit ohrenbetäubendem Getöse.

»Komm her.«

Ich tat es nicht, aber das hielt ihn nicht ab. Zwei Sekunden später und mit derselben Anzahl von Schritten hatte er den Perserteppich überquert und war in meiner Ecke. Eh ich mich's versehen konnte, war ich in seinen Armen.

»Hör mal, Alex, die Sache is die, ich bin mir nicht sicher, ob ich schon – mmm!«

Und schon wurde ich in eine tangoeske Umarmung geschlungen, Mund zu Mund, Kopf im Weihnachtsbaum, Tannennadeln in der Nase. Es dauerte eine Weile, bis ich wieder auftauchte, aber als ich es tat, hechelte ich anscheinend. Es war lange her, seit ich so geküßt worden war, aber etwas in mir, etwas Ausgedörrtes und Verwelktes begann sich zu entfalten, sich zu erinnern. Bunte Feenlichter tanzten vor mir, aber Alex' Augen schienen mehr Energie zu produzieren als sie alle zusammen. Dem zu widerstehen würde ein hartes Stück Arbeit sein.

»Schau, Alex«, keuchte ich, noch einigermaßen vernünftig, »gehen wir die Sache langsam an, ja? Laß uns nicht – hoppla!«

Verdammt, ich lag jetzt flach auf dem Rücken auf dem Sofa – dieser Mann rang nicht umsonst schwangere Mutterschafe zu Boden. Sein seidiger Karatewurf ließ mich hingegossen in einem mesmerisierenden Kuß nach dem anderen ertrinken. Sie rollten unablässig vom Stapel, und das Furchtbarste war, daß ich jetzt weit davon entfernt war, mich zu wehren. Wenn mein Herz nicht bei der Sache war, dann etwas anderes, und je weiter es ging, desto süchtiger machte es offenbar. Meine Arme hatten sich lüstern um seinen Hals geschlungen, ich war eindeutig von einem hormonalen Impuls gepackt – Himmel, war ich im Begriff zu kapitulieren? Nein, ich würde gleich wieder kämpfen, dachte ich verzweifelt mit seiner Zunge hypnotisch warm in meinem Mund, wirklich, das werde ich. Ich sammle nur meine Kräfte, versuche Zeit zu gewinnen, in einer Minute werde ich –

»Oooaah!« quiekte ich, als eine heimliche Hand sich unter

meinen Pullover stahl. »Alex, warte!« keuchte ich. »Ich denke wirklich –«

»Du denkst zuviel, Schatz... hör auf den guten alten Körper... das ist besser... wenn du jetzt nur... da... Gott bist du schön, so hinreißend schön, daß es unglaublich ist...«

Das war's. Damit war die Sache gelaufen. Damals in grauer Vorzeit hatte mir vielleicht irgend jemand, irgendwo gesagt, ich wäre schön. Aber wir reden hier von der Eiszeit, Prä-Harry, Prä-Rupert der Holzfäller, Prä-irgendwer von irgendwelcher Bedeutung, und selbst dann hatte nie jemand das Wort hinreißend schön gebraucht. Und nie gefolgt von der Bemerkung, daß diese Schönheit unglaublich wäre. Ehrlich. Ich hätte mich erinnert. Jetzt war ich Wachs in seinen Händen. Ich ließ mich von der Strömung mitreißen. Ich stürzte mich mit all den ausgedörrten aufgestauten Emotionen der letzten paar Jahre hinein und – ping – riß mein BH-Träger. Über seinem Kopf flackerten die Baumlichter, glänzte Flitter und tanzten Kugeln. Aber ich schloß meine Augen, als ich zwei große violette Kugeln entdeckte, die nebeneinander baumelten. Ich wollte nicht, daß irgendwelche obszönen Assoziationen den Augenblick störten. Statt dessen lehnte ich mich zurück, um es zu genießen, denn offen gesagt war es jetzt bis auf das Geschrei vorbei. Mein Oberteil war zerfetzt, und er machte Landgewinne, marschierte über die Ebenen, ging in die Vorgebirge, nur – o Mann – warte! Nein, ich konnte mich nicht einfach hier in der Halle plätten lassen, nicht, wo die Kinder lediglich ein Stockwerk höher waren! Was, wenn sie runterkamen? Mit einemmal sah ich vor meinem inneren Auge ein rührseliges Bild, wie eine Ansammlung Kinder in Schlafanzügen auf der Treppe stand, mit ihren Teddys im Arm. Emma lispelte mit großen Augen: »Rothie? Warum hast keine Kleider an? Ooh, du böses Mädchen!«

»Nein!« kreischte ich und schoß kerzengerade hoch. Dann »Mmwmmwrm!« als ich wieder hinuntergeklappt wurde, von seinen Lippen zum Schweigen gebracht.

Diesmal ging er aufs Ganze. Ich wehrte mich jetzt, aber er schien es nicht zu merken, und überhaupt war er größer als ich.

Er war tatsächlich so riesig und so auf mir, daß ich dachte, ich würde ersticken, und ich hörte nichts außer das Brüllen von heißem Atem in meinem Ohr. Ich hörte nicht das Knirschen von Reifen draußen auf dem Kies. Ich hörte nicht, wie eine Autotür zuschlug und auch nicht die Schritte, die durch den Schnee knirschten und die Treppe hoch. Alles was ich fühlte war ein plötzlicher scharfer Luftzug auf meinem Gesicht und meinem nackten Nabel. Alex' Kopf schnellte hoch. Über seiner Schulter stand in einem langen schwarzen Mantel mit steinerner Miene Joss. Neben ihm, in einem bodenlangen kamelfarbenen Kaschmirmantel und mit grellroten Lippen, entdeckte ich die schönste dunkelhaarige, rehäugige Kreatur, die ich je im Leben gesehen hatte.

Ich sprang tödlich verlegen und ziemlich zerzaust vom Sofa hoch. »Joss!« Ich versuchte verzweifelt meine Kleidung zusammenzuraffen, zerrte meinen Pullover herunter. »Ich. Wir hatten dich erst morgen erwartet.«

»Offensichtlich«, sagte er trocken.

»Ich – ich babysitte für Mafa.«

»Somit wäre alles enthüllt. Guten Abend, Alex.«

Alex hatte sich inzwischen aufgerichtet und wollte ihm die Hand reichen, besann sich aber eines besseren. Er strich sich statt dessen durch sein zerzaustes Haar und grinste betreten. »Joss, Annabel«, er nickte ihnen zu, während er sein Hemd zurück in die Hose steckte.

»Alex hat nur kurz vorbeigeschaut«, sagte ich hastig.

»Das sehe ich«, sagte Joss spöttisch.« In flagranti erwischt. Sie sollten wirklich vorsichtiger sein, wissen Sie, Rosie. Ich glaube, Sie kennen meine Frau noch nicht. Rosie Meadows, Annabel Dubarry.«

Annabel reichte mir die Hand, ihre Augen tanzten vor Vergnügen. »Ich muß schon sagen, ein echter Heuler. Nein, wir hatten noch nicht das Vergügen. Es tut mir furchtbar leid, wenn wir Ihres verhindert haben!«

»Natürlich nicht«, murmelte ich und lief puterrot an. »Wir

haben nur, ich meine, wir haben nicht flagelliert oder was immer Joss gesagt hat, wir haben nur –«

»Rumgeknutscht«, endete Alex ohne jede Scham, mit einem Grinsen. »Und es war wirklich sehr angenehm. Und wie war euer Flug, ihr beiden? Guter Trip?« Der war vielleicht cool, was? Jeder würde glauben, daß wir höchstens an ein paar Gurkensandwiches geknabbert hatten oder ähnliches.

»Ziemlich beschissen, danke, und ich brauch was zu trinken.« Joss ging zu der Karaffe auf seinem Tisch. »Wie wir entdeckt haben, gibt es zwei Möglichkeiten, den Atlantik zu überfliegen. Eine ist, nichts zu trinken und sich bei der Ankunft lausig zu fühlen, und die andere ist, viel zu trinken und sich bei der Ankunft lausig zu fühlen. Ich habe diesmal die erstere gewählt, und das war ein großer Fehler. Leistest du mir Gesellschaft oder hast du dich schon selbst bedient?«

»Hab ich nicht, wie es der Zufall will, und ehrlich gesagt, sollte ich mich besser auf den Weg machen. Ich muß morgen früh raus. Gute Nacht, Rosie.« Alex wandte sich zu mir, nahm mein Gesicht in seine Hände und küßte mich voll auf den Mund, bevor ich einen Muskel bewegen konnte. Ich blieb wie angewurzelt stehen, rot vor Scham.

»Gute Nacht«, murmelte ich und dachte, geh einfach. Geh einfach, verdammt noch mal.«

Einen Augenblick später war er fort. Die Tür knallte zu, und wir hörten, wie er die Einfahrt hinunterstapfte. Joss wandte sich zurück zu seinem Schreibtisch, um etwas Wasser in seinen Whisky zu gießen. Ich hörte mein Herz hämmern. Außerdem sah ich ein Stück des grauen BHs oben aus meinem Pullover spitzen. Ich steckte es rasch wieder hinein, aber nicht, bevor Annabel meinem Blick begegnete und spöttisch lächelte. Ich drehte mich mit brennendem Gesicht zu Joss.

»Joss, es tut mir so leid, aber Marfa brauchte eine Pause, also bin ich für sie eingesprungen.«

Joss drehte sich zurück, ließ seinen Drink im Glas kreisen und sah mich gelassen an. »Ja, also tut mir leid, daß wir Sie überrascht haben, Rosie. Aber der Flughafen hat angerufen, um zu sagen, daß es in letzter Minute eine Stornierung gegeben hätte, also haben wir die Tickets genommen. Ich hab versucht, heute morgen anzurufen, aber es war keiner da.«

»Wir haben nicht geglaubt, daß es ein Problem wäre«, schnurrte Annabel mit ihrem transatlantischen Akzent. »Schließlich wohnen wir ja hier.«

»Es ist kein Problem«, murmelte ich und wünschte, die Erde würde sich auftun und mich verschlingen. »Und es ist auch nicht das, wonach es aussah. Alex und ich haben was getrunken und – na ja, ich weiß nicht, warum er mich geküßt hat. Wir hatten wohl beide ein bißchen zuviel erwischt.«

»Nun, das ist ja verständlich an Weihnachten«, flötete sie. »Aber Sie verstehen doch, daß, wenn die Kinder runtergekommen wären und Sie so vorgefunden hätten, überall Kleider verstreut, nacktes Fleisch, das sich tummelt –«

»Da war kein nacktes Fleisch, und ich kann Ihnen versichern, es wäre auch nicht weitergegangen«, sagte ich zitternd vor Scham und Demütigung.

»Oh, das freut mich zu hören, denn, wissen Sie, Rosie, mit kleinen Kindern im Haus muß man sehr vorsichtig sein. Sie sind wirklich noch so beeinflußbar. Und wenn es auch sehr nett von Ihnen war, für uns den Babysitter zu machen, dürfen Sie das wirklich nicht als Ausrede zum Taufen unseres Sofas benutzen.« Sie hob indigniert die Augenbrauen in Richtung Joss.

»Also gut, Annabel, mach mal halblang«, mahnte Joss leise, »ich bin sicher, Rosie hat verstanden.« Sein Gesicht zeigte keinerlei Regung, aber ich hatte genug Zorn und Irritation in seinem Gesicht gesehen in dieser flüchtigen Sekunde an der Tür, um zu wissen, wie enttäuscht er von mir war. Mein Elend war grenzenlos. Ich kam mir vor, als wäre ich frontal in eine Ziegelwand gelaufen. Bis jetzt hatte ich es noch nicht fertiggebracht, ihm in die Augen zu sehen, aber ich wußte, daß ich es jetzt tun mußte, obwohl mein Gesicht tomatenrot war.

»Es tut mir leid, Joss.«

Er musterte mich sorgfältig. »Ist schon okay. Das Thema ist abgeschlossen.«

»Aber es darf nicht wieder passieren!« fügte Annabel im Schullehrertonfall hinzu und wedelte mit dem Zeigefinger. Ihre braunen Augen lachten mich aus. Ich hätte ihr am liebsten einen Tritt in ihre kesse kleine Hose verpaßt.

Sie lachte fröhlich. »Oh, schauen Sie doch nicht so verschämt drein, Rosie. Ich weiß, es ist schwer, denn Alex ist wirklich schrecklich attraktiv, und in Ihrer Position muß es sehr schwer sein, so jemandem zu widerstehen. Aber bitte versuchen Sie, Ihre Libido im Zaum zu halten, wenigstens solange Sie in unserem Haus sind, hmm? Der Himmel weiß, daß es uns völlig egal ist, was Sie in der Privatsphäre Ihres Cottages machen, da unten können Sie ihn haben, wie immer Sie wollen, nicht wahr, Schatz?«

»Im Cottage passiert nichts«, stotterte ich. »Ich hab Ihnen gesagt, daß es nicht so ist, er hat nur –«

»Oh, könnt ihr euch das aufsparen, ja?« unterbrach Joss wütend, »ich bin hundemüde, und das hier brauch ich wie ein Loch im Kopf. Hör auf, sie zu reizen, Annabel, um Himmels willen. Ich geh ins Bett.« Er leerte sein Glas.

Ich nahm das als mein Stichwort zu gehen. »Ja, dann gute Nacht.« Ich wandte mich zitternd in Richtung Treppe, aber Annabels rauchige Stimme stoppte mich erneut.

»Ähm, verbessern Sie mich, wenn ich mich irre, aber wohnen Sie nicht im Cottage, Rosie?«

Ich drehte mich mit der Hand an der Balustrade zu ihr. »Ja, das tu ich, aber mein kleiner Junge schläft oben. Ich will ihn nur holen.«

»Oh, okay, aber machen Sie schnell. Es ist furchtbar spät, und wir möchten doch ins Bett, nicht wahr, Schatz?«

Ich biß die Zähne zusammen und wollte gerade wieder losgehen, als sie mich erneut aufhielt.

»Nur noch eins, Rosie.«

Ich wartete.

»Haben Sie geraucht?«

»Ich rauche nicht.«

»Ah, dann müssen es Ihre Kleider sein. Ich kann es auf zwanzig Schritte riechen. Es ist etwas, das ich absolut verabscheue.« Sie lächelte. »Nur damit Sie Bescheid wissen.«

Ich starrte sie an. Sie war wirklich unglaublich schön mit ihren braunen Mandelaugen, dem kirschroten Schmollmund, dunklen, taillenlangen Haaren und ihrer zierlichen Figur. Ich hätte alles gegeben, so auszusehen wie sie. Sie erinnerte mich an ein Mädchen in »Hot Gossip«. Ich hatte immer davon geträumt, so auszusehen wie sie, wenn ich vor dem Fernseher lag, auf dem Bauch, den Kopf in die Hände gestützt und mir *Top of the Pops* angesehen hatte. Und da war sie, warf mir Beleidigungen an den Kopf und bösartige Unterstellungen, obwohl ich die Güte gehabt hatte, auf ihre Kinder aufzupassen. Aber irgendwie, weil sie so gut aussah, schien es überhaupt nicht empörend. Jetzt verstand ich, warum schöne Menschen sich soviel erlauben konnten. Ich räusperte mich und versuchte einen niederschmetternden Konter zu finden, aber ich war zu müde.

»Bitte warten Sie nicht«, murmelte ich, als ich die Treppe hochstieg, »ich finde alleine raus.«

Hinter mir hörte ich Annabel seufzen, und dann sagte sie mit einer Stimme, die mit voller Absicht weit zu hören war: »Gott, diese alleinstehenden Mädchen. Sind die nicht das letzte? Was ist das nur heutzutage mit denen? Sie sehen bloß eine Hose und – umpf – schnallt euch an!«

Ich wartete nicht ab, was Joss dazu zu sagen hatte. Ich stolperte einfach den dunklen Gang zu Ivos Zimmer entlang, nahm mein schlafendes Kind und rannte die Hintertreppe hinunter durch die Küche und hinaus in die Nacht. Wie furchtbar. Wie grauenhaft unglaublich *furchtbar.* Ich war so wütend auf mich selbst. Sich wie ein Teenager in einer so dämlichen, kompromittierenden Situation erwischen zu lassen. Tränen der Wut und Demütigung brannten in meinen Augen. Ich würde mir am liebsten selbst in den Hintern treten! Und sie, Annabel mit ihrer arroganten Schönheit, wie sie mich spöttisch angegrinst hatte, offensichtlich entzückt von meiner Demütigung. Ich drückte Ivo an mich, während ich den Abhang hinunterschlitterte. Aber es war Joss, der am meisten weh tat. Joss' Augen, seine offensichtliche Enttäuschung über mein kindisches Verhalten. Ich hatte ihn enttäuscht. Er hatte mir vertraut, und ich hatte dieses Vertrauen verraten. Und mich selbst hatte ich auch verraten. Ich wußte das jetzt. Ich hatte mich durch meine Einsamkeit dazu verleiten lassen, die falsche Art von Nähe zu suchen. Das war überhaupt nicht die Art, die ich haben wollte. Und das an sich ließ mich erkennen, daß meine Position hier jetzt unhaltbar war. Ich hatte keine Wahl. Ich konnte nicht im Cottage bleiben, nachdem – ja nun. Nachdem er mich so gesehen hatte. Ich würde morgen zu ihm gehen, mich entschuldigen und anbieten zu gehen. Meine Augen füllten sich mit Tränen bei dem Gedanken, das hier zu verlassen, auch die Kinder zu verlassen, die mir so ans Herz gewachsen waren, aber ich mußte ihm einen Ausweg aus dieser Situation bieten. Es war das, was er wollen würde. Und es würde sowieso nicht funktionieren, dachte ich, als ich das Cottage betrat, nicht nachdem ich sie jetzt gesehen hatte. Als ich meinen Sohn ansah, füllten sich meine Augen mit Tränen. Ja, jetzt hatte sich alles geändert, es war alles… irgendwie anders. Ich legte mich erschöpft auf mein Bett, und schließlich muß ich eingeschlafen sein. Sehr unruhig, aber ich schlief.

Am folgenden Morgen wurde ich durch ein lautes Klopfen an meiner Tür geweckt. Ich sah auf die Uhr. Sieben Uhr. *Sieben Uhr?* Verdammt! Wer konnte das sein? War es Joss, der gekommen war, um mich jetzt schon vor die Tür zu setzen? Ich zog mir rasch was über, ließ den friedlich schlafenden Ivo weiterträumen und rannte nach unten. Doch auf halbem Weg nach unten blieb ich stehen, meine Hand erstarrte auf dem Geländer. Dort, an meinem kleinen neuen Tisch, absolut makellos, in einem cremefarbenen Joseph-Tricot-Ensemble, saß Annabel mit meinem Füller in der Hand.

»Ah, Rosie«, schnurrte sie. »Ich hoffe, Sie haben nichts dagegen, aber ich bin einfach reingekommen. Ich war gerade dabei, Ihnen eine Nachricht zu hinterlassen.«

»Ach?« sagte ich nervös.

»Ja, Marfa hat angerufen, ihr Vater mußte wieder ins Krankenhaus. Ein weiterer Tumor ist festgestellt worden, wie's aussieht.«

»Oh«, ich setzte mich abrupt auf die Treppe. »O Gott, arme Marfa!«

»Ich weiß, furchtbar«, fuhr sie rasch fort, »aber die Sache ist die, Rosie, das ist eine so ungeheuer geschäftige Zeit im Jahr, und ich habe mich gefragt, ob Sie raufkommen könnten und mir helfen. Marfa hat erwähnt, wie gut Sie mit den Kindern zurechtkommen, und ich hab heute so furchtbar viel zu tun. Es soll natürlich nicht Ihr Schaden sein. Joss hat mir erzählt, wie Sie nach dem Tod Ihres Mannes mittellos dastanden, Sie armes, armes Ding.« Ihr Gesicht war das pure Mitgefühl.

Ich wurde rot. »Also ich bin noch nicht direkt im Armenhaus, wenn Sie das meinen.«

»Nein, nein, natürlich nicht, aber ein bißchen was extra hilft doch, oder?«

Ich schluckte, und mein Stolz rutschte auch gleich mit hinunter. Ich würde jetzt ein paar Tage lang nicht für das Pub kochen, was einen dramatischen Rückgang meiner Einkünfte bedeutete. Sie hatte recht. Der Not gehorchend, auch wenn Heiligabend war.

»Also gut, ich komme rauf und helfe Ihnen.«

Sie war sofort auf den Beinen, das Geschäft war erledigt, sie strich ihren Cashmere glatt. »Ausgezeichnet.« Sie machte sich auf den Weg zur Tür. »Ich hab die Kinder noch nicht gesehen, aber ich denke, sie sind noch im Bett. Also, wenn es Ihnen nichts ausmacht, sie rauszuholen und sie zu füttern und dann die Küche aufzuräumen – ich muß einfach heute eine Stunde Yoga und Meditation machen, wenn ich mich nur halbwegs menschlich fühlen will. Ich werd in meinem Zimmer sein, falls Sie mich brauchen – aber ich bin mir sicher, das werden Sie nicht«, fügte sie hastig hinzu.

Ich sah ihr nach, als sie ging. Ja, schau einer an, wie die Mächtigen gestürzt sind, was? Ein Mangel an Personal hatte sie da fast zur Bittstellerin gemacht. Fast. Ich seufzte. Ehrlich gesagt fühlte ich mich nach dem gestrigen Fiasko tief in Joss'

Schuld. Also gingen wir, nachdem Ivo fertig war, rasch ins Haus hinauf. Es gab kein Anzeichen von Leben, also weckte ich die Kinder auf, zog sie an, und dann gingen wir zusammen hinunter in die Küche. Als wir oben an Annabels Tür vorbeikamen, hörte ich leisen Gesang.

»Was ist das?« flüsterte ich Toby zu.

»Sie sagt ihr Mantra auf. Du weißt schon ›Oh, mein Paddel‹.«

Ich unterdrückte ein Grinsen, und als wir dann alle gefrühstückt hatten, machte ich mit ihnen einen Spaziergang.

Als wir eine Stunde später in die Küche platzten, die Kinder strahlend, ihre Hüte und Mäntel mit einer frischen Schicht Schnee gepudert, saß Joss am Küchentisch, in Jeans und in einem schwarzen Pullover. Sein dunkelblondes Haar war naß und zurückgekämmt, und er sah so attraktiv aus, wie das bei einem Mann, der gerade Cornflakes mampfte, möglich war.

Er warf mir einen Blick zu. »Danke, Rosie«, sagte er. »Annabel findet sie selbst in besten Zeiten furchtbar anstrengend.«

Noch während er redete, stürzten sich Lucy und Emma wie Raketen auf ihn.

»Daddydaddydaddy!«

»Hallo, meine Engel!« Er drückte sie fest an sich, samt schneenassen Mänteln, und gab beiden einen lauten Schmatz auf die Backe.

»Tag, Toby!«

»Hallo.«

Toby bewegte sich zentimeterweise auf ihn zu, aber Joss streckte die Arme aus und zog ihn an sich, drückte ihn und küßte ihn mitten auf die Stirn. Toby lächelte.

»Daddy, hast du uns Geschenke mitgebracht? Hastduhastduhastdu!« fragten seine Schwestern, pinkelten sich vor Aufregung fast in die Hose.

»Natürlich hab ich das, aber die bleiben alle unter dem Weihnachtsbaum, wo sie hingehören bis morgen früh, wenn«, seine Augen wurden groß und geheimnisvoll, »alles enthüllt wird!«

Emma quiekte hysterisch und steckte sich ängstlich die Hand zwischen die Beine.

»Aber wie dem auch sei«, fuhr Joss fort, baute gnadenlos die Spannung weiter auf, »muß der Weihnachtsmann sich um die richtigen Geschenke kümmern, stimmt's?« Er runzelte die Stirn, sah ratlos drein. »Also, der Weihnachtsmann. Habt ihr eine Ahnung, wann der kommt?«

»Heut abend, heut abend!« kreischte Emma und verschlang ihre Beine zu Knoten, jetzt ganz klar in ernster Gefahr. »Und Rosie hat Mince Pies gemacht, damit er einen essen kann, und wir werden einen Eimer Wasser für das Rentier rausstellen und lauter so Sachen!«

»Einen Eimer Wasser, was? Ich hoffe, da steht auch ein großer Brandy für den Mann mit dem Sack.«

»Ja, das ist da! Und Rosie hat auch einen Weihnachtskuchen gebacken!«

»Wirklich?« Er sah mich fragend über ihren Kopf an. Ich errötete unter seinem Blick. Unsere erste Begegnung seit dem Grauen gestern nacht.

»Oh, das ist nur eine Kleinigkeit«, wehrte ich hastig ab. »Ich habe sowieso für das Pub gekocht, also hab ich noch einen extra gemacht. Ich war mir nicht sicher, ob Annabel Zeit hätte, das alles zu machen.«

Toby prustete verächtlich.

»Äh, nein, wahrscheinlich nicht«, stimmte Joss mit zuckenden Mundwinkeln zu. »Das ist sehr lieb, Rosie. Annabel wird … entzückt sein.«

In diesem Augenblick rauschte Annabel selbst in die Küche. Ich bemerkte, daß sie sich umgezogen hatte und jetzt ein frisches weißes Hemd mit schwarzen Jeans trug, ihr dunkles Haar floß in Wellen über den Rücken. Sie sah hinreißend aus, aber alles andere als entzückt.

»Wer zum *Teufel* hat den Weihnachtsbaum in der Halle dekoriert? Der sieht aus, als hätte jemand draufgekotzt!«

»Wir haben! Wir haben!« quiekten die Zwillinge.

»Das ist genau das, was ich euch verboten habe. Gott, der sieht so widerlich aus. Und auch noch Lametta, so unglaublich geschmacklos! Rosie, wenn Sie hier mit dem Putzen fertig sind, würden Sie bitte im Keller nach dem richtigen Baumschmuck suchen? Ich glaube, wir nehmen dieses Jahr den weißgoldenen, Schleifen und Sterne, die Kisten sollten beschriftet sein. Ich muß jetzt rauf und meinen verdammten Lippenstift suchen. *Jemand* hat es für nötig gefunden, ihn von meinem Toilettentisch zu entfernen, und ich kann ihn nirgends finden!«

Sie machte ihren Abgang nach links, und an diesem Punkt kam mir der Gedanke, wie vielleicht allen Anwesenden, daß dies das erste Mal seit fast einem Monat war, daß sie die Kinder sah, und abgesehen von der Keiferei über einen ätzenden Baum hatte sie sie nicht einmal angesehen. Kurzes Schweigen breitete sich aus. Dann, einen Augenblick später, war anscheinend auch ihr der Gedanke gekommen, und sie kam zurück, übers ganze Gesicht strahlend.

»*Dar*lings!« hauchte sie mit rauchiger Stimme und ging zwischen ihnen in die Hocke. »Wie wunderbar, euch zu sehen!« Sie küßte Toby, der wie versteinert dastand, auf die Wange und raffte die Zwillinge an sich, die sich widerwillig von ihrem Vater lösten.

»Ihr Engelchen, wart ihr brav? Habt ihr uns vermißt?«

»Wir dachten, du bleibst in Amerika«, sagte Toby mürrisch.

»Das wollte ich auch, aber im letzten Moment hab ich so furchtbares Heimweh gekriegt und hab meine Hühnchen so furchtbar vermißt, daß ich einfach ins Flugzeug steigen mußte, um euch alle zu sehen!«

Ich zog erstaunt die Augenbrauen überm Abwasch hoch.

»Hast du mir ein Geschenk mitgebracht?« fragte Lucy schamlos.

»Das hab ich, mein Küken, und das größte, prachtvollste Geschenkli ist es auch, lauter Schleifen und Rüschen – Vorsicht, Püppchen, das Hemd hab ich grad frisch gebügelt.«

»Wirklich? Kann ich es jetzt sehen?

»Nein, Engelchen, morgen.« Sie entwand sich geschickt, stand auf und strich ihr Hemd glatt. Dabei sah sie sich verzweifelt um. Sie seufzte. »Joss, Schatz, wir *müssen* wirklich was mit dieser Küche unternehmen. Ich hatte vergessen, wie total verwahrlost es hier drin ist. Schau, da fällt sogar schon der Putz von den Wänden.« Sie puhlte mit einem ihrer rasiermesserscharfen roten Nägel an dem rosa Staub herum. Joss gab keine Antwort. Er hatte den Kopf in die Zeitung gesteckt. »Weißt du«, fuhr sie fort, »ich hab auf dem Rückweg aus schierer Langeweile eine dieser tristen Hausfrauchen-Magazine im Flugzeug durchgeblättert, und da hab ich tatsächlich etwas Ansprechendes gefunden. Es heißt Shaker-Küche, wenn man armselig genug ist, diesen Trends zu folgen. Viel elegantes cremefarbenes Holz mit runden, schokoladebraunen Knöpfen an den Türen.«

»Toll, ich find diese großen braunen Knöpfe wunderbar«, schwärmte ich.

»Das wissen wir sehr wohl«, schnurrte Annabel unverzüglich.

Joss und Toby prusteten los. Ich errötete beschämt. Emma stampfte mit dem Fuß. »Was?« schrie sie. »Sagt's mir!«

»Ein Knopf ist ein Wort für Willie«, informierte Toby bereitwillig die Zwillinge. »Also mag Rosie große braune Willies.«

»Oooh, Rosie! Du unartiges Mädchen!« Emma kreischte vor Lachen, hielt sich den Mund zu – dann erstarrte sie plötzlich, kreuzte die Beine. »Scheiße!« quiekte sie, »ich hab mich naß gemacht!« Sie sah entsetzt hinunter, wo sich tatsächlich eine große Pfütze zwischen ihren Beinen bildete. Dann brach sie in Tränen aus.

Ich packte eine Rolle Küchentücher, dankbar für die Ablenkung, und versteckte mein sonnengereiftes Tomatengesicht in den Knien, während ich mich daranmachte, sie auszuziehen und mit der anderen Hand im Wäschekorb unter dem Tisch nach sauberen Unterhosen und Jeans zu suchen.

»Scheiße, was?« murmelte Emma, und Annabel zog ihre wundervoll geschwungenen Augenbrauen hoch. Sie ging um mich herum zum Telefon. »Du hast dir ja ein paar schöne Ausdrücke von jemand angewöhnt, seit wir weg waren, junge Lady. Wer hat dir denn solche Worte beigebracht, frag ich mich?«

Unten am Boden, unten an meinem Platz unter den stinkenden vollgepinkelten Unterhosen, hätte ich fast meine Zähne in ihren eleganten Knöchel gehauen. Ich beobachtete ihn gierig wie ein tollwütiger Terrier, wie er neben seinem Zwilling in den handgemachten Schuhen stand.

»Also«, fuhr sie mit ihrem gräßlichen transatlantischen Akzent fort, »wenn vielleicht alle nur eine einzige Minute lang still sein könnten, während ich dieses Restaurant anrufe – Emma, hör endlich auf zu schniefen –, dann werde ich die Reservierung für uns alle morgen bestätigen. Wo zum Teufel ist das verdammte Telefonbuch hingeraten?« Sie begann hektisch, Sachen von der Anrichte aufzuheben, und schmiß dann alles zusammen auf einen Haufen. »Schau sich einer diesen Müll an!«

»Es ist dort«, sagte ich und deutete unter ihre Nase auf den Platz, wo es immer lag. »Sie meinen – Sie gehen morgen aus? Am Weihnachtstag?«

»Sicher.«

»Oh! Marfa hat einen Truthahn für Sie bestellt.«

»Einen Truthahn?« Sie starrte indigniert zu mir hinunter, als ob ich gesagt hätte, sie hätte Hundekot bestellt. »Oh, das alberne Ding. Sie muß es vergessen haben. Wir gehen immer an Weihnachten zum Lunch aus. Ich rühre kein Fleisch, keinen raffinierten Zucker oder tierisches Fett an, und ich habe einen absoluten Horror vor Konservierungsmitteln. Also gehen wir immer ins La Forbergère, wo ich wenigstens ein anständiges Nuß-Risolle kriegen kann.«

»Oh, richtig. Tut mir leid, das war mir nicht klar. Ich werde ihn abbestellen, ich dachte nur –«

»Nein, nein, keine Sorge, *ich* werde ihn abbestellten.« Sie wedelte mich mit einer Hand weg, erschöpft seufzend, als hätte sie ohnehin schon genug zu tun. »Zweifellos wird ihn *irgend jemand* haben wollen.«

O ja, dachte ich vergrätzt, steckte Emmas Hemd in die saubere Jeans und wischte ihr verweintes Gesicht ab. Irgendeine arme triste Närrin, die sich die Finger bis auf die Knochen abarbeitete, um ihren Lieben ein traditionelles Weihnachtsessen bieten zu können, wird sich begeistert auf diesen Truthahn stürzen. Ihn an ihre arme, überarbeitete Brust drücken. Irgendein langweiliges kleines Frauchen in ihrem langweiligen kleinen Heimchen.

»So, wie heißt jetzt dieser verflixte Metzger«, murmelte sie und blätterte durch das Telefonbuch.

»Parsons«, grummelte ich.

Es gab eine kurze Pause. »Ah, ja, natürlich.« Sie drehte sich langsam um. Ihr Blick flatterte kurz über den jetzt makellosen Spülstein, dann erfaßte er mich. »Ich danke Ihnen so sehr für all Ihre Hilfe, Rosie«, schnurrte sie, »aber ich würde sagen, Sie wollen sicher bald los, nicht wahr? Es ist nur, daß das heute doch ein reiner Familientag ist, nicht wahr?«

Ich biß die Zähne zusammen und richtete mich auf. Richtig, also war ich nur eine praktische Spülerin gewesen, nicht wahr? »Ja, ich fahr dann auch zu meiner Familie«, sagte ich und wandte ihr den Rücken zu. »Aber ich – könnte ich kurz ein paar Worte mit Ihnen reden, Joss?«

»Natürlich.« Er erhob sich sofort, legte seine Zeitung weg und ging rasch in die Halle hinaus.

Ich war überrascht. O Gott, genau. Er wollte also offensichtlich auch dringend mit mir reden. Ich huschte hinter ihm her, gefolgt, verdammt, von Annabel. Er sah sie mit gerunzelter Stirn an, als sie sich neben ihn ans Feuer stellte, aber sie bewegte sich nicht von der Stelle. Hatte sie denn nichts Besseres zu tun? War da nicht irgendeine Antilopenkarkasse, die sie bewachen mußte? Oder sogar ein Nuß-Rissole.

»Also«, begann ich. Ich stand vor ihnen, drehte nervös meine Finger und kam mir vor wie etwa vierzehn. »Es ist nur – angesichts von gestern nacht, wollte ich Ihnen Gelegenheit geben, meinen Mietvertrag zu kündigen. Ich hab mir irgendwie gedacht, daß Sie das wohl wollen.«

Annabel schürzte die Lippen und nickte. »Sehr vernünftig. Ja, ich glaube, unter den Umständen könnte das die Lösung sein, findest du nicht auch, Schatz? Obwohl«, sie runzelte ihre hübsche kleine Stirn, »das Problem ist, daß Marfa nicht da sein wird...« Sie nagte an ihrer Lippe, offensichtlich hin- und hergerissen zwischen dem Wunsch, mich loszuwerden und dem, die Kinder nicht auf dem Hals zu haben.

»Seien Sie nicht albern, das kommt nicht in Frage«, antwortete Joss wütend. »Es kommt nicht in Frage, daß Sie ausziehen. Was gestern nacht passiert ist, war bedauerlich, aber wohl kaum empörend. Ihr Liebesleben ist Ihre eigene Angelegenheit, und soweit es mich betrifft, bleiben Sie. Ich hatte heute morgen ein langes Telefonat mit Vera, und ich weiß zufällig, daß Sie eine verdammt große Hilfe für Marfa waren. Vera sagt, Sie haben sie wirklich unter Ihre Fittiche genommen und nicht nur ausgeholfen mit dem Kochen, sondern auch mit den Kindern. Offen gesagt, ich bin sehr besorgt um diese junge Lady. Sie hat im Moment viel zuviel, mit dem sie fertig werden muß, aber ich werd den Teufel tun und sie feuern. Wenn ich weiß, daß es gleich gegenüber jemanden gibt, an den sie sich wenden kann, wenn es Schwierigkeiten gibt, dann beruhigt mich das sehr. Vera sagt, die Mädchen sind verrückt nach Ihnen, und selbst Toby kommt mit Ihnen aus, und das hat bis jetzt noch keiner geschafft. Nein, ich will nichts davon hören, Rosie. Ehrlich gesagt, tun Sie *mir* einen Gefallen, wenn Sie bleiben, wo Sie sind. Wenn das natürlich alles ein absoluter Alptraum für Sie war und Sie es keine Sekunde mehr aushalten können, Backe an Backe mit dieser grauenhaften Familie zu leben, dann haben Sie mein Mitgefühl und, in Ordnung, dann müssen Sie gehen. Aber was mich betrifft, bleiben Sie.«

Mann-o-Mann, blieb ich? Der konnte wirklich Berge versetzen. Ich schluckte. »Nein, es war kein totaler Alptraum, und ich würde gerne bleiben«, hörte ich mich flüstern. Äh, Sekündchen mal, Rosie, was war das gestern nacht mit deiner untragbaren Position? Und von wegen, du müßtest aus Prinzip gehen? Oh, scheiß auf das Prinzip, dachte ich, und sah in seine Löwenaugen und dachte, wie unglaublich attraktiv er mit diesem durchdringenden Blick und diesem gemeißelten Kinn aussah.

»Gut. Damit ist die Sache ein für allemal beendet.« Er warf einen Blick auf die Uhr. »So, wenn alle damit einverstanden sind, werde ich rasch mal in mein Atelier schauen und dann mit den Kindern Schlitten fahren gehen. Wir sehen uns nach Weihnachten, Rosie.«

»In Ordnung«, krächzte ich, als er das Zimmer verließ.

Jetzt blieben nur ich und Annabel. Sie verschränkte die Arme und lächelte pseudo-süß.

»Na denn, Rosie, wie es scheint, haben Sie einen Aufschub erhalten. Mißbrauchen Sie ihn nicht, ja?« Damit machte sie hochmütig auf dem Absatz kehrt und verließ die Halle durch die andere Tür.

Jetzt blieb nur noch ich. Ich seufzte und wählte die Haustür für meinen eigenen speziellen Abgangsmodus, nahm mein Kind und ging nach Hause, um zu packen, den Wagen vollzuladen und an den Busen meiner eigenen eigenartigen Familie zurückzukehren, zumindest über Weihnachten.

Als ich kurze Zeit später die engen Landstraßen entlangfuhr, wo sich zu beiden Seiten riesige, bläulichweiße Schneewehen türmten, war ich sowohl traurig wie auch ein bißchen erleichtert, weg von diesem Haus zu sein. Traurig, weil ich dort die ganzen Vorbereitungen für Weihnachten gehabt hatte – die Kinder, die den Pudding rührten, ihre Adventskalender öffneten, das Haus mit Stechpalmen schmückten –, und jetzt würde ich den großen Tag verpassen, verpassen, wie sie ihre Geschenke öffneten. Außerdem würde ich den Geburtstag der Zwillinge verpassen, der am zweiten Weihnachtsfeiertag war – noch ein weiterer obszöner Geschenkeberg, der täglich im Keller wuchs –, aber andererseits war ein Teil von mir ungeheuer erleichtert, entfliehen zu können. Trotz seiner ordenswürdigen Laudatio meiner Dienste für Marfa, konnte ich Joss' Gesicht gestern abend nicht vergessen, und ich wollte dazu Abstand gewinnen. Ich glaubte, wenn ich mich entfernte, könnte er es auch vergessen. Außerdem wollte ich für einige Zeit Abstand von Alex gewinnen. Ich war mir nicht allzu sicher, was ich für diesen Mann empfand, aber es war eine ziemliche Erleichterung zu wissen, daß er für ein paar Tage seinen Kopf nicht um die Hintertür stecken und unangekündigt in mein Leben eindringen konnte. Und da war auch noch die charmelose Annabel zu bedenken. Ich würde mir wirklich auf die Zunge beißen müssen, wenn ich neben ihr wohnte. Aber wenn ich da weiterwohnte, und es sah ganz so aus, als hätte ich das gestern spontan entschieden, mußte ich meine Verteidigung neu organisieren und entscheiden, wie ich mit ihr umging. Entscheiden, ob ich mit dem Rest der Gang mitlachen würde, wenn sie mir das nächste Mal Beleidigungen an den Kopf warf – oder ob ich einfach auf sie zugehen und ihr eins auf die Nase hauen sollte.

Als ich die Kiesauffahrt zu meinen Eltern hochknirschte, konnte ich mir ein Grinsen über die hektischen grünroten Lichterketten über der Leyland Zypresse im Vordergarten nicht verkneifen. Als ich ihre Privatstraße entlagfuhr und für die Achsenbrecher abbremste, konnte ich nicht umhin festzustellen, daß der Wettbewerb mit den Weihnachtslichtern mit jedem Meter heftiger wurde. Und Mum hatte offensichtlich ein kleines Vermögen ausgegeben, um sicherzugehen, daß ihre Dekoration die Beste war. Ich muß sagen, vom geschmacklichen Standpunkt her gesehen, mußte ich mich in dieser Sache widerwillig auf Annabels Seite schlagen. Ich war ein großer Anhänger von Weihnachtsstimmung, aber das hier war, als wäre man auf der Regent Street.

Nachdem ich keinen Schlüssel hatte, drückte ich den Vierklanggong und lugte durch das Bleiglas. Eine Sekunde später hörte ich ein Trällern, und Mum riß die Tür auf. Ihr Schmuck klapperte fröhlich, und sie war offensichtlich leicht beschwipst von ihrem zweiten süßen Sherry.

»Rosie!« Sie breitete die Arme aus.

Ich lachte, als sie mich umarmte, leicht schwindelnd von der berauschenden, vertrauten Sinnesattacke von Je Reviens, Rosenkohl und »Carols from Kings«, die den Hintergrund berieselten. Mit einemmal war es schön, wieder hier zu sein.

»Fröhliche Weihnachten, Mum.«

»Fröhliche Weihnachten, Schatz.«

Es war die übliche festliche Versammlung im »The Firs« in diesem Jahr: Mum, Dad, Philly und Miles und ihre drei ausgelassenen Kinder und ich und Ivo, minus Harry natürlich. In dieser Hinsicht hatte ich ziemliche Befürchtungen gehabt. Ich hatte gedacht, Mum könnte die große Seufz-Schluchz-Nummer abziehen, mit Taschentuch im Anschlag und viel Gejammer, wie traurig es doch wäre ohne den verlorenen Sohn, der den Whisky und den Truthahn hinunterschlang, aber wie sich herausstellte, war das Gegenteil der Fall. Mum war überraschend aufgekratzt, und es war eher der Rest der Mannschaft, der ein bißchen *piano* war. Die Kinder waren so laut und überdreht wie immer, aber Philly sah müde und verhärmt aus und keifte Miles ständig ohne wirklichen Anlaß an, und er verzog sich schmollend hinter seine Zeitung. Dad war still und gedämpft und verschwand ziemlich oft im Pflanzschuppen, was alles vollkommen normal war. Aber mir kam es vor, als wäre er in den letzten paar Monaten dramatisch gealtert. Er sah erschöpft aus, und als er seine Zeitung beiseite legte und sich mühsam zum zigsten Mal aus seinem Sessel hob, um einem weiteren Ruf nach »Mehr Scheite, Schatz« oder »Bitte deck den Tisch, Gordon!« zu folgen, schien es mir, als würde er tatsächlich die Zähne zusammenbeißen müssen.

Der Grund für die Fröhlichkeit meiner Mutter wurde schließlich klar, als sie mich nach dem Weihnachtslunch in der Küche stellte. Ich war am Spülstein eingekeilt – hallo Spülstein, da treffen wir uns schon wieder – mit all den wunderhübsch verkrusteten Töpfen, als sie sich aufgeregt an mich heranschlich.

»So!« verkündete sie unheilvoll, steckte sich ein Geschirrtuch als Schürze um die Taille und schnappte sich ein anderes, um abzutrocknen. »Wie ich erfahren habe, triffst du dich mit einem Tierarzt?«

Mein Akopad erstarrte mitten im Schrubben. Ich drehte mich langsam zu ihr. Ihre Augen glänzten.

»Wer hat dir das erzählt, Mum?«

»Aber alle reden davon, Darling«, hauchte sie, nahm eine Pfanne zum Abtrocknen und polierte sie mit Elan. »Alle wissen es, anscheinend redet Phillys ganzes Dorf schon davon!«

»Na, dann kannst du ihr sagen, sie können wieder aufhören. Ich treffe mich nicht mit einem Tierarzt, ich gehe mit keinem aus, und ich habe ganz bestimmt kein Rendezvous mit einem. Ich bin nur mit einem Tierarzt einen trinken gegangen, in Ordnung?«

»Also, wie ich höre, ist er so ein netter junger Mann, sehr geachtet in der Gemeinde und auch ungeheuer erfolgreich. Hat eine ziemlich große Praxis, glaub ich.« Ich biß die Zähne zusammen. Dieses Wort »Praxis« gefiel ihr, dadurch klang er wie ein verdammter Doktor, was natürlich Mums Vorstellung von einem Paradies der Mittelklasse entsprach. »Und nach allem, was man hört, ist er auch ziemlich angetan von dir, und gütiger Himmel, warum auch nicht! Das sollte er auch!«

Ich stützte meine Handballen auf den Boden des Spülsteins. »Mum, er ist ein Freund, mehr nicht. Ich bin momentan nicht auf der Suche nach einer Beziehung mit irgend jemandem, okay?«

»Da höre ich aber was anderes, mein Schatz«, trällerte sie mit einem tödlichen Lächeln. Sie beugte sich seitlich zu meinem Ohr. »Soweit ich gehört habe, wurdet ihr, ahem, gestern nacht rüde unterbrochen.« Sie gab mir einen Stoß zwischen die Rippen. »Habt ein bißchen rumgeknutscht und gekuschelt, hmm?«

Ich erstarrte, dann drehte ich mich entsetzt zu ihr um. »Wer in aller *Welt* –«

»Oh, Philly hat gesagt, diese Annabel Dubarry wär heute morgen im Dorf gewesen. Sie war anscheinend in der Schlange beim Bäcker und hat darüber gekichert – aber nicht unfreundlich, Schatz. Ich glaube, alle freuen sich wirklich für dich.« Sie nickte heftig, legte eine Hand auf meinen Arm. »Wirklich, besonders nach all deinem Pech sind alle entzückt, daß du eine, na ja, neue Amour gefunden hast.«

»Mutter, er ist keine neue Amour! Mein Gott, Harry ist gerade erst gestorben –«

»Oh, das ist schon in Ordnung«, unterbrach sie mich und deutete mit dem Kopf in Richtung Himmel. »Ich hab ihm alles darüber erzählt, er weiß es.«

»Wem hast du was erzählt?«

»Harry natürlich.«

Ich starrte sie baß erstaunt an. »Harry!«

»Ja, Darling. Ich hatte neulich ein kleines Pläuschchen mit ihm. Ehrlich, mein Schatz, er hat überhaupt nichts dagegen. Er versteht dich vollkommen.«

Mein Kiefer klappte herunter. Oh, Mann, jetzt ist sie wirklich über den Jordan, nicht wahr? Kein Wunder, daß Dad so grimmig und ratlos aussah.

Ich mußte behutsam sein. »Mum, jetzt mach ich mir wirklich Sorgen. Was sagst du da? Was soll das heißen, du hast mit ihm geredet?«

»Ach, bei Marjorie, Dummerchen.« Sie sah mich erbost an. Ich erwiderte ihren Blick.

Mit einemmal riß sie die Augen auf. »Oh! Meine Güte – hab ich es dir nicht erzählt?«

»Mir was erzählt?«

»Oh, das muß ich vergessen haben!« Ihre Augen waren jetzt riesig und voller Unheil. »Rate mal?«

»Was?«

»Marjorie Burdett ist Hellseherin!« zischte sie.

»Marjorie Burdett ist...« Ich stöhnte. »Seit wann?«

»Seit letzten Monat!« Sie verschränkte triumphierend die Arme. »Sie hat es ganz zufällig entdeckt und das in der unwahrscheinlichsten Umgebung. Sie war allein auf dem Golfplatz unterwegs, hat ein bißchen am achtzehnten Loch geübt, vage an einen verstorbenen Onkel gedacht, der recht gut im Putten war, als er ganz plötzlich vor ihr stand. Er erschien scheinbar aus dem Nichts, gerade als sie einlochte – hat ihr die Fahne gehalten und alles!«

»Mum, warte mal –«

»*Ganz* ungewöhnlich war das. Sie sagte, da war er, überlebensgroß und so deutlich, wie du jetzt vor mir stehst. Hat auch mit ihr geredet! Hat ihr gesagt, sie würde den Schläger falsch halten – natürlich hatte sie immer schon einen lausigen Griff – und daß sie den Ball nicht im Auge behielt. Du kannst es dir ja vorstellen, Marjorie war total aus dem Häuschen und ist zu einem dieser Medien gerannt. Und es hat ihre Hand gehalten und gesagt: »Ja, ja, meine Liebe. Sie haben es. Sie sind Hellseherin, und es ist ein Geschenk! Also, ich muß dir eins sagen, Rosie, es ist ein Geschenk, und es war bis jetzt absolut wunderbar! Ihr Leben hat einen ganz neuen Sinn bekommen und für uns Mädchen auch, denn, offen gesagt, wir hatten schon ein bißchen die Nase voll von diesem Pyramidenschmuck-Zeug von ihr. Ich meine, man kann seinen Freunden nicht unbegrenzt Simili und Straß andrehen, nicht wahr? Aber jetzt haben wir, anstatt ihren gräßlichen Plunder anzuschauen, eine Seance. Macht *solchen* Spaß. Wir decken den Tisch mit einem putzigen roten Tuch mit Quasten, das Marjorie ganz billig bei Costco gefunden hat, und dann halten wir uns alle an den Händen – am Anfang muß man furchtbar kichern, Schatz – und Marjorie sitzt am Kopf des Tisches und schaut würdevoll, und dann murmelt sie ein bißchen, und ihre Augen werden ganz komisch, der Busen wogt ein bißchen, aber dann plötzlich, ha!« Mutter faltete die Hände, riß die Augen noch weiter auf. »Sie hat jemanden! Sie hat einen Kanal geöffnet!«

»Da brat mir doch einer einen Storch«, sagte ich trocken.

»Es ist genau wie fischen, wirklich. Sie wirft einen Haken aus, und schon hängt einer dran, den wir kennen! Manchmal ist es Jeannies Exmann, der ein absoluter Schürzenjäger war und ewig schlüpfrige Geschichten über du weißt schon was erzählt, und manchmal ist es Yvonnes Tante, die die tollsten Verbindungen hat und absolut hinreißend über verschiedene Mitglieder der Königlichen Familie – tote natürlich – erzählt. Und neulich war es dann Harry!«

»Wirklich.«

»Ja, und, o Schatz, er ist in *so* guter Verfassung. Ich *wünschte,* du könntest ihn hören! Wir hatten ein so wunderbares Pläuschchen darüber, wie glücklich er da oben ist, und über all die netten Freunde, die er gefunden hat – er teilt sich anscheinend ein Zimmer mit diesem furchtbar netten Fußpfleger als Purley, natürlich nicht gerade ein Aristokrat. Aber Harry sagt, im Himmel sei es eine wesentlich klassenlosere Gesellschaft und daß tatsächlich viele seiner jetzigen Freunde ganz gewöhnliche Leute seien, was, wie ich finde, wirklich zeigt, daß er sich Mühe gibt. Wirklich den Geist der Sache erfaßt. War auch sehr aufschlußreich über Hühneraugen, haben alle bestätigt.«

»Hühneraugen?« staunte ich.

»Der Fußpfleger, Schatz. Oh, und er geht jetzt ins Fitneß, hat ziemlich abgenommen und –«

»Ins Fitneß!« Ich stöhnte. »Um Himmels willen, Mum!« Mein Gott, Marjorie würde ihre Hausaufgaben ein bißchen besser machen müssen.

»Ja, und das ist natürlich sehr interessant, weil ich mir überlegt habe, ob ich mich dem in Banbury anschließen soll, aber Harry sagt, die Geräte sind da oben wesentlich qualitätsvoller, und ich täte besser daran zu warten.«

Ich sah sie fassungslos an. Sie legte eine Hand auf meinen Arm.

»Bis ich dahin komme, Schatz«, sagte sie sanft. »Wir alle müssen einmal gehen, weißt du. Oh, und er geht jetzt joggen und spielt Federball und –«

»Mum, bist du sicher, daß ihr da den richtigen Harry habt? Ihr habt ihn nicht mit irgendeinem anderen Harry verwechselt, Harry aus Billericay oder Harry aus Croydon oder so was? Du redest doch mit ihm, nicht wahr?«

»Na ja, Schatz, indirekt, durch Marjorie natürlich. Sie ist das Medium. Aber ich kriege ein fantastisches Kribbeln, wenn er sich materialisiert, mein ganzer Körper verwandelt sich in Gelee, und ich zittere und bebe, und mir wird heiß und schwitzig – es ist gerade so, als wäre er ein lebendiger Orgasmus!«

»Ich glaube, du meinst Organismus.«

»Was auch immer, aber das Entscheidende ist, daß ich mich neulich über deinen jungen Mann mit ihm unterhalten habe.«

»Ah!« Ich biß die Zähne zusammen.

»Nein, nein, schau nicht so, mein Schatz, er ist absolut entzückt! Freut sich wirklich ungeheuer für dich, sagt, er kennt die Familie ganz gut – der Vater ist offenbar im selben Korridor wie er, gleich gegenüber – und er sagt, sein Cousin ersten Grades ist mit dem Earl of Suffolk verwandt!«

Ich stöhnte leise in den Prilschaum. Gott, was hatte Marjorie da heraufbeschworen? Ein fliegendes Motel voller toter Aristokraten und Fußpfleger?

»Wie dem auch sei, die Sache ist die, er sagt, du sollst auf keinen Fall seinetwegen noch mehr Zeit mit Zierereien verbringen. Er sagt, er möchte einfach, daß du glücklich bist, und ich sagte ihm, genau das wäre auch mein Wunsch. Und soll ich dir etwas *ganz* Seltsames erzählen, Rosie?« Ihre Stimme senkte sich zu einem unheilvollen Flüstern.

»Ich sterbe vor Neugier, Mutter.«

»Also, auf dem Heimweg von Marjorie bin ich schnell zu Menzies rein, um mir eine Tafel Schokolade zu kaufen – Ektoplasma heraufbeschwören macht furchtbar Hunger –, und gerade, als ich am Illustriertenregal vorbeigehe, rate mal, was da aus dem Fach gefallen ist? Direkt vor meine Füße?«

»Was?« fragte ich vorsichtig.

Sie raffte fröhlich ihre Perlen zusammen, hob das Kinn und sah mich mit irren, wichtigen Augen an. »Rate!« zischte sie.

»Mum, ich kann es nicht erraten, sag's mir um Gottes willen einfach.«

»Ein Brautmodenheft!« verkündete sie triumphierend. Sie zog die Küchenschublade heraus und holte es mit einer dramatischen Geste heraus. »Und weißt du, welche *Seite* aufgeklappt war?«

»Überrasch mich«, murmelte ich, total geschwächt von diesem Überfall. »Passende Reden, Etikette und Brautkleider für die *zweite Heirat!* Ist das nicht *unheimlich?*«

Ich starrte sie einen Moment lang an. Sah in ihre weitgeöffneten blaßblauen Augen. Dann riß ich ihr die Illustrierte aus der Hand, riß sie mitten durch und steckte sie in den Abfalleimer neben mir. »Das ist es wirklich, Mum. So unheimlich, daß es direkt in die Unterwelt, aus der es kommt, zurückkehren kann. Und wenn du mich jetzt entschuldigst, ich muß nämlich gehen und Dad von Ivo erlösen, und *nein,* es wird keine zweite Heirat geben –«

»Aber –«

»Und es wird *keine* passenden Reden geben –«

»Aber Rosie, Schatz –«

»Und es wird auch *keine* Brautmutterausstattungen geben, und weißt du auch, warum?«

Sie schmollte. »Warum?«

»Weil es keine verdammte zweite Braut geben wird! Deshalb! Mutter, ich werde nicht, ich wiederhole, *nicht* heiraten!« Damit machte ich auf dem Absatz kehrt und marschierte mit angemessen extravagantem Hüftschwingen aus der Küche.

18

Es genügt zu sagen, daß ich nicht allzu unglücklich war, »The Firs« wieder zu verlassen. Nachdem Mum mich bei jeder Gelegenheit in irgendwelche Ecken schob und mich bedrängte, ihre Hand zu nehmen und die Schwingungen zu fühlen, Philly und Miles sich unablässig zankten und Dad dauernd verschwand, hatte ich das Gefühl, in einem Irrenhaus zu sein. Ich erkannte dadurch tatsächlich, daß Harry im Haus dafür gesorgt hatte, daß diese Mitglieder meiner Familie einen Focus hatten, eine Art Sammelpunkt, jemand, gegen den man sich zusammenrotten und die Augen gen Himmel rollen konnte. Ja, dachte ich, als ich dankbar nach dem Frühstück zurück zum Cottage fuhr, wie unwahrscheinlich. In den letzten Tagen hatte ich ihn *fast* vermißt.

Ich knirschte die Einfahrt zu Fairlings hoch, seitlich am Haus vorbei, spähte durch die dunklen Bleiglasfenster und suchte nach Lebenszeichen. Nachdem nichts zu sehen war, fuhr ich weiter durch den Stallhof und dann den Weg zum Cottage hinunter. Innen war es eisig kalt, und das Haus hatte diese feuchte, fast vorwurfsvolle Atmosphäre, das es kriegt, wenn es eine ganze Weile lang ungeliebt und unbewohnt ist. Ich mußte unbedingt einkaufen fahren, um die Speisekammer zu füllen, aber nachdem ich wußte, wie zuwider es mir wäre, wieder in diese arktischen Bedingungen zurückzukehren, schwirrte ich herum, schaltete Heizer ein, holte Feuerholz aus meinem kleinen Verschlag draußen und versuchte, das Feuer in Gang zu bringen. Als ich es gerade zum Brennen gebracht hatte, indem ich ein Stück Zeitung davorhielt, klingelte das Telefon. Ich fluchte, ließ die Zeitung fallen und in Flammen aufgehen. Dann griff ich, noch immer mit Handschuhen, nach dem Hörer.

»Hallo?«

»Ah, Sie sind zurück.« Ich erkannte Annabels Singsang.

»Ja, ich bin gerade eingetroffen.«

»Ausgezeichnet. Marfas Vater liegt immer noch im Sterben, verdammt noch mal, also steck ich bis zum Hals hier in Unannehmlichkeiten und ich hatte gehofft, Sie würden ein echter Schatz sein und für mich in den Laden fahren.«

Einen Moment lang war ich stumm vor Schock.

Sie hastete weiter. »Es ist nur, ich muß morgen früh ein Flugzeug erwischen – ich flieg zurück in die Staaten, um ein bißchen Zeit mit meiner Familie zu verbringen« – Halleluja! –, »aber das Haus ist ein totales Chaos, und die Kinder toben wie sonst was herum, anscheinend sind sie total verrückt geworden, seit ich weg war. Würde es Ihnen etwas ausmachen, Rosie? Ich wäre so dankbar.« Ihre Stimme hatte jetzt einen unschönen, bettelnden Unterton.

Ich zögerte einen Moment. »Okay«, sagte ich schließlich. »Ich wollte ohnehin einkaufen, also –«

»Fantastisch.«

Ich hörte ein Klicken und merkte, daß sie aufgelegt hatte. Ich starrte ein paar Sekunden erstaunt den Hörer an, dann kochte ich ein bißchen vor mich hin. So, jetzt bist du schon Spülerin *und* Botenjunge, was, Rosie? Du läßt dich nicht niederwalzen. Du legst dich freiwillig vor die Dampfwalze. Ich machte ein paar pränatal tiefe Atemübungen, um den alten Jähzorn zu beschwichtigen – wußte, daß ich sie eines Tages noch mal brauchen würde –, überprüfte, daß das Feuer brannte und stapfte dann zähneknirschend, mit Ivos kleiner behandschuhter Hand in meiner, die Einfahrt zum Haus hoch.

Sie hatte offensichtlich Ausschau nach mir gehalten, denn als ich mich näherte, ging die Hintertür auf.

»Da sind Sie ja.« Sie wedelte mir herrisch mit einem Stück Papier unter der Nase herum.

Ich unterdrückte den Drang zu sagen: »Hören Sie, Mrs. Dubarry, besteht irgendein Anlaß, ganz so unangenehm zu sein?« Ich betrachtete sie mit Interesse.

Heute sah sie besonders jung und taufrisch aus, verflucht soll sie sein. Sie war von Kopf bis Fuß in eine Art katzenhaftes Ensemble von Leggings und Oberteil aus Cashmere gehüllt, das sich um ihre zierliche Figur schmiegte und in dem sie aussah, als bestände sie total aus einer Reihe sanfter, nahtloser grauer Kurven. Ich war der Meinung, sie sollte zum Landschaftsschutzgebiet erklärt werden, während ich, hechelnd von der Anstrengung, diesen Abhang hochzustapfen, in einer alten Wetterjacke, einem Filzhut und einem Kleinkind im Schlepptau leicht als historisches Denkmal durchgehen könnte. Ich fragte mich, wieviel jünger als ich sie war und setzte ein, wie ich hoffte, welterfahrenes Lächeln auf.

»Danke, Annabel«, murmelte ich, als ich die Liste nahm und damit hoffentlich demonstrierte, daß ich wohl eine vertrocknete alte Vettel wäre, aber daß die Reife mich zumindest ein paar Manieren gelehrt hatte.

»Rosie, wissen Sie zufällig, ob die Kinder irgendwelche Phosphate gekriegt haben? Sie wissen schon, in Speisefarben. Bonbons und so was.«

»Oh, das!« Ich lachte. Sie nicht. Ich redete rasch weiter. »Ähm, nein, ich glaube nicht, außer, nun, ich habe ihnen gelegentlich ein Päckchen Süßigkeiten im Dorfladen gekauft, denk ich.«

»Also bitte, geben Sie ihnen gar nichts Gelegentliches, Rosie. Es bringt sie völlig durcheinander, und sie sind überhaupt nicht mehr zu kontrollieren. In Zukunft wird ein Stück Karotte genügen, oder, wenn es denn sein muß, ein Naturkost-Nußriegel. Also, Sie sollten alles auf der Liste im Dorf kriegen können, aber wenn nicht, Waitrose in Cirencester wird offenhaben.«

Ich überflog kurz die Liste. Ich war versucht, ihr zu sagen, wo genau sie sich dieses Stück rohe Karotte hinstecken könne, aber ich hielt mich heldenhaft zurück. Teufel, da mußte sie aber Glück haben. Kräutertee, biologische Haferflocken, frischgepreßter Orangensaft, Bagels – ich war nicht überzeugt, daß Mrs. Fairfax irgend etwas davon führte. *Vogue, Harpers, Hello* –, alles natürlich lebenswichtige Konsumgüter für die Speisekammer, von größter Wichtigkeit, daß ich sie sofort holte – Pinienkerne, Kondome –, mein Kopf schnellte hoch. Ihre dunklen Augen beobachteten mich.

»Wenn es Ihnen nichts ausmacht«, schnurrte sie. »Sie sind uns nämlich ausgegangen, und wir werden uns eine ganze Weile lang nicht sehen. Hier sind fünfzig Pfund, das müßte reichen. Vielen Dank noch mal.« Und damit knallte sie mir zuckersüß die Tür vor der Nase zu.

Ich starrte einen Augenblick lang die gestrichenen Bretter an, dann drehte ich mich ziemlich benommen um und ging die Einfahrt zurück zu meinem Auto. Verfluchter Mist, das war doch ziemlich unverschämt, oder? Ich hatte noch nie in meinem Leben Kondome gekauft, ganz zu schweigen für jemand anderen. Das einzige Mal, bei dem sie einen kurzen, aber ziemlich lächerlichen Auftritt in meinem Leben gehabt hatten, war so lange her, daß sie damals einen völlig anderen Namen trugen. Na, beruhigte ich mich, als ich Ivo in seinen Autositz schnallte, es hätte schlimmer sein können. Es hätte Hämorrhoidencreme oder was in der Richtung sein können, obwohl ich mir nicht vorstellen konnte, daß jemand, der soviel Glamour hatte wie Annabel, sich damit erwischen lassen würde. Einer der Vorteile der Kinderlosen natürlich. Wie seltsam, dachte ich, als ich die schneebedeckten Landstraßen entlangfuhr. Ich hätte schwören können, daß ich einen triumphierenden Ausdruck in ihren Augen gesehen hatte, als ich ihre Liste las. Eine Art: Ja, Schätzchen, genau das werde *ich* heute abend tun. Und warum in aller Welt sollte sie ausgerechnet mit mir so ein Konkurrenzspielchen machen?

Ich seufzte und steuerte den Wagen auf den Supermarktparkplatz und schloß mich einer langen Schlange gewöhnlicher Sterblicher ohne eine Unze Cashmere am Leib an, die sich alle geistig wappneten, um sich mit dem Brecheisen einen Weg in den bereits überfüllten Laden zu bahnen. Er hatte zwei Tage lang zugehabt, und es war ein bißchen so, wie den Gazastreifen betreten. Die Leute rollten bereits in Dreierreihen durch die Gassen und führten ernsthafte Kämpfe mit Ellbogen und Wagen, aber ich senkte den Kopf und rammte und schubste mit den besten von ihnen. Schließlich stolperte ich hinaus, erschöpft, aber triumphierend, mit einem strahlenden Ivo – der es immer genießt, wenn es hart auf hart geht – an einer Hand, vier Liter frischen Orangensaft in der anderen schwingend und mit Bündeln frischer Feigen, Dörrpflaumen und Kleie zwischen den Zähnen. Entweder hatte diese Frau riesige Probleme mit ihrem Gedärm oder sie würde bald eins haben, beschloß ich, als ich alles ohne Umstände auf den Vordersitz kippte. »Und mögest du davon tagelang auf der Toilette thronen!« murmelte ich, als ich die Tür zuschlug. Ich klopfte mir die Hände ab und sprang hinein. Genau. Nach Hause. Ich fuhr los, aber dann entdeckte ich eine Apotheke am Rand der Stadt und machte eine recht kreative Vollbremsung. Verflucht, fast hätte ich es vergessen. Ich hatte Annabels Mittel für organisches Haferstechen vergessen. Ich ließ Ivo friedlich schlafend in seinem Sitz zurück und eilte in den Laden, um die intimeren Gegenstände auf ihrer Liste zu erwerben.

Ding-dong, tönte der 50er-Jahre-Türgong, als ich eintrat. Ich blinzelte in das Dämmerlicht. Zu meiner Überraschung war ich in einer dunklen Zeitverzerrung von Apotheke gelandet, mit altmodischen Mahagonischubladen, die bis zur Decke reichten, und man konnte sich fast vorstellen, wie ein weißbekittelter Apotheker im Hintergrund lauerte und Tränklein braute.

»Tag, Rosie.«

Ich spähte durch die Dunkelheit und entdeckte keinen Apotheker hinter dem Tresen, sondern Lenny, Mrs. Abbots Sohn aus dem Dorfladen. Er war groß und recht attraktiv, blond und schlaksig. Ich hatte keine Ahnung, daß er hier arbeitete.

»Oh, Tag.«

»Brauchen Sie Hilfe?«

»Äh, nein. Nein, ich komm zurecht, danke.«

Verflucht. Lenny. Das war alles, was ich zu meinem Glück noch brauchte. Ich tigerte durch den stillen leeren Laden und suchte nach den verdammten Dingern, dann näherte ich mich der Theke, fühlte, wie er mich beobachtete, während ich meinen Blick darüber schweifen ließ. Gott, warum waren die nicht da, wo sie sein sollten, unter den Hustenbonbons und den Vitaminen? Mir wurde allmählich ein bißchen warm, und er ließ mich nicht aus den Augen, also wanderte ich wieder zum hinteren Teil des Ladens und nahm eine Haarbürste. Um Gottes willen, Rosie, du wirst doch nicht die klassische Teenagernummer abziehen und alles im Laden kaufen, außer dem, was du wirklich willst, oder doch? Du bist eine erwachsene Frau, geh einfach hin und frag. Genau. Absolut. Ich legte die Haarbürste zurück und marschierte entschlossen zur Theke, aber in letzter Minute kniff ich und fischte eine Zahnpasta aus dem Regal. Ich winkte triumphierend damit.

»Hab's gefunden«, versicherte ich ihm souverän. »Oh, und bitte noch ein Päckchen Kondome.«

»Die sind da drüben, hinterstes Regal in der Ecke«, sagte er und deutete. »Ich zeig's Ihnen.«

O nein, bitte tu's nicht, dachte ich, und eierte hinter ihm her. Ich find sie schon, wirklich. Aber es war zu spät. Er war schon in die Hocke gegangen, und ich hatte keine Wahl, als ebenfalls in die Hocke zu gehen, neben ihm – etwas zu kumpelhaft für meinen Geschmack. Mir blieb der Mund offen über die große Auswahl, die sich vor mir ausbreitete. Rote, schwarze, gerippte, goldene, glitzernde ...

»Heiliger Strohsack, verwöhnt durch Auswahl«, murmelte ich.

»Ja, ich weiß, es gibt sie auch in verschiedenen Größen.«

»Wirklich? Na ja, sie sind für jemand anderen. Ich hab keine Ahnung, welche Größe er nimmt.«

»Packungsgröße«, verbesserte er. Er stand auf, errötete.

Ich drehte mich zurück zum Regal. Packungsgröße? Meine Augen bestätigten diese unbestreitbare Tatsache. Drei, sechs, zwölf, vierundzwanzig und so weiter, Rosie, nicht small, medium, large, X-large, Krieg's-nicht-in-die-Hose-large. Ah.

Ich merkte, wie ich rot anlief. Ich nahm eine Zwölferpackung und hastete zur Theke, wo Lenny bereits mit gesenktem Kopf wartete.

»Ich bin sicher, die sind genau richtig«, murmelte ich, als ich mein Kleingeld abzählte. »Wie ich schon sagte, die sind nicht für mich, also ...«

Lenny gab keine Antwort. Er nahm schweigend mein Geld, öffnete schweigend die Kasse und war sehr darauf bedacht, mir nicht in die Augen zu sehen, als er mir die Quittung reichte, meine Ware in eine Tüte steckte und die Transaktion beendete. Ich drehte mich um und eilte aus dem Laden zu meinem Wagen.

»Schande!« keuchte ich, als ich mich erleichtert in den Fahrersitz fallen ließ. Ivo fuhr hinter mir erschrocken hoch. »Oh, Ivo, was für ein Alptraum!«

Ich legte mit Getöse den Gang ein und gab Gas, inzwischen leise vor mich hinkichernd. Ich prustete. Rosie, du Narr, wer glaubst du, würde da reingehen und nach »extra small« fragen? Wen zum Teufel sollte das auf dem Nachttisch beeindrucken – ooh, toll, ein Winzling! Nein, nein, sie würden alle reinstolzieren und Einkaufstüten verlangen, und keiner würde sich wundern, wieso es eine so riesige Bevölkerungsexplosion gegeben hatte. Ich lachte laut, und Ivo schloß sich begeistert an.

»Mummy lacht!«

»Ja, Mummy lacht. Ist das so ungewöhnlich, mein Schatz? Entweder das, oder ich werd vollkommen Banane.«

»Banane«, entschied er streng.

Ich grinste und holte wie ein Zauberer eine mit dramatischer Geste aus Annabels ballaststoffproduzierendem Futter.

»Willst du eine?«

»Ja!«

Ich schälte sie zur Hälfte und reichte sie ihm. Er packte sie gierig. Ich lächelte, als ich ihn in meinem Rückspiegel beobachtete. Oh, was soll's, dachte ich, während ich ihn liebevoll ansah. Was immer passiert, was immer das Leben mir zuwerfen will, was immer die Leute von mir denken werden, Lenny, Annabel, Joss – ich hab immer noch ihn. Ich lächelte, als er schamlos die Schale auf den Boden warf. Ich hab immer noch meinen Jungen. Er sah mir in die Augen und erwiderte mein Grinsen.

Ich bog in die Einfahrt von Fairlings ein, fuhr lässig seitlich herum und parkte vor der Küchentür. Es war ein wundervoll strahlender, aber kühler Tag, und abgesehen von ein paar Wolken, die im Osten drohten, war der Himmel klar und blau und machte das dunkle Grün der Landschaft zu einem herrlichen Relief. Ich fragte mich, ob die Kinder an einem solchen Tag im Garten spielten. Ich hätte sie zu gerne gesehen.

Vera öffnete die Hintertür, als ich ausstieg. Sie kam geschäftig auf mich zu und küßte mich herzlich.

»Fröhliche Weihnachten, Schatz, und vielen Dank für die Seife. Ich hab mich so gefreut.«

»Fröhliche Weihnachten, Vera. Sind die Kinder da?« fragte ich und spähte durch die Fenster, als sie mir beim Auspacken half.

»Haben sich keinen Zentimeter vom Fernseher wegbewegt, seit sie da ist«, sagte sie und deutete mit dem Kopf hinter sich. »Sie hat einen ganzen Haufen Videos mitgebracht, und die legt sie seitdem ununterbrochen ein. Sagt, das wäre bildend, aber Tatsache ist, daß sie nicht will, daß sie rumrennen und Lärm machen.«

»Kann ich kurz reinschauen und hallo sagen?«

Sie verzog das Gesicht. »Besser nicht. Sie ist stocksauer wegen irgendeinem Video, das diese Fernsehleute wieder abgelehnt haben. Sie hat mich gebeten, daß Sie die Sachen an der Hintertür abliefern – das waren ihre Worte, nicht meine.«

»Hat sie das wirklich«, sagte ich kiefernmalmend.

»Oh, und sie hat einen Fünfer für Sie dagelassen.«

»Was?« explodierte ich, als sie in die Tasche griff.

»Vera, Sie können ihr sagen, sie soll –«

»Ganz richtig, Schatz«, sagte sie und stopfte ihn hastig zurück. »Aber morgen früh ist sie weg. Am besten ignorieren.«

»Sie haben recht, Vera«, sagte ich und umarmte sie kurz. »Sie ist es nicht wert.«

Als Ivo und ich zu Hause ankamen, hatte das Feuer das Cottage erwärmt, und die niedrigstehende Sonne strömte durch die Fenster auf den Patchwork-Quilt auf dem Sofa. Ich warf noch ein Scheit ins Feuer, und ein rosiger Schein umfing den ganzen Raum.

»So, Ivo«, sagte ich später, nachdem wir ein Picknick-Lunch mit Schinkenbroten, Chips und Satsumas verzehrt hatten. »Wieder ein Jahr vorbei.«

»Ja«, stimmte er mit ernster Miene zu.

»Und bald ist Silvester, hast du das gewußt?«

»Ja, hab ich«, bestätigte er, obwohl er nicht die geringste Ahnung hatte, wovon ich redete. Er war dankbar für jede Möglichkeit, eine Konversation zu haben.

»Und soll ich richtig einen draufmachen, was meinst du? Soll ich bis ins Morgengrauen tanzen?«

»Weiß nicht, Mummy«, erwiderte er ernst, zupfte ein Stück Fett vom Schinken und deponierte es liebevoll auf meinem Knie.

Ich lächelte. »Nein, ich bin mir da auch nicht sicher.« Ich seufzte. »Trotzdem, kann doch nicht schaden, ein bißchen Gesellschaft zu haben, oder?« Ich wischte mein Knie ab und sah aus dem Fenster. Wieder ein Jahr. Und irgendwie wollte ich es nicht allein empfangen. Da war natürlich Alex, ich wußte, daß ich mit ihm hineinfeiern könnte, das hatte er am Telefon ganz klar gesagt, als er es geschafft hatte, mich am zweiten Weihnachtsfeiertag bei meinen Eltern anzurufen.

»Tut mir leid, daß ich während der Feiertage anrufe, Schatz, aber ich wollte mich dafür entschuldigen, daß ich dich so überfallen habe. Ich hoffe, es war dir nicht allzu peinlich mit Joss und Annabel, aber was soll ich machen, wenn du mich vor Begierde zum Wahnsinn treibst?«

Ich grinste. Seine schamlose Wollust war entwaffnend. »Dich beherrschen, kommt einem in den Sinn, Alex«, rügte ich streng.

»Ah, aber siehst du, das kann ich nicht, das ist ja das Problem! Weißt du was, halt dir den Silvesterabend frei, und wir können da weitermachen, wo wir aufgehört haben, was?«

»Wir werden sehen. Ich bin mir noch nicht ganz sicher, was ich machen werde.«

»Himmel«, stöhnte er, »du wirst mir doch jetzt nicht wieder die Schüchterne vorspielen? Die schwer Rumzukriegende spielen? Du hast keine Ahnung, wie mich das antörnt, Rosie! Wenn du diese Folter weiter aufrechthältst, werde ich kalte Duschen nehmen und in die Vorhänge beißen! Ich hab da diese Macke mit Abweisung, verstehst du.«

»Idiot«, kicherte ich.

»Hab ich wirklich! Oh, und übrigens fand ich es toll, wie du abgestritten hast, daß wir neulich abends Flagellantenspielchen gemacht hätten. Auf dem Heimweg hab ich mich halbtot gelacht. Ich hatte diese wunderbare Vision, wie du in Leder auf mir reitest, Birkenzweige schwingend, mich richtig fertigmachst. Mußte ein bißchen länger im Schnee rumlaufen, um mich abzukühlen. Hör mal, wie findest du denn unsere Annabel? Ein echter Schlaganfall, nicht wahr?«

»Nicht nur in einer Hinsicht«, knurrte ich. »Bei jedem Gespräch mit ihr hab ich das Gefühl, ich seh Sternchen, sie hat den Charme eines Vorschlaghammers. Was hat die denn für ein Problem, Alex?«

Er lachte. »Ich muß zugeben, daß sie mit Frauen nicht viel am Hut hat. Sie ist nicht von der Sorte, mit der man über die *Daily Mail* oder die Tücken eines Montagmorgens plaudern kann, aber sie ist wirklich okay. Vertrau mir, sie wird dir noch ans Herz wachsen.«

»Ja, wie Knöterich«, schnappte ich verbittert. »Ich kann mir vorstellen, wie sie einen langsam abwürgt.«

»Wie ich sehe, bist du nicht überzeugt.« Er lachte. »Also reden wir nicht mehr von ihr. Zurück zu Silvester.«

»Ich glaube nicht, ehrlich gesagt«, sagte ich streng. »Treffen wir uns doch an einem weniger zu Kopf gehenden Abend des Jahres, ja, Alex?«

Eine zittrige Pause folgte. »Du traust dir selbst nicht in meiner Nähe«, sagte er, und seine Stimme wurde erregt. »O Gott, das ist ja wunderbar, du hast Angst, du wirst dich hinreißen lassen! Ein Hauch von meinem männlichen Duft, und du wirst Wachs in meinen Händen sein!«

Ich lachte und versicherte ihm, daß dies nicht der Fall wäre, aber wenn ich einen plötzlichen Meinungsumschwung hätte, würde ich anrufen und mich pronto seinem männlichen Duft hingeben. Schließlich gelang es mir aufzulegen.

Nein, dachte ich, als ich durch das Fenster beobachtete, wie der Himmel sich um mich verdunkelte, nein. Ich wollte nichts so Frisches und Aufregendes und Direktes wie Alex. Jedenfalls jetzt noch nicht. Wenn erst der Januar da wäre, ein neuer Anfang, wer weiß, wie direkt ich mich dann fühlen würde, aber momentan, am Ende des alten Jahres, wollte ich nur Freunde um mich haben. Alte Freunde. Wäre es zuviel verlangt, wenn ich Alice und Michael bitten würde, zum Abendessen zu kommen? Und vielleicht Philly und Miles? Ja, warum nicht? Ich griff spontan nach dem Telefon und drückte Alices Nummer.

»Hallo?« Sie klang niedergeschlagen.

»Alice? Ich bin's. Fröhliche Weihnachten.«

»Rosie!« Sie klang schon fröhlicher. »Darling, wie wunderbar und dir dasselbe. Ich hab versucht, dich zu erreichen.«

»Ich war bei Mum und Dad.«

»Das hab ich mir gedacht. Grausig?«

»In Maßen, aber Mum war ziemlich amüsant, wenn auch ein bißchen erschreckend.« Ich kicherte. »Sie ist jetzt ganz auf dem okkulten Trip, beschwört Geister herauf, ruft die Schattenwelt und lauter so total irres Zeug.«

»Nein!«

»O ja, und es hält sie und Marjorie total auf Trab. Offensichtlich gibt es auf der anderen Seite Ektoplasma ohne Ende, das ihre Aufmerksamkeit verlangt, unter anderem – halt dich fest, Alice – Harry – zu dem Mum, wie sie behauptet, eine exklusive Hotline hat.«

Sie kicherte. »Auweia!«

»Ja, und allen Berichten zufolge ist er ein völlig neuer Mensch. Du und ich, wir würden ihn gar nicht mehr erkennen. Er geht ins Fitness, hält sich gelenkig und *liebt* gewöhnliche Leute, ist ganz scharf auf Betreuen und Teilen und New Labour.«

»Gott, wie furchtbar!«

»Ich weiß, aber es macht sie glücklich, und Dad findet es einfach wunderbar. Sie geht jetzt nicht nur Montag abend zum Federballspielen, sondern auch noch Dienstag zur Kosmischen Marjorie. Er hat das Haus für sich.«

»Während sie mit einem anderen Mann rummacht. Ich hab immer vermutet, daß sie auf deinen Mann scharf war, Rosie.«

»Pfui Teufel.« Ich erschauderte. »Die Vorstellung ist einfach zu widerlich. Wie dem auch sei, genug von den beiden. Silvester.«

»Oh, ja?«

»Wäre es zu langweilig, zu mir zum Abendessen zu kommen? Ich dachte, ich könnte auch Philly und Miles einladen.«

»Oh, Rosie, du bist süß, aber Michael geht schon auf eine Party. Ein Agenturfest, kannst du das fassen, ganz in deiner Nähe, in Cheltenham.«

»Und du willst damit sagen, du bist nicht dabei?«

»Ich bin natürlich *eingeladen*, aber versuch mal an Silvester einen Babysitter zu kriegen und, abgesehen von allem andern, ich hab wirklich keine Lust darauf, mit Michaels Kollegen rund um die Uhr das Tanzbein zu schwingen. Wohlwissend, daß all die sexy Sekretärinnen denken, die ist aber noch ein bißchen fetter und schäbiger, als ich sie mir vorgestellt habe. Nein, danke. Ich freue mich auf ein Ei auf Toast und eine ruhige Nacht mit Clive James.«

»Warum kommst du nicht trotzdem hierher? Bring die Mädchen mit«, schlug ich zweifelnd vor, obwohl mir klar war, daß ich keinen Platz hatte, sie unterzubringen.

»Und wo soll ich sie unterbringen? Auf dem Dach? Nein, Schatz, du weißt so gut wie ich, daß das Cottage einfach nicht groß genug ist, und, übrigens, abgesehen davon, ich weiß, daß du es gut meinst und möchtest, daß alle Leute, die dich lieben, einander ebenfalls lieben, aber mit deiner Schwester hab ich mich noch nie vertragen. Ich fühl mich in ihrer Nähe immer wie ein schmuddliges Schulmädchen, sie ist so geschrubbt und effizient und stets wie aus dem Ei gepellt. Ich hab immer den Eindruck, sie sieht auf mich herab, weil ich chaotisch und schlampig bin und – oh, ich weiß nicht. Du weißt schon, was ich meine.«

»Nein«, sagte ich beleidigt, obwohl ich genau wußte, was sie meinte. Dann seufzte ich erschöpft. »Okay, vielleicht hast du recht. Vielleicht feier ich auch mit Clive hinein. Ich hab keine Lust, Philly und Miles allein einzuladen. Sie sind momentan ein bißchen gereizt.«

»Sag bloß, die Eismaid zeigt Risse?« sagte sie sarkastisch. »Tut mir leid, tut mir leid«, fügte sie rasch hinzu. »Das hab ich nicht so gemeint. Ich sag dir was, wir werden uns beide richtig Mühe geben, uns vollaufen zu lassen, und wenn wir dann nicht um Mitternacht in unsere jeweiligen Eimer kotzen, rufen wir einander an und haben ein trunkenes, emotionsgeladenes Pläuschchen und singen unsere eigene Version von ›Auld Lang Syne‹, okay?«

Ich lachte. »Okay. Ich nehm dich beim Wort.«

19

Wie versprochen reiste Annabel am folgenden Morgen bei Sonnenaufgang ab, und ich ging rauf ins Haus, um die Kinder zu besuchen. Sie waren absolutes Katastrophengebiet. Toby war zombifiziert von zuviel Fernsehen und lief herum, als wäre er auf Drogen. Emma und Lucy waren verzogen und zickig, umringt von viel zuviel Weihnachtsspielzeug, mit dem sie offensichtlich nicht spielten. Ich ließ heimlich das meiste Spielzeug in einem Schrank verschwinden zur Wiederentdeckung in den Osterferien und nahm die Sicherung aus dem Fernsehstecker.

So. Ich wischte mir die Hände ab und sah mich gerade um, als Joss hereinkam.

»Oh, Rosie, Gott sei Dank. Marfa ist noch nicht wieder da. Ihrem Dad geht's nicht besser, und ich muß diesen verflixten Auftrag fertig machen – mein Galerist ist kurz vorm Durchdrehen. Würden Sie mir einen Riesengefallen tun und die Kinder für eine Weile übernehmen? Marfa hat versprochen, wieder da zu sein, bevor ich nach Köln gehe – und ich hoffe inständig, daß sie das ist –, aber selbst dann wird sie, denke ich, noch Hilfe brauchen. Würden Sie mir da aushelfen? Ich weiß, Sie haben Ihren Job im Pub, aber ich würde einen anständigen Batzen bezahlen, und Sie könnten doch trotzdem noch hier oben kochen, nicht wahr?«

Ich sah in seine gestreßten braunen Augen und hörte mich sagen: »Natürlich, Joss, das ist kein Problem. Und ehrlich gesagt, ich benütze Ihre Küche jetzt schon seit Wochen, also schulde ich Ihnen wohl etwas.« Ich grinste.

»Ja.« Ein Lächeln zog über sein Gesicht. »Das hab ich mir fast gedacht. Dann sind wir jetzt quitt, nicht wahr?« Und damit verschwand er in seinem Atelier.

Ich lächelte immer noch über unser kleines Gespräch und fragte mich, wieviel wohl »ein anständiger Batzen« wäre – unfein zu fragen –, als ich losging, um eine halbe Tonne Bœuf Bourgignon anzusetzen und die etwas zerfransten und zerfledderten Zügel der Kinderpflege aufzunehmen.

Ich sah Joss erst gegen vier Uhr an diesem Nachmittag wieder, als er erschien, grau, abgehärmt und staubbedeckt und wütend fragte, was man hier anstellen mußte, um etwas zu essen zu kriegen. »Mein Gott, Sie kochen doch sowieso für mehrere Leute, nicht wahr? Eine Portion wird doch da keiner vermissen, oder?«

Es spielte keine Rolle, wie oft ich ihm sagte, ich hätte Emma um halb eins, Lucy um eins runtergeschickt und selbst um halb zwei aus der Hintertür gebrüllt, daß das Essen fertig wäre, er glaubte mir einfach nicht. Also brachte ich ihm am nächsten Tag sein Essen persönlich ins Atelier hinunter und parkte es auf einem Stück Marmor. Das Tagesgericht war zufällig ungarisches Gulasch, und nachdem er weiterhämmerte, während er aß, hatte es katastrophale Folgen. Er platzte danach in die Küche herein und brüllte wie ein Kind, daß er seine gottverdammte Nymphe mit den großen Augen voller Sauce bekleckert hätte und wo zum Teufel das Ajax sei? In Zukunft, beschloß ich, würde er Hühnerbeine und Sandwiches kriegen. »Finger Foods«, murmelte ich Ivo zu, als ich Joss' Ateliertür leise hinter mir schloß, nachdem ich seinen leeren Teller geholt hatte. »Für Babys wie dich, Schatz, die nicht mit Messer und Gabel umgehen können.«

Tatsächlich hatte ich trotz seines Jähzorns die Vermutung, daß wir ohne viel Streß miteinander auskommen würden. Ich hatte ja immer noch die Privatsphäre meines Cottages, einen Fluchtpunkt, um dem Irrenhaus in Fairlings zu entrinnen. Zumindest dachte ich, ich hätte das, bis ich später an diesem Abend die Zwillinge badete und Emma sich prompt ins Badewasser übergab, rasch gefolgt von ihrer Schwester. Als ich sie endlich in ihren Schlafanzügen hatte und sie mit Eimern neben dem Bett schlafen gelegt hatte, rannte ich schnell ins Studio hinunter, um mich mit Joss zu besprechen. Er begann sofort, sich das Haar zu raufen und bekam einen etwas zu wilden Ausdruck um die Augen, also schlug ich hastig vor, daß ich einziehen und versuchen würde, den Bazillus oder was immer es war, in den Griff zu kriegen. Stichwort für einen mächtigen Seufzer der Erleichterung für den Mann mit dem Meißel.

Mir machte es tatsächlich nichts aus. Fürs erste bedeutete es mehr Geld, und Joss war wirklich sehr unterhaltsam, wenn er nicht gerade in der griechischen Vergangenheit herumschwirrte oder in der Gegenwart Ansprüche stellte. Er hatte einen trockenen hinterhältigen Humor, so daß ich manchmal, vielleicht erst, nachdem ich die Ateliertür geschlossen hatte, laut über etwas lachte, das er gesagt hatte.

Ich hatte angenommen, er würde an diesem Abend weiter arbeiten, aber zu meiner Überraschung kam er plötzlich und setzte sich zu mir, als ich in der Küche zu Abend aß. Ich balancierte einen Teller auf den Knien und starrte wie gebannt auf den kleinen Fernseher in der Ecke. Es war mir etwas peinlich, dabei ertappt zu werden, wie ich mir eine dramatische Seifenoper reinzog, und ich nahm die Fernbedienung, um auf etwas Anspruchsvolleres umzuschalten, aber er hinderte mich daran und sagte: »He, nein, lassen Sie's. Ich bin fasziniert!« Dann schaute er sich in zynisch amüsiertem Schweigen an, wie ich das alles aufsog. Aber ich hatte den letzten Lacher, als er plötzlich rief: »Moment mal, ich dachte, sie geht mit Grant!«

Ein Dokumentarfilm und die Nachrichten folgten, und Joss war jetzt ganz vertieft, aber nicht mehr schweigsam. Fernsehen war für Joss nicht etwas, wie ich entdeckte, vor dem man dahinvegetierte, das Gehirn vom Haken nahm und die Kathodenröhren die Last übernehmen ließ. Nein, es war ein Zweiwegmedium. Er stritt damit, führte anstrengende Diskussionen damit, fluchte es an, warf Schuhe, Bücher, und als er etwas besonders Bescheuertes hörte, eine meiner Schokoladenmousses. Es dauerte eine Ewigkeit, bis ich es von den Knöpfen hatte. Er verlangte zu wissen, warum er gezwungen war, eine Gebühr für so beleidigenden Schwachsinn zu bezahlen, und als irgendein Kunstpreis angekündigt wurde, bekam er fast einen Herzanfall vor Wut.

»Schweine! Schweine!« schrie er, raufte sich das Haar und griff nach einem Schuh, um ihn zu schleudern. »Wie können sie den an ihn verleihen! Es muß ein Witz sein, es muß!«

»Sieht nicht so aus«, bemerkte ich, als ich sah, wie der Sieger aufs Podium stieg, um seinen Preis entgegenzunehmen.

»Aber dieses Bild ist totaler Müll! Totaler, unverfälschter Müll, selbst ein Vollidiot kann das sehen. Sie können es doch sehen, nicht wahr, Rosie?«

»Danke«, murmelte ich. »Ähm. Kann nicht behaupten, daß ich es schon gesehen habe, ehrlich gesagt.«

»Aber Sie mögen doch Kunst, oder?« fragte er. »Die meisten Leute in diesem Land natürlich nicht mehr, sie spielen bloß Computerspiele oder schauen sich heimlich Pornos im Internet an, aber Sie haben doch schon Galerien von innen gesehen, oder, Rosie? Sie stricken doch nicht nur oder was immer es ist, was Sie da machen?«

Ich legte das Namensschild beiseite, das ich gerade in Tobys Schulhemd nähte.

»Ja, Joss, ich schätze Kunst, und offen gesagt würde ich nichts lieber tun, als in der Tat herumzuwandern, während sich jemand anders um mein Kind kümmert, aber leider ist meine Freizeit sehr begrenzt, und ich muß diese ganzen Namensschilder in die Kleider Ihres Sohnes nähen. Sagen Sie mir, machen Sie jemals irgend etwas, was auch nur im entferntesten praktisch ist, Joss? Leben Sie überhaupt in der wirklichen Welt, dekorieren Sie, hängen Sie Regale auf, graben Sie im Garten, machen Sie Ihr Auto sauber oder holen Sie sich einfach jemanden, der es für Sie tut? Denn wenn ich jemanden hätte, der all diese Dinge für mich macht, würde ich wohl auch einen Haufen Kultur abkriegen.« Ein bißchen frech, zugegeben, aber ich hatte es ziemlich satt, die unwissende Bäuerin mit dem arroganten Herrn des Hauses zu spielen.

Joss riß begeistert die Augen auf. »Herrje. Hab nicht gewußt, daß das in Ihnen steckt, Rosie. Als nächstes werden Sie mir noch haarscharf sagen, was Sie von mir halten!«

Einer der Zwillinge rief von oben, und ich stand auf, um nachzusehen. »Ich würde es«, murmelte ich, »aber ich bin mir nicht sicher, ob ich die Zeit hätte, Ihrem Charakter genüge zu tun.«

Ich stolzierte aus dem Zimmer, als Joss laut lachte. Stolzier, erröte, stolzier, erröte, dachte ich, als ich nach oben stapfte, warum machte ich das? Was war denn los mit mir? Ich benahm mich wie eine verdammte Halbwüchsige.

Als ich wieder nach unten kam, nachdem ich eine fiebrige Stirn getrocknet und größere Mengen Calamine-Lotion und Calpol verteilt hatte – das Opiat der Kindermedizin –, setzte ich mich in meinen Stuhl und nahm das Hemd, um weiterzunähen. Das Namensschild war bereits ordentlich angenäht. Ich warf einen überraschenden Blick zu Joss, der mit Unschuldsmiene in den Fernseher schaute. Ich unterdrückte ein Lächeln, nahm ohne ein Wort das nächste Hemd und stichelte weiter.

Die Hemden waren alle ein Teil von Tobys neuer Aussteuer fürs Internat. Ich hatte natürlich gewußt, daß er in eine neue Schule gehen würde, aber die Tatsache, daß das ein Internat sein würde, war völlig überraschend für mich. Offen gesagt konnte ich mir keinen ungeeigneteren Kandidaten dafür vorstellen. Ich brachte das am nächsten Morgen beim Frühstück zögernd bei Joss zur Sprache.

»Sind Sie sicher? Ich meine, glauben Sie, daß es ihm gefallen wird?«

»Zuerst sicher nicht, aber er wird sich dran gewöhnen. Es wird ihm guttun, Rosie. Er sitzt hier draußen in der Prärie nur mit seinen Schwestern als Gesellschaft – er braucht ein bißchen Action. Annabel ist sehr erpicht darauf, daß er die sportliche Seite des Lebens kennenlernt, Kameradschaft und so weiter, was immer das heißt.«

Da möchte ich wetten, dachte ich insgeheim, sehr wohl wissend, daß sie ihn aus dem Haus und aus ihrer Verantwortung haben wollte. Später befragte ich Toby so sanft und taktvoll ich konnte über seine Ansichten zu diesem Thema, aber er war verschlossen und resigniert.

»Dad will, daß ich gehe, also muß ich gehen, und das war's. Was soll es bringen, darüber zu reden?« Damit polterte er aus der Küche, stapfte nach oben und rammte sich den Walkman über die Ohren. Er war nicht so dumm, seine Meinung zu äußern, und ich war nicht so dumm, ihm zu folgen.

Die Zwillinge waren da schon eine andere Sache. Als ich nach oben kam, hatten sie all ihre Puppen skalpiert, um Toby eine Perücke zu machen, und waren in Tränen aufgelöst. Es dauerte eine Weile, bis ich sie beruhigt hatte und sie mir glaubten, daß Toby nicht in eine Balding School, eine Schule in der man eine Glatze kriegte, gehen würde, sondern in eine Boarding School, ein Internat. Annabels Akzent hatte sie da wohl ein bißchen durcheinandergebracht.

Jetzt starrten sie beide betreten die Reihe der skalpierten Puppen an.

»Ich kauf euch ein paar neue«, sagte ich rasch, bevor sie erneut in Tränen ausbrechen konnten. »In Cirencester. Wir werden hinfahren und sie zusammen aussuchen.«

Emma schüttelte den Kopf. »Nein, ist okay«, sagte sie und wischte sich die Augen mit dem Handrücken. Möglicherweise kam sie sich ein bißchen albern vor. »Wir sind jetzt sowieso zu alt für Puppen, stimmt's, Luce?«

»Aber sicher nicht!«

»Mmm, sind wir«, stimmte Lucy zu mit tapfer zitternder Unterlippe. Sie warf einen Blick auf Emma und dann auf die Mutanten vor uns und zögerte. »Außer ... vielleicht eine Barbie für jede?«

»Eine Barbie soll es sein«, sagte ich, »nur um der alten Zeiten willen. Und wenn uns zufällig ein Ken begegnet, nehmen wir den vielleicht auch mit, ja?«

»Iii nein, keine Bubenpuppen. Kotz!«

Ich grinste, erfreut, daß sie ihr Gleichgewicht wiedergefunden hatten, obwohl sie ihren Puppen entwachsen waren, waren sie noch nicht bereit für die »Ken«-Seite der Dinge. Anscheinend ging es ihnen auch viel besser, denn seit vier Stunden hatte keine mehr gekotzt. Ich sagte, sie könnten sich anziehen und runterkommen. Wir gingen nach unten, Hand in Hand, gerade als Joss aus seinem Arbeitszimmer kam. Er hielt ein Stück Papier in der Hand und sah etwas verwirrt drein.

»Ich hab grade eure Zeugnisse gefunden, ihr zwei.«

»Ach ja, das wollte ich Ihnen noch sagen, Marfa hatte sie auf Ihren Schreibtisch gelegt. Sie sind wahrscheinlich unter all Ihren Papieren untergegangen.«

»Ist meins gut, Daddy?« fragte Emma begierig, hängte sich an seinen Arm und hüpfte hoch, um besser sehen zu können. »Krieg ich einen Preis?«

»Nicht schlecht, aber keine Preise, fürchte ich, obwohl ich sagen muß, daß ein Eintrag in deinem mich ungeheuer fasziniert. Unter ›Musik‹ hat dein Lehrer, ein Mr. Cruikshank, geschrieben: ›Sehr guten Fortschritt, Emma beherrscht jetzt Zungen und fingern‹.«

Ich prustete. Joss zog die Augenbrauen hoch und sah mich

an. »Exakt«, murmelte er. »Bitte, Emma, sag mir, was Mr. Cruikshank damit wohl meint?«

»Oh, das ist für den Recorder«, sagte sie stolz. »Ich kann ›London's Burning‹ bis hin zum Wassergießen spielen.«

»Ausgezeichnet«, sagte Joss mit schwacher Stimme, »somit ist alles enthüllt.«

Ich kicherte. »Armer alter Kerl. Ich wette, er hat keine Ahnung.«

»Oh, glauben Sie das ja nicht«, sagte Joss trocken. »Diese Lehrer sind voll dabei. Sie freuen sich, wenn sie ein paar Bosheiten unterbringen können, um die Eltern aufzurütteln. Als Toby noch klein war, ist er eines Tages nach Hause gekommen mit einem Bild, das er in der Schule gemacht hatte, einen Haufen brauner Kleckse in einem grünen Feld, und darunter stand geschrieben ›Daddys Haufen‹.«

»O Gott!« Ich giggelte.

»Ich werde nie das schadenfrohe Blitzen im Auge seines Lehrers vergessen, als ich ihn am nächsten Morgen in die Schule brachte. Klar, diese kleinen Momente sind es, die die armen Schweine ihren Tag überstehen lassen. Das ist ihre Rache dafür, daß sie stundenlang mit fünfundzwanzig widerwärtigen Sechsjährigen eingesperrt werden. Warum glauben Sie, daß sie die Klasse zwingen, jeden Montag morgen »Mein Wochenende« zu schreiben, wenn nicht darum, sich auf Kosten der armen Eltern einen abzulachen? ›Am Sonntag war Papi sehr, sehr durstig, und dann hat er sich auf seine Hose übergeben und ist auf dem Boden eingeschlafen, also ist Mum zu Onkel Hanks schlafen gegangen.‹ Verflucht, nein, ich fürchte, wir sind der Witz. Zusammen mit den Wucherschuldgebühren natürlich.« Und damit verschwand er wieder in seinem Arbeitszimmer, mit düsterem Kopfschütteln.

Der Frieden war nur von kurzer Dauer. Zehn Minuten später hatte Lucy den nächsten hysterischen Anfall und diesmal mit Blut an den Händen. Sie kam in die Küche gerannt, stieß einen durchdringenden Schrei aus und sah aus, als hätte ihr jemand eine Flasche Tomatenketchup über den Kopf gegossen. Ich hätte fast den riesigen Fisch-Pie fallen lassen, den ich für das Pub machte. Ich dachte, sie hätte diesmal Toby skalpiert oder vielleicht sogar Ivo.

»Was?« schrie ich. »Was ist passiert?«

»Es ist Darling-Heart!« schluchzte sie. »Smelly-Pig hat ihn in den Po gebissen, und jetzt kommt Blut aus seinem Loch!«

Ich seufzte, wischte mir die Hände ab und folgte ihr rasch in den Hof. Darling-Heart und Smelly-Pig waren zwei der riesigen, schlappohrigen Karnickel, das dritte hieß Angel-Baby. Annabel hatte sie ihnen zu Weihnachten geschenkt, (ja ja, herzlichen Dank, Annabel, hatte Marfa gesagt und rate mal, wer ihre Käfige saubermachen muß?). Die Zwillinge waren hingerissen gewesen – »Oh! Wie süß! Ich werd meinen Darling-Heart nennen!« – »Und meiner heißt Angel-Baby« – und Ekel von Toby. »Bäh, ein dämlicher zahmer Hase. Ich werde ihn Smelly-Pig nennen.«

»So kannst du ihn nicht nennen!« hatte Emma gejammert.

»Natürlich kann ich«, konterte Toby. »Ich kann ihn nennen wie ich will. Da ist ein Junge in der Schule, mit drei Meerschweinchen, die Hank, Spank und –«

»Toby!« brüllte ich. Ich verbot ihm, die Identität des dritten Meerschweinchens zu verraten, gab aber zu, daß Smelly-Pig tatsächlich das geringere Übel wäre.

Unglücklicherweise haßten sich die drei Karnickel vom ersten Tag an. Das ging soweit, daß sie sofort aufeinander losgingen und sich gegenseitig die Ohren ausrissen, wenn einer dem anderen zu nahe kam. Natürlich hielten wir sie getrennt, und ein strenges Apartheidsystem wurde mittels dreier Stücke Maschendraht durch die Mitte ihres Geheges geschaffen. Ihre meiste Freizeit verbrachten sie damit, sich gegen diese Drahtbarrieren zu werfen, mit der Absicht, sich gegenseitig umzubringen, aber sie waren zu hoch, als daß sie wirklich Schaden anrichten konnten. Das heißt, bis heute. Smelly-Pig war offensichtlich, angestachelt von Darling-Hearts verbalen Injurien, dieses Mal ein klein bißchen höher gesprungen als sonst, hatte sich über den Draht gehechtet, hatte kurz in den Salat seines Nachbarn gespuckt und dann Darling-Hearts Hoden abgebissen. Blut triefte aus dem armen kastrierten Karnickel, als ich es aufhob. Ich rannte ins Haus mit ihm und versuchte mit einem Geschirrtuch, das ich mir von der Spüle geschnappt hatte, die Blutung zu stoppen, während Lucy und Emma neben mir unablässig schrien – »Er wird sterben!« – und wickelte ihn fest damit ein.

»Nein, er wird nicht sterben«, sagte ich und versuchte, einen Knoten um den strampelnden Kerl zu machen. »Aber wenn er, verdammt noch mal, jetzt eine Sekunde stillhalten würde, gelingt es mir vielleicht, ihn zu verbinden und – verflucht!«

Das Karnickel strampelte sich los und zerrte das blutgetränkte Geschirrtuch wie eine Schleppe hinter sich her, quer durch die Küche.

»Nimm 'ne Windel! Nimm 'ne Windel!« schrie Lucy und zog eine aus Ivos Windeltasche. Sie hielt sie mir unter die Nase. »O rette ihn, Rosie, bitte!«

Das schien mir gar keine so schlechte Idee, und ich hatte gerade das blutende Karnickel zu Boden gerungen und es hineinbugsiert und zugeklebt, als Joss in der Tür erschien, um zu sehen, was hier los war. Er runzelte die Stirn, als er mich hechelnd in einer Blutpfütze sitzen sah, dann blinzelte er verblüfft angesichts des Karnickels in Pampers.

»Lassen Sie mich raten«, sagte er trocken. »Sie wollen unbedingt noch ein Kind, und selbst ein Karnickel kommt Ihnen recht. Ich hoffe, Sie stillen nicht.«

»Falsch«, sagte ich grimmig. »Smelly-Pig hat ihm die Hoden abgebissen.«

»Eier ist ein besseres Wort, nicht so vornehm, das mag ich nicht.«

»Müssen Sie in einem Augenblick wie diesem so pedantisch sein? Der arme Kerl blutet alles voll.«

»Dann bringen Sie ihn doch um Himmels willen zum Tierarzt. Geben wir doch ein kleines Vermögen aus, um ihn zusammenflicken zu lassen, obwohl er sicher ohne jedes Zutun heilen würde. Dafür sind Tierärzte doch da, nicht wahr?« Und damit stolzierte er hinaus.

Schimpfend und fluchend suchte ich einen alten Karton, stopfte den Hasen hinein, klebte den Karton zu und machte ein paar Luftlöcher in den Deckel. Dann – das ist nicht Veras Tag, meiner auch nicht, wenn wir schon dabei sind –, nachdem Joss offensichtlich unfähig war, auch nur auf ein Kind aufzupassen, während er sich in griechischer Mythologie suhlte, packte ich Ivo, Toby und die hysterischen Zwillinge samt Karnickel in mein Auto und raste los zum Tierarzt.

Natürlich war der Verkehr nach Cirencester sehr dicht, es goß wie aus Eimern, und natürlich, als wir endlich dort ankamen, erstreckte sich die Schlange beim Tierarzt um das ganze Wartezimmer, zur Hintertür hinaus bis zum Gehsteig. Scheiß drauf, dachte ich und schob meine Gang vor mir durch die Tür. Wir drängten uns in den überfüllten Empfangsbereich, der bis unter die Dachsparren mit einer recht gemischten Ansammlung von Weihnachtshamstern, blaß aussehenden Goldfischen, traurigen Hunden und von Ekzemen geplagten Katzen gefüllt war. Unter den feindseligen Blicken ihrer Besitzer schob ich meine Gruppe durch diese Tierlasagne auf einen winzigen Freiraum, den ich mit meinen Ellbogen geschaffen hatte. Die Zwillinge schluchzten immer noch leise vor sich hin, aber die Jungs waren entsetzlich interessiert an all den Patienten, und ich verbrachte meine Zeit damit, sie zurückzuhalten.

»Toby, bitte faß die Schlange nicht an … weil ich mir sicher bin, daß ihr Besitzer das nicht möchte … es macht Ihnen nichts aus … aber er ist ein bißchen unberechenbar … Toby, *bitte,* faß sie nicht an!… Nein, Ivo, das ist eine Schildkröte … nein, du kannst ihren Deckel nicht abmachen … weil der nicht *abgeht.* Schau dir lieber das nette Hundchen an … oh, Sie machen sich große Sorgen um ihn, nicht wahr?… Silbern und goldener Durchfall? Nein, ich glaube, das habe ich noch nie gesehen … ah, er hat den Weihnachtsschmuck gefressen. Ivo, streichel das andere Ende, wenn es sein muß – nein, das *andere* Ende, Schatz, weil er einen wehen Bauch hat und – da, siehst du, darum! Oh, das hat aber wirklich eine komische Farbe – *nicht anfassen, Ivo!…* Alex! Mein Gott, mir fällt ein Stein vom Herzen.

Die Tür zum Sprechzimmer schwang auf, und da stand Alex, sah aus wie ein wahrer Engel in seinem langen, weißen Kittel und noch dazu ein sehr attraktiver. Er war hier offensichtlich unter Druck, aber nichtsdestotrotz funkelten seine Augen, das Lächeln war immer noch entwaffnend schief, und seine rostroten Locken bildeten einen schönen Kontrast zu seinem weißen Kragen. Ich hatte ihn nie zuvor in seiner Praxis gesehen, und einen Augenblick fühlte ich einen Anflug von Verständnis für Mutters innigste Wünsche. Nicht jetzt, Rosie, nicht jetzt, altes Mädchen. Einen Moment lang sah er uns nicht, dann, auf mein hektisches Winken aus dem hinteren Teil des Raumes, klärte sich sein Gesicht. Er sah überrascht aus.

»Krankes Karnickel«, erklärte ich und deutete auf den Karton.

Er kam auf uns zu, quetschte sich mit Mühe durch die regennasse, dampfende Menge. »Tut mir leid, tut mir leid. Verzeihung.« Er ging neben uns in die Hocke und spähte in den Karton.

»Was fehlt ihm denn?«

»Ah.« Er sah sich um, dann: »Geh nächsten Samstag mit mir ins Kino, dann nehm ich euch gleich dran«, murmelte er aus dem Mundwinkel.

»Einverstanden«, murmelte ich zurück.

Alex richtete sich auf. »Es tut mir so leid, Leute«, sagte er mit einem charmanten Lächeln zu der versammelten Gesellschaft. »Ein Notfall, fürchte ich. Dauert nur einen Moment«, und damit schob er uns auf sein Sprechzimmer zu, begleitet von Rufen wie: »Ja, und ich hab einen sehr kranken Hamster hier« und »Die hat vielleicht Nerven, ich bin schon den ganzen Morgen da!«

»Tut mir so leid ... Verzeihung ...«, stotterte ich, während wir uns durch die meuternde, wütend starrende Menge kämpften. Endlich schloß sich gnädig die Tür hinter uns.

»Danke, Alex«, keuchte ich erleichtert. »Ich war schon etwas verzweifelt da draußen.«

Die Kinder und ich drängten uns besorgt um den Tisch, als

Alex den Karton dort abstellte. Er hob vorsichtig Darling-Heart mit seiner Windel heraus. Seine Mundwinkel zuckten.

»Unterleibsverletzung«, informierte ich ihn.

Er entfernte die Windel, legte ihn auf den Tisch, tastete nach seinem Puls, dann sah er in die versammelten Gesichter. »Nun, es tut mir schrecklich leid, Leute, aber dieser Hase ist tot.«

Lucy stieß einen Schrei aus. Sie taumelte kurz, dann rollte sie die Augen und brach prompt zusammen. Ich eilte zu ihr, um sie aufzuheben, aber sie schob mich weg, offensichtlich außer sich vor Schmerz, und mit Bedarf an Boden zum Ausstrecken.

»Nein, nein! Das kann nicht sein!« jammerte sie.

»Oh, Lucy, mein Schatz, nicht! Wir besorgen dir einen neuen, ich versprech's!«

»Ich will keinen neuen!«

»Du kannst Smelly-Pig haben, wenn du willst«, bot ihr Toby galant an.

»Ich will Smelly-Pig nicht. Er ist ein Mörderer-Schwein!«

Alex näherte sich meinem Ohr. »Äh, soll ich die Leiche entsorgen?« fragte er leise.

»NEIN!« kreischte Lucy und sprang plötzlich auf. »Nein, ich will ihn begraben.«

Schluchzend und schniefend packte sie den schlaffen Hasen und legte ihn behutsam in seine Schachtel. Dann nahm sie die Schachtel unter den Arm, und wir marschierten alle wieder hinaus in die grimmige, feindselige Menge, die uns bedrohlich raunend im Empfangsraum erwartete. Ein alter Mann hob fragend die Augenbraue. Toby schüttelte grimmig den Kopf und machte eine vielsagende Bewegung mit der flachen Hand am Hals. Schlagartig wurde aus der Feindseligkeit Mitgefühl, und ein kollektives »Ah …« ging durch den Raum. Eine Gasse öffnete sich für das weinende Mädchen und ihr Häschen. Die Prozession bewegte sich schweigend zum Parkplatz, mit Lucy voran, und sogar Ivo hatte der Ernst dieses Augenblicks verstummen lassen. Ich fuhr langsam durch den Regen nach Hause, mit klatschenden Scheibenwischern.

»Ich will ihn im Garten begraben«, flüsterte Lucy kaum hörbar vom Rücksitz.

»Natürlich, mein Schatz, das wirst du. Wir werden ein schönes kleines Grab für ihn machen.«

»Mit einem Grabstein.«

»Ja, mein Herz.«

»Und Blumen.«

»Natürlich.«

»Und vielen Trauergästen. Alle müssen kommen. Wir werden Marfa und Vera anrufen. Sogar Daddy muß kommen, und wir werden Kirchenlieder singen.«

»Äh, ja, ich denke schon«, sagte ich nun zweifelnd. Das letztere machte mich etwas nervös, Daddy und *Kirchenlieder?* Ich hatte so ein Gefühl, daß Daddy nicht direkt fromm war.

Aber wie sich herausstellte, hätte ich mir diese Sorge sparen können. Ich klopfte leise an die Werkstattür, schloß sie hinter mir und erklärte Joss rasch, was passiert war und wie traurig Lucy war. Er nahm die Herausforderung mit Elan an, ließ die heidnischen Götter in gigantischer Pracht hinter sich stehen, und wir trabten alle hinaus in den Garten zur Beerdigung. Vera wurde angerufen, wie verlangt. Und sie kam den Abhang hochgeeilt, und selbst Marfa kam angerast, erleichtert, für kurze Zeit von ihren Pflichten am Krankenbett befreit zu sein. In Regenmäntel gewickelt standen wir im strömenden Regen und knietief in flandrischem Schlamm und schauten zu, wie Joss nach genauen Anweisungen von Lucy und Emma ein, wie mir schien, verdammt großes Loch grub.

»Größer!« quengelte Lucy immer wieder. »Größer, Daddy. Ich will ihn mit seinem Stall und den Decken und allem begraben, damit er nicht schmutzig wird!«

»Okay!« keuchte Joss mit schweißtriefender Stirn.

»Dauert nur einen Moment, mein Schatz.« Er drehte sich zu mir und sagte: »Fällt das denn unter ›den Garten umgraben‹ in Ihrem Buch praktischer Fähigkeiten? Soweit ich mich erinnern kann, brauch ich dann nur noch ein Auto zu waschen, und ich bin ein neuer Mensch, nicht wahr?«

»Beinahe«, grinste ich. »Nur noch ein paar Regale, die Sie aufstellen müssen, und schon heißt es, willkommen in der Wirklichen Welt, Joss.«

Nachdem das Grab endlich ausgehoben war, standen wir alle feierlich herum, während Lucy, unsere Hauptleidtragende, die Zeremonie dirigierte. Zuerst mußten wir uns rund ums Grab an den Händen fassen und still an Darling-Heart denken, dann sangen wir alle »Away in a manger«, und dann, nachdem es das einzige Gebet war, an das Lucy sich erinnern konnte, sagten wir alle: »Für alles, was wir empfangen werden, möge uns der Herr ehrlich dankbar machen. Amen.« Ich durfte Joss während des Ganzen nicht in die Augen schauen und hielt den Kopf hartnäckig gebeugt. Dann nickte Lucy mit wichtiger Miene ihrem Vater, dem Totengräber, zu, der mit angemessenem Pomp und *Gravitas* den Karton aufhob und langsam auf das Loch zuschritt.

Er wollte ihn gerade versenken, als Lucy plötzlich rief: »Einen letzten Kuß!«

Joss drehte sich um. »Ach, Lucy, Schätzchen–«

»Ja, Daddy, ich will ihm nur einen letzten Kuß geben!«

Joss seufzte und kam zurück. Er öffnete den Deckel.

»Also gut.«

Wir drängten uns alle gehorsam, um zuzusehen, wie Lucy die letzte Ölung verabreichte, dann, mit einemmal... öffnete das Karnickel ein Auge.

»AAAAAAH!« kreischte Vera.

»Heiliger Strohsack«, murmelte Joss.

»Er lebt!« schrie Lucy. »Darling-Heart lebt!«

Danach wurde alles recht albern. Lucy rannte mit Darling-Heart ins Haus und stellte ihn unter Veras Anweisung in einer Schachtel in das untere Backrohr des Ofens, um ihn aufzuwärmen.

»Wär komisch, wenn sie ihn jetzt brät«, bemerkte Toby und spähte hinein.

Aus irgendeinem Grund fanden Joss und ich das unerklärlich komisch, aber Lucy nicht, also rannten wir nach draußen, um unsere Gesichter zu verstecken und angeblich, um das Loch zu füllen. Wir mußten aber immer wieder unterbrechen, uns den Bauch halten und uns auf die Spaten stützen vor lauter Lachen. Joss wäre sogar einmal fast in das Grab gefallen.

Glücklicherweise wurde Darling-Heart nicht gegart, und eine halbe Stunde später war er raus aus dem Ofen, hoppelte herum und knabberte an einem ziemlich teuren Rucola herum, den Marfa unten im Eisschrank entdeckt hatte. Ich rief Alex an.

»Nein, das ist nicht möglich. Er hatte keinen Puls.«

»Also jetzt hat er einen«, sagte ich und beäugte Darling-Heart, während er auf den Küchentisch kackte.

»Entweder das, oder wir haben die zweite Auferstehung.«

»Gütiger Gott. Na ja, ich nehme an, es hat kurz ausgesetzt, das kann passieren, weißt du. Es tut mir so leid, Rosie. Ich hab anscheinend einen Fehler gemacht.«

»Keine Sorge. Ich bin bloß froh, daß wir ihn nicht begraben haben.«

Als ich den Hörer auflegte, hob Joss seinen Kopf aus der Zeitung, die er gerade in der Ecke las. »Der dämliche Tierarzt kann seinen Arsch nicht vom Ellbogen unterscheiden. War zu sehr damit beschäftigt, Sie anzuschmachten, um den Patienten richtig zu untersuchen, vermute ich.«

Ich wurde rot, wie zu erwarten war, und beschäftigte mich damit, Darling-Hearts Hinterlassenschaften vom Tisch zu entfernen. Ich ließ mein Haar über mein Gesicht fallen.

Joss grinste. »Hab's mir doch gedacht.« Er klappte die Zeitung zu. »Dann werden Sie wohl den morgigen Abend mit ihm verbringen?«

Ich hob den Kopf. »Nein, ehrlich gesagt nicht.«

»Wirklich? Sie wollen mir doch nicht erzählen, daß er Sie nicht gebeten hat, mit zum Silvester-Ringelpietz in den ›Red Lion‹ zu gehen?«

»Sicher hat er mich gefragt, aber ich hab keine sonderliche Lust hinzugehen.« Ich sah ihm in die Augen und spürte Marfas neugierige Blicke.

Er sah mich einen Moment lang an. »Oh, okay.« Er stand

auf, streckte sich, gähnte und warf seine Zeitung auf den Tisch. »Also, wenn Sie da unten in Ihrem Cottage allein sind, können Sie genausogut hierherkommen.«

»Oh, ich weiß nicht«, murmelte ich.

Er zog die Schultern hoch und ging zur Tür. »Wie Sie wollen.«

»Obwohl«, sagte ich rasch, »ich könnte doch Abendessen für uns beide kochen oder so was?«

»Warum nicht? Oder so was.«

Damit verließ er den Raum, und ich blieb mitten in der Küche stehen und kam mir etwas dämlich vor und mehr als nur ein bißchen verwirrt.

20

Ich ertappte mich dabei, daß ich mir sehr große Mühe mit der Zubereitung eines kleinen Abendessens für den Silvesterabend gab. Erst setzte ich mich hin, plante mein Menü, dann raste ich nach Cirencester mit einer Liste von Zutaten in meinen feuchten Händen. Vergeblich, wie sich herausstellte. Spargel, Wachteleier, Perlhuhn und frische Pfirsiche sind in den besten Zeiten schon schwer zu finden, aber mitten im Winter sind sie praktisch unsichtbar. Ich war entschlossen, mich nicht kleinkriegen zu lassen und fuhr weiter und ständig weiter, immer in der Hoffnung, sie doch noch aufzuspüren. Erst als ich mich dabei ertappte, daß ich einen unbefestigten Weg weitab von jeglicher Zivilisation entlangholperte, weil jemand gesagt hatte, da unten gäbe es einen Farmer, der mir gerne ein paar Perlhühner schlachten würde, begann ich die Logik des Ganzen in Frage zu stellen. Worum geht's hier überhaupt, Rosie? fragte ich, als ich mit Gepolter auf die Hauptstraße zurückfuhr, das frisch geschlachtete Geflügel sicher hinten im Kofferraum verstaut. Warum durchkämmst du diesen Landstrich auf der Suche nach offensichtlich nicht verfügbaren Leckereien, die jetzt keine Saison haben, wenn du doch einfach ein paar Steaks in die Pfanne hauen könntest und hinterher eine Dose mit Libbys Fruchtcocktail aufmachen. Für wen das alles, hmm?

Es ist für mich, sagte ich streng, als ich meinen Wagen zurück in die Einfahrt von Fairlings steuerte. Ich mach es für mich selbst, um mir zu beweisen, daß es damals vor all den Millionen von Jahren, als Jean Philippe mich aus all den jungen Hoffnungsvollen herausgepickt hatte, um bei ihm ausgebildet zu werden, tatsächlich einen Grund dafür gegeben hatte. Ich versuche diese kulinarische Extravaganz ausschließlich für meine eigene Selbstachtung, okay? Okay, stimmte ich zweifelnd zu, nicht direkt überzeugt, als ich beladen mit meinen Einkäufen durch die Hintertür stolperte. Just in diesem Augenblick erspähte ich Joss' schwarze Jeans, als er gerade nach links in sein Arbeitszimmer verschwand, und meine Knie wurden ein bißchen weich. Ich mußte mich setzen. Das muß von dieser Schlepperei kommen, dachte ich und hechelte ein bißchen. Und natürlich kein Frühstück.

Trotz alldem, als ich später alle meine Zutaten um mich herum aufbaute, kam mir der Gedanke, egal ob hintergründige Motive oder nicht im Spiel waren, dieses Festessen würde meine Fähigkeiten wirklich auf die Probe stellen. Es war lange her, seit ich etwas so Kompliziertes wie das versucht hatte und dann ganz bestimmt nicht mit drei knopfäugigen Kindern, die mich vom Teetisch aus beobachteten und einer altmodischen Köchin vom Land an meiner Seite.

»Ich würd diese miesen kleinen Hühner direkt dahin zurückbringen, wo Sie sie herhaben, wenn ich Sie wäre«, schniefte Vera, die mir über die Schulter schaute. »Die ham vielleicht Nerven. Man stelle sich vor, die verkaufen Ihnen einfach so magere Krähen.« Sie bohrte angewidert mit dem Finger in eine.

»Das sind Perlhühner und ja, Sie haben recht, sie neigen dazu, ein bißchen mager zu sein, aber sie schmecken köstlich«, versicherte ich ihr und maß rasch die Marinade in einen Krug ab.

»Perlhuhn? Oh, die mag Daddy«, flötete Emma und stellte

ihren Teller in den Geschirrspüler. »Und du hast diese komischen kleinen Eier und Spatzengras auch, wie klug von dir, Rosie, das sind lauter Lieblingsessen von Daddy!«

»Wirklich? Wie erstaunlich, ich hatte keine Ahnung«, murmelte ich.

Vera warf mir einen plötzlich neugierigen Blick zu, und ich versteckte mich hinter meinem baumelnden Haar, konzentrierte mich heftig darauf, die Hühner auszunehmen. Warum konnten sie nicht einfach alle weggehen und mich in Ruhe lassen? Ich hatte nach wie vor ungeheuer viel zu tun, und inzwischen war mir ziemlich heiß, und ich wurde immer nervöser – Herrgott, so spät war es schon? Fünf Uhr? Veras Füße hatten offenbar Wurzeln geschlagen.

»Was ist denn das?« Sie kniff die Augen zusammen, als ich begann, die Brüste einzuschmieren.

»Das ist so eine Art Safranmischung, mit Kräutern und Butter. Ähm, Vera, ich hab nichts dagegen, die Festung zu halten, wenn Sie losgehen wollen, was Leckeres für Vic zu kaufen«, schlug ich behutsam vor. »Ich meine, ich denke, Sie wollen ihm sicher was Besonderes kochen, nicht wahr? Schließlich ist heute Silvester.«

»O nein, Liebes. Ich mach mir nicht die Mühe zu kochen. Ich hab eine schöne Dose Lachs für seinen Tee und seinen Bruder, der vorbeikommt, um unseren Rum zu trinken und die ganze Nacht Unsinn zu reden. Bei dem wär das Verschwendung. Er war nie mehr ganz der alte, seit sie ihm die Platte in den Kopf eingesetzt ham, dem armen Scheißer.«

»Ja, also, ich kann mir vorstellen, daß einen das ein bißchen – aus der Bahn wirft«, murmelte ich und beäugte Emma, die den Finger in eine Schüssel mit Sahne steckte. »Emma, Schatz, wenn du mit deinem Tee fertig bist, warum gehst du dann nicht – Wo bitte willst du hin, Toby?!«

Toby stolzierte an mir vorbei in die Halle, mit einem Teller voll unberührtem Essen.

»Ich kann das nicht essen, es ist ekelhaft.«

Mir war aufgefallen, daß Tobys Verhalten, je näher das Ende der Ferien rückte, immer unkontrollierbarer wurde.

»Sei nicht albern, das ist doch bloß Lamm und Gemüse. Die Mädchen haben es gegessen, es ist lecker.«

»Es ist nicht lecker, und ich hasse diesen Rosenkohl. Durch den schmeckt alles furzig.« Er verschwand um die Ecke ins Klo. »Und es gibt nur eins, was man mit furzigem Rosenkohl machen kann...« Ein Klatscher, dann hörten wir die Klospülung. Er kam mit einem sauberen Teller heraus.

»Alles weg.«

Emma prustete vor Lachen.

»Toby!« schrie ich wütend.

»Tut mir leid, ich konnte das einfach nicht essen. Es war zu widerlich.« Damit ging er raus in den Garten und schlug die Tür hinter sich zu.

Ich schleuderte das Filetiermesser auf den Tisch. »Himmel, dieser Junge wird immer schlimmer!«

»Der braucht eine Rakete in den Hintern, wenn Sie mich fragen«, bemerkte Vera. »Wie sind Sie mit Raketen sortiert?«

»Nicht allzugut im Augenblick«, sagte ich niedergeschlagen, beobachtete ihn durchs Fenster und überlegte, ob ich hinterhergehen sollte.

»Genau, ich auch nicht. Lassen Sie ihn in Ruhe, Schätzchen, und reden Sie später mal kurz mit ihm. Er wird schon wieder, Sie werden sehen. Diese Schulgeschichte macht ihm zu schaffen.«

Ich seufzte. »Ich weiß.«

»Und jetzt gehen wir Ihnen aus dem Weg und bringen das Abstauben hinter uns. Kommt schon, ihr zwei.«

Ich lächelte dankbar, als sie Ivo und die Zwillinge wegführte, jeder mit einem Staubtuch in der Hand. »Danke, Vera.«

Mein nächster Besucher war Joss. Ich war gerade auf dem Klo gewesen, weil ich dringend pinkeln mußte, hatte aber beim Spülen entdeckt, daß der Rosenkohl immer noch fröhlich in der Schüssel trieb. Der Knick im Rohr konnte sie offenbar genausowenig schlucken wie Toby. Ich spülte noch mal und noch mal, dann fischte ich sie laut fluchend mit der Hand heraus. Ich war grade auf dem Weg zum Mülleimer, als Joss erschien. Er sah auf meine Hände.

»Ah, es ist serviert, wie ich sehe. Zu den Vegetariern übergelaufen, wie ich sehe.«

Ich lachte. »Nein, das haben die Kinder zum Tee gekriegt. Toby wollte sie nicht essen.«

»Der verfluchte Junge weiß nicht, was gut für ihn ist«, bemerkte er, nahm einen Rosenkohl aus meiner Hand und steckte ihn in den Mund. »Mmm, köstlich.« Er sah in mein schockiertes Gesicht. »Was ist denn los?«

»Nichts!« Ich zielte hastig und schleuderte den Rest in die offene Mülltonne.

Er schüttelte den Kopf. »Sie sind furchtbar verschwenderisch, Rosie, wissen Sie. Dieser Rosenkohl ist voller Ballaststoffe.«

Er hatte nur allzu recht, dachte ich, als ich mir die Hände wusch. Gott sei Dank wußte er nicht, wie voll.

Schließlich war unser Mahl vorbereitet. Alle drei Gänge waren wunderbar gelungen, und jetzt brauchte es nur noch ein bißchen makelloses Timing. Wachteleier und Spargel nisteten in Blätterteigkörbchen mit einer Hollandaise und warteten nur darauf, aufgewärmt zu werden, Perlhuhnbrüstchen mit Safran und eine Julienne von Gemüsen standen bereit, um gedämpft zu werden, Pfirsiche in Rotwein gebacken mit hausgemachter Vanilleeiscreme frosteten im Kühlschrank. Perfekt. Jetzt mußte ich nur noch die Kinder ins Bett locken, mich selbst fertig machen und den Tisch decken.

Alles lief wie am Schnürchen. Die Kinder waren aus irgendeinem Grund sehr müde und gefügig und fielen in ihre Betten, und ich lief aufgeregt in mein Cottage, um mich umzuziehen. Ich hatte mir bereits zurechtgelegt, was ich anziehen würde: ein ziemlich schickes kleines marineblaues Kleid, das ich seit einer Ewigkeit nicht mehr angehabt hatte, weil ich viel zu fett dafür war, aber ich war mir ziemlich sicher, daß es nach all den Monaten voller Streß gut passen würde. Ich badete rasch und streifte es über. Der Reißverschluß ging wie Butter zu. Ich zog dunkle Strumpfhosen an, Pumps mit niedrigem Absatz, bürstete mir die Haare und legte dann mit überraschend zittriger Hand mein Make-up auf. Ich zog die Augen nach, tuschte mir die Wimpern, fügte noch einen Hauch Blusher hinzu, etwas blaßrosa Lippenstift, dann trat ich zurück, um mein Werk zu betrachten. Genau. Nur noch einen Spritzer Chanel hier und da... und hier... Perlohrringe... und ich war bereit.

Ich rannte mit pochendem Herzen zurück zum Haus. Jetzt. Die Küche. Ich räumte hektisch Bücher, Illustrierte, Kinderspielzeug weg, stopfte alles in einen Schrank und drückte mit Gewalt die Tür zu. Dann machte ich mich daran, den Tisch zu decken. Heute morgen hatte ich bereits einiges Silberbesteck poliert, das ich in einer Schublade gefunden hatte, also legte ich das auf, statt des üblichen rostfreien Stahls. Dann arrangierte ich sorgfältig den kleinen Strauß Schneeglöckchen, den ich heute früh gepflückt hatte, in einer Vase und stellte die in die Mitte. Ich trat zurück. Jetzt die Kerzen. Ich hatte in Cirencester welche aus Bienenwachs gekauft, die köstlich dufteten, also rannte ich ins Wohnzimmer, mopste ein paar Kerzenleuchter und zündete sie an. Was noch, fragte ich mich, und sah mich mit pochendem Herzen um. Ah, ja, die Beleuchtung. Grauenhaft, wirklich grauenhaft, diese Neonröhre an der Decke mußte weg und – o ja, ich würde eine Tischlampe aus der Halle borgen. Ich lief hinaus und fand eine mit einem roten Schirm, die ein rosiges Licht gab, kam zurück und steckte sie ein. Die Wirkung war erstaunlich, Atmosphäre aus der Dose.

Und jetzt, Musik. Ein Radio stand auf der Anrichte. Ich schaltete es ein, und eine ehrenwerte weibliche Stimme dröhnte über die Gnadenlosigkeit des Menstruationszyklus. Nein, das war ganz und gar unpassend. Ich drehte hastig den Senderknopf, bis ich etwas Stimmungsvolles fand und – ah, das war schon besser, »Strangers In The Night« – wie passend! Vor mich hinkichernd schwebte ich mit einem imaginären Partner durch die Küche, summte dazu. Ich warf einen Blick auf die Uhr. Zehn vor acht. Er würde doch wohl bald kommen? Und einen Drink brauchen? Ah, ja, Drink. Ich holte zwei Gläser aus einem Schrank und goß mir etwas Wein aus der Flasche im Kühlschrank ein. Ich nippte nachdenklich daran, lehnte mich gegen die Anrichte, ließ lächelnd den Blick durch den sanft beleuchteten Raum streifen und bewunderte mein Werk. Er würde natürlich noch arbeiten, aber jetzt würde er jede Sekunde den Hammer weglegen, hier hereinspazieren, einen Blick auf die stimmungsvolle Beleuchtung, den eleganten Tisch, die Blumen, die Kerzen werfen, die Musik hören und mich total aufgedonnert sehen und denken, verflucht, ist die scharf auf mich oder was?

Die Karusselle kamen rumpelnd zum Stehen. Das Glas erstarrte in meiner Hand. Mein Kiefer klappte herunter. Ich keuchte vor Entsetzen und klammerte mich an die Anrichte hinter mir. O mein Gott, Rosie, was hast du getan? Hast du vollkommen den Verstand verloren? Bist du klinisch irre? Du hättest dir genausogut BEREIT UND WILLIG auf die Stirn tätowieren können und ein Banner, das verkündete: HEUTE NACHT IST DIE NACHT! aufziehen. Vielleicht hättest du noch eine Matratze an die Wand lehnen können, nur für alle Fälle. Ich klatschte mir die Hand vor die Stirn. O mein Gott, o mein Gott! Was in aller Welt würde er denken und was, wenn er in dieser Sekunde hereinspaziert, und diese ganzen Verführungszutaten sieht und – Scheiße!

Voller Entsetzen legte ich los. Ich blies die Kerzen aus, drehte den rosigen Schein aus, killte »Strangers In The Night« – *Strangers In The Night, Himmel!* –, warf die Schneeglöckchen in die Spüle und hoppelte den Abhang hinunter wie ein verängstigter Hase. In Panik riß ich mir das Kleid vom Leib, die Strumpfhose, meine Schuhe, fand meine alten Jeans, mein Sweatshirt, meine Wollsocken, meine schäbigen Mokassins, streifte alles über und schrubbte mir mit genauso zittriger Hand wie vorhin beim Auflegen mein Make-up wieder weg. Vernünftigerweise stoppte ich, bevor ich mich selbst häutete, aber das Ergebnis war wirklich gut geschrubbt. O Gott, stöhnte ich, als ich wieder nach unten stürmte, o Gott, du Idiot, Rosie, du totaler, kompletter Idiot! Ich machte meinen Fünfhundert-Meter-Sprint zurück in die Küche und sah auf die Uhr – zwanzig nach acht, Hilfe! Ich tauschte rasch das Silber gegen das schmuddelige alte rostfreie Stahl, sah mich um und fragte mich, was ich sonst noch tun könnte.

Mein Blick flog zum Essen. All diese Mühe, all seine Lieblingssachen, die ich im Lauf der Woche wie ein Maulwurf, wie ein FBI-Agent mit List und Tücke herausgefunden hatte, und jetzt standen sie alle da, würden in rascher Reihenfolge serviert werden. Was würde er denken? Na ja, entweder würde er glauben, es wäre ein unglaublicher Zufall, oder er würde denken, ich wäre leidenschaftlich in ihn verliebt, genau das. Mein Gott, war ich das? Mir wurde heiß. War ich in ihn verliebt? Ich setzte mich für einen Moment. Tastete meine Stirn ab. Ich wollte diese Frage nicht beantworten. Ich war seine Mieterin, und er war verheiratet, es war undenkbar, daß er mich überhaupt in Betracht ziehen würde, aber selbst, wenn er das täte, wäre das so ein Vertrauensbruch und – oh, scheiß auf das Vertrauen, was sollte ich denn mit dem verdammten Essen machen? Ich rang verzweifelt meine Hände über dem Spargel und den Wachteleiern. Ich könnte wohl über alles Tomatenketchup spritzen und das Perlhuhn in Essig ertränken, um ihn von der Spur abzubringen, aber das brachte ich nicht fertig. Mein beruflicher Stolz ließ das nicht zu. Ich schluckte. Nein, das Essen mußte makellos bleiben, aber ich mußte so zerzaust und unattraktiv wie möglich aussehen. Das war meine Buße. Ich mußte aussehen, als läge mir nichts ferner, als ein romantischer Abend *à deux*. Ich rubbelte hastig mein Haar, bis es in alle Richtungen stand, fand einen Kaugummi, den ich von Toby konfisziert hatte, steckte ihn in den Mund und kaute los. Bäh. Ich wußte, daß auf meiner Stirn ein Pickel im Anmarsch war, also pickte ich kurz daran herum – so, der würde sich sicher gut entzünden. Dann schaltete ich den Fernseher ein, drehte die Lautstärke voll auf, lümmelte mich in den Stuhl davor und ließ nonchalant ein Bein über die Armlehne baumeln. Ich wünschte mir gerade, ich könnte auf Befehl furzen wie Toby, um das Ambiente ein bißchen aufzupeppen, als Joss hereinkam.

»Hallo. Tut mir leid, daß ich zu spät komme. Hoffe, Sie haben nicht auf mich gewartet.« Er ging, sich den Staub von den Händen waschen.

»Mmh?« Ich wandte mich mit trübem Blick zu ihm, kaute

dämlich vor mich hin, als hätte ich durch all die Seifenopern einen Gehirnschaden erlitten. Ich blinzelte.

»Oh, hallo, Joss. Nein, gar nicht.«

»Mmm, das ist ein Duft, den ich kenne. Chanel, nicht wahr?«

Meine rotierenden Kiefer erstarrten. Ich errötete bis unter meine zerzausten Haarspitzen. »Ähm … ja. Ja, das ist es.« Verdammt.

»Sehr angenehm. Essen wir hier drin?«

»Äh, ja. Ich meine, wo sonst?«

»Warum bringen wir es nicht einfach in die Halle? Hier drinnen ist es so unerträglich mit diesem grauenhaften Licht an der Decke. Hier, nehmen Sie ein Ende vom Tisch, und ich nehm das andere.«

Er schob die Seitentür mit seinem Hintern auf und stellte sich an ein Ende des Tisches. Ich stand benommen auf und nahm das andere. Dann trugen wir ihn zusammen hinüber. Er hatte den Kamin angezündet, bemerkte ich, und als wir den Tisch davorstellten, wurde die Halle mit ihren goldenen Wänden, dem roten Teppich, den Büchern und den Antiquitäten mit einem Mal zu einem recht gemütlichen Speisezimmer.

Er sah sich mit gerunzelter Stirn um. »Wissen Sie, das ist komisch, ich hätte schwören können, da war eine Tischlampe. Ich frage mich, wo –«

»Oh, ich weiß, wo sie ist, ich wollte sie – borgen!« Ich huschte zurück in die Küche und kehrte triumphierend mit ihr zurück.

»Ausgezeichnet. So. Was halten Sie von Kerzen?«

»Warum nicht?« keuchte ich, merkte, wie ein leichtes Kniezittern einsetzte und glättete mir ein bißchen die Haare.

»Ich frage mich, wo –«

»Ich weiß wo!« quäkte ich und rannte wieder los, um die Kerzen zu apportieren wie ein eifriger alter Spaniel, der die Spur der Hausschuhe seines Herrn aufgenommen hat. Ich fand sie in der Küchenschublade, in die ich sie geschleudert hatte. Sie waren noch etwas heiß. Bißchen wie ich. Beruhig dich, Rosie, beruhig dich. Ich atmete tief durch. Und hechel nicht.

Ich hastete zurück. Er nahm sie mir ab und zündete sie an. »Das ist besser.«

»Ja, viel besser!« Meine Stimme war quietschig. Ich räusperte mich. »Viel besser«, knurrte ich. Ich sah mich um. Meine Herren, das war eine viel verführerische Atmosphäre als die, die ich in der Küche kreiert hatte.

»Kitty und ich haben hier drin gegessen, wenn wir uns die Mühe machen wollten«, erklärte er ganz nüchtern, als er sich setzte.

»Ah, richtig.« Ich zögerte dämlich einen Augenblick, dann hastete ich wieder in die Küche, um das Essen zu holen. »Aber – mit Annabel machen Sie das nicht?« fragte ich tapfer, als ich wieder hereinkam.

Er grinste und goß den Wein ein. »Es mag vielleicht Ihrer Aufmerksamkeit entgangen sein, Rosie, aber Annabel ißt nicht direkt. Oh, sie knabbert vielleicht an einer rohen Linse, wenn sie einen Freßanfall hat, aber das ist in etwa die Grenze ihrer Kalorienaufnahme.«

»Ich wünschte, das könnte ich auch sagen«, seufzte ich, als ich ihm die Vorspeise hinstellte. »Ich glaube, ich habe noch nie an etwas geknabbert, wie meine Hüften bezeugen werden.« Oh, gut gemacht, Rosie, wirklich gut gemacht. Wolltest du wirklich schon so früh am Abend die Aufmerksamkeit auf deinen Hintern lenken? Und natürlich warf er einen Blick nach unten.

»Für mich ist das ganz in Ordnung.« Ich wand mich und setzte mich zackig. »Sie sind eben als Frau entworfen, wenn Sie keine Hüften hätten, wären Sie ein Mann.«

Ich fragte mich, wo dann die zweigähnliche Annabel einzuordnen wäre, aber Joss hob sein Glas, also packte ich meins, um ja nicht den Anschluß zu verpassen.

»Auf Ihre Gesundheit. Das neue Jahr, einen neuen Anfang, was immer Ihnen gefällt.« Er nahm einen Schluck und zuckte zusammen. »Pfui Teufel, das ist Gift, Rosie. Wo zum Geier haben Sie den her?«

»Oddbins«, sagte ich trotzig. »Ich fürchte, was Besseres konnte ich mir nicht leisten.«

»Oh, okay, Sie brauchen es mir nicht zu sagen, ich hab Ihnen nicht genug für Ihre Hilfe bezahlt. Aber Sie hätten sich gar nichts leisten müssen, wir haben den ganzen Keller voll, wäre verrückt, ihn nicht zu benutzen.« Und damit stand er auf und verschwand. Ein paar Minuten später kam er zurück mit etwas, das zumindest einen Korken hatte und was, wie er sagte, unendlich viel trinkbarer wäre.

Und so nahm der Abend seinen Lauf. Wir aßen, wir tranken, die Konversation floß, und wenn sie gelegentlich ins Stocken geriet aufgrund einer oder zwei meiner nervösen Attacken, nahm er sie gewandt wieder auf und trug sie mühelos weiter. Er sprach über das berauschende Gefühl, plötzlich begehrt zu sein, und von dem Druck, den er verspürte, dauernd etwas Gutes und Innovatives zu produzieren. Aber er redete nicht nur über sich selbst. Ohne allzu persönlich zu werden, fragte er mich über mich selbst aus, wie mein Geschäft lief, ob ich es genoß, auf dem Land zu sein, ob ich einsam wäre oder ob ich insgeheim erleichtert wäre, aus London weg zu sein. Ich erzählte ihm zu meiner Überraschung von Harry, auch über die furchtbare Zeit, als er gedroht hatte, mir Ivo wegzunehmen, und ich entdeckte, daß es half zu reden, es rauszulassen. Allmählich, als wir beim Dessert angelangt waren, mit Hilfe des Weins, des Essens und der Hitze des Feuers hatte ich gelernt, mich zu entspannen. Ich lehnte mich zufrieden zurück und sah mich um, wischte mir den Mund ab.

»Das ist ein wunderschöner Raum.«

»Das haben Sie schon mal gesagt.«

»Hab ich? Himmel, wie einfältig.«

»Nein, aber Umgebung ist für Sie wichtig, nicht wahr?«

Ich ließ mir das durch den Kopf gehen. »Ja, ich denke schon. Ich könnte ganz sicher nicht in einem solchen Chaos wie Sie leben.« Der Wein hatte mir offensichtlich Mut gemacht. »Ich nehme an, Sie bemerken solche Dinge gar nicht«, sagte ich mit einem Lächeln, »nachdem Sie auf einer höheren intellektuellen Ebene sind als wir übrigen Erdlinge und so weiter.«

Er lachte. »Kitty hat das immer gesagt.« Er sah sich um. »Sie war auch glücklich mit diesem Raum. Hatte das Gefühl, sie hätte hier etwas geschaffen. Ja, diesen Raum und ihren Speicher.«

»Ich war da oben«, sagte ich leise.

Sein Kopf schnellte hoch.

»Ich – dachte, ich sag es besser«, sagte ich nervös und beobachtete, wie sein Gesicht sich verdüsterte. »Toby hat mich nämlich da oben erwischt, also dachte ich, er könnte was erzählen. Ich denke – na ja, ich denke, ich wollte nur mal schauen.« Ich errötete. »Neugier könnte man sagen.«

Er zog die Schultern hoch. »Könnte man. Und was halten Sie davon?«

»Also ich ...« Ja, was hielt ich denn davon? Was hielt ich von einem Mann, der einen Raum seit dem Tag, an dem seine Frau gestorben war, buchstäblich unberührt gelassen hatte? Insgeheim dachte ich, er trauerte nach wie vor um sie und liebte sie immer noch sehr, aber ich sprach es nicht aus.

»Ich glaube, das ist eine Möglichkeit, ihren Geist am Leben zu erhalten. Ihre Erinnerung bewahren. Und das ist gut. Ich hab auf jeden Fall eine Vorstellung davon bekommen, wer sie war.«

Er nickte. »Sie denken, ich bin ein trauriger alter Sack.«

»Das denke ich natürlich nicht.«

Er seufzte erschöpft. »Letzten Sommer hat Annabel mich deswegen so schikaniert und getriezt, daß ich es fast geschafft hätte, ihn auszuräumen. Aber dann hab ich es Toby gegenüber erwähnt, und er hat drei Tage lang nicht mehr mit mir geredet.« Er zuckte die Achseln. »Irgendwie ist es nie passiert.«

»Toby ist noch sehr jung. In ein, zwei Jahren wird er es einsehen. Vielleicht können Sie es mit ihm zusammen machen.«

Er lächelte. »Vielleicht.« Er legte seinen Löffel weg und sah traurig in seine leere Puddingschüssel. »Also, Rosie. Das war wirklich sehr, sehr enttäuschend.«

Ich zuckte zusammen.

Er grinste. »Seien Sie doch nicht albern. Es war absolut köstlich. Die beste Mahlzeit, die ich seit Jahren gegessen habe, und ich kann Ihnen sagen, ich hab meinen Hintern kürzlich in einigen sehr schicken Etablissements geparkt. Sie haben es nicht nötig, daß ich Ihnen sage, daß Sie eine extrem talentierte Köchin sind, also warum machen Sie nichts damit?«

»Wie meinen Sie das?«

»Na, Marfa hat mir erzählt, daß Sie bei diesem pfannenschleudernden Enfant terrible der Kochszene, Jean-Philippe gelernt haben. Man leidet nicht so für seine Kunst, wenn man nicht irgendein Ziel vor Augen hat, also, was ist das Ziel?«

»Oh, ich weiß es nicht«, sagte ich vage, stand auf und begann, die Teller abzuräumen. »Da ist das Pub natürlich, und ich dachte, ich könnte für ein paar Dinnerpartys kochen, solange ich hier bin, Lasagne für gestreßte Hausfrauen machen und so was.«

»Mehr nicht?«

»Na ja im Augenblick schon, ja. Vor Jahren, wirklich nein. Ich hatte alle möglichen Pläne, aber ich muß nehmen wie es kommt. Ich hab Ivo, ich bin Witwe, ich –«

»Was für Pläne?« unterbrach er mich.

»Also *damals* wollte ich natürlich mein eigenes Restaurant haben.«

»Was für eine Art von Restaurant?«

Ich starrte ihn wortlos an.

»Wissen Sie es denn nicht?«

»Natürlich weiß ich es«, sagte ich langsam. »Ich weiß es genau. Ich weiß es bis hin zum Entwurf der Speisekarte, der Farbe der Tischtücher, der Farbe an den Wänden, der Art von Mehl, die ich zum Brotbacken nehmen würde, der Art von Gebäck, den Blumen – natürlich weiß ich es. Es war mein Traum, meine Zuflucht, seit meinem achtzehnten Lebensjahr. Wir haben doch alle einen Platz im Kopf, wo wir uns verstecken können, und das war immer meiner.«

Er nahm mir die Teller ab. »Lassen Sie die. Setzen Sie sich. Erzählen Sie.«

Und das tat ich. Ich setzte mich und erzählte es ihm genau. Ich erzählte ihm, daß es ein Restaurant auf dem Land mit einem Farmladen werden sollte und wie jeden Tag die frischen Produkte von dort ins Restaurant gehen würden und wie jeder, der im Restaurant essen würde, ermutigt würde, den Farmladen zu besuchen, um selbst einzukaufen. Ich erzählte ihm, daß man, um ins Restaurant zu kommen, direkt durch die Küche gehen müßte, durch eine Glaswand abgeteilt, damit man sehen könnte, wie das Essen zubereitet wird. Ich erzählte ihm, daß man, nachdem man diesen ultramodernen Zubereitungsbereich mit allen Schikanen durchquert hatte, sich in einem hellen, luftigen, traditionellen Speiseraum wiederfinden würde und nicht in einem dieser Operationssäle, die in London so beliebt waren, nur Chrom und Glas und gräßliche Spots von der Decke. An den dicken, pergamentfarbenen Wänden würden Ölgemälde hängen, Aquarelle, Regale, die unter der Last der Bücher stöhnten. Im Kamin würde ein Feuer brennen; die Mahagonitische, nicht zu eng gestellt, würden zu zwei Flügeltüren führen, die im Sommer offenstehen würden und den Zugang zu einer Terrasse freigeben. Hier würden noch ein paar Tische stehen, und um sie herum würden Bauerngartenpflanzen aus alten Steinvasen wuchern. Der Kräutergarten würde bis zur Terrasse reichen, die Sonne würde den betäubenden Duft freisetzen, und dahinter würde es einen Gemüsegarten geben, der in einen Obstgarten überging, und dann die andere Seite hoch zu einer Aussicht auf die Berge dahinter. Ich erzählte ihm, wie ich nur die besten, frischesten Zutaten im Restaurant verwenden würde, mit Schwergewicht auf hausgemachte englische Kost wie Hase, Fasan, Fisch und Gemüse der Saison und nicht die übliche aufgemotzte Pasta und Polenta, die heutzutage in Restaurants so modern waren. Ich würde »back to the roots« gehen, aber ohne die verkochte Schwere, die man so oft mit englischem Essen in Verbindung brachte. Ich erzählte ihm von der Weinkarte, den Preisen, die ich mir vorstellte. Ich erzählte ihm sogar von meiner Idee, ein Streichquartett zu engagieren, vielleicht vom hiesigen Musikcollege, das man dazu überreden könnte, für ein Taschengeld zu spielen. Kurzum, ich erzählte ihm meine Träume. Ich muß sagen, er hörte sehr höflich zu. Als ich fertig war, räusperte er sich.

»Und warum haben Sie das alles nicht gemacht?«

»Womit denn? Etwa mit Schokoladenknöpfen?«

»Na ja, ich will nicht behaupten, daß das Geld vom Himmel fallen wird, aber ich glaube, die anerkannte Weisheit ist, zu seinem Bank-Manager zu gehen mit einem Geschäftsplan, etwa in der Richtung von dem, den Sie mir gerade präsentiert haben, sich das Geld leiht und langsam zurückzahlt.«

Ich lachte. »Oh, Joss, haben Sie eine Ahnung, wie viele hoffnungsvolle Restaurateure das jedes Jahr machen? Wie viele Leute borgen, aufmachen, kochen, kämpfen, pleite gehen, zumachen, bankrott gehen, kollabieren, in Therapie gehen und am Ende in der Klapsmühle landen? Ich kann es mir einfach nicht leisten, so ein Risiko einzugehen!«

»Okay, dann tun Sie's nicht.«

Ich starrte ihn an. »Für Sie ist das in Ordnung, nicht wahr? Alles, was Sie je wollten, ist, mit Ihren Felsbrocken rumfummeln oder Eisenklumpen mit einem Schweißbrenner foltern. Da gibt's nicht so viele Ausgaben, nicht soviel Schlafverlust wegen Kreditrückzahlungen, nicht viele Gehälter, die am Monatsende zu bezahlen sind, und Sie verlieren auch nicht Ihr Gesicht, denn wer soll es erfahren, wenn Ihre griechischen Götter in der Privatsphäre Ihres eigenen Ateliers nicht ganz so ausfallen wie vorgesehen?«

»Ist es das, wovor Sie Angst haben? Das Gesicht zu verlieren?«

»Nein, das ist es wirklich nicht und – mein Gott, ich klinge wie mein Bruder!«

»Ah, ich trete also auf einen vielbegangenen Pfad, nicht wahr? Mit dem berühmten Filmregisseur, der, wie ich höre, übrigens meine Frau kennt.«

Ich warf ihm einen Blick zu, aber sein Gesicht verriet nichts. Ich nickte. »Ja, nun. Tom sagt so ziemlich dasselbe. Daß ich Angst hätte, in Wettbewerb zu treten, Angst, meinen Kopf über die Balustrade zu stecken. Angst scheint ohnehin die Triebkraft Nummer eins meines Charakters zu sein«, sagte ich fröhlich. »Mein Hauptvermögenswert.«

Er lächelte. »Keine Angst. Nur Mangel an Selbstvertrauen.« Er stand auf und ging zum Sekretär. »Ein Glas Madeira?«

»Bitte.«

Ich ließ mir das durch den Kopf gehen. Ja, mir mangelte es wirklich an Selbstvertrauen. Ich beobachtete, wie Joss die Drinks auf der Anrichte eingoß und entdeckte ein Foto seiner Frau neben seinem Ellbogen. Es wurde ihr natürlich nicht gerecht. Es war eine schwarz-weiße Studioaufnahme, Kinn in die Hand gestützt, Mund voll und schmollend, launische Augen, die direkt in die Kamera schauten. O ja, sie hatte Selbstvertrauen. Eimerweise. Schubkarrenweise. Ich sah in diesen direkten schwelenden Blick und fragte mich, ob man so geboren wurde, aus dem Mutterleib sprudelnd vor Selbstvertrauen kam, oder ob man so wurde, weil jeder einem sofort zu Füßen fiel, wenn man einen Raum betrat. Schönheit war so einfach, nicht wahr? Sie machte das Leben so unglaublich einfach. Ein bißchen wie von einem Baumstamm fallen.

»Ich hoffe, sie hat Sie nicht zu sehr schikaniert.«

Ich kam mit einem Ruck zu mir. Joss saß mir wieder gegenüber, folgte meinem Blick.

»N-nein. Nein, überhaupt nicht«, stotterte ich und griff nach meinem Glas.

»Das ist einfach ihre Art, fürchte ich. Sie dürfen es nicht persönlich nehmen.«

»Tu ich nicht«, sagte ich und dachte ja, also, Unhöflichkeit könnte auch meine Art sein, aber offensichtlich hab ich nicht dieses Selbstvertrauen.

Ich nahm meinen Löffel und schmierte damit gedankenverloren die Reste meiner Eiscreme auf dem Teller herum. Mit einemmal fühlte ich mich elend. »Sie wird wohl bald wiederkommen, denke ich mir.«

»Gleich morgen früh. Sie hat nur einen Nachtflug kriegen können, unglücklicherweise.« Er grinste betreten. »Ich meine für uns. Ich fürchte, das macht sie immer ein bißchen reizbar.«

Und was gibt es sonst noch Neues? dachte ich traurig. »Ist sie ... sehr erfolgreich?« Ich hievte das von irgendwoher hoch und fragte mich, wie es mir gelungen war, das Gespräch so katastrophal in Richtung seiner Frau zu lenken.

»Oh, sicher ist sie das, auf ihrem Gebiet.«

Was ist das denn? Alles mit einem Dollarzeichen drauf, fragte ich mich boshaft.

»Deswegen kommt sie manchmal rüber, als wäre sie ziemlich«, er zögerte, »nun ja, schwierig. Das ist der Streß, der mit dem Erfolg kommt, fürchte ich.«

»Muß furchtbar sein.«

Er lachte. »Das ist einfach ihre Art, Rosie. Sie ist es gewohnt, ein ziemlicher Star zu sein, und da hat man die Tendenz, die Markierung zu überschreiten, ohne es wirklich zu erkennen. Wie ich höre, hat sie Sie hier heraufbeordert, um ihre Besorgungen an Weihnachten zu machen. Das tut mir leid.«

»Das ist schon in Ordnung. Ich hab nichts dagegen, für sie ein bißchen einzukaufen, aber in Zukunft zieh ich die Grenze beim Einkauf von Verhütungsmitteln.«

»Wie bitte?«

»Oh, nichts.«

»Was für Verhütungsmittel?«

»Oh, es ist nur – sie hat mich gebeten, ein paar Kondome zu kaufen.«

Er runzelte die Stirn. »Wir benutzen keine Kondome.«

Ich starrte ihn an. Ich glaube, uns ging simultan ein Licht auf.

»Schau her, schau her«, sagte er, »das ist also jetzt ihr Spiel, was?« Er lachte, aber es klang hohl. »Wer hätte das gedacht.«

Ich fixierte meinen Teller. Gütiger Gott, sie waren nicht für ihn gewesen. Sie hatte eine Affäre. Ich spürte, wie mir das Blut in die Wangen schoß. O Mann, wie *furchtbar.* Wie hatte ich das nur sagen können? Ich sah bestimmt auch aus wie das Erzluder, das so was lässig ins Gespräch einfließen ließ, aber mir war einfach nicht der Gedanke gekommen, sie könnten nicht für ihn sein.

Eine bleierne Stille erfaßte den Raum. Über dem Kamin tickte langsam die Uhr. Ein Scheit knisterte im Kamin. In wenigen Sekunden würde es Mitternacht sein. Joss hob die Augen, gerade, als die Zeiger sich vertikal trafen.

»Zwölf Uhr«, knurrte er. »Ein glückliches neues Jahr, Rosie.«

»Glückliches neues Jahr«, murmelte ich.

Er hob sein Glas. »Auf alte Freunde«, sagte er verbittert. »Damit wir sie nicht vergessen.« Er kippte seinen Wein in einem Zug hinunter und stellte das Glas zurück auf den Tisch. Starrte es traurig an. »Und auf die guten alten Zeiten ... ja, auld lang syne ...«

Ich ließ ihn nicht aus den Augen. Er schien in Trance zu sein, starrte wie gebannt auf einen Fleck auf dem Tisch, direkt hinter seinem Weinglas. Ich nagte an meiner Lippe. Er war offensichtlich am Boden zerstört. Und ich war der Auslöser. Ich erinnerte mich an die Widmung in dem Gedichtband, und ich erinnerte mich, wie Alex mir erzählt hatte, wie verrückt die beiden aufeinander waren. Wir blieben in qualvollem Schweigen sitzen. Dann zerriß ein Schrei die Luft.

»Das ist Ivo!« Ich sprang auf, stieß meinen Stuhl zurück.

Ich floh aus diesem Zimmer und rannte die Treppe hoch, nahm immer zwei Stufen auf einmal, den Korridor entlang, heilfroh entfliehen zu können, mit hämmerndem Herzen. Ivo stand in seinem Bettchen, mit glänzenden Augen und übers ganze Gesicht grinsend. Ich nahm ihn hoch und roch sofort die schmutzige Windel. Verdammt. Jetzt mußte ich runter ins Cottage und frische holen. Ich zögerte mit ihm auf meinem Arm. Sollte ich ihn zurück ins Bettchen stellen und schreien lassen, während ich fort war – ich konnte Joss schlecht ein stinkendes Baby aufzwingen – oder, ja, warum gingen wir beide nicht einfach zusammen zurück? Er war jetzt hellwach, und es würde mir eine Ausrede geben, das Haus zu verlassen. Was sollte ich denn sonst machen? Die Windel holen, ihn wechseln, wieder zurück nach unten gehen und mich Joss gegenübersetzen? Oder mich einfach ins Cottage zurückschleichen wie ein Informant, der seine Schuldigkeit getan hatte? Seine schlimmste? Meine Feigheit siegte. Jawohl. Zurückschleichen. Ich wickelte Ivo in die Decke und ging nach unten. Joss saß noch am Tisch. Wie es schien, hatte ich ihn mit einem Satz bewegungsunfähig gemacht. Ihn in Stein verwandelt.

»Ähm, ich habe keine Windeln mitgebracht, also werde ich ihn zurück ins Cottage bringen.«

Er hob den Kopf nicht. Ich bewegte mich zur Tür. Legte meine Hand auf den Riegel.

»Seien Sie nicht lächerlich«, keifte er plötzlich. »Gehen Sie einfach, und holen Sie die verdammte Windel. Sie müssen noch nicht zurückgehen.«

O doch, das muß ich, dachte ich, und hob den Riegel. »Ist besser so«, murmelte ich. »Er ist jetzt sowieso hellwach ...« Ich nagte an meiner Lippe. Drehte mich um. »Hören Sie, es tut mir leid, Joss. Ich wollte ehrlich nicht ...«

Ich verstummte, überwältigt von der Tiefe der Gefühle in seinem Gesicht. Es war gespannt, blaß, und ein Muskel zuckte in seiner Wange. Mir wurde plötzlich mit Entsetzen klar, daß er mit Tränen kämpfte. Meine eigene Kehle war wie zugeschnürt, und ich schoß ohne einen weiteren Gedanken nach draußen, schloß die Tür hinter mir. Ich blieb einen Moment in der Dunkelheit stehen, erschüttert, dann lief ich zum Auto. Ich steckte Ivo in seinen Sitz und sprang hinein. Ich raste mit hämmerndem Herzen hinunter zum Cottage. Sobald ich im Haus war, brachte ich ihn eilig in sein Zimmer, wechselte die Windel und steckte ihn unter einen Stapel Decken zum Schlafen, dieses eine Mal taub für die empörten Schreie, die folgten. Ich ging zu meinem eigenen Zimmer, zog mich aus, stieg ins Bett und riß mir die Daunendecke über den Kopf. Ich zog meine Knie unters Kinn und wickelte fest meine Arme drum, blieb zitternd zusammengerollt in der Dunkelheit liegen. O Gott, was für ein Schlamassel. Was hatte ich da nur angerichtet! Es mußte so aussehen, als hätte ich das alles auch noch geplant, das Abendessen, das Gespräch, die raffinierte Umlenkung des Gesprächs auf seine Frau – und dann der *Coup de Grace*. Der unerschütterliche, unwiderlegbare Beweis für Annabels Ehebruch. Und ohne eine Möglichkeit für ihn zu fliehen oder sich zu verstecken. Ich hatte ihn festgenagelt wie eine Fliege unter einer zusammengerollten Zeitung, und ich war in der perfekten Position, zuzusehen, wie er sich wand.

Ich erinnerte mich an den Ausdruck in seinem Gesicht, zuerst erschrocken, dann voller Schmerz. Ich zitterte. Ein aufrührerischer Gedanke kam mir in den Kopf. Jetzt könnte er sich von ihr lossagen, jetzt, nachdem er aufgeklärt war, verfügbar werden für mich, aber ich unterdrückte das zusammen mit der Erinnerung an sein aschfahles Gesicht. Mach dir nichts vor, Rosie, in seinen Augen kannst du ihr nicht das Wasser reichen, ganz zu schweigen von einem Glas Wein. Ich stellte mir vor, wie er immer noch dasaß, seine Karaffe leerte, die Reste vor einem ausgehenden Feuer trank, sich vorstellte, daß sie Tausende von Meilen entfernt war. Im Bett eines anderen. Wessen, fragte ich mich. Wie er sich quälte, sich nach ihr sehnte, mich haßte. Ich begann lautlos zu weinen. Ich sehnte mich nach Schlaf, um das alles auszusperren. Nebenan war Ivos Quäken verstummt, und ich schloß die Augen, versuchte den gleichen Zustand des Vergessens für mich zu finden. Schließlich hatte Morpheus wohl Mitleid gehabt, denn als nächstes fuhr ich erschrocken hoch. Von unten war heftiges Klopfen zu hören.

Ich setzte mich überrascht auf. Was war das? Einen Moment lang wußte ich nicht, wo ich war. Hatte ich mir ein Geräusch eingebildet? War es ein Traum? Dann, *klopf, klopf, klopf,* war es wieder da und Geschrei auch. Da draußen war jemand, jemand war an der Tür! Ich sprang aus dem Bett und rannte zum Fenster. Draußen war es stockdunkel, aber unten, gleich links von der Veranda, konnte ich eine schattige Gestalt ausmachen, mit langem dunklen Mantel und Hut. Definitiv ein Mann, aber es war zu dunkel, um zu sehen wer. War es Joss? War er gekommen, um mich der Lüge zu bezichtigen, des selbstsüchtigen Verrats, um mich auf Annabels Kosten zu promoten, oder vielleicht war er gekommen, um – ich wußte das nicht, aber ich packte meinen Morgenmantel und rannte hinunter.

»Rosie! Laß mich rein!« rief eine Stimme. Sie war heiser, und ich erkannte sie immer noch nicht, aber ich wußte schlagartig, daß es nicht Joss war.

Ich schlich mit pochendem Herzen zur Tür.

»Wer ist da?« flüsterte ich.

»Um Himmels willen, laß mich rein!«

Ich zögerte einen Augenblick, dann hob ich die Hand und schob den Riegel auf. Ohne daß ich die Klinke drückte, flog die Tür auf. Im nächsten Augenblick fiel jemand gegen mich, nach Alkohol stinkend, und deckte mich zu. Wer immer es war, er trug einen riesigen Mantel und einen Hut über den Augen. Zuerst erkannte ich ihn nicht, aber als ich unter seinem Gewicht rückwärts stolperte: »Michael!«

21

»Michael! Was zum Teufel machst du denn hier?«

»Dafür, Scheiß Herr, danke ich dir«, keuchte er an meinem Hals hängend. »Ich hab gedacht, ich muß auf deiner verfluchten Schwelle an Unterkühlung sterben! Scheiß Silvester, und dieses Schweinehotel sperrt mich aus. Es war erst drei Uhr früh – Scheiß Silvester!«

Er schwankte beängstigend, und es gelang mir gerade noch, mich aufrecht zu halten. »Herrgott, Michael, laß mich los, ja!?«

Es war sonnenklar, daß er katastrophal betrunken war. Sein Gesicht hatte diesen total aufgeknöpften Ausdruck, seine Augen waren blaß und glasig, er stank nach Fusel und abgestandenem Parfum, und seine Fliege hing irgendwo um sein Ohr. Die Reste eines Knallbonbons hingen von seinem Hut, und er hatte Lippenstift auf der Backe. Ich schleifte ihn wie eine Leiche herein, aber bevor ich die Tür hinter ihm zutrat, entdeckte ich seinen Wagen.

»Großer Gott, du bist doch nicht etwa hierher gefahren?«

»Mußte. Irgendein Arschloch hat das letzte Taxi geschnappt, aber ich sag dir eins, Rosie, ich hätt's nicht tun sollen«, er schüttelte ernst den Kopf. »Hätt ich wirklich nicht tun sollen, und nicht, weil ich nicht scheißgut bin, wenn ich ein paar gekippt hab, ein Scheiß Ayrton Senna bin ich, aber diese Arschlöcher in Blau sind heute nacht in Massen unterwegs. Es wimmelt vor

Bullenschweinen, sie warten in Parkbuchten, verstecken sich in Hecken, Arschlöcher – Mann, Scheiß-Silvester, und man kann nicht mal einen Scheiß-Drink nehmen! Mußte sie abhängen«, demonstrierte er mit einer trunkenen Handbewegung, »mußte mich ducken, schlittern, Zickzack fahren – aber ich hab's geschafft, hab sie abgehängt, hab sie auf diesen kleinen Landstraßen abgehängt.« Er zwinkerte. »Mußt wissen, ich kenn diese kleinen Landstraßen.«

»Dann darf ich wohl annehmen, daß es eine lustige Party war«, sagte ich spitz, immer noch unter seinem Gewicht taumelnd.

Er fand sein Gleichgewicht und hielt mich von sich weg, die Hände auf meinen Schultern. »Oh-oh«, sagte er mißtrauisch. »Ich kenne diesen Blick.« Er wedelte mit einem Finger vor meiner Nase. »Alice kriegt diesen Blick bei Partys, und ich sag, Jungs, ich seh am Blick meiner Frau, daß ich mich gut amüsiere!« Er brüllte vor Lachen. »Kommt immer gut an, der Spruch, immer ein Lacher, außer von Alice natürlich.« Er seufzte, runzelte grübelnd die Stirn. »Was hast du mich gefragt?«

»Spielt keine Rolle, Michael. Schau–«

»Ah, ja, scheißgut«, sagte er heftig nickend, als er sich erinnerte. »Verflucht gute Party. Nette Gesellschaft auch. Da war auch so eine Splittergruppe, die ich mit einem ziemlich schnuckligen kleinen Wesen gegründet hab irgendwann im Lauf des Abends. Wir ham uns weggeschlichen«, demonstrierte er mit kriechenden Fingern, »die Treppe rauf, nur wir zwei – oder waren es drei? Nein, nein, ich prahle, nicht prahlen, Michael, das ist nicht nett. Es waren definitiv nur wir zwei, und spar dir diesen Blick, Rosie. Alice wollte nicht mitkommen, was soll ein Kerl da machen?« jammerte er.

»Ich kann's mir nicht vorstellen.«

»DU VERSUCHST ES EINFACH NICHT!« brüllte er fröhlich.

»Michael, glaubst du, du könntest kurz von mir runtergehen«, keuchte ich. »Ich glaub, ich brech zusammen!«

»Sicher, sicher«, sagte er beleidigt, »alles was gewünscht wird. Hättest es sagen sollen, Rosie, möchte mich dir nicht an den Hals werfen, obwohl du ein richtiger kleiner Leckerbissen bist.« Er kicherte betrunken und versuchte seine Beine. »Perfektes Gleichgewicht«, murmelte er, »hätte zum Zirkus gehen sollen. Siehste?« Er konnte grade eben noch stehen, wenn auch ein bißchen wacklig, und ich entfernte mich und rieb meine schmerzenden Schultern. Während er so in der Mitte des Raumes schwankte, verdüsterte sich auf einmal seine Miene.

»Auf jeden Fall, Rosie, habe ich etwas zu verkünden. Und nachdem du hier die einzige bist, kann ich's genausogut dir verkünden.«

»Was denn?«

»Ich trinke nicht mehr.« Er hielt inne. »Aber andererseits trink ich auch nicht weniger!« Er brüllte über seinen mühsamen Witz, weinte vor Freude sogar fast. »Ah, meine Güte«, japste er und wischte sich die Augen, »Lachen muß sein, was? Wenn du nicht lachst, ich sag dir was, dann weinst du verdammt noch mal. Weißt du, was ich um diese Zeit nachts immer über das Leben sag, Rosie? Weißt du das?«

Ich warf einen Blick auf meine Uhr. Vier Uhr früh, und ich war im Begriff, besoffene Philosophien zu hören. Ich verschränkte erschöpft meine Arme. »Was?«

»Ich sage, ein Mann muß seinen Glauben haben. Und ich glaub, ich nehm noch einen Drink.«

Das hätte ihn fast zum Krüppel gemacht. Er grölte, klatschte sich auf die Knie, und dann stolperte er zu der Anrichte, in der ich den Whisky aufbewahrte. »Ah, Michael, du alter Hund, du alter Teufel du!« lallte er und goß sich einen Strammen ein. »Du bist ein böser Junge.« Er kippte das Zeug in einem Zug hinunter und schmatzte laut. »Ahh… Nektar. Reiner, unverfälschter Nektar. Noch einen, Michael? Warum nicht, mein Guter, nur bis zum Rande, Garçon.«

Er wollte sich noch einen eingießen, aber ich hechtete hinüber und fing ihn ab. »Ich denke besser nicht, Michael.« Ich nahm ihm das Glas aus der Hand, drehte ihn zu mir und gab ihm einen kleinen Schubs. Mehr brauchte er nicht. Er fiel wie ein gehorsamer Kegel flach auf die Couch. Einen Moment blieb er da liegen und blinzelte mich erstaunt an. Stumm und bewegungslos. Dann blitzten seine blauen Augen.

»Du kesses kleines Teufelchen, du! Willst mich jetzt verführen, was? Komm schon, zieh dich aus, ich kann's ertragen! Ich bring's auch noch mit einer zweiten, da gibt's ohne Ende zu holen!« Er kämpfte mit dem Knopf an seiner Hose.

Ich warf den Patchwork-Quilt über ihn. »Mach einfach den Gürtel zu, Michael, und schlaf jetzt, wärst du so gut? Ich bin scheißmüde, und ich geh jetzt ins Bett, und ich will dich in den nächsten sechs Stunden weder sehen noch hören, kapiert!«

Er wand sich vor Entzücken. »Oooh, streng. Ich hab immer gewußt, daß du streng sein würdest, du leckeres kleines Ding. Schwarzes Barett und schwarze Strümpfe, was? Und ich soll dich Fräulein Lehrerin nennen, ja? Ich kann es kaum erwarten«, stöhnte er und kniff in Ekstase die Augen zu. »Komm schon, hilf mir auf, und ich bedien dich im Bett, wesentlich bequemer.«

»Was für ein verlockender Antrag«, murmelte ich, wickelte mich fest in meinen Morgenmantel und ging in Richtung Treppe.

»Ach, komm schon, Rosie«, bettelte er und schürzte seine Lippen. »Du weißt, daß du schon immer scharf auf mich warst, besonders im Smoking – schau!« Er öffnete seinen Mantel und enthüllte ein total verdrecktes Smokinghemd voller Weinflecken. »Ist das sexy oder was? So eine Kreuzung zwischen Tom Jones und einem gewissen strammen jungen Kabinettminister, was sagst du?« Er zwinkerte lasziv und machte einen eindeutigen Stoß mit den Hüften.

»Komischerweise, Michael, kann ich dieser Kombination sehr leicht widerstehen.«

Er ließ die Jacke fallen und blinzelte echt erstaunt. »Wer hätte das gedacht.«

»So, ich geh jetzt direkt nach oben, und wenn du nichts dagegen hast, möchte ich jetzt schlafen. Es ist zehn nach vier, und ich brauch ein paar Stunden Schlaf IRGENDWANN HEUTE NACHT!«

»Ooh, wunderbares Temperament«, murmelte er, als ich die Treppe erreichte. Er stöhnte leise und schloß die Augen. »Herrliche Beine… herrliche Möpse…« Er kicherte obszön. »Herrliche marineblaue Höschen, herrliche Strapse, herrliche, herrliche Fesseln…« Ich knallte die Tür vor seiner Lolitafantasie zu und kletterte zurück ins Bett.

»Heiliger Strohsack«, murmelte ich, als ich mich schwer in die Kissen fallen ließ. Was für eine Scheißnacht. Und sein *Zustand,* mein Gott! Wie oft passierte das, fragte ich mich. Und mit wie vielen Frauen in wie vielen Wohnungen oder Hotelzimmern? Denn es bestand kein Zweifel: Michael Feelburn war nicht nur ein unverschämter pozwickender Anmacher, nein, er war ein ernsthafter Schürzenjäger. Ein alternder Hengst mit einem ungezügelten Sexualtrieb, und je mehr ich darüber nachdachte, desto mehr wurde mir klar, daß ich es immer schon gewußt hatte. In dieser Ehe gab es viel zu viele öffentliche Zuneigungsbezeugungen. Zu viele Küsse an der Türschwelle, Alice den Po tätscheln, sie ständig anrufen und ihr versichern, wie sehr er sie liebte, und zu viele späte Termine und unvermeidbare Verspätungen. Ich fragte mich, ob Alice es wußte. Ich drehte mich um, knüllte mein Kissen zusammen. Nein, sie konnte es unmöglich wissen. Sie war so stark, so tapfer, sie würde das nie dulden. Ich bezweifelte, daß sie es auch nur vermutete, und das war wahrscheinlich das, was er am meisten fürchtete. Da würde es keine Kompromisse geben. Wenn Alice auch nur einen Hauch von Lunte riechen würde, wäre sie schon aus dem Haus, mit einer Tochter unter jedem Arm, die Staffelei auf dem Rücken und ihre Mokassins an den Füßen. Alice war keine Frau, die Untreue dulden würde.

Während ich die dunkle Wand anstarrte, wünschte ich mir plötzlich inständig, ich würde es auch nicht wissen. Alice war so ein aufrechter Mensch. Sie machte es einem schwer, in ihrer Gesellschaft etwas zu verheimlichen. Man wollte automatisch seine Karten auf ihren abgelaugten Kieferntisch legen und ihr alles brühwarm erzählen. Nicht, daß ich das tun würde, natürlich nicht. Nein, das würde keinem helfen.

Ich zog mir traurig die Daunendecke über den Kopf und seufzte. Mein Gott, als hätte ich nicht schon eigene Probleme genug ohne das. Ich klopfte das Kissen flach und drehte mich um, fragte mich, ob Joss wohl schon schlief. Ich hoffte es. Wie die Zeit, war das einer der großen Heiler. Ich schloß meine Augen ohne große Überzeugung, aber seltsamerweise schlief ich fast sofort ein, wahrscheinlich vor Erschöpfung, glitt locker auf die dunklen Landstraßen des Schlafs.

Ich träumte von Joss. Ich sah ihn am Feuer stehen, aber nicht am Kamin in der Halle, das war ein riesiges Feuer – ja, ein Lagerfeuer, und auf der anderen Seite rief jemand nach ihm. Jemand brüllte ihm zu, ums Feuer herumzukommen und – oh, das war ich! Jetzt konnte ich mich selbst auf der anderen Seite sehen, wie ich versuchte, zu ihm zu rennen, aber das Feuer breitete sich aus, entzündete das Gras wie Zunder, leckte in Streifen weiter. Ich sah Joss rennen wie mich. Er versuchte davonzulaufen. Wir liefen zusammen, das Feuer zwischen uns, aber ständig leckte das Feuer schneller und schneller, und ich konnte es nicht überqueren, konnte ihn nicht erreichen, und der Rauch erstickte mich auch. Er war in meinen Augen, meinem Mund, ich konnte den Mund nicht öffnen, nicht atmen. Ich – mein Gott, ich konnte jetzt tatsächlich nicht atmen, da war ein furchtbares Gewicht auf mir und – ich schlug die Augen auf. Du lieber Himmel, *Michael!*

Nur konnte ich es nicht sagen. Konnte auch nicht schreien, weil sein Mund fest auf meinen gepreßt war und sein Gewicht mich langsam erdrückte.

»Mmmmmmmm!« quiekte ich entsetzt.

Ich erstarrte, als ein gräßlicher, widerlicher Geruch von abgestandenem Alkohol und ungewaschener Haut in meine Nüstern zoomte. Ich warf einen entsetzten Blick nach unten – alles, was ich bewegen konnte – und sah, daß er bis auf eine Hose – Scheiße, er war nackt! Panik brandete in mir hoch. Er hielt meine Handgelenke auf dem Bett fest, und ich hatte die grauenvolle, eiskalte Erkenntnis, daß er es ernst meinte. Gelähmt vor Fassungslosigkeit, daß mir so etwas passieren sollte, hatte ich mich lange genug stillgehalten, daß er seine Zunge in meinen Mund hatte schieben können. Mit einemmal kam ich zu mir. Ich biß heftig zu. Sein Kopf schnellte zurück.

»Autsch! Du kleines Luder!«

»RUNTER VON MIR!« kreischte ich und bäumte mich, um ihn abzuwerfen.

»Genau so, wehr dich, wehr dich!« keuchte er und stieß mich mit dem Unterleib zurück auf die Matratze. »Aber in Wirklichkeit willst du mich, stimmt's? Du wolltest mich schon immer!«

»Einen Scheiß will ich«, kreischte ich. »Michael, dafür bring ich dich um, ich werde –« Aber er hatte wieder meinen Mund in der Mangel, und ich mußte verzweifelt nach Luft ringen. O Gott, warum zum Teufel hatte ich ihn auf dieses Sofa geschubst? Das hatte ihn zweifellos in Fahrt gebracht, und jetzt war er entschlossen, sich das zu holen, was er wollte. Mit einemmal bekam ich Angst. Michael war kein großer Mann, nicht viel größer als ich, aber er war stark, wendig und extrem geschickt. Squash war sein Spiel, und er war stolz darauf, andere, kräftigere Männer als sich zu schlagen. Außerdem hatte er in der Schule diverse Hockey-Pokale abgeräumt. Mir wurde allmählich klar, daß ich ihn nicht unterschätzen durfte. Ich konnte mich nicht bewegen. Ich strampelte unter ihm, aber er hatte mich fest im Griff, und seine Hüften stießen gegen die meinen. Plötzlich fand ich Weisheit. Ich hörte auf, mich zu wehren und wurde schlaff, ließ mich aufs Bett zurückfallen. Er spürte meinen mangelnden Widerstand, lockerte seinen Griff, und ich konnte meinen Kopf zur Seite reißen.

»Michael, warte!« keuchte ich. »Du hast recht, du hast recht, aber nicht so!«

Sein Kopf zuckte zurück, seine Hände hatten immer noch meine Handgelenke gepackt, aber seine Augen funkelten.

»Oh, Rosie, du kleiner Schatz, es ist wahr, richtig? Du hast mich immer gewollt, nicht wahr?«

»Ja, ja, hab ich!« keuchte ich.

»Ich hab's gewußt! Ich hab gesehen, wie du mich ansiehst, wie du mich mit den Augen ausgezogen hast. Du hast von mir geträumt, stimmt's? Nach meiner Männlichkeit gedürstet!«

Verfluchte Scheiße. »Ja, ja, genau!«

»Und jetzt wirst du's kriegen!«

»Toll!« japste ich. »Ausgezeichnet. Könnte mich nicht mehr freuen – aber, horch, Michael, nicht so, okay?«

»Wie, so?«

»Na ja, so in meinem gräßlichen alten Flanellnachthemd.«

Er sah hinunter auf mein geblümtes Laura Ashley Nachthemdchen. »Zieh's aus«, geierte er. »Zieh das Scheißding aus!« Er begann es hochzuzerren.

»ICH MACH DAS!« kreischte ich, vielleicht ein bißchen zu heftig. Ich schluckte. »Ich meine, ich mach das«, sagte ich etwas sanfter. »Wirklich, Michael, ich möchte mich, ich – ich möchte mich gerne für dich ausziehen, verführerisch. Du weißt schon, das ist alles Teil meiner Fantasie mit dir, daß du mir zusiehst, wie ich mich ausziehe.«

»O Gott«, stöhnte er, »o Gott, ich hab's gewußt, ich hab's verdammt noch mal gewußt, ihr giert alle danach! O Mann, ich kann die Spannung nicht mehr ertragen, zieh's aus, du kleines sexgieriges Wiesel!«

Er richtete sich nicht ganz auf, aber er lockerte seinen Griff und machte eine Art Liegestütze, damit ich mich unter ihm ausziehen konnte. Es reichte. In einem übermenschlichen Kraftakt riß ich mein Knie mit aller Wucht hoch und – bumpf!

»AAAAAARRR!« Er schrie vor Schmerz, seine Augen traten aus den Höhlen, dann rollte er zur Seite, hielt sich in Agonie den Unterleib. Ich rollte mich gewandt zur anderen Seite vom Bett runter und packte das erste, was mir in die Finger kam. Glücklicherweise war es eine Messinglampe. Ich sprang auf und schwang sie wutentbrannt hoch.

»Komm mir noch einmal zu nahe, Michael Feelburn, und ich schlag dir den Schädel ein! Ich schwör bei Gott, ich bring dich um!«

Michael lag gekrümmt und grün, gurgelnd vor Schmerz auf der anderen Seite des Bettes.

»Du kleines Miststück«, ächzte er. »Du hinterlistiges, kleines –« Mit einemmal hechtete er los, warf sein ganzes Gewicht auf mich, packte mich um die Taille und warf mich nach hinten. Als wir zusammen gegen den Schrank krachten, schlug ich ihm den Lampenfuß mit aller Wucht auf den Kopf – rums –, gerade als ein großer Porzellannachttopf voller getrockneter Blumen kippte und vom Schrank fiel, mit Getöse auf seinem Kopf landete und in tausend Stücke zerbarst. Tödliche Stille breitete sich aus. Ich war immer noch unter ihm. Halbverrückt vor Angst schlängelte ich mich heraus. Er sackte zur Seite und stöhnte. »O Gott… O Gott, Gott…«, hauchte er.

Ich sprang japsend auf. Dann machte ich einen Satz, um außer Reichweite zu kommen, direkt aufs Bett. Er lag mit unschön verrenktem Kopf in einem Gewirr von Porzellan und getrockneten Blumen. Der Messinglampenfuß lag neben seinem Ohr. Seine Augen waren geschlossen und sein Mund offen. Das Gesicht war sehr blaß im Gegensatz zu seinem Körper und wurde von Minute zu Minute grauer. Ein Blutrinnsal tropfte stetig von seiner Stirn. Er fing wieder an zu stöhnen, diesmal lauter, und er bewegte den Kopf zur Seite, hob schwach die Hand, während ihm das Blut übers Gesicht lief. Er war am Boden, aber er war keineswegs k. o., und ich hatte das gräßliche Gefühl, er könnte jede Sekunde wieder zu sich kommen, irgendwelche übermenschlichen, versteckten Reserven mobilisieren und sich mit einem weiteren spektakulären Hechtsprung auf mich werfen. Ich brauchte keinen Ansporn, ich mußte hier unverzüglich raus.

Ich riß meinen Morgenmantel vom Haken an der Tür und tastete mich um ihn herum, in Todesangst, eine Hand könnte plötzlich meinen Knöchel packen. Ich floh über den Gang zu Ivos Zimmer. Trotz des Lärms schlief er tief und fest in seinem Bettchen. Ich nahm ihn hoch, packte den Schneeanzug vom Stuhl und lief mit ihm in meinen Armen nach unten, wobei ich ständig über die Schulter nach oben schaute.

»Schnell, Schatz, schnell, Arme rein«, keuchte ich. Mein Herz hämmerte irgendwo in der Nähe meiner Sehnerven.

Ivo sah mich mit verschlafenen, erschrockenen Augen an, als ich seinen Reißverschluß zumachte. Jeden Augenblick rechnete ich damit, daß Michael nackt und blutüberströmt auf dem Treppenabsatz erschien und sich mit lautem Gebrüll herunterstürzte, um sein Vorhaben zu beenden. Ich war mir ziemlich sicher, daß ein Mann wie Michael keine Freude daran hatte, ausgetrickst zu werden. Ich hievte Ivo auf meine Hüfte, blieb kurz stehen, um in meine Stiefel zu steigen, öffnete die Haustür und rannte mit wehendem Morgenmantel hinaus in den Schnee.

Ein kalter blauer Morgen breitete sich über die fernen Gipfel aus, als ich zum Wagen floh. Meine Hände zitterten hemmungslos, als ich Ivo in seinen Sitz rammte. Er hatte heute nacht schon eine Mondscheinfahrt gehabt und sah mich mit großen erstaunten Augen an. Was, ins Auto? Wieder? Während der ganzen Zeit, in der ich mit seinen Gurten kämpfte, warf ich ständig Blicke über die Schulter zur offenen Cottagetür. Mist, warum hatte ich sie denn um Himmels willen nicht zugemacht? Sogar zugesperrt? Und warum, verflucht noch mal, bestand ich darauf, mein Kind im Wagen festzuschnallen, wenn ein Irrer hinter mir her war! Da, er war drin. Ich lief zur Fahrerseite, hechtete hinein, knallte die Tür zu, schob den Schlüssel ins Zündschloß und … einen entsetzlichen Moment lang, in dem mir fast das Herz stehenblieb, wollte der Motor nicht anspringen.

»Oh, komm schon, komm schon!« flehte ich.

Ich winselte vor Angst, sah mich angstvoll um, sperrte rasch meine Tür ab, rupfte den Choke heraus und pumpte ein letztes verzweifeltes Mal das Gaspedal – und er sprang mit Getöse an. Ich krachte den Gang hinein und schoß mit durchdrehenden Reifen die Einfahrt hoch.

Während wir auf Fairlings zurasten, war ich eine Sekunde lang versucht, weiter zu Philly zu fahren. Sollte ich dorthin gehen, sollte ich? Mir schwirrte der Kopf. Ich hatte dringend eine

Schulter zum Schluchzen nötig, brauchte eine Umarmung, Mitgefühl, aber andererseits würde Philly völlig entsetzt sein. Und wütend auch, mit Recht natürlich, und dann würde es einen ungeheuren Aufruhr geben. Mummy würde sofort herbeizitiert werden, und Daddy würde Anweisung bekommen, jeden tauglichen Mann im Dorf aus dem Bett zu holen, und dann würden sie bewaffnet mit Heugabeln und Schaufeln das Dorf umzingeln, Michael stellen und ihn mit großem Trara durchs Dorf zum Polizeirevier marschieren lassen, wo man ihn in Ketten legen würde, um Gott weiß was abzuwarten. War es das, was ich wollte? Ich nagte an meiner Lippe. Ich mußte schnell, aber vernünftig darüber nachdenken, entscheiden, wem genau ich es erzählen würde. Und ich mußte an Alice denken. Ich schlug mir die Hand vor den Mund, aber ein Schluchzer sickerte durch meine Finger. O Gott, Alice! Meine arme, arme Alice!

Nein, ich konnte das nicht, dachte ich, als ich den Wagen entschlossen zur Hintertür von Fairlings steuerte. Ich konnte ihr das nicht antun. Und den Mädchen auch nicht. Ich würde mich dahin verkriechen, wo ich, wie ich wußte, in Sicherheit sein würde. Und dann würde ich mir überlegen, was ich am Morgen tun würde. Ich hatte einen Schlüssel, also konnte ich mich durch die Hintertür und über die Hintertreppe nach oben schleichen, ohne Joss und die Kinder aufzuwecken. Er war spät ins Bett gekommen, also würde er noch eine Ewigkeit schlafen. Es war fast hell inzwischen, mußte schon fast sechs sein. Ich würde eine von Veras Kittelschürzen borgen, Ivo ein bißchen Frühstück geben und dann meine normale Tagesarbeit erledigen, ohne daß jemand etwas erfuhr. Ich konnte mir später überlegen, was ich mit Michael machen würde. Im Augenblick wollte ich nur weg von ihm.

Ich schlich durch die Hintertür und sperrte sie fest hinter mir zu. Das Haus war dunkel und still. Dram, der Border Terrier, hatte mich bereits gewittert und kam schwanzwedelnd an, um mich zu begrüßen. Ich tätschelte seinen Kopf, flüsterte ihm leise zu und schlich mich leise durch die Küche. Von Truffle war nichts zu sehen, aber Joss hatte ihn wohl im Arbeitszimmer eingesperrt, um zu verhindern, daß er die Küchenstuhlbeine zerkaute, wie es seine Vorliebe war.

Aber als ich den Gang zur Treppe entlangschlich, begann er zu bellen. Verflucht, er *war* eingesperrt, und jetzt spielte er den Wachhund! Ich huschte rasch den Gang entlang mit Ivo auf der Hüfte und öffnete die Tür zum Arbeitszimmer.

»Truffle, du dämlicher Köter, ich bin's!« zischte ich. Er hörte sofort auf und begrüßte mich begeistert, wedelte mit seinem fetten Hintern und schniefte erfreut.

»Zurück ins Bett, du Trottel!«

Er drehte sich bereitwillig um, klopfte mit dem Schwanz und legte sich hinter Joss' Schreibtisch, wo er ohne Zweifel seine heimliche Kauerei an dessen Hinterbeinen fortsetzen würde.

Ich schloß die Tür hinter ihm und schlich im Stockdunkeln den Gang entlang zurück. Ich tastete an den Wänden nach der Lücke, wo die Hintertreppe sein sollte. An diesem Ende des Hauses gab es keine Fenster, und ich konnte die Hand nicht vor Augen sehen. Ich war versucht, ein Licht anzudrehen. Das würde doch sicher keinen wecken. Ich tastete gerade die Wand entlang nach dem Schalter, als ich statt dessen – menschliches Fleisch fühlte.

»AAAAH!« kreischte ich und machte einen Satz gegen die Decke.

Gleichzeitig packte mich von hinten ein Arm um den Hals. Etwas Hartes, Kaltes wurde mir gegen die Wange gedrückt. Oh, Himmel, es war Michael.

»Noch einen Schritt weiter, und ich werde nicht zögern, sie zu gebrauchen«, sagte eine vernünftige, vertraute Stimme.

»Joss!«

Eine Pause, dann ging das Licht an.

»Rosie! Was zur Hölle machen Sie hier!« Er war im Morgenmantel, mit einem Gewehr in der Hand. Mein Herz hämmerte bis zum Hals.

»Heiliger Strohsack, Sie haben mich zu Tode erschreckt!« keuchte ich.

»Also, ich war auch nicht gerade entspannt! Wie kommen

Sie, verflucht noch mal, dazu, mitten in der Nacht im Haus rumzuschleichen? Ich hielt Sie für einen gottverdammten Einbrecher!«

»Ich bin nach Hause gegangen«, murmelte ich, und klammerte mich an die Wand, weil mir inzwischen ziemlich mulmig war, »und dann hab ich beschlossen zurückzukommen!«

»Warum?«

»Warum?« Ich starrte ihn an.

»Ja, warum sind Sie zurückgekommen?«

»Weil – nun ja, weil ich nicht schlafen konnte! Also hab ich gedacht – ich mach schon mal Frühstück, und den Abwasch vom Abendessen, etwas Nützliches!«

»Wirklich? Wie ungeheuer fleißig.« Er beäugte mich mißtrauisch. »Ich bin beeindruckt, besonders nachdem Silvester ist und die Kinder noch stundenlang schlafen werden. He.« Er beäugte mich ein bißchen näher. »Was ist denn mit Ihrem Kopf passiert?«

»Meinem ...?« Ich hob die Hand und berührte meine Stirn, die jetzt, wenn ich's recht bedachte, höllisch weh tat. Meine Fingerspitzen waren rot, als ich sie ansah.

»Oh, ich blute!«

»Verdammt richtig, und Sie haben da auch einen Riesenbluterguß, der sich noch prächtig entwickeln wird. Was ist passiert?«

Ich schluckte. »Nichts«, flüsterte ich.

Er führte mich am Arm in die Halle und schaltete die Deckenbeleuchtung ein. Er starrte in mein Gesicht. »Sie sind weiß wie ein Laken, und Sie zittern. Was zum Teufel ist passiert, Rosie?«

Ich sah ihn eine Sekunde lang an, dann zwang ich mir ein Lächeln ab. »Oh. Ach ja, ich weiß, das muß passiert sein, als ich gegen den Schrank gefallen bin. Ich wollte mich gerade ausziehen, wissen Sie, um ins Bett zu gehen, und ich glaub, ich war noch ein bißchen beschwipst vom Abendessen – ich hatte auch noch ein paar Drinks, als ich zurück ins Cottage kam, und ich bin ausgerutscht und hingefallen! Es ist wirklich nicht schlimm, Joss.«

Er sah mich eindringlich an. »Wer hat Ihnen das angetan?«

»Niemand, wirklich, ich...« Seine Augen akzeptierten das nicht. Mein Blick glitt zur Seite.

»Kommen Sie, Rosie, sagen Sie's mir.«

Ich schluckte. »Jemand hatte da falsche Vorstellungen gehabt«, murmelte ich schließlich.

»Wer hat falsche Vorstellungen gehabt?«

Mit einemmal wurden mir die Knie weich. Ich sank auf das Sofa, schlug mir die Hände vors Gesicht und brach in Tränen aus. »Michael Feelburn!« schluchzte ich.

»Michael Feelburn? Wie, Sie meinen meinen früheren Pächter vom Cottage? Dieses selbstzufriedene, eingebildete kleine, schlangenhüftige, weiberjagende Arschloch?«

»Ja, aber Joss, er war sehr, sehr betrunken. Ich glaube wirklich, er hat es nicht so gemeint!« Er wischte mir das Gesicht mit dem Handrücken ab und merkte, daß ich bebte wie Espenlaub. Und dummerweise konnte ich einfach nicht aufhören zu weinen. »Er ist betrunken von einer Party gekommen, verstehen Sie, und er ist aus dem Hotel ausgesperrt worden, also ist er hierhergefahren und hat mich mitten in der Nacht rausgeholt und sich auf mein Sofa gelegt. Aber dann hat er sich auf mich gestürzt, als ich schon geschlafen habe!«

»Reizend.«

»Ich hab ihm eins mit einer Messinglampe verpaßt, und dann ist ihm ein Nachttopf auf den Kopf gefallen. Wahrscheinlich ist er immer noch ohnmächtig!«

»Das werden wir gleich rausfinden, sollen wir? Wenn nicht, dann wird er es bald sein.«

Er nahm seine Wetterjacke vom Kleiderständer, zog sie über seinen Morgenmantel, steckte die Füße in seine Stiefel und ging, immer noch mit dem Gewehr in der Hand, zur Tür.

Ich packte ihn am Ärmel. »Nein!« jammerte ich, »nein, Joss, warten Sie, denken Sie an die Kinder, denken Sie an Alice!«

Joss drehte sich um. »Rosie, ich werd ihm nicht die Birne wegschießen, ich will ihm nur richtig angst machen, okay? Inzwischen möchten Sie vielleicht die Polizei anrufen.«

»O nein, das kann ich nicht!« keuchte ich und klammerte mich an ihn, so fest es ging. »Sehen Sie, ich weiß nicht, ob ich es will! Ich meine – Anzeige erstatten. Er ist schließlich ein Freund, und er war sehr betrunken, Joss, sehr betrunken, und Alice ist meine beste Freundin und –«

»Und er wird sich wieder betrinken. Und er wird es wieder tun. Glauben Sie, er hätte Sie vergewaltigt?«

Ich starrte ihn an. »Na ja, ich – ich weiß nicht.«

»Das war ein Ja, wenn ich je eins gehört hab. Na schön, spielen wir's nach Ihren Regeln. Wir holen ihn erst mal hier rauf, und dann können Sie entscheiden, ob Sie die Polizei anrufen wollen. Aber zuerst gönn ich mir das Vergnügen, ihn mit einem Gewehrlauf im Mund aufzuwecken, okay?«

Er löste meine Finger von seinem Arm und griff nach dem Riegel. Aber genau in diesem Moment, als er ihn aufziehen wollte, ertönte heftiges Klopfen von der anderen Seite. Jemand bearbeitete den Türklopfer.

»Scheiße!« Ich machte einen Satz rückwärts. »Das ist er! Er will mich holen!« Ich huschte hinter Joss.

»Na, dann wird er eine kleine Überraschung erleben, nicht wahr?«

Joss öffnete den Riegel und riß die Tür auf. Da standen wie Statuen vor der Kulisse des harten Morgengrauenlichts nicht Michael Feelburn, sondern zwei Männer in Mänteln. Die Krägen waren gegen die Kälte hochgeschlagen, und ihre Gesichter waren grau und grimmig.

»Morgen, Sir.«

»Guten Morgen.« Joss trat überrascht zurück.

»Mr. Dubarry?«

»Ja, das ist richtig.«

»Tut mir leid, wenn wir Sie zu einer so unchristlichen Stunde stören, aber es ist ziemlich wichtig.« Der Mann mit dem Hut griff in seine Tasche und zog einen Ausweis heraus. »Polizei. Wir würden gerne mit einer Mrs. Meadows sprechen, die, wie ich glaube, bei Ihnen Pächterin ist. Wir wollten Sie fragen, ob Sie wissen, wo wir sie erreichen können.«

»Ich bin Mrs. Meadows«, flüsterte ich und trat hinter Joss heraus.

»Ah, dürfen wir dann reinkommen?«

»Sicher.« Joss trat beiseite, er sah etwas benommen aus. Sie gingen zur Mitte der Halle, als Joss hinter ihnen die Tür schloß. Alles schwieg. Einer der Männer drehte sich sehr bedächtig zu mir und sah mich an.

»Mrs. Meadows, wir würden Ihnen gerne ein paar Fragen stellen und möchten Sie fragen, ob Sie die Güte hätten, uns zum Revier zu begleiten.«

»Zum ... aber warum? Wozu?«

»Wir führen eine Morduntersuchung durch, und wir glauben, Sie könnten uns helfen.«

»Eine ... O Gott!« Mein Herz hörte auf zu schlagen. Ich hielt es fest. »Ist er tot?«

»Ich glaube, daran besteht kein Zweifel, Mrs. Meadows.«

Mir wurde eiskalt. Angst schoß durch meinen Körper. Mein Blick huschte zu Joss. »O Joss, mein Gott, ich hab ihn umgebracht!«

Ich erinnere mich an das Entsetzen in seinen Augen, als er mich ansah. Ich erinnere mich, wie ich mir an die Stirn faßte, Blut auf meiner Hand fühlte. Es war noch warm. Mein Kopf pochte seltsam, wie ein Muskel. Ich erinnere mich auch, daß ich mit gespreizten Beinen dastehen mußte, um nicht in Ohnmacht zu fallen.

22

Als meine Beine mich nicht mehr tragen wollten, sank ich aufs Sofa. Mein Kopf fiel in meine Hände. Ich hörte knarzendes Schuhleder, als beide Polizisten im Gleichschritt auf mich zukamen. Joss setzte sich neben mich. Ivo stand neben meinem Knie. Ich kam mir ein bißchen vor wie Custer am Little Big Horn, völlig umzingelt, nur hatte ich keine Planwagen. Langsam zog ich mein Gesicht aus den Händen und sah in ihre Gesichter. Die beiden über mir waren grimmig und kompromißlos. Joss war blaß und verspannt.

»Ich wollte es nicht«, flüsterte ich. »Es war Notwehr! Ich schwöre bei Gott, ich dachte, er wollte mich vergewaltigen!«

Der Sergeant runzelte die Stirn. »In der Küche?«

»Nein, im Schlafzimmer, es ist im Schlafzimmer passiert. Da hab ich ihm eine verpaßt, aber ich hatte keine Ahnung – mein Gott, ich hab einfach das erste gepackt, was mir in die Finger gekommen ist, es war nicht meine Schuld, daß es eine Messinglampe war! Ich nehm an, die muß recht schwer gewesen sein, aber mir war nicht klar, daß man damit –« Meine Stimme überschlug sich, und ich hielt mir entsetzt den Mund zu.

»Sie haben ihn mit einer Messinglampe erschlagen?« Der Sergeant nahm seinen Hut ab und kratzte sich den Kopf. »Aber im Pathologiebericht stand, er wäre an Pilzvergiftung gestorben.«

Meine Kinnlade fiel herunter. »Pilz…« Langsam dämmerte es mir. »Oh!« keuchte ich. »O nein, das war Harry!«

»Das ist richtig. Ihr Mann, Harry Meadows.«

»Ich dachte, Sie reden von Michael!«

»Michael? Wer ist Michael?«

»Oh, *Harry!* Himmel, nein, ich hab Harry nicht umgebracht, das war nur ein Fehler, ein Unfall! Ich dachte, Sie meinten, ich hätte Michael umgebracht, als ich ihm eins über den Schädel verpaßt habe. Ich dachte –«

»Äh, ist schon gut, Rosie«, unterbrach Joss hastig meine Wahrheitsfindung. »Ich bin sicher, diese Gentlemen möchten nicht in einen albernen kleinen häuslichen Zwischenfall hineingezogen werden. Es war nur ein kleines Gerangel, Officer, mit einem gemeinsamen Freund. Er ist ein bißchen durchgedreht, zuviel Silvesterfreude und so.« Er drückte meine Schulter. »Ist ja nichts Schlimmes passiert, was, Rosie? Nur eine winzige Platzwunde.«

»Winzige Platzwunde, Sie machen wohl Scherze, alles war voller Blut! Ich hab ihm einen richtigen Schwinger verpaßt –

direkt auf die Schläfe! Ich wär gar nicht überrascht, wenn da nicht noch Hirnfetzen auf dem Teppich kleben, an den Wänden sogar – o Gott, ich dachte, Sie meinen, ich hätte ihn *umgebracht!*«

»Haha!« Joss lachte nervös. »So ein kleines Ding wie Sie? Seien Sie doch nicht albern, Sie könnten keiner Fliege was zuleide tun!« Seine beruhigende Hand auf meiner Schulter renkte sie mir fast aus. »Wie ich schon sagte, Officer. Nichts Schlimmes.«

»Wirklich?« sagte er, beäugte mich zweifelnd und holte ein Notizbuch heraus. Er leckte seine Bleistiftspitze. »Na, dann lassen Sie uns hoffen, daß dem so ist. Ich muß sagen, das ist alles sehr verwirrend, Mrs. Meadows. Wo ist der unglückliche Gentleman jetzt, glauben Sie? Der mit dem Loch im Schädel und dem halben Gehirn auf dem Teppich?« Er sah sich um, als würde er erwarten, daß ein gebeugter, blutender Mann durch die Tür hereintaumeln würde mit einer Messinglampe, die in seinem Kopf steckte.

»Er ist abgehauen«, sagte Marfa und kam aus der Küche, wo sie offenbar die letzten paar Minuten gelauscht hatte. »Ich hab ihn gesehen, weil ich grad vom Krankenhaus komme. Er ist die hintere Auffahrt hochgegangen. Er ist ein bißchen rumgestolpert, hat sich den Kopf gehalten und geflucht, aber da war nicht viel Blut. Als er mich gesehen hat, ist er mit eingezogenem Schwanz in sein Auto gesprungen und wie der Teufel davongefahren. Er wird Kopfweh haben, möchte ich meinen, aber ansonsten hat ihm nicht viel gefehlt.« Sie schniefte. »Wenigstens nichts, was man mit einem Hackebeil für seinen Pimmel nicht regeln könnte, auf jeden Fall.« Ein spürbares Zusammenzucken machte bei den versammelten Männern die Runde.

»Ich verstehe«, sagte der Sergeant leise. »Gut. Also, ich bin hocherfreut, das zu hören.« Er sah verwirrt aus, räusperte sich und sagte: »So, Mrs. Meadows, dann wollen wir diesen Michael für den Augenblick beiseite lassen. Könnten wir uns jetzt vielleicht der vorliegenden kleinen Angelegenheit wieder zuwenden? Der Ihres Mannes?«

»O ja, Harry«, sagte ich und sprang erleichtert auf. »Ja, da kann ich Ihnen helfen soviel Sie wollen, Officer, aber ich muß Sie warnen. Ich habe bereits mit der Polizei von Gloucestershire gesprochen, also wird es nicht viel geben, was nicht schon irgendwo in einer Akte steht. Gedulden Sie sich einen Moment, ich geh und zieh mich um, und dann komm ich mit. Ich bin nämlich noch im Morgenmantel, sehen Sie.« Ich drehte mich kurz, um es zu demonstrieren – und erstarrte, hielt mir die Hand vor den Mund. »O Gott, Sie haben mir wirklich einen Schreck eingejagt. Ich hab gedacht, Sie wollten mich verhaften – hab gedacht, ich hab ihn umgebracht, und jemand hätte Ihnen einen Tip gegeben. Mein Gott, ich hab wirklich gedacht –«

»Verzeihung.« Joss packte plötzlich meinen Arm und drängte mich aus dem Zimmer, marschierte mit mir den hinteren Gang hinunter. Am Fuß der Hintertreppe schwang er mich zu sich herum. »Wirst du wohl den Mund halten!« zischte er, plötzlich in brüderliche Anrede verfallend. »Wenn du nicht aufpaßt, klagen sie dich des Doppelmordes an!«

Mich seiner vertrauten Anrede anpassend, beruhigte ich ihn. »Ach, sei doch nicht albern, Joss. Michael ist nicht tot, und ich hab Harry nicht umgebracht, also hab ich nichts zu befürchten! Ich bin unschuldig!«

Er seufzte. »Ich bin mir sicher, daß du das bist, aber ich wünschte trotzdem, daß Sex und Gewalt sich nicht verschworen hätten, deinen unschuldigen Fußstapfen zu folgen. Es reißt einfach nicht ab bei dir, Rosie. Wenn du nicht auf meinem Sofa vergewaltigt wirst, dann in deinem Cottage und wenn du nicht gerade deinen Mann ermordest, ermordest du den Mann deiner besten Freundin!«

»Ich weiß, ich weiß«, sagte ich verwundert, »es ist wirklich unglaublich, nicht wahr? Ich versteh einfach nicht, wie so was passiert! Ich bin eigentlich so ein stilles, häusliches Mädchen, aber jetzt wird alles gut, du wirst schon sehen, Joss.«

Er rieb sich erschöpft die Augen mit dem Handballen. »Hoffen wir's. Das Problem ist nur, so faszinierend diese Sage von Serienvergewaltigung und Vernichtung auch sein mag, ich muß tatsächlich ein Flugzeug nach Deutschland kriegen und das in genau«, er sah auf die Uhr, »vier Stunden. Ich hab dummerweise zugesagt, eine Woche lang dort Vorträge zu halten, um Reklame für meine neue Ausstellung in Köln zu machen, die, obwohl dein Thema, die Unmenschlichkeit der Menschen gegenüber dem Menschen, sich auch nicht annähernd mit deinem täglichen Leben messen kann, was Schock und Horror betrifft. Die Sache ist die, Rosie, ich werde nicht da sein, und nachdem die Leichen in deiner Umgebung wie die Fliegen von den Wänden fallen, macht mir das etwas Sorgen.«

»Oh, mach dir keine Sorgen um mich, Joss, ich komm schon zurecht, wirklich, das werde ich. Jetzt wo ich weiß, daß sie mich nicht gleich in Eisen legen werden – mein Gott, ich hörte schon fast, wie die Zellentür hinter mir ins Schloß donnert! Ich hatte Visionen, wie Marfa und die Kinder mich in Holloway besuchen kommen, durch die Gitter mit mir Händchen halten, heftig schluchzend. Gott, ich dachte, ich würde gleich kotzen!«

»Red nicht so laut!« zischte er und warf einen nervösen Blick in Richtung Halle. Durch die halbgeöffnete Tür konnten wir sehen, wie die Polizisten ihre Waden am Feuer, das von gestern nacht noch schwelte, wärmten. Sie hoben die Köpfe, als sie unsere lauten Stimmen hörten, dann senkten sie sie wieder, um ihre Schuhspitzen zu betrachten.

»Geh jetzt«, murmelte Joss und gab mir einen kleinen Schubs, »zieh dich an, bevor sie uns auch noch wegen Verschwörung drankriegen.«

»Mach ich.« Ich grinste. Ich fühlte mich immer noch wunderbar euphorisch, streckte mich ganz gewagt und gab ihm einen kleinen Kuß auf die Wange. Ohne abzuwarten, welche Wirkung er hatte, machte ich auf dem Absatz kehrt und lief mit flatterndem Morgenmantel zum Cottage, leise vor mich hinkichernd, als ich in mein Schlafzimmer hochrannte. Siehst du, dachte ich glücklich, wie gut einem Adrenalin tut. Gibt einem den Mut, total schamlos zu sein.

Als ich zurückkam, war Joss verschwunden, um zu packen. Die Zwillinge und Toby waren aufgewacht und in Morgenmänteln heruntergekommen, mit großen verwunderten Augen, weil zwei echte Polizisten im Haus waren. Nachdem ich sie beide geküßt hatte und Ivo umarmt, überließ ich sie alle Marfas Fürsorge. »Wie geht's ihm?« flüsterte ich, als ich sie kurz umarmte.

»Viel besser«, strahlte sie. »Wissen Sie was, Rosie, ich glaube, das Schlimmste hat er hinter sich.«

»Gott sei Dank.«

»Also keine Sorge. Ich kümmer mich um Ivo, solange Sie weg sind – Sie schaffen das schon.«

»Danke.« Wir umarmten einander wieder, und ich ging nach draußen und stieg hinten in den Polizeiwagen. Die Kinder waren fasziniert und bestanden darauf, mich zu verabschieden.

»Gehst du wirklich auf ein Polizeirevier? Können wir nicht mitkommen?« fragte Emma mit einem wehmütigen Blick auf den Wagen.

»Tut mir leid, meine Süßen, aber ich bin bald wieder zurück, und dann erzähl ich euch alles.«

»Könnten Sie die Sirene anmachen?« fragte Toby.

Ich beugte mich zu dem Sergeanten im Beifahrersitz. »Wäre das zuviel Mühe?« flüsterte ich. »Bloß die Einfahrt runter? Sie würden sich so freuen.«

»Auf keinen Fall«, knurrte er verbiestert.

Ich schüttelte meinen Kopf. »Tut mir leid, Schätzchen, aber die ist nur für offizielle Angelegenheiten, glaub ich – hoppla, los geht's. Wiedersehen!« Wir waren unterwegs.

Als wir die Auffahrt hinunterrauschten, winkte ich ihnen nach, bis sie alle außer Sicht waren. Dann grinste ich und lehnte mich zurück. »Eigentlich ganz schön«, ich hob meine Stimme, um den Motor zu übertönen, »ich meine, sich zur Abwechslung mal hinsetzen und nicht herumrennen und Frühstück machen. Um diese Zeit morgens ist das immer ein absolutes Irrenhaus.«

Keine Antwort von den Jungs vorne. Mein Gott, die waren vielleicht sauer, aber es war ja auch kein großes Vergnügen, am Neujahrstag zu arbeiten, nahm ich an. Ich versuchte es erneut.

»Sie hatten sicher gestern abend viel zu tun.«

»Warum das denn?«

»Na ja, Sie wissen schon, Silvester. Alkoholische Feste und das alles.«

Der Sergeant drehte sich um und sah mich ernst an. »Das ist nicht *Polizeirevier eins* wissen Sie, Madam. Wir sind im Morddezernat.«

Oh, richtig. Mist, ich hatte ihn beleidigt. »Ich verstehe, Sie wollen damit sagen, Sie sind so was wie die Detectives aus *Tatort.* Mehr die in Zivil, Briefings in rauchigen Zimmern, Wände mit grausamen Bildern von Opfern gepflastert, bis Mitternacht über den Akten sitzen, mit verrutschten Krawatten und Plastikkaffeetassen, so was!« Ich war sehr zufrieden mit meiner kleinen Skizze, aber sie wurde mit eisigem Schweigen begrüßt, sie weigerten sich zu antworten. Ich starrte ihre Nacken an. Das war vielleicht ein humorloses Paar. Trotzdem beschloß ich, es wäre klüger, sich still zu verhalten, bis wir zum Polizeirevier kamen, was, wie es der Zufall wollte, in der anderen Richtung lag.

»Nach Cirencester geht's da lang«, sagte ich und drehte mich im Sitz, als wir an der Abzweigung vorbeirauschten.

»Tatsächlich?«

»Wir fahren nicht nach Cirencester?«

Mein Freund machte eine weitere Hundertachtzig-Grad-Wende in seinem Sitz. »Wir sind von der Polizei in Oxford, Mrs. Meadows. Wir fahren nach Oxford.«

»Oje, so weit. Sie meinen, Sie sind im Morgengrauen den ganzen weiten Weg hierhergekommen, nur um...« Ich verstummte. Mich abzuholen.

Mit einemmal wurde ich ein bißchen nervös. Mir wurde ein bißchen – heiß. Genau. Wir fuhren also nicht bloß kurz in die Stadt auf ein freundliches Pläuschchen bei einer Tasse Kakao, und sie waren nicht einfach zwei hiesige Bobbys. Also was genau ging hier vor? fragte ich mich. Während wir die Straße entlangrasten, schaute ich hinaus auf die immer weniger vertraute Landschaft. Feuchte, triste Winterfelder, ab und zu ein paar Schafe mit gesenkten Köpfen in Ecken gedrängt, und am Horizont breiteten nasse schwarze Bäume ihre nackten Äste vor einem blaßgrauen Himmel aus. Ein wachsendes Gefühl der Unruhe, von Vorahnung erfaßte mich.

Schließlich bogen wir auf einen Parkplatz – Korrektur, durch einen Parkplatz und direkt vor die Eingangstür. So, als wären wir wirklich ziemlich ... wichtig. Der Sergeant sprang aus dem Wagen und öffnete mir die Tür. Ich stieg aus und lächelte nervös, aber er sah mich nicht an, drehte sich nur um und hielt die Schwingtür zum Revier auf. Ich ging unter seinem Arm durch und wartete mit pochendem Herzen. Er ging an mir vorbei und einen langen trostlosen Korridor entlang. Ich zockelte hinter ihm her mit dem hartnäckig schweigenden Fahrer auf den Fersen. Wir blieben vor einer hellblauen Tür mit einem winzigen Fenster mit Sicherheitsglas stehen. Der Sergeant schob sie auf und bedeutete mir mit einer Kopfbewegung hineinzugehen. Ich trat vorsichtig hinein und sah mich um. Es war nicht direkt eine Zelle, aber es hätte gut eine sein können. Der Raum war kalt und dunkel und abgesehen von einem Tisch mit zwei Stühlen völlig kahl. Die Wände waren mit grauem Standardlack gestrichen. Ich fragte mich, ob Lack widerstandsfähiger gegen Wändehämmern oder ähnliches wäre. Direkt unter der Decke war ein langes, flaches Fenster, aber so hoch oben, daß man unmöglich hinaussehen konnte.

»Warten Sie hier.«

Ich drehte mich, um zu antworten, aber er war fort. Die Tür fiel hinter ihm ins Schloß. Ich schluckte, und nach einem Moment der Unentschlossenheit ging ich zögernd zu einem der Stühle. Ich setzte mich vorsichtig. Welcher war meiner, fragte ich mich. War der hier in Ordnung? Ich sah mich um. Mein Mund war inzwischen trocken wie Sandpapier. Mein Gott, das war ja furchtbar. Was hatten sie denn vor? Mich zu Tode ängstigen, oder was? Wenn ja, dann machten sie das verdammt gut, soviel war sicher. Andrerseits, warum in aller Welt sollte ich Angst haben? Schließlich und endlich hatte ich doch nichts Unrechtes getan, oder? Mit einemmal wünschte ich, ich hätte ein Päckchen Zigaretten, mit dem ich herumfummeln könnte. Ich rauchte nicht, aber ich hätte wenigstens eine Beschäftigung für meine Hände. Ich hätte die Schachtel ein bißchen herumschubsen können, die Warnung des Gesundheitsministers lesen, ein paar Zigaretten herausschnipsen. Ich wußte durch jahrelanges Fernsehen, daß dies eine der wenigen Umgebungen war, in denen Zigaretten erlaubt waren, ja sogar direkt gefördert. In Ermangelung dessen zupfte ich nervös an meinen Nägeln herum.

Schließlich schoß die Tür mit Schwung auf. Ich machte einen Satz, denn herein marschierte – ja, *marschierte* – gütiger Himmel, es war Helen Mirren. Gut, sie war es natürlich nicht, aber ich schwöre bei Gott, sie hätte es sein können. Wenn es je eine absolute Doppelgängerin gegeben hatte, dann war sie das. Sie hatte dieselben Kein-Firlefanz-graublonden-Haare, die ordentlich hinter ungeschmückten Ohren verstaut waren, dasselbe gnadenlose geschrubbte Gesicht mit diesen kühlen, stählernen Augen, die freche Nase, die schmalen verkniffenen Lippen und dasselbe frische weiße Hemd unter einem düsteren, androgynen schwarzen Kostüm. Das war eine Frau, die sich nie die Zehennägel gestrichen hatte, nie mit Kekskrümeln im Bett aufgewacht war oder Limbo getanzt hatte. Das war eine Frau, deren Unterhosen in der Wäsche nie grau wurden und deren Zimmerpflanzen nie starben. Um ehrlich zu sein, sie sah aus, als würde sie Glas zum Frühstück essen. Ich setzte mich instinktiv gerade, als sie sich den Stuhl mir gegenüber nahm.

»Guten Morgen.« Ihre Stimme war ruhig. Nicht feindselig, aber nur um Haaresbreite.

»Morgen«, murmelte ich und widerstand dem Drang »Ma'am« hinzuzufügen.

Sie holte einige Papiere aus einem Plastikordner und sortierte sie effizient. Just in diesem Augenblick öffnete sich die Tür, und eine weibliche Polizistin in Uniform kam herein. Sie war fetter und kuschliger als ihr Boss und sah aus, als könnte sie sogar ein paar eigene Kinder zu Hause haben und dazu ein paar ziemlich schlampige Schubladen. Ich lächelte meine potentielle Verbündete hoffnungsvoll an, aber sie ging in eine Ecke, wo sie stocksteif stehenblieb, den Blick auf einen Fleck über meinem Kopf gerichtet. Verfluchter Mist. Ich schluckte und wandte mich zurück. Frau Eisberg hatte inzwischen einen Kassettenrecorder aus ihrer Tasche geholt und ihn auf den Tisch gestellt. Sie schaltete ein und steckte zwei Bänder hinein. Dann hob sie ihre blassen, ungefärbten Wimpern und fixierte mich mit scharfen grauen Augen.

»Ich führe dieses Verhör mit Mrs. Rosie Meadows am ersten Januar, um«, sie sah auf die Uhr, »acht Uhr zweiunddreißig.«

Ich starrte sie entsetzt an. »Sie nehmen das auf?«

Ein mageres Lächeln. »Das wird heutzutage so gehandhabt. Es ist sowohl zu Ihrem eigenen Schutz, als auch für alles andere.«

Gütiger Himmel. Zu meinem eigenen Schutz. »Sollte ich – sollte ich mich nicht vorher besprechen oder so was?« fragte ich zögernd. Genau wie im Fernsehen.

»Es steht Ihnen natürlich ein Anwalt zu.« Sie wartete, mit verschränkten Händen.

»Na ja, ich... ja. Ich meine, ich hab nichts zu verbergen, also...«

»Also, sollen wir fortfahren?«

»Ja. In Ordnung«, murmelte ich. »Machen Sie weiter.«

Sie verschränkte die Arme und beugte sich vor, mit einemmal setzte sie das auf, was sie vielleicht für einen gutmütigen Gesichtsausdruck hielt. Aber ich ließ mich nicht täuschen, diese Frau war etwa so gutmütig wie ein hungriger Tiger.

»Also Mrs. Meadwos...«, sie warf einen Blick in ihre Akte, »Rosie.« Sie hob den Kopf. »Ich glaube, Ihr Mann starb in der Nacht vom sechsten November, sechsunddreißig Stunden nachdem er einen giftigen Pilz gegessen hatte, der als Pantherpilz bekannt ist, ist das richtig?«

»Ja, das ist richtig«, flüsterte ich.

»Ich habe hier«, sie griff in eine Plastiktüte, »genau so einen Pilz.« Sie zog einen Pilz mit weißem Stiel und bräunlicher Kappe heraus. »Ich habe auch einen Wiesenchampignon, einen Steinpilz und einen Pfifferling, was, wie ich glaube, die Sorten sind, die ihr verstorbener Mann vorgeblich gesammelt hat.« Sie zog drei weitere Pilze heraus und legte sie neben den Pantherpilz. Sie sah mich an. »Alle sehr verschieden, würden Sie nicht auch sagen?«

Ich räusperte mich und kramte tief in meinem Inneren nach Mut. Nein, ich würde mich nicht einschüchtern lassen. »Ja, aber wenn ich das sagen darf, haben Sie da einige sehr extreme Beispiele. Dieser Pantherpilz ist besonders klein und ziemlich fleckig, wohingegen die meisten viel größer sind, rein braune Exemplare, und Ihr Steinpilz ist viel größer. Kleine, frische aus dem Wald können ziemlich fleckig sein und etwa so groß wie ein größerer Panther.«

»Ich verstehe.« Sie hielt inne. »Also könnte man die beiden verwechseln?«

Ich schätzte das ab. »Na ja, man könnte, aber in meinen Augen sind sie doch sehr verschieden.« Es zahlt sich aus, ehrlich zu sein, dachte ich.

»Richtig. Aber Sie wissen ja auch eine Menge über Pilze, nicht wahr? Soviel ich weiß, haben Sie bei Antonio Carlucci gelernt?«

»Nun ja, ich hab einen viertägigen Kurs gemacht, ja.«

»Was es dann um so ungewöhnlicher macht, finden Sie nicht auch, daß Sie den Unterschied nicht merkten, als Sie sie zubereiteten.«

Ich seufzte. »Ja, nur wie ich schon vorher sagte, ich hab nur einen sehr flüchtigen Blick auf sie geworfen, als sie in der Pfanne lagen. Ich war zu der Zeit abgelenkt, dachte an etwas anderes, und er hatte auch alle möglichen anderen Pilze gesammelt, nicht nur die, die Sie hier haben, sondern auch Austern- und Parasolpilze, also war es eine bunte Mischung.«

»Aber trotzdem, dieser hier«, fuhr sie hartnäckig fort und hielt den Pantherpilz hoch, »ist doch recht unverkennbar, würden Sie das nicht auch sagen?«

»Ja, würde ich«, stimmte ich zu, »und es ist mir ein Rätsel, wie ich ihn übersehen konnte, und es tut mir leid. Das hab ich bereits gesagt.«

»Es tut Ihnen leid, daß Sie ihn übersehen haben oder es tut Ihnen leid, daß Ihr Mann tot ist?«

Ich lief rot an. »Hören Sie, das alles bin ich bereits mit der Polizei von Gloucester durchgegangen. Ich hab damals all diese Fragen beantwortet; besteht denn wirklich Grund, mich so zu verhören?«

»Ich fürchte ja, Mrs. Meadows. Sehen Sie, seit Ihrem früheren Verhör und der Routinebefragung Ihrer Familie sind gewisse Fakten zutage gekommen. Das Büro des Gerichtsmediziners hat uns deshalb beauftragt, eine komplette Morduntersuchung durchzuführen.«

»Wirklich? Warum?«

Schweigen. Sie blätterte in ihrer Akte, las, oder gab vor zu lesen, und ignorierte mich. Ich fühlte, wie ich innerlich brannte. Meine Hände waren schweißnaß, und Schweiß begann auf meiner Stirn zu prickeln. Schließlich hob sie den Blick. Er war undurchdringlich.

»Mrs. Meadows, Sie haben in Ihrer früheren Aussage – und gerade haben Sie praktisch dasselbe zum Ausdruck gebracht – angegeben, daß Sie zu dem Zeitpunkt, als Ihr Mann Ihnen diese Pilze zeigte, abgelenkt waren. Daß Sie an etwas anderes gedacht haben. Würde es Ihnen etwas ausmachen zu sagen was?«

»Also, ich – ich kann mich nicht genau erinnern.«

»Dachten Sie zum Beispiel vielleicht über eine Scheidung von ihm nach?«

»Oh! Nun, ja, ja, das könnte sein, nehm ich an.«

»Sie hatten vor, sich scheiden zu lassen?«

»Ja, hatte ich.«

»Und Sie haben ihn darüber informiert?«

»Ja.«

»Und wie war seine Reaktion?«

»Nun, er war nicht gerade … begeistert.«

»Er war nicht begeistert. Mit anderen Worten, er hat sich widersetzt.«

»Ja.«

Sie beugte sich vor. »Ist es nicht wahr, daß er sich in einem solchen Maß widersetzt hat, daß er sagte, er wäre bereit, Sie vor Gericht zu bekämpfen? Und nicht nur das, sondern, ich zitiere

Ihre Schwester, war er nicht auch bereit, um das Sorgerecht Ihres Sohnes zu kämpfen? Etwas, das er glaubte, sicher zu kriegen?«

»Ja, er wollte Ivo.«

»Und hatte er nicht gesagt, er würde lügen, betrügen, Ihren Namen anschwärzen, Sie als ungeeignete Mutter brandmarken – kurzum vor nichts zurückschrecken, ob vernünftig oder unvernünftig, um ihn Ihnen wegzunehmen?«

»Ja, hat er, aber –«

»Dann kam es doch sehr gelegen, finden Sie nicht, daß er starb, bevor die Sache einen solchen Höhepunkt erreichen konnte?«

Ich sah sie entsetzt an. »Sie wollen doch nicht etwa andeuten, ich hätte ihn umgebracht, um zu verhindern, daß er mir Ivo wegnahm?«

»Ich weiß nicht, Rosie. Warum haben Sie ihn umgebracht?«

»Nein – das habe ich nicht! Ich hab es nicht so gemeint, ich meinte nur – Gott, nein, natürlich hab ich ihn nicht umgebracht!«

Ihre Augen bohrten sich in meine, und mir kam es vor, als würden sie sich direkt bis zum Hinterkopf durchfräsen. Ich fühlte einen rauschenden Druck in meinem Gehirn. Die Stille war unerträglich. Unterm Tisch schlug ich meine Nägel in die Handflächen. Bleib ruhig, Rosie, bleib ruhig.

Schließlich senkte sie den Blick und blätterte eine Seite in ihrer Akte um. Sie faltete die Hände.

»Sagen Sie mir, war es eine Gewohnheit Ihres Mannes, zum Frühstück Pilze zu sammeln?«

»Wenn wir –«, meine Stimme klang hoch, unnatürlich. Ich räusperte mich. »Wenn wir bei meinen Eltern zu Besuch waren, war es das, ja. Er aß sehr gerne, und dort wachsen reichlich Pilze. Für ihn war das immer ein Leckerbissen.«

»Dann wäre es also für Sie ein leichtes gewesen, dem zuvorzukommen, nicht wahr? Einen speziellen Pilz zu pflücken, sagen wir am Tag vorher, ihn einzustecken, den richtigen Zeitpunkt abzuwarten und dann, wenn keiner es sehen konnte, einfach zu den anderen in die Pfanne zu geben?«

»Ich hab nichts dergleichen getan!« Ich sprang auf und warf dabei meinen Stuhl um. Mein Herz hämmerte bis zum Hals.

»Ich habe lediglich vorführen wollen, daß es einfach wäre«, sagte sie ruhig. »Bitte setzen Sie sich, Mrs. Meadows.«

Ich hob mit zitternden Händen meinen Stuhl auf und setzte mich wieder.

»Mrs. Meadows erhob sich im Zorn, jetzt sitzt sie wieder«, sagte sie für das Tonband. Ich starrte sie an, schweißnaß, völlig verängstigt.

»Sagen Sie mir, hat der Name Timothy McWerther irgendeine Bedeutung für Sie?«

»Nein, hat er nicht, warum?«

»Sind Sie sicher?«

»Ja, ich bin sicher.«

Sie schürzte die Lippen und holte ein Foto aus ihrer Akte. Sie reichte es mir. Ich wußte, daß sie mein Gesicht beobachtete. Ich schickte mich an, es ihr sofort zurückzugeben, aber dann – »Oh! Das ist Tim!«

»Sie kennen ihn also doch.«

»Ja, aber nur als Tim, nicht Timothy, was immer Sie da gesagt haben.« Ich gab ihr das Bild zurück. »Er arbeitet im Sainsbury's in Wandsworth als Packer. Ich kannte ihn flüchtig, und wir haben immer ein bißchen geplaudert. Gescherzt.«

»Hatten Sie eine Affäre mit ihm?«

»Nein!« keuchte ich. »Ganz sicher nicht!«

»Und trotzdem hat Sie Ihr Mann, als er eines Tages unerwartet nach Hause kam, mit ihm im Schlafzimmer überrascht.«

Mir blieb der Mund offen. »Woher –«

»Ich das weiß? Wir sind Detectives, Mrs. Meadows.«

Ich wurde rot, nagte an meiner Lippe. »Hören Sie, es klingt – eigenartig, belastend sogar, aber so war es nicht. Er hat mir einmal geholfen, meine Einkäufe von Sainsbury's nach Hause zu tragen, und während ich telefonierte, hat er Seife und Schaumbad nach oben gebracht ins Badezimmer.«

»Und dann in Ihr Schlafzimmer.«

»Ja, aber –«

»Wohin Sie ihm kurz darauf folgten und wo Ihr Mann sie später beide entdeckte. Recht vertraut, finden Sie nicht, für eine Hausfrau und einen jungen Kerl aus dem hiesigen Supermarkt? Man fragte sich«, überlegte sie, runzelte ihre Stirn und klopfte nachdenklich mit ihrem Stift, »was möglicherweise passiert wäre, wenn Ihr Mann nicht in diesem speziellen Moment nach Hause gekommen wäre. Man fragt sich, welches Szenario sich da entfaltet hätte. Man fragt sich auch, wie oft es sich dieser junge Mann zur Gewohnheit gemacht hatte, Ihnen Ihre Einkäufe nach Hause zu tragen und nach oben zu gehen, um die Seife ins Bad zu tragen, Taschentücher ins Schlafzimmer, neben dem Bett stehenzubleiben, sich zu setzen –«

»Niemals!« brüllte ich halb erstickt vor Zornestränen. »Das ist nicht wahr, nichts davon, so war es nicht. Mein Gott *fragen* Sie ihn, wenn Sie mir nicht glauben!«

»Oh, das haben wir, Rosie.«

»Und?«

Sie holte Luft, bevor sie ihre Trumpfkarte präsentierte. »Und er gibt zu, eine Affäre mit Ihnen gehabt zu haben.«

Ich sah sie fassungslos an. Nach einer langen Weile sank ich in meinen Stuhl zurück, völlig entsetzt. »Er gibt zu ... nein, das *kann* er nicht getan haben! Es ist absurd! Sie lügen! Es ist einfach nicht wahr, Sie können jeden fragen!«

»Das haben wir. Das Personal bei Sainsbury's bestätigt, daß er auf Sie geflogen ist, Ihr Nachbar hat gesehen, wie er Ihr Haus betrat, und seine Freunde bestätigen, daß sie beide etwas am Laufen hatten.«

Ich sah sie an, fast blind vor Schock. »Wo ist er?« flüsterte ich schließlich. »Lassen Sie mich ihn sehen. Mit ihm reden. Dann werden Sie es sehen, Sie werden es an seiner Reaktion sehen, daß es nicht wahr ist!« Mein Haar schmerzte, ich war außer mir vor Angst.

Sie schüttelte den Kopf. »Ich fürchte, das ist nicht möglich. Erstens ist es gegen das Gesetz, daß Verdächtige Beweise abstimmen, und zweitens befindet sich Mr. McWerther momentan in unserem Gewahrsam in Zusammenhang mit einer anderen Sache. Er ist sozusagen für eine Stellungnahme nicht verfügbar.«

Nachdem ich diesen Polizeijargon dechiffriert hatte, stotterte ich: »Sie meinen, Sie haben ihn verhaftet? Weshalb denn?«

»Rosie, ich werde Sie noch einmal fragen: Haben Sie, ja oder nein, eine Affäre mit Timothy McWerther gehabt?«

»Nein!« krächzte ich laut, »habe ich nicht!«

»Ich bezichtige Sie hiermit, daß Sie beide sich verschworen haben, Mr. Meadows zu töten in der Absicht, das Erbe einzustreichen, das ihm von seinem Onkel, Sir Bertram Meadows, zusteht.«

Ich blinzelte. »Gütiger Gott. Das ist absurd!«

»Ist es das?« Ihr Lächeln war dünn, falsch. Dann verschwand es wie der Blitz. Sie hob herausfordernd ihr Kinn, wartete ab.

Mein Mund öffnete sich, aber ich schien weder den Atem noch die Worte zu finden. Ich saß wie gelähmt da, sah sie benommen an, während sie meinen Blick gelassen erwiderte. Schließlich fand ich meine Stimme. »H-hören Sie«, krächzte ich. »Ich hab mir's anders überlegt. Ich sage nichts mehr. Ich will einen Anwalt.«

Sie nickte. »Dazu rate ich Ihnen voll und ganz. Ich persönlich glaube, daß Sie einen brauchen. Deshalb beende ich jetzt dieses Gespräch mit Mrs. Meadows um«, sie feuerte ihre Armbanduhr aus dem Ärmel, »exakt neun Uhr einundzwanzig.« Sie holte die Bänder heraus, steckte eins ein, gab mir das andere, dann stand sie auf und nahm ihre Papiere unter den Arm. Ich sah hoch zu ihr.

»W-wohin bringen Sie mich? Wohin komm ich?«

»Nach Hause, nehm ich an.«

Ich schluckte. »A-aber … Sie sagten …«

»Wir klagen Sie nicht an. Jedenfalls jetzt noch nicht. Es gibt noch ein oder zwei Details, die abgestimmt werden müssen, aber seien Sie versichert, Rosie, wir werden uns wiedersehen. Es ist wirklich nur eine Frage der Zeit, bis wir uns sehr häufig sehen werden. Guten Tag.«

Und damit rauschte sie aus dem Zimmer.

23

Es ist wohl überflüssig zu sagen, daß ich keine heiteren Pläuschchen mit dem Polizisten führte, der mich an diesem Morgen nach Hause fuhr. Ehrlich gesagt hatte ich die größte Mühe, ihm nicht das Auto vollzukotzen. Als wir Fairlings erreicht hatten, dirigierte ich ihn stockend flüsternd vorbei am Haupthaus und dann hinunter zum Cottage. Ich erkannte meine eigene Stimme nicht mehr. Als wir vor dem Cottage anhielten, sah er mich im Rückspiegel an.

»Alles in Ordnung?« Seine braunen Augen waren gütig, besorgt. Er mußte etwa im Alter meines Vaters sein, wahrscheinlich kurz vor der Pensionierung.

Ich nickte, wollte aber nicht riskieren, etwas zu sagen. Ich fummelte am Türgriff und stieg aus, warf die Wagentür zu und stolperte den Weg hinauf, wohlwissend, daß er mich beobachtete. Er wartete, bis ich im Haus war. Als ich mich erschöpft innen gegen die Haustür lehnte, hörte ich den Wagen langsam die Auffahrt entlangschnurren. Ich schloß einen Moment lang die Augen, fühlte, wie das Blut in meinen Kopf rauschte. Ich holte tief Luft und atmete langsam aus. Als ich die Augen aufschlug, fiel mein Blick auf die Ginflasche auf der Anrichte auf der anderen Seite des Raumes. Ich stürzte mich darauf und goß mir dann mit so zitternder Hand, daß ich einen Moment innehalten mußte, um sie ehrfurchtsvoll zu betrachten, einen riesigen Drink ein. Ich kippte ihn ohne Rücksicht auf Verluste hinunter. Meine Nase kräuselte sich angewidert. Gott, war der eklig, wie Medizin, aber ich war entschlossen, den Schmerz sofort zu betäuben, ohne den verzärtelten Verwässerungseffekt von Tonic. Ich nahm noch einen Schluck, und diesmal schien er nicht gar so widerlich. Ich klammerte mich an das Glas, drehte mich um und hätte es fast bis zum Sofa geschafft, aber kurz davor versagten meine Knie den Dienst, und ich sank auf den Teppich vor dem Kamin. Immer noch im Mantel, legte ich den Kopf in die Hände und heulte mich so richtig schön aus.

Nach ein paar Minuten putzte ich mir die Nase, wischte mir die Augen und trank den Gin aus. So. Jetzt müßte er bald die lebenswichtigen Organe erreicht haben. Ich schniefte und schaute mir den alten Orientteppich an, auf dem ich saß. Er war an manchen Stellen so abgetreten, daß die braunen Fäden darunter bloßgelegt waren. O ja, fadenscheinig. Wie seltsam, daß ich in einem solchen Augenblick den Sinn dieses Wortes begriff. Ich starrte traurig vor mich hin. Großer Gott, was sollte ich nur tun? Passierte das wirklich mir? War ich wirklich gerade verhört, eingeschüchtert des – du lieber Gott – Mordes bezichtigt worden? Und nicht nur einfach des Mordes, sondern eines vorsätzlichen, verschwörerischen, intriganten, geradezu machiavellistischen Mordes, mit einem Lustknaben als Komplizen, angeblich mein *Liebhaber, irgendein* verdammter Ladenjunge von etwa neunzehn und – Scheiße, es hatte keinen Sinn, ich brauchte noch so einen Gin, und dann mußte ich mit jemandem *reden*, ich mußte jetzt sofort mit jemandem reden.

Ich wußte gleich, daß ich mich nach Joss sehnte. Ich sehnte mich danach, seine irritierte autoritäre Stimme zu hören, die sagte, sei nicht albern, Rosie. Wenn du's nicht getan hast, dann war's das, so einfach ist das. Sie können dich nicht *zwingen* zu gestehen. Die ganze Sache ist total absurd – oder ein anderer ähnlich abschätziger Kommentar. Natürlich war reden mit Joss ein Ding der Unmöglichkeit. Erstens saß er wahrscheinlich noch in einem Flugzeug und selbst wenn nicht, war ich mir ziemlich sicher, daß Annabel ihn am Flughafen getroffen hatte. Gesetzt den Fall, sie nimmt das Telefon ab, wäre sie sicher nicht sonderlich begeistert, wenn ich verlangte, mit ihrem Mann zu reden im Hinblick auf diese kleine Mordanklage, die ich am Hals hatte und »Oh, es tut mir ja so leid, daß ich die Sache mit den Kondomen ausgeplaudert habe, Annabel. Ich hoffe, ich habe nicht Ihre Ehe zerstört…«

Nein, Joss kam definitiv nicht in Frage, zumindest nicht, bis er in Fairlings anrief und ich Marfa beim Sprint zum Telefon schlagen würde. Dann könnte ich in die Konversation einfließen lassen: »Ach, übrigens, ich hab da ein *kleines* Problem mit den Jungs vom Morddezernat, drüben in der nächsten Grafschaft. Nichts, womit ich nicht fertig werde, natürlich, aber sie versuchen mich einzulochen, die Schweine.« Ich erschauderte. Mord. *Ich* – Scheiße! Fast hätte ich, aber statt dessen sprang ich auf und packte das Telefon. Ich sank damit zu Boden und starrte die Wählscheibe an. Wen dann? Philly? Nein, nicht Philly, sie würde sicher in Sekunden vor Sorgen Anorexie kriegen, und außerdem war sie krankhaft unfähig, es vor meinen Eltern geheimzuhalten, was nicht gerade förderlich für Daddys Angina pectoris wäre. Und Mummy würde auf der Stelle Harakiri begehen. »Du kommst ins Gefängnis!« würde sie kreischen. »O Gott, was werden die Burdetts sagen!« Und damit würde sie das Küchenmesser mit dem Perlmuttgriff nehmen und es in ihre Brust stoßen, kopfüber in die Pawlowa fallen, die sie gerade so liebevoll arrangiert hatte. Nein, es mußte Alice sein. Die liebe starke Alice, auf die man sich verlassen konnte, daß sie in einer Krise einen kühlen Kopf bewahrte. Ich drückte die Nummer und hätte fast den Hörer fallen lassen, als Michael antwortete. Großer Gott, ich hatte ihn vergessen! Er fing sich zuerst.

»Rosie. Ein gutes neues Jahr wünsche ich dir«, sagte er mit gezwungener Höflichkeit.

Blitzartig wurde mir klar, daß Alice mithörte. »Ah – und ich dir auch, Michael«, krächzte ich.

»Ich nehme an, du möchtest meine Frau?«

Gott, war der cool. Aber wenn er cool sein konnte, konnte ich das auch.

»Bitte.«

Eine lange Pause folgte, dann: »Rosie!« Alices Stimme klang fröhlich und entspannt. »Ein *sehr* glückliches neues Jahr wünsche ich dir, meine Liebe. Wir haben doch tatsächlich vergessen, uns gestern nacht anzurufen, nicht wahr? Ehrlich gesagt bin ich schon vor halb elf eingeschlafen, und im Fernsehen war ein solcher Scheiß – warte mal kurz.« Sie unterbrach, und ich hörte, wie sie mit den Kindern redete. »Wiedersehn meine Schätze! Seid brav und grüßt Oma von mir!« Dann war sie wieder da.

»Michael bringt die Kinder für heute zu Oma«, erklärte sie. »Damit ich eine kleine Pause habe, weil ich doch gestern nicht zur Party gehen konnte und er schon.«

»Ah. Ja. Wie war seine… Party?«

»Oh, ziemlich langweilig, soweit ich gehört habe, obwohl es irgendein besoffener Idiot geschafft hat, ihm ein Bierglas auf dem Kopf zu zertrümmern, der arme Schatz. Anscheinend hat's ein Gerangel in der Bar gegeben, und Michael war zufällig im Weg. Er hat eine Mordsbeule auf der Stirn, und er hat immer noch böse Kopfschmerzen.«

Das wette ich, dachte ich grimmig.

»Wie dem auch sei, wie geht's dir?«

»Ehrlich gesagt, nicht so gut, Alice. Ich hab ein kleines Problem. Weißt du«, und damit brach ich erneut in Tränen aus und dramatisch untermalt mit Schluchzern, Schreien und Pausen zum Naseputzen gab ich ihr eine schaurige, plakative Zusammenfassung der letzten paar Stunden. Als ich fertig war, herrschte am anderen Ende der Leitung entsetztes Schweigen.

»Großer Gott«, murmelte sie leise.

»Ich weiß!« jammerte ich. »Oh, Alice, was soll ich bloß tun?«

»Du tust gar nichts«, sagte sie streng, »bleib, wo du bist, und rühr dich nicht vom Fleck. Ich komme.«

Während ich buchstäblich saß und wartete, war ich fast betäubt vor Schock. Ich war unfähig, etwas zu tun, außer in meinem Mantel dazuhocken und ins Leere zu starren. Ab und zu versuchte ich, die volle Tragweite dessen, was passierte, zu begreifen, aber in letzter Sekunde huschte mein Verstand jedesmal wieder in Panik davon, um sich erneut in diese gemütliche Zuflucht von Nichts zurückzuziehen. Das einzige, was meine Wache störte, während ich die Stunde und ein paar zerquetschte wartete, die Alice bis hierher brauchte, war das Läuten des Telefons. Ich starrte es eine Ewigkeit an, zählte mindestens zwölf Klingelzeichen, bis ich es endlich abnahm.

»Hallo?« flüsterte ich.

»Alles in Ordnung, Rosie?« Es war Marfa.

»Marfa!« sagte ich erleichtert. »Ja, mir geht's gut, irgendwie...« Ich verstummte, hatte Schwierigkeiten mit meiner Stimme.

»Ah. Hab ich mir gedacht. War doch ein bißchen ernster, als wir gedacht haben, was? Die glauben, Sie ham ihn um die Ecke gebracht, stimmt's?«

»Ja«, heulte ich. »Ja, das tun sie. Ist das nicht furchtbar?«

»Natürlich ist das furchtbar, es ist aber, verdammt noch mal, total lächerlich. Keine Sorge, die kriegen kein Bein auf die Erde.«

»Traurigerweise haben sie offenbar schon einige auf der Erde. Aber hör mal, Marfa, könntest du mir einen Gefallen tun? Könntest du eine Weile auf Ivo aufpassen? Es ist nur – ich will nicht, daß er mich so durcheinander sieht, und ich bin...« Ich kämpfte mit meinen Gesichtmuskeln, »ich bin ziemlich – im Augenblick.«

»Natürlich kann ich. Er ist gut bei mir aufgehoben. Er kann hier übernachten, mit mir und den Kindern, und dann können Sie ihn morgen früh wiederhaben, wenn Sie sich ein bißchen besser fühlen.«

»Oh, Marfa, würdest du das tun? Aber was ist mit deinem Dad? Was machst du mit dem Krankenhaus?«

»Er ist überm Berg«, jubelte sie. »Es waren keine Metastasen, und sie glauben, er ist den Rest los! Er kommt bald nach Hause!« Sie versuchte es zu verbergen, aber die Erregung war in ihrer Stimme zu hören.

»Marfa, das ist ja wunderbar! Oh, ich freu mich ja so für euch.«

»Ja, also vergessen Sie ihn mal jetzt«, sagte sie rasch. »Jetzt müssen wir Sie wieder hinkriegen, was? Sie ham soviel für mich getan, Sie können Ivo bei mir lassen solang Sie wollen.«

»Danke«, flüsterte ich. »Du bist ein Star.«

»Sie sind in Ordnung«, erwiderte sie das Kompliment mit ihrem eigenen, dem größten Lob.

Als ich den Hörer auflegte, merkte ich, daß mir die Beine eingeschlafen waren, also zog ich mich wie ein Seehund, der vom

Meer auf die Felsen gleitet, vom Boden auf das Sofa, rollte mich in der Ecke zusammen und wartete. Schließlich traf Alice ein. Ich hörte, wie draußen die Autotür zuschlug und dann ihre Schritte auf dem Weg. Ich eilte zur Tür, um sie zu öffnen, bevor sie klopfte.

»Oh, Alice!« Ich fiel ihr schluchzend in die Arme. Sie hielt mich einen Augenblick fest, dann löste sie sich sanft, aber bestimmt von mir und führte mich zum Sofa. Sie setzte mich hin und hob die Ginflasche auf.

»Wie ich sehe, haben wir schon bei den harten Sachen zugeschlagen.«

»Mußte«, schniefte ich. »Vielleicht krieg ich im Gefängnis keine Cocktails.«

»Jetzt hör mal, Rosie«, sagte sie und rutschte zur Seite, damit sie mein Gesicht sehen konnte. »Ich hab mir das alles auf dem Weg hierher durch den Kopf gehen lassen, und je mehr ich darüber nachdenke, desto besser sehe ich, wie lächerlich das Ganze ist. Du steigerst dich da wegen nichts in totale Hysterie hinein.«

Ich sah sie an. Ihre blauen Augen funkelten vor Überzeugung, und ihr rotes Haar stand wie ein Heiligenschein um ihren Kopf, so daß sie aussah wie ein brennender Ketzer.

»Tu ich das?«

»Natürlich tust du das! Hör zu. Haben sie dich verhaftet?«

»Nein.«

»Und haben sie dich angeklagt?«

»Nein, aber –«

»Sie haben dich also nur verhört, richtig?«

»Ja, aber ziemlich aggressiv, Alice!«

»Natürlich, weil sie dir Angst einjagen wollen! Das ist ein klassischer Fall von Manipulation durch Angst, mein Herz, Sie haben absolut nichts gegen dich in der Hand, aber weil Lover-Boy aus irgendeinem Grund behauptet hat, er hätte eine stürmische Affäre mit dir, haben sie zwei und zwei zusammengezählt und gedacht, ja, ja, ihr Mann ist gerade gestorben, nicht wahr? Irgendwie günstig, wenn sie gerade ein Techtelmechtel mit einem anderen hat, vielleicht hat sie ihn umgebracht. Sie führen dich vor, drehen dich durch die Mangel, verängstigen dich total, dann lassen sie dich ein bißchen schmoren, um zu sehen, ob du den Köder annimmst, gestehst.«

»Aber was, wenn sie's mir trotzdem anhängen? Ich meine, der Hut paßt doch mehr oder weniger?«

»Das werden sie nicht, Rosie, das versprech ich dir. Gib ihnen Zeit, und sie werden merken, daß sie auf dem falschen Dampfer sind. Ich würde sogar drauf wetten, daß sie es jetzt schon wissen, nur von dem Verhör heute früh. Ich wette, was du willst, daß Frau Stahlhöschen zu ihren Kollegen am Ende des Korridors gegangen ist und gesagt hat: ›Ne, Jungs. Die ist einfach nicht der Typ.‹ Die sehen so was, weißt du. Die kriegen eine Nase für solche Sachen – so wie wenn ich ein tolles Gemälde bei jemandem entdecke oder du zufällig auf ein fantastisches neues Rezept stößt. Diese Leute riechen einen Verbrecher auf zwanzig Schritt, und, laß dir eins sagen, mein Herz, das bist du nicht. Du hast einfach nicht das Kaliber.«

»Oh, Alice, ich wünschte, ich könnte dir glauben, aber du hast die furchtbaren Sachen nicht gehört, die sie zu mir gesagt hat! Ich bin überzeugt, sie hält mich für verbittert und verdreht, und sie weiß, daß ich Harry gehaßt habe. Neunzig Prozent aller Morde passieren in der Familie, nicht wahr? Ich hab das irgendwo gelesen. Es sind die kleinen Dinge, die die Leute ausrasten lassen, wie die Deckel nicht auf Gläser schrauben und vergessen den Müll raustragen, und ich hatte weit mehr Grund als das, ihn zu ermorden. Damit hatte sie recht, er wollte mir Ivo wegnehmen und, o Himmel, soll ich dir was wirklich, wirklich Furchtbares erzählen, Alice?«

»Was?« sagte sie und sah für einen Augenblick sehr ängstlich drein.

»Nein, ich kann nicht«, sagte ich angesichts ihrer Miene.

»Um Himmels willen, red weiter!«

»Ich – ich hab Fantasien gehabt, daß er stirbt!« schluckte ich. »Das habe ich, Alice. Ich hab mir immer vorgestellt, daß er an einem günstig lockeren Dachziegel vorbeigeht und enthauptet wird oder – von einem außer Kontrolle geratenen Milchlaster überfahren oder eine schlechte Muschel oder Garnele oder so was ißt, Salmonellen kriegt und – so ist er gestorben, Alice, erkennst du das denn nicht?« Ich rang meine Hände. »Ich hätte es tatsächlich tun können, vielleicht im Unterbewußtsein!«

»Bitte sei kein solcher Idiot, Rosie. Hast du eine Ahnung, wie viele Frauen Fantasien haben, daß ihr Mann stirbt? Herrgott, wenn sie jede Frau einsperren würden, die ein kleines Stoßgebet losläßt, daß die Leiter umkippt, gerade wenn der liebe Mann die Dachrinnen säubert, dann wären die Gefängnisse überfüllt! Um Himmels willen, Rosie, es ist absolut natürlich, sich zu wünschen, dein Mann wäre tot. Aber es ist ein Riesenunterschied zwischen fantasieren und tatsächlich die schmutzige Tat begehen. Das Problem ist, sie haben es geschafft, dir *Angst* zu machen, und du versuchst, dir einzureden, du hättest es *tatsächlich* getan, und das genau wollen sie! Reiß dich um Himmels willen am Riemen. Du bist unschuldig!«

Ich sah sie an. Sie hatte recht. Ich mußte die Ruhe bewahren. Ich badete im Zorneslicht ihrer Augen, klammerte mich an ihre Überzeugung. Mit einemmal blitzte in diesem Licht eine Idee. »Wie ist das mit Tim«, sagte sie plötzlich und packte meine Hand. »Was weißt du über ihn? Warum glaubst du, hat er dich so belastet?«

»Ich habe nicht die geringste Ahnung! Ich weiß gar nichts von ihm!« jaulte ich.

»Aus irgendeinem Grund benutzt er dich als Alibi, nicht wahr? Er behauptet, er hätte eine Affäre mit dir gehabt, um sich selbst zu helfen – und zufällig werden sie bald rausfinden, daß das ein Haufen Mist ist. Sie sagt, sie hätten all seine Freunde gefragt – nun, wie wär's, wenn sie mal deine Freunde fragen? Mich haben sie nicht gefragt, oder? Sie haben *deine* Lieben nicht nach diesem Mannwelpen gefragt, den du angeblich seit Monaten an der Leine rumzerrst. Ich bin mir ganz sicher, einer oder zwei von uns hätte ihn entdeckt. Nein, Rosie. Aus irgendeinem Grund benutzt er dich, und du mußt nachdenken, warum.«

Ich sah sie an und versuchte das alles zu verdauen. Dann hielt ich mir verzweifelt den Kopf. »Mein Gott, ich glaube, ich werde verrückt. Ich meine, ich weiß nichts über ihn! Was, glaubst du, hat er getan?«

Sie kniff den Mund zusammen. »Ich weiß es nicht, aber er ist offensichtlich ein dubioser Charakter. Es passiert nicht so oft, daß wahnsinnig gutaussehende Absolventen von Privatschulen bei Sainsbury's Regale auffüllen. Bei GTC vielleicht oder sogar Thomas Goode, aber nicht bei Sainsbury's. Vielleicht ist es eine Fassade für eine riesige verdeckte Ermittlung, vielleicht injiziert er tödliche Bakterien in den Ambrosia Milchreis, steckt Semtex in die Coco Pops oder schmuggelt eimerweise Kaviar raus – Herrgott, ich hab keine Ahnung, die Möglichkeiten sind endlos!«

»Aber was hat das alles mit mir zu tun?«

»Absolut nichts. Was ihn betrifft, bist du nur ein verzweifelter letzter Versuch, sich irgendwie zu decken, aber sie werden bald rausfinden, daß das alles nur Quatsch ist und du ihn nicht mal richtig kennst.« Sie runzelte die Stirn. »Hast du nicht erzählt, du hättest ihn kürzlich gesehen?«

»Ja, auf der Straße, und er ist einfach an mir vorbeigegangen.«

»Hmm... interessant.« Sie kniff nachdenklich die Augen zusammen. Dann stand sie auf. »Ach, vergiß es.« Sie seufzte und bürstete ihren Rock ab. »So.« Sie sah sich entschlossen um, die Hände in die Hüften gestemmt. »Jetzt werden wir uns was zum Lunch suchen, ja? Ich bin am Verhungern, und hier drin ist es saukalt. Ich sag dir was, du zündest das Feuer an, und ich werd uns ein paar Eier braten oder so was. Übrigens dachte ich mir, ich bleibe«, sagte sie, und segelte vorbei zur Küche, »ich hab Michael übers Handy angerufen, und er bleibt über Nacht mit den Kindern bei Mum. Wo hebst du denn hier drin deine Eier auf?« Sie spähte in den Kühlschrank.

Ich sah ihr fassungslos hinterher. Dann stand ich auf und wieselte hinter ihr her. »Aber – was werden wir tun, Alice? Ich meine, sollten wir nicht Anwälte anrufen, Strafverteidigerkanzleien heimsuchen, solche Geschichten?«

»Hmm?« Sie zog den Kopf aus dem Kühlschrank und sah mich vage an. »O nein, das letzte, was du willst, ist ein Anwalt. Er wird nur ein Vermögen verlangen und wofür? Dafür, daß er sich höflich deine Geschichte anhört und absolut nichts tut, bevor er dir eine astronomische Rechnung schickt. Das kann ich auch.« Sie lächelte. »Ohne die Rechnung natürlich. Schau, Rosie«, sagte sie geduldig, »du bist noch nicht verhaftet worden, und du bist noch nicht einmal angeklagt worden, also brauchst du noch keinen professionellen Rat. Ehrlich, du wartest einfach ab, in ein paar Wochen ist Gras über die Sache gewachsen, und du wirst es total vergessen haben, ich versprech's dir. Ah, ich hab sie. Bißchen überm Verfalldatum, aber was soll's. Ich mach drei, ja? Und ein bißchen Käse auch?«

Ich wanderte zurück ins Wohnzimmer, nagte an meinen Nägeln. Ich balancierte auf der Sofakante und sah zu, wie sie geschäftig herumlief. Könnte sie möglicherweise recht haben? Wollten sie mir nur Angst einjagen, fühlten mal vor, für den Fall, daß ich hustete? Für den Fall, daß ich es zugab? Mit einemmal fiel mir etwas ein.

»Wir hatten natürlich noch keine Auswertung des Obduktionsberichts«, rief ich ihr zu. »Ich meine, Harrys gerichtliche Untersuchung.«

»Wann ist die denn?«

»Die Polizei hat gesagt, das kann bis zu zwei Monate dauern.«

»Na, da siehst du's.« Sie schlug ein Ei in die Pfanne und drehte sich zuversichtlich lächelnd zu mir. »Der Gerichtsmediziner wird Tod durch Unfall bestimmen, und dann ist alles in Butter! Wart's nur ab, Rosie, am Ende kommt immer die Wahrheit heraus, also mußt du nur weiter den Kopf oben halten und dich ruhig verhalten. Laß dich von den Schweinen nicht unterkriegen.«

Ich nagte noch ein bißchen weiter an meinem Daumennagel. Kopf hoch, bleib ruhig, halt still – Himmel, das waren so viele unbewegliche Dinge, die ich tun sollte, aber ich konnte das. Ich konnte mich so ruhig verhalten, daß sie das Parkett aufreißen müßten, um mich mitzunehmen. Da würde ich im Fundament kauern, ganz still, ganz ruhig, aber mit erhobenem Haupt. Und Ivo würde da mit mir kauern. Mit ein bißchen Glück würden sie uns jahrelang nicht finden, und wir könnten dann zu – seinem achtzehnten Geburtstag oder so rauskommen. Eine kleine Feier machen.

Alice blieb wie versprochen und spielte die Scheuklappe. Sie weigerte sich, mir meinen Hang zur plötzlichen Hysterie mit anschließendem Kollaps auf dem Sofa durchgehen zu lassen und trieb mich gnadenlos dazu, ganz normal weiterzumachen. Zuerst stapften wir auf den Feldern herum, um ein bißchen frische Luft zu kriegen, und als wir zurückkamen, bestand sie darauf, die Küchenschränke aufzuräumen. Um genau zu sein, war ich es, die die Küchenschränke aufräumte, weil sie darauf bestand, Moltofill anzurühren und die Risse an der Küchenwand zu flicken, eine offensichtlich lebenswichtige Aufgabe, die sofort erledigt werden mußte. Dann, nachdem alle Risse geflickt waren, mußten wir natürlich die Wand streichen. Es war nicht direkt das, was ich an dem Tag, an dem man mich beschuldigte, meinen Mann umgebracht zu haben, machen wollte, aber ich muß zugeben, es lenkte mich ab, und hinterher war ich total erschöpft, was wohl der Zweck der Übung gewesen war.

Danach saßen wir vor dem Kamin, hörten Musik und plauderten ein bißchen, aber sie weigerte sich, weiter über mein Dilemma zu reden, tat es als lächerlich ab und nicht die Spucke wert, um drüber zu reden. Allmählich färbte etwas von ihrer Zuversicht auf mich ab, und ich konnte mich ein bißchen entspannen, aber vergessen war unmöglich.

Außerdem erkannte ich sehr wohl, daß Alice bewußt versuchte, mich abzulenken, und das beunruhigte mich etwas. Sie war in ihrer Mission fast zu entschlossen, zu unbeirrbar, als ob sie in Wirklichkeit insgeheim krank vor Sorge wäre. Ab und zu ertappte ich sie dabei, daß sie mich ansah, aber wenn sich unsere Blicke trafen, plapperte sie wieder weiter, über die Kinder, darüber, wie lausig das Leben und London war, über ihre

Malerei, über alles, was nicht kontrovers war. Gelegentlich ertappte ich mich dabei, daß ich ihr tatsächlich zuhörte, ohne ständig panische Angst zu haben. Aber es war immer da. Diese gräßliche schwarze Wolke, die bedrohlich lauerte und jeden Moment aus meinem Hinterkopf heranrollen konnte.

Sie blieb über Nacht, schlief in Ivos Zimmer, und am nächsten Morgen stand sie früh auf und fuhr nach London, bevor ich aufstand. Unten auf dem Tisch fand ich einen Brief.

»Hör auf, dir Sorgen zu machen, alles wird gut werden – du wirst schon sehen! Alles Liebe und einen dicken Kuß, Alice. PS: Lies die – sind gut gegen Stress!«

Unter dem Brief lag ein Buch mit dem Titel *Atmen lernen* und noch eins *Yoga For Life*. Außerdem war da noch ein Päckchen Kräutertee und eine Kassette mit dem Titel *Entspannung leicht gemacht*. Ich lächelte. Alles sehr alternativ und alles sehr typisch Alice. Die Herz- und Blumenmethode zur Bewältigung der härteren Realitäten des Lebens.

Nichtsdestotrotz stellte ich fest, während ich die Bücher durchlas und einen Toast aß, daß mein Magen nicht mehr ganz so dramatische Luftsprünge machte wie gestern abend. Vierundzwanzig Stunden und eine Nacht gut durchschlafen hatten geholfen, Abstand zu diesem gräßlichen Verhör zu finden und es fast in das Reich der Alpträume zu verbannen, so daß es mir, während ich meinen Tee in meiner sonnigen kleinen Küche trank, vorkam, als wäre es vielleicht nie passiert. Eventuell hatte Alice tatsächlich recht, dachte ich, als ich durch das Fenster auf die taugetränkten Felder starrte, mit meiner Tasse in der Hand. Vielleicht machte ich mich hier völlig umsonst verrückt, und vielleicht setzten sie tatsächlich Leute routinemäßig unter Druck, um zu sehen, ob sie singen würden. Wenn ja, dann sollte es ein Gesetz dagegen geben, dachte ich wutentbrannt. Es war nicht nur höchst ungesellig, sondern auch extrem enervierend, und ich war fast versucht, an meinen Parlamentsabgeordneten zu schreiben. Ja, je mehr ich darüber nachdachte, desto empörender schien es mir – gramgebeugte Witwen schikanieren? Das sollte nicht erlaubt sein! Ich würde ihm gleich morgen früh schreiben, oder ihr – kein Grund sexistisch zu werden.

Ich aß meinen Toast auf und wollte gerade mit etwas leichterem Herzen nach Fairlings hochjagen, als mir einfiel, daß der Milchmann über Neujahr nicht lieferte und wir Milch brauchten. Ich mußte zuerst ins Dorf. Ich packte die Kassette, die Alice mir gegeben hatte, um sie mir im Auto anzuhören, und dabei fiel ihr Brief zu Boden. Ich hob ihn auf und merkte, daß sie etwas auf die Rückseite geschrieben hatte.

»PPS: Es besteht die Möglichkeit, daß sie dich beobachten, um zu sehen, ob du versuchst, mit Tim Verbindung aufzunehmen oder so was, also sorg dafür, daß du dich absolut normal benimmst. Und vor allem: *Keine Panik!*«

Ich ließ den Brief entsetzt fallen. Du lieber Himmel! Mich beobachten? Wo? Ich rannte zum Fenster. Ein Schneemann starrte mich an. Ich wich entsetzt zurück. War da jemand drin? Ich schlich nach vorn. Ach, sei doch nicht dämlich, Rosie. Den hast du mit Ivo gemacht, sie warnt dich nur, vorsichtig zu sein, mehr nicht. Ich holte tief Luft und überlegte einen Moment, ob ich nicht überhaupt zu Hause bleiben sollte in meinem netten, kuscheligen Cottage mit dem Daumen fest im Mund. Aber dann kramte ich die Reste meiner Selbstachtung zusammen. Ich packte die Autoschlüssel, schob mein Kinn vor und marschierte los, den Weg hinunter. Zugegeben, als ich in den Wagen stieg, sah ich mich verstohlen um, aber wonach suchte ich eigentlich? Geheimagenten, die sich als Rhododendronbüsche tarnten?

Ich fuhr los, leicht hysterisch »Greensleeves» summend und versuchte, fröhlich zu bleiben. Gleichzeitig stellte ich mir die melodramatische Frage, ob ich diese Momente nicht genießen sollte. Einen Wagen fahren. Einkaufen gehen. Sollten das meine letzten Tage in Freiheit sein? Ich schaute hoch in die Weite des Himmels, als ich ins Dorf einfuhr. Das war es doch, was allen im Gefängnis so fehlte, nicht wahr? Den weiten Himmel sehen. Während ich wehmütig nach oben schaute, mußte ich plötzlich bremsen, um nicht Ted Parsons, den Metzger, zu rammen, der gerade vor der Post einparkte. Verzeihung, murmelte ich grinsend durchs Fenster, als er ausstieg. Vielleicht hat er mich ja wirklich nicht gesehen, dachte ich, als ich ausstieg. Oder er fand meinen Beinaheunfall gar nicht so komisch. Ich knallte die Tür zu und schlitterte über den eisigen Gehsteig zu Spa.

Es brummte hier wie immer, überall drängten sich alte Frauen, die Carnation-Milch und Rennies in ihre Drahtkörbe luden. Ich mußte grinsen. Heutzutage war praktisch jeder Laden immer offen, ob es nun Sonn- oder Feiertag war, aber jeder, der vor 1960 geboren war, verhielt sich immer noch so, als könnte die Welt jeden Moment aufhören, sich zu drehen und die Türen zuknallen. Dort drüben an der Kühlung waren auf jeden Fall einige Panikkäufe im Gang, Vera-Doubles drängten sich in Gruppen schnatternd davor, und ich wartete geduldig, bis sich ein paar Tweedmäntel entfernt hatten, bevor ich nach meinen paar Litern Milch greifen konnte. Aber während ich dastand, drehten sich ein paar Köpfe, und plötzlich hörten alle Frauen auf zu reden. Tödliche Stille breitete sich aus. Ich warf beunruhigt einen Blick über die Schulter. Was? Was ging da vor? Als ich mich zurückdrehte, merkte ich, daß sie alle mich anglotzten. Ich errötete verwirrt und dann, plötzlich, herrschte wieder geschäftige Normalität, nur daß mein Weg zur Milch frei war, denn die Frauen hatten unvermittelt woanders zu tun. Die Kühlung hatte anscheindend ihre Anziehungskraft verloren. Ich nahm langsam meine Tetrapaks, drehte mich um und ging zur Kasse. Der Laden schien zu verstummen. Ich schluckte. Nein, das bildete ich mir sicher ein, das hatte sicher nichts mit mir zu tun. Die alte Miss Martin, eine dicke Freundin von Vera, lungerte vor den Keksen, als ich den Gang mit den Frühstücksflocken entlangging.

»Morgen», murmelte ich.

Keine Antwort. Aber ich hatte es ja auch sehr leise gesagt, nicht wahr? Sie hat es sicher nicht gehört. Mein Herz hämmerte, als ich mich ans Ende der Kassenschlange stellte. Mrs. Fairfax lächelte und plauderte hinter der Theke, während sie den Leuten die Tüten einpackte, und ich entspannte mich ein bißchen. Sie war so nett, eine Freundin fast, und sie war ein großer Fan von Ivo. Auf der Theke stand wie üblich eine Schachtel mit reduzierten Sachen, bei denen das Verfallsdatum überschritten war und die billig verkauft wurden. Als ich an der Reihe war, suchte ich mir eine Tafel Schokolade und ein paar alte Weihnachtskarten aus.

»Kann nicht schaden, schon vorzusorgen«, sagte ich fröhlich, als ich ihr die Karten reichte.

»So wie's aussieht, müssen Sie das wohl auch«, schnappte sie. Alles kam zum Stillstand, und alle starrten. Mrs. Fairfax hatte die Situation jetzt zu einer öffentlichen Demütigung gemacht. Sie packte sehr, sehr langsam meine Tüte, nahm sich übermäßig Zeit, um vier Liter Milch, eine Tafel Schokolade und ein paar Weihnachtskarten einzutippen. Lange genug, damit alle Zeit hatten zu sehen, wie ich von den Zehen bis zu den Fingerspitzen und weiter bis zum Ansatz meines Ponys errötete. Erst als ich wirklich vor Scham lichterloh brannte, ließ sie mich gehen.

»Das wären dann zwei Pfund und elf Pence.« Sie hielt mir ihre Hand hin und sah mir trotzig in die Augen. Keine heimeligen Grübchen und auch keine Apfelbäckchen.

Ich reichte ihr das Geld und verließ mit so viel Würde, wie ich aufbringen konnte, den schweigenden Laden, sehr wohl bewußt, wie Dutzende von Blicken sich in meinen Rücken bohrten. Meine Hände zitterten, als ich ins Auto stieg. Ich drehte den Schlüssel im Zündschloß und fuhr mit Vollgas weg. Jetzt machte mein Magen einen Satz, und ich schlug mir die Hand vor den Mund. Großer Gott, sie wußten es! Alle wußten es, und noch dazu glaubten sie es auch, sie dachten, ich wäre schuldig! Schuldig. Es war, als wäre meine Stirn mit einem glühenden Eisen gebrandmarkt und das, bevor ich überhaupt eine Chance hatte, meine Unschuld zu beweisen. Und hier, in einem Dorf, das ich glaubte zu kennen, an einem Ort, wo ich allmählich glaubte hinzugehören und unter Freunden wäre!

Als ich um die Ecke bog, so schnell wie möglich diesen vorwurfsvollen Blicken entrinnen wollte, entdeckte ich Alices Band auf dem Sitz neben mir. Ich packte es. Ja, das brauchte ich, ein paar Entspannungsübungen. Perfekt. Nur keine Panik, Rosie, keine Panik und denk dran – das ist das Leben auf dem Dorf, mehr nicht. Das sind nur engstirnige, spießige Leute, die nichts Besseres zu tun haben, als zu klatschen und Bosheiten zu verbreiten. Du hast gehört, was Alice gesagt hat, laß dich von den Schweinen nicht unterkriegen. Gut, dazu gehört auch dieser Haufen Bauern! Ich sah hinunter auf das Band. »*Entspannung leicht gemacht*« – perfekt, ja. Das würde ich gerne tun, wirklich. Aber es war sehr schwer, da dran zu kommen, besonders mit einer Hand und besonders, nachdem das verdammte Ding hermetisch versiegelt war mit Zellophan, das mit Annabels selbstzufriedenem Gesicht gepflastert war. Herrgott, es hatte wohl unbedingt eine von ihren sein müssen, nicht wahr?! Ich kratzte mit den Nägeln, dann attackierte ich es mit den Zähnen, eierte quer über die Straße, als ich hineinbiß. Endlich gelang es mir, das Ding aufzureißen, aber als ich die Schachtel mit einer Hand öffnete, brach sie prompt, und das Band fiel auf den Boden. Gefährlich schlingernd streckte ich mich nach unten. Wo war es jetzt? Da? Nein, das war die Bremse. Ah, hier – verflucht – PASS AUF DAS AUTO AUF, ROSIE! Ich wich einem blauen Audi aus, umklammerte aber entschlossen mein Band. Ich rammte es in den Kassettenspieler, packte das Steuer und wartete – da ertönte ein schrilles, verstopftes Stöhnen von dem, was ganz klar ein kaputtes Band war. Wutentbrannt drückte ich »Reject«, aber seine Eingeweide waren in der Mechanik meines Kassettenspielers verklemmt, und Meter über Meter von Band quoll mir entgegen.

»Kuh!« kreischte ich. »Das nennst du Scheiß-Relaxing? Tust du das? NENNST DU DAS SCHEISS-RELAXING?«

Völlig außer mir kurbelte ich das Fenster runter und schleuderte die Reste mit aller Wucht hinaus. Unglücklicherweise fuhr ich gerade an Miss Martins Cottage vorbei, wo ihre Schwester, eine weitere Miss Martin, am Gartentor und zweifellos ungeduldig auf das Eintreffen der Kekse wartete. Es streifte sie genau an der Schläfe.

»O Mist!« keuchte ich, als ich im Rückspiegel ihr schockiertes kalkweißes Gesicht sah. Entsetzt duckte ich mich in meinen

Sitz. Lieber Gott, laß sie nicht sterben. Bitte, laß sie nicht sterben! Bitte, laß mich nicht diese Stelle getroffen haben, wo es buchstäblich nur eines leichten Klopfens bedarf, um eine Achtzigjährige taumelnd ins Grab zu schicken.

Ich konnte sie immer noch in meinem Rückspiegel sehen, benommen und wie angewurzelt stand sie da und starrte hinter mir her. Ich bog rasch nach links von der Hauptstraße ab, um aus ihrer Sichtweite zu kommen. An irgendeinem Punkt, irgendwo in dieser dunklen, baumgesäumten schattigen Straße hielt ich am Bankett an. Mein ganzer Körper zitterte von der schieren Ansammlung von Desastern. Ich konnte einfach nicht weiterfahren. Um genau zu sein, ich dachte, ich würde in Ohnmacht fallen. Ich beugte meinen Kopf übers Steuerrad und stöhnte leise. Dann atmete ich tief ein. Ein ... aus ... ein ... aus – man braucht kein Scheißband, um zu lernen, wie man aus- und einatmet – ein ... aus ... ein ... aus.

Allmählich fühlte ich mich ein bißchen besser. Ein bißchen ruhiger. Und als ich schließlich meinen Kopf vom Steuerrad hob, merkte ich, daß ich tatsächlich wußte, wo ich war. Oh-ha, das war doch Alex' Straße, nicht wahr? Ich blinzelte, um meinen getrübten Blick zu klären. Und tatsächlich stand da auch dieser schnittige grüne Mercedes vor seinem Cottage am Ende der Reihe. Wie seltsam, daß er zu Hause war und nicht in seiner Praxis, obwohl – nein, natürlich. Heute arbeitete er nicht. Plötzlich war mir viel besser. Oh, jetzt eine Umarmung ohne Hintergedanken, ein Lächeln, das nichts hinterfragte, eine freundliche Begrüßung. Ja, natürlich, Alex! Warum war er mir nicht schon früher eingefallen? Ich setzte mich rasch auf und startete den Wagen. Ich rammte den ersten Gang hinein und schnurrte hundert Meter die Straße hoch zu der Reihe schön umgebauter Arbeiterhäuser mit dem Bach, der hinten durch die Gärten floß. Ich stellte mich hinter seinen Wagen.

Alex hatte die beiden Cottages am Ende der Reihe mit einem Durchbruch verbunden, so daß sie eine recht beeindruckende Wohnung bildeten. Sie waren von den anderen Häusern durch eine schmale Gasse getrennt, die er mit Terrakottatöpfen gesäumt hatte, aus denen Kräuter und Efeu quollen. Ja, es war wirklich ziemlich idyllisch, und als ich mich näherte, fühlte ich mich ein bißchen besser.

Ich klopfte an die grüne Haustür und wartete. Nichts. Ich wartete noch ein bißchen, dann drückte ich die Glocke. Ich sah am Haus hoch. Verflucht, er war wohl mal schnell weggegangen. Enttäuscht drückte ich fester auf die Klingel, um ein bißchen Wut abzulassen. Ein paar Augenblicke später ging ich rüber zum Erkerfenster, hielt mir die Hand über die Augen und spähte hinein. Eine Lampe brannte auf dem Schreibtisch in der Ecke. Auf dem Boden waren neben einer Kaffeetasse Zeitungen verstreut, und ein Feuer brannte im Kamin. Ich runzelte die Stirn. Warum hatte er keinen Funkenschutz aufgestellt? Ich ging zurück zur Tür und läutete noch einmal. Vielleicht war er im Bad oder auf dem Klo oder so was.

Schließlich mußte ich aufgeben. Enttäuscht machte ich mich auf den Rückweg zum Auto. Als ich am Erkerfenster vorbeikam, sah ich plötzlich eine Bewegung. Ja, da war er, auf allen vieren, direkt unter der Fensterbank. Was zum Teufel machte er da? Ich klopfte ans Fenster.

»Alex! Ich bin's!«

Sein Kopf schnellte überrascht hoch. »Oh! Hallo! Warte.« Eine Sekunde später öffnete sich die Haustür.

»Entschuldige. Ich habe eine Kontaktlinse fallen lassen. Hast du geklingelt?«

»Stundenlang! Hast du mich denn nicht gehört?«

Er grinste. »Ich werde wohl taub. Und ich hatte Musik an.«

»Ich hör keine.«

»Ich hab sie beim Vorbeigehen ausgemacht.«

»Oh, richtig.« Ich lächelte. Er lächelte zurück. Aber die Worte »Komm rein« formten sich nicht auf seinen Lippen, und er blockierte die Tür.

»Ich – ich wollt nur wissen, wie's dir geht«, sagte ich fröhlich.

»Mir? Oh, gut! Gut!«

Ich nickte. »Gut. Hab dich eine Weile nicht gesehen.«

»Nein, also, ich hatte schrecklich viel zu tun, Rosie, genau gesagt, es war absolut furchtbar. Ich habe bis über die Ohren in Arbeit gesteckt.«

»Wirklich? Über Silvester?«

»Ja also, Tiere hören nicht einfach auf krank zu sein, nur weil ein Feiertag ist, weißt du.«

»Nein, wahrscheinlich nicht.«

Es gab eine Pause. Offensichtlich war er sehr, *sehr* beschäftigt, sonst würde er mich hereinbitten. Ich zögerte. Ich war mir nicht sicher, ob ich die Sache mit der Morduntersuchung einfach hier auf der Schwelle rauskotzen sollte.

»Also denn«, sagte ich heiter, »dann seh ich dich nächsten Samstag.«

»Samstag?«

»Kino. Erinnerst du dich, du hast mich in der Praxis gefragt? Du hast uns vorgezogen.«

Er schlug sich mit der Hand auf die Stirn.

»Samstag! Gott, das hab ich komplett vergessen! Es tut mir leid, Rosie, da ist was dazwischengekommen.«

»Oh?«

»Ja. Meine – meine Schwester kommt zu Besuch.«

»Oh! O ja. Ich hab nicht gewußt, daß du eine hast.«

»Ja, sie – war unterwegs.«

»Ach wirklich. Wo?«

Er sah mich ratlos an. »Peru«, sagte er schließlich, heftig nickend. Dann kratzte er sich betreten am Kopf. »Da komm ich wirklich nicht raus, fürchte ich. Ich hab sie so lange nicht gesehen. Tut mir leid.«

»Das ist schon okay. Dann ein andermal?«

»Oh, definitiv! Definitiv! Ähm, hör mal, Rosie. Ich würde gern hier stehen und plaudern, aber ich habe gerade Speck auf dem Grill. Soll ich dich anrufen?«

»Oh, äh, richtig, ja. Ich muß sowieso los. Hab einen Haufen zu tun. Wir sehen uns!« Ich beugte mich vor, um seine Wangen zu küssen, aber erwischte irgendwie sein Ohr.

»Du hast dich bewegt!« Ich lachte.

»Hab ich das? Tut mir leid. Tschüs dann, melde mich bald!« Und damit schloß er die Tür.

Ich starrte einen Augenblick die grüne Farbe an, dann ging ich nachdenklich zurück zum Wagen. Wie seltsam. Er schien so seltsam, irgendwie. Abweisend. Und man denke sich, er vergißt den Samstag, obwohl er mich buchstäblich erpreßt hatte, damit ich ihn begleite. Ich stieg ins Auto und fuhr langsam los. War das derselbe Mann, der vor kurzem noch meinen Körper so heiß begehrt hatte? Der praktisch in meiner Küche gelebt hatte, ständig anrief, mit mir Ringkämpfe auf Sofas veranstaltete, mich in Ecken gedrängt, mich angefleht hatte, mich seiner brennenden Leidenschaft hinzugeben, und anscheinend völlig aus dem Häuschen war vor Verlangen nach just meiner Person? Ich schüttelte verwirrt den Kopf. Ich konnte mich nicht mal dran erinnern, daß er Kontaktlinsen trug oder eine Brille. Mit einemmal wurde mir heiß. Meine Hände umkrampften das Steuer. Er hatte sich versteckt. Er hatte mich sehr wohl gesehen, er hatte mich in dem Moment gesehen, als ich an seinem Wohnzimmerfenster vorbeiging, und er war unter die Fensterbank gehechtet. Er hatte mich klingeln hören, klingeln und klingeln und hatte gehofft, ich würde verschwinden. Er hatte mich nicht sehen wollen, weil er … Bescheid wußte. Die Klatschmäuler waren bereits in diese pittoreske Gegend vorgedrungen, und er hatte entdeckt, daß ich die böse kleine Angewohnheit hatte, Ehemänner zu vergiften. Er hatte beschlossen, sich dieser Reihe nicht anzuschließen. Er dachte, ich wäre eine Gefahr und wollte nichts mehr mit mir zu tun haben, aus Angst, ich könnte ihm was in den Kakao schütten. Er dachte, ich hätte es getan. Sie alle dachten, ich hätte es getan.

Ich fuhr mit wild pochendem Herzen nach Hause. Mir war speiübel, und ich fühlte mich sehr, sehr allein.

24

Irgendwie vergingen die Tage. Für einen unbeteiligten Beobachter mochte es wohl aussehen, als würde mein Leben normal weitergehen, aber ich wußte es besser, die verräterischen Anzeichen waren da. Zum Beispiel versagte mein Antitranspirant den Dienst, und es bedurfte einer halben Flasche Wein und eines kräftigen Schluckes Baldrian, damit ich nachts schlafen konnte, und mein Klopapierverbrauch stieg ins uferlose. Die loyale Alice rief jeden Tag an, und sobald sie meine Stimme hörte, sagte sie triumphierend: »Siehst du!«

»Was soll ich sehen?«

»Daß du offensichtlich noch da bist, nicht wahr?«

»Nun ja, sie haben mich nicht direkt in Ketten gelegt und in eine Gefängniszelle geschmissen, wenn du das meinst.«

»Genau! Du bist also da.«

Ja, da war ich. Gastritis minütlich schlimmer, täglich wachsende Hysterie, gebrandmarkt als mordende Hexe von der ganzen Umgebung, aber immer noch da, immer noch atmend. Das war also in Ordnung. Während ich nervös beobachtete, wie die Tage auf dem Kalender verstrichen und immer noch kein herrisches Klopfen an der Tür zu hören war, mich immer noch keine schwarz behandschuhte Hand an der Schulter packte, um mich zum Polizeirevier zu dirigieren, fragte ich mich doch allmählich, ob Alice nicht doch recht hatte. Vielleicht mußte ich mich tatsächlich nur bedeckt halten und stumm abwarten, und dann würde sich alles wie durch ein Wunder in Nichts auflösen, wie irgendein schrecklicher Traum, der keine Beziehung zur Realität hatte.

Doch die Realität reckte bald darauf ihr häßliches Haupt in Gestalt von Bob.

»Tut mir leid, Rosie, aber meine Frau besteht darauf. Sie sagt, Sie müssen gehen. Keiner ißt, verstehen Sie, und sie sagt, sie mag auch nicht, wie Sie nie Ihr eigenes Essen anrühren. Meckert dauernd von wegen, man wüßte ja nicht, wo Sie Ihre Zutaten herkriegen… Was soll ich machen?« Es war ihm offensichtlich sehr peinlich.

»Ist schon in Ordnung, Bob, ich geh ohne Aufstand.«

Wie die meisten überschwenglichen älteren Männer hatte Bob eine kluge kleine Frau hinter sich, die ihn fest unterm Pantoffel hatte.

Und so war ich wieder arbeitslos, aber alles in allem kam mir das gar nicht so welterschütternd vor, und das Leben ging weiter. Joss und Annabel waren noch fort, Marfa übernahm die Zügel in Fairlings, und die Kinder gingen wieder zur Schule. Marfa brachte die Mädchen hin, aber an dem Tag, an dem Toby abreisen sollte, kam sie blaß und den Tränen nahe zu mir ins Cottage.

»Der arme kleiner Scheißer. Was haben die sich dabei gedacht? Scheiß Internat.«

Ich seufzte, griff nach meinem Mantel und reichte ihr Ivo. »In Ordnung, Marfa, ich bring ihn hin.«

»Oh, Rosie, würden Sie das tun? Ich glaub, mit Ihnen geht er lieber.«

Und so kam es, daß ich eine halbe Stunde später Toby, sehr blaß, aber ansonsten gefaßt, zu dem riesigen gotischen Gebäude auf siebzig weitläufigen Hektar Grund fuhr, das für die nächsten fünf Jahre sein Zuhause werden sollte.

Wir fuhren schweigend die lange kiesbedeckte Einfahrt hoch. Ich parkte. Toby stieg wortlos aus, dann gingen wir zusammen die Steinstufen hoch und durch die offene Tür in eine mit Steinplatten ausgelegte Halle, wo uns das Empfangskomitee erwartete. Mr. Archer, der stahläugige, aber bewußt onkelhafte Direktor, kam strahlend auf uns zu und tätschelte Toby so heftig den Rücken, daß ihm der Hut vom Kopf fiel. An seiner Seite war seine Frau in Twinset und Perlenkette, ebenso eifrig bemüht zu gefallen. Sie packte meine Hand mit ihren beiden und machte einen ganz ungewöhnlichen Diener, so daß ich einen entsetzlichen Moment lang glaubte, daß sie einen Hofknicks gemacht hätte. Sie hätten genau gesagt nicht netter sein können, wenn auch ein bißchen unterwürfig. Aber wer konnte ihnen das verdenken, bei 2000 Pfund pro Semester?

Ich drückte Toby fest an mich, aber er fühlte sich an wie eine Statue. Er wollte mir nicht einmal einen Abschiedskuß geben, sondern drehte sich einfach um, mit steinerner Miene, und ging den Gang hinunter mit seinem neuen »Vorgesetzten«, wie ein Gefangener auf dem Weg zu seiner Hinrichtung. Als er um die Ecke bog, floh ich mit erstickendem Herzen, hoffte, redete mir sogar ein, daß er glücklich sein würde, aber ich wußte ganz genau, daß die Chancen dafür schlecht standen.

Ich fuhr erschöpft nach Hause und blieb für mich allein. Abgesehen von Marfa und Vera sah ich niemanden. Die beiden hielten loyal zu mir, versicherten mir, daß sie keinem im Dorf ein Sterbenswörtchen gesagt hätten und daß die ganzen alten Klatschweiber es durch Mrs. Fairfax' Bruder gehört hätten, der im Knast von Cirencester Sergeant vom Dienst war und der »ein ziemlich großes Maul« hatte. Vera verkündete, sie wäre empört von der Reaktion ihrer Freundinnen, die, wie sie sagte, selbst genug Leichen im Keller hätten, und sie wären ein Haufen »verfluchter Heuchler!« Sie versprach mir, daß sie mir über diesen Haufen so einiges erzählen könnte, aber das war auch keine Hilfe.

Ich vermied es, im Dorf einzukaufen und fuhr zum anonymen Waitrose außerhalb der Stadt. Die meiste Zeit verbrachte ich mit Ivo allein im Cottage. Ein weiterer aufmunternder Anruf war von Mr. Mendelson gekommen (ich hab mein Allerbestes getan), um mich zu informieren, daß, trotzdem er ungeheuer viel Zeit darauf verwendet hatte, zahllose Leute durch meine Londoner Immobilien zu führen, noch keiner angebissen hatte. Genau. Ausgezeichnete Nachrichten. Die ganze Zeit über sehnte ich mich danach, daß Joss zurückkehrte, sehnte mich danach, wie er alle Dinge in ein vernünftiges, gesundes Licht rückte. Aber Joss war jetzt in Italien und konnte unmöglich damit belästigt werden.

Alles, was er hören wollte, war, daß das Feuer im heimischen Herd noch munter brannte und daß die Kinder okay waren. So daß ich, als er am ersten Tag anrief und fragte, wie es auf dem Polizeirevier gelaufen wäre, sagte: »Gut, nur ein paar Routinefragen«, und es dabei beließ. Es war mir auf der Zungenspitze gelegen, mit allem herauszuplatzen: »Komm zurück, sie glauben, ich hab's getan, ich werde dafür, verdammt noch mal, hängen!« Aber ich tat es nicht.

Ich konnte aber nicht umhin zu denken – trotz Alices Rat nichts zu tun –, ich sollte doch *etwas* anderes tun als nur neben dem Kamin zu sitzen und Ivo Kinderbücher vorzulesen und an Weinkorken zu lutschen. Sollte ich nicht ein paar Staranwälte anheuern, die besten juristischen Köpfe im Land mit dem Schleppnetz durchforsten? Schließlich siegten meine Nerven, und ich blätterte in meinem Adreßbuch und rief Boffy an. Staranwalt war er sicher keiner, aber er war eine Art Anwalt. Außerdem war er schließlich und endlich Harrys bester Freund gewesen und deshalb rechtmäßig auch meiner.

Seine Sekretärin stellte mich sofort durch, obwohl er anscheinend in einer Konferenz war. Erleichterung durchströmte mich, als ich seine Stimme hörte, lustig und herzlich wie immer.

»Rosie, meine Liebe, wie geht's dir?«

Ich entspannte mich. »Gut, Boffy. Und wie steht's mit dir?«

»In Topkondition, mein Schatz, und um so besser, wenn ich dein süßes Stimmchen höre. Wir haben uns viel zu lange nicht gesehen. Nur weil der alte Harry zu fröhlicheren Jagdgründen abgeschwirrt ist, heißt das noch lange nicht, daß du für deine alten Kumpel eine Fremde werden mußt. Charlotte und ich haben gerade neulich über dich geredet und gesagt, wie sehr du uns fehlst und daß wir nichts dagegen hätten, mit dir mal abends ein Häppchen zu teilen. Wie wär's denn?«

Mein Herz knarzte dankbar. »Das würde ich wirklich gern machen, Boffy, ihr beide habt mir auch gefehlt.« Ich kreuzte schuldbewußt meine Finger am Rücken. Nur eine halbe Lüge eigentlich, denn jetzt, wo ich so mit ihm redete, wurde mir klar, daß er für sich allein gar kein so schlechter Kerl war, nur in Masse mit dem Rest des Haufens war er so widerlich.

»Und was kann ich für dich tun, meine Liebe, oder ist das nur ein privater Anruf? Freu mich, wenn's so ist.«

»Ich fürchte, genaugenommen ist er das nicht. Du mußt wissen, ich steck etwas in der Tinte, Boffy, und ich wollte deinen Rat.«

»Frag, soviel du willst, Schatz, dafür bin ich ja da, in loco Gattenis, sozusagen, wenn du mir mein Latein verzeihst!« Ich konnte fast hören, wie sehr er sich gewichtig aufblies, die Hosenträger bis ans Limit über die Wampe gestreckt, als er sich ohne Zweifel in den Stuhl zurücklehnte und sich dafür rüstete, der kleinen Frau Ratschläge über verstopfte Abflüsse, Ärger mit Geschäftsleuten oder irgendein ähnlich gefährliches Problem zu erteilen.

»Die Polizei glaubt, ich habe Harry ermordet.«

»W-was?«

Da war ein Klappern zu hören, und ich glaube, er hatte tatsächlich das Telefon fallen lassen, aber dann war er sofort wieder da. »Mach dich doch nicht lächerlich! So etwas Absurdes hab ich noch nie gehört!«

»Es ist wahr. Sie glauben, ich habe ihm absichtlich einen falschen Pilz untergeschoben und mir dann schadenfroh die Hände gerieben, als er vor deinen Augen mit der Nase voraus in seine Suppe geplumpst ist.«

»Gütiger Himmel, das ist grotesk! Das werd ich denen persönlich sagen, Rosie. Das ist völlig absurd und außerdem noch furchtbar quälend für dich! Gütiger Himmel, wie können die so etwas auch nur denken! Welcher Mister Plattfuß in welchem speziellen Provinz-Scotland-Yard hat sich denn dieses kleine Märchen ausgedacht?«

»Die Truppe in der nächsten Grafschaft, unten in Oxford. Sie scheinen zu glauben, ich hätte Absichten auf Bertrams Haus, und deswegen hätte ich es getan.«

Boffy prustete. »Dieses alte Mausoleum! Du wolltest es doch nicht mal, stimmt's?«

»Richtig. Aber versuch mal, das denen zu erklären. Sie glauben, ich hätte mit meinem Liebhaber gemeinsame Sache gemacht, weißt du.«

»Deinem Lieb – Rosie, das wird ja immer empörender! Wer genau leitet diese Untersuchung?«

»Superintendent Hennessey, aber – Vorsicht, Boffy, sie ist nicht von menschlicher Rasse.«

»Bleib dran, Herzchen. Ich hol mir einen Stift. Superintendent Hennessey. Okay. Also, mach dir keine Sorgen. Ich werd sie für dich über glühende Kohlen jagen, komplett mit Korsett. Eine junge Witwe so schikanieren, das ist doch der Gipfel! Heutzutage sind sie so scharf auf Verurteilungen, daß sie nach jedem Strohhalm haschen, aber das ist doch eine Farce, und als Harrys bester Freund und dein Anwalt werde ich ihnen das in sehr deutlichen Worten sagen. Ein Liebhaber, ts. Und wer bitte soll das sein?«

»Es ist zu lächerlich, Boffy«, seufzte ich, »irgendein Ladenjunge, der mal bei Sainsbury's gearbeitet hat. Ich kannte ihn kaum.«

Es wurde still in der Leitung.

»Boffy?«

»Wie heißt er?« fragte er leise.

»Timothy McWerther. Warum?«

Er gab keine Antwort. Ich fixierte den Hörer mit gerunzelter Stirn. »Boffy, bist du noch da?«

Seine Stimme, als sie kam, klang, als käme sie von weit her. »Rosie, es tut mir ja so leid, aber da ist gerade was reingekommen... ich muß sofort aufhängen.«

»Boffy? Was ist los? Kennst du ihn oder was? Was läuft denn da?«

»Natürlich kenn ich ihn nicht, aber – hör mal, Rosie, ganz offen gesagt, ich glaube, ich kann dir da nicht helfen. Ich muß schließlich und endlich an meinen Ruf denken. Ich bin ein Geschäftsmann und, nun, es tut mir leid, aber ich glaube, ich kann mich da nicht mit reinziehen lassen.«

Ich starrte ungläubig ins Telefon. »In was reinziehen lassen? Boffy! Sag mir bitte, weißt du etwas? Ich bin verzweifelt. Bitte, ich –«

Ein Klick, und die Leitung war tot. Er war weg. Ich legte langsam den Hörer auf, starrte ihn an, stumm vor Entsetzen. Reingezogen werden in was? War ich so furchtbar begriffsstutzig? War dieser Mr. McWerther ein berüchtigter Gangster, ein Drogenschmuggler oder was? Hatte ich die Zeitungen nicht richtig gelesen? Entging mir was, das offenbar Allgemeinwissen war? Das Telefon klingelte erneut, und ich riß den Hörer hoch – Gott sei Dank, er hatte es sich offensichtlich anders überlegt.

»Rosie?« sagte Marfa mit zitternder Stimme. »Tobys Schule hat gerade angerufen. Sie sagen, es hätte einen Unfall gegeben.«

»O Gott«, flüsterte ich. »Was für einen Unfall?«

»Na ja, sie sagt, es ist nichts Ernstes, aber ein Junge liegt mit Gehirnerschütterung auf der Krankenstation.«

»Toby!« Mein Herz machte einen Satz.

»O nein, es ist nicht Toby. Sie sagen, er hat's gemacht!«

»Was? Ach, Unsinn. Toby könnte keiner Fliege was zuleide tun!«

»Ich weiß, aber versuchen Sie mal, das denen zu erklären. Oh, was soll ich bloß tun? Die war so sauer, und sie will, daß ich dorthin fahre, und ich weiß doch gar nicht, wie ich mit solchen Leuten reden soll!«

»Ist schon in Ordnung, Marfa, keine Sorge. Ich werd fahren.«

Mein Herz pochte bis zum Hals, als ich Ivo bei Marfa ablud und dann nach Stowbridge House losraste. Großer Gott, was hatte er getan? Jemandem einen Cricketschläger über den Kopf gezogen? Einen kleinen Jungen mit einem Golfschläger niedergestreckt? Mein Verstand kreiste wie ein Irrwisch. Eine Sekunde lang fragte ich mich, wer zum Teufel Timothy McWerther wäre und warum Boffy sich so überstürzt empfohlen hatte, in der nächsten, was in aller Welt einen stillen, sensiblen Jungen wie Toby in seiner ersten Semesterwoche dazu brachte, einem Kind so eine überzubraten, daß es auf die Krankenstation mußte? Ich warf einen Blick in den Spiegel und versuchte in Panik, mein ungebürstetes Haar mit den Fingern zu kämmen, als ich bei einer gelben Ampel gefährlich links abbog – heiliger Strohsack, gerade noch dem Laster ausgewichen. Was zum Donner passierte nur mit meinem Leben! Wenn es doch nur für zwei

Minuten abbremsen würde, könnte ich wenigstens wieder eine Perspektive kriegen. Ich kam mir vor, als wäre ich auf einem verrückten, außer Kontrolle geratenen Karussel, wo ich nicht mal einen Fuß auf den Boden kriegte.

Als ich ankam, hatte der Direktor offensichtlich in der Halle gewartet, denn in der Sekunde, in der mein Finger die Glocke berührte, öffnete sich die Tür.

»Ah, Sie müssen Miss Garfield sein, wir haben telefoniert.«

»Äh, ja, das ist richtig.« Ich würde ganz bestimmt nicht zugeben, daß ich nicht das Sagen über Tobys Wohlbefinden hatte.

»Es tut mir ja so leid, daß wir Sie hierherbemühen mußten.« Mr. Archer kam auf mich zu, prächtig angetan mit einem Tweedanzug mit Weste. »Ich bin mir sicher, es war nur ein Unfall, aber wir haben uns doch gefragt, ob Sie nicht ein ernstes Wörtchen mit Toby –«

»Nur um ihn auf die rechte Bahn zu bringen«, fuhr seine Frau fort und lächelte dünn durch ihren Puder. Sie nahm meinen Arm und führte mich durch die Halle und dann eine geschwungene Treppe hoch. »So schwer, sich einzugewöhnen, wir sind uns dessen bewußt, und manche Jungs nehmen es schwerer als andere, das Heim verlassen, die Familie –«

»Die Lieben, den üblichen Komfort«, schnurrte ihr Mann hinter ihr. »Aber trotzdem, ungezogenes Verhalten *kann* hier einfach nicht geduldet werden. Wir wollen ihn zwar nicht allzu schwer bestrafen, haben uns aber *doch* gefragt, ob ein paar ruhige Worte von Ihnen mehr bewirken könnten.«

Ich wurde, flankiert von diesem redegewandten Entertainerduo, meisterhaft einen oberen Korridor entlanggeschleift.

»*Zu traurig*, daß sein Vater nicht greifbar ist, und soviel ich weiß, ist Mummy gestorben, als er noch winzig war, also gibt es da natürlich alle möglichen Verhaltensstörungen, aber wenn Sie ihm einfach nur erklären könnten, daß zivilisiertes Verhalten in Stowbridge House gefördert, nein, erwartet wird, wären wir sehr dankbar.«

Sie blieben außer Atem stehen und öffneten eine Tür. Dort, auf einem Bett, am hinteren Ende eines leeren Schlafsaals, saß ein kleiner, weißgesichtiger Junge mit seiner Schmusedecke und seinem Teddy auf dem Kissen. Die Knie, die aus seinen grauen Flanellshorts herausschauten, waren blaß und voller Gänsehaut, und sein Mund war verkniffen.

»Toby!« Ich lief zu ihm und nahm ihn in die Arme. »Was ist passiert, Schatz?« flüsterte ich, setzte mich neben ihn und drückte ihn an mich.

»Er hat meine Fotos genommen«, schluckte er, versuchte, nicht zu weinen. »Hat gesagt, ich bin eine Memme, weil ich sie am Bett stehen habe, dann hat er sie durchs Zimmer geworfen und schau…« In seiner Hand lagen, fest umklammert, ein paar Fotos von Kitty. Eines davon war zerknittert.

Ich hob den Kopf und sah in die beiden Gesichter über mir. Sie lächelten, aber die Augen waren stählern. »Das ist seine Mutter«, erklärte ich.

»Das ist mir zu Ohren gekommen«, schnurrte der Direktor, »aber Jungs sind eben Jungs, und es war nur ein Streich, da bin ich mir sicher. Die Fotos sind nicht wirklich zu Schaden gekommen. Aber traurigerweise«, er täuschte ein Wiehern von Lachen vor, »habe ich einen zehnjährigen Jungen auf der Krankenstation mit Gehirnerschütterung und zwei sehr besorgte Eltern, die schon auf der M5 unterwegs sind, die mir durch die Wunder moderner Technologie und mobiler Telekommunikation bereits ihr Mißfallen zum Ausdruck gebracht haben und drohen, ihren Sohn mit sofortiger Wirkung von der Schule zu nehmen!« Sein aalglatter Ton geriet ins Wanken, und die letzten Worte keifte er wie ein Rottweiler.

»Rosie, ich bleib nicht hier«, murmelte Toby. »Nimm mich mit, bitte. Ich halt's nicht aus, bitte!«

»Oooh, jetzt komm, komm.« Mrs. Archer setzte sich hastig neben ihn. Ohne Zweifel sah sie, wie eine weitere Quelle von Studiengebühren drohte, sich in Luft aufzulösen. »So schlimm sind wir doch sicher auch wieder nicht!« Sie wollte einen Arm um ihn legen, aber er zuckte so heftig zusammen, daß sie ihn zurückzog.

Sie sah mich über seinen Kopf an und murmelte, als wäre er

taub und nicht ganz normal: »Das ist alles ganz natürlich, Miss Garfield, bitte machen Sie sich keine Sorgen. Die Jungs brauchen eben ein paar Wochen, bis sie sich eingewöhnt haben, und wenn das Temperament ein bißchen heftig ist und die Umstände unglücklich, wie es hier der Fall ist, dann …« Sie nickte vielsagend in Richtung Toby.

»Er ist kein Fall«, zischte ich. »Könnte ich bitte Ihr Telefon benutzen? Ich möchte seinen Vater anrufen.«

»Sicher, sicher!«

Kaum hatte ich Joss erwähnt, waren sie wieder ganz Schleim und Unterwürfigkeit, sie verbeugten sich und kratzfußten, als sie mich aus dem Zimmer brachten. Trotz der Uriah-Heep-Nummer sah ich, wie sie einen vielsagenden Blick tauschten. An der Tür angelangt, schaute ich zurück zu Toby auf seinem Bett.

»Bin gleich wieder da«, versprach ich.

Er nickte mit angsterfüllten Augen.

Ich wurde nach unten in ein Arbeitszimmer gebracht. Als ich mich an den riesigen Schreibtisch mit der Lederplatte setzte und nach dem Telefon griff, hielt ich inne. Das dynamische Duo lauerte in der Tür. Ich räusperte mich.

»Könnte ich bitte einen Moment allein sein?«

»Natürlich, natürlich!« Hände an Armen wurden in die Luft geworfen, als wären sie erstaunt, daß ihnen der Gedanke nicht gekommen war. Und dann zogen sie sich zurück, lächelnd und nickend, schlossen leise die Tür hinter sich. Ich schnitt eine Grimasse. Eigentlich war es sowieso egal, denn ich war überzeugt, daß sie auf der anderen Seite standen, die Ohren fest an die Tür gepreßt, oder auf einer anderen Leitung mithörten. Ich schaute in meinen Kalender und rief mit schwerem Herzen das aktuelle Hotel in Italien an. Ich war mir ziemlich sicher, daß er nicht da war. Sicher war er in der Galerie, und ich zog das nur durch, um Zeit zu gewinnen, damit ich überlegen konnte, was ich als nächstes tun würde. Zu meiner Überraschung war Annabel am Apparat.

»Oh, öh, ich hab nicht erwartet – ähm, Annabel, Rosie hier.«

»Rosie.« Sie sagte meinen Namen sehr langsam, so als würde

sie ihn sorgfältig in Betracht ziehen, sich bereitmachen, ihn einzuschnüren und im Zimmer herumzuschmeißen.

»Ähm. Ist Joss da?«

»Nein. Nein, ist er nicht, Rosie.«

Ich spürte, wie sie es sich bequem machte, ihre elegant bestrumpften Beine verschränkte und sich darauf vorbereitete, mir gewaltig die Meinung zu sagen, also plapperte ich hastig weiter. »Annabel. Es geht um Toby. Er hat Probleme, fürchte ich.«

Sie seufzte inbrünstig. »Was ist denn jetzt schon wieder? Und überhaupt, was geht das Sie an? Wo ist Marfa?«

»Äh, unterwegs beim Einkaufen, aber die Sache ist die –« Ich redete so schnell ich konnte, führte ein leidenschaftliches Plädoyer für Toby, und als ich fertig war, hätte ich schwören können, daß sie den Rauch einer Zigarette ausatmete.

»Und was erwarten Sie, daß ich Hunderte von Meilen entfernt dagegen mache? Ihm den Hintern versohlen?«

»Nein, es ist nur – also, er bettelt darum, von dort weggebracht zu werden. Er sagt, er hält es nicht aus, und, um ehrlich zu sein«, ich senkte meine Stimme, »versteh ich gut, warum. Der Direx ist ein kalter Fisch, und ich glaube, Toby wird schikaniert, was schlimm genug ist in einer Tagesschule, aber in einem Internat, weg von zu Hause –«

»Oh, Rosie, seien Sie doch nicht albern, das sind nur Wachstumsschmerzen, so was passiert nun mal. Das ist unvermeidbar, besonders in der ersten Woche. Sie erwarten doch wohl nicht, daß Joss ihn wegen diesem albernen kleinen Gerangel rausnimmt, oder? Das ist eine absolut wunderbare Schule. Ich hab sie selbst ausgesucht, und der Direktor ist ein Schatz von Mann, übrigens ein großer Fan meiner Bücher, und so zuvorkommend. Nein, schlagen Sie sich das aus dem Kopf, Rosie. Wir haben sehr hart gearbeitet, um Toby da reinzukriegen, es ist schrecklich akademisch da – und seien wir doch mal ehrlich, Toby ist nicht die schlaueste Elfe im Wald – und außerdem hat die Schule einen fantastischen Ruf im Sport, bester Zubringer für Eton im Land. Gott, er weiß gar nicht, welches Glück er hat, es gibt Eltern da draußen, die würden morden, um ihre Kinder nach Stowbridge zu bringen. Das Problem ist, dieser Junge ist total verzogen und ein bißchen Disziplin ist genau das, was er braucht. Wird ihm sehr guttun, ihm zeigen, daß er nicht einfach hingehen und anderen Kindern die Köpfe einschlagen kann. Gütiger Himmel, ich bin wirklich *entsetzt*. Dieser *arme*, kleine verprügelte Junge! Sagen Sie Jerry und Simone, sie haben mein aufrichtiges Mitgefühl, es ist wirklich schreckich für die beiden, daß sie sich in der ersten Semesterwoche mit so etwas rumschlagen müssen.«

»Ich glaube nicht, daß er ein armer, kleiner Junge ist. Wohl eher ein großer Rabauke, der es verdient hat, verprügelt zu werden. Er ist mindestens zwei Jahre älter als Toby und ja, ich weiß, daß Kinder am Anfang im Internat oft unglücklich sind. Ich bin nur der Meinung, Toby wird hier nie glücklich sein. Er wird sich nur ständig weiter in sein Schneckenhaus zurückziehen, noch mehr als zu Hause. Er hat nicht die emotionellen Ressourcen, auf die er zurückgreifen könnte, um eine solche Schule durchzustehen, er –«

»Rosie, wie können Sie es *wagen*. Wie können Sie es *wagen*, mir zu sagen, wie Tobys emotioneller Zustand ist und was richtig oder falsch für ihn ist! Es geht Sie überhaupt nichts an.« Kurzes Schweigen. »Er bleibt da, und das ist endgültig.«

Ich schluckte. »In Ordnung«, krächzte ich. »Tut mir leid.«

»Das möchte ich meinen! Und richten Sie Marfa aus, sie soll mich sofort anrufen, wenn sie zurück ist. Wiederhören.« Sie legte auf.

Ich blieb eine Sekunde sitzen und starrte benommen die Schreibunterlage an. Dann stand ich auf und ging nach draußen, um den Direktor und seine Frau, die in der Eingangshalle warteten, über das zu informieren, was sie bereits wußten. Ihre Augen glänzten zuversichtlich, die Mienen waren selbstgefällig. Genau gesagt sparte ich mir die Mühe. Ich sagte nur: »Ich möchte Toby noch mal sehen.«

Ich ging langsam nach oben, diesmal nur von Mrs. Archer gefolgt. Mr. Archer, ahnend, daß die Schlacht bereits gewonnen war, hastete davon, um sich wichtigeren Dingen zu widmen, wie, seine Rechtfertigungen für die M5-Reisenden vorzubereiten. Toby saß immer noch auf seinem Bett und starrte auf eine Stelle am Boden, irgendwo zwischen seinen schwarzen Schnürschuhen. Ich setzte mich neben ihn.

»Annabel sagt, du mußt bleiben.«

»Hast du mit Dad geredet?«

»Er war nicht da.«

»Du kannst mich nicht hierlassen, Rosie. Ich bring mich um.«

Simone lachte glockenhell. »Oh, glauben Sie mir, meine Liebe«, sie zwinkerte mir zu, »den Spruch haben wir schon öfter gehört!«

Das ist aber nichts, worauf man stolz sein kann, *meine Liebe,* dachte ich mir, sprach es aber nicht aus.

»Ich würde jetzt gehen, Miss Garfield, wenn ich Sie wäre«, sagte sie mit leiser, schmeichelnder Stimme. »Er wird schon wieder. Ich werde dafür sorgen, daß er wieder wird.« Ihre Stimme wurde schrill. »Sag auf Wiedersehen zu Nanny, Toby, so ist's ein braver Junge.«

Er sah hoch zu mir mit stumm flehendem Blick. Ich drückte ihn fest an mich, war aber nicht so dumm, ihn zu küssen. Der Judas-Kuß. »Tschüs, Toby, wir sehen uns in den Ferien.«

»Nein, werden wir nicht«, murmelte er.

Ich antwortete nicht, stand nur rasch auf und ging aus dem Zimmer. Ich sah mich nicht um und rannte die vier Holztreppen hinunter, begleitet von Simone, die hinter mir herplapperte über die ehrfurchtgebietende Verantwortung, sich um so viele Jungs zu kümmern und »Gütiger Gott, wenn Sie nur die Hälfte der leeren Drohungen gehört hätten, die ich mir schon anhören mußte!«

Ich schüttelte ihre kalte, schwer beringte Hand an der Tür und sah in ihre kalten, berechnenden, blaßblauen Augen. Dann drehte ich mich um und ging zum Auto. Beim Einsteigen erschauerte ich. Gott, ich hatte gedacht, Internate wie dieses wären mit dem Mittelalter ausgestorben. Ich hatte geglaubt, jetzt gäb's da kuschelige Gutenachtgeschichten und entspannte Uniformen und fröhliche Hauslehrer und Wochenenden zu Hause. Aber da konnte man sich auf Annabel verlassen, mit ihren heuchlerischen Prätentionen von wegen aufgeklärter Erziehung, daß sie eine gefunden hatte, die immer noch fest in der Kalten-Dusche-Tradition des neunzehnten Jahrhunderts etabliert war. Eine zu finden, die schlicht und einfach Toby so wenig Freiheit wie möglich zugestand.

Als ich am Ende der Auffahrt angelangt war, hielt ich plötzlich den Wagen an. Ich drehte mich in meinem Sitz und schaute durchs Rückfenster. Hoch oben, hinter den Gitterstäben eines Fensters im oberen Stockwerk, stand Toby und beobachtete mich. Er sah zerbrechlich, blaß und sehr jung aus. Ich wandte mich schnell ab und legte wieder den Gang ein, doch dabei fiel mir plötzlich eine Geschichte meines Bruders Tom ein. Ich war nicht im Internat gewesen, aber Tom schon, und er hatte uns von einem Jungen namens Parsons erzählt, der jeden Tag, das ganze Semester lang versucht hatte, aus der Schule zu fliehen. Er stopfte sich immer die Taschen voll mit angebratenem Brot, bevor er ging – aus irgendeinem seltsamen Grund bekamen die Jungen das in jeder Pause zu essen –, und dann war er losgerannt, die lange Einfahrt hoch, eine halbe Meile lang, durch ein Wäldchen, über einen Fluß und versuchte, die Tore zu erreichen. Doch jedesmal kam der Direktor langsam in seinem Wagen angefahren, wartete auf ihn und brachte ihn zurück. Den Berichten zufolge war es wohl für alle ein Lacher gewesen. Sobald sich rumsprach »Parsons haut wieder ab!« rannten alle Jungs zu den Fenstern und feuerten ihn an und pfiffen den Direktor aus, wenn er ihn wieder zurückbrachte. Aber eines Tages fiel Parsons aus einem Fenster im dritten Stock und starb. Es wurde nie wirklich geklärt, ob es ein Unfall war, aber seine Taschen, die sonst jeden Tag mit angebratenem Brot gefüllt gewesen waren, waren leer.

Meine Hände ruhten auf dem Steuerrad. Ich schaute zurück. Er war immer noch da. Ich stieg langsam aus dem Wagen. Zuerst ging ich langsam, doch dann fing ich mit einemmal an zu rennen, rannte immer schneller, bis ich die Vordertreppe erreicht hatte. Ich sprang sie hoch und stürmte durch die riesige Eichentür. Als ich quer durch die Halle rannte, steckte Simone den Kopf aus einer angrenzenden Tür. »Miss Garfield kann ich –« Aber da war ich schon weg. Die Treppe hoch, eine, zwei, drei, vier, den leeren Korridor hinunter, mit wehendem Mantel und in den Schlafsaal. Toby stand schon da, wartete auf mich, mit glänzenden Augen.

»Pack deine Sachen«, keuchte ich. »Rasch. Wo ist dein Koffer?«

»Im Keller«, sang er, »aber ich brauch ihn nicht. Nur meine Bücher und Fotos!« Die hatte er in der Hand. Ich packte die andere.

»Komm jetzt!«

Zusammen trappelten wir den Korridor hinunter, dann die Treppen, mit unwahrscheinlichem Getöse. Unten erwarteten uns Jerry und Simone.

»Sie haben kein Recht!« kreischte Simone, als wir den Treppenabsatz über ihnen erreicht hatten. »Seine Mutter –«

»Sie ist nicht seine Mutter, und ich übernehme die volle Verantwortung, solange sein Vater fort ist. Schicken Sie seine Sachen bitte nach. Komm schon, Toby!«

Wir hatten den Vorteil der Stufen und eines fliegenden Starts. Zusammen übersprangen wir die letzten Treppen, flogen zwischen dem Paar hindurch, stoben sie in unserem Kielwasser auseinander, stürmten durch die Eingangstür, die Treppe hinunter, hinaus auf die sonnenbeschienene Einfahrt.

»Freiheit!« jubelte Toby. »Das ist wie die Flucht aus Alcatraz!«

»Und da ist das hölzerne Boot!« schrie ich, als wir auf meinen zerbeulten alten Volvo am Ende der Auffahrt zurannten. Ich rammte den Gang hinein, und wir rauschten davon, laut juchzend. Ich warf den Kopf zurück und lachte laut, warf einen Blick zu Toby. Seine glücklichen, glänzenden Augen und rosa Wangen genügten mir. In diesem Moment war mir alles egal. Die Polizei, Harry, Tim, Boffy, Joss, Annabel oder die Kacke, die jetzt sicher schon am Dampfen war – nichts tangierte mich, außer, daß Toby und ich es geschafft hatten und ich mir aus vollem Herzen sicher war, das Richtige getan zu haben. Ich packte das Steuer fester. Das Blut jagte in meinen Adern, und ich fühlte mich ungeheuer lebendig, bereit, es mit jedem aufzunehmen. Toby hopste neben mir immer noch auf und ab, quietschte vor Schadenfreude über den Ausdruck auf den Gesichtern der Archers. Aber nach einiger Zeit, während die Meilen dahinflogen und wir zu Hause stetig näher kamen, wurden wir beide still. Als die Felder allmählich vertrauter wurden und wir an der Straße, die zur Schule der Zwillinge führte, vorbeizischten, begann die Realität ihren häßlichen Kopf zu recken. Toby steckte Faurés *Requiem* in den Recorder. Wir schwiegen und ließen die wehmütigen traurigen Arien über uns branden.

»Du weißt, du mußt immer noch in die Schule gehen«, sagte ich schließlich.

»Ich weiß.«

Schweigen.

»Wenn du die Wahl gehabt hättest, wo wärst du hingegangen?«

Er zog die Schultern hoch. »Weiß nicht.«

»Wo sind denn deine Freunde hingegangen?«

»Weiß nicht, hab eigentlich keine.« Er starrte aus dem Fenster. Das war klassischer Toby.

»Wohin ist Sam denn gegangen?« Sam war ein stiller, schüchterner Junge, der ein- oder zweimal zum Tee gekommen war.

»Westbourne Park. Das ist gleich da hinten.«

»Und?«

»Und was?«

»Gefällt es ihm?«

»Woher soll ich das wissen?«

Ich biß mir auf die Lippe, ließ aber nicht locker. »Und warum bist du da nicht hingegangen?«

Er zog wieder die Schultern hoch. »Dad hat's ganz gut gefallen, aber Annabel hat gesagt, das wär was für Tunten. Hat gesagt, da wachs ich ganz kunstfurzig und schwuchtelig auf.«

Ah. Genau. Im Gegensatz zu emotional verkrüppelt und anal verklemmt.

»Aber Sam geht da hin?«

»Ja, das hab ich doch gesagt, oder?«

Ich beobachtete ihn einen Moment von der Seite, dann blieb ich am Straßenrand stehen.

»Tu mir das nicht an, Toby.«

»Was?« Sein Gesicht war ausdruckslos.

»Diese Weiß-ich-nicht-ist-mir-egal-Nummer. Diese Zumachen-und-keiner-kann-an-mich-ran-Nummer. Du schuldest mir was, Kumpel. Ich habe dich gerade vor dieser grauenhaften Schule gerettet, und es ist ziemlich unvorstellbar, daß sie dich jetzt noch zurücknehmen, also schuldest du mir was, und ich möchte, daß du mit mir redest.«

»Über was?« Seine Stimme war immer noch trotzig, aber ruhiger. Gedrückter.

»Über dich. Über das, was dich ticken macht. Über das, was du tun möchtest, was du *gerne* tust, über das, was dein Herz schneller schlagen läßt. Komm schon, Toby, gib uns einen Hinweis, verdammt noch mal!«

Er wandte sich ab und schaute aus dem Fenster.

»Ich weiß, daß du Tiere, die Natur, Vögel liebst, aber gibt es da noch etwas anderes?«

Schweigen.

»Als ich in deinem Alter war«, fuhr ich hartnäckig fort, »sind wir einmal in die Ferien gefahren, meine Familie und ich. Wir haben bei Freunden in Cornwall gewohnt. Sie lebten in einem schönen alten Haus, das auf einer Klippe über einer Bucht stand. Sie haben dort ein Restaurant betrieben. Jeden Tag, während die anderen Kinder draußen spielten, trieb ich mich in der Küche herum, hab sie überredet, mich zuschauen zu lassen, mich sogar gelegentlich helfen zu lassen. Ich hab nur Besteck poliert, manchmal eine Sauce gerührt, solche Sachen, aber ich hab's geliebt. Ich liebte die Geschäftigkeit, die Aufregung, wenn die Gäste kamen, die herrlichen Gerüche, die frischen Gemüse, die aus dem Garten gebracht wurden. Ich liebte es, wenn ein Fischer mit seinem Fang durch die Hintertür kam, die Hasen, die abgehängt wurden, den Geruch der Kräuter, und dann, hinterher, wenn das Essen serviert und gegessen war und wir in der Küche entspannten und darüber plauderten, wie der Tag gelaufen war, wie die Rezepte funktioniert hatten, welche nicht. Ich hab mir geschworen, daß ich eines Tages so ein Restaurant haben würde. Nun ja, ich hab es nicht, und ich werd es wahrscheinlich auch nicht mehr kriegen, aber es hat mir eine Marschrichtung gegeben, Toby. Ich hab sofort gesehen, daß das etwas ist, was ich machen will, etwas, womit ich mir ein Ziel stecken konnte.«

Er starrte stoisch aus dem Fenster, ins Leere. Aber nach einer Weile begann er zögernd zu sprechen. Ich mußte mich anstrengen, um die Worte zu verstehen.

»Ich möchte Klarinette lernen. Ich möchte lernen, dieses Concerto in A von Mozart zu spielen, und ich möchte andere Leute kennenlernen, die Musik mögen.« Eine lange Pause.

»Red weiter«, sagte ich leise.

»Ich möchte in einem Orchester spielen. Vielleicht sogar …« Er runzelte die Stirn.

»Was?«

»In einem Chor singen.« Er wurde rot.

»Und machen sie das alles in Westbourne Park?«

»Sam wird Flöte lernen *und* Bratsche.«

Ich drehte den Schlüssel im Zündschloß, warf einen Blick über die Schulter und machte dann mit einer gewissen Grandezza eine höchst ungesetzliche Wende mitten auf der Straße. Beim Durchstarten in die andere Richtung sah Toby mich erstaunt an.

»Wohin fahren wir?«

»Brauchst du da fragen?«

Zwei Minuten später rauschten wir durch die Tore und die Einfahrt hoch. Es gab kein Drumherum, ich mußte irgendeinen alternativen Plan für Joss haben, obwohl er ihn sicher abschießen würde. Aber das hier war zumindest ein Anfang. Ich sah zu dem Gebäude vor mir hoch. Westbourne Park war eine moderne, zweckgerecht gebaute Schule mit einem großen Spielplatz vor dem Haus und Sportplätzen dahinter. Wir fuhren vor und parkten vor dem, was ich für den Haupteingang hielt.

»Komm schon«, sagte ich fröhlich und stieg aus.

Toby saß reglos da und leckte sich die Lippen.

Ich steckte meinen Kopf zurück ins Auto. »Toby, komm jetzt, irgendwo mußt du hingehen, wir sollten es uns wenigstens anschauen.«

Er stieg aus. Ich nahm seine Hand, und wir gingen zu der großen Schwingtür, doch als wir versuchten, sie zu öffnen, klapperte sie, und mein Herz wurde schwer. Sie war versperrt. Ich sah hoch zu den Schutzglasfenstern und den leeren Klassenzimmern darüber. »Sieht aus, als hätten sie noch nicht mal angefangen, Toby.«

»Erst Dienstag nächste Woche«, sagte eine Stimme hinter uns. »Wir sind um einiges später dran als die übrigen Schulen hier in der Gegend.«

Ich drehte mich um. Eine ältere Frau mit lockigen braunen Haaren und einer Schildpattbrille lächelte mich an. »Aber das heißt nur, daß unser Semester ein bißchen später endet. Ich bin Anne Perkins, die Direktorin hier. Für die Kinder mag ja die Arbeit noch nicht begonnen haben, aber für mich ganz sicher!« Sie zeigte auf einen riesigen Stapel von Papieren unter ihrem Arm. »Bin nur kurz reingekommen, um diese Kleinigkeit aufzuarbeiten. Kann ich helfen?«

Ich holte tief Luft und begann. Sie war nicht überschwenglich, und sie strahlte nicht vor Entzücken, als ich ihr die Gründe für Tobys rasche Ernüchterung mit seiner vorherigen Schule und seine Begierde, ein Mitglied der ihren zu werden, darlegte. Aber sie hörte aufmerksam zu, musterte mich und Toby und registrierte einen verweinten kleinen Jungen in Flanellshorts und eine etwas zerzaust aussehende Frau neben ihm. Als ich fertig war, nickte sie.

»Es ist klar, daß sein Vater das entscheiden müßte, aber wie es der Zufall will, haben wir einen Platz im ersten Jahr, weil die Familie eines Jungen nach Deutschland versetzt wurde. Es wäre mir eine Freude, ihn Toby anzubieten, aber wie ich schon sagte, ich müßte mit seinem Vater reden.« Sie runzelte die Stirn. »Aber kennen wir uns nicht, Toby?«

»Ja, ich war mit meinem Dad hier. Ihm hat's sehr gefallen, aber meine Stiefmutter wollte, daß ich nach Stowbridge gehe.«

»Ah.« Sie runzelte die Stirn. »Also wenn das der Fall ist, sind wir vielleicht nicht die richtige Schule, fürchte ich. Wir sind zwei vollkommen verschiedene Schulen, weißt du, und deine Stiefmutter wird uns im Vergleich etwas zu locker finden.«

»Sie zählt aber nicht«, sagte Toby wütend. »Das muß mein Dad entscheiden.«

Das sagte er mit Inbrunst, und sie hätte leicht einen vielsagenden Erwachsenenblick mit mir tauschen können, aber sie tat es nicht. Sie sah ihn ernst an.

»Also, ich sag dir was, Toby. Warum sprichst du nicht heute abend mit deinem Vater und bittest ihn, mich anzurufen, und dann werden wir sehen, ob wir nicht etwas aushandeln können.«

»Er ist momentan quer durch Europa unterwegs«, erklärte ich atemlos. Ich witterte da einen Schimmer Hoffnung. »Er ist der Bildhauer, wissen Sie, Joss Dubarry«, warf ich schamlos ein, »und er reist ständig herum. Es könnte sein, daß es einige Tage dauert, bis ich ihn erreiche.«

Sie lächelte. »Spielt keine Rolle, es eilt nicht. Den Platz werde ich sowieso nicht mehr besetzen so kurz vor Semesteranfang, also halten wir ihn für Toby frei, hmm? Sagen wir drei Wochen? Wie würde das passen?«

»Perfekt«, strahlte ich, »einfach perfekt. Ich danke Ihnen so sehr.«

»Keine Ursache.« Sie lächelte und begleitete uns zurück zum Auto. Als wir einstiegen, sah sie mich nachdenklich an. »Ich muß wirklich noch einmal betonen, daß wir völlig anders als Stowbridge sind. Wir sind gemischt, die Schüler wohnen nur während der Woche hier, und wir verbringen nicht ganz soviel Zeit auf dem Sportplatz wie sie. Wir verlangen auch, daß du von Anfang an ein Instrument spielst, hast du das gewußt?«

»Ja«, hauchte Toby. »Ich werde Klarinette spielen.«

Sie lächelte. »Perfekt. Wir könnten noch einen Klarinettisten im Orchester brauchen.«

Toby und ich fuhren in kameradschaftlichem Schweigen nach Hause. In der Hinsicht war er mir ziemlich ähnlich. Ich hatte nicht ständig das Bedürfnis zu reden. Aber als wir das Dorf erreicht hatten, warf ich einen kurzen Blick zu ihm und merkte mit einmal, daß er den Tränen nahe war.

»Was ist los?« fragte ich entsetzt.

Ein kurzes Schweigen, während er versuchte, seine Gesichtszüge unter Kontrolle zu bringen. »Ich möchte dir was sagen«, krächzte er schließlich, »nur, ich kann's nicht.«

Wir näherten uns gerade einer roten Ampel. Als wir anhielten, nahm ich seine Hand und lächelte. »Das ist schon in Ordnung. Ich weiß, was es ist und, ehrlich gesagt, solang ich es weiß, spielt es wirklich keine Rolle, ob du's sagst oder nicht, stimmt's?«

Er wandte sich mit tränenfeuchten Augen zu mir. Ich sah, wie sie groß wurden, als er begriff. Ich lächelte. »Das wäre also geregelt.« Als wir wieder losfuhren, kramte ich neben mir herum und legte dann ein recht heiteres Concerto in den Kassettenrecorder ein. Wie es der Zufall wollte, war es Mozarts Klarinettenkonzert in A. Ich warf Toby einen listigen Blick zu, als ihm verdutzt der Mund offenblieb.

»Oh, du wärst erstaunt, Toby. Ich stecke voller Überraschungen.«

Er warf den Kopf zurück und lachte hell begeistert.

Nach ein paar Minuten fuhren wir in Fairlings ein, und Toby konnte es gar nicht erwarten, aus dem Auto zu springen und Marfa und den Zwillingen, die inzwischen von der Schule zurück sein sollten, zu erzählen. Jetzt erst wurde mir schlagartig klar, daß Marfa schockiert sein würde. Und wenn Marfa schon von meiner überstürzten Aktion entsetzt war, was würden dann erst Joss und Annabel dazu sagen? Als ich unbehaglich aus dem Wagen stieg, wurde mir mit einemmal die Ungeheuerlichkeit dessen, was ich getan hatte, bewußt. Ich, die

Nachbarin, hatte den Sohn dieser Leute in der ersten Semesterwoche aus der Schule geholt und ihn vorläufig in eine andere eingeschrieben, ohne sie auch nur zu fragen. Nein, Korrektur, ich hatte sie gefragt, aber ihre Anweisungen total ignoriert. Genau. Ungewöhnliche Entscheidung, Rosie, wirklich sehr ungewöhnlich. Als ich Toby ins Haus folgte, rutschte mir das Herz noch weiter in die Hose, da mir klar wurde, daß das, was ich getan hatte, wahrscheinlich viel schlimmer war. Ich hatte wahrscheinlich Tobys Hoffnungen in den Himmel gehoben, nur damit sie in den Boden gestampft würden, sobald Annabel zurückkehrte, Jerry und Simone mit ihrem Charme becircte und darauf bestand, daß er wieder nach Stowbridge ging. Ja, dann schauen wir mal, wie sehr er dich dann noch liebt, wenn er schreiend und um sich schlagend in diese Vorkriegsanstalt zurückgebracht wird, nicht wahr, Rosie? Ich holte tief Luft und ließ die Luft langsam durch meine Zähne zischen. O Gott, was für ein Schlamassel. Was für ein grauenhaftes Scheiß-Schlamassel.

Als ich durch die Hintertür in die Küche kam, dräute das Schlamassel noch gewaltiger. Marfa kam mit verklemmter Miene auf mich zugeschossen. Ah, er hatte es ihr erzählt, und sie hielt mich *bereits jetzt* für verrückt, nicht nur für verrückt, sondern für völlig verantwortungslos. Ich wappnete mich.

»Sie ham Besuch«, sagte sie und machte eine seitliche Kopfbewegung.

Mein Herz blieb stehen. »O Himmel. Das war's jetzt also? Sie waren hier, um mich zu holen.

»Wo?« flüsterte ich.

»Vorn in der Halle. Waren im Cottage, dann sind sie hierhergekommen. Hängen schon seit zehn Uhr früh hier rum.«

Ich nickte. »Gut. Danke, Marfa.«

Ich holte mir ein Glas und trank einen Schluck Wasser. Ich stellte das Glas zitternd auf der Spüle ab, starrte es einen Moment lang an, dann drehte ich mich um und ging zum vorderen Teil des Hauses, versuchte dabei, meinen Kopf hochzuhalten. Auf dem Weg den Korridor entlang fragte ich mich, was für einen Gesichtsausdruck Marie Antoinette auf dem Weg zur Guillotine gehabt hatte.

Ich bog um die Ecke in die Halle und blieb wie angewurzelt stehen. Ich war konfrontiert mit einem weit beängstigenderen Anblick als Polizisten mit Handschellen im Anschlag. Denn in der Halle, verteilt auf Sofa und Stühle und stehend vor dem Kamin, mit verkniffenen Gesichtern und in manchen Fällen sehr verweint, war fast die gesamte Besetzung meiner Familie. Philly und Miles, Mum und Dad.

25

»Was ist das?« fragte ich. »Ein Kriegsrat?«

»Rosie, Schatz!« Meine Mutter warf sich mit einem Schluchzer auf mich. Sie war, wie üblich, in ihren alten Nerz gewindelt, der nach abgestandenem Parfum roch, in der Hand hielt sie ein lippenstiftverschmiertes Papiertaschentuch. »O mein armer Schatz, du mußt ins Gefängnis!« Sie riß die Augen auf und wich einen Schritt zurück, als ihr ein weiterer entsetzlicher Gedanke kam. »Oh, mein Gott«, keuchte sie. »Wir werden umziehen müssen.«

»Nicht unbedingt, Mum«, sagte ich, entwand mich ihrem Zugriff und deponierte sie auf dem nächsten Stuhl. »Wir werden den Nachbarn sagen, ich wäre emigriert, wenn du möchtest. Entweder das, oder daß ich eine Geschlechtsumwandlung gemacht habe.«

»Warum hast du's uns nicht erzählt?« fragte Philly, die bleich und verspannt züchtig auf einem Stuhl balancierte. »Wir hatten keine Ahnung, bis Miles aus dem Pub nach Hause kam und sagte, die ganze Welt würde drüber reden!«

»Ah, dann habt ihr ja auch schon den Urteilsspruch gehört, Miles. Die Dorfstrickerinnen haben ihre Nadeln fleißig klappern lassen?«

»Ich bin nicht geblieben, um mir das Getratsche anzuhören,

Rosie«, versicherte er mir. »Ich hab mein Pint weggestellt und bin direkt nach Hause.«

»Und das war ein echtes Opfer«, bemerkte Philly bissig. »Es braucht schon einiges, daß Miles ein Pub verläßt. Die Sache ist die, wir kommen uns so dämlich vor, Rosie!«

»Also, es tut mir wirklich leid, daß ich euch solche Unannehmlichkeiten mache, Leute. Tut mir leid, daß ich solche *Schande* über dich bringe, Mum, und daß du dich so *uninformiert* fühlst, Philly. Für mich sind's ja nur die achtzehn Jahre im Gewahrsam Ihrer Majestät.« Ich ging zur Anrichte und goß mir einen zitternden Drink aus Joss' Karaffe ein. Da mach ich doch gleich auf richtig unverschämte Schlampe und trink den Scotch meines Vermieters, dachte ich, wär ja auch nicht das erste Mal. Guten Morgen, Karaffe, begrüßte ich sie stumm, als ich den Stöpsel zurücksteckte. Wir sehen uns in letzter Zeit recht häufig, nicht wahr?

Mein Vater durchquerte das Zimmer und legte den Arm um meine Schultern. »Wir sind nur besorgt, Liebes, mehr nicht«, sagte er sanft. »Sag uns, was da passiert ist, hmm? Wir tappen ein bißchen im dunklen.«

Das war noch viel schlimmer. Ich zog brüsk die Schultern hoch, wissend, daß ich den Tränen nahe war. »Da gibt's eigentlich nicht viel zu erzählen, Dad. Die Polizei von Oxfordshire hat mich auf ein Pläuschchen eingeladen und hat mir einige recht tiefschürfende Fragen gestellt, mehr war nicht. Hat mich darauf hingewiesen, daß ich da ein ganz nettes Motiv hätte, weil ich Harry gehaßt habe. Aber wiederum haben sie mich auch nicht angeklagt, also brauch ich mir wahrscheinlich keine Sorgen zu machen. Jemand einen Drink?« Ich wedelte lässig mit der Karaffe.

»Das heißt überhaupt nichts«, klagte Philly, »das ist nur ihre sanfte Tour, und in der Zwischenzeit tragen sie mehr und mehr Beweisstücke zusammen, damit sie, wenn sie dich verhaften, soviel Munition gegen dich haben, daß du nicht mal mehr aufrecht stehen kannst. Du wirst untergehen, sie werden dich damit zuschütten.«

»Ein recht aufmunternder kleiner Gedanke«, murmelte ich in mein Glas. »Danke, Phil.«

»Ich werde meinen Anwalt drauf ansetzen«, sagte Dad mit wichtiger Miene, »ein verdammt guter Mann, O'Sullivan, ich kenn ihn seit Jahren.«

»Natürlich kennst du ihn seit Jahren, er muß ja auch schon um die hundertvier sein«, spottete Philly. »Und er macht Zivilsachen, was Rosie bei einer Mordanklage wohl kaum helfen wird. Nein, nein, so einen alten Provinzamateur kann Rosie nicht brauchen. Ich werde mit einem Freund reden, einem Partner bei Clifford Chance. Eine echt heiße Nummer in der City.«

Dad schaute angemessen zerknirscht drein. »Natürlich, meine Liebe, was immer du für das Beste hältst. Wenn du einen Mann hast, der besser geeignet ist...«

»Es ist kein Mann, es ist eine Frau«, sagte sie spitz.

»Sie war mit mir in Cambridge. Hat mit summa cum laude bestanden, genau gesagt, fabelhafter forensischer Verstand. Ja, wenn einer sie da rauspauken kann, dann Gillian.«

Ich sah sie an, wie sie da souverän in ihrem Kaschmirmantel und Seidenschal auf der Stuhlkante saß, mit blitzenden Augen und rechtschaffen geröteten Wangen.

»Wenn du sagst ›sie rauspauken‹«, sagte ich mit milder Stimme, »ist dir hoffentlich klar, daß ich es tatsächlich nicht getan habe?«

»Natürlich hast du es nicht getan, Darling«, sagte Philly mit beruhigender Stimme. »Ich meine damit nur, sie wird der Sache auf den Grund gehen, mehr nicht.«

»Und ich hab natürlich Tom gesagt, er muß kommen«, warf Mum mit einem Schniefer ein.

Ich wirbelte entsetzt herum. »Oh, Mum, hast du nicht!«

»O doch, hab ich, das ist eine Familienkrise. Wir müssen uns jetzt zusammenrotten, sie an den Stränden bekämpfen und so weiter, und wir brauchen dazu einen richtigen Mann im Haus, jetzt wo Harry nicht mehr ist. Tom wird wissen, was zu tun ist.«

Ich fragte mich, was Dad und Miles denn waren, wenn all die

richtigen Männer weg waren. Ordentlich entmannt wahrscheinlich.

»Er war nicht in seinem Büro, als ich angerufen habe«, fuhr Mum fort und tupfte ihre Augen ab, »wahrscheinlich auf einem Dreh, aber ein ganz entzückendes Mädchen hat die Nachricht angenommen, wahrscheinlich seine persönliche Assistentin oder so was. Hätte gar nicht netter sein können. Ich hab ihr erklärt, daß seine kleine Schwester unter Mordanklage steht und alles ziemlich trübe aussieht. Und sie hat gesagt, sie wäre sicher, daß er dann sofort zurückkommen möchte, und: Übrigens, wenn die Frage nicht zu persönlich wäre, was war denn die Mordwaffe? Nun ja, ich hab ihr erklärt, daß die Pilze giftig gewesen wären und so weiter und dann, Gott segne sie, sie war so besorgt – hat sie gesagt, ob du ein Typ wärst, mit dem man sich identifizieren könnte, und ich sagte natürlich, aber eher vom Typ Prügelknabe und *recht* hübsch, aber momentan begreiflicherweise ein bißchen verhärmt.«

»Danke, Mum«, murmelte ich. »Als wäre ich ein abgehärmter Prügelknabe in einem Fernsehdrama, bei dem mein Bruder Regie führt, noch bevor ich überhaupt einen Gerichtssaal von innen gesehen habe, nicht wahr?«

»Also weißt du, ich hab mich *tatsächlich* gefragt, ob sie darauf hinauswill!« sagte sie mit glänzenden Augen. »Und, ehrlich gesagt, Rosie, wär das doch ganz wunderbar, oder? Ich meine, da wird dir die Sympathie der Öffentlichkeit ganz automatisch zufliegen, wenn sie jemanden mit Biss für deine Rolle engagieren, jemanden, der nicht so hübsch ist, aber mit Tonnen von Integrität. Michele Pfeiffer muß natürlich Philly spielen, und ich hab mich wirklich gefragt, ob man Sophia Loren dazu überreden könnte, aus dem Ruhestand zu kommen, um mich zu spielen. Mir wurde schon oft gesagt, daß da eine unheimliche Ähnlichkeit besteht.« Sie stützte ihr Kinn auf die Hand und präsentierte uns ihr Profil, damit wir die unheimliche Ähnlichkeit überprüfen könnten. »Und ich dachte, Edward Woodward für deinen Vater, und Harry ist ganz erpicht darauf, von James Fox gespielt zu werden –«

»Harry?« Ich starrte sie an.

»Als ich neulich mit ihm geredet habe, Schatz. Du weißt schon, mit Marjorie.«

»Ah, richtig«, grummelte ich und ließ mich in einen Stuhl fallen, weil ich mich plötzlich etwas schwach fühlte. »Ja, das mit Majorie hatte ich ganz vergessen.«

»Und er stimmt mir zu, daß es ausschließlich aus deiner Perspektive gespielt werden sollte, mit dir als mißhandelte Frau und ihm als echtem Widerling. Denn er gibt dir wirklich keine Schuld, Darling. Er sagt, er war dir ein furchtbarer Ehemann und hätte viel zu viel getrunken und er könnte sehr gut verstehen, daß du froh warst, ihn loszuwerden.«

»Lieber Gott im Himmel, halt sie von der Zeugenbank fern«, stöhnte Miles und rieb sich die Augen mit dem Handrücken.

»Und er möchte, daß du weißt, daß er dich und Ivo furchtbar vermißt, aber es ihm da oben wunderbar geht.« Sie faltete beglückt ihre Hände im Schoß und beugte sich vertraulich zu mir. »Ich muß dir verraten, Rosie, daß er momentan ganz aus dem Häuschen ist. Er hat gerade mit einem Kurs für dekoratives Serviettenfalten angefangen, der, wie er sagt, absolut himmlisch ist!«

Ich starrte sie entgeistert an. Ich sah, daß sie unter ihrem Pelzmantel einen ziemlich exzentrischen, gestickten Schal trug und um ihren Hals nicht das übliche Arrangement von Goldketten baumelte, sondern bunte Glasperlenschnüre.

»Das ist natürlich ein Teil eines Tischdeckkurses, den er absolviert, aber das mit den Servietten mag er am liebsten, weil er sagt, die Art, wie man seine Tischwäsche präsentiert, drückt das wahre innere *Ich* aus.« Sie schürzte die Lippen. »Ich finde, er hat absolut recht.«

»Jetzt ist sie endgültig ausgerastet«, murmelte Miles und schüttelte traurig den Kopf, »wirklich total ausgerastet, so leid es mir tut.«

»Er sagt, es spielt keine Rolle«, fuhr sie mit Elan fort. Das betroffene Schweigen ihrer Familie interpretierte sie offenbar als Aufmunterung. »Ob es ein pfirsichfarbener Damast ist oder irisches Leinen, das sich aus einem Kristallglas ergießt, Serviettenfalten ist eine weitere Möglichkeit, das *Ich* auszudrücken. Harry sagt, wir sollten uns auch nicht scheuen zu experimentieren, symbolisch oder gegenständlich – wie die aufgehende Sonne oder den Schmetterling im Zyklus des Lebens – zu falten.«

Miles prustete jetzt unkontrolliert los und japste mir ins Ohr: »Sie hat ihre Leitungen verheddert und aus Versehen Barbara Cartlands alten Butler angezapft!«

»Und er lernt sogar, sie zu besticken«, berichtete sie verträumt. »Im Augenblick macht er putzige kleine Kreuzstiche auf rote Karos, etwas, das man für ein nicht so förmliches Gabelessen eindecken könnte.«

»Klingt wie etwas, was man fürs Klo brauchen könnte!« grölte Miles.

»Ich werde Tee machen«, lenkte Philly hastig ab.

»Ich helfe dir«, sagte ich und eilte ihr in die Küche hinterher. Die Küche war leer, Marfa und die Kinder waren offensichtlich nach oben gegangen.

»O Gott, Philly, sie ist total übergeschnappt«, sagte ich entsetzt. »Sie ist absolut gaga!«

»Ich weiß«, sagte Philly erschöpft und füllte den Kessel. »Ich hab versucht, es vor dir zu verheimlichen, Rosie, aber das sind diese verflixten Seancen. Jetzt machen sie's nicht nur einmal die Woche, sondern jeden Abend.«

»Nein!«

»O ja, und das auch noch bei uns zu Hause. Marjorie hat ihre Taktik geändert, behauptet, ›The Firs‹ wären atmosphärisch besser geeignet, aber ich denke, sie will bloß sparen. Dad sagt, sie erscheint pünktlich zur Cocktailstunde, und dann huschen sie ins Speisezimmer, um das Ektoplasma heraufzubeschwören. Und natürlich hört Mum diese himmlischen Stimmen nicht wirklich, alles wird durch Marjorie gefiltert. Das Medium, soweit ich das mitgekriegt habe, kippt einen Gin Tonic nach dem anderen und stopft sich mit Räucherlachssandwiches voll – sie kann offenbar nur jenseitig werden, wenn sie einen kompletten

Lachs intus hat – schließt dann die Augen, legt beide Hände unheilvoll auf den Tisch und erfindet das alles während ihres Plapperns.«

»Und wenn Mum begierig fragt: ›Was macht denn der alte Harry jetzt wieder Neues, Marj?‹, muß sie nur ein Auge öffnen, sich heimlich im Eßzimmer umschauen, wobei sie einen Stapel Servietten ortet, und sagen: ›Er amüsiert sich gerade prächtig mit Serviettenfalten, Liz‹, und Mum ist absolut hingerissen!«

»Aber warum in aller Welt schlägt Dad nicht mal auf den Tisch?«

Sie verzog das Gesicht. »Dad? Komm schon, Rosie.« Sie seufzte und holte ein paar Tassen aus der Anrichte. »Ehrlich gesagt, ich glaube, er läßt sie gewähren, weil er das Gefühl hat, sie war in letzter Zeit sehr gestreßt. Nach dem Tod von Harry und jetzt deinen Problemen glaubt er wahrscheinlich, es wäre eine harmlose kleine Ablenkung für sie, und natürlich ist sie im Krankenhaus total zusammengebrochen.«

»In welchem Krankenhaus?«

»Oh!« Sie wurde rot. »Nichts… es war… wo steht denn der Earl Grey?«

Sie sah sich um.

»In welchem Krankenhaus?«

Sie biß sich auf die Lippe und drehte sich dann zu mir. »Ich sollte es dir nicht erzählen, ich mußte es Dad versprechen. Er wollte nicht, daß du dir da auch noch Sorgen machst, nachdem du ohnehin schon dein Päckchen zu tragen hast. Er hatte nach Weihnachten noch einen Herzanfall.«

»O Gott!«

»Aber jetzt geht's ihm wieder gut«, sagte sie hastig. »Wieder ganz der alte. Sie haben ihn nur über Nacht zur Beobachtung dabehalten, mehr nicht.«

Ich ließ mich abrupt auf einen Hocker fallen. »Oh, Philly, mit einemmal geht alles den Bach runter, nicht wahr?« sagte ich mit tonloser Stimme. »Alles um mich herum bricht wie ein Kartenhaus zusammen, und irgendwie hab ich das Gefühl… es ist alles meine Schuld.« Ich schlug mir die Hände vors Gesicht.

»Sei nicht albern, natürlich ist es das nicht!« Sie packte meine Hände und zog sie mir vom Gesicht. »So darfst du nicht denken, Rosie, alles wird wieder gut. Dad ist jetzt wieder richtig fit, und dich kriegen wir auch wieder hin, das versprech ich. Ehrlich, Gillian Cartwright ist eine wunderbare Strafverteidigerin und wenn irgend jemand –«

»Mich rauspauken kann, dann sie. Ja, ich weiß.« Ich hob den Kopf. »Philly, du glaubst, ich hab es getan, nicht wahr?«

Sie wurde blaß. »Mach dich nicht lächerlich. Das denke ich *natürlich* nicht!«

»Doch, das tust du, das merk ich. Du glaubst, weil er fett und ein Säufer und unangenehm war und sich nicht scheiden lassen wollte, hab ich ihn abgemurkst, nicht wahr?« Ich sah ihr direkt in die Augen.

»Ich denke lediglich«, sagte sie mit leiser Stimme. Sie hielt inne, leckte sich die Lippen und begann erneut. »Ich denke lediglich, Rosie, daß du endlich aufhören solltest, nur herumzusitzen und nichts zu tun. Du mußt aufhören, darauf zu warten, daß die Axt fällt und etwas *tun*. Herrgott, es ist schon Tage her, seit sie dich verhört haben, und du hast es keinem erzählt, nicht mal deiner eigenen Familie! Diese verdammte Trägheit und die Tatsache, daß du dich versteckst, das ist es, was wie ein Schuldgeständnis aussieht, sonst nichts!«

Ich starrte über ihre Schulter ins Leere. »Alice sagt, ich soll einfach cool bleiben«, sagte ich langsam. »Sie sagt –«

»Oh, Alice!« Philly klatschte wutentbrannt beide Hände auf den Tresen. »Was weiß sie denn schon! Sie hat keine einzige Gehirnzelle in ihrem alternativen Schädel! Sie weiß nur, wie man braunen Reis rührt und Kornpüppchen aus biologisch dynamischem Weizen macht. Sie hat keine Ahnung, was der Unterschied zwischen einem Staatsanwalt und mildernden Umständen ist, sie könnte sich nicht mal aus einer Papiertüte kämpfen, geschweige denn aus einer Morduntersuchung!«

»Sie ist meine beste Freundin«, widersprach ich zornig, »und nur, weil sie keinen Abschluß aus Oxbridge hat, heißt das noch lange nicht, daß sie debil ist! Ich weiß nicht, warum du sie von

Anfang an so von oben herab behandelst. Du hast sie nie gemocht, und sie war wunderbar bei dieser ganzen Geschichte!«

»*Ich wäre* auch verdammt wunderbar gewesen, wenn du mich nur eingeweiht hättest, aber wunderbar sein und einen Scheiß machen ist eine Sache, aber es ist eine ganz andere Geschichte, um fünf vor zwölf anzutreten und die Katze aus dem Sack zu holen, was wir offen gesagt jetzt tun müssen!«

»Braucht ihr vielleicht Hilfe, Mädels?« Miles steckte den Kopf zur Tür herein. »Soll ich das Tablett nehmen?«

»Herrgott noch mal, hör auf, uns Mädels zu nennen und uns wie Scheiß-Elfen zu behandeln. Wir können tatsächlich ein Tablett tragen, ohne daß uns die Arme brechen, klar?«

Ihr giftiger Tonfall trieb mir das Wasser in die Augen.

»Verzeihung.« Miles zog sich hastig zurück und hielt sich wahrscheinlich die Eier. Eine kleine Pause war angesagt.

»Bißchen heftig, oder?« sagte ich.

»Ach, er geht mir einfach auf die Titten«, keifte sie wütend, warf den Kopf zurück und kratzte sich ausgiebig. Ich zuckte erneut zusammen. Titten? Seit wann gab Philly auch nur zu, daß sie einen Busen hatte?

»Er hält sich für so verdammt macho, stolziert den ganzen Tag mit dem Gewehr unterm Arm über die Farm, knallt Fasane ab, kommt dann zur Küchentür, reibt sich die Hände und sagt, ›Hmmm, hier riecht aber etwas gut!‹ Ich würd ihm am liebsten die Nase einschlagen. Ich hab's einfach satt, Rosie. Ich denk gar nicht daran, noch länger die häusliche kleine Frau zu spielen, nur um seinen sexistischen, chauvinistischen Stolz zu befriedigen!«

Ich klappte wie ein Karpfen auf dem Trockenen meinen Mund auf und zu, aber Philly hatte bereits die Tassen aufs Tablett geknallt und war ins andere Zimmer gefegt. Uff, dachte ich, als ich ihr folgte, jetzt kommt alles hoch, oder?

In der Halle hielten inzwischen die Zwillinge Hof vor meiner Familie. Sie waren offensichtlich Marfa entwischt und begeistert, weil da zufällig ein paar Fremde waren, die sie unterhalten konnten. Lucy balancierte possierlich auf einem Knie meiner Mutter und Emma auf dem anderen. Sie spielten mit ihren Glasperlen und flirteten auf Teufel komm raus.

»Was für entzückende Kinder«, murmelte meine Mutter, als ich hereinkam.

»Marfa hat gesagt, wir sollen dich holen«, sagte Lucy hastig. »Sie räumt gerade die Schlafzimmer auf, aber sie will jetzt ihren Dad holen fahren.« Sie betastete verwundert Mums Quastenschal. »Ich hab gar nicht gewußt, daß deine Mum eine Zigeunerdame ist, Rosie!«

Mum lachte leise. »Nicht direkt eine Zigeunerin, mein Herz, eher eine psychische Zeitreisende.«

Dad stöhnte kaum hörbar und schüttelte den Kopf.

»Komm jetzt, Lucy, Emma«, sagte ich und streckte die Hand aus, »gehen wir Marfa ablösen. Tut mir leid, Leute, aber ich muß jetzt los. Marfa holt ihren Vater aus dem Krankenhaus ab, und nachdem es seine erste Nacht wieder zu Hause ist, bleibt sie bei ihm. Ich muß jetzt die Kinder für sie baden.«

»Du meinst – wir gehen?« sagte Mutter überrascht.

»Ihr könnt ruhig euren Tee austrinken«, erlaubte ich großzügig, »kein Grund zur Eile. Kommt, ihr beiden.« Ich ging in Richtung Treppe, dankbar für die Ausrede.

»Wie alt bist du?« fragte Lucy. Sie blieb auf Mums Schoß sitzen und spähte ihr direkt in die Augen.

»Du meine Güte«, Mum kicherte nervös und tätschelte ihr Haar. »Ich glaube, ich hab's vergessen!«

»Wirklich?«

»Ja, mein Schatz, das tut man, wenn man schon so viele Geburtstage gehabt hat wie ich.«

»Schauen wir doch einfach in deine Hose.«

»Lucy!« keuchte ich.

»Schau her«, sie verrenkte sich und zog ihre Hose aus den Jeans, »auf meiner steht fünf bis sechs Jahre, siehste?«

Ich nahm ihre Hand und zog sie mühsam ernst von Mums Schoß. »Komm jetzt«, sagte ich streng, »wir gehen jetzt.« Emma schnappte ich mir ebenfalls. »Sagt allen auf Wiedersehen. Ich denke, du wirst sie sehr bald wiedersehen.« Wir gingen in Richtung Treppe. »Oh, und vergeßt nicht, die Haustür zuzuschlagen, wenn ihr geht, ja«, warf ich ihnen noch mit Nachdruck über die Schulter zu.

»Aber wir haben ja überhaupt noch nichts besprochen«, protestierte Philly und kam zum Fuß der Treppe. »Ich wollte, wenn möglich, daß Gilly gleich morgen früh eine Kopie deiner Aussage auf dem Tisch liegen hat.«

»Ich glaube, das schaffen wir nicht, Philly. Die letzte Post ist bereits weg.«

»Fax es ihr. Joss hat sicher eins.«

»Ach ja«, sagte ich erfreut. »Ja, hat er. Klar.«

Sie seufzte erschöpft und verschränkte die Arme. »Okay, Rosie. Was ist los? Willst du nicht, daß ich dir helfe?«

Ich hielt inne und drehte mich auf dem Treppenabsatz zu ihr. Ihr Gesicht war gerötet, und die Augen funkelten vor Zorn. Sie sah verletzt aus, offensichtlich ratlos, weil ich mich einfach weigerte, ihre beachtlichen intellektuellen Fähigkeiten in Anspruch zu nehmen und auf Menschen in hohen Positionen zurückzugreifen. Aber Schwester hin oder her, ich war mir wirklich nicht sicher, ob ich jemanden in meinem Lager haben wollte, der nicht an mich glaubte.

»Nein, momentan nicht«, sagte ich ehrlich. »Ich bin mir sicher, der Tag wird kommen, an dem ich dich anflehe, mich rauszupauken, Phil, aber für den Augenblick laß mich das auf meine Weise regeln, okay?«

Ich drehte mich um und ging nach oben, und sie blieb mit offenem Mund und baß erstaunt zurück.

In dieser Nacht schlief ich sehr schlecht. Ich drehte und wendete mich in Marfas Bett in Fairlings und hatte einen furchtbaren Traum, in dem ich über eine Steintreppe nach unten getrieben und in einen Kerker geworfen wurde. Gerade als die Tür hinter mir zuschlug, drehte ich mich um und sah Harry, der den Schlüssel in der Hand baumeln ließ und bösartig grinste.

»Harry!« Ich rannte zum Gitter und packte die Stangen. »Ich war es nicht, ich hab's nicht getan. Ich schwöre bei Gott, ich –«

»Heb dir das für den Berufungsausschuß auf, Rosie«, knurrte er. »Und in der Zwischenzeit, zwanzig Jahre schweres Serviettenfalten für dich, junge Frau!«

Damit rammte er einen halben Zentner pfirsichfarbenes Leinen durch die Stäbe.

»Komm schon!« Er ließ eine Peitsche knallen. »Fang an zu falten!«

»Aber, Harry«, blökte ich, packte die oberste und begann in panischer Angst zu falten. »Ich hab's nicht getan, ich–«

»Nennst du das anmutig?« brüllte er. »Ich hab schon bessere Ergebnisse von diesen Massenmördern gesehen.«

Ich warf einen Blick in die Nachbarzelle, wo tatsächlich meine Insassenkollegen – riesige, untersetzte, tätowierte Männer – geschickt falteten, fröhlich summend und steckten und fächerten, kreierten die wunderbarsten Paradiesvögel und tropischen Sonnenuntergänge.

»Ich kann es nicht!« schluchzte ich. »Ich kann es nicht. Ich werde das nie lernen – bring mich einfach gleich um!«

Ich schleuderte die Serviette zu Boden, schlug die Augen auf und entdeckte, daß ich im Bett saß, schob wütend meine Daunendecke weg. Ich war schweißgebadet. Meine Haare klebten an meinem Kopf, und die Morgensonne strömte durch eine Lücke in den Vorhängen. Ich blieb ein paar Sekunden mäuschenstill sitzen und versuchte mich zu orientieren. Wo war ich? Im Gefängnis? In London? Im Cottage? Nein, in Fairlings. Marfas Bett. Ich drehte mich um und packte ihren Wecker. Ich sah ihn entsetzt an. Halb neun. Halb neun!

»Verfluchter Mist.«

Ich sprang in Panik aus dem Bett. Halb neun, und das Semester hatte angefangen, kein Frühstücksfernsehen für die Kinder, vor dem sie sich in ihren Schlafanzügen lümmeln konnten. Ich mußte sie alle aus dem Bett holen und anziehen! Mußte die Zwillinge in die Schule bringen. Wo waren sie? Und wo war Ivo? Wo waren alle?

Ich rannte zum Waschbecken, spritzte mir etwas Wasser in mein verschwitztes Gesicht, streifte mein Nachthemd ab und zog BH, Höschen, Jeans und ein Sweatshirt an. Ich erhaschte einen kurzen Blick auf mich selbst im Spiegel und wich entsetzt zurück. Ich sah aus wie eine Skizze von Hieronymus Bosch. Kurz mit dem Kamm durch die Haare, dann flog ich aus dem Zimmer und rannte die Hintertreppe hinunter, doch da geriet ich in den Hinterhalt meiner immer noch sehr launigen Eingeweide. Verdammt! Ich verfluchte ihr gräßliches Timing und zischte in das untere Klo. Kaum saß ich auf dem Thron, merkte ich, daß das Haus bedrohlich still war. Ich horchte. Nein, kein Pieps, sie hatten nicht mal den Fernseher eingeschaltet. Oh, Himmel, die schliefen immer noch tief und fest in ihren Pfühlen und die Zwillinge mußten um – ich warf einen Blick auf meine Uhr – in exakt zehn Minuten in die Schule!

»Lucy! Emma!« brüllte ich.

Keine Antwort. Verflucht. Und oh, dreimal verflucht, kein verdammtes Klopapier! Typisch. Mit der Hose um die Knöchel zöpfelte ich zur Küche wo, wie ich wußte, eine Schachtel mit Papiertüchern auf der Anrichte stand. Aber als ich durch die Küchentür kam, bot sich mir ein weit beängstigenderer Anblick. Um den Tisch, fertig angezogen, mit großen Augen und Toaststreifen, die sie in weiche Eier tauchten, saßen Toby, Lucy, Emma und Ivo. Und am Kopf des Tisches saß mit grimmiger, erschöpfter und versteinerter Miene Joss. Sein Blick wanderte hinunter zu meinem entblößten, weißen Unterleib, dann wieder nach oben.

»Rosie. Schön, daß du dich zu uns gesellst. Wie ich höre, pflegst du einen recht freien Umgang mit der Ausbildung meines Sohnes.«

26

Wie der Blitz zog ich meine Hose hoch. Aber wahrscheinlich nicht schnell genug.

»Joss! Ich – hab nicht gewußt, daß du –«

»Zurückkommst?« fragte er. »Nein, ich auch nicht, es war auch für mich eine totale Überraschung, Rosie. Bis gestern abend war ich noch der Meinung, ich würde zwei weitere Wochen in Europa arbeiten, aber dann kam mir ein skurriles Gerücht im Hinblick auf die Ausbildung meines Sohnes zu Ohren, und mit einemmal fand ich mich am Flughafen und versuchte verzweifelt, einen Flug zu ergattern. Ich war völlig von den Socken. Ich dachte, ich würde mich mit meinem Galeristen treffen, um die Pläne für nächstes Jahr durchzugehen, aber es hat nicht sollen sein, und hier bin ich, in meiner kleinen Hütte.« Er griff nach einem Stück Toast. Seine Miene war völlig undurchschaubar.

»Hör mal, ich kann das erklären«, krächzte ich, schlurfte zum Tisch und ratschte heimlich meinen Hosenreißverschluß zu.

»Gut, freut mich zu hören«, sagte er und wischte sich gelassen den Mund mit einer Serviette ab. »Genau gesagt, kann ich es gar nicht erwarten, aufgeklärt zu werden.« Jetzt sah er mich zum erstenmal direkt an. Seine braunen Augen sprühten Funken. »Denn, kannst du dir meine Überraschung vorstellen, Rosie, als ich, nachdem mir Annabel erzählt hat, auf Tobys Schule hätte es einen Vorfall gegeben, auf den sowohl du als auch Marfa ›panisch und hysterisch‹ reagiert habt, meine Arbeit im Stich lasse, Himmel und Hölle in Bewegung setzte, um hierherzukommen, erschöpft in mein Heim stolpere und feststellen muß, daß es hier wie auf der *Marie Celeste* aussieht! *Meine* Kinder sind nirgends zu sehen, *dein* Kind steht kreischend in seinem Bettchen, und statt Marfa finde ich *dich* tief und fest schlafend in *ihrem* Bett vor. Als ich die Kinder endlich aufstöbere, hocken sie im Wohnzimmer und schauen Unpassendes im Fernsehen an, und mein Sohn informiert mich kühl, ja, die Gerüchte wären tatsächlich wahr, und aufgrund dessen, daß er einen Mitschüler bewußtlos geschlagen hat, hätte er eine sündteure Privatschule zu Gunsten einer anderen hingeschmissen.«

»Nein, nein, so einfach ist es nun auch wieder nicht. Er ist noch nicht richtig eingeschrieben, wir waren nur mal kurz in Westbourne Park und haben mit dem Direx gesprochen aber –«

»Oh, gut, *gut*«, unterbrach er mit kaum verhohlenem Sarkasmus. »Es freut mich zu hören, daß es doch ein *bißchen* komplizierter ist. Einen Moment lang hab ich geglaubt, ich hätte bei all dem gar keine Wahl! Ich dachte, alles wäre bereits geregelt, und ich müßte nur mein Scheckbuch rausholen und auf der gestrichelten Linie unterschreiben. Und ich muß sagen, Rosie, *wäre* das der Fall gewesen, dann hätte ich mich im Recht gefühlt zu glauben, obwohl ich dich gebeten hatte, ein bißchen Verantwortung zu übernehmen, solange ich weg bin, daß du deine Kompetenz ein kleines bißchen überschritten und dir ein kleines bißchen zuviel herausgenommen hast!« Seine Stimme wurde gefährlich laut.

Die Kinder, denen er offensichtlich bereits die Leviten gelesen hatte, tauchten immer noch eifrig Toaststücke, aber sie schafften es nicht direkt bis zum Mund. Ihre Augen kullerten fast aus den Höhlen.

Ich breitete meine Hände auf dem Tisch aus. »Hör mal«, sagte ich mit leiser Stimme, versuchte ruhig zu bleiben. »Ich weiß, daß es nach einer extremen Reaktion aussieht, Joss. Aber nachdem ich die Lage gestern aus erster Hand beurteilen konnte, blieb mir keine andere Wahl, als Toby wegzubringen.«

»Du hättest ihn dort lassen können!« wandte er fassungslos ein. »Das wäre doch wohl die andere Möglichkeit gewesen.«

»Ja, das hätte ich. Aber ich war ernsthaft um seine Sicherheit besorgt, und ich hielt es für weit besser, deinen Zorn zu riskieren, als ein ganz anderes Szenario zu riskieren.«

»Ach, wirklich?« Er lehnte sich im Stuhl zurück und sah mich mit großen funkelnden Augen an. »Wie zum Beispiel? Daß Toby mit einem Kompaß Harakiri begeht? Oder sich vielleicht mittels Bunsenbrenners in einen menschlichen Scheiterhaufen verwandelt?«

»Aber solche Sachen passieren, das weißt du! Man liest es ständig in der Zeitung!«

»Komm schon, Rosie, du bist in Panik geraten und hast überreagiert!«

Ich nickte, versuchte meinen Zorn in den Griff zu kriegen.

»Möglicherweise ja. Ich bin bereit zu akzeptieren, daß ich sehr aufgewühlt war, aber es ist sehr leicht, das im nachhinein als Blödsinn abzutun, nicht wahr? Weil wir nämlich nicht wissen, was passiert wäre, wenn wir ihn dagelassen hätten, nicht wahr? Alles, was ich *tatsächlich* weiß, Joss, ist, daß Annabel und du, ihr beide immer wieder wochenlang verschwindet zur Förderung eurer kostbaren Karrieren – und das in einer sehr entscheidenden Phase des Lebens eures Sohnes – wie zum Beispiel, wenn er im *Internat* anfängt, Menschenskind! Wenn die meisten Eltern nachts in ihre Kissen schluchzen und sich fragen, ob sie das Richtige machen – und du erwartest, daß Marfa mit allem, was zufällig passiert, fertig wird. Das genau konnte sie nicht, deshalb hat sie mich gebeten, und so habe ich das eben gehandhabt. Das ist *meine* Reaktion auf den Hilferuf eines Jungen. Ich habe keine Zweifel daran, daß deine Reaktion auf sein verzweifeltes Gesicht und seine zitternden Knie anders gewesen wäre. Du hättest ihm gesagt, es wäre eine Schande, Kinn hoch, reiß dich zusammen und diese ganze Leier; aber meine Reaktion war eben anders, *und ich war da und du nicht!* Es tut mir wirklich leid, wenn du der Meinung bist, ich hätte eine total schlechte Entscheidung getroffen, und es tut mir leid, daß ich mir nicht überlegt habe, welche Schule Toby für die längste Zeit nehmen würde, damit er dich und Annabel nicht stört. Aber meine Entscheidung kam wenigstens von Herzen und fiel in Tobys Interesse, was man von gewissen Eltern, die ihre Aufgabe lieber in sicherem Abstand wahrnehmen, nicht behaupten kann!« Ich zitterte inzwischen vor Wut.

Er sah mich eine Minute mit steinerner Miene an. »Bist du fertig?«

»Noch nicht ganz.« Oh, ich war jetzt voll in Fahrt und schoß direkt aus der Hüfte. »Weil ich jetzt nämlich vorschlage, Mr. Dubarry, daß du deinen Wagen holst und deinen Sohn in Was-auch-immer-für-eine-Schule-dir-zur-Nase-Steht zurückbringst. Ich bin mir sicher, wenn du Jerry und Simone genügend Geld ins feuchte Händchen drückst, würden sie ihn mit offenen Armen wieder aufnehmen. Und die Direktorin von Westbourne

Park wartet darauf, von dir zu hören. Anstatt mich zu beschuldigen, solltest du einfach hinfahren und *die Sache selbst regeln!*«

»Das wäre also in Ordnung, ja? Wenn ich etwas zu sagen hätte?« Er stand auf, sein Blick bohrte sich in meinen. Ich erwiderte ihn zornig. Im eisigen Schweigen, das folgte, stand Toby auf und schlich um den Tisch zu mir.

»Muß ich jetzt zurück nach Stowbridge House?« flüsterte er.

»Das weiß ich nicht, Schatz«, murmelte ich.

»Setz dich ins Auto, Toby«, keifte Joss, ohne mich aus den Augen zu lassen.

»Aber Dad, du bringst mich doch nicht zurück nach St –«

»SETZ DICH IN DAS VERDAMMTE AUTO!«

Toby floh gehorsam.

»Und euch zwei bring ich auch in die Schule«, sagte er, »nachdem es auf dem Weg ist.«

Lucy und Emma rutschten von ihren Stühlen und folgten Toby ungewöhnlich schweigsam zum Wagen. Dieses eine Mal hatte sie tatsächlich die Atmosphäre eingeschüchtert. Joss drehte sich noch einmal zu mir.

»Sag's nicht«, spottete ich. »Mit mir sprichst du später.«

»Darauf solltest du nicht wetten«, fauchte er, bevor er die Hintertür zuschlug.

Ich beobachtete, wie der Rahmen tatsächlich einen Moment lang zitterte. Dann wurde das Haus in unheimliche Stille getaucht. Ich drehte mich zu Ivo, der stumm mit weitaufgerissenen Augen am Frühstückstisch saß.

»Was sagst du, mein Schatz«, flüsterte ich, »viel schlimmer kann es jetzt nicht mehr werden, oder?«

»Weiß nicht, Mum«, sagte er in ehrfurchtsvollem Ton.

Mit einem dicken Kloß im Hals begann ich die Küche aufzuräumen. Ich stopfte die Cornflakesschalen in den Geschirrspüler, knallte die Tür zu, wischte die Oberflächen ab, dann schleuderte ich verzweifelt das Tuch in den Spülstein. Ich starrte ihm nach, wie es im Abfluß verschwand. Fang ja nicht an zu heulen, befahl ich mir wütend. Du hast genug am Hals, ohne daß du auch noch darüber heulst. Ein arroganter Dreckskerl in mieser Laune ist noch lange kein Grund zum Weinen, okay? Ich blinzelte entschlossen gegen die Tränen an. Okay. Und fang ja nicht an zu denken, daß es noch gar nicht so lange her ist, daß du die alberne Vorstellung hattest, du könntest diesem arroganten Dreckskerl gefallen, denn dann wirst du richtig losplärren. Das wird die Schleusen so richtig öffnen. Ich biß die Zähne zusammen und nickte dem Abfluß entschlossen zu. Genau. Daran würde ich auch nicht denken. Keine albernen Ideen.

Ich blinzelte immer noch wie der Teufel Tränen weg, als die Tür hinter mir aufflog. Vera rauschte mit einem Schwall kalter Luft herein.

»Tut mir leid, daß ich zu spät komme, Schatz, aber sein Darm spielt mal wieder verrückt. Ich hab heut früh auf dem Klo einen solchen Kampf gehabt, ihm rechtzeitig die Hosenträger runterzuziehen, daß es ein Wunder ist, daß ich überhaupt hier bin.« Sie nahm ihr Kopftuch ab und warf einen Blick auf Joss' Koffer, der noch mitten im Zimmer stand. »Er ist also wieder da, wie ich sehe.«

»Ist er. Und er ist ebenfalls kein glücklicher Mann.«

»Warum denn das?«

Ich schluckte. »Nur so... dies und das.«

»Ah. So ist das also, was?« Sie tappte geschäftig in der Küche hin und her, offensichtlich beleidigt, weil man sie nicht in irgendwelche Geheimnisse einweihen wollte. Aber langes Schweigen war nicht Veras Stärke.

»Haben Sie die Nachricht gesehen, die ich von Ihrem Bruder hinterlassen habe?«

Ich drehte mich um, hielt mich aber immer noch am Spülstein fest. »Was für eine Nachricht?«

»Ich hab sie neben das Telefon gelegt. Er hat gestern abend angerufen. Ich bin zurückgekommen, um meinen Strickbeutel zu holen, den ich vergessen habe, und das Telefon hat geklingelt, gerade als ich zur Hintertür rauswollte. Der hat gesagt, er hätte irgendeine komische Nachricht gekriegt, von wegen Sie wären wegen Mord angeklagt und wollten der Star in seinem nächsten Film werden, aber ihre Mum dachte, Ihre Brüste müßten erst geliftet werden.«

»Um Himmels willen!«

»Wollte wissen, ob es ein Scherz wäre.« Sie beäugte mich neugierig.

»Und?«

»Ich hab ihm gesagt, es wär einer.«

»Oh, Vera, danke.«

»Schon in Ordnung. Wir wollen doch nicht, daß da ein paar unschöne Gerüchte in Gang kommen, nicht wahr?«

Ich lächelte dankbar, aber als ich das tat, hörte sie abrupt mit dem Zubinden ihrer Schürze auf und starrte mich an.

»Du heiliger Strohsack, wie sehn wir denn heute aus!«

»So schlimm?« Ich legte eine Hand auf mein Haar und merkte, daß es mir von meinem Alptraum immer noch am Kopf klebte.

»Hab Sie noch nie so aufgelöst gesehen. Ham'se Ihre Tage oder so was?«

»Nein, ehrlich gesagt, nein.«

»Aber genauso sehn Sie aus. Unsere Eileen war auch immer so grün und teigig, wenn sie ihre hatte. Ich sag Ihnen was, jetzt gehen Sie rauf und machen so eine Power-Dusche, die die hier haben, das ist mal 'ne Abwechslung nach der rostigen alten Wanne da unten, und dann kommen Sie wieder runter, wenn's Ihnen bessergeht, was?« Sie kicherte und holte einen Staublappen aus dem Schrank. »Das hat wohl heut früh seine Laune auch nicht gerade verbessert, was? Daß Sie so ausschauen? Sie wissen ja, wie Ihre Hoheit früh ausschaut, ganz braun und manikürt, bis wer weiß wohin. Der hat wahrscheinlich einen Blick auf Sie geworfen, und da ist ihm das Frühstück im Hals steckengeblieben!« Sie watschelte hinaus in die Halle, das Staubtuch im Anschlag, leise kichernd, aber nicht unfreundlich.

Ich starrte niedergeschlagen das Geschirrtuch in der Spüle an. Ah, jetzt schaffst du's schon, daß den Männern ihre gekochten Eier im Hals steckenbleiben, was, Rosie? Ausgezeichnet. Bin außer mir vor Freude.

»Mummy! Raus!« Ivo ballte demonstrativ im Kinderstuhl hinter mir seine Fäustchen. Als ich zu ihm ging, um ihn zu befreien, bekam ich ein strahlendes Lächeln. Den unverfälschten Strahl bedingungsloser Liebe. Ich küßte ihn leidenschaftlich, als ich ihn hochraffte.

»Er mag also Nagellack und nahtlose Bräune am Frühstückstisch, was? Wie seicht kann man sein, Ivo?«

Ich hievte ihn energisch auf meine Hüfte, machte aber doch einen kleinen Umweg zum Spiegel in der Halle, um zu sehen, was das ganze Theater sollte.

»Du lieber Himmel!«

Ich wich entsetzt zurück, dann sah ich etwas genauer hin. Das da sah mir ja nicht einmal *ähnlich!* Wer war denn diese traurige Kreatur mit den dunkelblonden verfilzten Locken und den Schlitzen von Augen, die aus einem kalkweißen Gesicht starrten? Ich schluckte. Na ja, vielleicht sollte ich doch schnell raufgehen und mir die Haare waschen. Dann konnte mich der Aussehensfaschist, wenn er zurückkam, wenigstens schlagen, ohne zusammenzuzucken. Ich wandte mich ab und kletterte niedergeschlagen die Treppe hoch mit Ivo im Arm. Als ich am Fenster vorbeikam, blieb ich stehen. Etwas fiel mir ins Auge. Das Fenster hatte eine wunderbare Aussicht über den hinteren Garten zu den Hügeln und der offenen Landschaft dahinter. Aber irgendwo links in meinem Gesichtsfeld hinter ein paar Bäumen blitzte ein blaues Licht. Es war vor dem Cottage. Ja, vor meinem Cottage blitzte ein blaues Licht… auf einem Polizeiauto. Ich starrte es an. Dann entdeckte es Ivo auch. Er stieß mit dem Finger gegen die Fensterscheibe.

»Pozzleiauto«, sagte er überglücklich.

»Ja, ich weiß, Schatz.«

Ich ging näher zum Fenster und kniff die Augen zusammen. Der Wagen war anscheinend leer. Ja, natürlich. Die Insassen waren offensichtlich im Haus und suchten nach mir. Ich sah es mir noch einen Moment lang an, dann drehte ich mich langsam um und ging zurück nach unten. Am Fuß der Treppe begegnete ich Vera. Sie rollte die Teppiche auf, Mop und Eimer im Anschlag, um die Steinplatten zu waschen. Sie sah mich erstaunt an, als ich an ihr vorbeiging.

»Alles in Ordnung, Liebes? Sie sehen aus, als hätten Sie einen Geist gesehen.«

»Ja, mir geht's gut.« Gut. Seltsamerweise fühlte ich mich wirklich gut. Ich war ganz ruhig. Sie müssen verstehen, es war irgendwie eine Erleichterung. Das würde all dieser nervösen Erwartung ein Ende machen. »Ich geh nur mal schnell runter ins Cottage, Vera.« Ich hielt inne. Fast hätte ich gesagt, das könnte dauern. »Wird nicht lange dauern. Ich glaub, ich habe Besuch.«

Sie gab keine Antwort, beobachtete nur, wie ich ruhig zur Haustür hinausging und sie leise hinter mir schloß. Ich blieb kurz auf der obersten Stufe stehen und atmete die frische Morgenluft ein. Ihre Kälte war irgendwie berauschend. Ich hob meinen Blick zum wolkenlosen blauen Himmel. Zum weiten Himmel. Dann machte ich mich auf den Weg nach unten.

Als ich mich dem Cottage näherte, sah ich, daß die Haustür weit offenstand. Ich schlich mich so leise ich konnte an und spähte vorsichtig hinein. Ja, also, wenn sie hofften, mich zu überraschen, würde ich sie überraschen. Statt dessen ließ mir das, was ich sah, den Atem stocken. Das ganze Haus war auf den Kopf gestellt. Schubladen waren herausgezogen und auf den Boden geworfen, überall lagen Papiere verstreut und Bücher waren wahllos aus den Regalen gerissen worden, so daß nur noch die nackten Regale dastanden. Pappkartons voller Zeug, das ich nicht einmal kannte, waren vor dem Kamin abgestellt, wahrscheinlich vom Speicher heruntergebracht, denn da war ein klaffendes Loch in der Decke und die Falltür hing offen herunter. Ich warf einen Blick in die Küche und sah, daß alles Porzellan, Töpfe und Pfannen und selbst die Lebensmittel aus der Speisekammer auf dem Boden ausgebreitet waren. Kartoffeln hatte man aus ihren Beuteln geschüttelt, sie rollten überall herum, genau gesagt lag alles, das man umdrehen oder ausschüttteln konnte, auf dem Boden. Es sah aus, als wäre eingebrochen worden.

»Ah, Mrs. Meadows.«

Aus dem Dämmerlicht trat eine vertraute Gestalt. Ihr Mund war wie üblich zu einem schmalen Strich verkniffen, ihre Augen waren kalt, von der Farbe des Winterhimmels, und ihr Gesicht hob sich weiß gegen den hochgestellten Kragen ihres dunkelblauen Mantels ab. Superintendent Hennessey zeigte ihre Zähne in einer grausamen Parodie eines Lächelns.

»Was zum Teufel ist hier passiert?« flüsterte ich.

»Wir durchsuchen Ihr Cottage, Mrs. Meadows. Wir haben natürlich einen Durchsuchungsbefehl.« Sie zückte ein Papier aus ihrem Mantel. »Glücklicherweise mußten wir die Tür nicht aufbrechen, nachdem Sie sie praktischerweise offengelassen haben. Das regelmäßig zu tun, ist vielleicht nicht gerade klug. Aber auf dem Land geht das ja, nehm ich an.«

Ich ging an ihr vorbei, sah mir das Chaos an. »Wonach – was suchen Sie?«

»Schwer zu sagen, bis wir es finden. Vielleicht können Sie uns ein paar Hinweise geben.«

Ich drehte mich um. Ihre Augen bohrten sich in meine.

»Ich habe nicht die geringste Ahnung!«

»Nein?«

»Nein! Aber soviel ist sicher, Sie können nicht einfach hier reinspazieren und alles ohne Grund auf den Kopf stellen. Das ist empörend! Und Sie müssen gewußt haben, daß ich oben im Haus bin. Warum sind Sie dann nicht raufgekommen und haben mich geholt? Ich meine, was hatten Sie vor? Eine Nachricht hinterlassen – ›Haben die Bude auf den Kopf gestellt, bis bald‹? Großer Gott, Sie haben sogar das Potpourri auf den Boden gekippt! Wonach haben Sie denn gesucht? Nach Drogen? Diamanten? Menschlichen Überresten?«

»Sagen Sie's mir, Mrs. Meadows.«

Ich sah sie an. Ohne mich aus den Augen zu lassen, neigte sie den Kopf und schickte ihre Stimme die Treppe hoch. »Wie kommst du da oben voran, Bill?«

»Wir suchen noch!« ertönte eine Stimme.

»Daß ihr mir ja alles haargenau untersucht. Ich will alle Schubladen und Schränke ausgeleert haben und die Betten abgezogen, Daunendecken aus den Bezügen. Auch im Kinderzimmer.«

»Wird gemacht, Chef.«

Sie sah mich mit verbiestert vorgeschobenem Kinn an und steckte die Hände tiefer in die Taschen.

Ich nickte langsam, als mir so einiges klar wurde. »Ah, richtig, ja, natürlich. Das ist Einschüchterungstaktik, nicht wahr? Sie suchen nicht nach etwas Bestimmtem, Sie machen das nur, damit ich zusammenbreche, nicht wahr?«

»Nennen Sie's, wie Sie wollen«, zischte sie leise.

»Das wird aber nicht funktionieren«, sagte ich mit heiserer Stimme. »Weil ich es, verdammt noch mal, nicht getan habe, okay?«

Ich drehte mich um und drängte mich mit Ivo im Arm an ihr vorbei, hinaus in die Kälte. Noch eins war sicher, dachte ich, als ich ums Haus herum in den winzigen Garten an der Hinterseite stolperte, die Befriedigung, mich als Zeugin der Verwüstung meines Heims zu haben, würde ich ihr nicht geben. Ich hob Ivo auf die kleine Mauer, die den Garten von den Feldern trennte und setzte mich neben ihn mit dem Rücken zum Cottage und preßte ihn fest an mich. Ich starrte hinaus in die dunstige blaue Ferne.

Aber nach einer Weile wurde Ivo meiner klammernden zittrigen Arme überdrüssig und kletterte auf der anderen Seite nach unten. Er fand eine vereiste Pfütze, auf der er rutschen konnte. Ich sah zu, wie er darauf herumschlitterte. Das Eis war dünn, und er knackte es spielend mit dem Absatz seines Stiefels und quietschte vor Vergnügen, als das Wasser hochspritzte. Tränen brannten mir hinter den Augenlidern, aber glücklicherweise waren es Tränen der Wut. Der Zorn in mir schwoll stetig, und ich begrüßte ihn, denn ich wußte, solange ich richtig schön wütend war und nicht eingeschüchtert und verängstigt, könnte ich sie schlagen, und, um genau zu sein, hatten sie, indem sie mein Cottage auf den Kopf stellten, genau das Richtige getan, um mich auf die Palme zu bringen. Es tut mir leid, Superintendent Hennessey, dachte ich schäumend vor Wut, aber wenn Sie glauben, daß mich das dazu bringen wird, auf die Knie zu fallen und ein falsches Geständnis abzulegen, haben Sie sich geschnitten.

Ich holte tief Luft und wartete. Ich hörte, wie es drinnen polterte und krachte, ignorierte es aber, weil ich wußte, daß es allein für mich inszeniert wurde. Statt dessen konzentrierte ich mich darauf, wie das eisige Wasser beim Frieren kleine weiße Spuren auf Ivos Stiefeln hinterließ. Wie Schneckenspuren. Schließlich, nach einer scheinbaren Ewigkeit, erschien Eismund persönlich.

»Wir sind hier fertig«, sagte sie brüsk.

»Irgendwas Interessantes gefunden?« fragte ich verbittert.

»Nein, aber als nächstes durchsuchen wir Ihr Haus in London.«

»Mein ...« Ich schüttelte den Kopf. »Gut, gut, nur zu«, sagte ich erschöpft.

»Sie haben doch noch die Schlüssel, nehm ich an? Es spart uns die Peinlichkeit, die Tür vor den Augen Ihrer Nachbarn aufzubrechen.«

Ich sah in ihr verkniffenes Gesicht und fragte mich, ob sie je Rücksicht auf die Gefühle anderer Leute genommen hatte, Peinlichkeit hin oder her. Ich richtete mich wortlos auf und ging ins Haus, um ihr den Reserveschlüssel zu holen. Ich ignorierte das totale Chaos, das sich mir bot, die Kleidung – selbst meine *Unterwäsche* – war über die Geländer verstreut, die Papiere über den Boden, auf dem Küchenboden türmten sich Teller. Ich griff in meine Handtasche.

»Hier.«

Als sie auf mich zuging, um sie zu nehmen, hielt ich sie einen Augenblick fest und zwang sie, mir in die Augen zu sehen. »Ich hab das schon mal gesagt, aber ich werde es auch weiter sagen. Sie machen hier einen großen Fehler.«

»Wirklich«, sagte sie und riß mir den Schlüssel aus der Hand. »Ich frage mich, ob Harry Ihnen zustimmen würde. Aber er liegt ja praktischerweise für Sie sechs Klafter tief und kann keinen Kommentar abgeben, nicht wahr?«

Damit machte sie auf dem Absatz kehrt und ging raus. Als

sie auf der Beifahrerseite des Streifenwagens einstieg, erhaschte ich einen Blick auf den Fahrer. Ich sah, daß es derselbe vage mitfühlende, ältere Mann war, der mich an jenem Tag vom Polizeirevier nach Hause gebracht hatte. Ich glaubte zu sehen, wie er mir einen entschuldigenden Blick beim Wegfahren zuwarf, aber ganz sicher war ich mir nicht. Um ehrlich zu sein, es war mir auch egal.

Ich setzte mich auf einen umgedrehten Karton mitten im Raum und sah mich fassungslos um. Hier war wirklich ganze Arbeit geleistet worden. Ivo tapste aus dem Garten herein und sah sich verblüfft um.

»Slamperei!«

»Nur ein bißchen, Schatz«, krächzte ich. Ich schluckte. Denn, jetzt, nachdem sie weg waren, verwandelte sich mein Ärger in Entsetzen, und als ich meine Besitztümer so sah, meine Kleider über dem Geländer, kam ich mir vor, als wäre ich vergewaltigt worden. Glücklicherweise war Ivo durch das Chaos wunderbar abgelenkt und stapfte von einem Haufen zum nächsten, spielte fröhlich mit der Stromrechnung da und den Topfdeckeln dort. Er merkte gar nicht, daß sich seine Mutter langsam auf einem umgedrehten Pappkarton auflöste und stumm in ihre Hände schluchzte. Erst als mein Gesicht so naß war und meine Nase heftig lief, daß ich den Kopf heben mußte, merkte ich, daß da jemand stand. Ich hob erschrocken den Kopf.

»Joss!«

»Was geht hier vor, Rosie?« sagte er leise.

»Oh, Joss«, schluchzte ich schamlos. »Ich hab furchtbare Probleme.«

»Das seh ich.« Er setzte sich im Mantel neben mich.

»Das waren nicht nur ein paar Routinefragen auf dem Polizeirevier«, keuchte ich. »Du weißt schon, damals, als sie mich direkt an Neujahr geholt haben, als du weggefahren bist. Sie haben mich richtig in die Mangel genommen und, o Gott, Joss, Sie glauben, ich hätte ihn getötet, das glauben sie wirklich!« Ich rang nach Luft und wischte mir das Gesicht mit dem Handrücken ab. Joss reichte mir ein Taschentuch.

»Ich weiß, das hab ich mir schon gedacht. Ich hab gestern mit Marfa telefoniert, und sie hat mir mehr oder minder das Schlimmste berichtet. Es war einer der Gründe, warum ich zurückgekommen bin, abgesehen von der Geschichte mit der Schule natürlich.«

»Oh«, mit einemmal fiel es mir wieder ein, »wie ist es …?«

»Westbourne Park ist genau richtig für ihn, Rosie. Er wird sich dort gut machen. Für diese Art von Atmosphäre ist er wesentlich geeigneter, und die Direktorin hat mir gefallen. Ich bin zuerst nach Stowbridge, aber die Archers waren bemerkenswert unangenehm und drohten mit allen möglichen Klagen, bevor ich auch nur den Mund aufmachen konnte. Wie es scheint, haben die Eltern des anderen Jungen ihn bereits aus der Schule genommen, was natürlich Tobys Schuld ist. Genau gesagt sind sie der Meinung, daß jeder andere an dieser kleinen Episode schuld ist –, außer sie selbst. Es ist wirklich erstaunlich, wie die Leute ihr wahres Gesicht zeigen, wenn's hart auf hart geht. Er ist ein aufgeblasener Arsch, und sie ist ein wirklich kalter Fisch. Du hattest recht, daß du ihn da weggeholt hast, Rosie.« Er hielt inne und sah sich ehrlich entsetzt um. Doch dann nahm er sich zusammen. »Wie dem auch sei, genug davon.« Er stand auf und rieb sich brüsk die Hände. »Jetzt werden wir hier erst mal Ordnung schaffen, und dann kannst du mir von dem grauenhaften Schlamassel erzählen, in das du dich da reingeritten hast. Schau dir diesen Müll an, ist das alles deiner?«

Ich putzte mir die Nase in sein Taschentuch. Es war sauber und weiß. Ein bildschönes Taschentuch. Ich konnte es fast nicht ertragen, es schmutzig zu machen. Ich konnte auch nicht umhin zu bemerken, als er jetzt so über mir stand, wie schön kantig seine Hände waren und wie gütig seine goldenen Augen, als er zu mir heruntersah. Er war kräftig gebaut, groß, mit breiten Schultern, kein Mann, bei dem man eine künstlerische Ader erwartete, eher ein Sportler oder etwas Ähnliches. Aber andererseits war Bildhauerei wohl auch eine ziemliche körperliche Arbeit. Körperlich – also warum wurde mir dabei ein bißchen heiß …? Wenn nicht alles so grauenhaft wäre, dachte ich traurig und wischte mir erneut die Nase, wenn ich ihm doch nur vor zehn Jahren begegnet wäre, wenn ich nur jemanden wie ihn statt Harry kennengelernt hätte, wenn doch nur Annabel unter einen Laster käme, wenn nur –

»Rosie?« unterbrach er meine Tagträume.

Ich versuchte mich zu erinnern, was er mich gefragt hatte. »Oh, ja«, schniefte ich. »Es ist alles meins, denke ich.« Ich sah mich um. »Genau gesagt nein, diese Pappkartons gehören mir nicht. Sie haben sie vom Speicher runtergebracht. Ich dachte, es wären deine, aber wenn nicht, müssen sie Alice und Michael gehören. Ich war noch nie da oben.«

»Sieht so aus, als hätten sie nicht mal reingeschaut«, sagte er und sah prüfend die ordentlichen Stapel Bücher und Kleidung an, »sie haben sie einfach nur runtergebracht, damit du die Mühe hast, sie wieder raufzubringen.«

»Genau! Die wollen mich nur schikanieren, die Schweine!«

»Okay, okay, sachte. Komm schon, wir bringen sie wieder rauf. Eines Tages werden vielleicht sogar die Feelburns die Höflichkeit haben, vorbeizukommen und sie abzuholen, anstatt ihren Scheiß einfach in einem fremden Speicher abzuladen, aber für den Augenblick kann es dahin zurück, wo es hergekommen ist.« Er kletterte in den ersten Stock und prüfte die kleine Leiter, die vom Speicher herunterhing. »Die ist stabil genug. Du gehst rauf, und ich reich dir die Dinger hoch. Die sehen verdammt schwer aus.«

Zuerst schleppten wir gemeinsam die Kartons vor die Leiter. Dann stieg ich gehorsam hinauf, und wir machten uns daran, die Kartons hinaufzubugsieren. Er reichte sie mir hoch, und ich bemühte mich heftig, seine Hände nicht zu berühren, wenn ich sie ihm abnahm. Sie waren meist voller Akten, Papiere, Bücher und alter Kleidung. Als Joss gerade einen Karton umpackte, der auseinandergefallen war, sah ich mir die Sachen etwas genauer an – hauptsächlich, um nicht den goldbraunen Kopf unter mir anzustarren. Es war dunkel im Speicher, aber als ich in die Schachtel spähte, bemerkte ich … wie seltsam. Irgend etwas an diesen Sachen war mir bemerkenswert vertraut. Ich nahm einen verblaßten Paisley-Schal heraus und dann den alten blauen Pullover darunter. Ich kannte diese Kleidungsstücke. Erkannte sie. Sie gehörten Philly. Ich tauchte tiefer. Ein paar alte Kassetten, die jedem gehören könnten, aber dann – ein alter Samtschlappen, ausgefranst, aber unverkennbar, mit zerschlissener Stickerei vorne. Wieder Philly. Ich erinnerte mich, daß ich sie ihr aus Nepal mitgebracht hatte. Da waren auch ein paar Jane-Austen-Taschenbücher, und als ich sie aufschlug – ja, auf der Innenseite waren die Ex-Libris-Sticker, die Philly immer vorne in ihre Bücher kleisterte und in ihrer schwarzen, schrägen Schreibschrift: Philippa Jane Cavendish. Ich runzelte die Stirn.

»Joss?«

Er richtete sich von seiner Packerei unten auf. »Was?«

»Etwas ... ist hier komisch.«

Er kam die Leiter halb hoch. »Was denn?«

Ich sah von dem Buch in meiner Hand hoch. »Diese Sachen gehören meiner Schwester Philly.«

Er sah in den Karton. »Oh, tun sie das?«

»Also, findest du das nicht ein bißchen seltsam? Ich meine, was in aller Welt hat ihr Zeug hier zu suchen? In meinem Speicher? Oder in deinem Speicher, wenn wir's genau nehmen?«

»Oder gar in Michaels Speicher«, vollendete er sarkastisch.

Ich runzelte die Stirn. »Was?«

Er schüttelte den Kopf. »Nichts. Ich bin echt überfragt, Rosie.« Er schickte sich an, wieder runterzuklettern. »Wie meinst du das, Michaels Speicher? Was geht hier vor, Joss?«

Er kam langsam wieder die Leiter hoch, bis sein Gesicht auf einer Höhe mit meinem war. »Ah, ja, ich hatte vergessen, daß du wahrscheinlich der einzige Mensch in Pennington bist, der sich der Untreue deiner Schwester nicht bewußt ist.«

Ich starrte ihn an. »Meiner Schwester ... Ach, sei nicht lächerlich! Untreue? Mit wem?«

»Mit Michael Feelburn, natürlich.«

Ich sah ihn total entgeistert an. »Michael!« Mir klappte der Kiefer herunter. »Das ist nicht wahr!«

»Na ja, jetzt vielleicht nicht mehr, aber es war, das kann ich dir versichern. Dein Freund und meiner, genau diese vertrackte Situation, und, offen gesagt, so sehr ich Alice mochte, es war einer der Gründe, warum ich die Feelburns hier raushaben wollte und froh war, daß du statt dessen hier eingezogen bist. Es war wirklich eine Erleichterung, daß endlich die spätnächtlichen Umtriebe, die er mit deiner Schwester da unten veranstaltet hat, aufgehört haben. Und ich fand's auch ziemlich furchbar für die arme Alice.«

Ich starrte ihn völlig aufgelöst an. »Nein! *Philly!* Mein Gott ich kann es einfach nicht glauben. Philly, und dann ausgerechnet mit *Michael!*«

Ich weiß, unglaublich, nicht wahr? Aber, andererseits, wenn man darüber nachdenkt, war es doch alles recht praktisch. Er war während der Woche hier, Alice lebte in der Stadt und deine Schwester im Dorf nebenan. Es fand regelmäßig Mittwoch abend statt. Den Gerüchten im Dorf zufolge hat der arme gehörnte Ehemann – Miles, nicht wahr?«

»Ja«, flüsterte ich.

»Er hat gedacht, sie würde einen Abendkurs in Kunst belegen.« Er lachte spöttisch. »Offenbar am lebenden Modell.«

»Ja, richtig«, überlegte ich. »Den hat sie Mittwoch gemacht. Sie hat einen Kurs im –«

»Quatsch! Sie hat nirgendwo einen Kurs gemacht, Rosie! Der einzige Akt, den sie Mittwoch abend mit einiger Intensität studiert hat, war Michael Feelburn!«

Ich hielt mir den Mund zu. »Mir wird richtig übel.«

»Na ja, du warst offensichtlich diejenige, die sie einander vorgestellt hat.«

Ich sah ihn sprachlos an. *»Ich?«*

Er zuckte die Schultern hoch. »Das hab ich gehört. Auf einer Dinnerparty.«

Ich wurde blaß. Himmel, ja, das hatte ich tatsächlich. Ich hatte sie einander vorgestellt, bei diesem gräßlichen Abendessen vor ewigen Zeiten, bei dem Philly und Alice sich auf den ersten Blick nicht ausstehen konnten. Ich war so damit beschäftigt, mir Sorgen über die schlechten Schwingungen zwischen den beiden zu machen, daß ich Michael gar nicht beachtet hatte. Hatte er Philly ständig heiße Blicke zugeworfen, unterm Tisch Füßehaschen gespielt? Hatte es so angefangen?

»O Gott«, stöhnte ich, »das ist schon Jahre her. Dann muß das ja schon eine Ewigkeit laufen!«

»Anscheinend.« Er sah sich die Kartons an. »Ich meine, sie hat wirklich einen Haufen Zeug hierhergebracht, nicht wahr?«

Ich schüttelte stumm vor Staunen den Kopf. Philly. *Ausgerechnet Philly!* Ich hob abrupt den Kopf. »Und – haben es alle gewußt?«

Er kratzte sich den Kopf. »Na ja, du weißt wohl besser als ich, wie es in diesen englischen Dörfern ist, Rosie. Du kannst dich nicht am Hintern kratzen, ohne daß es alle erfahren. Ich hab's jedenfalls gewußt, weil es direkt vor meinem Fenster in meinem eigenen Garten lief. Oh, sie dachten, sie wären furchtbar listig und diskret, wenn sie spät zurückkamen, zweifellos vom Dinner in Cheltenham. Sie rutschte stets ganz tief in den Sitz, komplett mit Schlapphut und dunkler Brille – natürlich nur im Sommer, im Winter genügte die Dunkelheit –, und dann fuhr sie mit derselben Verkleidung nach einer Stunde oder so wieder ab. Aber ich hab recht unregelmäßige Arbeitsstunden und war meist noch im Atelier, wenn sie rein- und rausfuhren. Man konnte seine Uhr nach ihnen stellen. Ich dachte dann immer, ah, Philly und Michael, es muß Mittwoch zehn Uhr abends sein, und dann, ah, wieder Philly und Michael, es muß halb elf sein, er muß sie bewußtlos gevögelt haben.«

»Nicht!« Ich hielt mir die Ohren zu. »Ich kann den Gedanken nicht ertragen!«

»Und ich habe ganz gewiß genug Blicke auf sie erhascht, um sie zu erkennen, als sie an dem Tag mit dir auf meiner Schwelle erschien und nach einem Zimmer in der Herberge fragte.«

Ich nahm die Hände von den Ohren. »Ich erinnere mich, daß du sie angestarrt hast«, sagte ich langsam. »Ich dachte, sie würde dir gefallen, wie den meisten Leuten.«

»Da bin ich mir sicher, sie sieht toll aus, aber sie ist nicht mein Typ. Nein, ich war nur von den Socken über ihre Unverschämtheit. Ziemlich frech, danach zu fragen, ob das Cottage zu vermieten wäre, nachdem sie dort die letzten zwei Jahre die Bettfedern getestet hat.«

»Die letzten zwei ...« Ich verstummte überwältigt. Mit einemmal traf mich der Gedanke. »O Gott, glaubst du, Miles hat es je rausgefunden?«

»Komischerweise hab ich nie gefragt. Ich bin nie im Pub zu ihm hin, hab ihn auf die Schulter geschlagen und gewiehert: ›He, Miles, alter Kumpel, du mußt Phillys Mann sein! Weißt du, daß dieser Feelburn bei ihr regelmäßig ein Rohr verlegt?‹«

»Iiij, pfui Teufel.« Ich erschauderte. Dann schüttelte ich ratlos den Kopf. »Aber warum denn?«

Er zuckte mit den Achseln. »Warum hat man Affären? Wegen der Erregung, der Gefahr, der Erlösung, die man sich aus einem armseligen, mittelmäßigen Leben erhofft?«

»Ja, aber Phillys Leben ist nicht armselig oder mittelmäßig! Sie hat alles! Ein schönes Gutshaus, drei prächtige Kinder, Geld zum Ausgeben – und dann ausgerechnet mit *Michael*. Er ist so selbstherrlich, so selbstzufrieden, und, mein Gott, ich dachte, sie verabscheut die Feelburns!«

»Nur den Teil, der mit ihrem Liebhaber verheiratet war.«

Ich versteinerte. Natürlich. Mit einemmal ergab alles einen Sinn. Das würde all ihre unprovozierten Attacken auf Alice erklären, ihre abfälligen Bemerkungen über ihr alternatives Gehabe, ihre Bean Bags, ihren braunen Reis. Sie war eifersüchtig, weil sie mit Michael zusammen war.

»Und dann hat er's bei mir versucht«, sagte ich verbittert, als es mir einfiel.

»Vielleicht dachte er, es wäre eine Familieneigenschaft.«

Er sagte das ganz locker, aber ich war nicht in der Stimmung für so was.

»Tut mir leid«, sagte er, als er mein Gesicht sah, »nur ein Scherz.«

Ich ließ es durchgehen, weil mir plötzlich etwas einfiel, was Michael in dieser Nacht gesagt hatte. Etwas von wegen, wir alle wären scheißgleich. War er da etwas genauer gewesen, als ich gedacht hatte? Hatte er von Philly gerade den Laufpaß bekommen? War er endlich abgewiesen worden? Und war er zu mir weitergezogen und hatte gedacht, er könnte da etwas Ähnliches versuchen? War er deshalb so aggressiv gewesen? So entschlossen, mir seinen Willen aufzuzwingen, um sich vielleicht auf irgendeine Art zu rächen? Ich war so in meinen Gedanken verloren, daß ich nicht hörte, wie Joss durch die Zähne pfiff. Erst als ich ihn leise »Du lieber Gott« flüstern hörte, hob ich den Kopf. Er blätterte eins der Bücher durch.

»Was?«

»Ja, da pack mich einer rückwärts, wie man hier in der Gegend sagt.«

Ich verrenkte mir den Hals, um besser sehen zu können.

Er klappte das Buch um. »Okay, dieses hier heißt *Handbuch für Mykologen.*« Er hielt es hoch, damit ich es sehen konnte. »Und diese kleine Schönheit«, er hielt ein weiteres hoch, »trägt den Titel ›*Die Leidenschaft für Pilze*‹. Und weißt du, wem sie beide gehören?«

»Wem?«

Er klappte die Titelseite auf. »Einer gewissen Philippa Cavendish.«

27

Ich purzelte fast die Leiter hinunter, so schnell stand ich neben ihm. »Was willst du damit sagen, Joss?«

»Na, das ist doch ein bißchen ungewöhnlich, oder? Nicht eins, sondern zwei – nein, warte – *drei* gut gebrauchte Folianten über die bescheidene Kunst der Mykologie. Ich meine, wie viele Pilzbücher hast du denn in deiner Sammlung.«

»Ein oder zwei, genau gesagt«, spuckte ich trotzig.

»Ja, aber du bist Köchin. Deine Schwester war Anästhesistin, und jetzt ist sie Hausfrau. Ich finde es ziemlich eigenartig, wenn du's wissen willst.«

Unsere Blicke begegneten sich für einen langen Augenblick. Schließlich versuchte ich ein zaghaftes Lächeln. »Mit ›ziemlich eigenartig‹ willst du wohl sagen, daß sie meinen Mann umgebracht hat«, schloß ich locker.

»Und, wär's möglich?«

»Natürlich ist es, verdammt noch mal, nicht möglich!« tobte ich. »Meine Schwester Philly? Die könnte keiner Fliege etwas zuleide tun! Und das meine ich im wahrsten Sinne des Wortes! Mein Gott, als wir noch klein waren, hat sie mit Matchbox Sankas Einsätze für Ameisen und Spinnen gefahren, die wir in unserer Küche gefunden haben. Sie hat sie nach draußen gefahren, damit sie nicht zertreten werden! Der einzige Grund, warum sie Medizin studiert hat, war doch, daß sie glaubte, sie wäre berufen wie eine moderne Florence Nightingale. Natürlich ist es nicht möglich, sie ist eine Heilerin, Joss, keine Killerin!«

»Ich meinte es auch nicht charaktermäßig«, stellte er ruhig klar. »Ich meinte, hätte sie die Möglichkeit gehabt, es zu tun? Vergiß ihre Charaktereigenschaften, Rosie. Wo war sie während der Zeit von Harrys letztem Frühstück? Und wo waren all die anderen?«

»Na ja, sie war – bei den anderen. Im Salon glaub ich.«

»Warst du auch dort?«

»Nein, ich war im Gang. Ich erinnere mich, daß ich da raus bin, während die Pilze schmorten, und mir einen Drink holte. Mit dem hab ich mich auf die Treppe gesetzt und hab ihn dort getrunken.«

»Also weißt du nicht wirklich, ob irgend jemand heimlich den Salon verlassen und sich in die Küche geschlichen und den Killerpilz in die Pfanne geschmuggelt hat?«

»Ach, sei doch bitte nicht albern! Du redest hier von meiner Familie. Eine normale, gesunde Familie des Mittelstandes!«

»Und seit wann hat gesunder Verstand oder Normalität je Mord ausgeschlossen?«

»Oh, Verzeihung, aber das Standesbewußtsein würde ganz sicher meine Mutter ausschließen! Großer Gott, sie würde sich lieber Stecknadeln in die Augen stechen. Und gesunder Verstand würde ganz sicher meinen Vater ausschließen – zusammen mit Ehrlichkeit, Anstand und schlichter Integrität, wenn du's wissen willst!«

»Damit hätten wir also deine Familie ausgeschlossen.«

»Der Verdacht war von Anfang an absurd«, zischte ich.

»Und Miles?«

»Mein Gott, Miles hat keine heftigen Gefühle für irgend jemanden oder irgendwas. Frag ihn nach irgendeinem Massenmörder, und er wird sagen, daß sie im Grunde genommen nette Menschen sind. Er ist viel zu träge, um etwas auch nur im entferntesten Aggressives zu tun. Er schafft es grade noch, *Country Life* aufzuschlagen und einen Malt Whiskey runterzukippen. Ihm würde es ganz bestimmt nicht in den Sinn kommen, jemanden umzubringen.«

»Womit nur noch Philly bleibt.«

»Aber doch nur durch Elimination!« stotterte ich.

»Die Harry haßte.«

»Ja, aber –«

»Verabscheute, genauer gesagt.«

Ich hielt inne. »Okay.«

»Und die trotz ihrer elfenhaften, zartbesaiteten Art in Wirklichkeit ein extrem direktes hosentragendes Mädchen ist. Die stets die Führung übernimmt – mit Sicherheit in schwesterlicher Hinsicht. Die dich immer beschützt hat, sich nie vorstellen konnte, warum du Harry geheiratet hast, dich leidenschaftlich liebt, ihn total verabscheut, es haßt, daß du zertrampelt wirst wie diese armen kleinen Ameisen und dich verzweifelt retten will, aber sieht, wie du immer tiefer in seine Fänge gerätst. Natürlich ist sie entzückt, als sie hört, daß du dich scheiden lassen willst, ist außer sich vor Freude, daß du den Mistkerl endlich in den Wind schießt. Aber dann spielt Harry seine Trumpfkarte aus. Ein paar Tage später, vor der gesamten Familie, in seiner üblichen, brutalen, unnachahmlichen Art, verkündet er, daß er dich nie gehen lassen wird, und solltest du es wagen, dich mit ihm anzulegen, wird er vor Gericht einen Meineid schwören, dich zur unfähigen, nein, *mißbrauchenden* Mutter erklären lassen und dir Ivo wegnehmen. Zu ihrem Entsetzen sieht Philly, wie dein Entschluß ins Wanken gerät. Sie sieht, wie du vor ihren Augen kapitulierst auf eine Art, wie sie es nie im Traum machen würde. Zu ihrem totalen Frust scheint es, als würde ihre kleine Schwester diesen tölpelhaften, streitsüchtigen, versoffenen Brutalo *niemals* loswerden, außer ... Und es wäre doch so einfach, nicht wahr? Denn sie weiß zufällig, wo sie wachsen. Und sie weiß, wie sie aussehen. Sie hat all diese Bücher gelesen. Alles, was sie tun muß, ist, eines Morgens ganz früh hinunter zum Ende des Gartens schleichen, ihre Beute zu ernten, den richtigen Zeitpunkt abzuwarten und dann, ein bißchen später, wenn die Braterei zu Gange ist, sich leise in die Küche zu schleichen und etwas, das sie vorher vorbereitet hat, schnell in die Pfanne zu werfen.«

Ich starrte ihn entsetzt an. »Nein«, flüsterte ich. »Nein, das würde sie nicht!«

»Würde sie nicht? Warum? Weil sie nicht den Mumm hat?«

»Nein, das ist es nicht –«

»Oder den Verstand?«

»Nein.«

»Oder die Entschlossenheit? Die Chuzpe? Die Zähigkeit? All diese Qualitäten, die du beim Heranwachsen so an ihr bewundert hast? All diese Qualitäten, die sie an die Spitze des medizinischen Feldes getrieben haben, des gesellschaftlichen Feldes und in jedem anderen Feld, das du nennen kannst; diese Qualitäten, die dir fehlen und die sie – offen gesagt – tatfähig machen und dich nicht?«

Ich schwieg für einen Moment und sah ihm direkt in die Augen. »Sie hätte nicht die Hinterhältigkeit«, wehrte ich ab. »Ja, sie besitzt all diese Qualitäten, sie hat sie eimerweise, aber Philly ist total ehrlich. Sie ist einfach nicht fähig zu irgendwelcher Täuschung, egal in welcher Form oder Gestalt.«

»Selbst in Gestalt von Michael Feelburn nicht?«

Ich sah ihn stumm an.

»Das hättest du nicht geglaubt, nicht wahr, Rosie? Deine geliebte Philly, Mutter dieser prachtvollen Kinder, Herrscherin über eines der schönsten Häuser in den Cotswolds, Lady Multi-Hektar, Säule der Gesellschaft, Schulleiterin, nimmermüde Wohltätigkeitsarbeiterin, dein Kindheitsidol, deine schöne, große, nicht unterzukriegende Schwester – betrügt ihren – *Ehemann?* Hat eine *Affäre?* Und, nicht zu vergessen, keine Wir-haben-uns-verliebt-Affäre, keine Hals-über-Kopf-die-armen-Tröpfe-können-nicht-anders-Affäre, sondern eine heimliche, schmuddlige organisierte Mittwochabend-Sexnummer mit ausgerechnet diesem schleimigen Hurenbock mit den engen Hosen, Michael Feelburn? Paßt *das* zu ihr?«

Dem folgte Schweigen. Ich sah ihm grimmig in die Augen, entschlossen, nicht locker zu lassen – doch dann machte ich einen Satz wie ein Karnickel, als das Telefon läutete. Ich rumpelte die Treppe hinunter und riß den Hörer hoch.

»H-hallo«, flüsterte ich in den Hörer.

»Wenn er da drunten bei Ihnen ist, können Sie ihm sagen, er soll schleunigst hier raufkommen. Ich hab's endgültig satt mit dieser Auf- und Abrennerei für die Gnädigste. Ich werde sie wegen Schikane anzeigen, wenn sie nicht aufpaßt!«

Ich reichte Joss, der mir gefolgt war, den Hörer. »Es ist Vera.«

»Vera, hallo ... O Gott. Oje, in Ordnung. Okay, Vera, ja, ich hab verstanden. Ja, werde ich, ganz ruhig ... ja, ich bin unterwegs.« Er legte erschöpft den Hörer auf, dann rieb er sich mit beiden Händen übers Gesicht und seufzte. »Wie es scheint, ruft Annabel alle fünf Minuten an und will mich sprechen. Da ist irgendein lausiger Buchvertrag, bei dem ihr Agent sie im Stich gelassen hat, und sie möchte, daß ich ihr den Rücken stärke und das regle.« Er sah mich an. »Ich muß raufgehen und sie anrufen, Rosie. Sie treibt Vera zum Wahnsinn mit ihrem ›Holen Sie meinen Mann ans Telefon oder Sie sind gefeuert‹-Getue.«

»Reizend«, murmelte ich.

Er gab keine Antwort. War das boshaft? Ja, okay, wahrscheinlich. Aber es war mir egal, denn mit einemmal wollte ich, wie mir mit einer riesigen Woge von Eifersucht klar wurde, daß er *mich* regelte. Alles fallenließ und *mir* die Gunst seiner ungeteilten Aufmerksamkeit zukommen ließ, *mich* beruhigte, nicht sie.

Er machte sich auf den Weg. Ich sah seinem hochgewachsenen breiten Rücken nach und blieb, gestrandet in meinem Elend, auf einem Pappkarton sitzen. An der Tür drehte er sich noch einmal um und sah mich an.

»Jetzt hör auf mich, Rosie. Du machst gar nichts, okay? Du bleibst hier und siehst niemanden und *redest* mit niemandem darüber. Räum in aller Ruhe hier auf und mach deinen Stiefel, aber unternimm nichts, bevor ich wieder da bin. Ich bin zwar für einige Zeit noch anderweitig beschäftigt, aber ich *werde* zurückkommen, und ich werde dieser Sache verdammt noch mal auf den Grund gehen. Okay?«

Mir hatte es vor Schreck die Sprache verschlagen, was er kühn als Zustimmung wertete. Denn mit diesen ausführlichen Instruktionen verschwand er. Ich blieb ratlos zurück und fragte mich inmitten meines chaotischen Wohnzimmers, ob es nun seine ein Meter neunzig rein amerikanische Männlichkeit war, die mir die Knie weich werden ließ, oder die Tatsache, daß ich ein recht armseliges Weibchen mit einem heimlichen Hang zu dominanten Männern war. »Ich werde verdammt noch mal der Sache auf den Grund gehen, okay?« Wunderbar. Ich gestattete mir ein kurzes Sinnesschwinden. O Mann – das hätte ich gerne auf Band, damit ich es mir in meinen finstersten Stunden anhören könnte, oder selbst in meinen strahlendsten, wenn ich ganz ehrlich bin. Beiß dir ein Monogramm in den Bauch, Annabel, dachte ich selbstzufrieden, er wird mich auch hinbiegen, siehst du? Ich schniefte. Ich bin nur zufällig die zweite.

Ich saß da, starrte ins Leere und umklammerte meine Knie, in einem herrlichen Traum verloren, bei dem jetzt alles absolut wunderbar werden würde, weil er das gesagt hatte. Weil er entschlossen war, der Sache auf den Grund zu gehen. Doch dann, mit einem Ruck kam ich wieder zu mir. Ich fiel auf die Knie. Und warum sollte es gut werden? Warum durfte ich nichts tun, nichts sagen, mich ruhig verhalten, deshalb! Mir wurde heiß.

Philly! Gütiger Gott, er mußte verrückt sein. Hatte er wirklich geglaubt, ich würde herumsitzen und mir die Nägel feilen, wenn ich wußte, in welche Richtung sein Verstand arbeitete? Wenn ich wußte, was er vorhatte?

Ich sammelte hastig Ivo vom Boden auf, wo er fröhlich letzte Mahnungen zerkaut hatte, und ging zur Tür. Ich steckte vorsichtig meinen Kopf zur Tür hinaus. Joss' Schritte knirschten gerade zum oberen Ende der Kiesauffahrt, und dann hörte ich die Hintertür zuschlagen. Er war im Haus. Ich packte unsere Mäntel und schlich hinaus zum Wagen. Ich fummelte mit den Gurten herum und versuchte, Ivo in seinem Sitz festzuschnallen, aber er spürte, daß ich in Eile war und begann sofort zu strampeln und Schwierigkeiten zu machen.

»Kekse«, hauchte ich. »Schokokekse, bei Tante Philly im Haus!

»Tsmarties!« forderte er.

»O ja, viele, viele Smarties, Schatz, und Lutscher auch.«

Er kapitulierte widerspruchslos, und ich schnallte ihn fest, stieg selbst ein und wünschte bei Gott, ich müßte nicht jedesmal an Joss' Haus vorbei, wenn ich wegwollte. Ich fuhr voller Gewissensbisse mit eingezogenem Kopf die Auffahrt hoch. Dabei hatte ich mit einem Mal die Vision, wie Philly genau das gleiche getan hatte, als sie mit Michael vorbeifuhr, also warf ich trotzig meinen Kopf zurück und raste zum Tor hinaus. Und wenn er mich sah, ich war mein eigener Herr, nicht wahr? Ich konnte tun, was ich wollte. Ich bretterte die schmalen Landstraßen viel zu schnell entlang, in der Hoffnung, je schneller ich fuhr, desto weniger Zeit hätte ich zum Nachdenken. Mein Hirn rotierte. Natürlich stimmte es nicht, natürlich waren seine Mutmaßungen lächerlich, er kannte Philly nicht einmal. Er hatte keine Ahnung, wie weit er danebengeschossen hatte, und irgendwie – irgendwie wollte ich sie einfach sehen. Nur um nicht zu vergessen, wie empörend seine Unterstellung war.

Fünf Minuten später bog ich in ihr Tal ein, rauschte durch die steinernen Torpfosten und in ihren kiesbedeckten Hof. Ich blieb stehen, schaltete den Motor aus und blieb einen Moment sitzen, ließ einfach die schiere herzzerreißende Schönheit dieses Platzes auf mich einwirken. Das majestätische alte Haus dräute gütig über mir, überwuchert von uralten knorrigen Schlingpflanzen, die sich um großzügige Fenster, die vom Boden bis zur Decke reichten, schlängelten, so daß sie aussahen wie zahllose weitgeöffnete Augen mit buschigen Augenbrauen. Schneeglöckchen und Krokusse sprossen gerade aus den Pflanztrögen neben der Haustür, und um sie herum pickte eine kleine Schwadron Bantamhühner eifrig im Gebüsch herum. Ich fühlte mich schon besser. Ich genoß die friedliche Szene noch ein Weilchen, dann stieg ich aus und ging ums Auto herum, damit ich Ivo aus seinem Sitz heben konnte. Er quietschte vor Vergnügen, als er sah, wo wir waren.

»Philly!«

»Ja, mein Schatz, hast du geglaubt, ich hab dich angelogen?«

»Ja!«

Ich grinste und drückte ihm einen Schmatz auf die Stirn. »Paß bloß auf, Ivo, du kennst deine Mutter schon viel zu gut.«

Ich trug ihn zur Hintertür und drückte sie mit der Schulter auf. Eine schwarze Katze schoß wie eine Rakete heraus.

»Hall-o!« rief ich. »Jemand zu Hause?«

» – und du kannst auch mit dem Scheißgenörgel aufhören!«

Ich blieb verdattert auf der Fußmatte stehen. »Philly?«

Ihr hochroter Kopf erschien aus der Tür des Kinderzimmers.

»Oh, Rosie, tut mir leid, ich hab dich gar nicht gehört. Dieses verflixte Kind jault schon den ganzen Morgen. Ich weiß nicht mehr, wo mir der Kopf steht!«

»Das Gefühl kenn ich«, sagte ich, machte die Tür mit dem Hintern zu und nahm die schluchzende Chloe hoch, als sie auf mich zurannte. Ich setzte sie statt Ivo auf meine Hüfte. »Ivo hat auch manchmal solche Phasen, und dann kann man ihnen gar nichts mehr rechtmachen.«

»Ich kann es hier überhaupt keinem mehr rechtmachen«, verkündete sie wutentbrannt. Sie knallte den Teekessel auf den Herd. »Pulver okay?«

»Äh, ja, mir ist alles lieb.«

»Auch besser so.« Philly griff nach der Kaffeedose, ihr Gesicht war verschwitzt und rot, die Augen zornig. Sie strich sich irritiert eine Strähne aus den Augen.

»Warum ist sie nicht in der Schule?« fragte ich, setzte mich an den Küchentisch und wiegte meine schniefende Nichte auf den Knien.

»Sie *sagt*, sie hätte Ohrenweh, aber erstaunlicherweise verschwindet es in dem Augenblick, in dem die Teletubbies anfangen.«

»Ah ja«, sagte ich beruhigend, »so was kommt und geht bei Kindern, genau wie Fieber.«

»Offensichtlich steigt nur meins immer weiter.« Sie knallte den Deckel auf die Kaffeedose. Dann seufzte sie. »Oh, Rosie, es tut mir leid. Ignorier mich einfach. Ich hab heute morgen eine Stinklaune. Momentan wächst mir alles über den Kopf, mehr ist es nicht. Die verdammten Inneneinrichter puzzeln nach wie vor hier rum – die haben inzwischen wohl ihren festen Wohnsitz hier. Sie haben die Tapete in Berties Zimmer *schon wieder* vermurkst. Ich meine, wie einfach ist es, eine einfach gemusterte Tapete *verkehrt herum* zu kleben? *Zweimal!* Und der Bauleiter hat mich gerade fröhlich informiert, daß im Frühstückszimmer noch mehr Feuchtigkeit ist – obwohl ich es diesem Gangster zutraue, daß er einen Eimer Wasser gegen die Wand wirft –, was bedeutet, daß eine weitere Armee von Tee saufenden, ordinär fluchenden, Zigaretten paffenden Maurern in meinem Heim einrückt, und das für Monate – oh, um Himmels willen, Chloe, laß Ivo in Ruhe! Er will nicht dein verflixter kleiner Eisbär sein!«

Ich löste meinen jammernden Sohn taktvoll aus Chloes liebevollem Zugriff und hob ihn auf mein Knie. »Ja, so ist eben das Leben in einem großen Haus, nicht wahr«, bemerkte ich.

»Ich weiß, daß das Leben so ist, das genau ist ja das Problem. Dieser ganze kopflähmende Prozeß, sich durch einen langweiligen, krätzigen Tag zu quälen, und dann steht schon verdammt noch mal der nächste vor der Tür.«

Ich lächelte. »Du bist ein bißchen gestreßt.«

»Nur ein bißchen.«

Ivo strampelte sich von meinem Knie. Ich sah hoch zu meiner Schwester. »Hattest du deshalb eine Affäre mit Michael?«

Sie erstarrte mit dem Kessel in der Hand. Stellte ihn ab und drehte sich zu mir.

»Ah, deswegen bist du also hier. Ich habe mich schon gefragt, warum.« Sie betrachtete mich einen Moment, dann drehte sie sich zurück und goß weiter Wasser in die Becher. »Es war wohl unvermeidlich, daß du es früher oder später herausfindest. Welcher charmante kleine Vogel hat dir denn das in dein muschelgleiches Ohr geflüstert?«

»Keiner. Die Polizei war da und hat das Cottage durchwühlt. Sie haben alles vom Speicher runtergebracht, auch deine Sachen. Deine Kleider und alles andere.«

Sie wirbelte herum. »Sie haben dein Cottage durchsucht?« keuchte sie. »Warum in aller Welt denn das?«

»Wer weiß?« Ich beobachtete sie genau. »Sie haben etwas gesucht, nehm ich an.«

»Oh Rosie, das tut mir so leid, wie *furchtbar* für dich. Ist es ein Chaos?«

»Es ist nicht allzu schlimm. Ich war vielmehr erschüttert darüber, wie einschüchternd ich das Ganze fand. Es ist wie eine Leibesvisitation, stell ich mir vor. Die Leiterin ist ein weiblicher Superintendent, die völlig ohne menschliche Regung ist und darauf erpicht ist, sich Strapse aus meinen Eingeweiden zu machen. Wie dem auch sei, nachdem sie fort waren, hab ich gemerkt, daß etwas von dem Kram in den Schachteln dir gehört. Joss war dabei, er hat mir den Rest erzählt.«

»Ah, dann war da doch ein kleines Vögelchen.«

»Wie du schon sagtest, ich hätte es früher oder später sowieso rausgefunden.«

»Das kann ich mir vorstellen.« Sie drehte sich um und begann den Geschirrspüler auszuräumen, den Rücken zu mir, und ignorierte mich. Ich spürte, wie es in mir hochkochte.

»Philly, wie konntest du!« platzte ich heraus.

»Wie konnte ich eine Affäre haben oder wie konnte ich sie mit Michael haben?«

»Beides, wenn du's wissen willst.«

Sie unterbrach ihre Ausräumerei und richtete sich mit einer Tasse in der Hand auf. Sie seufzte. »Ich weiß es nicht. Ich wollte nur entfliehen, denk ich. Von dem allem hier wegkommen«, sie machte eine ausladende Geste.

»Von was allem?« Ich sah mich in ihrer bildschönen Farmhausküche um mit dem neuen Terrakottaboden, dem glänzenden roten Herd, dem riesigen runden Kiefernholztisch, dem Hackstock – gut geschrubbt natürlich, da lauerte kein BSE –, musterte die Vase mit den weißen Stiefmütterchen, die hängenden Kupfertöpfe, die ordentlichen Büsche getrockneter Blumen, die Bridgewater Keramik, die auf der Anrichte blitzte, die geblümten Vorhänge mit passenden Servietten, die ordentlich in einem Weidenkorb gestapelt waren, die elaborat verzierten Krüge und Gießkannen, die auf dem Fensterbrett standen, durch die sie ihre ureigenen wogenden Felder betrachten konnte – alles ein bißchen aufgesetzt, zugegeben, aber wie kam ausgerechnet ich dazu, wählerisch zu sein? Ich hätte es absolut nicht abgelehnt.

»Was alles?« wiederholte ich deshalb ungläubig.

»Es ist alles so ordentlich, nicht wahr? So perfekt. Genau gesagt, es ist so scheißperfekt, daß ich manchmal am liebsten kotzen würde, Rosie. Ich weiß auch, daß sich das anhört, als wäre ich ein verzogenes Luder, aber jetzt, nachdem ich alles habe, was bitte soll ich damit anfangen? Mich hinsetzen und es bewundern? Meinem guten Geschmack Beifall zollen? Mit den Trockenblumen herumfummeln und ein Glück kontemplieren? Das sind doch alles nur *Dinge,* verstehst du, sie machen *nichts.*«

»Und wie steht's damit, deine Kinder inmitten dieser Dinge aufzuziehen?« sagte ich, vielleicht ein bißchen bigott, aber mit wachsendem Zorn.

Sie lachte böse. »Oh, ja, Kinderpflege. Das ist alles so wunderbar herrlich, nicht wahr? Das möchten uns die Fernsehladys zumindest weismachen, während sie ihrer glitzernden Karrierelaufbahn folgen. Und wage ja nicht zu sagen, Kinder wären nicht langweilig, Rosie, und das weißt du auch. Nachttopftraining ist nicht im entferntesten stimulierend, ebensowenig wie Karotten pürieren oder ›Muß die Queen auch pupsen?‹-Gespräche den ganzen Tag.

»Nein, okay, es ist nicht stimulierend, aber es ist, also, es ist –«

»Sag ja nicht, erfüllend«, schnauzte sie mich an. »Oder befriedigend. Oder irgendeins von diesen rostigen Fühl-dich-gut-Worten, die wir auf den Seiten des *Telegraph* lesen, wenn wir den Brei von der Wand kratzen oder verschmierte Pos säubern oder mit den lieben Kleinen eine Tasse Tee gemeinsam mit ihrem Püppchen trinken. Keins dieser Worte schafft es auch nur annähernd, die hirntötende Monotonie des Ganzen zu schildern, oder?«

»Dann geh doch wieder arbeiten!« keifte ich verärgert. »Besorg dir eine Tagesmutter, um Gottes willen, schluck deinen Stolz!«

»Das *kann ich nicht,* Rosie, und glaub mir, mit Stolz hat das nichts zu tun. Es hat nichts damit zu tun, daß ich meine Arbeit in einem Wahn von zukünftiger Mutterglorie aufgegeben habe, mich mit ganzem Herzen dem Stillen für mindestens achtzehn Monate verschworen habe und die höhere moralische Ebene denen gezeigt, die schuldbewußt in ihren Armani-Kostümen aus dem Haus huschten, sobald die Kinderfrau da war. Damit hat das alles nichts zu tun, die Sache ist die, ich kann jetzt rein physisch nicht mehr zurück.«

»Warum nicht?«

»Also zum einen habe ich zu lange gewartet. Ich bin jetzt seit sechs Jahren draußen in der Wildnis, und es ist egal, wie toll ich damals angeblich war. Jetzt will es keiner mehr wissen, und es ist nicht nur das, Rosie. Der langen Rede kurzer Sinn ist, daß ich überqualifiziert bin. Ich bin Anästhesistin, verdammt, und keine Sekretärin oder auch nur ein praktischer Arzt oder ein Anwalt. Ich kann nicht einfach wieder in ein Büro oder eine Praxis gehen. Ich arbeite in einem Operationssaal in einem Krankenhaus, und wenn ich dahin zurück will, müßte ich verdammt hart arbeiten, auch nachts und das nicht unbedingt in Gloucestershire. Ich kann nicht einfach das Telefon nehmen, im

Cheltenham General anrufen und sagen: ›Hallo, schauen Sie, ich leb da unten am Ende der Straße, und ich hätte da einen Freiraum irgendwo zwischen der Fahrt in die Schule und Ballett und Stepptanz. Also wie wär's, wenn ich vorbeikomme und jemandem eine nette Ladung Gas verpasse?‹ Um solche Stellungen wird gekämpft, Leute morden für sie. Ja, wenn ich ihn *wirklich* unbedingt haben wollte, würde ich den Job vielleicht auch kriegen, aber meilenweit entfernt, irgendwo auf den Hebriden, wenn ich Glück habe, und wie würde sich das damit vertragen, daß ich die Frau eines Farmers in Gloucestershire bin und Mutter dreier Kinder?« Sie starrte aus dem Fenster auf die Schafe, die hinter dem Zaun auf dem Feld grasten.

»Das ist alles eine Riesenaugenwischerei«, sagte sie leise. »Und wir sind alle dumm und naiv genug, es zu glauben. Mit achtzehn, mit glänzenden Augen und mit einem Stapel Einser und Säcken voller Optimismus bewaffnet, denken wir, ja, richtig, das kann ich machen. Ich kann Chirurg oder Anwalt oder Atomphysiker werden, wenn ich will, und das können wir auch. Bis dann plötzlich, gerade wenn alles so wunderbar läuft, wir plötzlich fett werden, und wir kriegen ein Baby, und dann setzt etwas Seltsames ein und weckt in uns den Wunsch, uns um den kleinen Wurm zu kümmern. Aber den ignorieren wir flugs und sagen, nein nein, ich werde mich ganz bestimmt nicht von irgend etwas Vorsintflutlichem wie mütterlichen Hormonen davon abhalten lassen, Arzt oder Anwalt oder was auch immer zu werden, also machen wir weiter. Wir versuchen uns vorzugaukeln, daß wir nach wie vor diese dynamischen, ehrgeizigen Leute sind, die wir noch vor einem Jahr oder so waren, aber wir sind es nicht. Wir haben dieses Ding, verstehst du, dieses Baby, das die Typen mit Hosen und der Gesichtsbehaarung nicht haben. Und vergiß das ja nicht, Rosie, von da an machen wir alles mit einem Arm auf den Rücken gebunden. Posten für sechs Monate in Paris? Tut mir leid, ich muß an den armen Johnny denken. Anschließende, spätabendliche Treffen? ›Tut mir leid, aber ich muß rechtzeitig für sein Bad zu Hause sein.‹ Ich *bestehe* darauf, zum Baden zurück zu sein. Nenn sie klein, diese Unterschiede, aber sie sind nun mal da.« Sie hielt inne und nahm einen Rosenkohl aus der Spüle. Warf ihn hinter sich in den Abfall. Seufzte schwer.

»Also, entweder akzeptieren wir diese Unterschiede und gehen mit halber Kraft an die Sache ran, was für mich keinen Reiz hatte, oder wir lassen das Ganze mittendrin sausen, so wie ich. All diese Arbeit, all diese Examen, all diese Kletterei den eingeseiften Pfahl hoch, aber es nie wirklich bis nach oben schaffen, all die Mühe ohne die Glorie und wofür? Um sagen zu können, daß wir es getan haben? Um zu sagen, daß wir es hätten schaffen können? Um etwas zu beweisen? Unsere Egos zu befriedigen? Was für eine Verschwendung!«

»Okay«, sagte ich leise. »Und wie lautet die Antwort?«

»Ich glaube nicht, daß es eine gibt. Ich glaube, wir sollten besser auf die Realität vorbereitet sein, mehr nicht. Ich werde auf jeden Fall meine Mädchen vorbereiten, sie ermutigen, Sekretärinnen oder Kosmetikerinnen zu werden.«

»Philly, das ist doch nicht dein Ernst!«

Sie wandte sich mit einem Ruck zu mir. »Warum nicht? Sammy, die mir regelmäßig die Beine enthaart, hat zwei Kinder und arbeitet vier Tage die Woche halbtags. Na, das ist doch wohl mehr als ich mache, oder? Sie redet mit Leuten, kommt aus dem Haus und verdient Geld. Das ist ganz sicher mehr als ich in dieser gottverlassenen ländlichen Idylle mache! O ja, wenn Anna und Chloe aus der Schule angerannt kommen und mir sagen, sie wollen Bischöfe oder Piloten werden, werde ich sagen, schön, ihr Schätze, sehr lobenswert, aber wenn ihr das macht, wie wollt ihr es auf die Reihe kriegen, eure 747 fünfmal die Woche nach Istanbul zu fliegen und trotzdem eure Schäfchen zu pflegen? Nein, nein, meine Kinder, legt diese Universitätsanträge weg und macht statt dessen einen netten kleinen Friseurkursus, denn auf die Art und Weise könnt ihr wirklich alles haben!«

»Du bist verbittert.«

Sie lächelte schräg. »Zweifellos. Aber nicht verdreht. Ich bin verbittert, weil ich mich bewußtlos langweile, Rosie, und zwar, weil ich klug bin. Ich war gut in dem, was ich gemacht habe, und jetzt mache ich es nicht, weil ich niemandem etwas nachtrage, mich an keinem rächen will. Ich hab die Wahl getroffen, die Entscheidungen, sonst keiner. Es ist meine Schuld, daß es zufällig die falschen waren. Falsche Einser, falscher Leistungskurs, falsche Karriere, falscher …« Sie hielt inne.

»Ehemann?«

Sie seufzte. »Ach, ich weiß nicht. Ja. Nein. Wer weiß? Seien wir doch mal ehrlich, wenn es nicht Miles gewesen wäre, dann ein anderer wie er, nicht wahr? Ich war von Geburt an programmiert, einen reichen, gutaussehenden, charaktervollen Typen wie Miles zu heiraten, und du kennst mich, ich bleib immer auf meiner Linie.«

»Und was ist daran falsch?« bohrte ich und dachte mir, mein Gott, manche Leute würden ihr Augenlicht dafür hergeben, auf der Art von Linie zu bleiben, ich eingeschlossen!

»Nichts«, sagte sie geduldig. »An Miles ist nichts falsch, er ist wunderbar. Solider, zuverlässiger, liebenswerter, lustiger Miles. *Ich* bin diejenige, die falsch ist. Ich fühl mich so eingeengt, so – frustriert, und manchmal will ich einfach nur raus.«

»Aber mit Michael? Warum um Himmels willen *Michael?*«

Sie zuckte die Achseln. »Er denkt ähnlich. Er fühlt es auch, diese benebelnde Nettigkeit von allem. Dieses putzelwutzelige Nesterbauen mit abgelaugten Kiefernholztüren und Spaghetti Bolognese und zwei Komma vier Kindern.«

»Aber er ist ein solcher –«

»Widerling?«

»Ja!«

»Stimmt, aber er ist fantastisch im Bett.«

»Oh!« Ich blinzelte.

Sie lächele. »Verzeih, ich hab deine mittelständische Sensibilität verletzt, nicht wahr? Nette Mädels wie wir sollten nicht so denken, nicht wahr? Und überhaupt ist er wahrscheinlich gar nicht so fantastisch, jedenfalls nicht mit Alice. Es ist nur, daß das Unartige, Heimliche an einer Affäre das Tier bei einem rausbringt.« Sie schob trotzig ihr Kinn vor. »Hat auch bei mir das Tier rausgebracht, wenn du's wissen willst.«

»Oh. Äh. Gut.« Ich war mir nicht sicher, ob ich das überhaupt wissen wollte.

Sie drehte sich um, warf den Kopf zurück und sah dabei aus dem Fenster. Ihre Augen strahlten, wie ich bemerkte. Funkelten. Ich räusperte mich.

»Und, war Michael der einzige, mit dem du… du weißt schon…«

»Mit dem ich eine Affäre hatte?«

»Ja.«

»Nein.«

Mir blieb fast die Spucke weg. »Oh, Philly!«

»Oh, Philly!« äffte sie mich nach, drehte sich um und lächelte. »Ist schon in Ordnung, so promiskuitiv war ich nun auch wieder nicht. Ihr müßt mich nicht in eine AIDS-Klinik karren oder so was. Aber da war noch einer, vor Michael. Aber er war viel zu jung, viel zu liebeskrank und ist mir viel zu nahe gekommen. Das wollte ich nicht. Er hat zuviel von mir verlangt. Auch logistisch gesehen mußte er weg, weil es einfach verrückt war. Er lebte meilenweit entfernt, und ich war ständig auf der Autobahn, bin zwei Stunden nach London gefahren, um eine Zehn-Minuten-Nummer mit einem Lustknaben zu schieben. Nein, Michael war perfekt. Er war greifbar, aber nicht ständig, er wollte nicht, daß ich Miles verlasse wie das der andere wollte, und ich glaube nicht einmal, daß er richtig in mich verliebt war. Er war natürlich ziemlich sauer, als ich Schluß gemacht habe, aber es lief schon zu lange. Es wurde allmählich langweilig. Nein«, sagte sie nachdenklich, »was Michael gefiel, war der Sex.«

»Und der gefiel dir auch.«

Sie lächelte. »Nicht wirklich. Ich meine, es war okay, aber was *mir* gefiel – was ich genauer gesagt geliebt habe –, war die Gefahr. Dieses totale Risiko. Dieses Kribbeln, daß mit einem falschen Schritt alles in Tränen enden könnte. Ein Ausrutscher, und all das«, sie machte eine umfassende Armbewegung, »wäre futsch. Es könnte alles in Rauch aufgehen. Heim, Mann, Kinder sogar. Es war, als würde ich mit meinem Leben Russisch

Roulette spielen. Ich fühlte mich… vital. Lebendig. Irgendwie war's fast wie zurück im OP sein, mit dem Finger auf dem Knopf, die Hand, die alles total unter Kontrolle hat, wohlwissend, daß eine falsche Bewegung genügte, um eine Leiche auf dem Tisch zu haben. Entweder das oder ein Gemüse.«

Ich starrte sie an. Herrgott, war die cool. Ich schüttelte mich. »Gott, wie ich das hassen würde.«

Sie drehte sich um und hätte fast – fast – selbstzufrieden gegrinst. »Natürlich würdest du das. Aber dir hat immer schon der Killerinstinkt gefehlt, nicht wahr?«

Ich sah sie an. »Ja… da magst du wohl recht haben.«

»Darum hab ich dich immer beneidet, ehrlich gesagt. Deine Trägheit, deine geruhsame Einstellung zum Leben. Du würdest lieber mit einem Mann wie Harry leben, einem Mann den du gehaßt hast, als das Boot zum Schaukeln zu bringen, nicht wahr?«

Ich sah sie weiter an und spürte, wie ich zu zittern begann.

Sie schüttelte den Kopf.

»Das könnte ich nicht. Zumindest habe ich Miles nie gehaßt. Wir kommen recht gut miteinander aus, nur ist eben der Knalleffekt weg.«

Ich räusperte mich, meine Kehle war unerklärlicherweise trocken. »Philly«, ich zögerte, »wegen Harry. Könntest du jemals – ich meine hast du jemals –«

»Mist!« Sie warf sich nach vorne, aber zu spät, die Tasse glitt vom Tisch. »Herrgott noch mal, Chloe, das ist das zweite Glas Saft, das du heute morgen umwirfst!« Sie packte ein Tuch und begann hektisch, den Boden aufzuwischen. »Du dämliches Kind, du schaust einfach nicht hin! Zu beschäftigt, allen im Weg rumzustehen!«

»Hier, ich mach's.« Ich drückte die verwirrte, schluchzende Chloe mit der einen Hand an mich, mit der anderen angelte ich ein weiteres Tuch von der Spüle. »Nein, das ist reines irisches Leinen, verdammt noch mal, kein Putzlumpen!«

»Tut mir leid!« Ich ließ es fallen.

Genau in diesem Augenblick begann Ivo aus Sympathie für

Chloe mitzujaulen, und inmitten dieser Kakophonie läutete das Telefon.

»Allmächtiger Gott im Himmel, gib mir die Kraft«, zischte Philly. »Ich nehm das Gespräch in der Halle, hier drinnen versteht man ja sein eigenes Wort nicht mehr.« Sie marschierte los und schleuderte das tropfnasse Geschirrtuch zu Boden, bevor sie durch die Tür verschwand.

Chloe wimmerte und klammerte sich an meinen Hals, und Ivo nahm meine gebeugten Knie. Die beiden hingen wie Blutegel an mir, während ich aufwischte. Ich fühlte mich betäubt, schockiert, ich hatte ein entsetzliches Gefühl der Erkenntnis, das ich überhaupt nicht haben wollte, aber das sich nicht verscheuchen ließ.

»Schsch, Chloe, ist schon gut. Komm, suchen wir uns ein paar Kekse.«

Ich setzte sie wieder zurück an den Tisch, mit noch mehr Saft und Keksen, und allmählich hörten beide Kinder auf zu weinen. Während sie in ihre Tassen schnieften, saß ich ihnen gegenüber, beobachtete die Tür und wartete stumm darauf, daß Philippa zurückkam, ich konnte nicht einmal einen Keks anrühren. Sie kam auch ein paar Minuten später zurück, bleich wie die Wand, als hätte sie einen Geist gesehen. Sie blieb reglos in der Tür stehen und starrte auf einen Punkt über meinem Kopf.

»Was?« sagte ich ängstlich. »Philly, was ist passiert?«

»Das war Mum.«

»Und? Was?« Mein Herz machte einen Satz. Ich hatte Angst.

»Es ist Dad.«

»O Gott!« Ich schlug mir die Hand vor den Mund.

»Er wird jetzt gleich zum Polizeirevier fahren. Sich selbst stellen.«

Ich sah sie fassungslos an. Konnte nicht reden. Langsam senkte sich ihr Blick und begegnete meinem. »Es war Dad, Rosie. Er hat es gerade zugegeben. Er hat Harry getötet.«

28

Ich sah sie völlig konfus an. »Nein, nein, das kann nicht wahr sein! Dad würde nie – er kann es nicht getan haben!«

»Natürlich kann er es nicht getan haben«, sagte sie in scharfem Ton. »Du und ich, wir beide wissen das.«

Unsere Blicke zogen sich wie Magnete an.

»Er versucht zu decken«, hauchte ich, »zu beschützen ...« Ich brachte es nicht fertig, es auszusprechen.

»Genau.« Philly lief in der Küche auf und ab, dann blieb sie am Fenster stehen, sah hinaus, trommelte mit den Fingern auf der Arbeitsplatte, mit dem Rücken zu mir.

»Ist er tatsächlich schon zur Polizei gegangen?«

»Noch nicht. Er kann nicht. Mum hat ihn in den Pflanzschuppen eingesperrt.«

»Oh.« Ich mußte trotz allem glucksen.

»Sie sagt, sie läßt ihn nicht heraus, bis er mit diesem albernen Unsinn aufhört und schiebt ihm ständig kleine Briefchen und Schinkenbrote durch den Schlitz zu, versucht ihn zur Vernunft zu bringen. Aber du kennst ja Dad, wenn er sich zu etwas entschlossen hat.«

»O Gott, armer Dad, aber du wirst mit ihm reden, Phil, ja? Du wirst ihm das ausreden?« sagte ich voller Angst.

»Ich werd's versuchen. Aber wenn ich es nicht kann ...« Sie drehte sich zu mir. »Was wirst du tun?«

»Ich?«

»Ach, komm schon, Rosie, du weißt doch, was Dad vorhat! Er ist überzeugt, daß er mit seinem Herzen sowieso nur noch ein oder zwei Jahre zu leben hat, also bringt er das ultimative Opfer!«

»Ja – aber für dich!«

Sie starrte mich an. »Was hast du gesagt?«

»Für dich«, flüsterte ich.

Sie sah mich ungläubig mit zusammengekniffenen Augen an. »Was zum Teufel meinst du damit?«

Ich schluckte. »Ich habe deine Bücher gefunden, Phil.«

»Welche Bücher?«

»Deine Pilzbücher«, sagte ich und haßte mich dafür. »Drei von ihnen, stark gebraucht, mit deinem Namen drin. Sie waren mit deinem übrigen Zeug in den Schachteln vom Speicher.«

Sie sah mich lange an, dann glitt ihr Blick zur Seite. Phillys Augen machten das nie. Sie schüttelte den Kopf. »Ich hab keine Ahnung, was du meinst«, sagte sie leise.

»Philly.« Ich zitterte jetzt. »Ich hab sie *gefunden!*« Sie schwieg. Ich leckte mir die Lippen. »Schau«, flehte ich sie an, »mit mir kannst du reden, du kannst mir vertrauen. Ich weiß, daß du es für mich getan hast, und zusammen können wir das irgendwie hinkriegen. Ich werde dir helfen, das versprech ich, aber du mußt mir vertrauen, mit mir reden!«

»Ich weiß nichts von irgendwelchen Büchern«, sagte sie. Dann ging sie zur Anrichte und nahm gelassen ihre Autoschlüssel von einem Haken. Sie warf sie in die Luft, und als sie sie auffing, wandte sie sich zu mir und lächelte mich seltsam an. »Ich kann nicht ganz glauben, daß du das wirklich tust, Rosie.«

»Was tust?« kreischte ich. »Ich tue überhaupt nichts! Ich hab sie nur gefunden, mehr nicht. Also, wenn du heimliche Mykologin bist, aber gedacht hast, du solltest es besser nicht erwähnen, für den Fall, daß jemand denkt, das wäre ein schrecklich verdächtiger Zufall angesichts des Ablebens deines Schwagers, na schön! Dann werfen wir sie alle weg, wir werden sie zusammen verbrennen, aber sag's mir, Phil! Laß mich bitte rein!«

»Ich habe nicht die geringste Ahnung, wovon du redest. Im Augenblick mach ich mir mehr Sorgen um Dad. Und ich muß zu Mummy. Sie ist in einem furchtbaren Zustand, schluchzt hysterisch, verständlicherweise.«

»Ich komm auch mit«, flüsterte ich und stand auf.

»Ich halte das für keine sehr gute Idee, du etwa?« Ihre Augen waren wie Obsidian. »Mummy wird auf jeden Fall denken, daß du der Grund bist, warum Dad das macht, und da wird sie auch nicht ganz falsch liegen. Sie ist vielleicht nicht sonderlich erfreut, dich zu sehen.« Sie ging zur Tür.

Ich zitterte jetzt am ganzen Körper, konnte nicht fassen, was da passierte. Philly, meine geliebte Schwester, zu der ich mein ganzes Leben lang aufgeschaut hatte, mit der ich mich identifiziert hatte, der ich geglaubt hatte so ähnlich zu sein, wenn auch nicht so wunderbar wie sie, deren Meinung ich bei all meinen Entscheidungen abgewartet hatte, bevor ich mich selbst entsprechend entschieden hatte. Meine inbrünstige Überzeugung war immer gewesen, daß die Unterschiede bei uns nur oberflächlich waren – Aussehen, Intelligenz, Selbstvertrauen – aber daß wir unter all dem gleich wären. Einander vollkommen ähnlich. Doch dem war nicht so, das konnte ich jetzt erkennen. Ich fühlte diese erschreckende, atemberaubende Erkenntnis, fast so als würde ich sie überhaupt nicht kennen. Es war unerträglich.

An der Tür angelangt, blieb sie stehen. Drehte sich um. »Hör mal«, sagte sie mit leiser Stimme. »Ich weiß, daß das nicht du bist, der da spricht, Rosie. Ich weiß, daß du – durcheinander bist. Du bist verängstigt und verwirrt, und ich kann's dir nicht verdenken. Ich kann das verstehen, und ich kann dir auch verzeihen, weil du ja wirklich nicht ganz bei Trost bist, nicht wahr?« Unsere Blicke begegneten sich kurz, dann huschte ihrer weg, als sie sich ihrer kleinen Tochter zuwandte. »Komm schon, Chloe.« Sie nahm sie an der Hand, ging los und schloß leise die Tür hinter sich.

Ich blieb zitternd sitzen und schaute ihr nach. Mit einemmal spürte ich, wie mir die Galle hochstieg. Die Widerwärtigkeit dessen, was wir einander gerade gesagt hatten, was man nie wieder ungesagt machen konnte, drehte mir den Magen um. Diese feindseligen, anklagenden Worte. Mir wurde heiß und dann plötzlich wieder kalt. Ich legte meine Finger auf die Augenlider. Tränen. Ich schluckte heftig. Sie würde mir verzeihen, hatte sie gesagt. *Sie* würde *mir* verzeihen. Wofür? Ich schüttelte den Kopf, dann schlug ich mir frustriert mit der Handfläche dagegen. Jetzt komm schon, Rosie, denk das durch, hör auf, dich selbst zu bemitleiden, und setz deine grauen Zellen in Gang! Warum konnte ich nur momentan überhaupt nicht denken? Ich trieb nur immer schneller durch eine gräßliche Folge von Ereignissen, die mich weiterrissen, bis ich todsicher über die Klippen am Ende stürzen würde.

Ich ließ mich in meinen Stuhl zurückfallen. Also, warum nicht gleich das Handtuch schmeißen? dachte ich plötzlich. Warum nicht einfach aufgeben, am Kreisverkehr abspringen, der Polizei ein volles Geständnis geben und alle zufriedenstellen? Geh direkt ins Gefängnis, nicht an Go vorbeiziehen, keine 200 Pfund kassieren. Ganz bestimmt würde es meine Schwester zufriedenstellen, die offensichtlich dachte, ich hätte es getan, und meinen Vater, der, Gott segne ihn, erpicht darauf war, das Opferlamm zu spielen, so überzeugt war *er,* daß ich es getan hatte. Und meine Mutter – überredet von ihrer Umgebung –, die inzwischen sicher auch glaubte, ich hätte es getan. Also warum nicht einfach Hände hoch? Warum sollte ich mich nicht auf dem Polizeirevier in Cirencester präsentieren und sagen: »Jap, Leute, ich hab den Idiot gehaßt, und jeder hat das gewußt, und deshalb hab ich ihn schließlich abgemurkst.« War es das, was alle wollten? War es das, was von mir verlangt wurde?

Ich sah aus dem Fenster. Auf jeden Fall würde es ein für allemal all diesen gräßlichen Verdächtigungen und Mutmaßungen innerhalb der Familie ein Ende setzen, uns daran hindern, uns gegenseitig an die Kehle zu gehen. Statt dessen könnten alle einen monumentalen Seufzer der Erleichterung ausstoßen und sagen *genau.* Und wer kann es dem armen Mädchen *verdenken?* Er war ein richtig brutaler Kerl! Vielleicht würde ich sogar freigesprochen werden, dachte ich überrascht. Diese Möglichkeit bestand immer noch. Ja, ich könnte aufgrund verminderter Zurechnungsfähigkeit ungeschoren davonkommen oder ja, ich weiß, ich könnte sagen, ich hätte meine Tage gehabt oder so was. Es war erstaunlich, wie viele Frauen heutzutage ihre Männer umbrachten und sich so verteidigten. Nur ein kleiner Menstruationskrampf und hoppla, gütiger Himmel, bevor ich mich's versah, federte das Messer in seiner Brust, Euer Ehren, oder: Großer Gott, hab ich wirklich seine Bremsen sabotiert? Nein, Euer Ehren, nein, ich kann mich nicht erinnern, es getan zu haben, muß mitten in der Nacht in die Garage geschlichen sein, als die Krämpfe richtig schlimm waren. Natürlich, argumentierte ich, war es für einen Schwiegervater nicht so einfach, so etwas plausibel zu machen. Auch nicht für eine Schwägerin, wenn man's bedenkt, aber für mich, die Frau mit einem kleinen Sohn im Schlepptau, ohne Vorstrafen, aber mit jeder Menge Provokationen. Es könnte ein Spaziergang werden. Ja, okay, ich würde wahrscheinlich ins Gefängnis kommen, aber nicht für lange und nicht in so was Schreckliches wie Holloway; eher ein offenes Gefängnis, so was wie ein Universitätscampus, mit einem Haufen Bibliotheken und Tennisplätzen, so eine Art Ferienlager eigentlich. Und ich könnte die Zeit weise nützen, einen Abschluß in Erdkunde machen, im Pitchen und Putten. Wer weiß, vielleicht wäre das der Startschuß für mich.

Und in der Zwischenzeit, auf der anderen Seite des Gitters, nach dem anfänglichen Schock und Entsetzen von »Oh, mein Gott, wie konnte sie so etwas tun?« – ja, nach all dem und angesichts dessen, daß ich ein nettes Mädchen aus einer netten mittelständischen Familie war, würde die *Daily Mail* wahrscheinlich meine Geschichte aufgreifen und einen Artikel über mich bringen. Jetzt würden die Jahre psychologischer Qualen aufgedeckt werden, meine Leiden unter den Händen eines trunksüchtigen, brutalen Mannes. Sie würden Fotos von mir bringen als süßes junges Ding im Pony Club Camp oder im Badeanzug an einem Strand in Cornwall und auch Fotos von Ivo, der unendlich verloren und traurig aussehen würde, mit einem gerahmten Foto von seiner Mummy im Gefängnis, und dann würde eine absolute *Springflut* von Sympathie über mich hereinbrechen.

Ja, und dann würde Mummy bei einer Pressekonferenz erscheinen, heftig weinend, gestützt von einem grauen und abgehärmt aussehenden Daddy, und dann würde Philly eine unermüdliche Kampagne zu meiner Entlassung starten. Sie würde das Parlament stürmen, in den Zehn-Uhr-Nachrichten erscheinen und Bittschriften arrangieren. Das würde ihr gefallen, das würde ihr das Gefühl geben, etwas Sinnvolles zu tun. Sie würde sich »lebendig« fühlen oder was immer es war, was sie da fühlen wollte. Vital, das war's. Und dann, wenn man mich entlassen würde – was, das können Sie mir glauben, mit Philly am Ruder nicht lange dauern würde –, könnten wir alle auf den Stufen des Königlichen Gerichtsgebäudes als triumphierende Familie Cavendish stehen, den Arm zum Siegessalut gehoben. »Freiheit für Hausfrau aus Gloucestershire!« würde die Regenbogenpresse verkünden, und überall wären Fotos von mir, mit siegesbewußt gestrecktem Arm und hemmungslos grinsend. Und dann könnten wir alle nach Hause fahren und eine schöne Tasse Tee trinken, und es würde Gras drüber wachsen, und in ein paar Wochen wahrscheinlich wäre Mum schon wieder auf der Pirsch nach einem neuen Mann für mich.

Sie würde losziehen, die Nase am Boden, wie ein Frettchen, das hinter einem Hasen her ist, ein Schnäppchenjäger auf einem Flohmarkt, das ganze gesellschaftliche Karussell von Gloucestershire würde sie abgrasen, dort eine Dinnerparty, hier ein geschiedener Steuerberater – direkt neben mir, genauer gesagt am Dinnertisch. Er würde einen grauen Anzug tragen, braune Schuhe, ein bißchen Glatze, ein bißchen Bauch. Aber er wäre ganz entsetzlich respektabel, und mir würde das Herz in die Hose rutschen. Aber andererseits, Mensch, Bettler können nicht wählerisch sein, und schließlich und endlich hatte ich ja jetzt auch eine Vorstrafe. Also würde ich lächeln und die Zähne zusammenbeißen und später an England denken, und dann, bevor man einmal piep sagen könnte, würde man mich wieder zum Altar schleifen, mit Mummy und Philly jeweils in Pfirsich und Flieder, und sie würden sich erleichtert durch die Orangenblüten anstrahlen. Dann, in neun Monaten würde ich zweifellos wieder guter Hoffnung sein, und das wär's dann, wie man so schön sagt. Und so lebten sie doch noch glücklich und zufrieden bis auf – *bis auf*… – ich starrte auf den abgelaugten Kieferntisch – … daß es nicht so sein würde. Weil ich es nicht getan hatte. Ich… hatte es… verdammt noch mal… nicht getan. Meine Hand packte die Autoschlüssel auf dem Tisch, und dabei verhärtete sich mein Entschluß wie Sekundenkleber.

Nein, ich hatte es nicht getan, und nachdem das momentan das einzige war, dessen ich mir tatsächlich sicher war, würde ich mich nicht dafür hängen lassen. Tut mir leid, ihr alle, aber nein. Ihr könnt euch irgendeinen anderen Sündenbock suchen.

Ich stand auf, stieß vor lauter Entschlossenheit meinen Stuhl um. Ich ließ ihn einfach liegen, hob Ivo hoch, marschierte aus Phillys schrecklich geschmackvoller Küche, schlug ihre schrecklich geschmackvolle gotische Tür hinter mir zu und schritt dann zackig mit einigen aufgescheuchten Bantams in meinem Kielwasser zu meinem dreckigen alten Volvo.

Ich bretterte die schmalen Landstraßen entlang und dachte dabei ein paar verzweifelte und verbitterte Gedanken. Natürlich, argumentierte ich zähneknirschend, war es nur natürlich, eingedenk meines permanenten Status als Fußabstreifer für diese Familie, daß man erwartete, daß ich mich eines Tages endgültig hinlegte und alle über mich wegtrampeln ließ. Und, tatsächlich, je mehr ich darüber nachdachte, desto überzeugter wurde ich, daß ein Gefängnis, mit einem Dach über dem Kopf und drei Mahlzeiten am Tag viel zu erstrebenswert war. Ein sibirisches Arbeitslager wäre doch wohl das Passendere für mich? Eine nette kleine Hungerkur in einer eisigen Wüste, wie in diesem Solschenyzin-Buch über den armen alten Ivan Denisovich, dem nachts so kalt war, daß er seine Fürze unter der Decke einfangen mußte, um sich warm zu halten. Sollte das nicht mein Schicksal sein? War das nicht eher mein natürliches Milieu? Ich biß die Zähne zusammen.

Inzwischen war mir alles scheißegal, sollten sie doch alle zur Hölle fahren! Vor Wut aus allen Löchern rauchend, machte ich eine Gewaltbremsung vor dem Cottage und marschierte zur Tür. Da hing ein Zettel. Ich riß ihn herunter und las ihn.

»Ich hab gesagt, tu *nichts,* red mit *niemandem,* und geh *nirgends* hin. Warum kannst du, verdammt noch mal, nicht hören? Ruf mich an, sobald du zurück bist. Joss.«

»Oh, *hast* du das gesagt, schäumte ich. Ja, also, tut mir leid, aber während du mit deiner lieben Frau auf der anderen Seite des Kanals geplauscht hast über irgendeinen ätzenden Buchvertrag, wirst du mir wohl verzeihen, daß ich schnell mal losgezockelt bin, um zu versuchen, meinen Namen reinzuwaschen. Nur hab ich da halt diese kleine Mordanklage, die mir über dem Kopf schwebt!« Ich knüllte den Zettel zusammen, stürmte durch die Haustür und schleuderte das Bällchen mit einem lauten Schrei an die gegenüberliegende Wand. Ivo war sehr beeindruckt.

»Mummy sauer«, sagte er ehrfürchtig.

»Ja, nun, entweder das, oder ich würde total zusammenbrechen, Schatz. Da bleiben wir doch lieber bei der Aggression, was?«

»Ja«, stimmte er mir mit ernster Miene zu. »Mehr Kekse?«

»O Gott, gibst du denn niemals auf? Nein, Ivo. Ich mach dir lieber ein schönes Käsebrot, wir versuchen mal zur Abwechslung ein paar Nährwerte, ansonsten kriegst du noch Rachitis, und dann nehmen sie dich mir wirklich weg. Sie werden dich als unterernährtes Kind auflisten, und das Jugendamt wird mich einstampfen.«

Ich ließ mich auf das Sofa fallen und starrte ins Leere. Ich wollte Joss nicht anrufen. Noch nicht, nicht nach dem Gespräch, das ich gerade mit Philly gehabt hatte. Ich wollte ihm kein Wasser auf seine Mühlen liefern. Wollte ihm gegenüber nicht zugeben, daß selbst ich sie jetzt in Verdacht hatte. Ich nagte an meinem Daumennagel und sah mich niedergeschlagen im Zimmer um. Es war natürlich immer noch in dem chaotischen Zustand, in dem meine Freunde in Blau es hinterlassen hatten. Irgendwann sollte ich es doch angehen und aufräumen. Nur war mir momentan überhaupt nicht danach zumute, irgend etwas zu tun. Das einzige, wonach mir zumute war, war, auf einem kühlen weißen Bett in einer Schweizer Klinik irgendwo in den Bergen zu liegen und Rinderbrühe zu nippen. Ich seufzte. Auf der Fußmatte lag vergessen und ungeöffnet die heutige Morgenpost. Genau gesagt, war wahrscheinlich auch noch die gestrige da. Ich war mir sicher, daß ich es auch nicht geschafft hatte, die aufzumachen. Ich erhob mich mühsam und hob sie auf, bevor sie in dem allgemeinen Durcheinander verlorenging. Ich blieb auf der Matte stehen und blätterte sie durch. Da war nicht sonderlich viel. Ein paar Kleiderkataloge, ein Umschlag, der mich informierte, daß ich möglicherweise einen Super Duper Startpreis gewonnen hatte, wenn ich mir nur die Mühe machen würde, den Umschlag aufzumachen. Ich machte sie mir nicht. Dann waren da noch zwei Rechnungen und ein etwas interessanter aussehender hellblauer Basildon-Bond-Umschlag vom Feinsten. Er war mit exakter, gerundeter Schrift an mich adressiert. Ich öffnete ihn und strich das Papier glatt.

»Wenn Sie mehr über Tim McWerther wissen wollen, kommen Sie Dienstag um 14 Uhr in Ihr Haus in der Meryton Road.«

Es gab keine Unterschrift. Ich las ihn noch einmal. Einen Moment lang fiel mir ums Verrecken nicht ein, wer Tim McWerther war, dann klapperte plötzlich der Groschen. Ich ließ den Zettel wie eine glühende Kohle auf die Matte fallen und machte entsetzt einen Satz rückwärts. Allmächtiger, ein anonymer Brief! Was denn noch alles? Das war ja, als wäre man plötzlich in einen Robert-de-Niro-Film gewandert – jeden Moment würde ich die Tür öffnen und einen toten Hund auf meiner Schwelle finden oder einen Pferdekopf in meinem Bett! Ich glotzte das Stück Papier auf der Fußmatte an. Nein, das alles gefiel mir überhaupt nicht. Was – irgendeinen Fremden in einem leeren Haus treffen und mit einem Seidenschal um den Hals oder so was enden? Nein, danke.

Nach einer Weile siegte aber doch die Neugier, und ich tastete mich vor, spähte hinunter. Von wem war das? Wer immer es war, war offensichtlich höchst verdächtig, denn warum in aller Welt sollte er sonst nicht unterschrieben haben? Ich streckte vorsichtig die Hand aus und hob den Brief wieder auf. Ich drehte ihn um. Auf der anderen Seite stand auch etwas. »Kommen Sie alleine.«

»Verfluchter Mist!« Ich ließ ihn zügig wieder fallen und hätte fast einen Satz aufs Sofa gemacht. Das muß doch ein Witz sein!

Ich starrte voller Entsetzen auf das Papier, dann rannte ich ein bißchen im Zimmer auf und ab. Mein Herz hämmerte bis zum Hals. Also, das ist ganz einfach, dachte ich. Du weißt, was du jetzt zu tun hast, ja, Rosie? Du weißt, was jeder vernünftige, intelligente, gesunde Mensch jetzt tun würde, nicht wahr, Rosie? Die Polizei anrufen. Du erzählst ihnen von dieser seltsamen Botschaft, gibst ihnen alle Informationen, alle Einzelheiten, und damit kriegst du sie zur Abwechslung mal auf deine Seite. Zeig ihnen, daß du versuchst zu helfen. Schließlich und endlich haben sie Timothy McWerther in Gewahrsam, oder? Das hat Frau Superintendent wenigstens angedeutet, also sind sie sicher ganz wild darauf, mehr über ihn herauszufinden. Gib ihnen diesen Tip, tu ihnen einen Gefallen, und dann laß *sie* hingehen und den geheimnisvollen Gast treffen. Ja. Absolut. Ich verlor keine Sekunde mehr, nahm das Telefon und rief Superintendent Hennessey in Oxfordshire an. Sie war nicht da, sondern in London, aber als der Sergeant vom Dienst hörte, wer ich war, gab er mir sofort ihre Handy-Nummer. So werden VIPs eben behandelt, dachte ich finster. Ich wählte die Nummer, und sie antwortete sofort.

»Ah, Mrs. Meadows, ich hab mich schon auf ein Pläuschchen mit Ihnen gefreut.«

»Ach wirklich?« Mein Herz begann wieder zu hämmern.

»Ja, ich bin momentan in London. Ich komme gerade aus Ihrem Haus.«

»Ah! Oh, natürlich.« Ich hatte vergessen, daß sie das ja auch durchsuchen wollte. »Und?« fragte ich mißtrauisch. »Was Interessantes gefunden?«

»Ja, sehr interessant sogar. Darf ich es mit Ihnen teilen?«

»Hab ich denn eine Wahl?«

»Nicht wirklich, nein. Wir haben in Ihrem Schlafzimmer einen Brief gefunden. Unter Ihrem Kopfkissen, genau gesagt. Er lautet wie folgt.« Sie räusperte sich. »›Ich werde nicht lautlos verschwinden, mein Herz. Glaub das ja nicht. Dafür stecken wir zu tief drin. Komm zu mir zurück. Liebe und Karnickelhopser. Tim.‹«

Eine Pause. Ich glotzte in den Hörer.

»Irgendwelche Kommentare dazu?« ertönte ihre Stimme.

»Könnten Sie das bitte wiederholen?« flüsterte ich.

»Selbstverständlich.« Sie tat es, aber diesmal mit ein bißchen mehr Gefühl. Dann fügte sie hinzu: »Die Handschrift haben wir übrigens überprüft. Sie ist echt.«

Schweigen.

»Mrs. Meadows?«

»Ja?«

»Sind Sie noch da?«

»Ja.«

»Haben Sie irgend etwas dazu zu sagen?«

»Überhaupt nichts.«

»Überhaupt nichts, was?«

Die Frau hatte eine feine Art von Sarkasmus, bestehend aus Wiederholung, gefolgt von einem Fragezeichen. Einfach, aber überraschend effektiv. Ich holte tief Luft.

»Überhaupt nichts, außer, daß dieser Brief offensichtlich dort eingeschmuggelt wurde. Wie ich Ihnen schon sagte, ich kenne Mr. McWerther nur sehr flüchtig. Ich bin ihm ein- oder zweimal begegnet. Er war ganz sicher nie mein Liebhaber. Aus irgendeinem Grund versucht er mir unterzuschieben, daß ich das wäre.«

»Ich würde Ihnen ja gerne zustimmen, Mrs. Meadows, aber mein Problem ist, daß wir ihn die letzten paar Wochen fest hinter Schloß und Riegel hatten. Es war praktisch unmöglich für ihn, diesen Brief in Ihr Haus zu schmuggeln.«

»Dann war es jemand anders.«

»Ah, ich verstehe, jemand anders. Also, warum in aller Welt glauben Sie, daß irgend jemand so was tun würde?«

»Ich weiß es nicht.«

»Sie wissen es nicht, was?«

Da machte sie es schon wieder, mit dieser vernichtenden Ironie. Allmählich ging mir das auf die Nerven.

»Also, ich schlage vor, daß Sie sehr bald ein paar Ideen dazu haben, weil es offen gesagt nicht sehr gut aussieht, nicht wahr? Sie streiten jegliche Bekanntschaft mit diesem Jungen ab, fleischlich oder anderweitig, und dann, siehe da, finden wir Briefe intimer Natur in Ihrem Schlafzimmer. Was soll ich da denken?«

»Genau. Und ich muß zugeben, an Ihrer Stelle könnte ich es mir auch nicht verkneifen, ein paar sehr miese Schlüsse zu ziehen. Das kann doch nicht alles Zufall sein, also warum nicht Anklage gegen mich erheben? Warum mich nicht verhaften? Warum diese Hinhaltetaktik? Warum haben *Sie* nicht den Mut Ihrer Überzeugungen, Superintendent Hennessey, oder sind Sie in Wahrheit längst nicht so überzeugt wie Sie vorgeben?«

Eine lange Pause folgte. Währenddessen wunderte ich mich über mich selbst. Interessante Technik, Rosie. Den leitenden Beamten in deiner ganz eigenen Morduntersuchung einfach bei den Hörnern nehmen, sehr Blücher, wirklich sehr Blücher. Wenn auch vielleicht ein bißchen leichtsinnig.

Ich war etwas erleichtert, als ich sie schließlich murmeln hörte: »Alles zu seiner Zeit, Mrs. Meadows, alles zu seiner Zeit. Also, Sie hatten angerufen.«

»Wie bitte?«

»Sie haben mich angerufen.«

»Ah, ja.« Ich hielt inne. »Es war… eigentlich nichts. Ich hab mich nur gefragt, wie… wie Sie vorankommen«, endete ich betreten.

Sie schnaubte verächtlich. »Oh, wir kommen ganz wunderbar voran. Wir sehen uns bald, Mrs. Meadows.« Ein Klicken, und unser Gespräch war zumindest für den Augenblick beendet.

Ich legte langsam den Hörer auf. Dann sah ich hinunter auf den Brief in meinem Schoß. Warum hatte ich ihr nicht davon erzählt? Einfach aus Angst, daß sie mit jaulenden Sirenen, türenschlagend vor dem Haus auftauchen würde, wobei unser geheimnisvoller Gast die Fliege machen würde und sie das Ganze als elaboraten Schwindel meinerseits abtun würde und mich bezichtigte, den Brief selbst geschrieben zu haben? Oder steckte mehr dahinter? fragte ich mich nachdenklich, stand auf und ging zum Fenster. Mir kam der Gedanke, wenn mir schon jemand fiktive Briefe im Schlafzimmer unterschob, könnte er mir dann nicht auch fiktive Briefe schicken? Und hoffen, ich würde der Polizei davon erzählen? Könnte es nicht ein und dieselbe Person sein, und könnte sie nicht hoffen, daß ich tatsächlich die Polizei mitbringen würde und mich dadurch in eine noch größere Falle locken? Mich so richtig einsäumen? Ja, dachte ich mit pochendem Herzen, das ist es. Wer immer es war, würde annehmen, ich hätte nicht den Mumm, alleine zu kommen und würde sofort nach dem Telefon grapschen, wie ich es gerade getan hatte? Frau Stahlschlüpfer mitschleifen. Ich riß den Brief hoch. Zwei Uhr stand da, am Dienstag. Das war heute. Ich schaute auf den Poststempel. Vor zwei Tagen. Jemand mußte da blindes Vertrauen in die Irrungen des Postsystems gehabt und gehofft haben, er würde rechtzeitig ankommen. Er war tatsächlich angekommen und jetzt – ich warf einen Blick auf die Uhr – war es zehn vor zwölf. Wenn ich mich beeilte, könnte ich es gerade noch schaffen. Ich zögerte den Bruchteil einer Sekunde, dann, Scheiß drauf! Ich hatte die Nase voll. Wenn ich für meine Bemühungen mit einem Messer im Rücken endete, dann sollte es eben so sein, aber ich würde nach London fahren und ein für allemal rausfinden, was da vorging.

Ich rannte im Cottage herum, kramte Mantel, Schlüssel, Geld, Handtasche zusammen und flitzte in letzter Minute noch einmal nach oben und holte eine – Hutnadel. Eins der Dinge, die Mutter Philly und mir immer eingebleut hatte, war die Wichtigkeit, eine Hutnadel dabeizuhaben, wenn man mit öffentlichen Verkehrsmitteln reiste oder irgendwohin, wo sich unliebsame Gestalten – jeder mit einem etwas schmuddeligen Regenmantel, nach den Kriterien meiner Mutter – herumtreiben könnten. Es war offensichtlich absolut unerläßlich. Wo genau man sie dann hinstecken sollte, wenn sich die Gelegenheit bot, war mir schleierhaft, aber es stand für mich außer Zweifel, daß heute definitiv Hutnadeltag war.

Ich rannte wieder nach unten, raffte Ivo hoch und setzte das verwirrte Kind zurück ins Auto. Dann fuhr ich sehr, sehr vorsichtig die hintere Einfahrt hoch und blieb kurz vor Fairlings stehen. Ich schlich mich mit meinem Sohn auf dem Arm zur Küchentür und klopfte ans Fenster, mit nervösen Blicken zu den Schlafzimmerfenstern oben. Ich konnte ihn nicht sehen, aber das hieß noch lange nicht, daß er nicht irgendwo aus einem Türmchen dräute.

Ich klopfte noch mal. »Marfa!« zischte ich. »Gott sei Dank bist du wieder da.«

Sie sprang hinter dem Ofen hervor. »Oh, da sind Sie ja«, sagte sie und öffnete das Fenster. »Er hat Sie schon überall gesucht.«

»Wo ist er jetzt?«

»Oben«, sie deutete mit dem Kopf, »brüllt wieder Obszönitäten quer über den Atlantik.«

»Marfa, ich muß nach West London. Bist du noch eine Weile hier? Würdest du auf Ivo aufpassen?«

Sie seufzte. »Natürlich mach ich das, Rosie, Sie haben weiß Gott genug für mich getan.« Sie streckte die Arme aus, und ich reichte ihn ihr.

»Und tu mir bitte einen Gefallen, sag Joss nicht, wohin ich gefahren bin, okay?«

»Okay«, sagte sie zweifelnd. »Alles in Ordnung? Keine Probleme mehr? Sie machen doch hier nicht private Spionage oder was?«

»Natürlich nicht. Und ich werde heute abend wieder zurücksein, das versprech ich.«

»Passen Sie auf sich auf«, rief sie mir hinterher.

»Das werde ich!« Ich winkte ihr fröhlich zu, hüpfte ins Auto und raste die Einfahrt hinunter in der Hoffnung, daß mir Joss' giftiger Blick nicht folgte. Ich hatte absolut keinen Zweifel, daß er diesen kleinen Ausflug nicht gutheißen würde, aber es war ja auch nicht sein Speck, den wir hier retteten, oder? Es war meiner, und ich würde nicht zulassen, daß er gepökelt, geräuchert, in kleine Stückchen geschnitten und flambiert würde, ohne daß ich einen Finger krumm machte.

Ich bretterte viel zu schnell die M4 rauf, das Lenkrad vibrierte heftig, der ganze Wagen schepperte beängstigend. Mein braver alter Volvo war bei weitem nicht mehr der jüngste, der arme Kerl, und in letzter Zeit hatten zu viele holprige Landstraßen ihren Zoll gefordert. Jetzt zischte er bedrohlich, und ich merkte, daß er heftige Einwände gegen meine *Miami-Vice*-Vorstellung auf der Autobahn verlauten ließ. Bitte brich nicht zusammen, flehte ich inständig. Ich hab nichts dagegen, wenn du ein paar Trümmer verlierst, aber bitte brech nicht zusammen. Ich geb dich bald in die Werkstatt, das versprech ich.

Glücklicherweise hielt er zusammen, und schließlich pflügte ich mich durch den schweren Londoner Verkehr. Stop-and-Go durch Fulham, hinaus in die grüneren Gefilde von Wandsworth, und dann steuerte ich instinktiv den Wagen bis in die Meryton Road, eine Route, die ich fast im Schlaf beherrschte. Langsam kroch ich meine Straße hoch und blieb vor Nummer 63 stehen. Ich stellte den Motor ab und schaute auf die Uhr. Zehn vor zwei. Ich lag gut in der Zeit und sollte eigentlich zehn Minuten für mich allein im Haus haben, bevor mein Besucher eintraf.

Ich stieg aus und hob den Kopf. Mein Haus. Wo ich mein katastrophales Eheleben doch recht hoffnungsvoll, wenn auch nicht freudvoll begonnen hatte. Die Straße selbst war still, leer, wie immer in der Mitte der Woche und mitten am Tag. Ich öffnete das kleine Eisentor mit seinem vertrauten Geklapper und ging den Weg hoch. Der winzige Garten war mit faulenden Blättern übersät, und ein altes Twix-Papier war hereingeweht und hatte sich auf einem kahlen Rosenbusch aufgespießt. Es winkte mir traurig im Wind zu. Ich riß es ab, voller Schuldgefühle, weil jetzt alles so vernachlässigt war, nachdem ich einmal so mühevoll das winzige Beet bepflanzt hatte, den Rasen gesät, die wenigen Quadratmeter so brav gepflegt und meinen weiblichen Pflichten nachgekommen war. Ich drehte den Schlüssel in der Haustür. Innen sah es ähnlich vorwurfsvoll aus. Als es mir endlich gelungen war, die Haustür gegen die angesammelte Müllpost aufzuschieben, schoß mir dieser abgestandene, modrige Geruch in die Nase, den ungepflegte Häuser haben. Ich wollte herumrennen, Fenster aufreißen, jedes Möbel in

Sichtweite abstauben, aber ich beschränkte mich darauf, den Gang hinunter zur Küche zu hasten, die Hintertür aufzureißen und einen Schwall kalter, feuchter Januarluft hereinzulassen.

Als ich den Gang wieder zurücklief, kam mir plötzlich der Gedanke, daß ich vielleicht nicht allein war. Ich blieb reglos stehen und horchte mit hämmerndem Herzen. Vielleicht war mein Freund bereits hier, hatte ein Schloß geknackt, oben ein Fenster aufgebrochen und wartete jetzt bereits auf mich, kauerte hinter einem Sessel, klemmte hinter einer Tür, bereit, mich anzuspringen.

Mit rasendem Puls, die Hutnadel in meiner Tasche fest im Griff, schlich ich vorsichtig von Zimmer zu Zimmer, ging nach oben, spähte in Schränke, schaute unter die Betten, wie wenn Ivo einen Alptraum hatte. Nur diesmal fühlte ich mich nicht so mutig zu schreien: »Komm raus, Mr. Grizzly Bär, wo immer du bist! Jetzt kriegst du's mit Mummy zu tun!«

Als ich alles ausgiebig durchforstet und mich überzeugt hatte, daß ich tatsächlich allein war, ging ich nach unten. Ich nagte nervös an meinem Daumennagel und sah mich um. Es fiel mir auf, daß trotz der kürzlichen Durchsuchung durch die Polizei nicht einmal ein Kissen verrückt war. Mir wurde wutentbrannt klar, daß die Verwüstung im Cottage tatsächlich nur Show gewesen war. Nur eine weitere Methode, um mir Angst einzujagen. Diese Schweine.

Ich blieb im Gang stehen und wischte den Staub von dem Foto, das auf dem Tisch dort stand. Es stammte von Ivos Taufe. Ich nahm es hoch und sah mir einen Augenblick lang die vermeintlich glückliche Familiengruppierung an. Meine Mutter stand vorne. Sie sah befriedigt und stolz aus in augenversengendem Gelb, und ich stand neben ihr, sehr rosa und ziemlich fett, aber glücklich, mit Ivo auf dem Arm. Daddy stand dahinter, blaß wie immer, aber mit einem richtigen Lächeln, und neben ihm war Philly, ganz Glamour und Schick in einem cremefarbenen Leinenkostüm mit marineblauem Hut. Neben ihr stand Miles, er sah nicht in die Kamera, sondern betete seine Philly an, und dann Tom, gebräunt und schön in einem hellblauen Brooks-Brothers-Hemd, frisch aus dem Flugzeug aus L.A. Daneben lächelte Alice, die Patin, schräg, aber atemberaubend in antiker Spitze mit einer Gobelinjacke, und Michael neben sich. Er war sich der Kamera sehr bewußt, sehr glatt, sehr elegant, ganz der Mann von C&A. Dann kam Boffy, der Taufpate, nadelgestreift und strahlend und Charlotte neben ihm, in einem hellen Kostüm, und dann neben ihr Onkel Bertram, der frech in die Kamera grinste. Wiederum in der ersten Reihe und natürlich neben mir prunkte Harry. Er platzte förmlich aus einem zehn Jahre alten Anzug, der schon damals sicher ein recht optimistischer Kauf gewesen sein mußte, aber in den man ihn für diese Gelegenheit mit dem Schuhlöffel hatte einzwängen müssen. Sein Kopf war hochrot, wahrscheinlich hatte er schon ein paar intus, aber er strahlte Ivo übers ganze Gesicht an und war offensichtlich sehr zufrieden.

Ich sah mir das Foto lange an. Es schnürte mir die Kehle zu. Denn, wenn auch alles gesagt und getan war, und egal, was inzwischen passiert war, das war eine glückliche Gruppe an einem glücklichen Tag. Es war ganz sicher, dachte ich ziemlich überrascht, versuchte fair zu sein, ohne übermäßig sentimental zu werden – ja, es war ganz sicher einer der glücklichsten Tage in meinem Leben gewesen. Der Tag der Taufe meines geliebten Sohnes.

Die Türglocke läutete durchdringend. Ich schrammte um ein Haar an einem Herzinfarkt vorbei, und dabei entglitt mir das Foto, klapperte zu Boden, und das Glas zersprang in tausend Stücke. Eine Sekunde lang erstarrte ich. Dann rannte ich los, hastete in den Salon, huschte hinter den Vorhang am Erkerfenster. Ich schlich die Wand dahinter entlang und spähte hinaus. Mein Herz hämmerte bis zum Hals. Mein Gott, und ich hatte so *bereit* sein wollen, so *vorbereitet*, in einer so vorteilhaften Position, wie zum Beispiel an einem der oberen Fenster, bereit zu sehen, wer immer es war, der da die Straße entlangkam und den Gartenweg hoch, und jetzt konnte ich lediglich – ich verrenkte mir den Hals – einen roten Mercedes erkennen, der hinter meinem Wagen parkte. Ich erkannte ihn nicht. Ich spähte noch ein paar Zentimeter weiter um den Vorhang herum und sah auf der obersten Stufe die Seitenansicht von jemandem. Wer immer es war, er trug einen langen Mantel und einen braunen Filzhut und stand absichtlich so dicht an der Haustür, daß ich ihn nicht mehr erkennen konnte.

Ich kauerte mich in den Vorhang, in wachsender Panik. Meine Kehle war wie ausgedörrt, und mir war speiübel. Was zum Teufel hatte ich hier verloren, um Gottes willen? Oh, Rosie, du arme Irre, warum bist du hierhergekommen? Einen Moment lang spielte ich mit dem Gedanken zu fliehen. Den Gang hinunterrennen und zur offenen Hintertür hinaus. Doch dann wappnete ich mich, schlich zurück durchs Wohnzimmer und den Gang hinunter, dann auf Zehenspitzen zur Haustür. Wünschte mir inständig, ich hätte mir einen dieser Spione geleistet, über die Harry ständig referiert hatte. Ich hob langsam die Hand zum Türknopf. Gerade als ich ihn packen wollte, schellte es erneut, direkt in mein Ohr, sehr heftig.

»Aaaaa!« quiekte ich unwillkürlich, dann: »Ich komme!«, was nur als armseliger kleiner Quietscher herauskam.

Ich wartete. Nichts. O Gott, ich wünschte, eine freundliche Stimme würde antworten: »Wunderbar. Ist nur der Milchmann mit dem Extraliter!« Aber nein. Und so hob sich meine Hand erneut, und diesmal drehte ich den Knopf, öffnete die Tür und lugte hinaus. Dort, auf der Stufe stand, mit einem langen, schwarzen Mantel und mit einem alten Filzhut tief ins Gesicht gezogen, Charlotte.

29

»Charlotte!« Ich öffnete die Tür weiter.

»Hallo, Rosie.«

»Gütiger Himmel!« Ich starrte sie wie der Dorftrottel an, mit offenem, sabberndem Mund.

»Darf ich reinkommen?« fragte sie schließlich.

»Was? O Gott, ja, natürlich – verzeih, komm rein, wie wunderbar, dich zu sehen!«

Ich trat entzückt beiseite. Charlotte! Gütiger Himmel, wie in aller Welt war sie denn da hineingeraten, aber, mein Gott, was für eine Erleichterung sie war! Ich meine, sie würde mich wohl kaum mit einem Stanley-Messer entleiben oder mir mit einer Kalaschnikow die Kniescheiben wegschießen, oder? Sie trat ein und bot mir ihre Wange. Ich war so begierig darauf, sie zu küssen, daß ich stolperte und gegen sie fiel, sie fast niederknutschte.

»Sachte«, murmelte sie nervös und wich zurück.

»Verzeih!« keuchte ich, »bin über die Fußmatte gestolpert. Komm herein, komm herein. Tut mir leid wegen der Unordnung«, fügte ich hinzu, als sie vorsichtig über das zerbrochene Glas stolperte. »Hatte ein kleines Mißgeschick. Hier. Da lang.« Ich führte sie ins kleine Wohnzimmer, überschwengliche Gastfreundschaft troff aus meinen Gesten, nachdem ich jetzt wußte, daß es nicht der wahnsinnige Axtmörder war.

Sie betrat den Raum, blieb unsicher in der Mitte des Zimmers stehen und sah sich um, die Hände in den Taschen. Eine Hand schoß hoch und nestelte an ihrem Schal herum. Ich merkte überrascht, daß sie nervös war, ein Gefühl, das ich bis jetzt nie mit Charlotte in Verbindung gebracht hatte.

»Hier, gib mir deinen Mantel und deinen Hut.«

»Danke«, murmelte sie. Sie streifte sie rasch ab und reichte sie mir. Sie glättete ihren marineblauen Rock und griff nach ihren Perlen.

»Einen Drink?« bot ich an. »Oder wenn's zu früh ist, einen Kaffee oder Tee, oder –«

»Nein, ich möchte einen Drink. Einen Gin Tonic, bitte«, fügte sie hinzu. Ihr Blick huschte zur Anrichte, offenbar ein akutes Bedürfnis.

Ich rannte los, holte schales Tonic und Gin und kein Eis, weil der Kühlschrank abgetaut war, und keine Zitrone und entschuldigte mich dabei ständig, aber in Wirklichkeit war ich froh, etwas zu tun zu haben. Etwas zu sagen.

»Ich kann dir gar nicht sagen, wie froh ich bin, dich zu sehen,

Charlotte«, plapperte ich, während ich mit den Flaschen herumklapperte. »Du hast ja keine Ahnung, wie besorgt ich war. Ich dachte irgendein Wahnsinniger in Tarnuniform würde sich hier gewaltsam Zutritt verschaffen und mich gefesselt und geknebelt in den Keller zerren und mir Gott weiß was mit stumpfen Gegenständen antun. Ich wünschte wirklich, du hättest den Brief unterschrieben, das hätte mir eine Menge Angst erspart.«

»Tut mir leid, diese ganze Heimlichtuerei, aber ich konnte mir nicht sicher sein, daß du es nicht doch jemandem erzählen würdest. Der Polizei zum Beispiel.«

Ich warf ihr einen Blick zu. Sie hatte also keine Polizei gewollt. Das war also eins, worin ich mich geirrt hatte. Ich reichte ihr den Drink und setzte mich ihr gegenüber, beobachtete, wie sie ihn rasch schluckte. Sie war wie immer bildschön angezogen, ganz marineblaue Falten und Kaschmir, aber sie war wesentlich schlanker, als ich sie in Erinnerung hatte. Sie war immer ein gutgebautes Mädchen gewesen, mit mächtigen Schenkeln, aber ihr Rock fiel ihr fast von der Hüfte, und ihre Wangen waren eingefallen, so daß die Augen dunkel und müde aussahen. Außerdem war sie stark geschminkt, was bei ihr tagsüber ungewöhnlich war. Mir kam der Gedanke, daß Charlotte und ich noch nie so zusammengesessen hatten. Sie hatte stets einer lauten und beängstigenden Bande vorgestanden, und für gewöhnlich trafen wir uns nur am Dinnertisch, mit dem stillschweigenden Übereinkommen, daß wir tagsüber nicht gerade verwandte Seelen waren. Es ermutigte mich richtig, daß dies hier auf meinem Spielfeld stattfand und sie sich offensichtlich gar nicht wohl in ihrer Haut fühlte.

»Also«, sagte ich fröhlich, strich meine Jeans glatt und kreuzte keß die Beine. »Tim McWerther. Ich bin ganz Ohr.«

Sie betrachtete mich einen Moment lang über ihren Gin, dann stellte sie das Glas ab. »Ich an deiner Stelle würde nicht so begierig schauen, Rosie. Das wird dir nicht unbedingt gefallen.«

»Versuch's mal.« Ich lächelte. Aber mit einemmal war ich gar nicht mehr so fröhlich.

»Also, offen gestanden, ich bin erstaunt, daß du das nicht schon weißt. Ich dachte, deswegen hättest du Harry umgebracht. Ich erinnere mich, daß ich total schockiert war, als es passiert ist, aber insgeheim sehr beeindruckt. Ich dachte mir, mein Gott, das Mädel hat Mumm. Wer hätte gedacht, daß sie die Chuzpe aufbringt, den alten Harry umzulegen.«

Ich sah sie fassungslos an. »Also, du hattest ganz recht«, sagte ich langsam. »Ich hatte nicht die Chuzpe, ihn umzulegen. Und deshalb hab ich es nicht getan. Also, komm jetzt, Charlotte, hör auf, Unterstellungen zu machen, und laß die Katze aus dem Sack, okay?«

Sie schürzte kurz die Lipen. Dann hob sie brüsk und etwas trotzig den Kopf. »Du bist an dem Wochenende, an dem wir alle zu den Camerons gefahren sind, nicht mitgekommen, nicht wahr? Ich glaube, du warst kurz davor, Ivo zu kriegen.«

Ich blinzelte verwirrt. Die Camerons? Wer zum Teufel waren die Camerons, um Himmels willen? Ich versuchte mich rasch an die Zeit zu erinnern, in der ich mit Ivo schwanger war. In jenen Tagen hatte es so viele großartige Hauspartys gegeben, zu denen Harry eifrigst davongerumpelt war, die Wetterjacke in einer Hand, die Purdey in der anderen. Und ich war so mit meiner morgendlichen Übelkeit und Müdigkeit beschäftigt, daß ich froh war, wenn er loszog. Eine Mahlzeit weniger zu kochen, was mich anging. Wohin er tatsächlich gefahren war und die Namen der Leute, bei denen er wohnte, waren an mir vorbeigegangen. Bei diesem jedenfalls klingelte es mit Sicherheit nicht.

»Nein, ich erinnere mich nicht an sie. Ich weiß, daß Harry zum Wochenende weggefahren ist, als ich praktisch schon in den Wehen lag, was mich nicht gerade übermäßig beeindruckt hat, aber das war's dann auch.«

Sie nickte. »Das waren die Camerons. Sie leben oben auf Alsworthy Hall in Shropshire. Ich weiß nicht, ob du Shropshire kennst, Rosie, aber dort passiert nicht sonderlich viel. Ein Haufen Gras, ein Haufen Schafe, viel Jagd, aber das war's dann auch. Folge davon ist, daß sich die Leute ihre eigene Unterhaltung machen.« Sie lächelte reumütig und zündete sich eine

Zigarette an. »Und die sind ein wilder Haufen, diese Camerons«, sagte sie leise und blies den Rauch in einem dünnen Strahl heraus. »Alle sechs von ihnen. Der jüngste von ihnen, Mickey, ist der allerschlimmste. Ein totaler Irrer. Er war damals an die Neunzehn und an diesem Wochenende aus Oxford zu Besuch. Er hat ein paar von seinen Kumpeln aus dem Piers Gaveston Club mitgebracht. Einer von ihnen war der junge Tim.«

»Oh! Wirklich? Gott, wie seltsam. Also…« Ich runzelte die Stirn. »Moment mal, du meinst damit, Harry kannte ihn auch? Er hat Tim gekannt?«

»Oh, wir alle kannten Tim. Und wir sind alle auf ihn abgefahren. Dieser verrückte, engelsgleich aussehende Junge mit den großen blauen Augen und den glatten blonden Haaren, o ja, wir haben uns alle in Tim verknallt. Und wir haben auch alle seine Spielchen gespielt. Bis zu einem gewissen Punkt.«

»Was für Spielchen?«

»Ach, du weißt schon. Spielchen nach dem Dinner. Du mußt dich doch erinnern, wie dämlich wir alle waren. Wir konnten es gar nicht erwarten, besoffen zu werden, uns auszuziehen, Brötchen zu werfen, auf dem Tisch zu tanzen – all dieses unreife Zeug. Ich erinnere mich an deinen Blick bei Tisch, gelangweilt und vorwurfsvoll. Soweit ich mich erinnern kann, bist du an diesem Punkt für gewöhnlich zu Bett gegangen.«

»Ah. Ja, vielleicht war ich ein bißchen ein Spaßverderber, aber ich fürchte, das war einfach nicht mein Ding.«

Sie lächelte ironisch. »Im Gegensatz zu mir, was? Alle wissen wie ich bin, nicht wahr? Die gute alte Charlotte. Mit der kann man Pferde stehlen. Die erwischt man nicht als Spaßverderber, o nein.« Sie nahm einen gewaltigen Schluck von ihrem Drink. »Ja, die gute alte Charlotte«, wiederholte sie leise. Sie warf mir einen Blick zu. »Also, ich fürchte, nicht einmal ich konnte gute Miene zu ein paar von den Spielchen machen, die Tim sich da ausgedacht hatte.«

»Wie zum Beispiel?«

»Na, sagen wir einfach mal, daß es Tim nicht gereicht hat,

alle pudelnackt beim Strippoker auszuziehen. Er mußte auch noch sehen, wie sie's brachten.«

»Himmel. Du meinst –«

»Also hab ich mich empfohlen und bin ins Bett gegangen«, fuhr sie fort. »Und hab wahrscheinlich den ganzen Spaß verpaßt.« Sie warf mir einen Blick zu. »Ich bin ein großer Verfechter von ›Was ich nicht weiß, macht mich nicht heiß‹ und so weiter. Auf jeden Fall bin ich am nächsten Morgen aufgewacht und hab festgestellt, daß Boffy nicht in meinem Bett ist, also bin ich mit trübem Blick den Gang hinuntergestolpert, um ihn zu suchen. Ich ging nach nebenan in Harrys Zimmer, um zu sehen, ob's ihn dort umgeweht hätte, aber es war leer. Also hab ich die Tür gegenüber aufgemacht, was zufälligerweise Tims Zimmer war, und da waren sie alle. Die halbe Hausparty, zusammen im Bett. So süß.«

»Du willst damit sagen –«

»Tim, Boffy, Harry, zwei Cameron-Schwestern und Lavinia.«

»Großer Gott. Harry! Und Lavinia! Mein Gott, ich hab immer gedacht, sie wäre so prüde!«

»Sah nicht gerade prüde aus mit der Pfauenfeder im Hintern, das kann ich dir sagen.«

»Du meinst, sie waren alle nackt?«

»Nicht direkt. Eigentlich in verschiedenen Stadien der lächerlichsten Entkleidung. Alles von Frauenunterwäsche bis Strapsen und Weintrauben und Federboas. Alle sehr grau und unrasiert, alle tief und fest schlafend mit ausgebreiteten Armen und Beinen, die Münder weit offen, Ginflaschen überall.«

»Du meine Güte.«

»Als sie mich sahen, kamen sie total verlegen zu sich. Boffy taumelte in einem rosa Nachthemd heraus und stolperte mir über den Korridor nach, schwörte Stein und Bein, alles wäre völlig harmlos, völlig komisch, aber harmlos gewesen. Er bestand darauf, daß nichts passiert wäre und war in seiner Reue ein absolutes Lämmchen. Er war so ernst und verzweifelt und tagelang hinterher so süß zu mir, daß ich schließlich nachgab und ihm verzieh. Ich beschloß, es wäre wahrscheinlich nur ein einmaliger Ausrutscher gewesen, und das unter Alkoholeinfluß und Gott weiß was sonst noch. Also hab ich beschlossen, es zu vergessen, obwohl ich mir insgeheim schwor, daß wir die Camerons nicht so schnell wieder besuchen würden.«

»Aber ich dachte, dir gefällt das alles. Die Spielchen, die alberne Verkleiderei. Ehrlich gesagt, war ich der Meinung, du hättest die meisten davon angestiftet.«

»Wirklich? Da kann man mal wieder sehen, nicht wahr«, sagte sie stirnrunzelnd, »ich hab offensichtlich meine Rolle sehr gut gespielt. Nein, in der Öffentlichkeit war ich nicht sonderlich erpicht darauf, aber Boffy liebte es, und er liebte es, wenn ich mitmachte, einer von den Jungs war. Er sagte immer, Harry täte ihm leid, weil du nicht mitmachen wolltest. Er hat nicht gewußt, daß ich dich deshalb respektiere.«

»Aber du hast dauernd so auf mich herabgesehen, warst so gönnerhaft!«

Sie zog die Schultern hoch. »Ich war wohl eifersüchtig, daß du dich nicht so verstellen mußtest, denke ich. Ich meine, ich laß ganz gerne mal die Sau in der Privatsphäre meiner Wohnung raus, aber ich genieße es nicht wirklich, mich bloßzustellen.« Menschenskind, mich hast du aber ganz schön getäuscht, was das angeht, dachte ich. Sie seufzte. »Wie dem auch sei, wir sind dann eine Zeitlang nicht ausgegangen. Wir blieben für uns, machten ein paar ruhige Bridge-Abendessen und das war's dann gewesen. Das dachte ich zumindest.« Sie drückte ihre Zigarette aus und zündete sich sofort eine neue an. »Aber dann fing die Spielerei an.«

»Im Claremont Club? Du hast davon gewußt?«

»Ich dachte, du wüßtest davon, Rosie, aber ich hab es nicht, denn in Wirklichkeit haben sie gar nicht gespielt. Es gab keinen Claremont Club. Kein Verlieren am Blackjack-Tisch. Das war alles nur eine Deckung für etwas anderes.«

Mein Herz rutschte ein bißchen weiter nach unten. »Was?«

»Dafür, daß sie sich mit Tim trafen. Dafür, daß sie zu Verkleidungspartys zu ihm nach Hause gingen.«

Ich war fassungslos. »Wie meinst du das?«

»Sie sind dorthin gegangen, um Fantasien auszuleben. Du weißt schon, Eichhörnchen Nutkin, Feuerwehrmann Sam, Engel Gabriel, solche Sachen.«

Ich starrte sie an. »Sie sind doch nicht schwul, oder?« hauchte ich.

»Ich wußte, daß du das fragen würdest. Und ich schwöre bei Gott, ich glaube, die Antwort ist nein. Zumindest«, sie zögerte, »Boffy schwört bei Gott, die Antwort ist nein. Er sagt, das alles wäre nur ein unschuldiger Spaß, der ein bißchen außer Kontrolle geraten ist.«

»Oh, um Himmels willen«, explodierte ich. »Engel Gabriel? Das sind Frauenkleider!«

»Ich glaube nicht, daß der Engel Gabriel eine Frau war, Rosie.«

»Na gut, vielleicht nicht, ich möchte darüber keine theologische Debatte führen, aber wir reden hier immer noch von weißen Nachthemden und Heiligenscheinen, nicht wahr? Ich meine, ich muß es nicht unbedingt haben, daß meine Männer Rugby spielen und sich abends zehn Pints reinkippen, aber ich finde es doch ganz gut, wenn sie Hosen anhaben!«

Sie seufzte. »Es ist nur eine Methode, um unterdrückte Fantasien auszuleben, mehr nicht. Viele Engländer machen es. Schau dir Lilly Savage und Harry Enfield an, dauernd schnallen sie sich Schürzen um, aber das heißt noch lange nicht, daß sie Schwuchteln sind.«

»Bißchen halbseiden ist es aber schon, oder?« wandte ich nervös ein und griff nach dem Gin. »Ich meine, das sind Komiker, die verdienen damit ihren Lebensunterhalt. Das sind keine Immobilienmakler oder Anwälte.«

»Ich weiß, ich weiß, und glaube mir, selbst nach meinen Maßstäben hat der junge Tim ein sehr seltsames Haus geführt, vollgestopft mit exotischen jungen Dingern – übrigens nicht alles Jungs.«

»Aber was haben sie denn da alle gemacht?« quiekte ich. »Ich meine, was ging da vor? Wenn sie nicht schwul sind und sie, na ja, keine schwulen Sachen gemacht haben, was haben sie dann gemacht?«

»Offensichtlich war das alles sehr kindisch. Zuerst wurde furchtbar viel getrunken, und alle waren hickehacke breit. Und dann brachte Tim die Faschingskiste raus, und alle tauchten hinein und suchten sich eine Rolle. Wenn du also zum Beispiel Feuerwehrmann Sam warst, dann trug man vielleicht eine Uniform und läutete Glocken und wedelte mit seinem Schlauch herum, oder wenn man Baby Bunting war, konnte man einfach fröhlich mit seinem Schnuller in der Ecke herumplappern. Solche Sachen haben die gemacht.« Sie sagte das so beiläufig, als wären sie mal schnell ins Pub, um eine Runde Darts zu spielen.

»Gütiger Himmel.« Ich hatte eine plötzliche Vision von Harry in einer Windel mit einem Schnuller im Mund. Mir war entsetzlich übel, aber ich war auch ungeheuer erleichtert, daß er tot war und ich mich damit zumindest nicht herumschlagen mußte.

»Hat Boffy dir das alles erzählt?«

»Er hat, weil ich ihn dazu gezwungen habe. Ich wußte, daß da irgend etwas am Laufen war und hab gesagt, ich würde ihn verlassen, wenn er es mir nicht erzählt. Aber er hat entsetzliche Angst, ich könnte irgend etwas zu jemandem sagen. Er weiß natürlich nicht, daß ich hier bin.«

»Nein, nein, natürlich nicht«, sagte ich hastig. »Was hat er dir sonst noch erzählt?«

Sie zog die Schultern hoch. »Nicht viel. Nur ein bißchen etwas über die Kostüme. Harry spielte offenbar gerne Anthea Turner, und Boffy war immer diese blonde Frau, Bunny Soundso, aus der *Antiques Road Show.* Er sagte, er hätte einfach eine blonde Perücke angezogen und hätte dann Aschenbecher befummelt und so getan, als wären es Antiquitäten und dabei in eine imaginäre Kamera über Rokokovergoldungen im achtzehnten Jahrhundert geplappert. Wie mir scheint, ist das alles ziemlich harmlos, wenn man drüber nachdenkt.« Sie sah mich flehend an.

Mein Kinn hing mir bis auf die Brust, meine Augen baumelten an Stielen.

»Oh, und Boffy war auch gerne Suzanne Charlton«, fuhr sie hastig fort, spuckte jetzt alles aus. »Ich glaube, er hat sich einfach Kissen als Schulterpolster in seinen Anzug gesteckt und mit schriller Stimme geredet. Hat mit spitzen Stöckchen auf Wetterkarten geklopft.«

»Spitze Stöckchen!« wiederholte ich mit schwacher Stimme und griff erneut nach der Flasche. Ich goß mir mit zitternder Hand einen Schoppen ein. »Und Tim hat bei all dem den Vorsitz geführt?«

»Oh, absolut. Er hat die ganze Ausrüstung geliefert, und dann hat er sie einfach machen lassen.«

»Genau wie im Kindergarten«, hauchte ich. »Mit einer Faschingskiste!«

Sie nickte. »Total. Kleine Jungs, die ihre traurigen, unterdrückten kleinen Spielchen ausleben. Ich gebe eigentlich gefühlskalten Müttern und uniformierten Nannies und Internaten die Schuld. Sie mußten alle schon mit etwa sechs lernen ›kleine Männer‹ zu sein und durften so was nie machen. Steifes Rückgrat, keine Teddys und kein Weinen im Schlafsaal.« Sie verschränkte die Beine und schnippte etwas Staub von ihrem Rock. »Und es war natürlich keine totale Überraschung, weil Boffy und ich uns zu Hause auch ziemlich oft kostümieren.« Sie warf mir einen trotzigen Blick zu.

Ich glotzte. »Das *macht* ihr?«

»Natürlich nur ganz privat in unserem Schlafzimmer. Wie das verheiratete Paare eben so machen.«

»Oh! Oh, ja, natürlich.« Ich starrte sie fasziniert an. »Äh… als was?«

»Wie bitte?«

»Als was verkleidet ihr euch?«

»Oh, nichts wahnsinnig Originelles. Nur, du weißt schon, Hasen mit ein bißchen Watte hier und da reingestopft. Hühner vielleicht.«

»Hühner!« hauchte ich und bohrte mir die Nägel in die Handfläche, um nicht laut loszuprusten. Ich nickte verständnisvoll. »Klar, richtig, Hühner.«

»Ich meine, das ist doch nicht so ungewöhnlich, oder?«

»Himmel, nein!«

»Es ist nur, daß wir nie zuvor«, sie zögerte, »Geschlechter gewechselt haben.« Sie starrte mit gerunzelter Stirn in ihr Glas.

»Nicht einmal als Hühner?«

»Oh, nein, ich hab immer die Eier gelegt.«

Ich kämpfte heftig gegen wachsende Hysterie an, war jetzt in ernsthaften Schwierigkeiten. Als es mir endlich gelungen war, es runterzuschlucken, lächelte ich strahlend. Das war eine Erleichterung, die Gesichtsmuskeln ein bißchen zu lüften.

»Also, Charlotte, wenn ich du wäre, würde ich mir darüber überhaupt keine Gedanken machen! Ehrlich gesagt würde ich mich da so richtig reinstürzen!«

»Wirklich?« Sie hob zweifelnd den Kopf.

»Absolut! Sei du Hugh Scully zu seiner Bunny Soundso, sei Michael Fish zu seiner Suzanne Charlton! Mensch, wenn du Eier legen kannst, dann kannst du dich doch sicher daran gewöhnen, ein paar alte Porzellanscherben im Schlafzimmer rumliegen zu haben und ab und zu eine alte Wetterkarte unterm Bett herauszuziehen.«

»Findest du?«

»Ja, natürlich, das wird doch ein echter Heuler! Eh du dich's versiehst, wirst du seine Regenwolken mit deinen Isobaren kitzeln und deine Warmfront gegen sein Hochdruckgebiet reiben.«

Sie warf mir einen wütenden Blick zu. »Wir sind nicht pervers, weißt du, Rosie«, keifte sie.

»Nein, nein!« sagte ich hastig. »Nein, natürlich nicht! Tut mir leid, war nur ein Vorschlag, hab mich ein bißchen hinreißen lassen.«

»Ja, gut«, sagte sie beleidigt. Sie streckte die Hand aus und nahm sich noch etwas Gin. Wir schwiegen für ein Weilchen. Sie kontemplierte zweifellos eine Garderobe voller Nadelstreifenanzüge, Boxershorts und Krawatten und ich meine einstige Ehe. Mir wurde speiübel bei der Vorstellung von Harry in Frauenkleidern oder Häschenkostümen, aber zumindest, dachte ich mit einiger Erleichterung, war unser ehelicher Verkehr lange davor eingeschlafen. Nach Ivo hatte es praktisch kein Techtelmechtel mehr gegeben, also war er zumindest nicht bei mir angekommen, nachdem er Karotten mit anderen putzigen Häschen geknabbert hatte. Ich erschauderte. Das hätte mir wirklich die Gänsehaut über den Rücken gejagt, und ich fragte mich, wieso das Charlotte nicht passierte. Ich sah jetzt zu ihr. Sie sah niedergeschlagen aus. Savile Row hatte anscheinend doch seine Anziehungskraft verloren.

»Natürlich hattest du ja nie mein Problem, nicht wahr«, sagte sie traurig.

»Wie bitte?«

»Du hast Harry nie wirklich geliebt, nicht wahr?«

Ich überlegte mir das. »Am Anfang vielleicht, aber… nein. Später nicht mehr.«

»Das macht es um so schwerer.«

»Das kann ich sehen«, sagte ich leise.

Sie versenkte sich wieder in ihren Gin. Mir kam noch ein Gedanke.

»Also, ich nehme an, daß sie dann für all das bezahlen mußten?«

»Hmm?« Sie tauchte wieder auf.

»Für diese Verkleiderei.«

»O ja. Mehr und immer mehr, darum geht's ja. Weißt du, irgendwann hatte es das Stadium erreicht, bei dem Tim den Preis bei jeder Sitzung verdoppelte, und dann fing er an, sie zahlen zu lassen, wenn sie mal eine Woche ausließen. Und dann, als kein Geld mehr da war und Harry und Boffy ihre Konten ausgeplündert hatten und neue Hypotheken auf ihre Häuser aufgenommen hatten und nicht mehr hingingen, hat er ihnen trotzdem Geld abverlangt.«

»Fürs Nichtkommen?«

»Dafür, daß er den Mund hielt. Dafür, daß er die Fotos von ihnen im Fummel nicht an Boffys Familie, an seine Partner in der Kanzlei und an mich, an dich und Onkel Bertram schickte.«

»Erpressung!« hauchte ich.

»Genau.«

»Also...« Ich dachte rasch zurück. »Also an dem Tag, an dem Tim hierherkam, mich im Supermarkt angesprochen hat, mir die Tüten nach Hause getragen hat, da war das ein Trick, um in mein Haus zu kommen, nicht wahr? Ja natürlich«, fuhr ich langsam fort, damit meine Gedanken meinen Worten folgen konnten, »er ist hierhergekommen, um den Brief zu hinterlassen. Den, den die Polizei gefunden hat. ›Ich werde nicht leise gehen, mein Herz... wir stecken zu tief drin...‹ Ja, das ist es. Er ist nach oben gerannt, während ich am Telefon war und hat ihn nicht unter mein Kissen, sondern unter Harrys gesteckt!«

»Welchen Brief?« Sie runzelte die Stirn, aber ich war jetzt nicht mehr zu bremsen, mein Verstand war auf Turbo.

»Und als ich endlich nach oben kam, hatte er ihn bereits versteckt und war im Bad und hat Badedas in den Schrank gestellt und dann –« Ich schlug mir die Hand vor den Mund. »O Himmel, ja! Dann kam Harry zurück!«

»Wovon redest du überhaupt, Rosie?« Charlotte beugte sich vor.

»Ja, Harry kam zurück und – Mann – jetzt erinnere ich mich! Dieser Ausdruck von absolutem *Entsetzen* in seinem Gesicht! Ich dachte, das wäre, weil er mich mit einem Mann in unserem Schlafzimmer erwischt hatte, aber es war wegen Tim! Und Tim hat da eine lächerliche Scharade abgezogen von wegen, er wäre der Klempner, hat sich aber sicher insgeheim über Harry totgelacht. Denn irgendwie war es noch effektiver, wenn er ihn dabei sah, wie er mit seiner Frau im Schlafzimmer redete, nicht wahr? Denn, wieviel hatte er mir erzählt? Die Drohung war so unmittelbar, nicht wahr? Wieviel hatte er verraten? Wieviel wußte ich? Harry wurde sehr blaß, daran kann ich mich erinnern, und Tim sagte: ›Sind wir uns nicht schon einmal begegnet?‹ Oh, meine Güte, er hat ihn getriezt, mit ihm gespielt. Und wie er das genossen haben wird! Als Tim fort war, hat Harry mich beschuldigt, eine Affäre mit ihm zu haben, dabei muß er die ganze Zeit krank vor Sorge gewesen sein, weil er sich fragte, wieviel ich wußte.«

»Und genau an diesem Tag«, sagte Charlotte, die endlich begriffen hatte, »hast du gedroht, dich scheiden zu lassen, nicht wahr? Es war an diesem Tag, nicht wahr, Rosie? Boffy hat gesagt, ihr wärt auf dem Weg zum Haus deiner Eltern gewesen.«

Ich starrte sie an. »Ja, das ist richtig, aber – das war reiner Zufall. Ich hatte es schon seit einer Ewigkeit geplant, aber das war dann zufällig der Tag, an dem mir die Pferde durchgegangen sind.«

»Ja, aber das hat Harry nicht gewußt«, schloß sie messerscharf. »Er hatte dich gerade dabei ertappt, wie du ein gemütliches Pläuschchen mit Tim hattest, und er sollte ja nicht erfahren, daß Tim sich nur eingeschlichen hatte, um ihm einen unangenehmen Brief unters Kissen zu schieben. Tim hätte genausogut die Katze aus dem Sack lassen können! Denn plötzlich warst du da und hast die Scheidung gefordert. Was sollte er denken?« Sie kniff die Augen zusammen und starrte an mir vorbei ins Leere.

»Und so hat er mit ansehen müssen, wie sein Leben und sein Ruf vor seinen Augen versickerten. Er sah eine unschöne, rachsüchtige Scheidung vor sich mit Fotos von sich als gute Fee, die überall in der Regenbogenpresse erscheinen würden –«

»Das hätte ich nie getan!«

»Und dann hätten alle ihn endlich als das gesehen, was er wirklich war. Ein trauriger, konfuser, fetter Junge, der gern komische Kleider trug.« Ihr Blick pendelte zurück zu mir.

»Und wie hätte er damit fertig werden sollen, Rosie? Jemand wie Harry? Du weißt, wie er war, sein Ruf war sein ein und alles, nicht wahr? Was würden sie im Club sagen? In der königlichen Absperrung? Bei seinen Jagdeinladungen? Und noch wichtiger, was würde Onkel Bertram sagen? Dieser heißblütige alte Hetero. Nun, der würde sein Testament aber schleunigst ändern, nicht wahr? Also, dann sehen wir mal, was Harry alles verloren hatte, ja?« Sie hielt die Hand hoch und zählte es an den Fingern ab. »Sein Geld hatte er bereits an Tim verloren, aber jetzt hat er auch noch seine Frau, seinen Sohn, seinen Ruf, seine Freunde, sein Gesellschaftsleben und zu guter Letzt noch sein

Erbe verloren. Und wenn man Harry so gut kennt wie du, Rosie, war dann sein Leben für ihn noch lebenswert?«

Ich sah sie lange an. »Er hat Selbstmord begangen«, hauchte ich.

Sie nickte. »Ich würde sagen, das ist eine ziemlich kluge Schlußfolgerung.«

Wir sahen einander eine Weile an, dann ließ ich mich in meinen Stuhl zurückfallen, ohne sie aus den Augen zu lassen. »Er hat sich selbst den miesen Pilz untergejubelt.«

»Genau.«

»Aber er hat mich gebeten, sie durchzusehen, Charlotte. Warum sich die Mühe machen, wenn er wußte, daß er einen dazutun würde?«

Sie zuckte die Achseln. »Wer weiß? Ein letzter Akt der Rache, um dich zu belasten vielleicht oder vielleicht nur, um seine Spur zu verwischen. Er *wollte* nicht, daß die Leute wissen, daß er Selbstmord begangen hat. Er *wollte* diesen letzten Fleck auf seiner Weste nicht haben, deshalb hat er auch keinen Brief hinterlassen. Er wollte, daß es wie ein Unfall aussieht oder vielleicht wie Mord, aber ganz gewiß nicht wie Selbstmord.«

»Aber wie kann ich das alles beweisen?« sagte ich langsam. »Die Polizei denkt immer noch, ich hab es getan.« Ich setzte mich auf. »Du bist der einzige Mensch, der mir helfen kann, Charlotte. Du mußt zu ihnen gehen. Du mußt ihnen das alles erzählen!«

»Das kann ich nicht!« sagte sie und wich entsetzt zurück. »Du weißt, das kann ich nicht. Ihnen von Tims Haus erzählen, von diesen miesen Verkleidungssessions? Boffy würde alles verlieren, wenn das rauskommt! Er ist ein Anwalt, Menschenskind, er würde nie wieder arbeiten können. Seine Familie würde ihn enterben und, o Gott, er würde mir nie verzeihen, soviel ist sicher.« Sie stand auf und lief im Zimmer auf und ab, schüttelte heftig den Kopf. »Oh, nein. Nein, das kann ich nicht tun, Rosie.« Plötzlich drehte sie sich um, setzte sich wieder. »Und das nicht nur wegen uns«, fuhr sie mit leiser Stimme fort, »da sind auch noch andere Leute beteiligt, andere Leute, die dorthin gegangen sind.«

»Wer zum Beispiel?«

»Oh, du weißt schon, Beamte, Firmendirektoren, sogar gelegentlich ein Kabinettsminister.« Ihr Lachen klang sehr hohl. »Mein Taufpate offensichtlich, der der hohe Sheriff ist – oder Zimmermädchen Marian, wie er laut Boffy in Tims Haus genannt wird. Tim hat sehr gute Kontakte, weißt du, sein Onkel ist ein Herzog. Die Presse hätte ein gefundenes Fressen, wenn all diese Namen rauskämen, er führt da ein recht vornehmes Etablissement.«

»Du meine Güte. Und tagsüber arbeitet er bei Sainsbury's?«

»Na ja, irgend etwas muß er ja wohl untertags machen. Er braucht natürlich überhaupt nicht zu arbeiten, er ist stinkreich, aber es ist eine ganz gute Fassade, und wahrscheinlich geht ihm einer ab, wenn die Frauen seiner Klienten Grapefruits quetschen, wenn er weiß, wie er später ihre Männer ausquetschen wird.«

»Was für ein Schwein.«

»Wer? Tim oder die Ehemänner? Ich finde, man kann Tim eigentlich keinen Vorwurf machen, Rosie, er stellt nur eine Dienstleistung zur Verfügung. Er ermöglicht ihnen, etwas aus ihrem emotionell verkrüppelten System zu kriegen, was sie ansonsten an Leuten wie uns auslassen würden, ihren Ehefrauen.«

»Aber Erpressung ist nicht gerade ein liebenswerter Zug.«

»Stimmt, und das war ein großer Fehler. Er ist gierig geworden, und das könnte sehr wohl sein Untergang sein. Harry hat sich selbst übertroffen. Jetzt hat Tim Blut an den Händen, und außerdem wird er von der Polizei verhört, obwohl ich vermute, daß sie mit ihm nicht sehr weit gekommen sind, weil er noch nicht angeklagt wurde. Aber ich kann mir vorstellen, daß er inzwischen recht nervös ist.«

»Was erklärt, warum er so erpicht darauf ist, es mir anzuhängen«, sagte ich langsam. »Die Polizei davon zu überzeugen, daß er und ich diejenigen waren, die eine Affäre hatten, so zu tun, als hätte der Brief mir gegolten, so zu tun, als wär er einfach nur ein junger Kerl, der eine Affäre mit einer älteren Frau hat, die er bei Sainsbury's kennengelernt hat, eine Frau, die sich zu sehr hineingesteigert hat und ihren Mann tötete, um mit ihrem Liebhaber zusammensein zu können. Er behauptet das alles, um von sich abzulenken.«

»Zweifellos. Und demnach zu schließen, was du erzählst, scheint es ja zu funktionieren.«

Allmählich fielen alle Puzzelstücke an den richtigen Platz. »O Charlotte, jetzt ergibt das alles einen Sinn! Du mußt mir helfen, du mußt es einfach! Und du mußt es auch vorgehabt haben, warum solltest du ansonsten hierherkommen? Warum mich bitten, dich hier zu treffen? Warum nicht einfach ruhig verhalten und hoffen, daß –«

Die Türglocke bremste mich in vollem Lauf. Wir sprangen beide auf.

»Wer ist das?« keuchte Charlotte. »Ist es die Polizei? Hast du ihnen gesagt, daß du hierherkommst?«

»Nein, natürlich nicht!«

»Wer ist es dann?!«

Es klingelte wieder. Zwei kurze Bieper, dann ein langes, hartnäckiges Bimmeln. Wir sahen uns entsetzt an.

»Es ist die Polizei«, murmelte sie. »Ich geh hinten rum raus, durch den Garten.«

Als sie sich anschickte zu gehen, packte ich sie am Arm. »Sei nicht albern«, zischte ich. »Wenn sie's wirklich sind, haben sie jemanden am Hinterausgang postiert, und du willst doch wohl nicht dabei erwischt werden, wie du wegläufst, oder? Um Himmels willen, setz dich hin und verhalte dich ganz normal. Herrgott, das ist doch schließlich immer noch mein Haus, wieso sollte ich nicht eine Freundin auf einen Drink einladen?«

Ihr Gesicht war leichenblaß. »Okay«, flüsterte sie, »aber laß mich nicht im Stich, Rosie. Versprich mir, daß du kein Wort sagst!«

Ich schluckte. Es wäre so einfach, nicht wahr? Aber warum sollte ich das versprechen?

»Ich verspreche es«, murmelte ich schließlich und betete inständig, daß es nicht die Polizei war. Wenn ja, wäre ich womöglich sehr versucht, mit dem Finger auf sie und Boffy zu zeigen und sie der Schande und der Schmach der Regenbogenpresse aushändigen und mich damit vor dem Galgen retten. Ich tappte unsicher zum Eingang. Lieber Gott, laß es nicht die Polizei sein, betete ich, als ich an der Tür angelangt war. Der irre Axtmörder, ja, Tim mit den Flopsy Bunnies und dem Engel Gabriel im Schlepptau, aber bitte nicht die Polizei, sonst könnte ich in Versuchung kommen und mich vor allem Bösen bewahren.

Ich griff nach dem Türknopf, holte tief Luft, riß sie auf und – oh, Gott, ich danke Dir, Du bist ein absoluter Star. Es waren Joss und Alice.

30

»Oh, wie wunderbar«, japste ich. »Ich dachte, es wär die Schmier.«

»Schmier?« Joss runzelte die Stirn.

»Schweine, Bullen, du weißt schon, wie wir Flüchtigen sie nennen.« Ich warf hastig einen Blick die Straße auf und ab, um zu sehen, ob die Luft rein war. »Kommt rein«, zischte ich und zerrte sie in den Eingang, »aber schnell. Woher habt ihr gewußt, daß ich hier bin?«

»Ich hab Marfa auf die Streckbank geschnallt und es aus ihr herausgefoltert«, sagte Joss und trat ein.

»Sie hat versprochen, nichts zu sagen!«

»Und sie war wirklich heldenhaft. Ich hab ihr grelle Lampen in die Augen gehalten und ihr die Fingernägel ausgerissen, aber sie wollte nichts ausspucken. Dann hab ich gedroht, sie im Haus einzusperren, damit sie nicht abhauen und ihrem Vater Tee machen kann. Sie hat gesungen wie ein Kanarienvogel.«

»Ah, ja, kein Wunder.«

»Und selbst dann wußte ich nur, irgendwo in West London. Also bin ich wie ein Verrückter die Autobahn hochgebrettert und bin dann direkt zu Alice, die nicht die geringste Ahnung hatte, wo du sein könntest, aber darauf bestand, mitzukommen. Gemeinsam haben wir wohl an jede nur erdenkliche Tür in London geklopft, bevor ihr klar wurde, daß du hier sein mußt. Was zum Teufel geht hier vor, Rosie? Ich hab dir gesagt, verhalt dich ruhig. Ich hatte alle fünf Minuten die Polizei am Telefon, die fragte, ob ich wüßte, wo du bist.«

»O Gott, du hast es ihnen doch nicht gesagt, oder?«

»Ich hab's verdammt noch mal nicht gewußt! Und jetzt finde ich dich hier verschanzt wie Custer vor seinem letzten Gefecht. Ich hatte voll damit gerechnet, daß die Möbel vor die Tür gerückt und die Sandsäcke vor den Fenstern sind.«

»Nette Idee«, lobte ich bewundernd, »aber ehrlich gesagt ist das alles nicht mehr nötig, weil ich gerade etwas Wunderbares herausgefunden habe. Ich weiß nicht, wieso ich nicht schon vorher auf diesen Gedanken gekommen bin!« Ich faltete in Ekstase meine Hände.

»Was?«

»Das werdet ihr nie erraten!«

Joss knirschte mit den Zähnen. »Korrekt.«

»Harry hat Selbstmord begangen!« quiekte ich. »Ist das nicht wunderbar?«

Zwei Gesichter sahen mich verständnislos an.

Alice runzelte die Stirn. »Bist du sicher?«

»Ganz sicher. Nur«, ich schnitt eine Grimasse, »gibt's da ein kleines technisches Problem. Aber, egal, spielt keine Rolle, kommt und begrüßt das Genie, das den Samen überhaupt in mein Gehirn gepflanzt hat – hier, hier entlang!« Ich drängte sie fröhlich ins Wohnzimmer. Charlotte erhob sich verunsichert, rang die Hände.

»Charlotte, das ist mein – äh, mein Vermieter, denk ich, Joss Dubarry, und an Alice Feelburn kannst du dich wahrscheinlich von Ivos Taufe her erinnern.«

Ein paar Hallos wurden gemurmelt, und Alice und Charlotte tauschten die üblichen ungläubigen Blicke von Frauen, die verschiedene Planeten bewohnen. Charlotte starrte Alices rauschende indische Röcke an und Alice Charlottes dunkelblaue Falten und Perlen.

»Wie ich höre, glauben Sie, daß Rosies Mann Selbstmord begangen hat«, sagte Joss höflich, gerade so, als würde er sich erkundigen, ob sie ihr eigenes Gemüse anbaute.

»Na ja, es ist natürlich nur so ein Gefühl.« Sie warf mir einen nervösen Blick zu.

»Oh, absolut«, pflichtete ich ihr hilfreich bei. »Wir haben keinen Beweis, keinerlei Beweis.« Ich lächelte ihr beschwichtigend zu. »Aber wenn man darüber nachdenkt«, sagte ich und wandte mich eifrig den anderen zu, »dann ist es doch ganz logisch, oder?«

»Ist es das?« Alice sah verwirrt aus. »Das finde ich nicht. Ich meine, warum in aller Welt sollte er das tun? Sich selbst das Leben nehmen?«

»Oh, weil – weil ich mich von ihm scheiden lassen wollte, natürlich!«

»Ja, also«, sagte sie zweifelnd.

»Und«, ich haschte verzweifelt nach irgend etwas, »weil er so fett war!« fügte ich triumphierend hinzu.

Sie starrte mich an. »Ein bißchen extrem, was? Ich meine, wir kriegen alle mal ein bißchen Depressionen wegen unserem Gewicht, aber Harakiri als Schnelldiät ist –«

»Absoluter Quatsch. Dem stimme ich zu.«

Das Komische war, daß sich bei keinem die Lippen bewegten, als das gesagt wurde. Ich wandte mich rasch der Stimme zu und sah zu meinem Entsetzen Superintendent Hennessey; in ihrem üblichen blauen Mantel, Hände in den Taschen, Kragen hochgeschlagen, kam sie hinter uns aus der Küche, mit ihrem treuen uniformierten Anhängsel an ihrer Seite.

»Da müssen Sie sich schon was Besseres einfallen lassen, Rosie. Und, übrigens ist das hier nicht das ländliche Gloucestershire, wissen Sie. Sie können hier nicht so einfach die Hintertür auflassen, da könnten die seltsamsten Gestalten hereinschneien. Ich muß schon sagen, was für eine illustre Versammlung. Kenne ich denn alle? Rosie, würden Sie mir bitte die Ehre erweisen.«

Ich gaffte sie einen Augenblick lang an und dachte, daß ich eigentlich viel lieber einfach in Ohnmacht fallen würde. Warum war sie nicht auf dem Rückweg nach Oxford? Wieso trieb sie sich immer noch in London herum?

»Na denn«, krächzte ich. Herrgott, sie hatte wirklich die gräßliche Gabe, genau im falschen Moment aufzutauchen, nicht wahr? Vielleicht war es das, was sie an der Polizeiarbeit so angezogen hatte, die Tatsache, daß jeder immer so total entsetzt war, sie zu sehen.

»Ähm, also, das ist Joss Dubarry, dessen Cottage ich gemietet habe, und Alice Feelburn und Charlotte Boffington-Clarke, Superintendent Hennessey«, murmelte ich mit einem kurzen Nicken in ihre Richtung.

»Entzückt, entzückt«, schnurrte sie und zeigte dabei etwas, das wohl ein Lächeln sein sollte, aber die Erfahrung hatte mich eines Besseren belehrt. »Und alle bei einem kleinen nachmittäglichen Umtrunk, wie ich sehe«, sagte sie mit einem Blick auf die Ginflasche. So«, sie rieb sich fröhlich die Hände, als wäre sie tatsächlich gerade in eine Cocktailparty geplatzt. »Dann sehen wir mal. Sie haben gerade die Hypothese Selbstmord aufgestellt, als ich Sie so rüde unterbrochen habe, nicht wahr, Rosie?«

»Es wäre doch möglich, oder?«

»Oh, alles ist möglich, aber ich fürchte, wir brauchen ein bißchen mehr als Harrys Gewichtsprobleme, um uns davon zu überzeugen.«

»Oh, ja, natürlich!« Ich lachte nervös. »Ich wollte damit nicht sagen, daß die einzige –«

»Und nachdem da nicht mehr ist«, keifte sie plötzlich, »als Ihre berühmte Andeutung, und nachdem wir andrerseits eine überwältigende Ansammlung von Beweisen gegen Sie haben«, sie hielt inne, und ich verfing mich in ihren bohrenden Augen wie in Stacheldraht, »fürchte ich, ist es meine unangenehme Pflicht, Sie zu verhaften, Mrs. Meadows. Für den Mord an Ihrem Ehegatten, Mr. Harry Meadows. Sie brauchen nichts zu sagen, aber es könnte Ihrer Verteidigung schaden, wenn Sie bei Befragung verschweigen, was später vor Gericht wichtig sein könnte. Alles, was Sie sagen, kann aber als Beweis gegen Sie verwendet werden.«

Schockiertes Schweigen legte sich über den Raum. Ich starrte sie an.

»Das ist doch nicht Ihr Ernst«, hauchte ich. »Sie glauben doch wohl nicht wirklich, daß ich es getan habe.«

»Wie ich schon sagte«, sagte sie vorsichtig, »eine überwältigende Ansammlung von Beweisen deutet darauf hin –«

»Deutet darauf hin«, fauchte Joss. »Das verrät doch ganz deutlich die Armseligkeit Ihrer Situation, nicht wahr? Sie haben keinen echten Beweis, keine Indizien, aber Sie sind so darauf erpicht, jemanden im Triumphzug zum Revier zu schleifen und Anklage zu erheben, daß Ihnen jeder recht ist! Oh, ja, die Zeit marschiert gnadenlos weiter, nicht wahr, Superintendent? Dieser Mann starb schon vor Wochen, und Sie müssen verdammt schnell eine Verurteilung an Land ziehen, oder jemand, der ein paar Stufen höher auf der Leiter steht, wird den Grund wissen wollen. Also basteln Sie sich einen Hut, der fast auf jeden paßt, inklusive jemandem, von dem wir beide, Sie und ich, wissen, daß er unschuldig ist!«

»Mr. Dubarry, ich möchte Sie bitten, Ihre Zunge im Zaum zu halten!« keifte sie. »Das ist empörend, Sie mischen sich in eine Morduntersuchung ein –«

»Nein, *Sie* sind empörend«, unterbrach Joss, trat vor und hielt ihr einen Finger unter die Nase. »Genau gesagt, Sie haben Ihre Kompetenzen weit überschritten. Sie versuchen alles, um jemandem, von dem Sie wissen, daß er unter der richtigen Art von Druck zusammenbricht, ein falsches Geständnis abzupressen. Sie leiten absichtlich und menschenverachtend einen Justizirrtum ein.«

»Und *Sie* behindern absichtlich polizeiliche Angelegenheiten! Noch ein Wort von Ihnen, und Sie landen mit ihr auf dem Revier.« Sie nickte ihrem Freund in Blau kurz zu. »Leg ihr die Handschellen an, Jenkins.«

»Handschellen?« fragte Joss ungläubig. Ich stieß einen kleinen Entsetzensschrei aus und schoß hinter ihn. »Sie haben den Verstand verloren. Ich werde Sie wegen unberechtigter Verhaftung –«

»OH, IN ORDNUNG!« Charlottes Schrei durchschnitt das Geplänkel wie ein Messer.

Wir wirbelten herum und sahen sie blaß und zitternd am Fenster stehen, fast so blaß und zitternd wie ich, als ich dem Sergeanten meine armseligen kleinen Handgelenke hinhielt.

»In Ordnung«, wiederholte sie leise.

Schweigen legte sich über den Raum.

»Danke, Mrs. Boffington-Clarke«, sagte Superintendent Hennessey nach einer kurzen Pause. Mit einem Mal wurde mir klar, daß sie darauf gewartet hatte.

Charlotte entfernte sich vom Fenster, die Arme fest über der Brust verschränkt. Sie setzte sich auf eine Stuhllehne und leckte sich die Lippen.

»Es ist wahr«, murmelte sie. »Harry hat tatsächlich Selbstmord begangen. Er hat Boffy gesagt, er hätte es getan, hat ihm gesagt, er hätte den Pilz in die Pfanne getan.«

»Wann?« fragte ich fassungslos. »Das hast du mir nicht erzählt!«

»Als sie zusammen beim Lunch im Club waren. An dem Tag, an dem er starb. Er hatte ihn am Tag zuvor gegessen, aber es dauert mindestens vierundzwanzig Stunden, bis die Wirkung einsetzt. Boffy sagt, er hätte sich wie gewöhnlich an den Tisch gesetzt, Lammkoteletts und Wein bestellt, als wäre es ein vollkommen normaler Montag. Er hat sein Essen nicht angerührt, aber während Boffy aß, hat er ihm alles erzählt. Er sagte, er könnte mit der Schande und der Schmach, mit der Tim ihn und Boffy bedrohte, nicht leben, sagte, sein ganzes Leben wäre ohnehin nur Schall und Rauch gewesen, und jetzt würde auch noch das Wenige, was er hatte – du, Ivo, Bertrams Haus – den Bach runtergehen, er hätte alles verloren. Er sagte, ihm wäre klar, daß er dich mit seinem Tod belasten könnte, aber daß er es in einem Wutanfall getan hätte, und er bat Boffy, dafür zu sorgen, daß du entlastet wirst.« Sie sah mich an. »Harry wollte, daß er den Schaden wiedergutmacht, der Polizei sagt, daß er Selbstmord begangen hat, aber Boffy hatte zu große Angst. Er wußte, daß alles rauskommen würde, wenn er das tat, auch seine Beziehung zu Tim.«

»Du meinst, Boffy saß da und hat gegessen, obwohl er wußte, daß Harry zusammenbrechen würde?« flüsterte ich.

»O nein, sobald es raus war, wollte Boffy ihn ins Krankenhaus bringen. Und Harry wollte auch hingehen. Inzwischen hatte er eine Scheißangst, war blaß, zitterte und hatte Schmerzen. Weißt du, er hat gedacht, sobald er den Pilz in den Mund steckt, würde er tot umfallen, wie etwas aus einem Agatha Christie Roman. Ihm war nicht klar, daß es bis zu drei Tagen dauern konnte. Boffy war gerade aufgestanden, um einen Krankenwagen zu holen, als Harry kollabierte. Ehrlich gesagt, meinte Boffy, Harry hätte gar nichts dagegen gehabt, so von uns zu gehen.«

»Im Club, beim Portwein«, wisperte ich.

»Genau.«

»Mrs. Boffington-Clarke, Sie können natürlich eine vollständige Aussage im Hinblick auf die Beziehung Ihres Mannes und Mr. Meadows mit Mr. McWerther zu Protokoll geben?«

»Das kann ich nicht«, flüsterte sie. »Boffy würde mich umbringen.«

»Das glaube ich nicht«, sagte sie ruhig. »Ich glaube, letztendlich hätte er doch nicht damit leben können, daß Rosie ins Gefängnis gehen müßte, nur um seinen eigenen guten Namen zu retten, nicht wahr?«

Ich drehte mich langsam um und sah der eisigkühlen Polizistin in die Augen. »Sie haben davon gewußt, nicht wahr? Sie haben es die ganze Zeit gewußt.«

»Nicht die ganze Zeit. Wir hatten natürlich unsere Vermutungen, und wir beschatten Tim McWerther schon seit einiger Zeit, aber wir haben nie herausfinden können, von wo aus er operiert. Bis heute morgen haben wir noch nicht den genauen Standort des Hauses ermitteln können, weil er nur selten selbst dorthin ging, nur immer aus der Ferne die Fäden zog. Und obwohl wir wußten, daß er eine recht beeindruckende Klientel hatte, hatten wir wiederum auch keine Einzelheiten. Zweifellos wird Mr. Boffington-Clarke uns da aufklären können, uns eine Liste mit Namen geben.« Charlotte wurde ein bißchen grün um die Kiemen. Superintendent Hennessey wandte sich zu mir. »Wir hatten auch das Gefühl, daß Tim Ihren Mann möglicherweise über den Rand des Abgrunds gestoßen hat, Rosie. Ich bin mir ganz sicher, der Brief unter dem Kissen war nicht die erste Drohung, die er erhalten hat, nur die erste, die Tim ins Haus gebracht hat. Ich kann mir denken, daß es da wesentlich mehr gab, die per Post an beide Gentlemen gingen. Hab ich recht, Mrs. Boffington Clarke?«

Charlotte nickte niedergeschlagen.

»Dann haben Sie also *gewußt,* daß er Selbstmord begangen hat«, knurrte Joss.

»Erst seit heute morgen zehn Uhr mit Sicherheit. Als wir dieses Haus durchsucht haben. Wir haben etwas recht Interessantes auf der Rückseite der Badezimmertür entdeckt, wissen Sie.«

»Oh?« Ich sah sie erstaunt an. »Und das war?«

»Einen Paisley-Bademantel. Der Bademantel Ihres Mannes, der, den er trug, als er die Pilze im Haus Ihrer Eltern sammelte.«

Ich dachte zurück, dachte daran, wie er damit den Rasen hintergestapft war, sein dicker Hintern darunter hin- und hergeschwappt hatte. »Ja«, sagte ich langsam. »Ja, ich glaube, Sie könnten recht haben.«

»Oh, wir wissen, daß wir recht haben, wir haben nämlich in der Tasche winzige Sporen gefunden. Mikroskopisch kleine Fungusfasern. Wir haben gerade die Ergebnisse aus dem Labor bekommen, deswegen hab ich Sie gesucht. Die Sporen stammen zweifelsfrei vom Pantherpilz. Es gibt keinen Zweifel, der Pilz kam aus seiner eigenen Tasche.«

»Also sind Sie gar nicht hier, um mich zu verhaften?«

»Ganz im Gegenteil. Aber ich fürchte, als ich Mrs. Boffington-Clarke hier sah, konnte ich der Gelegenheit nicht widerstehen, sie zu zwingen, die zusätzlichen Informationen, die wir brauchten, preiszugeben. Tut mir leid, daß ich Ihnen einen solchen Schrecken einjagen mußte, Rosie, aber es war alles zum Besten, wie Sie mir sicher zustimmen.« Sie ging zur Tür. »Ich werde mich übrigens bald bei Ihnen melden, um Ihre Aussage zu Protokoll zu nehmen, aber es ist nur eine Formalität, kein

Grund zur Sorge.« Sie blieb an der Tür stehen und sah sich noch einmal um. »Bitte hier entlang, Mrs. Boffington-Clarke, wenn Sie so gut wären.«

Charlotte sah überrascht aus. »Oh, S-Sie meinen, wir –«

»Gehen jetzt Ihre Aussage aufnehmen, ja, richtig.«

Sie redete nicht lange um den heißen Brei herum, nicht wahr? Wir sahen alle zu, wie die arme alte Charlotte, schneeweiß und zitternd, aufstand und ihren Mantel und Hut von der Stuhllehne nahm. Sie wurde nicht direkt aus dem Raum geführt, aber die Eskorte war ihr dicht auf den Fersen. Wir hielten den Atem an, als die Haustür sich hinter ihnen schloß. Alle waren sprachlos vor Schock. Joss, Alice und ich sahen uns an.

»Ja, da brat mir doch einer 'nen Storch«, sagte Alice schließlich voller Inbrunst.

»War es das denn?« flüsterte ich. »Bin ich frei?«

»Sieht auf jeden Fall so aus«, sagte Joss. Er begann zu lächeln. Ich warf Alice einen Blick zu, und eh wir's uns versahen, fielen wir uns gegenseitig in die Arme, lachten und drückten uns. Es war ein bißchen wie beim Rugby, nur weinten Alice und ich ein bißchen, und ich war mir Joss' Arm um meine Schultern sehr bewußt, so warm und fest, daß ich mir wünschte, er würde immer so da bleiben. Ich war mir auch sehr bewußt, daß ich wünschte, Alice, so sehr ich sie auch liebte, wäre in diesem Augenblick in Saudi Arabien oder irgendwo ebenso weit weg. Einen Moment später ließen wir einander wieder los, lachend und schniefend.

»Gott, was für eine Erleichterung!« keuchte ich und wischte meine Nase sehr elegant am Ärmel ab. »Ich hatte wirklich gedacht, das wär's jetzt gewesen – ihr wißt schon, komm rein, Rosie Meadows, deine Zeit in der freien Welt ist vorbei, jetzt beginnt dein Aufenthalt in Strangeways! Oh, diese Freude, diese *Erleichterung* und, herrje, ich muß meine Mutter anrufen! Ja, ich muß Mum anrufen und ihr sagen, sie kann Dad aus dem Pflanzschuppen lassen, ihr sagen, sie soll Philly und – o Gott, *Philly!*« Ich hielt mir den Kopf. »Du lieber Himmel, ich muß einfach mit Philly reden, weil – Gott, wie furchtbar, wenn ich dran denke, daß ich sie tatsächlich *beschuldigt* habe! Meine eigene Schwester beschuldigt! Und alles, weil sie ein paar schäbige Bücher auf dem Speicher hatte. Diese Pilzbücher! Wie seltsam«, sagte ich langsam. »Das muß ein totaler Zufall gewesen sein, sie muß sie gekauft und dann vergessen haben. Erinnerst du dich, wie wir dachten, sie wäre es gewesen, Joss?«

»Das tu ich«, sagte er bedächtig. Er sah Alice an. Alice war ein bißchen rosa im Gesicht.

»Was?« sagte ich und sah von einem zum anderen. »Was ist los?«

»Du weißt es, nicht wahr?« murmelte sie und sah Joss mit ihren blaßblauen Augen an.

»Ich hab's mir ungefähr denken können.«

Ich sah sie ratlos an. »Was?« fragte ich.

Alice wandte sich zu mir. »Ich hab sie da hingetan«, sagte sie ruhig. »Damals, als dich die Polizei das erstemal beschuldigt hat. Du weißt, als du mich in totaler Panik angerufen hast und ich zu dir gerast bin, um bei dir zu sein, dort übernachtet habe. Auf dem Weg zu dir hab ich die Bücher in einem Second Hand Buchladen in Burford gekauft. Als du in dieser Nacht ins Bett gegangen warst, bin ich rauf in den Speicher, hab ein paar alte Bücher von ihr geholt, die Ex Libris Etiketten weggedampft mit Phillys Namen drauf und sie in die Pilzbücher geklatscht. Eigentlich wollte ich sie gut sichtbar unten in die Bücherregale tun, damit sie jemand ganz rasch finden konnte, aber in letzter Sekunde hab ich doch gekniffen. Ich hatte nicht den Nerv und hab sie einfach wieder rauf in den Speicher, in der Hoffnung, die Polizei würde sie vielleicht bei einer Durchsuchung finden, was sie natürlich haben, aber sie waren zu doof, in die Kisten zu schauen.«

»Aber... warum?« fragte ich fassungslos. »Warum in aller Welt –«

»Sollte ich deine Schwester belasten wollen? Ach, komm schon, Rosie. Ich hab sie verabscheut, sie *gehaßt*. Sie hat meinen Mann gestohlen, Menschenskind – sie hat mein Leben ruiniert!«

Ich sah sie baß erstaunt an. »Du hast es gewußt«, hauchte ich.

»Natürlich hab ich es, verdammt noch mal, gewußt, wir haben es doch alle gewußt, oder? Es ist ein absoluter Klassiker, eine richtige kleine Moritat.« Sie ging zum Kamin, dann drehte sie sich mit schmerzlicher Miene zu mir. »Ich muß dich doch wohl nicht aufklären, oder, Rosie? Kennst du die Geschichte? Die von dem flirtenden pozwickenden Ehemann, der bei einer Dinnerparty – deiner übrigens – ein schönes, intelligentes Mädchen kennenlernt und absolut erstaunt ist, daß sie seine tölpelhaften heißen Blicke über das Lachmousse nicht nur erwidert, sondern sich tatsächlich für die folgende Woche mit ihm in einem Hotel verabredet?« Sie lachte leise. »Er konnte sein Glück kaum fassen, das arme Schwein. So einen heißen Erfolg hatte er noch nie ... Also huschte er los, und sie haben ihre miese kleine Nummer in den Buntkarierten, und da schau einer an, in der folgenden Woche gleich wieder und in der Woche drauf, bis es zu einer regelmäßigen Mittwochabend-Veranstaltung wird, und das – rate mal wo? Nicht mehr in irgendwelchen miesen kleinen Motels, sondern in meinem ganz eigenen rosenumrankten Wochenend-Cottage auf dem Land!« Sie warf den Kopf zurück und rang sich ein krächzendes Lachen ab. »Ja, in meinem Cottage«, hauchte sie zur Decke. Dann richtete sie ihre funkelnden blauen Augen wieder auf uns. »O nein, sie ist natürlich nicht in ihn *verliebt,* dieses schöne, intelligente Mädchen, sie amüsiert sich nur. Und warum auch nicht? Sie langweilt sich, verstehst du. Es langweilt sie, der Obermacher im Elternbeirat zu sein, langweilt sie, die Vorsitzende der Krebsgesellschaft zu sein, es langweilt sie, ihr eigenes Gemüse anzubauen und alle Preise bei der Dorfausstellung zu gewinnen. Ihr perfektes Haus langweilt sie, ihr perfekter Gatte, ihre perfekte Säule der Gemeinde Lebensstil. Was sie jetzt braucht, ist ein bißchen rumvögeln. Ja, das ist es, denkt sie, rumvögeln! Das ist eine schöne Abwechslung.

Also, wen soll ich mir denn nehmen? Uuuh, ja ich weiß, ich borg mir den Mann der schlampigen alten Alice. Der paßt, er sieht geil genug aus, und er kommt einmal die Woche geschäftlich hierher. Ja, das ist es, den ihren nehm ich mir. Wen schert's, daß Alice zwei kleine Kinder hat? Wen schert's, daß sie die beste Freundin meiner Schwester ist? Wen schert's, daß ich ihr Leben in Fetzen reiße, ich bin Philippa Hampton, verdammt noch mal, ich kann tun, was immer ich will!« Ihre Stimme wurde schrill, und sie hielt kurz inne. Ich merkte, daß sie um ihre Fassung kämpfte, schwer atmete. Arme, tapfere, starke Alice. Ich schluckte.

»Ich hab sie gehaßt«, zischte sie durch die Zähne, »sie mit einer Leidenschaft verabscheut, die geradezu beängstigend war. Ich glaube wirklich«, fügte sie etwas überrascht hinzu, »daß ich sie in einem gewissen Stadium ohne weiteres hätte umbringen können. Sie hatte alles, wie es schien, alles, was sie sich je hätte wünschen können, aber sie wollte auch noch meinen Mann.« Sie schüttelte ungläubig den Kopf. »Und als sie mit ihm fertig war, nachdem sie ihn ausgesogen hatte und alles, was sie wollte, aus ihm herausgeholt hatte, weißt du, was sie dann gemacht hat? Sie hat ihn mir zurückgeworfen wie einen schlaffen Lumpen. Ihn wieder dahin zurückgeworfen, woher er kam, aber wo er nicht mehr länger sein wollte. Er hatte von den verbotenen Früchten gekostet, weißt du«, sagte sie bedauernd. »Das langweilige alte häusliche Leben konnte da einfach nicht mithalten.« Sie schluckte. »Armer alter Michael. Diese Zurückweisung hat ihn irre gemacht, fast den Verstand gekostet, und ich bin mir sicher, daß er deshalb eine Zeitlang hinter allem, was einen Rock anhatte, her war, nur um das Gefühl zu haben, begehrt zu sein.« Ich sah hinunter auf meine Füße und dachte an mein kleines Debakel mit Michael. Irre wäre auch meine Schilderung gewesen.

»Und ich war natürlich auch ziemlich irre. Irre vor Kummer. Und deswegen hab ich diese Bücher untergeschoben. Ich fand, das wäre die perfekte Methode, um dich vom Haken zu holen, Rosie, und gleichzeitig sie zu belasten.« Sie schob trotzig ihr Kinn vor. »Und es *war* perfekt. Es paßte genau in die dominante Art, mit der sie dich immer beschützen wollte – zu sehr, wie ich immer fand. Harry vergiften hätte ohne weiteres ihr ultimativer Akt von ›Große Schwester beschützt kleine‹ gewesen sein können, ihre Art, dich vor diesem großen, brutalen Ehemann zu retten. Und außerdem hätte es wunderbar zu ihrer gnadenlosen Arroganz gepaßt. Sie hätte sich vorgestellt, sie würde damit durchkommen, nicht wahr? Sie hat sich immer schon als unbesiegbar gesehen. Das wußte ich von der Art, mit der sie mit Michael umgesprungen ist.« Sie lächelte. »Ja, sie hätte es ganz leicht tun können, findest du nicht? Harry töten?«

»Aber – du hättest es doch nicht durchgezogen, oder?« sagte ich ungläubig. »Sie so reinreiten?«

»Ich weiß es nicht. Ich würde gerne glauben nein, aber, wie ich schon sagte, ich war irre. Ich würde gerne glauben, daß ich die Hände gehoben hätte, wenn man sie tatsächlich angeklagt hätte, aber wer weiß?«

»Ich weiß, daß du es getan hättest, Alice«, sagte ich liebevoll.

Sie zuckte mit den Achseln. »Na ja, jetzt werden wir's nie erfahren, nicht wahr?« Sie wandte sich zu Joss, der nur still zugehört hatte. »Wie haben Sie's rausgefunden?«

Er räusperte sich. »Das mit den Büchern? Na ja, ich hab sie mir noch mal angesehen, bevor ich hierherkam, und entdeckte, daß in ein oder zwei ganz normalen Romanen in der Schachtel die Buchzeichen rausgerissen waren. Ich fand das einen recht eigenartigen Zufall, mehr nicht. Ich konnte nicht umhin, mich zu fragen, ob das nicht jemand absichtlich getan hatte, der etwas gegen Phillys hatte. Dann fragte ich mich, wer diese Person wohl sein könnte. Dein Name paßte da erschreckend gut.«

Sie lächelte. »Ja, da hast du wohl recht.« Sie wandte sich ab und sah aus dem Fenster. Ich beboachtete, wie sie mit verschränkten Armen dastand, sehr aufrecht, sehr starr, aber auch sehr verletzlich.

»Also, was wirst du jetzt tun, Alice?«

Sie drehte sich zu uns, kam von weither zurück. »Hmmm?«

»Ich meine, wirst du bei ihm bleiben?«

»Bei Michael?« Sie seufzte. »Er möchte es, aber ich werde sehen, wie mir zumute ist, wenn ich wieder da bin.«

»Von woher wieder da bist?«

»Aus Amerika. Ich reise für einen Monat dorthin, nehme die Mädchen mit.«

»Oh! Oh, Alice, was für eine wunderbare Idee! Das ist genau das Richtige, weg von allem. Wohin fliegst du denn?«

»Nach Los Angeles.« Sie wurde rot. »Ich wohne bei Tom.«

»Tom?«

»Tom. Dein Bruder. Er hat uns eingeladen.«

»Nein! *Wirklich?*« Ich setzte mich abrupt auf eine Stuhllehne. »Verdammt. Wann?«

»Als er zu Harrys Beerdigung hier war. Hat dauernd rumgenölt über den Mangel an echten Menschen dort drüben und wie schön es wäre, mich zu sehen und ob ich mich erinnere, daß er damals zu der Aufführung von ›*Der Sturm*‹ gekommen ist. Ich habe. Ich werde es nie vergessen.« Sie lächelte betreten. »Stehender Applaus bei einer Uniaufführung und dein Schlaganfall von Bruder, der wie ein Besessener in der ersten Reihe geklatscht hat. Es war mein größter Tag. Traurig, aber wahr.«

»Überhaupt nicht traurig«, sagte ich langsam, »nur erstaunlich, wenn man sich vorstellt, nach all den Jahren ... Also meinst du, du weißt schon, Tom und du?«

Sie zog die Schultern hoch. »Wer weiß. Ich will nicht einmal darüber nachdenken. Ich würde gerne glauben, daß mein Herz dazu bereit wäre, Michael zu verzeihen, ich in vier Wochen wiederkomme und dann wieder alles in Butter wäre, schon um der Mädchen willen, wenn auch sonst aus keinem anderen Grund. Aber wenn ich es nicht kann ...« Sie biß sich auf die Lippe, schüttelte sich leicht. »Wie dem auch sei, ich bin überzeugt, Tom hat mich nur als Freund eingeladen, in seinem Leben muß es ja vor schönen Frauen geradezu wimmeln. Wahrscheinlich hab ich ihm ein bißchen leid getan.«

Sei dir da nicht so sicher, dachte ich insgeheim. Je mehr ich darüber nachdachte, desto klarer wurde mir, daß Alice genau Toms Kragenweite war. Ich stand auf und umarmte sie. »Was immer du tun wirst, wird das Richtige sein, Alice. Folge einfach deinem Instinkt, das hast du zu mir auch ewig gesagt.«

»Ich weiß«, sagte sie mit etwas roter Nase und fischte ein Taschentuch aus dem Ärmel. »Auf bestimmte Art war ich genauso schlimm wie Philly, hab dich auch ständig rumkommandiert, nicht wahr? Da saß ich, hab Eheberatung am Küchentisch ausgeteilt, im Glauben, ich hätte den perfekten Ehemann und das perfekte häusliche Glück, und dabei ... Ach ja.« Sie putzte sich die Nase ab und lächelte. »Der arme alte Joss«, sie warf ihm einen beschämten Blick zu. »All diese emotionsgeladenen, schluchzenden Frauen, er wünscht sich sicher, er wäre in Gloucestershire geblieben.«

»Du machst Scherze«, sagte er und kratzte sich verwirrt den Kopf. »Soviel Einblick hatte er schon lange nicht mehr in diese Grauzone, dieses mit Nebelschwaden verhangene Thema Frauen. Ich bin völlig faziniert.«

Sie grinste. »Also, ich werde jetzt aufhören, faszinierend zu sein, weil ich nämlich gehen muß. Ich muß los und meine Mädchen vom Nachbarn abholen.« Sie putzte sich erneut geräuschvoll die Nase. Als sie das Taschentuch in ihren Ärmel zurücksteckte, wandte sie sich mit einem wäßrigen Lächeln mir zu. »Rosie, ich bin so froh für dich, wirklich. Ich bin so glücklich, daß sich dieser gräßliche Verdacht verflüchtigt hat«, sie sah von mir zu Joss, »und ich wollte nur sagen, ich hoffe *so* –«

»Ja, danke, Alice«, hauchte sie hastig, umarmte sie rasch, quetschte sie, daß ihr die Luft wegblieb und verhinderte so hoffentlich, daß sie das sagte, was ich vermutete. Fast konnte ich sehen, wie die Zahnräder in ihrem Kopf fieberhaft arbeiteten, etwa in der Richtung: Wie zum Teufel kommt dieser attraktive Mann dazu, die Autobahn auf- und abzurasen, Rosie gegen übereifrige Polizisten zu verteidigen, wenn da nicht irgendein romantischer Grund dahintersteckte? Und sollte ich nicht, als Rosies beste Freundin und Verbündete, die erste sein, die ihre herzlichen Glückwünsche ausdrückt?

Ich packte ihren Arm und führte sie zackig den Gang entlang zur Haustür, ließ sie gerade noch Joss über die Schulter ein kurzes Wiedersehen zuwerfen, mehr aber auch nicht. Um ehrlich zu sein, ich war genauso erpicht darauf, daß all dies hier ein

Happy-End haben würde, aber wenn sie nichts dagegen hatte, wollte ich es doch lieber selbst als erste erfahren. Als erste erleben.

An der Tür umarmte ich sie noch einmal. »Ich seh dich in einem Monat, mit nahtloser kalifornischer Bräune, Alice!«

Sie lächelte überrascht. »Das denke ich doch. Ich kann es allerdings noch nicht so richtig fassen, daß ich tatsächlich fahren werde.«

»Natürlich fährst du«, sagte ich liebevoll. »Und du wirst dein Bestes geben. Immer ran, Alice, und wenn es nicht funktioniert, komm zurück und versuch's noch mal mit Michael, aber laß dir alle Optionen offen, du hast dir's verdient. Ich muß aus rein egoistischen Gründen sagen, ich würde dich gerne an der Seite meines Bruders sehen. Wenn du mich fragst, bist du genau das, worauf er all die Jahre gewartet hat.« Mit einemmal fiel mir etwas ein. »Stell dir vor, Alice, dann wären wir Schwestern!«

»Gütiger Himmel!« Sie sah plötzlich ziemlich entsetzt aus. »Müßte ich da etwa deine Mutter Mum nennen? Elizabeth fällt mir schon schwer genug, am liebsten würde ich wieder zu meinen Mrs. Cavendish-Tagen zurückkehren.«

Wir kicherten, und ich küßte sie zum Abschied.

»Viel Glück«, raunte sie mir noch zu, als sie den Weg hinunterging, aber das Zwinkern und die Kopfbewegung in Richtung Wohnzimmer mit der unbekannten Größe waren nicht zu übersehen.

Mein Herz hämmerte vor Aufregung, als ich die Tür zumachte. Ich verharrte einen Moment, zwang mich zur Ruhe, versuchte cool zu werden, ohne jeden Erfolg, also machte ich mich auf den Weg zurück ins Wohnzimmer.

Joss stand mit dem Rücken zu mir am Kamin und starrte in die leere Feuerstelle. Jeden Moment würde er sich umdrehen. Unsere Blicke würden sich begegnen, ein langsames Lächeln würde sich über seinem Gesicht ausbreiten. Er würde auf mich zugehen, langsam, ohne mich aus den Augen zu lassen. Mir war schon schwindlig, meine Knie wurden weich von der Spannung. Ich hielt mich an der Sofalehne fest. Dreh dich um, versuchte ich ihn verzweifelt zu hynotisieren, schnell, sonst muß ich mich hinsetzen. Er tat es. Er drehte sich, seine Löwenaugen glühten vor Leidenschaft. Jetzt, dachte ich hungrig, als er auf mich zukam, jetzt, ja, ganz sicher, etwas so Richtiges nach so vielen Jahren Falschem, ja ... ja ... *ja!* Ich klammerte mich ans Sofa und senkte verführerisch die Augen. Das ist es, Rosie, nicht zu aufdringlich, ganz cool bleiben. Er war jetzt nur noch wenige Zentimeter von mir entfernt, fast konnte ich seinen Atem auf meinem Gesicht spüren. Ein Zusammenbruch in seinen Armen mußte unmittelbar bevorstehen, weil ich den rauhen Tweed seiner Jacke spüren konnte, fast die Wärme seines Körpers fühlte, als er – sich an mir vorbeidrängte.

»Jetzt komm schon«, sagte er irritiert. »Nichts wie raus hier. Wir haben noch die lausige M4 vor uns. Dank dir komm ich mir vor, als wär ich schon den ganzen verdammten Tag auf der Straße!«

Und mit dieser verführerischen kleinen Rede in der Luft marschierte er durch den Gang, zur Haustür hinaus und den Weg hinunter zu seinem Auto.

31

Eine halbe Stunde später raste ich wie eine Vergiftete hinter ihm die Autobahn entlang, haftete wie Sekundenkleber an seinem Range Rover. Ich sah starr geradeaus, mit großen, dummen Augen, schockiert und verständnislos. Wie in aller Welt hatte ich mich so irren können? Hatte ich die Zeichen total mißverstanden? Hatte ich seine Absichten voll und ganz falsch eingeschätzt? Offensichtlich hatte ich, denn welche bessere Chance hätte er gehabt, als dort in diesem leeren Haus, ich ganz außer mir vor Freude, weil mein Name reingewaschen war und danach lechzend, das in gebührender Weise zu feiern? Was brauchte ein Mann noch mehr Aufmunterung, um zielstrebig über den Axminster Teppich zu schreiten, ein Mädchen in die

Arme zu nehmen und sie bewußtloszuküssen? Statt dessen hatte er das Verhalten eines Mannes an den Tag gelegt, der mir lieber mit bloßen Händen die verstopfte Toilette freigelegt hätte, als sich mir auf einen halben Meter zu nähern.

Mein Herz, das noch eben irgendwo in der Gegend meiner Mandeln gehämmert hatte, wurde mit jeder Sekunde, jeder Meile, die mein zerbeulter Volvo fraß, schwerer. Ich packte das Lenkrad und starrte sehnsüchtig auf das Nummernschild vor mir. Ich kannte es auswendig. Ich murmelte die Zahlen laut vor mich hin, ließ sie von meiner Zunge rollen. Was für eine unendlich prachtvolle Nummer das war und so weit außerhalb meiner Reichweite! Plötzlich füllten sich meine Augen mit Tränen. Ich schlug mit aller Kraft auf das Lenkrad. O Gott, das war alles so unfair. Ich sollte doch jetzt so glücklich sein! Ich sollte hier nicht herumheulen, ich hatte gerade meinen Namen blankpoliert, das sollte ein Tag zum Feiern sein! Ich mußte nicht mehr länger in meinem alten Regenmantel unter einer dunklen Wolke des Verdachts herumschleichen. Ich konnte wieder hocherhobenen Hauptes daherkommen und die Welt – na ja, meine Welt, soweit vorhanden, nämlich das Dorf Pennington, wäre gezwungen, das anzuerkennen. Das war, bei allem was recht ist, meine Stunde des Triumphs, meine Stunde, um zurück in die Stadt zu reiten, den Helden an meiner Seite, den Mann, der die ganze Zeit meine Unschuld proklamiert hatte, mir beigestanden hatte, Kisten mit alten Büchern durchwühlte, aus Europa zurückgeflogen war, um mir zu helfen, mit mir bei Kerzenschein und an Karnickelgräbern verweilt hatte, in einem Meer gegenseitiger Zuneigung geschwommen war – das hatte ich zumindest geglaubt und nicht nur gedacht, ehrlich gesagt, sondern auch gefühlt, ja gefühlt, mit jedem Nerv und jeder Faser meines Körpers. Also warum, verdammt noch mal, jagten wir dann so überstürzt in getrennten Autos zurück nach Gloucestershire? Das schien mir ein totaler Schritt zurück. In Gloucestershire waren Kinder, Klatschmäuler, Verantwortungen, Bindungen, wohingegen wir in London irgendein stilles, privates Plätzchen hätten finden können, wo wir uns unsere heimliche Liebe hätten gestehen können, bevor wir uns zurück auf den Weg in die Realität machten, um unsere Pflichten zu erfüllen.

Joss scherte plötzlich aus der mittleren Spur aus und schoß auf der Überholspur davon. Ich zog sofort hinterher, aber bog mit einem so eklatanten Mangel an Vorsicht heraus, daß ich sofort von lautem Gehupe hinter mir wieder zurückgejagt wurde. Ein Laster donnerte vorbei, verpaßte mich nur um Haaresbreite. Erschüttert kroch ich betreten auf die langsame Spur hinüber. Die stürmische Erregung, die ich im Haus empfunden hatte, war geronnen, sauer geworden, und ich spürte, wie die Bitterkeit der Abweisung hereinsickerte. Ich erkannte sie, wissen Sie, weil ich das schon ein- oder zweimal mitgemacht hatte.

Du bist ein Narr, Rosie Meadows, sagte ich mir verbittert. Und du hast ein sehr schlechtes Gedächtnis. Du bist seine Mieterin, weißt du noch? Warum muß ich dir das andauernd wieder sagen? Er hat dir aus der Klemme geholfen, weil du in seinem Cottage wohnst, mehr nicht. Natürlich wollte er dafür sorgen, daß es dir wieder gutgeht, aber was irgendwelche romantischen Ideen angeht, vergiß es. Erstens, falls du dich vielleicht erinnerst, ist er verheirat. Verheiratet mit diesem bildschönen, talentierten, bleistiftdünnen, joghurtessenden, yogapraktizierenden Weibsteufel, dem er offensichtlich treu ergeben ist. Oder warum sonst sollte er ihre Abwesenheiten, ihre Launen, ihr Desinteresse an seinen Kindern, ihre Untreue mit solcher Tapferkeit ertragen? Warum sollte er sonst Stunden damit verbringen, sie anzuflehen, nach Hause zu kommen? Warum sonst, wenn er nicht von dieser total irrationalen, verzehrenden Leidenschaft zerfressen war, der gleichen, die du für ihn empfindest, dieses Ding, genannt Liebe?

Ich drosselte das Tempo auf 50 Meilen herunter und ließ ihn außer Sichtweite verschwinden. Eine heiße Flut von Scham brandete über mich. Gott, wie dämlich von mir, wie dumm war ich gewesen. Er war doch lediglich gütig gewesen, hatte sich in Ermangelung eines anderen um mich gekümmert. Ich war schließlich und endlich eine hilflose Witwe, und ich hatte ihm leid getan, er hatte eine sehr aufnahmefähige Schulter zum Anlehnen geboten, aber das war's dann kategorisch auch. Wie hatte ich nur je glauben können, daß er sich für jemanden wie mich interessieren könnte? Ich legte meine Hand an die Stirn, und mir wurde noch heißer. Du gehst doch nur mit den Mitläufern aus, weißt du noch, Rosie? Mit Leuten, die Brillen tragen, Leuten ohne Haare, Leuten, die wie Türen aussehen, und du heiratest Leute wie Harry, fette Leute, Leute, die Hasenkostüme tragen, Leute mit Persönlichkeitsstörungen, okay? Joss ist nichts von alledem. Joss ist ein Außerirdischer, ein köstlich attraktiver, berühmter Bildhauer, meilenweit aus deiner Liga entfernt, der Stoff aus dem Träume gemacht werden, aber selbst dann um Lichtjahre von *deinen* wildesten Fantasien entfernt. Und du bist ihm wahrscheinlich unendlich peinlich mit deinem wehmütigen, treuen Hundebabyblick. Mir wurde noch heißer, und ich fächelte mir mit der Hand Luft zu. Himmel, warum war mir bloß so heiß? Das waren doch hoffentlich nicht schon die Wechseljahre, oder doch? Die hatten mir gerade noch gefehlt. Ich drehte das Frischluftgebläse voll auf und wäre fast erstickt, als mich ein Schwall welker Blätter und abgestandene Luft trafen. Ich drehte es rasch wieder aus. Und worauf bitte hattest du da vorhin eigentlich gehofft, Rosie? Ein kniefälliges Geständnis seiner Leidenschaft vielleicht? Oder nur eine schnelle Nummer auf dem Sofa? In was für ein erotisches Szenario hattest du dich da einstricken wollen, hmm?

Jetzt zog ich mich ins Elend zurück, grub mich weiter unter der Oberfläche ein. Ich ließ mich tief in den Sitz sinken und kroch den restlichen Weg nach Hause. Gute eineinhalb Stunden brauchte ich noch, bis ich endlich in Pennington einschlich. Ich blieb an der Tankstelle mitten im Dorf stehen, um zu tanken und seufzte. Da war ich also wieder. Hallo, Pennington. Als ich ausstieg und schleppenden Schrittes zum Heck des Wagens zur Zapfsäule schlurfte, entdeckten mich zwei ältere Frauen auf der anderen Seite der Straße. Sie blieben stehen und winkten. Ich zwang mir überrascht ein Lächeln ab, während ich den Tank füllte, obwohl mir im Moment nicht gerade danach zumute war, auch nur irgend jemanden anzulächeln. Außerdem war ich mir auf die Entfernung gar nicht sicher, wer das war. Als ich genauer hinsah, merkte ich, daß eine davon nach rechts und links schaute und dann geschäftig über die Straße auf mich zueilte. Es war Mrs. Fairfax aus dem Laden.

»Ich möchte mich entschuldigen«, keuchte sie und hielt sich die Seite von der Anstrengung. »Wir haben die gute Nachricht gehört, Dot und ich. Vera hat uns vor zehn Minuten angerufen, als Mr. Dubarry angerufen hatte. Ich weiß nicht, wann ich mich je so geschämt habe. Das hab ich grade auch meinem Horace gesagt, wie ich ihm seinen Tee gemacht habe, und er hat gesagt, er hat sowieso nicht verstanden, wieso ich überhaupt so was denken konnte. Er hat immer gesagt, daß Sie das nie gewesen sein können, so ein nettes Ding wie Sie, und ich bin so sauer auf mich, weil ich auf diesen blöden Klatsch gehört hab. So, jetzt hab ich's gesagt.« Ihr Gesicht schimmerte rosenrot, ihre Stimme war ein bißchen zittrig, und diese Entschuldigung war so ehrlich und kam so von Herzen, daß ich einfach lächeln mußte.

»Schon in Ordnung, Mrs. Fairfax. Ich bin überzeugt, an Ihrer Stelle hätte ich wohl dasselbe gedacht.«

»Hier, meine Liebe.« Sie drückte mir etwas in die Hand. Es war ein kleiner Bund Schneeglöckchen, die Stiele fest in Silberfolie gewickelt. »Frisch aus dem Garten. Als ich nach dem Anruf von Vera den Hörer aufgelegt habe, bin ich direkt raus und hab sie für Sie gepflückt. Viel Glück, meine Liebe und für den kleinen Racker.«

Bei Erwähnung des kleinen Rackers brannten mir unerklärlicherweise Tränen unter den Augenlidern. »Danke«, flüsterte ich.

Ich beobachtete, wie sie zurück über die Straße zu Dot watschelte – Pflicht erledigt –, dann bezahlte ich das Benzin und stieg wieder in den Wagen, starrte niedergeschlagen eine Weile durch die Windschutzscheibe. Viel Glück. Warum löste ausgerechnet das so ein Gefühl von Leere aus? Von Traurigkeit? Etwa weil es andeutete, daß ich wieder einen neuen Anfang machte, mich erneut auf eine Reise begab, wo ich doch schon ziemlich reisemüde war? Ziemlich am Ende? Ich seufzte und drehte den

Zündschlüssel, steuerte den Wagen zurück ins Dorf. Es war nicht zu übersehen, daß Joss vom Auto aus in Fairlings angerufen hatte und Marfa und Vera keine Zeit verloren hatten, die gute Nachricht zu verbreiten, Gott segne sie, denn unterwegs blieben überall die Leute stehen und lächelten. Eine Frau, die ich nicht einmal kannte, unterbrach ihre Gartenarbeit, um zu winken, und eine andere riß ihr Wohnzimmerfenster auf und winkte mit dem Staublumpen. Wenn ich mich nicht so ausgelaugt fühlen würde, dachte ich, hätte ich vielleicht noch eine Siegerrunde durchs Dorf gedreht. Ich hätte mir einen Lorbeerkranz umhängen und eine Champagnerflasche schäumen lassen können, wie ein erfolgreicher Grand Prix Held. Aber so beschränkte ich mich auf ein schwaches Lächeln, nickte meine Dankeschöns und fuhr weiter durchs Dorf. Weiter und hinaus, den Berg hoch nach Fairlings.

Als ich die Kieseinfahrt hochknirschte, bemerkte ich, daß Joss' Wagen nicht da war. Er hatte wahrscheinlich Toby mitgenommen, um die Mädchen von der Schule abzuholen, womit nur noch Marfa und Ivo da wären. Das war für mich eine Erleichterung. Ich stieg aus und schlug die Wagentür zu. Ich hatte keine sonderliche Lust, ihm so bald zu begegnen, nachdem er das gierige Funkeln in meinen Augen, dieses lüsterne »Komm her« der Hemmungslosigkeit entdeckt hatte. Statt dessen konnte ich mich darauf freuen, meinen Sohn in die Arme zu schließen, oder? Ja, genau. Oh, die Freuden schlichter, unverfälschter Mutterliebe. Warum in aller Welt strebten wir Frauen je nach irgend etwas Komplizierterem? Bei dem Gedanken an den kleinen Ivo mußte ich lächeln. Vielleicht hatte er den Wagen gehört, vielleicht strampelte er sich sogar schon aus Marfas Armen los, tapste zur Tür, um mich zu begrüßen.

Ich schob die Hintertür zur Küche auf, bereit, einen sich überkugelnden Zweijährigen aufzufangen und ihn mit Küssen zu überschütten. Aber dann blieb ich wie angewurzelt stehen. Glotzte. Denn hier begrüßte mich ein entschieden anderes Tableau. In der Küche residierte über einem absolut makellosen, aber sterilen Kinderteetisch mit Vollwertsandwiches, geraspelten Karotten, vegetarischen Würstchen und Selleriestangen, bis jetzt noch unberührt von Kinderhänden, nicht Marfa mit Ivo, sondern Annabel.

»Rosie!« schnurrte sie, drückte hastig eine Zigarette aus und warf eine Ausgabe von *Hello* in den Abfall. »Was für wunderbare Neuigkeiten! Darf ich die erste sein, die Ihnen meine herzlichsten Glückwünsche ausspricht?« Sie lächelte, zeigte ihre perfekten Zähne.

»Annabel! Ich – dachte, Sie sind noch in Europa.«

»Ich bin heute morgen zurückgeflogen. Es schien mir nicht sonderlich sinnvoll, dortzubleiben, nachdem Joss nicht mehr da war, und es sind ja nur ein paar Stunden, wissen Sie.« Sie lächelte. »Ich weiß, daß es sich die Leute hier zweimal überlegen, bevor sie ins nächste Dorf fahren. Aber ich reise schon mein ganzes Leben lang rund um die Welt. Mir macht es absolut nichts aus, einfach in ein Flugzeug zu springen und nach Hause zu kommen.«

Na, wie schön für dich, dachte ich niedergeschlagen. Ich ließ mich erschöpft in den antiken Holzstuhl neben dem Herd fallen, dann setzte ich mich unwillkürlich wieder auf und fragte mich, ob das wohl unverschämt wäre. Vielleicht sollte ich drum bitten, mich setzen zu dürfen, während ihre Kosmopolitische Hoheit noch stand. Aber nein, sie sah nicht allzu pikiert aus und, gütiger Himmel, sie lächelte mich immer noch an. Sie kam herüber und stellte sich über mich.

»Sie müssen furchtbar erschöpft sein, Rosie«, sagte sie besorgt. »Ich meine emotionell. Ziemlich ausgelaugt von all dem, kann ich mir vorstellen. Tasse Tee?«

»Ähm, bitte. Ja, ich bin ziemlich erschöpft.« Sie war wirklich verdächtig nett.

»Aber froh, daß alles vorbei ist?« Sie machte sich mit dem Teekessel zu schaffen.

»Ja, erleichtert. Wo ist Ivo?« Ich sah mich um.

»Mit Marfa draußen bei der Schaukel, und Joss holt die Kinder aus der Schule ab.« Sie stellte den Kessel ab. Drehte sich um. »Also denke ich, ist das wahrscheinlich ein guter Zeitpunkt.«

Mit einemmal witterte ich Gefahr. »Guter Zeitpunkt wofür?«

Sie kam herüber, parkte ihren kessen kleinen Hintern zierlich auf der Tischkante und verschränkte ihre manikürten Hände. Sie lächelte. »Rosie, ich glaube, es ist an der Zeit, daß wir beide ein kleines Pläuschchen machen, finden Sie nicht auch?«

Ich heftete mich an ihre pseudosüße Stimme wie ein Klettband. Heute sah sie ganz besonders atemberaubend aus, mit knallroten Jeans und einem winzigen T-Shirt, das irgendwo über ihrem Nabel schwebte. Kein Wunder, daß die Zentralheizung in diesem Haus auf vollen Touren lief, wenn sie darauf bestand, im Januar ihr braunes Bäuchlein zur Schau zu stellen. Ich überlegte, ob ich mich zu diesem kleinen Wortwechsel erheben sollte, hielt es dann aber für besser, es nicht zu tun. Ich kam mir immer vor wie Hulk Hogan, wenn ich neben ihr stand.

»Ach ja?« fragte ich fröhlich.

»Also, es tut mir wirklich leid, Rosie, aber ich fürchte, hier muß es einige Veränderungen geben.« Sie musterte kritisch ihren Nagellack, dann wieder mich. »Verstehen Sie, ich muß Sie leider bitten zu gehen.«

»Wohin gehen?« sagte ich dümmlich.

»Woanders hin, fürchte ich. Suchen Sie sich einen anderen Platz zum Wohnen.«

»Oh! Sie wollen damit sagen, Sie schmeißen mich raus?«

Sie lächelte. »Ich finde wohl kaum, daß Rausschmiß das richtige Wort ist, wo Sie doch praktisch mietfrei in unserem Cottage gewohnt haben, nicht wahr? Ich bin mir bewußt, daß Joss es Ihnen für einen Bruchteil des Preises gegeben hat, aber wir sind hier kein Wohltätigkeitsverein, wissen Sie, und die Sache ist die, ich hab jetzt Gelegenheit, den vollen Mietpreis dafür zu kriegen. Ein paar Freunde von mir haben angerufen, die sind übrigens Buddhisten. Ich hab sie durch den Ashram kennengelernt, und jetzt leben sie in Islington. Aber sie sind ganz wild darauf, aufs Land zu ziehen und echte Öko-Krieger zu werden. Es sind wunderbare, warmherzige, fürsorgliche Menschen, und ich kann es gar nicht erwarten, sie vor meiner Tür zu haben.

Aber sie müssen innerhalb von vierundzwanzig Stunden einziehen können, oder der Handel ist gestorben.«

Ich schluckte. Wie warmherzig und fürsorglich.

»Und, offen gesagt, wie brauchen das Geld, Rosie. Nachdem wir jetzt beide soviel reisen, hab ich darauf bestanden, daß wir eine richtige, ausgebildete Kinderfrau nehmen. Joss besteht darauf, Marfa zu behalten, aber sie gibt zu, daß sie etwas Unterstützung braucht, und eins kann ich Ihnen sagen, Schätzchen, Unterstützung in Form einer dieser uniformierten Damen ist nicht billig.« Sie sah sich in der schäbigen Küche um. »Also wäre da das, und dann müssen wir natürlich das Geld finden, um das hier alles endlich herzurichten.«

»Oh! Sie meinen, Joss will–«

»Es ist an der Zeit, Rosie«, sagte sie mit bedeutungsschwangerer Stimme. »Er ist jetzt bereit, müssen Sie wissen. Er hatte vorher deshalb eine Blockade und das verständlicherweise, aber jetzt hatte er seinen Freiraum, und jetzt ist es cool.« Sie fixierte mich mit ihrem tiefen, schimmerndem Blick. »Ich hab ihm diesen Freiraum gegeben, verstehen Sie, Rosie? Ich wußte, daß er ihn gebraucht hat, aber jetzt ist er bereit, all diese negative Energie in etwas Positives umzuwandeln.« Sie seufzte und verschränkte ihre schlanken, jeansbekleideten Beine. »Ja, Joss und ich hatten gestern ein langes Gespräch am Telefon.« Sie hielt inne, überlegte. »Ich würde nicht direkt sagen, er ist bedürftig, aber er möchte, daß ich mehr für ihn da bin, wissen Sie? Will mich mehr um sich haben. Außerdem hat er gesagt, es wäre höchste Zeit, daß wir ein eigenes Baby hätten.« Sie grinste. »Sie wissen ja, wie Joss ist, er ist, er ist – Annabel, höchste Zeit, daß wir ein Baby kriegen! Na schön, aye, aye, Sir!« Sie lachte. »Aber er hat recht, und komischerweise habe ich in letzter Zeit auch diesen wirklich starken primitiven Drang gespürt, und Mutterschaft ist momentan ganz im Trend. Offen gesagt, die Tage der arbeitenden Frau, die denkt, sie kann alles haben, sind vorbei.«

»Wirklich«, murmelte ich ironisch. Ich konnte nicht umhin, mich zu fragen, was mit dem Kind passieren würde, wenn Mutterschaft nicht mehr im Trend läge. Ich persönlich würde ihrem Trend etwa zwei Wochen geben. »Und – und Joss?« brachte ich mit einiger Mühe heraus. »Ich meine«, ich räusperte mich, »er will, daß ich gehe?«

»Aber natürlich will er das, ansonsten würde ich ja nicht hier stehen und ihnen all das erzählen, nicht wahr?« Sie lachte glockenhell. »Ehrlich gesagt, er hat mich gebeten, es Ihnen zu sagen, mir die schmutzige Arbeit überlassen, denke ich.« Sie schickte mir einen ironischen, verschwörerischen Blick. »Sie wissen ja, wie die Männer sind, Rosie, und Joss ist einer der Schlimmsten, er kann es nicht ertragen, jemanden aufzuregen. In der Hinsicht ist er ein bißchen ein Feigling, also ist er mit Toby abgehauen, um die Mädchen in der Schule abzuholen. Ich wäre nicht überrascht, wenn er mit ihnen in den Park geht oder irgendwas völlig Schräges macht, nur um sicherzugehen, daß er lange genug aus dem Haus ist, bis dieses kleine Gespräch vorbei ist!« Sie lachte, aber als sie sich wieder einkriegte, seufzte sie. Schürzte die Lippen. »Sehen Sie, die Sache ist die, Rosie, er findet das alles ein bißchen peinlich. Ich wollte das eigentlich nicht zur Sprache bringen, aber wie es scheint haben Sie sich auf die eine oder andere Weise zum Narren gemacht. Hab ich recht?«

Ich spürte, wie ich von den Zehenspitzen an errötete. »Was soll das heißen?«

»Ich glaube, das wissen Sie«, sagte sie sanft.

Ich sah sie an, brachte keinen Ton heraus.

Sie half mir. »Sie haben sich nach ihm verzehrt? Ihn ein bißchen angemacht? Ihm ein köstliches Kerzenlichtdinner am Silvesterabend zubereitet, ihm Schafsaugen gemacht – solche Geschichten. Sie haben sich in ihn verknallt, nicht wahr, Rosie?«

Ich nahm in etwa die Farbe ihrer Jeans an und fühlte mich etwa so groß wie ihr winziges T-Shirt.

»Oh, ist schon okay«, fuhr sie lachend fort. »Schauen Sie nicht so schuldbewußt, so niederträchtig ist dieses Verbrechen auch nicht. Schließlich und endlich ist er ein sehr attraktiver Kerl, und Sie sind, ja nun, Sie sind allein.« Sie lächelte gütig.

»Und offensichtlich ziemlich verzweifelt, vor allem mit dem Kleinen im Schlepptau. Es ist doch ganz natürlich, daß Sie auf ihn stehen.«

»Ich bin nicht verzweifelt!« stotterte ich kraftlos.

»Und es ist auch ganz bestimmt nicht das erste Mal, daß es passiert«, rauschte sie weiter. »Mein Gott, wenn ich einen Dollar für jedes Mädchen hätte, das sich in Joss verknallt hat, wäre ich wirklich eine sehr reiche Frau!« Sie seufzte. »Und wissen Sie, irgendwie geb ich mir da selbst die Schuld. Ich versteh, wie es passiert. Weil ich soviel unterwegs bin, scheint er vielleicht wie ein verletzlicher, verlassener Künstler, der Nacht für Nacht in seinem Atelier malocht, ohne die Inspiration der Liebe einer guten Frau, aber ich kann Ihnen versichern, dem ist nicht so. Soll ich Ihnen etwas sagen, Rosie?« Ihre braunen Augen strahlten plötzlich wie Scheinwerfer auf mich. »Wir lieben uns jede Nacht. Selbst am Telefon.«

Ich sah sie sprachlos an. Sie schien eine Antwort zu fordern. »Wirklich«, preßte ich schließlich heraus.

»O ja, wir treiben es stundenlang, und manchmal wird es so leidenschaftlich, daß ich den Hörer weglegen und ihn noch einmal anrufen muß. Und wenn wir uns dann *sehen*! – oh, Boy!« Sie warf ekstatisch den Kopf zurück. »Da kann uns nichts mehr halten. Wir stürzen uns wie die Tiger aufeinander, reißen uns die Kleider gegenseitig vom Leib – wir verlieren völlig die Kontrolle. Genau gesagt, wir haben es gerade getan. Gleich hier auf dem Stuhl, auf dem Sie sitzen.«

Ich schoß wie eine Rakete hoch. »Herrje!«

Sie lächelte liebevoll auf den Platz, den mein Hintern gerade freigemacht hatte. »Diesem Stuhl hat er noch nie widerstehen können. Der ist einer unserer ganz speziellen Plätze. Er schaukelt ein bißchen, wissen Sie, kriegt einen ganz eigenen Schwung…« Sie wand sich verträumt eine Haarsträhne um den Finger, starrte ins Leere. »Daddy Bärs Stuhl…«, murmelte sie. Dann kam sie mit einem Ruck wieder zu sich. »Aber die Sache ist einfach die, Rosie, drei sind zuviel, nicht wahr? Das sehen Sie doch ein, nicht wahr? Wir können einfach nicht dulden, daß sie hier liebeskrank herumhängen, es ist einfach zu peinlich. Ich werde Ihnen natürlich Ihre Kaution zurückgeben ...« Sie tauchte in ihre Handtasche, und dabei fiel ein Marsriegelpapier auf den Boden. Sie schnappte es hastig im Fluge und begann zu schreiben ... »So, da wären wir, es ist ja nicht viel, aber Sie werden jeden Penny brauchen, den Sie kriegen können, nachdem das Pub Sie jetzt gefeuert hat, nicht wahr?« Sie hob den Kopf, der Stift schwebte im Anschlag über der Unterschriftszeile. Sie nagte an ihrer Lippe. »Wissen Sie, Rosie, ich klinge nur ungern unloyal, aber irgendwie kann ich Bob da verstehen. Diese ganze gräßliche Geschichte mit Ihrem Mann hat Joss und mich total erschüttert, und ich muß sagen, wir waren nie ganz glücklich damit, Sie in der Nähe der Kinder zu haben. Nicht, daß wir dachten, Sie könnten tatsächlich die Fischstäbchen vergiften oder so etwas Krasses, aber wie Joss schon sagte, wo kein Feuer, da auch kein – Rosie!« Sie verstummte, als ich mich zackig durch die Hintertür entfernte. Ich rannte über den Rasen hinunter zum Garten, ließ die Tür weit offenstehen.

»Rosie! Sie haben Ihren Scheck vergessen!« Sie winkte mir damit nach.

»Behalten Sie ihn!« brüllte ich mit erstickter Stimme zurück.

»Ach, seien Sie doch nicht albern, das ist doch kein Grund, beleidigt abzuziehen! Später sind Sie vielleicht froh darum, wenn Sie keinen Job haben und –«

»... und ich verzweifelt bin?« Ich zuckte herum, Tränen brannten mir in den Augen. »Behalten Sie's«, kreischte ich. »Behalten Sie Ihr Scheißgeld, so verzweifelt werde ich nie sein, ich will nichts davon!«

Ihr Blick wurde eisig. »Ah, ich verstehe, Sie waren nur hinter meinem Mann und meinen Kindern her.« Sie starrte mich einen Augenblick lang wütend an, dann knallte sie die Tür zu.

Ich drehte mich um und rannte weiter, stolperte durch den Garten zur Schaukel, wo Marfa Ivo anschubste. Er sprang herunter und rannte auf mich zu, als er mich sah. Ich drückte ihn an mich, begrub mein Gesicht an seiner kalten roten Wange und in den blonden Locken. Marfa lief auf mich zu.

»Rosie, ich freu mich ja so für Sie! Ich hab die ganze Zeit gewußt, daß Sie's, verdammt noch mal, nicht getan haben – he, was ist los?« Ihr Lächeln gefror, als sie mein Gesicht sah.

»Nichts«, murmelte ich, küßte Ivo heftig auf die Stirn und blinzelte ebenso heftig. »Ähm, hör mal, Marfa, ich werde dich anrufen und alles erklären. Ich werde bei meinen Eltern sein und – also, ich ruf dich später an, ich versprech's.«

Ich würgte die Schluchzer hinunter, drehte mich mit Ivo um, hastete zum Auto und rumpelte zum Cottage. Zitternd und fast wie in Trance sprintete ich hin und her und lud soviel Zeug wie ich konnte hinten in den Wagen. Als der Kofferraum bis zum Platzen voll war, knallte ich ihn zu und schnallte Ivo fest. Als wir wieder den Berg hochstotterten, konnte ich vor Tränen kaum sehen, aber ich war mir bewußt, daß Marfa an der Hintertür stand, die schwarzen Borsten in Habachtstellung und hinter mir hergaffte, als ich vorbeiraste. Als ich auf das Tor zuflog, hörte ich ein vertrautes Knirschen und wußte, daß ich im Begriff war, Joss' Wagen zu passieren. Ich schwenkte vom Kies aufs Gras, trat das Gaspedal durch und schoß vorbei, sah nur noch Emmas und Lucys erstaunte Gesichter im Fond. Ich preßte voller Schmerz die Lippen aufeinander. O Gott, diese Kinder würden mir mehr fehlen, als ich zu denken wagte. Er würde mir fehlen, aber sie würden mir auch fehlen, und ich hatte mich nicht einmal verabschiedet!

Vielleicht war es besser so, dachte ich ein paar Minuten später, als ich mich wieder etwas beruhigt hatte und die schmalen Landstraßen zum Haus meiner Eltern entlangfuhr. Weniger peinlich für Joss und wesentlich weniger emotionell belastend für die Kinder. Mein Gott, was mußte er bloß von mir gedacht haben, als ich mich ihm so an den Hals geworfen hatte? Vielleicht war es auf lange Sicht besser, daß Annabel es mir gesagt hatte, ansonsten hätte ich mich vielleicht endlos zum Narren gemacht. O ja, es war absolut möglich, daß ich, wenn ich genug Zeit gehabt hätte, mich total hätte gehenlassen, mich vielleicht willig in das Bett des Mannes von nebenan gelegt, mit einem Minimum an schwarzer Spitze bekleidet und eine Flasche Champagner schwingend. »Mit Schafsaugen.« Ich erschauderte, hoffte inständig, daß es ihr Ausdruck und nicht seiner war.

Als ich in der Einfahrt meiner Eltern anhielt, sah ich Phillys Auto dastehen. Eine Sekunde später flog die Eingangstür auf, und die beiden, meine Mutter und meine Schwester, kamen die Treppe heruntergestürmt, mir entgegen. Sie hatten offensichtlich die guten Neuigkeiten gehört. Mummy wedelte mit beiden Armen wild in der Luft herum, gefährlich schwankend auf Stöckeln, und Philly strahlend, mit ausgebreiteten Armen, liebevoll wie immer. Ich stieg erschöpft aus und ließ mich in ihre Arme fallen.

»Oh, Schatz!« schluchzte Mummy. »Ich hab gerade den Hörer aufgelegt. Alice hat uns angerufen, um uns zu erzählen und – oh, Gott sei Dank. Nach allem, was du durchgemacht hast!«

»Also, das ist jetzt alles vorbei«, sagte ich beruhigend. Ich hob meinen Kopf von ihrer Schulter und fand das Gesicht meiner Schwester. »Philly, es tut mir leid«, flüsterte ich. »Was mußt du von mir denken?« Meine Augen schmerzten von der Anstrengung, aber ihre waren voller Zuneigung.

»Was ich immer denke, daß du meine Schwester bist und ich dich liebe. Ich mach dir keine Vorwürfe für das, was du gedacht hast, Rosie. Ich hab kurz mit Alice geredet, und sie hat mir erzählt, was sie getan hat und warum. Ich kann ihr daraus auch keinen wirklichen Vorwurf machen.«

Unsere Blicke trafen sich voller Verständnis.

»Was?« fragte Mummy, stieß wie ein Habicht auf uns herunter. »Was hat Alice getan und warum, was?«

»Nichts«, sagte Philly. »Es spielt jetzt keine Rolle mehr, es ist alles vergessen. Komm, gehen wir rein.« Sie hielt mich immer noch im Arm und drückte mir die Schulter. »Rosie, ich bin ja so froh für dich«, flüsterte sie.

»Und ich erst.« Ich schluckte. »Wenn nur–«

»Was?«

»Ach nichts. Ich bin nur müde, mehr nicht.« Ich öffnete die Hintertür und holte Ivo aus seinem Sitz. »Mum, ich hab irgendwie das Cottage verloren. Joss und Annabel haben Pächter mit mehr Geld gefunden. Ist es in Ordnung, wenn Ivo und ich eine Weile hierbleiben?«

»Aber natürlich, mein Herz, bleibt für immer!«

»Äh, wir werden sehen«, sagte ich nervös. »Wo ist Dad?« Ich sah mich um.

»Oh!« Sie schlug sich die Hand vor den Mund. »O Gott, ich hab vergessen, es deinem Vater zu sagen. Er ist noch im Schuppen!«

»Mum!«

»Oh, Gordon, Gordon, ich komme!«

Sie rannte los, ums Haus herum, wedelte verzweifelt mit ihrem Taschentuch. »Gordon, Lizzie kommt!«

Philly und ich sahen ihr einen Moment kopfschüttelnd nach, dann gingen wir ins Haus. Ivo tapste davon, und wir ließen uns in gegenüberliegende Sofas zu beiden Seiten des Kamins fallen. Ich lehnte meinen Kopf zurück. »Ich bin vielleicht froh, daß das alles vorbei ist!«

»Das bin ich auch«, sagte ich voller Inbrunst.

Ich hob den Kopf und sah sie an. »Danke, Philly, du hast dich während der ganzen Zeit wirklich toll verhalten, und ich war eine egoistische, undankbare Kuh.«

»Nein, das warst du nicht. Keiner kann dir vorwerfen, daß du das gedacht hast, dafür hat Alice schon gesorgt. Das Furchtbare aber war«, bekannte sie, »daß ich wirklich gedacht habe, du wärst diejenige gewesen, die die Bücher da rein hat. Ich hab meinen Ohren nicht getraut, als du zu mir in die Küche kamst und mir davon erzählt hast. Ich dachte, ich faß es einfach nicht, da steht sie, meine eigene Schwester, mein eigen Fleisch und Blut, sie schleicht herum und belastet mich, um ihren Kopf aus der Schlinge zu ziehen. Nur um ihre kostbare Haut zu retten.« Sie lächelte ironisch. »Also, siehst du, so haben wir beide das Schlimmste voneinander angenommen. Jeder dachte, der andere wäre zu Verrat fähig.«

Ich erschauderte. »Erinnere mich nicht daran. Gott, stell dir vor, wie furchtbar das alles hätte enden können.«

»Nur ist das nicht passiert«, sagte sie streng. Sie stand auf und ging mit verschränkten Armen zum Fenster. Dann drehte sie sich um und lächelte. »Und weißt du, was das Komische ist, Rosie? Ob du's glaubst oder nicht, bei dem Ganzen ist etwas erstaunlich Gutes rausgekommen.«

Ich sah sie an. Ihre Wangen waren gerötet, und ihre Augen strahlten. Wirklich, dachte ich erschöpft. Und warum kann dann nicht ein bißchen was davon in meine Richtung abfärben? Ich runzelte die Stirn. »Was?«

»Na ja, nachdem ich dich an diesem Morgen in der Küche zurückgelassen hatte und hierher zu Mum gefahren bin, ist Miles nach Hause gekommen, und ich war nicht da. Er hat angerufen und entdeckt, daß ich hier bin, also ist er rübergekommen. Wir hatten ein langes Gespräch, Rosie. Wir waren eine Ewigkeit oben in Mums Schlafzimmer und haben alles durchgekaut. Er ist gerade los, holt die Kinder von der Schule ab.«

»Oh? Und?«

»Ich hab ihm alles erzählt.«

Mir klappte der Kiefer runter. »Was – über Michael?«

Sie wurde rot. »Eigentlich hat er es schon gewußt. Er war gar nicht überrascht. Genau gesagt«, sie nagte an ihrer Lippe, »ich hab die ganze Zeit gewußt, daß er es weiß. Sogar schon als es passierte.«

Ich war baß erstaunt. »Du meinst damit, er hat es gewußt und hat nichts gesagt?«

»Nein, hat er nicht, und das hat mich noch weiter angestachelt«, gestand sie, kam zurück und setzte sich. »Das hat mich dazu getrieben, mich weiter mit Michael zu treffen! Ich hab dauernd gedacht, um Gottes willen, Miles, sei ein Mann, *kämpfe* um mich, mach irgend etwas. Aber er hat es nicht getan. Wollte nicht. Er hat sich einfach zurückgelehnt und meine Lügen akzeptiert, Woche für Woche, hat geduldet, daß Michael mich direkt vor seiner Nase in irgendwelche Hotels und abgeschiedene Cottages entführt.«

»Gütiger Himmel. Warum?«

Sie zog die Schultern hoch. »Er wollte der Sache ihren Lauf

lassen, sagt er. Er wußte, daß es eine Verirrung war und daß ich am Ende doch zur Vernunft kommen würde. Und er hat gesagt, er wollte mich nicht damit konfrontieren und riskieren, mich zu verlieren.«

»Mann-o-Mann. Er liebt dich aber wirklich.«

»Ich weiß«, sagte sie reumütig. »Und jetzt, nachdem es vorbei ist, kann ich es nicht einmal ertragen, Michaels Namen zu hören, und ich weiß, daß Miles richtig gehandelt hat. Ich liebe ihn nämlich auch, Rosie, die Sache ist nur die, ich brauche mehr. Wir haben darüber geredet, und wir haben es beide erkannt. Mir genügt es nicht, zu Hause festzusitzen, als Farmersfrau, Mutter und Gärtnerin. Ich werde immer etwas Anregenderes wollen, und weil ich so wütend und verbittert war, hab ich über die Stränge geschlagen. Aber das ist vorbei. Ich weiß jetzt, was das Richtige für mich ist, und Ehebruch ist es ganz sicher nicht. Aber diese Hausmütterchengeschichte kann ich auch nicht mehr durchziehen. Ich geh wieder arbeiten.«

»Wirklich? Wieder als Anästhesistin?«

»Nein, das wäre unmöglich mit einer Familie. Nein, ich werde auf Allgemeinmedizin umschulen.«

»Oh, kannst du das?«

»Natürlich«, sagte sie selbstbewußt.

»Aber wie lange wird das dauern?«

»Ein paar Jahre, aber das ist die Sache wert. Ich kann weniger Stunden arbeiten und vielleicht nicht jeden Tag, aber ich kann hier in der Gegend arbeiten. Es ist absolut vernünftig.«

Ich sah sie an. Natürlich war es das. Alles was Philly tat war immer absolut sinnvoll. Philly fiel nie auf die Schnauze, nicht wahr? Oder wenn ja, dann roch sie nie nach Kacke, sondern immer nach Rosen. Ehemann entdeckt, daß sie eine stürmische Affäre hat? Kein Problem. Sie brauchte offensichtlich etwas Stimulation. Ruiniert dabei auch noch das Familienleben meiner besten Freundin? Egal, es war nicht ihre Schuld, sie war frustriert, das arme Ding. Also, wenn ich das getan hätte, wäre ich ein mieses Stück, eine Schlampe, aber Philly? Nein, sie mußte nur wieder arbeiten. In ihrem Leben fehlte etwas. Ich lächelte tapfer. Sei nicht bissig, Rosie.

»Das ist wunderbar, Philly.«

»Nicht wahr?«

»Und Miles hat nichts dagegen?«

»Wogegen?«

»Daß du wieder arbeiten gehst.«

»Was hat das mit Miles zu tun?«

»Also, ich dachte nur…«

»O nein, ich bin mir sicher, daß er begeistert ist.«

Ja, also das mußte er wohl sein. Besser als rumvögeln, dachte ich boshaft. Ich stand rasch auf und ging zum Fenster, um mein eifersüchtiges Gesicht zu verbergen. Mein Gott, was war nur los mit mir? War ich so verbittert und verdreht, daß ich mich nicht einmal mehr für meine Schwester freuen konnte?

»Es ist wirklich erstaunlich, wie sich alles wieder zum Guten gewendet hat, nicht wahr?« fuhr sie hinter mir fort. »Am meisten für dich, Rosie. Ich bin *so* froh, du mußt ja so erleichtert sein, daß dein Kopf aus der Schlinge ist!«

Ich drückte meine Stirn gegen das Glas. Ich gab keine Antwort, aber insgeheim dachte ich, ja, aber verzeih mir, Philly, wenn ich deshalb nicht allzusehr in Ekstase gerate. Ich hab nämlich gar nichts verbrochen. Ich wurde falsch beschuldigt. Ich zog meinen Hals aus keiner Schlinge, weil da gar keine Schlinge war. Und schau mich jetzt an. Wieder zu Hause bei Muttern. Kein Job, kein Haus, keinen Mann, und man erwartet immer noch, daß ich dankbar bin. Und schau dir Philly an. Haut total über die Stränge, scheißt praktisch jedem in Sichtweite auf den Kopf, geht nach Hause zu ihrem verzeihenden Mann, bereitet sich darauf vor, praktische Ärztin zu werden und ihre Kinder und den Job prachtvoll zu jonglieren, und in ein paar Monaten werden alle sagen, wie wunderbar sie ist und wie gut sie das alles im Griff hat, und alle würden das Halleluja anstimmen, und manchmal *würde ich da am liebsten in hohem Bogen kotzen*!

Ich kniff die Augen fest zu und rollte meine Stirn über das

kalte Glas. Hör auf, Rosie, hör einfach auf. Genau das passiert mit Versagern, natürlich. Sie werden zu gräßlichen, boshaften Menschen.

Als ich die Augen wieder aufschlug, blinzelte ich, dann mußte ich trotzdem grinsen. Meine Eltern kamen nämlich über den hinteren Rasen hoch, Arm in Arm. Das war an sich schon seltsam genug, aber dann passierte noch etwas viel Eigenartigeres. Meine Mutter streckte sich plötzlich und gab meinem Vater einen Kuß auf die Wange. Dad sah überrascht aus, doch dann breitete sich ein Lächeln über sein Gesicht. Mir wurde klar, daß ich, seit ich klein war, nicht mehr erlebt hatte, daß sie sich küßten. Es schnürte mir die Kehle zu. Ich lief ihnen entgegen.

»Daddy.« Ich breitete die Arme aus, und er löste sich von Mum, um mich zu umarmen.

»Hallo, Schatz.«

»Danke, Dad.« Ich schluckte. »Netter Versuch und so weiter.«

»Dank nicht mir, Herzchen«, flüsterte er, als Mum sich in die Küche entfernte, »so gut hab ich mich seit Jahren nicht mehr ausgeruht. Ich war nicht mal in der Nähe der Spüle, hab kein Holz gehackt, keine Bohne gezupft oder Karotten geschrubbt, und noch dazu hab ich meine ganzen Dahlien gesetzt!«

Ich kicherte. »Oh, gut.«

»Und was noch besser ist«, er nahm meinen Ellbogen und führte mich mit Verschwörermiene beiseite, »meine Isolierhaft scheint eine seltsame Wirkung auf deine Mutter gehabt zu haben.« Er warf einen Blick hinter die Tür, wo sie eifrig herumhantierte und den Teekessel aufsetzte. »Sie ist richtig aufgekratzt, ich muß sie dazu bringen, daß sie mich öfter im Schuppen einsperrt!«

Ich lachte. Er nahm mich bei den Schultern und drehte mich zu ihm. »Und wie steht's mit dir, Schatz? Geht's dir gut?«

»Mir geht's gut.«

»Schön. Ich bin überzeugt, daß meine Geste recht überflüssig war, aber ich hatte diese seltsame Vorstellung, wenn ich so tun würde als wäre ich es gewesen, könnte ich jemand anders dazu zwingen, Farbe zu bekennen. Und ich mußte einfach etwas tun. Ich konnte nicht einfach tatenlos zusehen, wie sie dich anklagen, wo ich doch wußte, daß du es nicht gewesen bist.«

Ich lächelte. »Danke, Dad, für dieses einzige absolute Vertrauensvotum, und es war ganz sicher keine überflüssige Geste. Es hat mich dazu gebracht, nach London zu fahren, um rauszufinden, was los ist.«

»Wo, wie ich höre, deine Freundin die Katze aus dem Sack gelassen hat.«

»Charlotte, ja, das hat sie.« Ich hielt kurz inne und entschied mich dann, die Katze nicht näher zu schildern. Die Katze aus der großen Faschingskiste. Ich war mir nicht sicher, ob mein Vater das auf leeren Magen und mehrere Stunden Dahlien versetzen ertragen könnte. Statt dessen drückte ich noch einmal kurz seinen Arm und sah ihm nach, wie er glücklich in die Küche wanderte, wo er von meiner Mutter herumgescheucht und verwöhnt wurde. Sie zwang ihn und Ivo, sich die Hände zu waschen, bevor sie sich auf ein Glas Milch und ein Sandwich setzen durften.

»Los jetzt, ihr zwei«, schimpfte sie, »ihr seid beide schmutzig. Und mach dir ja die Nägel sauber, Gordon. Der Himmel weiß, was du wieder in diesem Schuppen angestellt hast!«

Als Großvater und Enkel gemeinsam verlegen im unteren Badezimmer verschwanden, drehte sie sich um und sah mir in die Augen.

»Ich weiß alles über diese Geschichte, weißt du«, sagte sie leise.

»Welche Geschichte?«

»Die mit Harry. Was Charlotte dir erzählt hat. Ich hab ihn einmal dabei erwischt, wie er meine rosa Bettjacke probiert hat, die mit den Straußenfedern um den Ausschnitt.«

Mir klappte der Mund auf. »Nein!«

Sie nickte. »O ja, hab ich. Und dann, als er beschlossen hat, diesen Aromatherapiekurs zu machen, hab ich ihn gefragt, ob das nicht ein bißchen, du weißt schon, zu weibisch für ihn wäre. Er hat ausgepackt. Mir alles darüber erzählt.«

»Harry hat nie einen Aromatherapiekurs gemacht!«

»O doch, das hat er, mein Herz. Dort oben.« Sie rollte die Augen gen Himmel. Ich sah sie fassungslos an. »So, jetzt kommt her, ihr beiden.« Sie hob die Stimme, als Dad und Ivo wieder erschienen. »Kommt her und eßt. Und, Gordon, iß deine Rinden auf, du wirst schon genauso heikel wie Ivo. Es gibt nichts Besseres als so ein paar Ballaststoffe, um die Därme in Schwung zu bringen. Ich weiß zufällig, daß du seit Tagen nicht mehr richtig Ah-Ah gemacht hast.«

Ich sah sie sprachlos eine Weile an, dann wanderte ich kopfschüttelnd zurück in den Salon. »Großer Gott«, grummelte ich.

»Was?« Philly schaute hinter ihrem *Harpers* heraus. »Was ist los?«

»Sie sagt, sie hätte von Harry gewußt!«

»Was wußte sie von Harry?«

»Du weißt schon, die Schulterpolster, die spitzen Stöckchen ... Suzanne Charlton ...«

Sie runzelte die Stirn. »Wer zum Teufel ist Suzanne Charlton? Was für spitze Stöckchen?«

Mit einemmal wurde mir klar, daß sie von all dem überhaupt nichts ahnte. Ich war mir nicht sicher, ob ich die Energie hatte, darauf jetzt näher einzugehen. Ein andermal vielleicht. Ich seufzte. »Es spielt keine Rolle«, wehrte ich ab.

Philly sah mich mit gerunzelter Stirn an. »Ist bei dir alles in Ordnung, Rosie?«

»Alles gut, alles gut«, murmelte ich schwach.

»Das ist der Schock, Schatz«, sagte sie sanft, streckte die Hand aus und tätschelte meine. »Du wirst dich wahrscheinlich eine Zeitlang, etwas, na ja, seltsam fühlen.«

Ich nickte. Sie wandte sich wieder ihrer Illustrierten zu, und ich ließ sie gewähren, ließ sie in dem Glauben, ich stünde immer noch ein bißchen unter Schock, wäre etwas daneben. Ich drehte aber dann doch langsam den Kopf in Richtung Küche, zu Mum. Mit einemmal gingen mir die Pferde durch.

»Philly, du glaubst doch nicht, daß an diesem Mediumquatsch was dran ist, oder? Es ist nur, daß Mum anscheinend äußerst gut über Harrys Handlungen Bescheid weiß.«

»Ich bezweifle sehr, daß er überhaupt ›Dort Oben‹ ist«, war ihre vernichtende Antwort. Sie blätterte um. »Wenn du mich fragst, haben sie ihn direkt in den Abwärtslift geschubst.«

»So schlecht war er nun auch wieder nicht, Phil«, sagte ich leise. Ich dachte an das, was Charlotte erzählt hatte, nämlich, daß Harry Boffy gebeten hatte, mich zu entlasten, der Polizei zu sagen, es wäre Selbstmord gewesen.

Sie hob überrascht den Kopf. »Na, wenn du das sagst«, brummte sie, »aber in Antwort auf deine Frage, nein. Ich glaube nicht, daß an Mums neuestem Wahn irgend etwas dran ist. Sie faselt nur wieder wie üblich rum, und wenn sie genug faselt, trifft sie manchmals ins Schwarze, mehr ist es nicht.«

»Da wär ich mir nicht so sicher«, sagte ich düster und warf noch einen nervösen Blick in die Küche. »Ich hab immer schon gesagt, daß unsere Mutter etwas sehr Merkwürdiges hat. Ich hätte nichts dagegen, darauf zu wetten, daß sie eine Hotline zu –«

»Psst!« Phillys Kopf schnellte hoch, sie horchte.

»Was ist denn?«

»Nichts.« Sie sprang auf. »Bin gleich wieder da.«

Sie hastete in die Küche und war tatsächlich sofort wieder zurück. Mit Mum an ihrer Seite. Sie bauten sich vor mir auf. Zwei Paar glänzende Augen strahlten auf mich herunter.

»Rosie, Kopf hoch! Hier – kämm dir die Haare!« Mum attackierte mich mit einer harten Bürste.

»Aua! Was – warum?« Ich duckte mich, dann stand ich auf und wich zurück.

»Und steck dir rasch dieses gräßliche, ausgeleierte Hemd in die Hose, um Himmels willen! Philly, wo ist dein Lippenstift?«

»Laßt mich in Ruhe, verdammt noch mal«, fauchte ich, als sie versuchte, es reinzustecken. »Was zum Teufel habt ihr?«

Plötzlich stürzte sich Mum auf den Luftverbesserer auf dem Fenstersims und nahm mich mit irgendeinem ekligen Lavendelzeug unter Beschuß, als wäre ich eine Fliege.

»Igitt. Hör auf, Mum!«

»Ich hab's einfach gewußt, ich hätte diese Stuhlbezüge waschen sollen«, murmelte sie und überließ mich meinem Schicksal, um alles glattzustreichen, Nippes zurechtzurücken, Kissen aufzuschütteln. »Sie sind furchtbar verfleckt, und wenn ich nur daran gedacht hätte, ein paar frische Blumen zu holen, hätte ich ein nettes kleines Arrangement auf dem Klavier machen können –«

Die Türglocke schellte. Die beiden erstarrten.

»Er ist da!« zischte Mummy.

»Wer?«

»Das weißt du doch!« Sie gab mir einen kleinen Schubs. »Geh schon. Geh und mach auf!«

Ich sah in ihre aufgeregten, geröteten Gesichter. Ihre glänzenden Augen. Dann drehte ich mich langsam um und ging zur Tür. Mein Herz hämmerte nun bis zum Hals, wie verrückt. Er war da. Natürlich war er da, warum in aller Welt hatte ich gedacht, er würde nicht kommen?

An der Tür umfaßte meine Hand den Türknopf, und ich schloß einen kurzen schwindelnden Moment lang die Augen. Dann riß ich sie auf. Riesige weiße Lilien, von der Sorte, die ausschauen, als wären sie irgendwo gezüchtet worden, nur nie in einem Garten, wurden mir in die Hand gedrückt. Der betäubende Duft warf mich ein paar Schritte zurück. Ich rang nach Luft, dann machte ich noch einen Schritt rückwärts. Denn hinter den Blumen, unglaublich gutaussehend, stand Alex, übers ganze Gesicht grinsend.

32

»Oh!«

»Für dich«, strahlte er und drückte mir den Strauß in die Hand. Er trug seinen alten blauen Guernsey-Pullover und sein Extra-Spezial-Raubtiergrinsen, das, bei dem sich tausend Fältchen um seine grünen Augen bildeten. Sie zwinkerten verführerisch. »Ich wollte der erste sein, der dir gratuliert, Rosie. Ich kann dir gar nicht sagen, wie sehr ich mich für dich freue.«

»Versuch's«, kam mir ironisch in den Sinn, aber ich widerstand, dachte mir, wie seltsam all diese Glückwünsche waren, so als hätte ich einen Preis gewonnen oder ein Baby gekriegt.

»Du bist sicher ganz aus dem Häuschen.«

Schon wieder diese Leier. Als würde es sieben Pfund und hundert Gramm wiegen und definitiv männlichen Geschlechts sein.

»Ich bin erleichtert«, sagte ich streng. »Aus dem Häuschen wäre etwas übertrieben. Wir reden hier schließlich und endlich vom Tod meines Mannes.« Ich zwang mir eine ernste Miene auf.

»Natürlich, natürlich«, sagte er hastig, legte sofort das Zwinkern ab und etwas Passenderes auf. Er senkte züchtig den Blick, aber der verfing sich an meiner Brust. War wie festgenagelt. Ein tiefer Seufzer. »Trotzdem, Rosie, so unangebracht es auch sein mag, so muß ich doch sagen, ich bin ganz wild darauf, es mit dir zu feiern. Ich bin auf dem Weg hierher an einem ganz entzückenden kleinen Pub vorbeigefahren, und da hab ich mir gedacht, warum fahren wir zwei nicht schnell dorthin und genehmigen uns einen. Du weißt schon, uns wieder aufs laufende bringen?«

Ich hob die Augenbrauen. »Und dann?«

Er lachte. »Okay, ich gestehe. Ich dache, ich könnte dich zum Dinner entführen, nachdem du absolut hinreißend aussiehst und ich dich immer noch total unwiderstehlich finde. Sind das genug Karten auf dem Tisch?«

Ich bewegte die Blumen, so daß sie die Objekte seiner Begierde verdeckten. Es war sonnenklar, daß er ein Tittentyp war, tatsächlich hatte ich das schon die ganze Zeit vermutet. In der Nacht, in der wir auf dem Sofa in Joss' Halle gerangelt hatten, hatten seine Hände verdammt schnell ihr Ziel gefunden. Man lernt diese Vorlieben schnell erkennen, wenn man Besitzer solcher übergroßer anatomischer Auswüchse ist.

»Neulich hattest du herzlich wenig Schwierigkeiten, mir zu

widerstehen«, sagte ich locker. »Genau gesagt, erinnere ich mich wohl, daß du dich unter der Fensterbank versteckt hast, um mir aus dem Weg zu gehen.«

Er lachte nervös und fuhr sich mit der Hand durch seine rostroten Locken. »Teufel, ja, das tut mir furchtbar leid. Ich wollte mich eigentlich schon die ganze Zeit entschuldigen, aber ich war einfach so unglaublich beschäftigt. Jetzt fällt es mir wieder ein. Ich hatte an dem Tag Berge von Papierkram zu erledigen und hab keine Anrufe entgegengenommen, selbst den von meiner Mutter nicht, die mir ein gutes neues Jahr wünschen wollte!« Er grinste. »Es war nichts Persönliches, Rosie, ich war nur total mit Arbeit zugeschüttet. Du weißt ja, wie das ist.«

»Ah, genau. Ich dachte schon, du hättest mich für die Giftmörderin von Pennington gehalten, die durchs Dorf schleicht auf der Lauer nach ihrem nächsten Opfer. Junge, leckere Männer aufstöbert, nach delikaten Häppchen sucht?« Ich zeigte ihm mein bestes Hannibal-Lector-Gesicht.

»Ach, sei doch nicht albern, natürlich nicht!« Er lachte noch nervöser und kratzte sich noch ein bißchen mehr in den Haaren herum.

»Und ich dachte schon, du hättest dich gefragt, ob du vielleicht der Nächste auf der Liste bist.«

»Nein! Nein, natürlich nichts dergleichen, gütiger Himmel.«

»Eine Prise Arsen in den Tee vielleicht? Tödlicher Nachtschatten in die Suppe? Und eh man sich's versieht, beißt wieder einer ins Gras.«

»Ah, ha, ha! Lächerlich.«

»Natürlich ist es das. Ich bin ja so froh, daß du mir zustimmst. Ich wollte das nur klarstellen. Und es tut mir ja so leid, daß ich keine Zeit habe, kurz mit ins Pub zu fahren und was zu trinken, aber ich muß das Abendessen fertigmachen. Oh, und die Blumen sind wunderschön, ich werde sie übrigens meiner Mutter geben. Sie hat gerade gesagt, sie bräuchte etwas, um ihr Wohnzimmer ein bißchen aufzumöbeln. Sie wird ganz aus dem Häuschen sein.« Ich strahlte und gab ihm einen sehr unromantischen Schmatz auf die Backe. »Dann auf Wiedersehen, Alex.«

Ich wollte ihm die Tür vor der Nase zumachen, aber er steckte schnell wie der Blitz den Kopf herein. Nachdem ich ihn nicht enthaupten wollte, mußte ich innehalten.

»Oh, äh, du bist offensichtlich momentan sehr beschäftigt, aber –«

»Total zugeschüttet. Bis zu den Augenbrauen und keine Anrufe entgegennehmen. Du weißt ja, wie das ist.«

»Äh, ja, ja, das weiß ich, aber ich hab mich nur gefragt – morgen abend? Wenn du nicht zu beschäftigt bist? In Cirencester hat eine neue Weinbar aufgemacht, da ist Reggae-Nacht, könnte lustig werden. Hab gedacht, wir könnten ein bißchen schwofen, eine Kleinigkeit essen und ...« Er kam knirschend zum Stehen. Großer Gott, Mann, reiß deinen Blick von meinem Busen los! Irgendwie gelang es ihm, seine Augen hochzuhieven, sich ein Lächeln abzuquälen und noch ein bißchen Charme rauszuschleimen.

»Komm schon, Rosie, was sagst du? Warum lassen wir nicht Vergangenheit Vergangenheit sein und fangen noch mal neu an, was?« Er streckte einen Finger aus und streichelte meinen Arm, legte noch etwas sündiges Feuer in den Blick. »Was meinst du, hmm?«

»Ich sage, hmmm ... nein. Ich sag, geh und treib deine Spielchen mit jemand anders. Ich sage, verzeih, Alex, aber um die Wahrheit zu sagen, finde ich dich total absolut widerstehlich.« Und damit machte ich ihm die Tür vor seiner perplexen Nase zu. Dann drehte ich mich um und prallte direkt gegen meine Mutter, die gerade rein zufällig das Treppengeländer mit ihrem Taschentuch polierte. Wie man das eben so macht.

»Wo ist er denn hin?« quiekte sie erschrocken.

»Woher soll ich das wissen?« Ich schob die Blumen in ihre Richtung, warf einen nonchalanten Blick auf die Schlagzeilen des *Telegraph* auf dem Gangtisch und ging in die Küche.

»Aber – was wollte er?« Sie hastete hinter mir her, flatterndes Taschentuch in einer Hand, Blumen in der anderen.

»Er wollte mich ausführen.«

»*Und?*« kreischte sie.

»Oh, *und* mich dann zu sich nach Hause entführen, damit er an meinen Brüsten rumfummeln kann, nehm ich an.«

»Rosie!« Sie ließ ihr Taschentuch fallen.

»Tut mir leid, Mum, aber er ist ein bißchen ein Wüstling. Und ein ungläubiger Thomas obendrein. Mit dem ersten hätte ich mich abgeben können, aber die beiden zusammen«, ich schüttelte den Kopf, »nee, nee.«

Ich nahm mir einen Apfel aus der Obstschale, warf ihn in die Luft und schlenderte durch die Küche. Ah, hatte das gutgetan, sehr, sehr gutgetan. *Ich hatte* Wiedersehen gesagt, *ich hatte* die Tür zugemacht. *Ich hatte* gesagt, heute nicht, danke. Ehrlich gesagt, war es ein herrliches Gefühl gewesen. Kein Wunder, daß Leute das mit mir so oft machten.

»Du kleine Närrin!« tönte die Stimme meiner Mutter hinter mir her. »Was Besseres wirst du nie finden, er ist doch Tierarzt!«

»Betrachte es mal so, Mum«, sagte ich, öffnete die Hintertür und zog meine Gummistiefel an, »er hätte ein Arzt sein können. Stell dir vor, wenn ich *den* verschmäht hätte.« Ich erschauderte gespielt und verschwand in den Garten, begleitet von ihrem verzweifelten Gepruste. Dann folgte ich einem plötzlichen Impuls und steckte noch einmal den Kopf zur Tür herein.

»He, Mum!«

»Was?« zischte sie wütend.

»Ich hab dir das noch nie erzählt, aber einmal, vor vielen Jahren, du wirst nie erraten, was ich da getan habe.«

»Was?«

Ich sah mich verstohlen um, ob auch ja niemand mithörte, legte die Hände um den Mund und flüsterte: »Da hab ich einen orthopädischen Chirurgen verschmäht!«

Sie starrte mich an, voller Entsetzen, doch dann: »Verschwinde!« kreischte sie. »Raus!«

Ich feixte und schloß die Hintertür. Einen Moment blieb ich auf der Treppe stehen und atmete die kalte, beißende Luft tief ein, dann marschierte ich los in den Garten und mampfte dabei meinen Apfel. Aus dem Augenwinkel sah ich, wie Philly ihren Wagen packte, sich zur Abfahrt vorbereitete. Die Haustür flog auf, und meine Mutter kam zu ihr in die Einfahrt, tobend, rasend, mit den Armen wedelnd, mit rasselndem Schmuck, wahrscheinlich an mir verzweifelnd. Philly unterbrach ihre Packerei, um zuzuhören, verschränkte die Arme, legte den Kopf zur Seite, seufzte, nickte, zeigte Mitgefühl. Ich war offensichtlich »Das Letzte«. Was *sollten* sie mit mir machen? Dieses furchtbare Problemkind, das sich einfach *nicht* für den ersten Mann, den sie gefunden hatten, hinlegen wollte. Da wurden heftig Köpfe geschüttelt, Achseln gezuckt. Ich schlenderte weiter. Immer weiter, den Backsteinweg hinunter, der sich durch den Hain am Ende des Rasens schlängelte, vorbei an dem Teich, wo ich einst als Kind auf dem Bauch gelegen hatte und stundenlang den Fischen zugeschaut hatte, und weiter in die Zuflucht des Pflanzschuppens.

Ich hob den Riegel. Zwei schuldbewußte und sehr verdreckte Gesichter wandten sich mir zu. Mein Vater und Ivo saßen Seite an Seite am Pflanztisch.

»Oh, gut, ich dachte schon, es ist deine Mutter«, seufzte Dad. »Wir hatten hier eine kleine Session, nichts Ernstes, aber du weißt ja, wie sie immer gleich losschimpft.«

Ich grinste. Ivo war über und über mit Schlamm bekleckert und sein Großvater ebenfalls, vor ihnen standen endlose Reihen von überschwappenden Töpfen.

»Immer eine vertrackte Angelegenheit, die Setzlinge wässern, und Ivo meint's damit arg gut«, gab mein Vater zu, als Ivo, der auf der Bank kniete, gefährlich wackelnd eine riesige Gießkanne über einen Fünf-Zentimeter-Topf hielt und dann eine halbe Gallone hineinkippte.

»Twackte Arbeit«, bestätigte er mit ernster Miene, während sich die Flut über die Bank ergoß.

»Ivo, sei vorsichtig! Großvaters Setzlinge!«

»Nein, nein, Schatz, laß ihn nur machen. Ich krieg das schon wieder hin«, griente Dad. »Er hat solchen Spaß daran.«

Ich lächelte dankbar. »Macht dir Arbeit, meinst du.«

Ich setzte mich in eine Ecke und sah ihnen bei der Arbeit zu. Stillvergnügt und eifrig, nur gelegentlich unterbrach Ivo das Schweigen mit: »So, Opa?«

»Genau, mein Kleiner.«

Der Frieden, der erdige Geruch, die greifbare Zufriedenheit der beiden war tröstlich. Ich aalte mich darin. Nach einer Weile nahm ich einen Samenkatalog, blätterte darin herum. Schließlich sagte Dad etwas:

»Wer war denn das an der Tür?«

Ich legte den Katalog weg und erzählte es ihm. Und wie es ausgegangen war. Er kicherte. »Oh, Rosie, deine Mutter wird Monate brauchen, um darüber wegzukommen, Monate, vielleicht sogar Jahre. Und jedesmal, wenn du einen falschen Schritt machst, wird sie es wieder vorzerren, wie Rosie ihre letzte Chance vergeudet hat, denk an meine Worte.«

Ich seufzte. »Ich weiß. Ich werde es zweifellos noch bereuen, und das Blödeste ist, daß sie wahrscheinlich recht hat. Mein Urteilsvermögen *ist* grauenhaft. Ich erkenne wahrscheinlich nicht mal was Gutes, wenn ich's vor der Nase habe.«

»Das hat nichts mit Urteilsvermögen zu tun, Schatz. Du wirst es wissen, in dem Moment, in dem du es fühlst. Du hast es nur noch nicht erlebt, Rosie, das ist alles. Solche Dinge wägt man nicht ab, Rosie, das ist instinktiv.«

Ich sah in seine gütigen braunen Augen. »Ja«, sagte ich leise, »ja, doch, das weiß ich.« Ich schluckte, zupfte etwas Torf von meinen Jeans. Dann hob ich rasch den Kopf, kniff die Augen zusammen. »Dad, warum hast du Mum geheiratet?«

»Warum?« Er lachte und legte seine Schaufel weg. »Na ja, sie war alles, was ich nicht war, denk ich. Sie hatte einen feinen Akzent aus dem Süden, sie trank Sherry wie eine Lady, sie konnte gesellschaftlich plaudern, sie war hübsch und kultiviert. Das dachte ich zumindest. Und ich war nur ein ungehobelter Kerl aus dem Norden.«

»Also hast du's abgewägt?«

Er hielt inne. Warf mir einen Blick zu. »Ja, ich verstehe, was du meinst. Auf eine gewisse Art wohl ja.« Er nahm rasch wieder seine Schaufel, dann legte er sie genauso abrupt wieder weg. »Ich war ehrgeizig, Rosie«, fuhr er leise fort. »Ich hatte einen ganz schönen Batzen Geld gemacht, aber ich hatte nichts, womit ich es unterstützen konnte, hatte keine Klasse. Deine Mutter trug die neueste Pariser Mode, machte sich selbst aus Vogue Schnitte, spielte Tennis in angemessenem Weiß. Ich dachte, sie wäre der Nabel der Welt. Ich dachte, sie wäre alles, was ich brauche, um die Kirsche auf den Kuchen zu legen.«

»Und das war sie nicht?«

Er überlegte kurz. »Ich bedaure nichts, Rosie. Aber sagen wir einfach, ich hatte nicht damit gerechnet, daß sie sogar noch ehrgeiziger war als ich. Du kannst aus einem Schweineohr kein Seidenkissen machen. Sie dachte, sie könnte es, und ihre Versuche sind seither stets vereitelt worden. Egal wie man es betrachtet, ich bin immer noch ein Schweineohr.«

Ich drückte seinen Arm. »Aber du bist das netteste Schweineohr, das ich je gesehen habe«, sagte ich liebevoll.

»Oh, ich danke dir für diese gütigen Worte, oh, Tochter mein«, sagte er grinsend, »aber wenn du die Güte hättest, deinen linken Ellenbogen aus meinen Azaleentöpfen zu nehmen, wäre ich noch dankbarer ... danke.«

Er muckelte noch eine Weile weiter mit seinen Pflanzen herum. Dann sagte er, ohne den Kopf zu heben: »Ich hab nachgedacht, Rosie. Ich möchte am Ende des Gartens ein Cottage bauen.«

Ich hob den Kopf. »Ah ja?«

»Hm, ich hab schon seit vier Jahren die Baugenehmigung, und sie läuft nächstes Jahr ab. Es wäre eine Schande, sie verfallen zu lassen. Hab gedacht, du und Ivo, ihr könntet es haben. Ich würde es unten am Fluß bauen, damit ihr den im Garten habt, als Grenze zum Haus. Könnte für eine Weile eine Gefahr sein, aber er ist nicht tief, und später würde ihn Ivo lieben, Dämme bauen und so was.«

Mir schnürte es aus mehreren Gründen die Kehle zu. Erstens, weil es so süß war von meinem Vater, all seine Ersparnisse dazu zu verwenden, mir ein Dach über dem Kopf zu bauen; weil er ganz genau wußte, wenn ich eins mit meiner Mutter teilte, würde es Mord und Totschlag geben; aber auch, weil es so ein trauriges Gefühl von Endgültigkeit hatte. Das war's dann, nicht wahr? Die alleinstehende Tochter, zu Hause bei ihren Eltern. Jetzt und – was, für alle Zeiten? Ich seufzte. In der Ferne hörte ich Reifen auf dem Kies knirschen. Das war wohl Philly, auf dem Heimweg, zu ihrer Familie, ihrem Mann.

»Danke, Dad, ich weiß das Angebot wirklich zu schätzen. Kann ich – na ja, kann ich mir's überlegen?«

»Natürlich kannst du das, Kleines. Es hat keine Eile, laß dir Zeit.« Er sah befriedigt aus, weil ich es nicht gleich rundheraus abgelehnt hatte. Er drehte sich, um Ivo zu helfen, der sich bemühte, zwei Tontöpfe auseinanderzukriegen. Einer zerbrach, als er sie schließlich auseinanderzog, aber Dad ignorierte es, wischte die Scherben vom Tisch und gab ihm den unversehrten. Mir kam der Gedanke, daß ich Ivo, wenn ich ihm schon keinen Vater liefern konnte, zumindest einen Großvater im Haus bieten sollte.

»Was sagt Mummy?«

»Was sagt Mummy über was?« Meine Mutter steckte plötzlich den Kopf zur Tür herein. Sie sah verärgert aus. Dad und ich zuckten zusammen wie unartige Kinder.

»Nichts, meine Liebe, gar nichts«, beruhigte sie mein Vater. Sie wußte es offensichtlich nicht.

»Wirklich?« sagte sie trocken. »Ich kenne dich, Gordon, und ich kenn euch beide, wenn ihr was ausheckt. So, da seid ihr also alle. Wieder hier drin, wo ihr euch dreckig machen könnt. In der Küche wartet eine Tasse Tee, falls irgend jemand eine möchte.«

»Danke«, murmelten wir beide pflichtschuldigst im Chor.

Sie schickte sich an zu gehen, dann steckte sie noch einmal den Kopf herein. »Oh, übrigens, das war dein Vermieter, der dich da besuchen wollte, Rosie, dem hab ich aber klar und deutlich gesagt, wohin er sich verziehen soll, das kann ich dir sagen.«

Schweigen. Ich starrte sie an. »Joss?« flüsterte ich.

»Ja, der hat vielleicht Nerven, nachdem er dich aus dem Haus geworfen hat. Ich hab ihm aber so richtig die Meinung gesagt. So, komm jetzt, Ivo – oh, du meine Güte, schau dir an, wie diese Hose aussieht! So, jetzt laß diese Schmutzelerde und komm Händewaschen mit Omi!«

Es war nicht Philly gewesen. Das waren Joss' Reifen auf dem Kies gewesen. Der Blick meines Vaters löste sich von der Werkbank und begegnete meinem.

»Bei Markham's Corner ist eine Baustelle«, raunte er. »Dort wird er mit Sicherheit warten müssen. Wenn du durch den Wald und dann über den Fluß läufst, erwischst du ihn vielleicht noch.«

Ich sah ihn kurz an – dann brauchte ich keine weitere Aufforderung mehr. Ich sprang auf, drängte mich an meiner Mutter vorbei und rannte den Garten hinunter.

»Wohin in aller Welt willst du denn!« Ihre Stimme tönte hinter mir her, aber ich rannte im Sturmschritt weiter, bis ich den Fluß erreicht hatte. Ich ignorierte die Brücke flußaufwärts und sprang einfach hinüber. Ein Fuß rutschte ab, und ich fühlte, wie das Wasser in meinen Stiefel sickerte. Aber ich erwischte die Schilfhalme auf der anderen Seite und zog mich an ihnen hoch, keuchte die Böschung rauf und stolperte weiter zu dem kleinen Wäldchen dahinter. Ich stürzte mich hinein, umrundete atemlos die Dickichte, die nacheinander auftauchten. Hier ging kein richtiger Weg durch, da war nur ein Busch mit Brombeeren, ein paar Schößlinge hier, größere, reife Bäume dort, die man umrunden mußte, und dann noch mehr Brombeerbüsche. Ich senkte den Kopf und bretterte drauflos, schützte meine Augen mit meinem Unterarm und drängte mich durch. O bitte, bitte, laß mich ihn erwischen, hämmerte mein Herz, bitte, laß mich rechtzeitig ankommen!

Schließlich hatte ich es bis zur Lichtung geschafft. Ich rannte über das nasse Gras, die Böschung hinunter, überschlug mich unten. Ich rappelte mich wieder hoch und stürzte mich auf den Zaun am Ende unseres Grundstücks. Ich ignorierte die Tatsache, daß er mit Stacheldraht durchflochten war und kletterte inzwischen schwer röchelnd darüber, blieb mit meinem Pullover prompt hängen, zerrte ihn los und sprang auf der anderen Seite hinunter. Dann rannte ich den letzten Teil durch ein Stück

Brachland, über ein Stück Weide und dann endlich, endlich hinaus auf das Bankett der Hauptstraße. Die Schnellstraße, die nach Cirencester führte.

Ich stellte mich keuchend an den Rand der vierspurigen Straße, über und über mit Schlamm besudelt, hielt mir die Seite und sah mich verzweifelt um. Autos rasten in dichter Reihenfolge vorbei, schnell, flogen in beide Richtungen, aber kein grauer Range Rover, außer, ja! Ja, da kam er daher, fuhr viel zu schnell, definitiv über dem Tempolimit und mit einem sehr grimmig aussehenden Joss am Steuer.

»STOP!« kreischte ich so laut ich konnte und trat wie Anna Karenina hinaus auf die Hauptstraße. Ich winkte hektisch mit den Armen, dann, in letzter Minute, hielt ich es doch für besser, mich nicht zu Brei fahren zu lassen und hüpfte zurück aufs Bankett. Er schoß an mir vorbei, und einen Moment lang dachte ich, er würde nicht anhalten, doch dann sah ich die Bremslichter aufleuchten, und er blieb ein paar hundert Meter weiter die Sraße runter mit quietschenden Reifen stehen. Ein Schwarm zorniger Autofahrer mußte ausweichen. Alle hupten wutentbrannt und schüttelten erbost die Fäuste.

Ich sah mit zusammengekniffenen Augen in die Ferne. Er schälte sich aus dem Wagen und wandte sich mir zu. Er schloß die Tür und blieb da stehen, wartete. Mein Herzschlag setzte für einen Moment aus – dann hämmerte es wieder los. Oh! Er wartet auf mich! Ich mußte zu ihm laufen, das war mein großer Augenblick. Endlich war er gekommen, ja, ich konnte es spüren! Trunken vor Glück galoppierte ich los, fegte wie ein Derwisch die Straßen hoch. Ich lief und lief, aber er schien immer noch so weit weg. Wenn ich doch nur nicht so verdammt außer Kondition wäre, dachte ich keuchend, und wenn ich doch nur nicht schon einen Marathon durch den Wald hinter mir hätte. Aber egal, ich schnaufte weiter und weiter auf die große, dunkle Gestalt am Horizont zu, die mit gespreizten Beinen dastand, ein bißchen wie Clint Eastwood in *Eine Handvoll Dollar.* Ein frecher Gedanke regte sich, von wegen, er könnte doch zumindest losgehen und mir auf halbem Weg entgegenkommen, aber ich verwarf ihn sofort wieder. Nein, nein, das wäre nicht cool gewesen, Männer wie Joss liefen nicht, und so war es auch viel romantischer. Es war, wie wenn eins dieser Mädchen durch ein Weizenfeld rennt, die Arme ausgebreitet, auf ihren Liebhaber zu. Ich würde mich in seine Arme werfen, er würde mich herumwirbeln, ich würde ihn küssen, daß ihm Hören und Sehen verging, o ja, das würde ich – ich hielt einen Augenblick an, hielt mir die Seite, mit einemmal war mir ziemlich übel. Ich schnappte gurgelnd nach Luft. Komm schon, Rosie, das ist nur Seitenstechen, setz dich in Bewegung. O ja, das würde ich, dachte ich, und trabte wieder los – na ja, hinkte, wäre wohl richtiger gewesen – im Moment, in dem ich ... Gott war mir mies ... in dem Moment, in dem ich ihn, verdammt noch mal, erreicht hatte, würde ich ihn küssen, daß ihm Hören ... Himmel, mußte er denn so scheißweitweg parken. Schließlich stolperte ich auf ihn zu. Ich keuchte, ächzte und mußte all meine Willenskraft aufbieten, um nicht über seinen schwarzen Pullover zu kotzen. Er streckte die Hand aus und packte meinen Arm.

»Was zum Teufel hast du dir dabei gedacht? Du hättest tot sein können!« Er sah wütend aus. »Und ich hätte fast eine halbe Tonne Metall im Hintern stecken gehabt!«

»Verzeih!« japste ich. »Wollte dich erwischen – hab gehört, daß du da warst – Mum sagte – wollte –«

»Steig ein.«

»Was?«

»Steig um Himmels willen ein!« Er marschierte mit mir zur Beifahrerseite, schob mich hinein und knallte die Tür hinter mir zu. »Möchtest du auf der Autobahn sterben, oder was?«

Ich klammerte mich röchelnd an die Polsterung und beobachtete benommen, wie er um den Wagen herumging und auf der anderen Seite einstieg. Er ließ den Wagen an, und wir krochen das Bankett entlang, während er im Rückspiegel Ausschau nach einer Lücke hielt.

»Scheiße«, murmelte er.

Das war wohl für irgendeinen anderen Autofahrer bestimmt, nur – die Straße war jetzt frei. Ich runzelte die Stirn. Scheiße?

Wer, ich? Ich staunte. Doch wohl nicht, wo blieb da die Romantik? Er schoß mit solcher Geschwindigkeit auf die Straße, daß ich fast ein Schleudertrauma bekam, und ich klammerte mich an den Sitz, als wir an einen Kreisverkehr heranrasten, die ganze Runde drehten, wie es mir schien, und das auch noch auf zwei Rädern, aber wahrscheinlich stand ich noch unter Schock – und dann wieder geradeaus die Straße entlang.

»So«, sagte er und warf mir einen überraschend giftigen Blick zu, für jemanden, mit dem ich geplant hatte, eine spezielle Harmonie zu finden, »du bist also ausgezogen. Nett, Rosie, und dein Timing war auch perfekt. Die Kinder waren entzückt, können nicht aufhören zu weinen, um ehrlich zu sein.«

Mir blieb der Mund offenstehen. »Bin ich nicht!« gelang es mir zu quieken. »Wer hat dir das erzählt?«

»Annabel.«

»Annabel? Und das hat sie dir erzählt? Himmel, nein, sie hat *mir* gesagt, ich müßte gehen, hat gesagt, ich wäre dir peinlich.«

»Warum peinlich?«

»Oh, du weißt schon, weil ich immer bei dir rumhänge und so ...« Ich verstummte, als ich plötzlich eine bildliche Vorstellung von mir »herumhängend« hatte. Wie ein treuer Spaniel, zu Füßen seines Herrn liegend, mit den Hausschuhen im Maul. Ich biß mir auf die Lippe. »Sie sagte mir, sie hätte eben ein paar neue Mieter. Öko-Krieger oder so was.«

Er lachte verbittert. »Öko-Krieger! Gott, das ist wirklich ein heroischer letzter Versuch.«

»Es ist wahr, Joss, sie hat mir gesagt, ich muß gehen, hat gesagt, ich soll mich verpissen. Frag sie einfach, wenn du mir nicht glaubst«, sagte ich bissig.

»Das kann ich nicht, sie ist fort.«

»Wohin?«

»Wer weiß? Nach London, nehm ich an. Bevor sie zurück in die Staaten fliegt.«

»Sie fliegt schon wieder weg?« Und ich dachte, sie würde hier bleiben für ihren »bedürftigen« Mann, ein Baby kriegen, die Inneneinrichtung fertigstellen. »Für wie lange?«

»Für immer?«

»Für –« Ich sah ihn sprachlos an.

Er seufzte. »Rosie, es scheint deiner Aufmerksamkeit entgangen zu sein, daß Annabel und ich nicht wie normale Ehepaare zusammenleben. Genau gesagt, wir tendieren dazu, zweitausend Meilen getrennt zu leben, und wenn wir im selben Haus sind, egal wie kurz, streiten wir wie die Teufel und reißen uns gegenseitig Arme und Beine aus. Ist dir das komplett entgangen?«

»Äh, nein, ich denke nicht.«

»Und jetzt hat sie sich endlich zur Scheidung bereit erklärt. Sie hat sich zwei Jahre lang gewehrt und ich hatte nicht das Herz, sie voranzutreiben, aber ich denke, selbst Annabel weiß, wann sie geschlagen ist. Weiß, wenn sie außerhalb ihrer Klasse kämpft.«

»Die ... Scheidung? Außerhalb ihrer Klasse? Was soll das denn heißen?«

Er nagte an seiner Unterlippe, den Blick starr nach vorn gerichtet. »Nichts. Wenn du es nicht weißt, dann ... irre ich mich vielleicht.«

Ich wandte mich ihm wie der Blitz zu. »Nein, Joss, nun mal langsam. Sag es mir bitte, in schlichten, einfachen Worten. Du läßt dich scheiden? Ich dachte, du betest sie an!«

»Das hast du gedacht? Warum?«

»Na, alle haben das gesagt!«

»Wer ist alle?«

Ich dachte zurück, versuchte mich zu erinnern. »Na ja, Alex eben.«

»Wirklich«, sagte er trocken. »Alex. Ja, das kann ich mir denken, er wollte nicht, daß ihm jemand bei dir in die Quere kommt, kann ich mir denken.«

Ich starrte ihn dämlich an.

»Schau, Rosie«, fuhr er in dem Tonfall fort, der normalerweise kleinen Kindern vorbehalten ist und den geistig Behinderten, »das erstemal begegneten wir uns vor dem Anwaltsbüro in London, hab ich recht? Beide auf dem Weg zum Scheidungsanwalt, nicht wahr?«

»Aber – ich dachte, das wäre nur ein Besuch. Du hast gesagt, du würdest zu deinem Schwager gehen, Annabels Bruder.«

»Ich bin auch zu meinem Schwager gegangen, zu Kittys Bruder. Er bearbeitet meine Scheidung.«

»Oh!«

»Und du kannst mich ruhig für altmodisch halten, wenn ich es damals nicht direkt gesagt habe, aber ich hielt es nicht für gentlemanlike, es der ganzen Welt rauszuposaunen, ihr gegenüber nicht fair, das rumzuerzählen. Besonders, nachdem du anschließend Mieterin meines Cottages wurdest.«

»N-nein, natürlich.« Die Mieterin. Ich setzte mich auf meine Hände.

»Sie versuchte immer noch verzweifelt, die Sache am Leben zu erhalten, weißt du, versuchte vor allen, eine Show ehelicher Harmonie abzuziehen. Mein Gott, sie hat sogar Vera und Marfa getäuscht. Abgesehen von allem anderen, ist sie unfähig, eine richtige sexuelle Beziehung aufrechtzuerhalten, sie kann mit niemandem außer sich selbst intime Bande knüpfen. In letzter Zeit nennt sie es Zölibat, weil das im Trend liegt, aber es geht wesentlich tiefer als das. Kurz nachdem wir geheiratet haben, war der Dampf raus, sie kam mit einer lahmen Entschuldigung nach der anderen an.«

Ich hörte mit offenem Mund zu, wie all diese aufschlußreichen Enthüllungen aus ihm herauspurzelten. »Aber – ich dachte, sie hätte eine Affäre! Als sie mich gebeten hat, einkaufen zu gehen, diese Dinger –«

»Damit wollte sie dich abschrecken. Hat gemerkt, daß du zu nahe kommst. Ich wußte, was sie damit bezweckte.«

»Oh!«

»Es würde ihr einfach nicht in den Sinn kommen, eine Affäre zu haben, Rosie, außer es würde ihrer Karriere dienen. Sie ist nicht an Sex interessiert, weißt du. Manche Leute sind nämlich so, mußt du wissen.«

Heiliger Strohsack. Nein, hatte ich nicht gewußt. »Also – warum in aller Welt hast du sie dann geheiratet?«

Er seufzte. »Weil ich das am Anfang alles nicht gewußt habe.

»Mehr als Worte es ausdrücken können.«

Ich verstummte. Versuchte nicht zu atmen. Mit einemmal schien es, als hätte ich viel zuviel Atem, ganz laut und voller Luftblasen und behindernd. Mehr als Worte es ausdrücken können ... o Gott ...

»Und ich habe diese Worte nicht genug gesagt. Was wahrscheinlich erklärt, warum ich solche Schwierigkeiten habe, mich dir gegenüber zu äußern. Auf Papier bin ich ganz gut, Rosie, gib mir einen Stift und ein Blatt Papier, und ich werde dir sagen, wie sehr ich dich liebe, aber überlaß es meinen Stimmbändern und –«

Ich schnellte herum. »Wie sehr du –«

»Ich kann nicht glauben, daß du es nicht weißt«, sagte er leise.

»Nein!« röchelte ich. »Zumindest – na ja, ich hatte gehofft, natürlich, gebetet – aber es schien so viel, *zu* viel dagegenzusprechen und – gestern in London, da warst du so kühl, so abweisend!«

»Also du wirst mir bitte verzeihen, daß ich dich nicht in deinem ehelichen Heim in die Arme genommen habe, kurz nachdem die Polizei einen recht morbiden Bericht über die letzten paar Stunden deines Mannes geliefert hatte. Ich hatte das Gefühl, da wäre noch der Kreideumriß seiner Leiche auf dem Wohnzimmerboden. Irgendwie fand ich, das wäre geschmacklos gewesen.«

»Oh! Ja, genau.«

»Genauso wie es mir unangebracht schien, in deine Arme zu fliegen, mitten auf dem Bankett einer Schnellstraße, was obendrein unser Leben eventuell drastisch verkürzt hätte.«

»Oh! Äh, da magst du wohl recht haben und – mein Gott, was bist du doch für ein wahnsinnig praktischer Mann, Joss!«

Er lächelte. »Nur im Vergleich. Und?«

»Und was?«

Er packte das Steuerrad fester, fuhr jetzt noch schneller eine recht vertraute Landstraße hinunter. »Du machst mir das nicht gerade leicht, Rosie. Hier bin ich, ein ausgebrannter, emotionell angeschlagener Mann, der schon zwei Ehefrauen hinter sich hat, drei verwirrte Kinder im Schlepptau und der dir kaum etwas bieten kann, außer meinen Gefühlen, und ich werde mein Bestes tun, damit du genauso empfindest.« Er flog an einem schlafenden Polizisten vorbei, dann lenkte er plötzlich nach links und kam schlitternd auf einem Kiesweg zum Stehen.

Mir war schwindlig, ich konnte nur noch seine Augen sehen, die, als er sich mir zuwandte, bedeutungsschwer wurden. Ich tauchte in sie ein.

»Oh, ja!« hauchte ich. »Ja, ich verstehe, was du meinst, und ich fühle, ja, *ich fühle* genauso!« Ich wollte mich in seine Arme werfen, aber der Sicherheitsgurt hätte mich fast erwürgt.

»Hier!« Er löste ihn, und endlich – endlich war ich da. Wo ich hingehörte. Er beugte seinen dunkelblonden Kopf über mich und Kuß über Kuß entfaltete sich auf meinen Lippen, und jeder war, fand ich, noch wunderbarer, köstlich süßer als der letzte. Ich merkte mit einem leisen Schaudern, daß ich mich in Gelee verwandelte. Endlich, dachte ich voller Jubel, endlich, nach so langer Zeit, nach so vielen Jahren in der Wildnis, nach so vielen Jahren dürrer, ausgetrockneter Emotionen, schien tatsächlich Tauwetter angebrochen zu sein. Als er mein Kinn hob, um mir in die Augen zu sehen, mir die Wangen zu küssen, meine Mundwinkel, mein Haar, aalte ich mich überglücklich in dieser Wonne und schlug langsam die Augen auf, um mich an ihm zu laben. Aber während ich mich labte, kam etwas anderes in mein Blickfeld. Meine Mutter. Wie sie durch das Wohnzimmerfenster spähte. Ich erstarrte.

»Scheiße!« quiekte ich und setzte mich mit einem Ruck auf. »Das ist ja mein Haus!«

Er sah sich um. »Ja, ich weiß.«

»Ich meine, das Haus meiner Eltern!«

»Klar, das weiß ich«, sagte er geduldig.

Ich schluckte. Rückte meine Kleidung zurecht, befummelte mein Haar. Du lieber Himmel, ich hatte noch nie zuvor in der Einfahrt meiner Eltern geknutscht, und ich war überrascht, daß dieser ungeheuer praktische Mann das für einen so angemessenen Platz hielt. Warum war er hierhergefahren? Es gab doch wohl Meilen verschwiegener Sträßchen für Liebespaare da draußen, die nur darauf warteten, daß man da herumtastete. Was zum Teufel machten wir dann bei meinen Eltern?

Er lehnte sich zurück, den Arm über dem Sitz, und beobachtete mich. »Na, dann geh mal.«

Ich gaffte ihn ratlos an. »Gehen ... wohin?« Ich geriet in Panik. O Gott, hatte er seine Meinung schon wieder geändert? Brachte er mich nach Hause zu Muttern? Was war nur los mit diesem Mann?

»Geh und hol Ivo. Ich nehme doch an, ihr kommt als Doppelpack, oder? Abgesehen von allem anderen hab ich den kleinen Kerl ziemlich ins Herz geschlossen.«

Ich war sprachlos. »Oh!« stöhnte ich in Ekstase. »Oh, ja, natürlich sind wir deshalb –«

»Hierher zurückgekommen? Ja, eigentlich schon, oder wolltest du ihn zur Adoption freigeben?«

»Nein, nein, das würde ich nie!« Ich sprang aus dem Wagen und rannte die Einfahrt hoch. Kurz vor der Haustür bremste ich. Drehte mich um. Zwei Sekunden später war ich wieder da und klopfte ans Autofenster. »Joss?«

Er öffnete die Tür. »Was?«

»Steig aus! Ich möchte, daß du meinen Vater kennenlernst!«

Er grinste, stieg aus und strich sich mit der Hand durchs Haar. »Die Eltern kennenlernen, was? Klar, aber ich warne dich, ich hab das seit Jahren nicht mehr gemacht. Nicht mehr seit der Uni. Ich hoffe, ich nehme nicht die falsche Gabel oder furze, wenn ich mich setze.«

Ich kicherte, und wir gingen Hand in Hand zur Haustür. »Also, meine Mutter hast du ja schon kennengelernt. Das war die mit den blauen Haaren, die dir gesagt hat, du sollst Leine ziehen.«

»Ah ja, reizende Frau, entzückend. Ich frage mich, was sie davon halten wird, daß ich ihre Tochter heiraten will?«

Ich hielt abrupt an der obersten Stufe an, die Hand am Türgriff. »Du – du willst mich heiraten?«

Er drehte sich zu mir. Nahm meine beiden Hände. »Ja, hab ich das nicht erwähnt?« sagte er sanft. »Ja, ich will. Mehr als alles andere auf dieser Welt will ich dich heiraten.«

»Heiliger Strohsack!« Heiliger Strohsack, Rosie? War das eine reife Antwort? Eine coole? »Ich – ich meine –«, strampelte ich.

»Ich weiß, ich weiß«, unterbrach er mich hastig. »Du hast gerade erst deinen Mann begraben, und ich bedränge dich, und ich weiß, du hast auch noch andere Pläne, wie dein Restaurant, aber das habe ich alles schon durchdacht, Rosie, wirklich, das habe ich. Ich dachte, wir könnten die große alte Scheune umbauen, du weißt schon, die auf der anderen Seite der Wiese. Sie ist riesig, und da ist eine Galerie drin und ein Haufen alter Balken und Atmosphäre. Ich denke, mit ein bißchen Arbeit könnte man das verwandeln, genauso hinbringen wie du es geplant hast: Kräutergarten, Kräuterrabatten, die ganze Chose. Du kannst von mir aus einen ganzen Nacktzirkus dort veranstalten, und ich dachte –«

»Stop, stop!« Ich lachte. »Nein, das ist es nicht! Es ist nicht das Restaurant – mein Gott, nur du und die Kinder reichen mir voll und ganz – es ist nur, also, ich hab's nicht gewußt! Hab nicht gewußt, daß deine Gefühle so stark sind!«

Sein Blick schmolz über mich. »Ich weiß nicht mehr, wann ich mich zuerst in dich verliebt habe, Rosie. Ich weiß nur, daß es immer schlimmer wurde. Fast von dem Tag an, an dem du mit all deinen Habseligkeiten und deinem lächerlichen Stolz und deinem kleinen Sohn im Schlepptau bei mir vor der Tür standest, konnte ich nur eins denken: Wenn ich doch nur. Wenn ich doch nur Annabel nicht so überstürzt geheiratet hätte. Wenn ich doch nur gewartet hätte, aber da hatte ich auch noch nicht ahnen können, daß du auftauchen würdest, weißt du. Und als du dann kamst, hatte ich das Gefühl, einer hätte mir mächtig aufs Haupt gehämmert. Ich dachte, ich müßte dasitzen und hilflos mit ansehen, wie du mit diesem schleimigen, gottverdammten Alex Munroe in den Sonnenuntergang reitest. Aber Gott sei Dank bist du das nicht, denn ich möchte nichts lieber, als dich zu meiner Frau machen, aber wenn du mich abweist, dann sag es mir bitte hier und jetzt, und dann verschwinde ich und laß mich ganz still im Pub vollaufen, und wir vergessen die ganze Geschichte.«

Jetzt zitterte ich. »Laß dich nicht vollaufen«, flüsterte ich. »Ich liebe dich so sehr, und ja, *ja*, ich werde dich heiraten, sofort jetzt, wenn du willst! O Joss, ich bin wohl die glücklichste Frau der Welt. Ich –« Mit einemmal hielt ich inne. Horchte. »Einen Moment.« Ich legte meine Hand gegen die Haustür und schob behutsam. Meine Mutter kreischte und wäre fast rückwärts umgekippt. Sie kauerte mit dem Ohr am Schlüsselloch, den Staublappen in der Hand.

Sie rappelte sich hoch, total verwirrt und entzückt. »*Mister* Dubarry«, strahlte sie, »oder darf ich Sie Joss nennen? Darf ich sagen, wie entzückt ich bin, Sie wiederzusehen und wie leid mir unsere kleine Meinungsverschiedenheit von vorhin tut. Verzeihen Sie mir *bitte*. Gütiger Himmel, was hab ich mir nur dabei gedacht, Sie so wegzuscheuchen! Natürlich wart ihr beide schon verheiratet, also kommt eine weiße Hochzeit wahrscheinlich nicht in Frage, aber cremefarben kann ja auch so hinreißend sein, oder sogar zitronengelb. Ich weiß, daß Marjories Sohn eine Geschiedene geheiratet hat, und sie sah in Gelb absolut süß aus, wenn auch ein bißchen fett, und es ist erstaunlich, was einige Avantgarde-Pfarrer heutzutage alles durchgehen lassen. Cynthia Parkers Tochter war im sechsten Monat schwanger, und sie ist in Elfenbein zum Altar gesegelt, die kleine Schlampe, also glaube ich wirklich nicht, daß wir da irgendwelche Probleme haben werden, und...«